NONA CASA

2ª *reimpressão*

LEIGH BARDUGO

NONA CASA

Tradução
Marina Della Valle

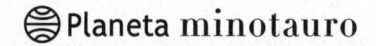

Planeta minotauro

Copyright © Leigh Bardugo, 2019
Copyright © Editora Planeta do Brasil, 2020
Todos os direitos reservados.
Título original: *Ninth House*

Preparação: Fernanda Cosenza
Revisão: Andréa Bruno e Luiza Del Monaco
Diagramação: Marcela Badolatto
Capa: Keith Hayes
Imagens de capa: Graphic Compressor / Shutterstock

CIP-BRASIL. CATALOGAÇÃO NA PUBLICAÇÃO
SINDICATO NACIONAL DOS EDITORES DE LIVROS, RJ

Bardugo, Leigh
  Nona casa / Leigh Bardugo ; tradução de Marina Della Valle. -- São Paulo : Planeta, 2020.
  432 p.

  ISBN 978-85-422-1911-1
  Título original: Ninth House

  1. Ficção norte-americana I. Título II. Valle, Marina Della

20-2481   CDD 813.6

Índices para catálogo sistemático:
1. Ficção norte-americana

MISTO
Papel | Apoiando o manejo florestal responsável
FSC® C019498

Ao escolher este livro, você está apoiando o manejo responsável das florestas do mundo

2024
Todos os direitos desta edição reservados à
Editora Planeta do Brasil Ltda.
Rua Bela Cintra, 986, 4º andar – Consolação
São Paulo – SP – 01415-002
www.planetadelivros.com.br
faleconosco@editoraplaneta.com.br

*Para Hedwig, Nima, Em e Les...
pelos tantos resgates.*

Ay una moza y una moza   que non se espanta de la muerte
porque tiene padre y madre   y sus doge hermanos cazados.
   Caza de tres tabacades   y un cortijo enladriado.
   En medio de aquel cortijo   havia un mansanale
que da mansanas de amores   en vierno y en verano.
   Adientro de aquel cortijo   siete grutas hay fraguada.
   En cada gruta y gruta   ay echado cadenado...
El huerco que fue ligero   se entró por el cadenado.
         — *La moza y el huerco*

Há uma moça, uma moça que não teme a morte
Porque tem pai e mãe e doze irmãos caçadores.
Uma casa de três andares e um celeiro de fazenda.
   No meio da fazenda uma macieira
a dar maçãs de amor no inverno e no verão.
   Dentro da fazenda há sete poços.
      Cada poço está trancado...
A morte foi ligeira e entrou pelo cadeado.
      — *A morte e a garota,* balada sefardita

UNIVERSIDADE YALE
NEW HAVEN, CT

BLACK ELM E WESTVILLE
HOSPITAL YALE NEW HAVEN
FÁBRICA NORTH & FILHOS
POLÍCIA DE NEW HAVEN E ESTAÇÃO DE TREM

1 Crânio e Ossos
2 Livro e Serpente
3 Chave e Pergaminho
4 Manuscrito
5 Cabeça de Lobo
6 Berzelius
7 Santelmo
8 Gaiola
9 Il Bastone
10 Hall Sheffield-Sterling-Strathcona
11 Hall Rosenfeld
12 Faculdade de Silvicultura
13 Biblioteca Beinecke
14 Commons
15 Hall Vanderbilt
16 Hall Linsly-Chittenden

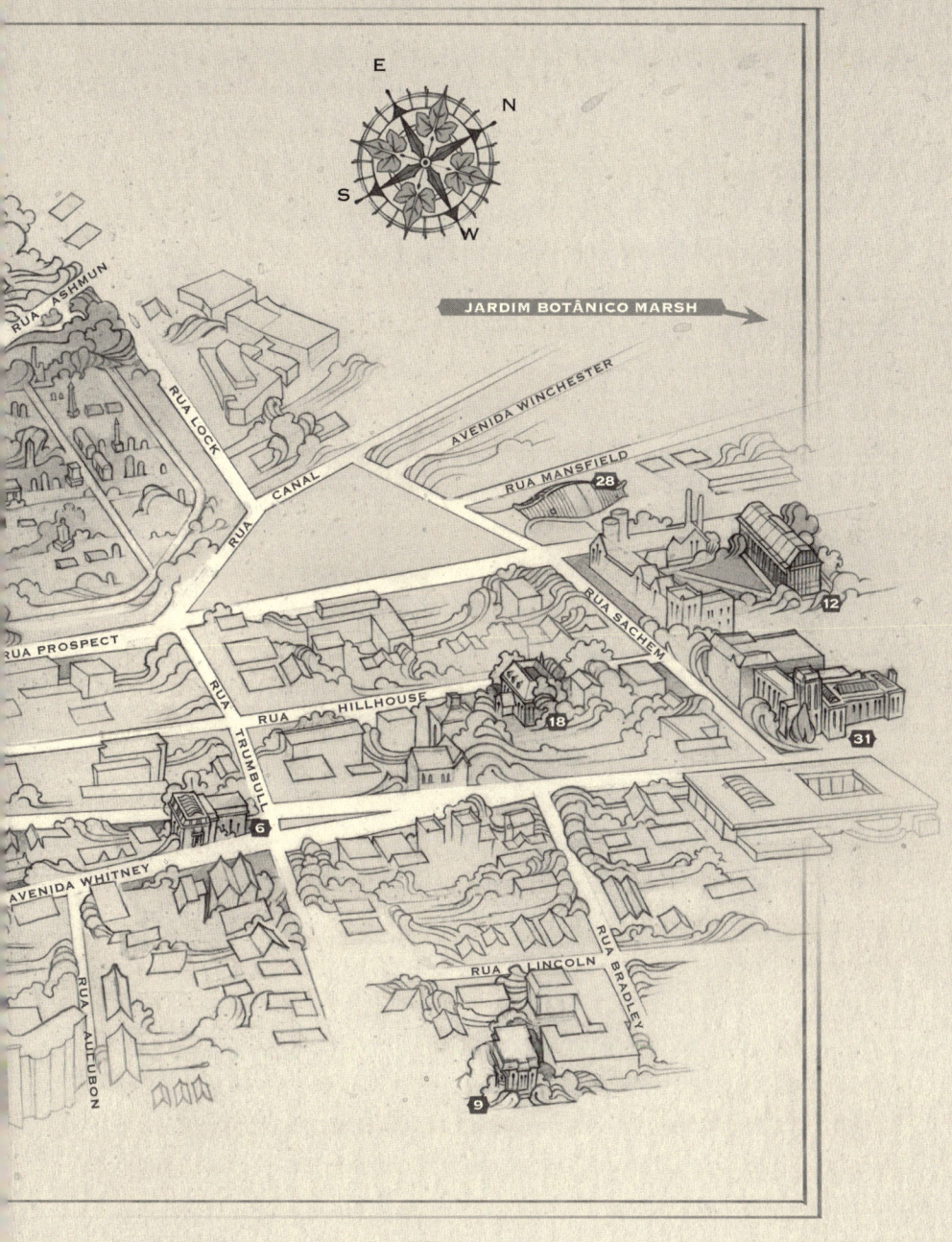

17 Torre Harkness
18 Casa do Presidente
19 Dramat
20 Residência Jonathan Edwards
21 Residência Grace Hopper
22 Residência Davenport
23 Ginásio Payne Whitney
24 Cemitério da rua Grove
25 Biblioteca Sterling
26 Faculdade de Direito de Yale
27 Biblioteca da Faculdade de Direito
28 Pista de patinação Ingalls
29 Clube Elihu
30 Clube Elizabethan
31 Museu Peabody de História Natural
32 Local da morte de Tara

Prólogo
Início da primavera

Quando Alex conseguiu tirar o sangue de seu casaco de lã, o clima já estava quente demais para usá-lo. A primavera chegara com má vontade; manhãs azul-claras que não se aprofundavam, transformando-se em tardes soturnas e úmidas, e um gelo teimoso cercava a rua em merengues altos e sujos. Mas lá pelo meio de março, os trechos gramados entre os caminhos de pedra do Campus Antigo começaram a emergir da neve derretida, negros e molhados, com tufos de grama emaranhada, e Alex se viu afundada no assento da janela nos quartos escondidos do último andar do número 268 da rua York lendo *Requisitos sugeridos para candidatos à Lethe*.

Ouvia o tiquetaquear do relógio sobre a lareira e o tilintar do sino conforme fregueses entravam e saíam da loja de roupas abaixo. Aqueles quartos secretos eram carinhosamente chamados de "a Gaiola" pelos membros da Lethe, e o espaço comercial abaixo deles fora, em diferentes períodos, uma sapataria, uma loja de equipamentos para turismo de aventura e um minimercado 24 horas Wawa, que tinha o próprio balcão do Taco Bell. Os diários da Lethe daqueles anos estavam cheios de reclamações sobre o fedor dos feijões refritos e das cebolas grelhadas que se infiltrava pelo chão – até 1995, quando alguém fez um encantamento na Gaiola e na escada que dá para o beco, de forma que sempre cheirassem a amaciante de roupas e cravo-da-índia.

Alex descobrira o panfleto com as diretrizes da Casa Lethe durante as semanas confusas depois do incidente na mansão na Orange. Tinha checado o e-mail apenas uma vez desde então, no velho computador da Gaiola, quando viu a longa lista de mensagens do reitor Sandow e se desconectou. Havia deixado a bateria do celular morrer, ignorado as aulas e observado os galhos com folhas brotando nas articulações como uma mulher experimentando anéis. Comeu toda a comida da despensa e do freezer – primeiro os queijos refinados e os pacotes de salmão defumado, depois os feijões enlatados e os pêssegos em calda das caixas marcadas como SUPRIMENTOS DE EMERGÊNCIA. Quando o estoque acabou, passou a comprar refeições para viagem, pagando tudo com o cartão ainda ativo de Darlington. Descer e subir as escadas era cansativo o suficiente para que ela tivesse de descansar antes de desembrulhar o almoço ou jantar, e às vezes nem se dava ao trabalho de comer, apenas adormecia no assento da janela ou no chão, ao lado das sacolas plásticas e dos recipientes embrulhados em papel-alumínio. Ninguém vinha checar como ela estava. Não restara ninguém.

Era um panfleto impresso de forma barata, preso com grampos, uma foto em preto e branco da Torre Harkness na capa e, abaixo dela, a frase *Somos os Pastores*. Ela duvidava que os fundadores da Casa Lethe tivessem Johnny Cash[1] em mente quando escolheram aquele lema, mas, toda vez que via aquelas palavras, pensava na época de Natal, deitada no velho colchão do apartamento invadido de Len em Van Nuys, o quarto girando, uma lata de molho de cranberry comida pela metade ao lado dela, e Johnny Cash cantando "Somos os pastores, andamos pelas montanhas. Deixamos nossos rebanhos quando surgiu a nova estrela". Pensou em Len rolando para perto, deslizando a mão sob sua camiseta, murmurando em sua orelha: "São uns pastores de merda".

As diretrizes para os candidatos da Casa Lethe estavam na parte de trás do panfleto e tinham sido atualizadas pela última vez em 1962.

> *Alto desempenho acadêmico, com ênfase em História e Química.*
>
> *Facilidade com línguas e conhecimento operativo de latim e grego.*
>
> *Boa higiene e saúde física. Evidência de um regime regular de exercícios físicos é uma vantagem.*
>
> *Exibir sinais de um caráter firme, com a mente tendendo para a discrição.*
>
> *Interesse no arcano é uma desvantagem, já que é um indicador frequente de disposição para o "isolamento".*
>
> *Não demonstrar nenhum melindre quanto às realidades do corpo humano.*
>
> MORS VINCIT OMNIA.

---

1. Referência a "We Are The Shepherds", canção de Johnny Cash. (N.E.)

Alex – cujo conhecimento de latim era pouco operativo – foi pesquisar: "A morte conquista tudo". Mas na margem alguém tinha rabiscado *irrumat* sobre *vincit*, quase obliterando o original com esferográfica azul.

Abaixo dos requisitos da Lethe, um adendo dizia: "O nível de exigência para os candidatos foi flexibilizado em duas circunstâncias: Lowell Scott (bacharelado, Inglês, 1909) e Sinclair Bell Braverman (sem diploma, 1950), com resultados conflitantes".

Outra nota fora rabiscada ali na margem, esta claramente nos garranchos de Darlington, pontudos como um eletrocardiograma: "Alex Stern". Ela pensou no sangue tingindo de negro o tapete da velha mansão Anderson. Pensou no reitor – o branco assustado de seu fêmur projetando-se da coxa, o fedor de cães selvagens tomando o ar.

Alex colocou de lado o recipiente de alumínio com falafel frio do Mamoun e limpou as mãos no moletom da Casa Lethe. Mancou até o banheiro, abriu o frasco de zolpidem e colocou um debaixo da língua. Juntou as mãos em concha sob a torneira, observou a água caindo sobre os dedos e ouviu o som lúgubre de sucção do ralo. *O nível de exigência para os candidatos foi flexibilizado em duas circunstâncias.*

Pela primeira vez em semanas olhou para a garota no espelho salpicado de manchas d'água, observou enquanto aquela garota machucada levantava a regata, o algodão amarelado de pus. O ferimento no flanco de Alex era um sulco profundo, com casca negra. A mordida deixara uma curva visível que ela sabia que iria cicatrizar mal, se é que cicatrizaria. Seu mapa fora mudado. O contorno da costa, alterado. *Mors irrumat omnia.* A morte fode a todos nós.

Alex tocou com cuidado a pele vermelha e quente em torno das marcas de dente. A ferida estava infeccionando. Ficou um pouco preocupada, a mente tentando conduzi-la para a autopreservação, mas a ideia de pegar o telefone e tomar um carro até o centro de saúde dos graduandos – a sequência de ações que cada nova ação provocaria – era desanimadora, e o pulsar quente e embotado de seu corpo em chamas se tornara quase amigável. Talvez ficasse com febre, começasse a alucinar.

Ela olhou as costelas estiradas, as veias azuis como fios elétricos sob os hematomas desbotados. Os lábios estavam descamando. Pensou em seu nome escrito nas margens do panfleto – a terceira circunstância.

— Os resultados foram decididamente conflitantes — disse, levando um susto com o chiado rouco da própria voz. Riu, e o ralo pareceu rir com ela. Talvez já estivesse febril.

No brilho fluorescente das luzes do banheiro, apertou a mordida em seu flanco e enfiou os dedos nela, beliscando a carne em torno dos pontos até que a dor a cobrisse como um manto, o desmaio chegando em uma onda bem-vinda.

Isso foi na primavera. Mas o problema havia começado no escuro total do inverno, na noite em que Tara Hutchins morreu e Alex ainda achava que poderia se safar de tudo.

Crânio e Ossos, a mais velha das sociedades de posses, primeira das oito Casas do Véu, fundada em 1832. Os Osseiros podem se gabar de terem mais presidentes, editores, capitães da indústria e membros de ministérios do que qualquer outra sociedade (para uma lista completa dos ex-alunos, favor ver Apêndice C). Os Osseiros sabem quão influentes são e esperam deferência dos delegados da Lethe. Fariam bem em relembrar seu próprio lema: *Ricos ou pobres, todos somos iguais na morte*. Comporte-se com a discrição e a diplomacia afiançadas por sua posição e associação com a Lethe, mas lembre-se sempre de que nosso dever não é escorar a vaidade dos melhores e mais brilhantes de Yale, e sim ficar entre os vivos e os mortos.

— de *A vida da Lethe: procedimentos
e protocolos da Nona Casa*

Os Osseiros acreditam ser titãs entre os insignificantes, e isso é péssimo. Mas quem sou eu para discutir ninharias quando as bebidas são fortes e as garotas são bonitas?

— *Diário dos dias de Lethe* de George Petit
(Residência Saybrook, 1956)

1
Inverno

Alex cruzou apressada o plano largo e estranho da praça Beinecke, as botas batendo sobre as placas de concreto limpo. O cubo gigante da coleção de livros raros parecia flutuar sobre o andar de baixo. Durante o dia, os painéis brilhavam em uma cor âmbar, uma colmeia dourada, que mais parecia templo que biblioteca. À noite, parecia uma tumba. Aquela parte do campus não se encaixava bem no resto de Yale – nada de pedra cinza ou arcos góticos, nem de pequenas aflorações rebeldes em prédios de tijolo vermelho, que Darlington informara não serem de fato coloniais, mas projetados para darem essa impressão. Ele tinha explicado as razões pelas quais a Biblioteca Beinecke fora construída, o modo como deveria espelhar e se encaixar naquele canto da arquitetura do campus, mas para ela ainda parecia um cenário de ficção científica dos anos 1970, como se os estudantes devessem estar vestindo macacões colados e túnicas muito curtas, bebendo algo chamado Extrato, alimentando-se de pílulas. Até a grande escultura de metal que ela agora sabia ser de Alexander Calder lembrava-lhe uma grande luminária de lava em negativo.

— É Calder — murmurou entre os dentes. Era assim que as pessoas ali falavam sobre arte. Nada era *de* ninguém. A escultura é Calder. A pintura é Rothko. A casa é Neutra.

E Alex estava atrasada. Tinha começado a noite com boas intenções, determinada a avançar no ensaio sobre o romance moderno britânico e sair com tempo de sobra para chegar à prognosticação. Mas pegara no sono em uma das salas de leitura da Biblioteca Sterling, segurando frouxamente uma cópia de *Nostromo*, com os pés apoiados no cano da calefação. Acordou assustada às dez e meia, com saliva escorrendo pela bochecha. Soltou um "Merda!" assustado que soou como um tiro no silêncio da biblioteca. Enfiou o rosto no cachecol, enquanto colocava a bolsa no ombro, e se mandou dali.

Então cortou caminho pelo refeitório Commons, sob a rotunda em que os nomes dos mortos de guerra tinham sido entalhados profundamente no mármore e figuras de pedra guardavam vigília – Paz, Devoção, Memória e Coragem, que, vestindo pouco mais que um capacete e um escudo, sempre parecera a Alex mais uma *stripper* que uma enlutada. Ela desceu correndo os degraus e atravessou a interseção da College com a Grove.

O campus parecia mudar de aparência a cada hora e a cada quarteirão, de modo que Alex sempre sentia que o estava conhecendo pela primeira vez. Naquela noite era um sonâmbulo, respirando de modo profundo e uniforme. As pessoas com que cruzou a caminho do SSS pareciam presas em um sonho, os olhos suaves, os rostos voltados uns para os outros, fumaça saindo dos copos de café em suas mãos enluvadas. Ela tinha a estranha impressão de que eles sonhavam com ela, uma moça de casaco escuro que desapareceria quando acordassem.

O Hall Sheffield-Sterling-Strathcona também estava sonolento, as salas bem fechadas, corredores iluminados pela meia-luz da economia de energia. Alex subiu as escadas para o segundo andar e ouviu barulho ecoando de um dos auditórios. A Yale Social projetava filmes ali nas noites de quinta-feira. Mercy havia pregado a programação na porta do quarto delas, no dormitório, mas Alex não se dera ao trabalho de examiná-la. Suas quintas-feiras já estavam cheias.

Tripp Helmuth estava recostado na parede ao lado das portas do auditório. Ele cumprimentou Alex com pálpebras pesadas e um aceno de cabeça. Mesmo na penumbra, ela podia ver que os olhos dele estavam vermelhos. Sem dúvida havia fumado antes de ir para lá. Talvez fosse por isso que os Osseiros mais velhos o tivessem colocado para montar guarda. Ou talvez ele tivesse se oferecido.

— Está atrasada — ele disse. — Já começaram.

Alex o ignorou e olhou por cima do ombro para se certificar de que o corredor estava livre. Não devia explicações a Tripp Helmuth, e pareceria fraqueza oferecer-lhe uma. Pressionou com o dedão um entalhe que mal aparecia no painel de revestimento. A parede deveria se abrir suavemente, mas sempre emperrava. Deu-lhe uma ombrada com força e tropeçou quando ela se abriu com um tranco.

— Calma, campeã — falou Tripp.

Alex fechou a porta atrás de si e deslizou no escuro pela passagem estreita.

Infelizmente, Tripp estava certo. A prognosticação já tinha começado. Alex entrou na antiga sala de cirurgia do modo mais silencioso que conseguiu.

Era uma câmara sem janelas, espremida entre o auditório e uma sala de aula que os alunos da pós-graduação usavam para sessões de discussão. Era um resquício esquecido da velha Faculdade de Medicina, cujas aulas aconteciam ali no SSS antes da mudança para os prédios próprios. Os gerenciadores do fundo que financiava a Crânio e Ossos tinham selado a entrada da sala e disfarçado-a com novos painéis por volta de 1932. Fatos que Alex tinha tirado de *Lethe: um legado*, quando provavelmente deveria estar lendo *Nostromo*.

Ninguém reparou em Alex. Todos os olhos estavam voltados para o harúspice, o rosto magro atrás de uma máscara cirúrgica e a túnica azul-clara salpicada de sangue. As mãos com luvas de látex se moviam metodicamente pelos intestinos do... paciente? Cobaia? Sacrifício humano? Alex não tinha certeza de qual termo melhor se aplicava ao homem na mesa. Provavelmente não "sacrifício humano". *Ele precisa sobreviver*. E assegurar isso era parte do trabalho dela. Alex o acompanharia em segurança durante seu suplício e de volta à ala hospitalar de onde fora tirado. *Mas e daqui a um ano?*, ela se perguntava. *E daqui a cinco anos?*

Alex olhou para o homem na mesa: Michael Reyes. Lera seu arquivo duas semanas antes, quando ele fora selecionado para o ritual. As abas de seu estômago estavam presas para trás com grampos de aço e seu abdômen parecia florescer como uma orquídea rosada e robusta, com o centro vermelho e vicejante. *Me diz que aquilo não deixa marcas*. Mas ela tinha o próprio futuro com que se preocupar. Reyes ia se virar.

Ela desviou o olhar, tentou respirar pelo nariz enquanto o estômago se revirava e uma saliva metálica inundava sua boca. Tinha visto muitos ferimentos graves, mas sempre em mortos. Havia algo muito pior em um ferimento vivo, um corpo humano preso à vida apenas pelo bipe metálico e constante de um monitor. Ela tinha gengibre cristalizado no bolso para a náusea – uma das dicas de Darlington –, mas não conseguia tomar a iniciativa de pegá-lo e desembrulhá-lo.

Em vez disso, focou o olhar em uma distância média enquanto o harúspice declamava uma série de números e letras – símbolos de ações e preços de cotas de companhias com capital aberto na Bolsa de Valores de Nova York. Mais tarde ele prosseguiria para Nasdaq, Euronext e os mercados asiáticos. Alex nem sequer tentou decifrá-los. As ordens para vender, comprar ou manter eram dadas no impenetrável holandês, língua do comércio, da primeira bolsa de valores, da velha Nova York, e idioma oficial dos Osseiros. Quando a Crânio e Ossos foi fundada, muitos estudantes sabiam grego e latim. Precisavam de algo mais obscuro para os negócios.

— Holandês é mais difícil de pronunciar — dissera-lhe Darlington. — Além disso, dá uma desculpa aos Osseiros para visitar Amsterdã. — Darlington, é claro, sabia latim, grego e holandês. Também falava francês, mandarim e arranhava um português. Alex tinha acabado de começar Espanhol II. Entre as aulas que tivera no ensino fundamental e a miscelânea de ditados ladinos da avó, pensou que seria um curso fácil. Não tinha contado com coisas como o subjuntivo. Mas sabia perguntar se Gloria gostaria de ir à discoteca amanhã à noite.

Uma explosão de tiros abafados chacoalhou a parede que dava para a exibição ao lado. O harúspice levantou o rosto da lambança rosa e escorregadia que era o intestino delgado de Reyes; sua irritação era aparente.

Scarface, percebeu Alex conforme a música aumentava e um coro de vozes barulhentas trovejava em uníssono: "Quer foder comigo? Certo. Quer jogar sujo?". A audiência cantava como se fosse *Rocky Horror*. Ela deve ter visto *Scarface* umas cem vezes. Era um dos favoritos de Len. Ele era previsível assim, amava tudo que fosse *durão* – como se tivesse encomendado o kit completo de "Como ser um gângster". Quando conheceram Hellie perto do calçadão da praia de Venice – seu cabelo dourado como uma cortina aberta para o espetáculo dos grandes olhos azuis –, Alex pensara imediatamente em Michelle Pfeiffer no vestido de cetim. Só faltava o feixe liso de franja. Mas Alex não queria pensar em Hellie naquela noite, não com o fedor de sangue no ar. Len e Hellie eram sua vida antiga. Não pertenciam a Yale. Se bem que, até aí, Alex também não.

Apesar das lembranças, ela ficou grata pelo barulho do filme cobrir os sons molhados do harúspice remexendo as entranhas de Michael Reyes. O que ele via ali? Darlington dissera que as prognosticações não eram diferentes de ler o futuro em um baralho de tarô ou um punhado de ossos de animais. Mas certamente parecia diferente. E soava mais específico. *Você sente falta de alguém. Vai encontrar felicidade no ano novo.* Esse era o tipo de coisas que videntes diziam – vagas, reconfortantes.

Alex olhou para os Osseiros, de túnicas e capuzes, apinhados em torno do corpo na mesa. O Escriba da graduação anotava as predições que seriam passadas para os gerentes de fundos de cobertura e para os investidores privados em todo o mundo, de modo a manter os Osseiros e seus ex-alunos financeiramente seguros. Ex-presidentes, diplomatas, ao menos um diretor da CIA – todos eles Osseiros. Alex pensou em Tony Montana em sua banheira quente, discursando: "Sabe o que é capitalismo?". Alex olhou para o corpo inclinado de Michael Reyes. *Tony, você não faz ideia.*

Ela vislumbrou um movimento nos bancos acima da arena de cirurgia. A sala tinha dois Cinzentos locais que sempre se sentavam nos mesmos lugares, separados por poucas fileiras: uma paciente com distúrbio mental que teve os ovários e o útero removidos em uma histerectomia em 1926, pela qual deveria ter recebido seis dólares se sobrevivesse ao procedimento; e um homem, um estudante de Medicina. Ele tinha congelado até a morte em um covil de ópio a milhares de quilômetros de distância, por volta de 1880, mas continuava retornando ao antigo assento para observar a vida lá embaixo. As prognosticações só ocorriam na arena quatro vezes ao ano, no começo de cada trimestre fiscal, mas isso parecia o suficiente para ele.

Darlington gostava de dizer que lidar com fantasmas era como andar de metrô: "Não faça contato visual. Não sorria. Não se envolva. Do contrário, nunca se sabe o que pode segui-lo até em casa". Mais fácil falar que fazer quando a única outra coisa para olhar no cômodo era um homem brincando com as entranhas de outro homem como se fossem peças de majongue.

Ela se lembrou do choque de Darlington ao perceber que ela não só via fantasmas sem ajuda de nenhuma poção ou feitiço como também os via em cores. Ele ficara estranhamente furioso. E ela tinha gostado disso.

— Que tipo de cores? — ele perguntou, tirando os pés da mesa de centro, as botas negras e pesadas batendo no chão de tábuas do salão em Il Bastone.

— Apenas cores. Como uma polaroide velha. Por quê? O que você vê?

— Eles parecem cinzentos — ele explodiu. — Por isso são chamados Cinzentos.

Ela deu de ombros, sabendo que a indiferença deixaria Darlington ainda mais irritado.

— Não é nada de mais.

— Não para você — ele murmurou, e saiu batendo os pés. Passou o resto do dia na sala de treinamento, produzindo um suor mal-humorado.

Ela tinha se sentido convencida naquela hora, feliz por ver que nem tudo era fácil para ele. Mas agora, circulando o perímetro da sala de operações, checando as pequenas marcas de giz feitas nos pontos cardeais, ela se sentia apenas nervosa e despreparada. Era sua sensação desde que botara os pés no campus. Não, antes disso. Desde que o reitor Sandow sentara-se ao lado de seu leito de hospital, batera nas algemas dela com os dedos manchados de nicotina e dissera: "Estamos lhe oferecendo uma oportunidade". Mas aquela era a velha Alex. A Alex de Hellie e Len. A Alex de Yale jamais usara algemas, jamais se envolvera em uma briga, jamais fodera um estranho no banheiro para pagar os agiotas do namorado. A Alex de Yale tinha dificuldades, mas não reclamava. Era uma boa menina tentando acompanhar o ritmo.

E fracassando. Ela deveria ter chegado ali mais cedo para observar as marcações dos sinais e garantir que o círculo estava seguro. Cinzentos velhos como aqueles que pairavam nos bancos acima não costumavam causar problemas, mesmo quando eram atraídos por sangue, mas prognosticações eram operações mágicas de grande proporção, e seu trabalho era verificar se os Osseiros estavam seguindo os procedimentos adequados, sendo cautelosos. Ela fingia, no entanto. Tinha passado a noite anterior estudando, tentando memorizar os símbolos corretos e as proporções de giz, carvão e osso. Fizera *cartões didáticos*, cacete, e se obrigara a estudá-los entre sessões de Joseph Conrad.

Alex achou que as marcas pareciam certas, mas entendia de símbolos de proteção quase tão bem quanto de romances modernos britânicos. Quando assistira à prognosticação do outono com Darlington, tinha realmente prestado atenção? Não. Estivera ocupada demais chupando gengibre cristalizado, zonza com a estranheza de tudo aquilo, e rezando para não sofrer a humilhação de vomitar. Pensara que teria muito tempo para aprender sob a supervisão de Darlington. Mas ambos tinham se enganado quanto a isso.

— *Voorhoofd!* — disse o harúspice, e uma Osseira correu para a frente. Melinda? Miranda? Alex não conseguia lembrar o nome da ruiva, apenas que ela integrava um grupo de canto *a cappella* feminino chamado Arroubo e Ritmo. A garota enxugou a testa do harúspice com um pano branco e mesclou-se novamente ao grupo.

Alex tentou não olhar para o homem na mesa, mas seus olhos saltaram para o rosto dele de qualquer maneira. *Michael Reyes, quarenta e oito anos, diagnosticado esquizofrênico paranoide.* Será que Reyes se lembraria de alguma coisa quando acordasse? Quando tentasse contar a alguém, será que apenas o chamariam de louco? Alex sabia exatamente como era aquilo. *Poderia ser eu na mesa.*

— Para os Osseiros, quanto mais loucos, melhor — Darlington lhe dissera. — Acham que rende predições melhores.

Quando ela perguntou o motivo, ele apenas disse:

— Quanto mais louca a *victima*, mais próxima de Deus.

— Isso é verdade?

— "É apenas pelo mistério e pela loucura que a alma é revelada" — ele citou, dando deu de ombros. — Os extratos bancários dizem que sim.

— E estamos tranquilos com isso? — Alex perguntou a Darlington. — Pessoas sendo abertas para que Chauncey possa redecorar a casa de veraneio?

— Nunca conheci um Chauncey — ele disse. — Sigo na expectativa.

Então ele fez uma pausa, de pé no arsenal, o rosto sisudo.

— Nada vai impedir isso. Muitos poderosos contam com o que as sociedades são capazes de fazer. Antes da Lethe, ninguém ficava de olho. Então, você pode fazer seus protestos fúteis e perder a bolsa ou pode ficar aqui, realizar seu trabalho e fazer o máximo de bem que puder.

Mesmo naquele momento ela tinha imaginado se aquilo não era apenas uma parte da história, se o desejo de Darlington de saber *tudo* não o prendia à Lethe tanto quanto o senso de dever. Mas ficara quieta naquele dia e tinha a intenção de ficar quieta agora.

Michael Reyes fora encontrado em um dos leitos públicos do hospital Yale New Haven. Para o mundo externo, ele se parecia com qualquer outro paciente: um mendigo, o tipo que passava por alas psiquiátricas, salas de emergência e cadeias, tomando os remédios, depois deixando de tomar. Ele tinha um irmão em Nova Jersey listado como parente, que assinara a permissão para o suposto procedimento de rotina para tratar cicatrizes intestinais.

Reyes era cuidado somente por uma enfermeira chamada Jean Gatdula, que trabalhara três turnos da noite seguidos. Ela não piscou nem criou confusão quando, pelo que parecia ser um erro de agendamento, foi alocada para mais duas noites na ala. Naquela semana seus colegas talvez tenham notado que ela sempre ia trabalhar com uma bolsa enorme. Nela estava alojada uma pequena caixa térmica na qual levava as refeições de Michael Reyes: um coração de pombo para clareza, raiz de gerânio e um prato de ervas amargas. Gatdula não tinha mais conhecimento quanto ao efeito das comidas ou o destino que aguardava Michael Reyes do que tinha quanto ao paradeiro de qualquer um dos pacientes "especiais" dos quais cuidava. Nem sequer sabia para quem trabalhava. Estava ciente apenas de que todo mês recebia um cheque muito necessário para compensar as dívidas de jogo contraídas pelo marido nas mesas de vinte-e-um do cassino Foxwoods.

Alex não sabia se era sua imaginação ou se realmente podia sentir o cheiro de salsinha moída espalhada pelas entranhas de Reyes, mas seu próprio estômago estremeceu de novo, dando um aviso. Estava desesperada por ar fresco, suando sob as camadas de roupas. A sala de cirurgia era mantida gelada, com saídas de ar separadas do resto do prédio, mas as grandes lâmpadas portáteis de halogênio que iluminavam os procedimentos ainda irradiavam calor.

Um gemido baixo soou. O olhar de Alex pulou para Michael Reyes, uma imagem terrível surgindo em sua mente: Reyes acordando e se vendo preso a uma mesa, cercado por figuras encapuzadas, as entranhas para fora. Mas os olhos dele estavam fechados, e o peito subia e descia num ritmo constante. O gemido continuou, agora mais alto. Talvez alguém mais estivesse enjoado? Mas nenhum dos Osseiros parecia perturbado. Seus rostos brilhavam como luas estudiosas na penumbra da sala, olhos treinados nos procedimentos.

Ainda assim o gemido crescia, um vento lento tomando corpo, revolvendo-se pelo cômodo e batendo nas paredes de madeira escura. *Sem contato visual*, Alex pensou consigo mesma. *Apenas veja se os Cinzentos...* Ela engoliu um grunhido de susto.

Os Cinzentos não estavam mais em seus assentos.

Eles se debruçavam no parapeito que cercava a sala de cirurgia, os dedos apertando a madeira, pescoços tensionados, os corpos se esticando para a beirada do círculo de giz, como animais que se esforçam para beber água na beirada de uma lagoa.

Não olhe. Era a voz de Darlington, o aviso dele. *Não olhe com muita atenção*. Era fácil para um Cinzento formar um laço, prender-se a você. E era ainda mais perigoso porque ela já conhecia as histórias daqueles dois. Estavam por ali havia tanto tempo que várias gerações de delegados da Lethe tinham documentado seus passados. Mas os nomes tinham sido excluídos de todos os documentos.

— Se você não sabe um nome — Darlington explicara —, não pode pensar nele, não fica tentada a dizê-lo.

Um nome era uma forma de intimidade.

Não olhe. Mas Darlington não estava ali.

A Cinzenta estava nua, os seios pequenos contraídos com o frio, provavelmente como estavam quando ela morreu. A mulher levou a mão até a ferida aberta em sua barriga, tocou a carne ali com afeto, como alguém que indica timidamente que está grávida. Não a tinham costurado. O rapaz – e era mesmo um rapaz, magrelo e de traços suaves – usava uma jaqueta verde-garrafa desleixada e calças manchadas. Os Cinzentos sempre apareciam do mesmo jeito que no momento da morte. Mas havia algo obsceno naqueles dois lado a lado, uma nua, outro vestido.

Cada músculo no corpo dos Cinzentos se estirava, os olhos arregalados e fixos, os lábios abertos. Os buracos negros de suas bocas eram cavernas, e delas se erguia aquele lamento sombrio, não um gemido de verdade, mas algo num tom baixo e inumano. Alex pensou no ninho de vespas que encontrara na garagem atrás do apartamento da mãe em Studio City certo verão, o zumbido irracional dos insetos num lugar escuro.

O harúspice seguiu recitando em holandês. Outro Osseiro levou um copo d'água aos lábios do Escriba enquanto ele continuava suas transcrições. O cheiro de sangue, ervas e merda pairava denso no ar.

Os Cinzentos arqueavam-se para a frente centímetro por centímetro, tremendo, os lábios distendidos, as bocas escancaradas agora, como se as mandíbulas tivessem se desarticulado. O cômodo todo parecia vibrar.

Mas apenas Alex podia vê-los.

Foi por isso que a Lethe a trouxera para cá, por isso que o reitor Sandow fizera de má vontade a oferta de ouro para uma garota algemada. Ainda assim, Alex olhou para os lados, esperando que alguém mais entendesse, que alguém oferecesse ajuda.

Ela deu um passo para trás, o coração disparado no peito. Cinzentos eram dóceis, vagos, especialmente os velhos como aqueles. Ao menos era o que Alex pensava. Seria essa uma das lições às quais Darlington ainda não tinha chegado?

Ela vasculhou o cérebro buscando os poucos encantamentos que Darlington lhe ensinara no semestre anterior, feitiços de proteção. Em último caso, podia dizer palavras de morte. Será que funcionariam em Cinzentos naquele estado? Devia ter colocado sal nos bolsos, caramelos para distraí-los, qualquer coisa. *É básico*, disse Darlington na cabeça dela. *Fácil de dominar.*

A madeira sob os dedos dos Cinzentos começou a envergar e estalar. Agora a moça ruiva do grupo *a cappella* olhava para cima, imaginando de onde vinha o barulho.

A madeira ia ceder. Os sinais deviam ter sido feitos incorretamente; o círculo de proteção não aguentaria. Alex olhou ao redor, para os Osseiros inúteis em suas túnicas ridículas. Se Darlington estivesse ali, ficaria para lutar, asseguraria que os Cinzentos fossem contidos e que Reyes ficasse em segurança.

As lâmpadas de halogênio oscilavam, ora fracas, ora fortes.

— Vá se foder, Darlington — murmurou Alex entre os dentes, já virando para correr.

Bum.

O cômodo balançou. Alex tropeçou. O harúspice e o resto dos Osseiros olharam para ela de cara feia.

Bum.

O som de uma coisa do outro mundo batendo. Uma coisa grande. Uma coisa que não poderiam permitir que passasse.

— Nosso Dante está bêbado? — murmurou o harúspice.

Bum.

Alex abriu a boca para gritar, para mandá-los correr antes que o que estivesse segurando aquela coisa cedesse de vez.

O gemido parou súbita e completamente, como se fechado em uma garrafa. O monitor soltou um bipe. As luzes zumbiram.

Os Cinzentos estavam de volta em seus assentos, ignorando um ao outro, ignorando-a.

Sob o casaco, a blusa molhada de Alex grudava em seu corpo, ensopada de suor. Podia sentir o cheiro do próprio medo, azedo e grosso na pele. As lâmpadas de halogênio ainda brilhavam quentes e brancas. O cômodo pulsava como um órgão infundido de sangue. Os Osseiros olhavam para ela. Na sala ao lado, os créditos estavam rolando.

Alex podia ver o ponto em que os Cinzentos apertaram o parapeito, lascas brancas de madeira esticadas como cabelo de milho.

— Desculpe — disse Alex. Ela se ajoelhou e vomitou no chão de pedra.

Quando finalmente costuraram Michael Reyes, eram quase três da manhã. O harúspice e a maior parte dos outros Osseiros tinham saído horas antes para se lavar do ritual e se preparar para uma festa que iria até bem depois do amanhecer.

O harúspice poderia voltar direto para Nova York no assento de couro creme de uma limusine ou poderia ficar para as festividades e escolher à vontade entre os graduandos dispostos: moças, rapazes ou ambos. Haviam dito a ela que "servir" ao harúspice era considerado uma honra, e Alex imaginou que, se a pessoa estivesse chapada e bêbada o suficiente, poderia até parecer que sim, mas certamente soava mais como cafetinagem e prostituição.

A ruiva – Miranda, por fim soube, "como em *A tempestade*" – ajudara Alex a limpar o vômito. Ela estava sendo genuinamente legal, e Alex quase se sentiu mal por não lembrar seu nome.

Reyes fora transportado para fora do prédio em uma maca, coberto de véus de ofuscação que o faziam parecer uma pilha de equipamentos audiovisuais sob um plástico protetor. Era a parte mais arriscada da noite no que dizia respeito à segurança da sociedade. A Crânio e Ossos não se distinguia de fato em nenhuma outra coisa além da prognosticação, e é claro que os membros da Manuscrito não tinham interesse em dividir suas ilusões com outra sociedade. A magia prendendo os véus de Reyes trepidava a cada solavanco, a maca entrando e saindo de foco, os bipes e blipes do equipamento médico e o ventilador ainda audíveis. Se alguém parasse para dar uma olhada mais de perto, os Osseiros teriam problemas sérios – embora Alex duvidasse que não pudessem pagar para se safar do que quer que fosse.

Ela procuraria saber de Reyes assim que ele estivesse de volta ao hospital, depois de novo em uma semana para se certificar de que a recuperação corria sem complicações. Já tinham acontecido mortes depois de prognosticações, embora apenas uma desde que a Lethe fora fundada, em 1898, para monitorar as sociedades. Um grupo de Osseiros tinha matado acidentalmente um mendigo durante uma leitura de emergência feita às pressas depois da quebra da Bolsa em 1929. As prognosticações ficaram proibidas pelos quatro anos seguintes, e a Ossos fora ameaçada de perder a imensa tumba de pedra vermelha na rua High.

— É por isso que existimos — dissera Darlington, enquanto Alex virava as páginas com os nomes de cada *victima* e a data da prognosticação nos registros da Lethe. — Somos os pastores, Stern.

Mas ele tinha se encolhido quando Alex apontara para uma inscrição em uma das margens de *Lethe: um legado*.

— SMVM?

— Sem mais vagabundos mortos — ele dissera, com um suspiro.

Que nobre missão da Casa Lethe. Ainda assim, Alex não conseguia sentir-se muito superior naquela noite, não quando estivera a segundos de abandonar Michael Reyes e salvar a própria pele.

Alex aguentou uma longa sequência de piadas sobre o retorno do seu jantar, que era frango grelhado e guloseimas doces, e ficou na sala de operações para certificar-se de que os Osseiros seguiam o que ela esperava ser o procedimento apropriado para higienizar o local.

Prometeu a si mesma que voltaria mais tarde para salpicar a sala com pó de ossos. Lembranças da morte eram a melhor maneira de manter os Cinzentos afastados. Era por isso que cemitérios estavam entre os locais menos assombrados do mundo. Pensou nas bocas abertas dos fantasmas, aquele zumbido horrível de insetos. Algo tentara abrir caminho pelo círculo de giz. Ao menos era o que tinha parecido. Cinzentos – fantasmas – eram inofensivos. A maior parte deles. Custava-lhes muito assumir uma forma no mundo mortal. E passar pelo Véu final? Tornar-se físico, capaz de tocar? Capaz de causar danos? Eles podiam. Alex sabia que eles podiam. Mas beirava o impossível.

Mesmo assim, houvera centenas de prognosticações naquela sala e ela jamais ouvira falar de um Cinzento cruzando para a forma física ou interferindo. Por que o comportamento deles tinha mudado naquela noite?

Se é que tinha mudado.

O maior presente que a Lethe dera a Alex não fora a bolsa para Yale, o recomeço que havia limpado seu passado como uma queimadura química. Mas sim o conhecimento, a certeza de que as coisas que ela via eram reais e sempre haviam sido. Mas ela vivera tempo demais perguntando a si mesma se era louca para parar agora. Darlington teria acreditado nela. Sempre acreditara. Mas Darlington tinha sumido.

Não para sempre, pensou. Em uma semana a lua nova surgiria e ele seria trazido de volta para casa.

Alex tocou o parapeito rachado, já pensando em como descrever a prognosticação nos registros da Casa Lethe. O reitor Sandow revisava todos eles, e ela não queria chamar a atenção dele para nada além do comum. Além do mais, se você não levasse em conta um homem indefeso tendo suas entranhas rearranjadas, nada de ruim tinha de fato acontecido.

Quando Alex surgiu da passagem para o corredor, Tripp Helmuth se sobressaltou em seu desleixo.

— Estão quase acabando lá?

Alex assentiu e respirou fundo o ar comparativamente fresco, ansiosa para chegar lá fora.

— Bem nojento, não? — perguntou Tripp com um sorriso afetado. — Se quiser posso passar para você algumas das dicas, quando elas forem transcritas. Reduzir a pressão daqueles empréstimos estudantis.

— Que porra você sabe sobre empréstimos estudantis?

As palavras saíram antes que ela pudesse impedi-las. Darlington não as teria aprovado. Alex deveria se manter civil, distante, diplomática. E, de qualquer modo, ela era uma hipócrita. A Lethe certificara-se de que Alex se graduaria sem uma nuvem de débito pairando sobre ela – se de fato conseguisse atravessar quatro anos de provas, relatórios e noites como aquela.

Tripp levantou as mãos como que em rendição, rindo incomodado.

— Ei, estou apenas tentando me virar.

Tripp estava na equipe de vela, um Osseiro de terceira geração, um cavalheiro e um acadêmico, um golden retriever de raça pura – pateta, lustroso e caro. Era desgrenhado e rosado como um bebê saudável, o cabelo louro-escuro, a pele ainda bronzeada de qualquer que fosse a ilha em que passara o recesso de inverno. Tinha a tranquilidade de quem sempre estivera e sempre estaria *bem*, um rapaz de mil segundas chances.

— Estamos de boa? — ele perguntou, ansioso.

— Estamos de boa — ela disse, embora não estivesse nem um pouco de boa. Ainda podia sentir as reverberações daquele gemido zumbido enchendo seus pulmões, chacoalhando dentro de seu crânio. — Só está abafado lá dentro.

— Não é? — disse Tripp, querendo ser gentil. — Talvez ficar preso aqui fora a noite toda não seja tão ruim. — Ele não parecia muito convencido do que fazia.

— O que aconteceu com seu braço? — Alex podia ver parte de um curativo por baixo do casaco de Tripp.

Ele arregaçou a manga, revelando um pedaço de celofane engordurado preso no interior do antebraço.

— Vários de nós fizemos tatuagens hoje.

Alex olhou mais de perto: um buldogue empertigado saindo de um grande Y azul. O equivalente dos rapazes de "melhores amigas para sempre!".

— Bacana — ela mentiu.

— E você, tem algum rabisco?

Os olhos sonolentos dele passearam por ela, tentando retirar as camadas de inverno, igualzinho a um daqueles perdedores que andavam pelo Marco Zero, os dedos roçando a clavícula e os bíceps dela, traçando as formas ali. *E aí, o que significa esta daqui?*

— Não. Não é minha praia. — Alex enrolou o cachecol no pescoço. — Amanhã vou ao hospital verificar como Reyes está.

— Hein? Ah, certo. Bom. Onde está o Darlington, aliás? Ele já empurrou os trabalhos de merda pra você?

Tripp tolerava Alex, tentava ser amigável com ela porque queria afagos de todos que encontrava, mas de Darlington ele gostava genuinamente.

— Espanha — ela disse, conforme fora instruída a dizer.

— Legal. Diga *buenos días* a ele.

Se Alex pudesse dizer qualquer coisa a Darlington, seria: "volte". Ela teria dito em inglês e também em espanhol. E teria usado o imperativo.

— *Adiós* — ela disse a Tripp. — Aproveite a festa.

Assim que saiu do prédio, Alex arrancou as luvas e desembrulhou dois doces grudentos de gengibre, enfiando-os na boca. Estava cansada de pensar em Darlington, mas o cheiro e o calor que o gengibre criava no fundo da garganta o traziam ainda mais à vida. Viu o longo corpo dele esparramado diante da grande lareira de pedra em Black Elm. Ele tinha tirado as botas, deixado as meias para secar na lareira. Estava deitado de costas, de olhos fechados, os braços dobrados sob a cabeça, os dedos dos pés se remexendo no ritmo da música que flutuava no cômodo, algo clássico que Alex não conhecia, um som denso com trompetes franceses que deixavam enfáticos crescentes no ar.

Alex estava no chão ao lado dele, os braços enlaçados nos joelhos, as costas apoiadas contra a base de um sofá velho, tentando parecer relaxada e parar de olhar para os pés dele. Eles pareciam tão *nus*. Ele tinha enrolado o jeans preto para cima, deixando a parte úmida longe da pele, e aqueles pés esguios e brancos, com penugem sobre os dedos, faziam com que ela se sentisse um pouco obscena, como um pervertido de antigamente, enlouquecido com o vislumbre de um tornozelo.

Vá se foder, Darlington. Ela enfiou de novo as luvas.

Por um momento, ficou paralisada. Deveria voltar para a Casa Lethe e escrever seu relatório para que o reitor Sandow o revisasse, mas o que realmente queria era se jogar no estreito beliche do quarto que dividia com Mercy e dormir tudo o que pudesse antes da aula. Àquela hora, não precisaria inventar desculpas para as colegas de quarto curiosas. Mas, se dormisse na Lethe, Mercy e Lauren implorariam para saber onde e com quem ela tinha passado a noite.

Darlington tinha sugerido inventar um namorado para justificar as longas ausências e as vezes que voltasse tarde da noite.

— Se fizer isso, em algum momento terei que produzir um humano em forma de rapaz para me olhar com adoração — Alex respondera, frustrada. — Como você se safou disso nos últimos três anos?

Darlington apenas dera de ombros.

— Meus colegas de quarto achavam que eu era pegador.

Se os olhos de Alex tivessem se revirado mais na cabeça, ela teria enxergado seu cérebro.

— Tá certo, tá certo. Eu disse a eles que estava em uma banda com uns caras da UConn e que tocávamos bastante fora.

— Você pelo menos toca algum instrumento?

— Claro.

Violoncelo, baixo vertical, violão, piano e um instrumento de cordas árabe chamado oud.

Com sorte, Mercy estaria dormindo quando Alex voltasse ao quarto, e ela poderia se esgueirar para dentro, pegar suas coisas de banho e andar até o fim do corredor sem ser notada. Seria complicado. Mexer com o Véu entre este mundo e o próximo sempre deixava um fedor entranhado, uma mistura do crepitar elétrico de ozônio após uma tempestade com a podridão de uma abóbora esquecida num parapeito de janela. A primeira vez que cometera o erro de voltar para o dormitório sem tomar banho, tivera de mentir dizendo ter escorregado em uma pilha de lixo. Mercy e Lauren riram daquilo por semanas.

Alex pensou no chuveiro encardido que esperava por ela no dormitório... em seguida se viu afundando na enorme banheira antiga, com pés em forma de garra, no banheiro impecável de Il Bastone, a cama com dossel tão alta que ela precisava dar um impulso para subir. A Lethe supostamente tinha casas seguras e outros esconderijos por todo o campus de Yale, mas as duas a que Alex fora apresentada eram a Gaiola e Il Bastone. A Gaiola era mais perto do dormitório de Alex e da maioria de suas aulas, mas não passava de um conjunto de cômodos surrados e aconchegantes sobre uma loja de roupas, sempre abastecida com sacos de batatas fritas e com as barras de proteína de Darlington, um lugar para fazer uma pausa e tirar um cochilo rápido no sofá de molas detonado. Il Bastone era especial: uma mansão de três andares, a quase um quilômetro e meio do coração do campus, que servia como principal sede da Lethe. Oculus estaria esperando ali naquela noite, as luzes acesas, com uma bandeja de chá, conhaque e sanduíches. Era a tradição, mesmo que Alex não aparecesse para aproveitar nada daquilo. Mas o preço de todo aquele luxo seria lidar com Oculus, e ela simplesmente não podia aguentar os silêncios e a mandíbula travada de Dawes naquela noite. Melhor voltar ao dormitório com o fedor do trabalho da noite ainda nela.

Alex atravessou a rua e cortou caminho pela rotatória. Era difícil não ficar olhando para trás, pensando nos Cinzentos na beira do círculo com as bocas escancaradas, poços negros zumbindo aquele som baixo de inseto. O que teria acontecido se o parapeito tivesse quebrado, se o círculo de giz não tivesse aguentado? O que os tinha provocado? Ela teria tido a força ou o conhecimento necessários para segurá-los? *Pasa punto, pasa mundo.*

Alex apertou o casaco em torno de si, enfiando o rosto no cachecol, a respiração úmida contra a lã, passando apressada pela Biblioteca Beinecke.

— Se você ficar trancada ali durante um incêndio, todo o oxigênio é sugado — Lauren tinha dito. — Para proteger os livros.

Alex sabia que aquilo era besteira. Darlington havia lhe dito isso. Ele conhecia a verdade do prédio, todas as suas fachadas, sabia que fora construído de acordo com o ideal platônico (o prédio era um templo), com as mesmas proporções usadas por alguns tipógrafos para suas páginas (o prédio era um livro), que seu mármore fora extraído em Vermont (o prédio era um monumento). A entrada fora feita de modo que admitisse apenas uma pessoa por vez, passando pela porta giratória como um suplicante. Ela se lembrava de Darlington vestindo as luvas brancas usadas para manejar manuscritos raros, os dedos longos pousados com reverência sobre a página. Do mesmo modo que Len manuseava dinheiro.

Havia um cômodo em Beinecke, escondido no... ela não conseguia lembrar em qual andar. E, mesmo se conseguisse, não teria ido até lá. Não tinha coragem de descer até o pátio, tocar a janela do jeito secreto e entrar no escuro. Aquele lugar tinha sido caro a Darlington. Não havia um local mais mágico. Não havia outro local no campus em que ela se sentisse mais como uma fraude.

Alex pegou o celular para ver as horas, esperando que não tivesse passado muito das três. Se pudesse estar na cama de banho tomado às quatro, ainda teria longas três horas e meia antes que precisasse estar acordada e de volta ao outro lado do campus para a aula de Espanhol. Essa era a conta que fazia toda noite, a todo momento. Quanto tempo tinha para tentar terminar o trabalho? Quanto tempo para descansar? Nunca conseguia fazer os números funcionarem. Estava apenas sobrevivendo, forçando a barra, sempre um pouco abaixo da média, e o pânico se prendia a ela, seguindo seus passos.

Alex olhou para a tela brilhante e pragejou. Estava cheia de notificações. Tinha silenciado o telefone para a prognosticação e se esquecera de reativar o som.

As mensagens eram todas da mesma pessoa: Oculus, Pamela Dawes, a estudante de pós-graduação que mantinha as residências da Lethe e atuava como assistente de pesquisa. *Pammie*, embora apenas Darlington a chamasse assim.

"Ligue aqui."

"Ligue aqui."

"Ligue aqui."

As mensagens tinham sido enviadas em intervalos exatos de quinze minutos. Ou Dawes seguia algum tipo de protocolo ou era ainda mais tensa do que Alex pensara.

Alex considerou apenas ignorar as mensagens. Mas era uma noite de quinta-feira, a noite em que as sociedades se encontravam, e aquilo significava que alguma merdinha tinha se transformado em algo pior. Até onde sabia, os idiotas metamorfoseadores da Cabeça de Lobo podiam ter se transformado em uma manada de búfalos e pisoteado um grupo de estudantes saindo da Branford.

Para se proteger do vento, foi para trás de uma das colunas que apoiavam o cubo da Beinecke e discou.

Dawes atendeu no primeiro toque.

— Oculus falando.

— Dante responde — disse Alex, sentindo-se uma idiota. Ela era Dante. Darlington era Virgílio. Era assim que a Lethe funcionava, até que Alex chegasse ao último ano e assumisse o título de Virgílio para treinar um calouro. Ela tinha assentido e replicado o sorrisinho de Darlington quando ele lhe dissera os nomes em código – aos quais ele se referia como "cargos" –, fingindo ter entendido a piada. Mais tarde, foi pesquisá-los e descobriu que Virgílio era o guia de Dante em sua descida ao inferno. Mais humor da Casa Lethe desperdiçado com ela.

— Há um corpo no Payne Whitney — disse Dawes. — Centurião está no local.

— Um corpo... — repetiu Alex, imaginando se a fadiga danificara sua capacidade de entender o discurso básico humano.

— Sim.

— Tipo um corpo morto?

— Si-im. — Dawes claramente tentava parecer calma, mas perdeu o fôlego, transformando a única sílaba em um soluço musical.

Alex pressionou o corpo contra a coluna, o frio da pedra se infiltrando no casaco, e sentiu uma estocada de adrenalina raivosa crescendo dentro de si.

Está zoando comigo? Era o que gostaria de perguntar. Era o que aquilo parecia. Ser sacaneada. Ser a criança esquisita que falava sozinha, tão desesperada para ter amigos que concordou quando Sarah McKinney pediu: "Pode me encontrar no Tres Muchachos depois da escola? Quero ver se você consegue falar com a minha avó. Costumávamos ir muito lá, e eu sinto tanta falta dela". A criança que ficou sozinha em frente ao restaurante mexicano mais merda na praça de alimentação mais merda no Valley, até precisar chamar a mãe e pedir que ela a buscasse porque ninguém tinha aparecido. Claro que ninguém tinha aparecido.

Isto é real, ela lembrou a si mesma. E Pamela Dawes era muitas coisas, mas não era uma babaca do estilo de Sarah McKinney.

O que significava que alguém tinha de fato morrido.

E ela precisava fazer algo sobre aquilo?

— Hum, foi um acidente?

— Possível homicídio — Dawes soou como se estivesse só esperando aquela pergunta.

— Certo — disse Alex, porque não tinha ideia do que mais dizer.

— Certo — Dawes respondeu desajeitadamente. Ela tinha dito a grande fala e agora estava pronta para sair do palco.

Alex desligou e ficou no silêncio sombrio e fustigado pelo vento da praça vazia. Tinha esquecido pelo menos a metade do que Darlington tentara lhe ensinar antes de desaparecer, mas ele definitivamente não tinha abordado assassinato.

Ela não sabia o motivo. Se iriam juntos para o inferno, assassinato parecia um bom lugar para começar.

2
Outono passado

Daniel Arlington se orgulhava de estar sempre preparado para qualquer coisa, mas, se precisasse escolher uma maneira de descrever Alex Stern, teria sido "uma surpresa indesejada". Podia pensar em muitos outros termos para ela, mas nenhum deles era educado, e Darlington sempre procurava ser educado. Se tivesse sido criado pelos pais – o pai diletante, a mãe prolixa mas brilhante –, poderia ter tido prioridades diferentes, mas fora criado pelo avô, Daniel Tabor Arlington III, que acreditava que a maioria dos problemas se resolvia com uísque forte, muito gelo e modos impecáveis.

Seu avô jamais conhecera Galaxy Stern.

Darlington foi até o quarto de Alex no primeiro andar do dormitório da Vanderbilt em um dia desgraçado de calor na primeira semana de setembro. Poderia ter esperado que ela se apresentasse à casa na Orange, mas, em sua própria época de calouro, a inimitável Michelle Alameddine, que servira como seu Virgílio, o recebera em Yale e nos mistérios da Casa Lethe indo encontrá-lo no dormitório dos calouros no Campus Antigo. E Darlington estava determinado a fazer as coisas corretamente, mesmo se tudo que dizia respeito à situação de Stern tivesse começado errado.

Ele não tinha escolhido Galaxy Stern como seu Dante. Na verdade, ela tinha, pela mera virtude de sua existência, tirado dele algo que sempre quis fazer durante os três anos no cargo da Lethe: o momento em que dotaria alguém novo do trabalho que amava, quando expandiria os limites do mundo comum para alguma alma digna mas pouco ciente. Apenas alguns meses antes, esvaziara caixas cheias de candidaturas de calouros e fizera uma grande pilha no salão em Black Elm, zonzo de empolgação, determinado a ler ou ao menos dar uma olhada em todos os mais de mil e oitocentos arquivos antes de fazer sua recomendação aos ex-alunos da Casa Lethe. Ele seria justo, minucioso e manteria a mente aberta, e no fim escolheria vinte candidatos para o papel de Dante. Então, a Lethe examinaria seus passados, inspecionaria riscos de saúde, sinais de doença mental e vulnerabilidades financeiras, e uma decisão final seria tomada.

Darlington criara um plano para quantas inscrições teria de enfrentar por dia para ainda ter livres as manhãs, para o trabalho na propriedade, e as tardes, para o emprego no Museu Peabody. Naquele dia de julho, estava adiantado na programação – na inscrição número 324: Mackenzie Hoffer, oitocentos no teste verbal, setecentos e vinte em Matemática, nove créditos acadêmicos no terceiro ano, blog sobre a Tapeçaria de Bayeux mantido em inglês e francês. Parecia promissora até que ele chegou ao ensaio pessoal, no qual ela se comparava a Emily Dickinson. Darlington tinha acabado de jogar a pasta dela na pilha de negativas quando o reitor Sandow ligou para dizer que a busca tinha acabado. Tinham encontrado a candidata. Os ex-alunos eram unânimes.

Darlington quis protestar. Diabos, sua vontade era de quebrar alguma coisa. Em vez disso, endireitou a pilha de pastas atrás de si e disse:

— Quem é ela? Tenho todos os arquivos bem aqui.

— Você não está com o arquivo dela. Ela nunca se inscreveu. Nem terminou o ensino médio. — Antes que Darlington pudesse cuspir sua indignação, Sandow acrescentou: — Daniel, ela consegue ver Cinzentos.

Darlington fez uma pausa, a mão ainda sobre Mackenzie Hoffer (dois verões com a Habitat para a Humanidade). Não era apenas o fato de ouvir seu nome de batismo, algo que Sandow raramente usava. *Ela consegue ver Cinzentos.* O único modo de um vivo ver os mortos era ingerir Orozcerio, um elixir absolutamente complexo que exigia habilidade perfeita e atenção aos detalhes para ser criado. Ele mesmo tentara aos dezessete anos, antes de ouvir falar da Lethe, quando tinha apenas uma vaga esperança de que pudesse existir algo mais no mundo do que ele fora levado a acreditar. Seus esforços o enviaram para o pronto-socorro, e ele sangrou pelos olhos e ouvidos por dois dias.

— Ela conseguiu produzir um elixir? — ele perguntou, ao mesmo tempo empolgado e com um pouco de inveja.

Seguiu-se um silêncio, longo o bastante para que Darlington desligasse a luz na escrivaninha do avô e fosse até a varanda dos fundos de Black Elm. Dali, podia ver o declive gentil das casas descendo por Edgewood até o campus e, bem longe, o estuário de Long Island. Todo o terreno até a Avenida Central um dia fizera parte de Black Elm, mas fora vendido em pedaços conforme a fortuna dos Arlington minguava. A casa, com os roseirais e o labirinto de sebe arruinado na beira da floresta, era tudo o que restava – e só sobrara Darlington para cuidar deles, podá-los e suplicar para que voltassem. Agora a noite caía, um longo pôr do sol de verão, espesso de mosquitos e do brilho de vaga-lumes. Ele podia ver o ponto de interrogação do rabo branco de Cosmo enquanto o gato corria pela grama alta perseguindo alguma criaturinha.

— Sem elixir — disse Sandow. — Ela simplesmente consegue vê-los.

— Ah — respondeu Darlington, observando um melro bicar sem vontade a base quebrada do que tinha um dia sido uma fonte de obelisco. Não havia nada a dizer. Embora a Lethe tivesse sido criada para monitorar as atividades das sociedades secretas de Yale, sua missão secundária era desvendar os mistérios do que ficava além do Véu. Por anos tinham documentado histórias de pessoas que podiam de fato ver espectros, algumas confirmadas, outras pouco mais que rumores. Então, se o conselho tinha encontrado uma garota que podia ver essas coisas e se pudesse fazer com que ela se comprometesse com eles... Bem, era isso. Ele deveria ficar feliz em conhecê-la.

Ele queria encher a cara.

— Não estou mais feliz com isso que você — disse Sandow. — Mas sabe da posição em que nos encontramos. Este é um ano importante para a Lethe. Precisamos que todos fiquem felizes.

A Lethe era responsável por supervisionar as Casas do Véu, mas também era financiada por elas. Aquele era um ano de renovação dos investimentos, e as sociedades tinham passado tanto tempo sem nenhum incidente que rumores começavam a correr de que talvez não devessem mexer nos cofres para continuar bancando a Lethe.

— Vou lhe enviar os arquivos dela. Ela não... ela não é o Dante que esperávamos, mas tente manter a mente aberta.

— É claro — respondeu Darlington, porque era o que um cavalheiro fazia. — Claro que sim.

Ele tinha tentado. Mesmo depois de ler o arquivo dela, mesmo depois de ter assistido à entrevista dela com Sandow, gravada em um hospital em Van Nuys, na Califórnia, de ter ouvido o som falho da voz dela, de instrumento de sopro, ele tentara. Ela fora encontrada nua e em coma em uma cena de crime, ao lado de uma garota que não tivera a mesma sorte de sobreviver ao fentanyl que ambas tinham tomado. Os detalhes eram mais sórdidos e tristes do que ele podia compreender, e tentara sentir pena dela. Sua Dante, a garota a quem daria as chaves de um mundo secreto, era uma criminosa, usuária de drogas, que abandonara a escola e não se importava com nenhuma das coisas que eram importantes para ele. Mas ele tinha tentado.

E, mesmo assim, nada o preparara para o choque da presença dela naquela surrada sala comunal do Vanderbilt. O local era pequeno, mas de pé-direito alto, com três janelas elevadas que davam para o pátio em forma de ferradura e duas portas estreitas que se abriam para os quartos. O espaço parecia um turbilhão devido ao alegre caos da mudança anual de calouros: caixas no chão, nenhum móvel decente à vista além de uma luminária capenga e uma gasta poltrona de reclinar, encostada contra a lareira que havia muito não funcionava. Uma loira musculosa de shorts de corrida – Lauren, ele adivinhou (provavelmente estudando Medicina, notas consistentes, capitã de hóquei sobre grama em sua escola preparatória na Filadélfia) – montava um toca-discos falsamente antigo na borda do assento da janela, com um caixote plástico de discos equilibrado logo atrás. A poltrona de reclinar provavelmente também era dela, transportada em um caminhão de mudança de Bucks County para New Haven. Anna Breen (Huntsville, Texas; bolsa de estudos STEM; regente de coral) estava sentada no chão tentando montar o que parecia ser uma estante de livros. Aquela era uma garota que realmente jamais se encaixaria. Acabaria em um grupo de canto ou talvez mergulhasse de cabeça em sua igreja. Definitivamente não iria para festinhas com as colegas de quarto.

Então as outras duas garotas saíram de um dos quartos, carregando desajeitadamente uma mesa surrada da universidade.

— Vocês precisam colocar isso aqui fora? — perguntou Anna, de modo desanimado.

— Precisamos de mais espaço — disse uma garota de vestido de verão florido que Darlington sabia ser Mercy Zhao (piano; oitocentos no teste de Matemática, oitocentos no verbal; ensaios premiados sobre Rabelais; e um trabalho bizarro, mas persuasivo, comparando uma passagem de *O som e a fúria* a um trecho sobre uma pereira em *Contos da Cantuária*, que atraiu a atenção dos departamentos de Inglês de Yale e de Princeton.

E então Galaxy Stern (sem diploma do ensino médio, sem teste de desenvolvimento educacional geral, sem feitos dignos de nota a não ser ter sobrevivido à própria desgraça) emergiu do canto escuro do quarto, vestindo uma camisa de mangas compridas e jeans pretos totalmente inapropriados para o calor, equilibrando uma ponta da mesa nos braços magros. A baixa qualidade do vídeo de Sandow captara os feixes retos e oleosos do cabelo negro, mas não a precisão severa do repartido no meio; capturara a qualidade oca dos olhos, mas não sua cor profunda de borrão de tinta. Ela parecia desnutrida, as clavículas como pontos de exclamação afiados sob o tecido da camisa. Era muito polida, quase úmida, menos ondina se levantando das águas do que uma russalka de dentes afiados.

Ou talvez só precisasse de um lanche e de uma longa soneca.

Certo, Stern. Vamos começar.

Darlington bateu na porta, entrou no quarto e deu um grande sorriso, alegre, receptivo, enquanto elas colocavam a mesa no canto da sala comunal.

— Alex! Sua mãe me pediu para ver como você estava. Sou eu, Darlington.

Por um breve momento, ela pareceu totalmente perdida, quase em pânico, então retribuiu o sorriso dele.

— Ei! Não reconheci você.

Ótimo. Ela era adaptável.

— Me apresente, por favor — disse Lauren, o olhar interessado, examinador. Ela tinha puxado da caixa uma cópia de *A Day at the Races*, do Queen.

Ele estendeu a mão.

Sou Darlington, primo de Alex.

— Está na JE também? — perguntou Lauren.

Darlington se recordava daquela sensação de lealdade imerecida. No começo do ano, os calouros eram distribuídos em residências estudantis, onde fariam a maior parte das refeições e onde depois dormiriam quando saíssem do Campus Antigo, no segundo ano. Comprariam cachecóis com listras nas cores da residência, aprenderiam seus cantos e lemas. Alex pertencia à Lethe, assim como Darlington pertencera, mas fora alocada na Jonathan Edwards, batizada com o nome do pregador do fogo eterno.

— Sou da Davenport — respondeu Darlington. — Mas não moro no campus.

Ele tinha gostado de morar na Davenport – o salão de jantar, o grande pátio gramado. Mas não gostava que Black Elm ficasse vazia, e o dinheiro economizado com o quarto e as refeições fora suficiente para consertar as infiltrações que encontrara no salão de dança na primavera anterior. Além disso, Cosmo gostava da companhia.

— Você tem carro? — perguntou Lauren.

Mercy riu.

— Ah, meu Deus, você é ridícula.

Lauren deu de ombros.

— De que outro jeito vamos até a Ikea? Precisamos de um sofá.

Ela seria a líder daquele grupo, que diria a quais festar ir, que as faria decorar o espaço e participar da distribuição de bebidas, em vez de doces, no Dia das Bruxas.

— Desculpe — ele disse com um sorriso contrito. — Não posso levar vocês. Ao menos não hoje. — Nem qualquer outro dia. — É preciso roubar a Alex.

Alex limpou as palmas das mãos nos jeans.

— Estamos tentando nos acomodar — ela disse de modo hesitante, até esperançoso. Ele via círculos de suor brotando sob os braços dela.

— Você prometeu — ele disse com uma piscadela. — E sabe como minha mãe fica com as questões de família.

Ele viu um lampejo de rebelião nos olhos de petróleo dela, mas tudo o que ela disse foi:

— Certo.

— Pode nos dar dinheiro para o sofá? — Lauren perguntou a Alex, enfiando com força o disco do Queen de volta à caixa. Darlington esperava que não fosse o vinil original.

— Com certeza — disse Alex. Ela se virou para Darlington: — Tia Eileen disse que pagaria um sofá novo, certo?

O nome da mãe de Darlington era Harper, e ele duvidava que ela sequer conhecesse a palavra "Ikea".

— Ela disse?

Alex cruzou os braços.

— Disse.

Darlington pegou a carteira do bolso de trás e tirou trezentos dólares em dinheiro. Deu as notas a Alex, que as passou para Lauren.

— Não se esqueça de escrever um bilhete de agradecimento — ele disse.

— Ah, vou escrever — respondeu Alex. — Sei que ela é muito apegada a esse tipo de coisa.

Quando estavam cruzando o gramado do Campus Antigo, as torres e as crênulas de tijolo vermelho do Vanderbilt atrás deles, Darlington disse:

— Você me deve trezentos dólares. Não vou comprar um sofá para você.

— Você pode pagar — respondeu Alex, tranquila. — Imagino que venha do lado bom da família, primo.

— Você precisava de uma desculpa para me encontrar com frequência.

— Fala sério. Você estava me testando.

— É meu trabalho testar você.

— Pensei que seu trabalho fosse me ensinar. Não é a mesma coisa.

Pelo menos ela não era estúpida.

— Certo. Mas as visitas à querida tia Eileen podem cobrir algumas das noites que você vai chegar tarde.

— De quão tarde estamos falando?

Ele sentia a preocupação na voz dela. Era precaução ou preguiça?

— Quanto o reitor Sandow lhe contou?

Não muito. Ela puxou o tecido da camisa para longe da barriga, tentando se refrescar.

— Por que está vestida assim? — Ele não tivera a intenção de perguntar, mas ela parecia bastante desconfortável e deslocada; a camisa preta Henley abotoada até o pescoço, suor se espalhando em círculos escuros sob as axilas. Uma garota que mentia com tanta facilidade deveria ter uma percepção melhor do disfarce adequado.

Alex apenas lhe deu um olhar de esguelha.

— Sou muito modesta.

Darlington não tinha resposta para aquilo, então apontou para um dos dois prédios idênticos de tijolo vermelho que faziam um colchete no caminho.

— Aquele é o prédio mais antigo do campus.

— Não parece tão velho.

— Foi bem conservado. Mas quase não sobreviveu. As pessoas achavam que ele estragava a aparência do Campus Antigo, então quiseram derrubá-lo.

— E por que não derrubaram?

— Os livros atribuem a decisão a uma campanha de preservação, mas a verdade é que a Lethe descobriu que o prédio abrigava um veio.

— Como?

— Abrigava um veio espiritual. Fazia parte de um antigo ritual de amarração para manter o campus em segurança.

Viraram para a direita, tomando um caminho que os levava na direção da ponte levadiça do Portão Phelps, que evocava a era medieval.

— O campus todo era assim. Predinhos de tijolos vermelhos. Arquitetura colonial. Bem parecido com Harvard. Então, depois da Guerra Civil, os muros foram levantados. Agora a maior parte do campus é desse jeito, uma série de fortificações cercadas de muros e portões, um bastilhão.

O Campus Antigo era um exemplo perfeito: um quadrilátero maciço de dormitórios altos de pedra cercando um pátio imenso salpicado pelo sol, aberto a todos – até que a noite caísse e os portões fossem fechados.

— Por quê?

— Para manter a ralé do lado de fora. Os soldados voltaram descontrolados da guerra para New Haven, muitos solteiros, vários deles prejudicados pelas batalhas. Também houve uma onda de imigração. Irlandeses, italianos, escravos libertos, todos procurando empregos nas fábricas. E Yale não queria nada disso.

Alex riu.

— Achou engraçado? — ele perguntou.

Ela olhou de volta para o dormitório.

— Mercy é chinesa. Uma garota nigeriana mora no dormitório do lado. Eu sou uma vira-lata. De alguma forma, todas nós entramos.

— Um cerco longo e lento.

A palavra *vira-lata* parecia uma provocação perigosa. Ele fitou o cabelo negro, os olhos negros, o aspecto moreno da pele dela. Poderia ser grega. Mexicana. Caucasiana.

— Mãe judia, sem menção do pai, mas imagino que você teve um.

— Nunca o conheci.

Havia mais nessa história, mas ele não queria pressionar.

— Todos temos espaços que mantemos vazios.

Tinham chegado ao Portão Phelps, o grande arco ecoante que levava à rua College e para longe da segurança relativa do Campus Antigo. Ele não queria desviar do caminho. Tinham muito chão, literal e figurativamente, para cobrir.

— Aqui é o Parque New Haven — ele disse, conforme os dois desciam por um dos caminhos de pedra. — Quando a colônia foi fundada, construíram aqui o local de encontros. A cidade foi pensada para ser um novo Éden, fundada entre dois rios, como o Tigre e o Eufrates.

Alex franziu o cenho.

— Por que tantas igrejas?

Havia três ali no parque: duas eram quase idênticas, no estilo da época Federalista, e a terceira era uma joia do neogótico.

— Esta cidade tem praticamente uma igreja a cada quarteirão. Ou costumava ter. Algumas estão fechando agora. As pessoas simplesmente não vão mais à igreja.

— Você vai? — ela perguntou.

— *Você* vai? — ele devolveu a pergunta.

— Não.

— Sim, eu vou — ele disse. — É uma coisa de família.

Ele vislumbrou certo julgamento nos olhos dela, mas não precisava se explicar. Igreja no domingo, trabalho na segunda. Era o hábito dos Arlington. Quando Darlington fez treze anos e declarou que ficaria feliz em arriscar a ira de Deus se pudesse dormir até mais tarde, o avô, apesar de seus oitenta anos, pegou-o pela orelha e o arrastou para fora da cama. "Não me importa em que você acredita", o avô dissera. "O trabalhador acredita em Deus e espera que façamos o mesmo, então você vai se vestir e sentar essa bunda no banco da igreja ou vou deixá-la em carne viva." Darlington foi. E, depois que o avô morreu, continuou indo.

— O parque é o local da primeira igreja e do primeiro cemitério da cidade. É uma tremenda fonte de poder.

— É... nem brinca.

Ele percebeu que os ombros dela tinham ficado relaxados e tranquilos. O passo dela tinha mudado. Ela se parecia um pouco menos com alguém se preparando para dar um golpe.

Darlington tentou não soar muito ansioso.

— O que você vê?

Ela não respondeu.

— Eu sei o que você é capaz de fazer. Não é segredo.

O olhar de Alex ainda estava distante, quase desinteressado.

— Está vazio aqui, só isso. Nunca vejo muita coisa perto de cemitérios e coisas do tipo.

Coisas do tipo. Darlington olhou em volta, mas via o mesmo que qualquer um veria: estudantes, pessoas que trabalhavam no fórum ou nas lojas ao longo da rua Chapel, aproveitando o sol no horário de almoço.

Ele sabia que aqueles caminhos, que pareciam bifurcar o parque arbitrariamente, tinham sido desenhados por um grupo de maçons para tentar aplacar e conter os mortos quando o cemitério fora movido uns poucos quarteirões. Sabia que as linhas dos pontos cardeais – ou um pentagrama, dependendo da pessoa a quem se perguntava – podiam ser vistas de cima. Conhecia o local onde o Carvalho de Lincoln fora derrubado pelo furacão Sandy, revelando um esqueleto humano emaranhado em suas raízes, um dos muitos corpos que jamais foram movidos para o cemitério da rua Grove. Ele via a cidade de modo diferente porque a conhecia, e seu conhecimento não era por acaso. Era adoração. Mas nenhuma quantidade de amor poderia fazer com que ele visse Cinzentos. Não sem Orozcerio, outra tragada da Bacia Dourada. Ele estremeceu. Toda vez era um risco, outra chance de seu corpo dizer *chega*, de um de seus rins simplesmente parar.

— Faz sentido que não os veja aqui — ele disse. — Certas coisas os atraem para cemitérios e campos-santos, mas, via de regra, eles ficam longe.

Agora ele tinha capturado a atenção dela. Um interesse real brilhou em seus olhos, a primeira indicação de algo além da reserva vigilante.

— Por quê?

— Os Cinzentos amam a vida e tudo que os lembre de estar vivo. Sal, açúcar, suor. Brigas e sexo, lágrimas, sangue, drama humano.

— Pensei que o sal os mantinha longe.

Darlington levantou uma sobrancelha.

— Viu isso na televisão?

— Ficaria mais feliz se eu dissesse que aprendi num livro ancestral?
— Na verdade, sim.
— Lamentável.
— Sal é um purificador — ele disse enquanto atravessavam a rua Temple —, então é bom para banir demônios, embora, para minha grande tristeza, jamais tenha tido a honra. Mas, quando se trata de Cinzentos, fazer um círculo de sal é o equivalente a deixar um rastro de migalhas de pão.
— Então o que os mantém longe?
A ansiedade dela zumbiu por meio das palavras. Então era isso que a interessava.
— Pó de osso. Terra de cemitério. Restos de cinzas de crematórios. *Memento mori.* — Ele olhou para ela. — Sabe alguma coisa de latim?
Ela balançou a cabeça. Claro que não.
— Eles odeiam lembranças da morte. Se quer blindar seu quarto dos Cinzentos, pendure uma pintura de Holbein.
Ele tinha feito uma brincadeira, mas notou que ela ruminava as palavras, guardando o nome do artista na memória. Darlington sentiu uma pontada aguda de culpa que não lhe agradou. Estivera tão ocupado invejando a habilidade daquela garota que não tinha considerado como seria jamais poder fechar a porta para os mortos.
— Posso proteger seu quarto — ele disse, como penitência. — O dormitório inteiro, se quiser.
— Pode fazer isso?
— Posso — ele respondeu. — E posso mostrar a você como fazer também.
— Me conte o resto — disse Alex.
Longe da caverna escura dos dormitórios, o suor formara um brilho oleoso sobre o nariz e a testa dela, acumulando-se na fenda sobre o lábio superior. Ela iria ensopar aquela camisa, e ele percebia que ela estava constrangida pela maneira como mantinha os braços rígidos ao lado do corpo.
— Você leu *A vida da Lethe*?
— Li.
— De verdade?
— Dei uma olhada.

— Leia — ele disse. — Fiz uma lista de outros materiais que ajudarão você a avançar mais rápido. Na maior parte, histórias de New Haven e nossa própria compilação da história das sociedades.

Alex chacoalhou a cabeça com força.

— Quero dizer, me conte o motivo de eu estar aqui... com você.

Aquela era uma pergunta difícil de responder. Nada. Tudo. A Lethe deveria ser um presente, mas poderia ser isso para ela? Havia muita coisa a dizer.

Deixaram o parque e ele viu a tensão voltar aos ombros dela, embora continuasse não havendo nada que seus olhos pudessem ver para justificar isso. Passaram pela fila de bancos agrupados na Elm, assomando-se sobre a Kebabian's, a lojinha de tapetes vermelha que de algum modo prosperava em New Haven havia pelo menos cem anos, e então viraram à esquerda na Orange. Estavam a apenas alguns quarteirões do campus, mas pareciam quilômetros. O agito da vida estudantil desaparecera, como se entrar na cidade fosse uma queda de um penhasco. As ruas eram uma bagunça do velho e do novo: casas gentilmente desgastadas, estacionamentos descobertos, um teatro cuidadosamente restaurado, a altura gigantesca do Departamento Habitacional.

— Por que aqui? — Alex perguntou quando Darlington não respondeu à dúvida anterior. — O que há neste lugar que os atrai?

A resposta curta era: *Sei lá*. Mas Darlington duvidava que isso desse muita credibilidade a ele ou à Lethe.

— No começo de 1800, a magia e seus praticantes se mudaram do velho para o novo mundo, deixando a Europa para trás. Precisavam de um lugar para guardar seu conhecimento e preservar suas práticas. Ninguém sabe com certeza por que New Haven funcionou. Tentaram em outros lugares também — explicou Darlington, com algum orgulho. — Cambridge. Princeton. New Haven foi onde a mágica vingou e criou raízes. Algumas pessoas acham que é porque o Véu é mais fino aqui, mais fácil de ser perfurado. Pode ver por que a Lethe está feliz em ter você a bordo. — *Ao menos parte da Lethe.* — Você talvez possa nos oferecer respostas. Alguns Cinzentos estão aqui há muito mais tempo que a universidade.

— E esses praticantes acharam que seria inteligente ensinar toda essa magia para um bando de universitários?

— O contato com o sobrenatural tem seu preço. Quanto mais velho você fica, mais difícil é aguentar esse contato. Então, a cada ano, as sociedades reabastecem o suprimento com uma nova fonte, uma nova delegação. A magia é literalmente uma arte moribunda, e New Haven é um dos poucos lugares no mundo em que ela ainda pode ser trazida à vida.

Ela não disse nada. Será que estava assustada? Ótimo. Talvez fosse de fato ler os livros que ele indicava, em vez de só dar uma olhada.

— Há mais de cem sociedades em Yale hoje em dia, mas não nos preocupamos com a maioria delas. Elas se reúnem para jantares, para contar suas histórias de vida, fazer um pouco de serviço comunitário. São as Oito Ancestrais que importam. As sociedades de posses. As Casas do Véu. São as que mantêm suas tumbas continuamente.

— Tumbas?

— Aposto que já viu algumas. Sedes, embora se pareçam mais com mausoléus.

— Por que não nos preocupamos com as outras sociedades? — ela perguntou.

— Nós nos importamos com poder, e o poder é ligado a locais. Cada uma das Casas do Véu cresceu em torno de um ramo dos arcanos e se devota a estudá-lo, e cada uma construiu sua tumba sobre um nexo de poder. Com exceção da Berzelius, mas ninguém se importa com a Berzelius.

Ela fora fundada como resposta direta à crescente presença mágica em New Haven, sob a alegação de que as outras casas eram charlatãs e diletantes supersticiosas, e era dedicada a investimentos em novas tecnologias e à filosofia de que a única magia verdadeira era a ciência. Conseguiram sobreviver à queda da Bolsa de 1929 sem a ajuda da prognosticação, e seguiram cambaleando até a quebra de 1987, quando quase foram eliminados. No fim das contas, a única magia verdadeira era a magia.

Um *nexo* — repetiu Alex. — Estão em todo o campus? Os... nexes.

— Nexos. Pense na magia como um rio. Os nexos são onde o poder faz um redemoinho, o que permite que os rituais das sociedades funcionem com sucesso. Mapeamos doze na cidade. Foram construídas tumbas em cima de oito deles. Os outros estão em locais onde já existem estruturas, como a estação de trem, ou seja, impossíveis de serem acessados. Algumas sociedades perderam suas tumbas ao longo do tempo. Podem estudar quanto quiserem. Uma vez que a conexão é quebrada, não conseguem muita coisa.

— E está me dizendo que tudo isso acontece há mais de cem anos sem ninguém perceber?

— As Oito Ancestrais produziram alguns dos homens e mulheres mais poderosos do mundo. Pessoas que literalmente conduzem governos, riquezas de nações, que definem a cultura. Já dirigiram tudo, das Nações Unidas ao Congresso, do *The New York Times* ao Banco Mundial. Manipularam quase todas as World Series de beisebol, seis Super Bowls, o Oscar, e no mínimo uma eleição presidencial. Centenas de sites se dedicam a desvendar suas conexões com os maçons, os Illuminati, o grupo Bilderberg... e a lista continua.

— Se eles se reunissem em uma lanchonete e não em mausoléus gigantes, talvez não precisassem se preocupar com isso.

Tinham chegado a Il Bastone, na Casa Lethe, três andares de tijolos vermelhos e vitrais, construída por John Anderson, em 1882, por um valor ultrajante e então abandonada quase um ano depois. Ele tinha alegado ter sido expulso pelos impostos altos da cidade. Os registros da Lethe contavam uma história diferente, uma que envolvia seu pai e o fantasma de uma vendedora de charutos. Il Bastone não se espalhava como Black Elm. Era uma casa urbana, ladeada por outras propriedades; alta, mas contida em sua grandiosidade.

— Eles não estão preocupados — respondeu Darlington. — Aceitam de bom grado as teorias conspiratórias e os loucos usando chapéu de papel-alumínio.

— Porque gostam de sentir que são interessantes?

— Porque o que fazem de verdade é muito pior.

Darlington abriu o portão de ferro forjado e viu a varanda da velha casa se endireitar levemente, como se estivesse na expectativa.

— Você primeiro.

Assim que o portão fechou, a escuridão os envolveu. De algum lugar sob a casa, um uivo soava, alto e faminto. Galaxy Stern perguntara o que a aguardava. Era hora de mostrar a ela.

3

Inverno

Quem morre em um ginásio? Depois do telefonema com Dawes, Alex fez o caminho de volta pela praça. Tinha ido ao ginásio Payne Whitney uma única vez: quando deixou que Mercy a arrastasse para uma aula de salsa, na qual uma garota branca, apertada em calças pretas e justas, lhe dizia para girar, girar, girar.

Darlington a encorajara a usar pesos e "aumentar o cárdio".

— Para quê?

— Para se aprimorar.

Só Darlington conseguia ficar sério ao dizer uma coisa daquelas. Ao mesmo tempo, ele corria quase dez quilômetros todas as manhãs e adentrava os lugares numa nuvem de perfeição física. A cada vez que ele aparecia no quarto do Vanderbilt, era como se uma corrente elétrica passasse pelo chão. Lauren, Mercy e até a silenciosa e carrancuda Anna sentavam-se mais eretas, de olhos brilhantes e levemente frenéticas, como um bando de esquilos arrumadinhos. Alex gostaria de ser imune a isso – o rosto bonito, o porte esguio, a facilidade com que ele ocupava um espaço como se fosse dele. Darlington tinha um jeito de tirar distraidamente o cabelo castanho da testa que fazia você ter vontade de fazer isso para ele. Mas a atração que ele exercia era compensada pelo medo saudável que instilava em Alex. No fim das contas, ele era um rapaz rico com um belo casaco que acabaria com ela sem nem ter a intenção.

Naquele primeiro dia na mansão na Orange ele atiçara chacais contra ela. *Chacais*. Dera um assovio agudo e eles saltaram dos arbustos perto da casa, rosnando e grunhindo. Alex gritara. Tropeçara nas próprias pernas ao se virar para correr e caíra na grama, quase sendo empalada pela cerca baixa de ferro. Mas, desde o início de seu tempo com Len, aprendera a sempre observar a pessoa no comando. Aquilo mudava de cômodo para cômodo, de casa para casa, de acordo para acordo, mas sempre valia a pena saber quem podia tomar as decisões sérias. Aquele era Darlington. E Darlington não parecia assustado. Parecia interessado.

Os chacais pisavam em sua direção, babando, os dentes arreganhados e as costas curvadas.

Pareciam raposas. Pareciam os coiotes que corriam em Hollywood Hills. Pareciam *cães de caça*.

Somos os pastores.

— Darlington — ela dissera, forçando calma na voz —, chame a porra dos seus cachorros.

Ele dissera uma série de palavras que ela não entendeu e as criaturas se esgueiraram de volta para os arbustos, sem mais sinal de agressividade, saltando nas patas e mordiscando os calcanhares uns dos outros. Ele tivera a audácia de sorrir para ela ao estender uma mão elegante. A garota de Van Nuys dentro dela ansiou por dar um tapa naquela mão, socar a garganta dele e fazer com que se arrependesse. Mas ela se forçara a pegar a mão dele, a deixar que ele a ajudasse a se levantar. Tinha sido o início de um dia muito longo.

Quando Alex finalmente voltou para o dormitório, Lauren esperou um total de sessenta segundos antes de soltar:

— Então, seu primo tem namorada?

Estavam sentadas ao redor da nova mesinha de centro, tentando evitar que as pernas balançassem enquanto enfiavam os parafusos de plástico. Anna sumira para algum lugar e Lauren tinha pedido pizza. A janela estava aberta, deixando entrar o começo de uma brisa enquanto anoitecia, e Alex tinha a impressão de que podia observar a si mesma do pátio – uma garota feliz, normal, cercada por pessoas com futuro que presumiam que ela também tivesse um. Queria segurar aquele sentimento, guardá-lo para si.

— Sabe... não tenho ideia.

Estivera tão perplexa que não tivera a chance de ficar curiosa.

— Ele cheira a dinheiro — disse Mercy.

Lauren jogou uma chave hexagonal na direção dela.

— Cafona.

— Nem inventem de sair com meu primo — Alex disse, porque era o tipo de coisa que aquelas garotas diziam. — Não preciso dessa confusão.

Esta noite, com o vento tentando entrar em seu casaco de inverno, Alex pensou naquela garota, iluminada em dourado, sentada naquele círculo sagrado. Tinha sido o último momento de paz do qual conseguia se lembrar. Apenas cinco meses tinham se passado, mas parecia muito mais tempo.

Ela virou à esquerda, sob a sombra das colunas brancas que corriam no lado sul do vasto refeitório que todos ainda chamavam de Commons, embora devesse ser chamado de Centro Schwarzman agora. Schwarzman foi um Osseiro, da turma de 1969, e dirigia com notório sucesso um fundo de ativos privados, o Grupo Blackstone. O Centro era resultado de uma doação de cento e cinquenta milhões de dólares à universidade, um presente e uma espécie de pedido de desculpas, por causa de uma magia que escapara de um ritual não sancionado, causando um comportamento bizarro e convulsões em metade dos membros da Banda Marcial de Yale durante um jogo de futebol contra Dartmouth.

Alex pensou nos Cinzentos na sala de cirurgia, com as bocas abertas. Uma prognosticação de rotina. Nada deveria ter dado errado, mas algo definitivamente tinha dado errado, ainda que ela fosse a única a saber. E agora deveria encarar um assassinato? Sabia que Darlington e Dawes ficavam de olho nos homicídios na área de New Haven, para se certificarem de que não havia sinais do sobrenatural, nenhuma chance de que uma das sociedades tivesse ficado afoita demais e ultrapassado os limites de seus rituais.

À frente dela, Cinzentos formavam uma papa fina que se deslocava para cima do teto da Faculdade de Direito, espalhando-se e fazendo curvas como leite derramado no café, atraídos pela mistura de medo e ambição. A grande tumba branca da Livro e Serpente se erguia à sua direita. De todos os prédios de sociedades, aquele era o que mais se parecia com uma cripta.

— Frontão grego, colunas jônicas. Bem modesto — dissera Darlington.

Ele guardava sua admiração para os painéis mouriscos e os arabescos da Chave e Pergaminho, para as linhas severas da metade do século da Manuscrito. Mas era a cerca em torno da Livro e Serpente que sempre atraíra o olhar de Alex: um ferro negro cheio de serpentes contornando-o.

— O símbolo de Mercúrio, deus do comércio — observara Darlington.

Deus dos ladrões. Até Alex conhecia aquele. Mercúrio era o mensageiro.

Diante dela estava o cemitério da rua Grove. Alex vislumbrou um grupo de Cinzentos ao lado de um túmulo na entrada. Alguém provavelmente deixara biscoitos ou algo açucarado para um parente morto, ou como uma oferenda de fã a um dos artistas e arquitetos enterrados ali. Mas o resto do cemitério, como todos os cemitérios à noite, estava vazio de fantasmas. Durante o dia, os Cinzentos eram chamados pelas lágrimas salgadas e pelas flores dos enlutados, pelos presentes dos vivos deixados para os mortos. Ela aprendera que eles amavam qualquer coisa que os fazia se lembrar da vida. A cerveja derramada e o riso estrondoso das festas de fraternidades; as bibliotecas em época de provas, densas de ansiedade, café e latas abertas de Coca-Cola doce e melada; quartos nos dormitórios cheios de estática por causa das fofocas, dos casais arfando, frigobares cheios de comida apodrecendo, estudantes que se reviravam na cama, com sonhos cheios de sexo e terror. *É onde eu deveria estar*, pensou Alex, *no dormitório, tomando banho no banheiro encardido, não andando por um cemitério na calada da noite.*

Os portões do cemitério tinham sido construídos para parecer um templo egípcio, as colunas largas entalhadas com flores de lótus, a base decorada com a frase: OS MORTOS RESSURGIRÃO. Darlington achava o ponto-final daquela sentença a pontuação mais eloquente na língua inglesa. Outra coisa que Alex fora forçada a pesquisar, outro trecho de código a ser decifrado. Por fim, a frase era de uma citação da Bíblia:

Vou ainda revelar-vos um mistério: nem todos morreremos, mas todos seremos transformados. Num instante, num piscar de olhos, ao soar da trombeta final – pois a trombeta soará –, não só os mortos ressuscitarão incorruptíveis, mas nós também seremos transformados.

"Incorruptíveis." Quando Alex viu a palavra, entendeu o sorrisinho de Darlington. Os mortos ressurgiriam, mas, a respeito da incorruptibilidade, o cemitério da rua Grove não prometia nada. Em New Haven, era melhor não esperar por garantias.

A cena na frente do ginásio Payne Whitney lembrou Alex da sala de cirurgia, os refletores da polícia iluminando a neve, jogando as sombras dos transeuntes contra o chão em linhas austeras. Seria bonito, esculpido em preto e branco como uma litogravura, mas o efeito era estragado pelas barreiras de fita amarela e pelo giro ritmado de azul e vermelho vindo dos carros de patrulha, estacionados para bloquear a interseção entre as duas ruas. A atividade parecia estar centrada no triângulo de terra órfã no centro.

Alex via a van do médico-legista com as portas abertas; policiais uniformizados em posição de sentido pelo perímetro; homens de jaquetas azuis, que ela achou que poderiam ser da equipe forense, com base no que tinha visto na televisão; estudantes que saíam dos dormitórios para ver o que estava acontecendo, apesar da hora.

Seu período com Len a deixara com receio de policiais. Quando ela era mais jovem, ele achava o máximo colocá-la para ajudar nas entregas, porque nenhum guarda – segurança do campus ou policial de Los Angeles – pararia uma menina gorducha de tranças procurando pela irmã mais velha em uma escola de ensino médio. Mas, quando ficou mais velha, ela perdeu o ar de alguém que pertencia a locais saudáveis.

Mesmo quando não estava carregando nada, tinha se acostumado a manter distância de policiais. Alguns deles pareciam quase farejar os problemas nela. Mas agora ia em direção a eles, alisando o cabelo com a mão enluvada, uma estudante como outra qualquer.

Não era difícil distinguir o Centurião. Alex encontrara o detetive Abel Turner uma única vez antes. Ele fora sorridente, encantador, mas ela percebera em um instante que ele não odiava apenas ela, mas também Darlington e tudo que fosse relacionado à Lethe. Não tinha certeza do motivo pelo qual ele fora escolhido como Centurião, a ligação da Casa Lethe com o comandante da polícia, mas ele claramente não queria o trabalho.

Ele estava de pé falando com outro detetive e um policial. Era meia cabeça mais alto que ambos, negro, o cabelo raspado bem baixo. Vestia um terno azul-marinho elegante e o que provavelmente era um autêntico sobretudo Burberry. A ambição emanava dele como um trovão. *Bonito demais*, a avó teria dito. *Quien se prestado se vestio, en medio de la calle se quito.* Estrea Stern não confiava em homens bonitos, muito menos nos bem-vestidos.

Alex rodeou a barricada. Centurião estava na cena como Dawes prometera, mas Alex não tinha certeza de como conseguir a atenção dele, e do que fazer ao conseguir. As sociedades se encontravam às quintas e aos domingos. Nenhum ritual com risco verdadeiro era permitido sem um delegado da Casa Lethe presente, mas isso não significava que alguém não pudesse ter quebrado a regra. Talvez a notícia de que Darlington estava "na Espanha" tivesse se espalhado, e alguém em uma das sociedades aproveitara a oportunidade para brincar com algo novo. Não achava que estavam agindo com maldade, mas os Tripps e as Mirandas do mundo podiam causar muitos danos mesmo sem terem a intenção. Os enganos deles jamais permaneciam.

A multidão em torno dela se dispersou quase imediatamente, e Alex se lembrou de como deveria estar cheirando mal, mas não havia nada que pudesse fazer sobre isso agora. Pegou seu celular e deslizou pelos poucos contatos. Trocara de telefone ao aceitar a oferta da Lethe, apagando todos os contatos da sua antiga vida em um ato simples de banimento, então tinha agora uma lista curta de números. Suas colegas de quarto. Sua mãe, que enviava mensagens todas as manhãs com uma série de carinhas felizes, como se emojis fossem uma forma de encantamento. E Turner estava ali também, mas Alex jamais enviara uma mensagem a ele. Jamais precisara.

"Estou aqui", ela digitou, e então acrescentou "É Dante", para a grande possibilidade de que ele não tivesse se dado ao trabalho de adicioná-la à sua lista de contatos.

Ela observou Turner tirar o telefone do bolso e ler a mensagem. Ele não olhou em volta.

O telefone dela vibrou um segundo depois.

"Eu sei."

Alex esperou dez minutos, vinte. Observou Turner terminar a conversa, consultar uma mulher de jaqueta azul, caminhar para a frente e para trás perto de uma área delimitada, onde o corpo devia ter sido encontrado.

Um aglomerado de Cinzentos perambulava em torno do ginásio. Alex passou os olhos por eles sem se fixar em nada, quase sem foco. Alguns eram Cinzentos locais que sempre podiam ser vistos pela área, um remador que se afogara em Florida Keys e voltara para assombrar os tanques de treinamento, um homem parrudo que claramente um dia fora jogador de futebol americano. Ela pensou ter vislumbrado o Noivo, o fantasma mais notório da cidade, um favorito dos nerds de assassinato e dos guias de assombrações locais como o *Nova Inglaterra assombrada*;

ele supostamente matara a noiva e cometera suicídio nos escritórios de uma fábrica que existira a menos de um quilômetro e meio dali. Ela não o encarou o suficiente para confirmar. O ginásio Payne Whitney sempre fora um chamariz para os Cinzentos, encharcado de suor e esforço, cheio de avidez e de corações acelerados.

— Quando você os viu pela primeira vez? — perguntara Darlington no dia em que se encontraram pela primeira vez, o dia em que ele atiçara os chacais contra ela. Darlington falava sete línguas. Lutava esgrima. Sabia jiu-jítsu e como refazer uma instalação elétrica, podia recitar poemas e peças de autores dos quais Alex jamais ouvira falar. Mas ele sempre fazia as perguntas erradas.

Alex verificou o telefone. Tinha perdido mais uma hora. Àquela altura provavelmente não deveria nem tentar dormir. Sabia que não era uma das principais prioridades de Turner, mas estava presa.

Ela digitou: "Minha próxima ligação será para Sandow".

Era um blefe, e Alex quase esperava que Turner não pagasse para ver. Se ele se recusasse a falar com ela, ficaria feliz em delatá-lo ao reitor – mas em um horário mais civilizado. Antes de fazer isso, iria para casa e dormiria por duas gloriosas horas.

Observou Turner tirar o telefone do bolso, balançar a cabeça e então ir até onde ela estava. O nariz dele estava levemente enrugado, mas tudo o que ele disse foi:

— Senhorita Stern, como posso ajudá-la?

Alex não sabia ao certo, mas ele lhe dera muito tempo para formular uma resposta.

— Não estou aqui para lhe causar problemas. Estou aqui porque me mandaram vir.

Turner soltou um risinho convincente.

— Todos nós temos trabalho a fazer, senhorita Stern.

Tenho certeza de que você gostaria que seu trabalho envolvesse me esganar agora mesmo.

— Entendo, mas é noite de quinta.

— Precedida pela quarta, seguida pela sexta.

Isso, banque o idiota. Alex teria ficado feliz em virar as costas para ele, mas precisava de algo para colocar no relatório.

— Há alguma causa da morte?

— É claro que algo causou a morte dela.

Esse babaca.

— Quis dizer...

— Sei o que quis dizer. Nada definitivo ainda, mas não deixarei de escrever para o reitor quando tivermos mais detalhes.

— Se uma sociedade estiver envolvida...

— Não há motivos para pensarmos isso. — Como se estivesse em uma coletiva de imprensa, ele completou: — Até o momento.

— É *quinta-feira* — ela repetiu. Embora as sociedades se encontrassem duas vezes por semana, os rituais só eram sancionados nas noites de quinta. Domingos eram para "estudo e pesquisas em quietude", o que normalmente significava uma refeição sofisticada servida em pratos caros, um ocasional palestrante convidado e muito álcool.

— Esteve com os idiotas esta noite? — ele disse, a voz ainda agradável. — É por isso que está com cheiro de bosta requentada? Com quem você estava?

Aquela parte dentro dela que gostava de arrumar confusão a fez dizer:

— Você parece um namorado ciumento.

— Eu pareço um policial. Responda.

— Os Osseiros estão por aí esta noite.

Isso pareceu diverti-lo.

— Diga a eles que devolvam o crânio de Gerônimo.

— Não está com eles — Alex disse, com razão. Poucos anos antes os herdeiros de Gerônimo tinham processado a sociedade, mas não dera em nada. Os Osseiros tinham o fígado e o intestino delgado dele em um pote, mas ela sentiu que não era o momento certo para fazer aquela observação.

— Onde está Darlington?

— Na Espanha.

— *Espanha?* — Pela primeira vez, a expressão calma de Turner se desfez.

— Foi estudar fora.

— E deixou você no comando?

— Exatamente.

— Ele deve ter muita fé em você.

— Exatamente.

Alex mostrou a ele seu sorriso mais vencedor, e por um segundo pensou que o detetive Turner pudesse sorrir de volta, pois é preciso um trapaceiro para reconhecer outro. Mas ele não sorriu. Havia muito tempo que tinha de ser cuidadoso.

— De onde você é, Stern?

— Por quê?

— Olhe — ele disse —, você parece uma moça bacana...

— Não — respondeu Alex —, não pareço.

Turner levantou uma sobrancelha, inclinou a cabeça para o lado, avaliando, e então assentiu, concordando com ela.

— Certo — ele disse. — Você tem um trabalho a fazer esta noite e eu também. Você fez sua parte. Conversou comigo. Pode avisar Sandow que uma garota morreu aqui, uma garota branca que vai atrair muita atenção sem você precisar se meter no nosso caminho. Vamos manter isso longe da universidade e... de todo o resto. — Ele abanou a mão, como se espantasse uma mosca distraidamente em vez de espantar uma camarilha centenária de magos ancestrais. — Já fez sua parte e pode ir para casa. É o que você quer, não é?

Alex não tinha acabado de pensar exatamente aquilo? Mesmo assim ela hesitou, sentindo o julgamento de Darlington pesar sobre si.

— É. Mas o reitor Sandow vai querer...

A máscara de Turner caiu, a fadiga da noite e sua raiva com a presença dela subitamente visíveis.

— Ela é da cidade, Stern. Fique longe disso.

Ela é da cidade. Não é estudante. Não tem conexão com as sociedades. *Deixe para lá.*

— Certo — disse Alex. — Está bem.

Turner sorriu, covinhas surgindo nas bochechas, jovial e contente, quase um sorriso de verdade.

— Pronto.

Ele deu as costas para ela e caminhou de volta para sua turma.

Alex levantou os olhos para a catedral gótica cinza do Payne Whitney. Não parecia um ginásio, mas nada ali parecia ser o que era. *É o que você quer, não é?*

O detetive Abel Turner a entendia de um modo que Darlington jamais entendera.

Bom. Melhor assim. Ótimo. Essa era a trajetória que a trouxera a esse lugar. O que Darlington e provavelmente todo o resto dessas crianças ardentes e esforçadas não conseguiam compreender é que Alex teria se contentado alegremente com bem menos que Yale. Darlington se preocupava com a busca da perfeição, com algo espetacular. Ele não sabia quanto uma vida normal podia ser preciosa, como era fácil se afastar da média. Você começava a dormir até meio-dia, matava uma aula, um dia de escola, perdia um emprego, depois outro, se esquecia do jeito como as pessoas normais faziam as coisas. Perdia a linguagem da vida comum. E então, sem querer, cruzava a fronteira para um universo do qual não podia voltar. Vivia com a sensação permanente de que o chão escorregava de baixo de seus pés, sem retorno a algum lugar sólido.

Não importava que Alex tivesse testemunhado os delegados da Crânio e Ossos predizendo contratos futuros de *commodities* usando as entranhas de Michael Reyes, nem que tivesse visto uma vez o capitão do time de lacrosse se transformar em um rato-do-campo. (Ele tinha guinchado e então – ela podia jurar – levantado o minúsculo punho rosa.) Lethe era o caminho de Alex para voltar ao normal. Ela não precisava ser excepcional. Não precisava nem ser boa, apenas boa o suficiente. Turner lhe dera permissão. Vá para casa. Vá dormir. Tome um banho. Volte para o mundo real de tentar passar nas matérias e sobreviver ao ano. Suas notas do primeiro semestre foram ruins o bastante para colocá-la em observação acadêmica.

Ela é da cidade.

Só desconsideraram o fato de que as sociedades gostavam de trazer rapazes e garotas da cidade para seus experimentos. Essa era a razão pela qual a Lethe existia. Ou boa parte dela. E Alex tinha passado a maior parte da vida sendo *da cidade*.

Olhou a van do médico-legista, estacionada metade na calçada, metade na rua. Turner ainda estava de costas para ela.

O erro que as pessoas cometiam quando não queriam ser notadas era o de tentar parecer casual, então em vez disso ela caminhou em direção à van com propósito, uma garota que precisava chegar ao dormitório. Afinal, já era bem tarde. Quando contornou o veículo por trás, deu uma olhada em direção a Turner e então entrou no amplo V das portas abertas da van enquanto um legista uniformizado se virava para ela.

— Ei — ela disse. Ele permaneceu meio agachado, o rosto cauteloso, o corpo bloqueando a visão atrás dele. Alex estendeu uma das duas moedas de ouro que mantinha dentro do forro do casaco.

— Você deixou isso cair.

Ele viu o brilho e, sem pensar, estendeu a mão para pegá-la, em parte por cortesia, em parte pelo treinamento. Alguém lhe oferece uma benesse, você aceita. Mas era também um impulso de acumulador, a atração de algo brilhante. Ela sentiu-se um pouco como um ogro em um conto de fadas.

— Não acho que... — ele começou. Mas, assim que seus dedos se fecharam sobre a moeda, o rosto se afrouxou, a compulsão tomando conta.

— Deixe-me ver o corpo — disse Alex, meio esperando que ele se recusasse. Vira Darlington mostrar uma delas para um segurança uma vez, mas jamais usara uma moeda de compulsão.

O legista nem sequer piscou; foi mais para o fundo da van e ofereceu a mão a Alex. Ela o seguiu, deu um olhar rápido sobre o ombro e fechou as portas. Não tinham muito tempo. Bastava que o motorista ou, pior, Turner viesse bater na porta e a encontrasse ali, batendo um papo por cima de um cadáver. Também não tinha certeza de quanto tempo a compulsão duraria. Essa magia em particular viera da Manuscrito. Eles se especializavam em magia de espelhos, encantamentos, persuasão. Qualquer objeto podia ser encantado, sendo o mais famoso uma camisinha que convenceu um diplomata sueco mulherengo a entregar o esconderijo de documentos importantes.

A moeda precisava de uma grande quantidade de magia para ser gerada, então Lethe tinha poucas à disposição, e Alex tinha sido sovina com as duas que recebera. Por que desperdiçava uma agora?

Quando Alex se juntou ao legista no espaço fechado, viu as narinas dele se agitando com seu cheiro, mas os dedos já estavam no zíper do saco mortuário, a moeda escondida na outra mão. Ele se movia rápido demais, como se a cena estivesse sendo acelerada, e Alex teve o impulso de lhe dizer para parar um segundo, mas então o momento passou e ele abriu o saco mortuário, partindo o vinil negro como a casca de uma fruta.

— Meu Deus — sussurrou Alex.

O rosto da moça era frágil, veiado de azul. Ela vestia uma blusa de alcinha de algodão branco, rasgada e franzida onde a faca entrara e saíra – repetidamente. Os ferimentos se concentravam no coração, e ela fora atacada com força suficiente para parecer que o esterno começara a ceder, os ossos fraturados em uma cratera rasa e sangrenta. Alex subitamente se arrependeu de não ter ouvido o conselho firme de Turner e ido embora. Aquilo não parecia um ritual que tinha dado errado. Parecia algo pessoal.

Ela engoliu a bile que subia pela garganta e se forçou a inspirar fundo. Se aquela garota tivesse sido de algum modo alvo de uma sociedade ou se tivesse mexido com o sobrenatural, o cheiro do Véu ainda deveria estar nela. Mas, com seu próprio fedor tomando a ambulância, era impossível saber.

— Foi o namorado.

Alex olhou para o legista. Compulsões deixavam qualquer um sob seu poder ansioso para agradar.

— Como você sabe?

— Turner falou. Ele já foi detido para depor. Tem antecedentes.

— De quê?

— Tráfico e posse de entorpecentes. Ela também.

Claro que tinha. O namorado estava passando o produto, e aquela garota também. Mas havia uma boa distância entre tráfico de pequena quantidade e assassinato. *Às vezes*, ela se lembrou, *às vezes não há distância alguma*.

Alex olhou novamente para o rosto da garota. Era loura, um pouco parecida com Hellie.

A semelhança era superficial, ao menos no exterior. Mas por baixo? Nos locais cortados, eram todas iguais. Garotas como Hellie, como Alex e como aquela tinham que continuar correndo, ou a confusão acabava por alcançá-las. Aquela garota só não tinha corrido rápido o suficiente.

Havia sacos de papel sobre as mãos dela – para preservar as provas, percebeu Alex. Talvez ela tivesse arranhado seu algoz.

— Qual é o nome dela? — Não importava, mas Alex precisava dele para o relatório.

— Tara Hutchins.

Alex digitou o nome no telefone para não esquecer.

— Pode cobri-la.

Ficou feliz por não ver mais o corpo brutalizado. Aquilo era horroroso, nojento, mas não significava que Tara tinha ligação com as sociedades. As pessoas não precisam de magia para serem cruéis umas com as outras.

— Hora da morte? — ela perguntou. Aquilo parecia o tipo de coisa que ela deveria saber.

— Por volta das onze. Difícil saber por causa do frio.

Ela fez uma pausa com a mão na maçaneta das portas da van. Por volta das onze. Bem na hora em que dois Cinzentos dóceis, que jamais causaram problemas a ninguém, abriram as bocas como se tentassem engolir o mundo e algo tentara abrir caminho num círculo de giz. E se aquele algo tivesse encontrado um caminho até Tara?

E se o namorado dela tivesse ficado fodido o bastante para achar que podia esfaqueá-la no coração? Havia muitos monstros humanos por aí. Alex conhecera alguns. Por ora, tinha "feito sua parte". Até mais que isso.

Alex entreabriu a porta da van, vasculhou a rua e então saiu.

— Esqueça que me encontrou — ela disse ao legista.

Uma expressão vaga e confusa cruzou o rosto dele. Alex o deixou de pé, atordoado, ao lado do corpo de Tara, e saiu andando; atravessou a rua e se manteve no escuro da calçada, longe das luzes da polícia. Logo mais a compulsão perderia o efeito e ele se perguntaria como acabara com uma moeda de ouro na mão. Ele a colocaria no bolso e se esqueceria dela, ou a jogaria no lixo sem nem mesmo perceber que o metal era de verdade.

Ela olhou de volta para os Cinzentos reunidos em torno do Payne Whitney. Era apenas sua imaginação ou havia algo nos ombros encurvados deles, na maneira como se amontoavam em torno das portas do ginásio? Alex sabia que não podia olhá-los com muita atenção, mas naquele momento fugaz poderia ter jurado que eles pareciam assustados. O que os mortos tinham a temer?

Ela ouvia a voz de Darlington: *Quando os viu pela primeira vez?* Em voz baixa e hesitante, como se ele não tivesse certeza de que a pergunta era um tabu. Mas a pergunta real, a pergunta certa, era: *Quando entendeu pela primeira vez que devia ter medo?*

Alex ficava feliz por ele jamais ter tido o bom senso de perguntar.

Por onde começamos a contar a história da Lethe? Começa em 1824, com Bathsheba Smith? Talvez devesse. Mas ainda levaria setenta anos e muito mais desastres até que a Lethe fosse criada. Então, em vez disso, apontaremos para 1898, quando Charlie Baxter, um homem sem-teto e sem importância, apareceu morto com queimaduras nas mãos, nos pés e no escroto, e com um escaravelho negro no lugar da língua. Acusações foram feitas, e as sociedades se viram ameaçadas pela universidade. Para sanar a divergência e – sejamos francos – salvarem a si mesmos, Edward Harkness, membro da Cabeça de Lobo, se juntou a William Payne Whitney, da Crânio e Ossos, e a Hiram Bingham III, da hoje extinta Fraternidade Acácia, para formar a Liga da Lethe como um órgão de fiscalização das atividades ocultistas das sociedades.

Daqueles encontros iniciais surgiu nossa declaração de missão: somos encarregados de monitorar os rituais e as práticas de qualquer sociedade superior atuando em magia, divinação ou qualquer outra forma de expressão sobrenatural, com o intento declarado de manter cidadãos e estudantes a salvo de danos mentais, físicos ou espirituais e de fomentar relações amigáveis entre as sociedades e a administração da universidade.

A Lethe foi fundada com uma injeção de capital de Harkness e uma contribuição obrigatória de cada uma das Oito Ancestrais. Quando Harkness indicou James Gamble Rogers (Chave e Pergaminho, 1889) para criar uma planta para Yale e projetar muitas de suas estruturas, ele se certificou de que seriam construídos pelo campus túneis e abrigos seguros para a Lethe.

Harkness, Whitney e Bingham se basearam no conhecimento de cada uma das sociedades para criar um depósito de magia arcana a ser usado pelos representantes da Lethe. Isso aumentou significativamente em 1911, quando Bingham viajou ao Peru.

– de A vida da Lethe: procedimentos
e protocolos da Nona Casa

4
Outono passado

— Vamos — disse Darlington, ajudando-a a ficar de pé. — A ilusão vai terminar a qualquer momento e você ficará deitada no jardim da frente como uma bêbada.

Ele quase a puxou escadaria acima até a varanda. Ela lidara bem o suficiente com os chacais, mas estava com uma cor não tão boa e respirava com dificuldade.

— E você é um babaca.

— Então ambos temos provações para superar. Você me perguntou no que estava se metendo. Agora sabe.

Ela puxou o braço para longe.

— Então me conte. Não tente me matar.

Ele a olhou firme. Era importante que entendesse.

— Você não esteve em perigo em momento algum. Mas não posso prometer que vai ser sempre assim. Se não levar isso a sério, pode se ferir ou ferir alguém.

— Alguém como você?

— Sim — ele respondeu. — Na maior parte do tempo nada muito ruim acontece nas Casas. Você verá coisas que desejará esquecer. Milagres também. Mas ninguém entende completamente o que está do outro lado do Véu ou o que pode acontecer caso atravessem para cá. "A morte espera em asas negras e seguimos hoplita, hussardo, soldado."

Ela colocou as mãos nas coxas e olhou para ele.

— Você inventou isso?

— Cabot Collins. Era chamado de o Poeta da Lethe. — Darlington estendeu a mão para a porta. — Ele perdeu as duas mãos quando um portal interdimensional se fechou sobre elas. Estava recitando seus últimos poemas na hora.

Alex estremeceu.

— Certo, entendi. Poesia ruim, negócio sério. Aqueles cães são reais?

— Reais o bastante. São espíritos de cães de caça dedicados a servir os filhos e filhas da Lethe. Por que as mangas longas, Stern?

— Marcas de agulha.

— Sério? — Ele suspeitara que o problema pudesse ser esse, mas não acreditou muito nela.

Ela se esticou e estalou as costas.

— Sério. Vamos entrar ou não?

Ele esticou o queixo na direção do pulso dela.

— Mostre.

Alex levantou o braço, mas não puxou a manga para cima. Apenas o estendeu para ele, como se ele fosse pegar uma veia para doação de sangue.

Um desafio. Um que ele de repente não queria aceitar. Não era da sua conta. Deveria dizer isso. Deixar para lá.

Em vez disso, pegou o pulso dela. Os ossos eram finos, afiados em sua mão. Com a outra mão puxou o tecido da camisa até a curva do antebraço. A coisa toda parecia um prelúdio.

Sem furos de agulha. A pele dela era coberta de tatuagens: a cauda enrolada de uma cascavel, uma peônia sob o sol e...

— A Roda da Fortuna.

Ele resistiu ao impulso de colocar o polegar na imagem abaixo da dobra do cotovelo. Dawes ficaria interessada naquele pedaço de tarô. Talvez lhes oferecesse um assunto sobre o qual conversar.

— Por que esconder as tatuagens? Ninguém liga para isso aqui.

Metade dos estudantes tinha tatuagens. Não muitos tinham o braço fechado, mas não era algo desconhecido.

Alex puxou a manga para baixo.

— Alguma outra exigência?

— Muitas.

Ele abriu a porta e a deixou entrar.

A entrada era escura e fresca, os vitrais criando padrões brilhantes no chão acarpetado. Diante deles, a grande escadaria se retorcia pela parede até o segundo andar, madeira escura entalhada em um motivo de girassóis grandes. Michelle lhe dissera que só a escadaria valia mais que o resto da casa e o terreno em que se encontrava.

Alex soltou um pequeno suspiro.

— Feliz por sair do sol?

Ela fez um barulho baixo de zumbido.

— É calmo aqui.

Ele levou um instante para entender o que ela queria dizer.

— Il Bastone é protegida. Assim como os quartos da Gaiola... É tão ruim assim?

Alex deu de ombros.

— Bem... eles não podem alcançá-la aqui.

Alex olhou em volta, o rosto impassível. Será que não estava impressionada com a entrada ascendente, a madeira calorosa e os vitrais, com o cheiro de pinheiro e de cassis que fazia a entrada na casa lembrar um pouco o Natal? Ou será que apenas tentava aparentar que não?

— Bela sede — ela disse. — Não parece muito uma tumba.

— Não somos uma sociedade e não funcionamos como uma. Esta não é uma sede; é nosso quartel-general, o coração da Lethe e o depósito de centenas de anos de conhecimento sobre o oculto. — Ele sabia que soava como um pedante horrível, mas simplesmente não conseguia parar. — Anualmente, as sociedades indicam uma nova delegação de alunos do último ano, dezesseis membros, sendo oito mulheres e oito homens. Nós indicamos apenas um Dante, um calouro a cada *três* anos.

— Imagino que isso faz de mim alguém muito especial.

— Esperamos que sim.

Alex fez uma careta ao ouvir aquilo, então acenou com a cabeça para um busto de mármore sobre uma mesa, abaixo do cabide de casacos.

— Quem é?

— O santo patrono da Lethe, Hiram Bingham Terceiro.

Infelizmente, os traços de rapaz de Bingham e sua boca virada para baixo não se prestavam bem à imortalização em pedra. Ele parecia um manequim perturbado de uma loja de departamentos.

Dawes saiu devagar do salão, as mãos fechadas nas mangas de seu volumoso moletom, fones de ouvido aninhados no pescoço, uma visão em bege. Darlington podia sentir o desconforto emanando dela. Pammie odiava gente nova. Ele levara a maior parte do primeiro ano para conquistá-la, e ainda tinha a impressão de que um barulho qualquer seria o suficiente para ela sair correndo para dentro da biblioteca e jamais ser vista novamente.

— Pamela Dawes, conheça nosso novo Dante, Alex Stern.

Com todo o entusiasmo de quem cumprimentava um surto de cólera, Dawes estendeu a mão e disse:

— Bem-vinda à Lethe.

— Dawes mantém tudo funcionando e certifica-se de que eu não banque o idiota.

— Então é um trabalho de tempo integral?

Dawes piscou.

— Tardes e noites, mas posso ficar disponível a qualquer hora se avisarem antes.

Ela olhou de volta para o salão de modo preocupado, como se sua dissertação havia muito inacabada fosse um bebê chorando. Dawes atuava como Oculus havia quase quatro anos e vinha trabalhando em sua dissertação – um exame das práticas do culto micênico na iconografia inicial do tarô – por todo aquele tempo.

Darlington decidiu acabar com aquilo.

— Estou mostrando o local a Alex e depois a levarei para o outro lado do campus, para a Gaiola.

— A Gaiola? — Alex perguntou.

— Um lugar que mantemos na esquina da York com a Elm. Não é grande coisa, mas é conveniente quando você não quer ir para muito longe do dormitório. E é protegido também.

— Está abastecido — disse Dawes fracamente, já correndo de volta para o salão e a segurança.

Darlington fez um gesto para que Alex o seguisse até o andar de cima.

— Quem foi Bathsheba Smith? — Alex perguntou atrás dele.

Então ela andava lendo *A vida da Lethe*. Estava feliz por ela ter se lembrado do nome, mas, se a memória não falhava, Bathsheba aparecia na primeira página do primeiro capítulo, então era melhor não se empolgar muito.

— A filha de dezessete anos de um fazendeiro local. O corpo dela foi encontrado no porão da Faculdade de Medicina de Yale em 1824. Ela tinha sido desenterrada pelos estudantes para estudo.

— Jesus.

— Não era incomum. Os médicos tinham de estudar anatomia e precisavam de cadáveres para isso. Mas achamos que Bathsheba foi uma das primeiras tentativas de comunicação com os mortos. Um assistente médico levou a culpa, e os estudantes de Yale aprenderam a manter suas atividades mais secretas. Depois da descoberta do corpo da garota, os moradores locais quase queimaram Yale.

— Talvez devessem ter queimado — murmurou Alex.

Talvez. Eles chamaram a manifestação de Revolta da Ressurreição, mas não chegou a ficar feia de verdade. Na expansão ou na recessão, New Haven era uma cidade sempre à beira de algum acontecimento.

Darlington mostrou a Alex o resto de Il Bastone: o grande salão, com o velho mapa de New Haven sobre a lareira; a cozinha e a despensa; as salas de treinamento no andar de baixo; e o arsenal no segundo andar, com suas paredes cobertas de gavetas de boticário, todas cheias de ervas e objetos sagrados.

Cabia a Dawes manter todas bem cuidadas e abastecidas, garantir que qualquer item perecível fosse refrigerado ou jogado fora antes que ficasse podre, e fazer a manutenção de qualquer artefato que precisasse de cuidados. As Pérolas de Proteção de Cuthbert precisavam ser usadas por algumas horas todo mês, do contrário perdiam o brilho e o poder de proteger de raios quem as usava. Um ex-aluno da Lethe chamado Lee De Forest, que uma vez fora suspenso na graduação por causar um apagão em todo o campus, deixara a Lethe com incontáveis invenções, incluindo o Relógio da Revolução, que mostrava uma contagem regressiva com acurácia de minutos para revoluções armadas acontecendo em diversos países do globo. Tinha vinte e duas faces e setenta e seis ponteiros, e era preciso dar corda nele regularmente ou ele simplesmente começava a gritar.

Darlington apontou os depósitos de pó de ossos e de terra de cemitério, dos quais se abasteceriam nas noites de quinta, e os frascos raros de Água da Perdição, supostamente vinda dos sete rios do inferno e que deveria ser usada apenas em casos de emergência. Darlington jamais tivera motivos para abrir nenhum deles, mas mantinha as esperanças.

No centro da sala ficava o Cadinho de Hiram ou, como os representantes da Lethe gostavam de chamá-lo, a "Bacia Dourada". Tinha a circunferência de uma roda de trator e era feito de ouro batido de vinte e dois quilates.

— Por anos a Lethe soube que havia fantasmas em New Haven. Havia assombrações, rumores de aparições, e algumas sociedades tinham conseguido perfurar o Véu em sessões espíritas e convocações. Mas a

Lethe sabia que havia mais, um mundo secreto operando ao lado do nosso e frequentemente interferindo nele.

— Interferindo como? — perguntou Alex, e ele percebeu a linha estreita de seus ombros se enrijecer, aquela postura de lutador levemente curvado.

— Naquela época, ninguém tinha certeza. Suspeitavam de que a presença de Cinzentos em círculos sagrados e nos salões dos templos perturbava os feitiços e rituais das sociedades. Havia sinais de que a magia que escapava dos rituais pela interferência dos Cinzentos podia causar qualquer coisa, como uma geada súbita a dezesseis quilômetros de distância ou ataques violentos em criancinhas. Mas a Lethe não tinha como provar ou prevenir isso. Ano após ano tentaram aperfeiçoar um elixir que lhes permitiria ver espíritos, experimentando em si mesmos num sistema de tentativa e erro às vezes mortal. Ainda assim, não chegaram a nada. Até o Cadinho de Hiram.

Alex passou o dedo pela beira dourada da bacia.

— Parece um sol.

— Muitas das estruturas em Machu Picchu eram dedicadas à veneração do deus sol.

— Essa coisa veio do Peru? — perguntou Alex. — Não precisa ficar tão surpreso. Eu sei onde fica Machu Picchu. Sei até achar o Texas num mapa, se você me der tempo o suficiente.

— Perdoe-me por minha falta de familiaridade com o currículo do Distrito Escolar de Los Angeles ou com seu interesse no mesmo.

— Perdoado.

Talvez, pensou Darlington. Mas Alex Stern parecia do tipo que guardava rancor.

— Hiram Bingham foi um dos membros fundadores da Lethe. Ele "descobriu" Machu Picchu em 1911, embora a palavra costume causar irritação, já que os moradores locais já estavam perfeitamente cientes de sua existência.

Quando Alex seguiu em silêncio, ele acrescentou:

— Também há rumores de que ele tenha sido a inspiração para Indiana Jones.

— Legal — disse Alex.

Darlington segurou um suspiro. É claro que seria aquilo a atrair a atenção dela.

— Bingham roubou cerca de quarenta mil artefatos.

— E os trouxe para cá?

— Sim, para Yale, para serem estudados no Peabody. Ele disse que seriam devolvidos em dezoito meses. Mas levou literalmente cem anos para que o Peru os recebesse de volta.

Alex bateu os dedos contra o cadinho e ele emitiu um zumbido baixo.

— E esqueceram isso no navio de retorno? Parece algo difícil de passar batido.

— O cadinho nunca foi documentado porque nunca foi dado a Yale. Foi trazido para a Lethe.

— Carga roubada.

— Temo que sim. Mas é a chave para o Orozcerio. O problema com o elixir da Lethe não era a receita, era o recipiente.

— Então é uma vasilha mágica?

Que pagãzinha.

— Não colocaria nesses termos, mas sim.

— E é toda de ouro?

— Antes que pense em fugir com ela, tenha em mente que ela pesa duas vezes mais que você e que a casa toda é protegida contra roubo.

— Se você diz.

Com a sorte dele, ela daria um jeito de rolar o cadinho pelas escadas até a traseira de um caminhão e derretê-lo para fazer brincos.

— O elixir tem muitos outros nomes além de Orozcerio — ele disse. — A Prova Dourada. Bala de Hiram. Cada vez que um membro da Lethe o bebe, cada vez que o cadinho é usado, ele toma a vida em suas mãos. A mistura é tóxica e o processo é incrivelmente doloroso. Mas nós o fazemos. E fazemos de novo, e de novo. Para um vislumbre atrás do Véu.

— Entendi — disse Alex. — Já conheci outros usuários.

Não é bem assim, ele quis protestar. Mas talvez fosse.

O resto do passeio foi rotineiro. Darlington mostrou a ela os depósitos e quartos de pesquisa nos andares superiores, como usar a biblioteca – embora a tenha avisado para não usá-la sozinha até que a casa a conhecesse – e finalmente o quarto e o banheiro anexo, arrumados e prontos para recebê-la como o novo Dante da Lethe. Ele movera suas próprias coisas para a suíte de Virgílio no fim do ano anterior, quando ainda pensava que teria uma protegida de fato. Tinha ficado vergonhosamente sentimental com aquilo. Os aposentos de Virgílio ficavam um andar acima dos de Dante e eram duas vezes maiores. Quando ele se graduasse, ficariam vazios, ao seu dispor caso decidisse fazer uma visita. A penteadeira pertencera a Eleazar Wheelock. Metade da parede em frente à cama era tomada por uma janela de vitral mostrando uma floresta de cicutas, posicionada de tal modo que, conforme o sol nascia e se punha ao longo do dia, as cores do céu e das árvores no vidro pareciam mudar também. Quando se mudou, descobriu que Michelle lhe deixara uma garrafa de conhaque e um bilhete em sua última visita:

> "A selva primitiva, ei-la. Com verdes cintos,
> E com barbas de musgo, ao crepúsc'lo indistinctos,
> Subsistem a cicuta, e os múrmuros pinheiros,
> Como Druidas d'outr'ora, espalhando agoureiros
> Melancólicos sons..."

Havia um mosteiro que produzia um armanhaque tão refinado que seus monges foram forçados a fugir para a Itália depois que Luís XIV fez uma brincadeira sobre matá-los para proteger seus segredos. Esta é a última garrafa. Não beba de estômago vazio e não telefone a não ser que esteja morto.
Boa sorte, Virgílio!

Ele sempre tinha achado Longfellow uma bobagem, mas estimara o bilhete e o conhaque mesmo assim.
Agora, via Alex suando em meio ao luxo de seus antigos aposentos, aposentos que foram raramente usados, mas muito amados – as paredes azul-escuras, a cama de dossel com a pesada cobertura verde-azulada, o armário pintado com cornisos brancos. Os vitrais ali eram mais modestos, duas janelas elegantes – nuvens em tons de azul e violeta sobre céus estrelados – cercando uma lareira de azulejos pintados.
Alex estava no centro disso tudo, os braços em torno do próprio corpo, virando lentamente. Ele pensou novamente numa ondina. Mas talvez ela fosse apenas uma garota perdida no mar.
Ele teve de perguntar.
— Quando os viu pela primeira vez?

Ela olhou para ele, depois para a janela acima dela, a lua para sempre crescente em um céu de vitral. Pegou a caixa de música Reuge da mesa, tocou a tampa com o dedo, mas pensou melhor e a colocou de volta.

Darlington era bom de papo, mas ficava mais feliz quando ninguém falava com ele, quando não tinha de fazer o ritual de si mesmo e podia simplesmente ser deixado em paz para observar os outros. Alex tinha uma qualidade granulosa, como um filme antigo. Ele percebia que ela estava fazendo uma escolha. Revelar seus segredos? Correr?

Ela encolheu os ombros e ele pensou que fosse ficar nisso, mas então ela pegou a caixa de música novamente e disse:

— Não sei. Por um tempo, achei que fossem pessoas, e ninguém presta atenção a uma criança falando sozinha. Eu me lembro de ver um cara gordo só de meias e cueca, segurando o controle remoto na mão como um ursinho de pelúcia, no meio da rua. Eu me lembro de tentar dizer à minha mãe que ele ia se machucar. Durante um passeio que fizemos ao píer de Santa Monica, vi uma mulher deitada na água como um quadro da... — Ela fez um gesto, como se mexesse em uma panela.

— Com o cabelo e as flores?

— Ofélia.

— Ofélia. Ela me seguiu até em casa e, quando eu chorei e gritei para que fosse embora, ela tentou chegar mais perto.

— Eles gostam de lágrimas. Sal, tristeza, qualquer emoção forte.

— Medo? — ela perguntou. Ela estava tão imóvel, como se posasse para um retrato.

— Medo.

Poucos Cinzentos eram perversos, mas gostavam de dar sustos e aterrorizar.

— Por que não há mais deles? Não deveriam estar em todo lugar?

— Apenas alguns Cinzentos conseguem atravessar o Véu. A vasta maioria fica no além-mundo.

— Eu os via no supermercado, ao redor da barraca de cachorro-quente ou das caixas de doces. Eles amavam a cantina da nossa escola. Não pensava muito nisso até que Jacob Craig perguntou se eu queria ver a coisa dele. Eu respondi que já tinha visto muitas, e de algum jeito isso chegou até a mãe dele, e ela ligou para a escola. Então a professora me chamou e perguntou: "Como assim você já viu muitas?".

Eu não sabia mentir. — Ela colocou a caixa de música de volta. — Se você quiser que o Conselho Tutelar venha rápido, é só começar a falar sobre pintos de fantasmas.

Darlington não tinha certeza do que tinha esperado. Um saqueador morto espreitando romanticamente pela janela? Uma *banshee* perambulando pelas margens do rio Los Angeles como La Llorona? Havia algo tão comum e tão horrível na história dela. Nela. Alguém tinha denunciado o caso de Alex ao Conselho Tutelar, e um dos algoritmos de busca da Lethe, ou um dos muitos contatos subornados nos muitos órgãos públicos, detectou a menção daquelas notáveis palavras-chave: *Alucinações. Paranoia. Fantasmas.* Daí em diante ela provavelmente passou a ser observada.

— E aquela noite no apartamento na Cedros?

Ela franziu o cenho, então disse:

— Ah, você quer dizer o Marco Zero. Não me diga que não leu o arquivo.

— Eu li. Queria saber como você sobreviveu.

Alex passou o dedão no parapeito da janela.

— Eu também.

Aquilo era o bastante? Darlington vira as fotos da cena do crime, vídeos feitos pelos policiais chegando ao local. Cinco homens mortos, todos eles espancados até ficarem irreconhecíveis, dois deles com estacas no coração como se fossem vampiros. Apesar da carnificina, o formato das manchas de sangue indicava que tudo fora obra de um único criminoso – arcos em vermelho, cada golpe cruel dado da esquerda para a direita.

Havia algo estranho na coisa toda, mas Alex jamais foi considerada suspeita. Para começo de conversa, ela era destra, e também era pequena demais para ter usado uma arma com tamanha força. Além disso, tinha tanto fentanyl no organismo que teve sorte de não ter morrido junto. Seu cabelo estava molhado, e ela foi encontrada nua como veio ao mundo. Darlington havia investigado um pouco mais, incapaz de dissipar suas suspeitas, mas não havia sangue ou resquícios no ralo – se ela estivesse envolvida de algum modo, não teria lavado as provas. Então por que o agressor deixara as garotas em paz? Se a polícia estivesse certa e aquilo fosse algum tipo de desentendimento com outro traficante, por que teriam poupado Alex e a amiga? Traficantes que espancavam pessoas até a morte com tacos de beisebol não pareciam o tipo que poupa mulheres e crianças. Talvez o agressor tivesse achado que elas já estavam mortas de overdose. Ou talvez Alex tivesse dedurado alguém. Mas ela sabia mais do que dissera à polícia. Ele sentia isso nos ossos.

— Hellie e eu ficamos chapadas — ela disse em voz baixa, ainda roçando o dedo no parapeito da janela. — Acordei no hospital. Ela não acordou mais.

Ela parecia subitamente muito pequena, e Darlington sentiu uma pontada de vergonha. Ela tinha vinte anos, mais velha que a maioria dos calouros, mas ainda era só uma menina em vários aspectos, assoberbada por tudo aquilo. Ela perdera amigos naquela noite, o namorado, tudo o que era familiar.

— Venha comigo — ele disse. Não tinha certeza do motivo. Talvez porque se sentisse culpado por bisbilhotar. Talvez porque ela não merecesse ser punida por aceitar uma barganha que nenhuma pessoa com a cabeça no lugar recusaria.

Ele a levou de volta à escuridão do arsenal. Não tinha janelas, e as paredes eram cobertas de prateleiras e gavetas numa altura de quase dois andares. Ele demorou um pouco para encontrar o armário que desejava. Quando pousou a mão na porta, a casa fez uma pausa, e então permitiu que a tranca se abrisse com um clique desaprovador.

Com cuidado, ele removeu a caixa – de madeira negra pesada e brilhante, incrustada com madrepérola.

— Você provavelmente vai precisar tirar a camisa — ele avisou. — Darei a caixa a Dawes e ela pode...

— Dawes não gosta de mim.

— Dawes não gosta de ninguém.

— Pronto — ela disse. Puxou a camisa pela cabeça, revelando um sutiã preto e costelas que pareciam um campo arado. — Não chame Dawes.

Por que ela estava tão disposta a se colocar nas mãos dele? Será que não tinha medo ou era apenas descuidada? Nenhuma das duas coisas era um bom presságio para o futuro dela na Lethe. Mas ele tinha a impressão de que não era nenhuma das alternativas. Era como se *ela* o testasse agora, como se tivesse proposto outro desafio.

— Um pouco de decoro não faria mal — ele disse.

— Por que correr o risco?

— Normalmente, quando uma mulher tira a roupa na minha frente recebo algum aviso.

Alex deu de ombros, e as sombras se moveram sobre sua pele.

— Na próxima vez, acenderei os sinaleiros.

— Seria melhor.

As tatuagens a cobriam do punho ao ombro e se espalhavam por baixo das clavículas. Pareciam uma armadura.

Ele abriu a tampa da caixa.

Alex puxou o fôlego subitamente e escorregou para trás.

— O que foi? — ele perguntou. Ela tinha se afastado quase a metade do cômodo.

— Não gosto de borboletas.

— São mariposas. — Elas estavam alinhadas na caixa, asas brancas suaves batendo.

— Tanto faz.

— Preciso que você fique quieta. Consegue?

— Por quê?

— Apenas confie em mim. Vai valer a pena. — Ele considerou. — Se não valer, levo você e suas colegas de quarto até a Ikea.

Alex enrolou a camisa nos punhos.

— E para comer pizza depois — ela disse.

— Certo.

— E a querida tia Eileen vai me comprar umas roupas novas de outono.

— *Certo*. Agora venha aqui, sua covarde.

Ela atravessou o cômodo até ele arrastando-se meio de lado, evitando olhar para dentro da caixa.

Uma a uma, ele tirou as mariposas e as colocou gentilmente na pele dela. Uma no punho direito, no antebraço direito, na curva do cotovelo, no bíceps esguio, no nó do ombro. Ele repetiu o processo com o braço esquerdo, então colocou duas mariposas nos pontos dos ossos da clavícula onde as cabeças das duas cobras negras se curvavam, as línguas quase se encontrando na garganta.

— *Chabash* — ele murmurou. As mariposas bateram as asas em uníssono. — *Uverat*. — Elas bateram as asas novamente e começaram a ficar cinzentas. — *Memash*.

A cada batida de asas, as mariposas ficavam mais escuras e as tatuagens começavam a desbotar.

O peito de Alex subia e descia em impulsos rápidos e entrecortados. Seus olhos estavam arregalados de medo, mas, conforme as mariposas escureciam e a tinta desaparecia de sua pele, sua expressão mudava, ia destravando. Os lábios se abriram.

Ela viu os mortos, ele pensou. *Ela testemunhou horrores. Mas nunca viu magia.*

Era por isso que tinha feito aquilo, não por culpa ou orgulho, mas porque aquele era o momento pelo qual vinha esperando: a oportunidade de mostrar a maravilha a outra pessoa, observá-la perceber que não tinha ouvido mentiras, que o mundo que lhes fora prometido quando eram crianças não era algo que precisava ser abandonado, que realmente havia algo à espreita na floresta, sob as escadas e entre as estrelas. Tudo era de fato cheio de mistério.

As mariposas bateram as asas repetidamente até ficarem negras, e então mais negras. Uma a uma, caíram dos braços de Alex sobre o chão com um som leve. Os braços dela estavam nus, livres de qualquer traço de tatuagem, embora nos locais onde a agulha entrara mais fundo fosse possível discernir leves sulcos. Ela estendeu os braços, ofegante.

Darlington recolheu os corpos frágeis das mariposas, colocando-as gentilmente na caixa.

— Estão mortas?

— Bêbadas de tinta.

Ele fechou a tampa e colocou a caixa de volta no armário. Dessa vez o clique do trinco parecia mais resignado. Ele e a casa precisariam ter uma conversa mais tarde.

— As mariposas de endereço eram usadas originalmente para transportar material confidencial. Uma vez que bebessem o documento, podiam ser enviadas a qualquer lugar no bolso de um casaco ou numa caixa de antiguidades. Então eram colocadas em uma folha nova de papel e recriavam o documento palavra por palavra. Desde que o destinatário soubesse o encantamento certo.

— Então poderíamos colocar minhas tatuagens em você?

— Elas talvez não ficassem muito bem em mim, mas poderíamos. Apenas tenha cuidado... — Ele balançou uma mão. — No calor do momento. Saliva humana reverte a magia.

— Apenas humana?

— Sim. Fique à vontade para deixar um cão lamber seus cotovelos.

Então ela voltou o olhar para ele. Nas sombras do aposento, os olhos dela pareciam negros, selvagens.

— Tem mais?

Ele não precisou perguntar o que ela queria dizer. O mundo continuaria a se revelar? Seguiria contando seus segredos?

— Sim. Tem muito mais.

Ela hesitou.

— Vai me mostrar?

— Se você permitir.

Alex então sorriu, uma coisinha, um vislumbre da garota à espreita dentro dela, uma garota feliz, menos assombrada. Era aquilo que a magia fazia. Revelava o coração de quem você fora antes que a vida tirasse sua crença no possível. Devolvia o mundo pelo qual toda criança solitária ansiava. Fora o que a Lethe fizera por ele. Talvez pudesse fazer isso por Alex também.

Meses depois, ele se lembraria do peso das mariposas em sua mão. Pensaria naquele momento e em como fora tolo em achar que a conhecia.

5

Inverno

O céu já estava ficando cinza quando Alex finalmente chegou ao Campus Antigo. Tinha parado na Gaiola para tomar banho com sabonete de verbena, sob um incensário pendente cheio de cedro e palo santo – as únicas coisas que podiam contra-atacar o fedor do Véu.

Passara tão pouco tempo sozinha nos locais da Lethe. Sempre estivera com Darlington, e ainda esperava vê-lo aninhado no assento da janela com um livro, esperava ouvi-lo reclamar de que ela tinha usado toda a água quente. Ele tinha sugerido que ela deixasse roupas ali e em Il Bastone, mas Alex já tinha tão pouco para vestir que não podia se dar ao luxo de guardar um jeans extra e um de seus dois sutiãs em qualquer outro lugar além de seu armarinho da universidade. Então, quando saiu do banheiro para o vestiário estreito, precisou optar pelos moletons da Casa Lethe – o espírito do cão de caça bordado no lado esquerdo do peito e no lado direito do quadril, um símbolo sem sentido para qualquer um que não fosse membro. As roupas de Darlington ainda estavam penduradas ali – uma jaqueta Barbour, um cachecol listrado da residência Davenport, jeans recém-lavados e cuidadosamente dobrados e vincados, botas utilitárias perfeitamente laceadas, além de mocassins Sperry só esperando que Darlington os calçasse. Jamais o vira com aquele par, mas talvez fosse preciso ter um para não revogarem sua carteirinha de mauricinho.

Alex deixara uma luminária de mesa acesa na Gaiola. Dawes não gostaria daquilo, mas ela não conseguia deixar os cômodos na escuridão.

Estava destrancando a porta da entrada do Vanderbilt quando chegou uma mensagem de texto do reitor Sandow: "Confabulei com o Centurião. Fique sossegada".

Teve vontade de jogar o telefone pelo pátio. *Fique sossegada?* Se Sandow tinha a intenção de lidar diretamente com o assassinato, por que ela desperdiçara seu tempo – e sua moeda de compulsão – visitando a cena do crime? Sabia que o reitor não confiava nela. Por que confiaria? Provavelmente estava acordado tomando um chá de camomila quando recebeu a notícia da morte de Tara, com o grande cão dormindo a seus pés, esperando ao lado do telefone para se certificar de que nada saíra horrivelmente errado na prognosticação, e que Alex não humilhara a si mesma nem a Lethe. É claro que não a queria perto de um assassinato.

Fique sossegada. Todo o resto não foi dito. *Não espero que lide com isso. Ninguém espera que lide com isso. Ninguém espera que você faça nada a não ser evitar atrair atenção indesejada até trazermos Darlington de volta.*

Se conseguissem encontrá-lo. Se conseguissem de algum modo trazê-lo de volta de qualquer que fosse o local sombrio em que ele se metera. Em menos de uma semana tentariam o ritual da lua nova. Alex não sabia dos detalhes, apenas que o reitor Sandow acreditava que daria certo e que, até lá, o trabalho dela era evitar que fizessem muitas perguntas sobre o sumiço do menino de ouro da Lethe. Ao menos agora ela não tinha de se preocupar com um homicídio ou lidar com um detetive rabugento.

Quando entrou na sala comunal e encontrou Mercy já acordada, Alex ficou feliz por ter parado para tomar banho e trocar de roupa. Tinha pensado que dormitórios de faculdade seriam como hotéis: longos corredores cheios de quartos, mas o Vanderbilt parecia mais um prédio de apartamentos antiquado, cheio de sons metálicos, pessoas cantarolando e rindo enquanto entravam e saíam dos banheiros coletivos, as batidas de portas ecoando pela escadaria central. O apartamento invadido que ela ocupara junto com Len, Hellie, Betcha e os outros era barulhento, mas seus suspiros e gemidos eram diferentes, derrotados, como um corpo moribundo.

— Você já está acordada — Alex disse.

Mercy levantou os olhos de seu exemplar de *Rumo ao farol*, as páginas grossas com notas adesivas cor pastel. O cabelo estava em uma trança elaborada, e, em vez de se enrolar na manta esfarrapada do sofá, jogara um robe de seda estampado com jacintos azuis sobre os jeans.

— Você chegou a voltar para casa ontem à noite?

Alex arriscou:

— Voltei. Você já estava roncando. Levantei cedo para dar uma corrida.

— Foi ao ginásio? Os chuveiros estão abertos tão cedo assim?

— Para os empregados e tal.

Alex não tinha certeza de que isso era verdade, mas sabia que Mercy não dava a mínima para esportes. Além disso, Alex não tinha tênis nem tops de corrida, e Mercy jamais fizera perguntas sobre isso. As pessoas não ficavam farejando mentiras se não tivessem motivo, e por que alguém mentiria sobre uma corrida matinal?

— Psicopatas.

Mercy jogou um maço de papéis grampeados sobre Alex, que o pegou, mas não teve coragem de olhar. Seu ensaio sobre Milton. Mercy se oferecera para dar uma olhada. Alex já podia ver marcas de caneta vermelha em tudo.

— Como estava? — ela perguntou, entrando no quarto.

— Não estava horrível.

— Mas não estava bom — murmurou Alex ao entrar na pequena caverna que chamavam de quarto e tirar o moletom.

Mercy cobrira seu lado da parede com pôsteres e fotos de família; canhotos de ingressos de espetáculos da Broadway; um poema escrito em caracteres chineses que, segundo ela, os pais a tinham feito decorar quando criança para recitar em jantares, mas pelo qual tinha se apaixonado; uma série de desenhos de Alexander McQueen; uma estrela de envelopes vermelhos. Alex sabia que era parcialmente um teatro, uma construção da pessoa que Mercy queria ser em Yale, mas cada item, cada objeto a ligava a algo. Alex sentia-se como se alguém tivesse cortado todos os seus fios logo cedo. A avó fora sua ligação mais forte com qualquer tipo de passado, mas Estrea Stern morrera quando Alex tinha nove anos. E Mira Stern sofreu com a perda dela, mas não tinha interesse nas histórias e canções da mãe, no jeito como ela cozinhava ou rezava. Ela se definia como uma exploradora – homeopatia, alopatia, pedras curativas, Kryon, ciência espiritual, três meses em que ela colocou espirulina em tudo –, cada fase adotada com o mesmo otimismo feroz, arrastando Alex de uma bala de prata a outra. Quanto ao pai de Alex, Mira se confundia nos detalhes, mais ainda quando pressionada. Ele era um ponto de interrogação, a metade fantasma de Alex. Tudo o que ela sabia era que ele amava o oceano, que era de Gêmeos, que era moreno – Mira não sabia dizer se era dominicano, guatemalteco ou porto-riquenho, mas sabia que seu ascendente era Aquário com lua em Escorpião. Ou alguma coisa assim. Alex nunca conseguia lembrar.

Trouxera poucos objetos de casa. Não quisera voltar ao Marco Zero para pegar nenhuma das coisas velhas, e seus pertences no apartamento da mãe eram coisa de menininha – pôneis de plástico, rosetas de fitas coloridas, borrachas com cheiro de chiclete. Por fim, empacotou um pedaço de quartzo cinzento que a mãe lhe dera, os cartões de receita quase ilegíveis da avó, um porta-joias em formato de árvore que tinha desde os oito anos e um mapa retrô da Califórnia, que pendurou ao lado do pôster de Coco Chanel de Mercy.

— Eu sei que ela era fascista — disse Mercy. — Mas não consigo deixá-la de lado.

O reitor Sandow sugerira que Alex comprasse uns cadernos de desenho e carvão, e ela obedientemente os colocara sobre a cômoda meio vazia como disfarce.

Alex tentara escolher as matérias mais fáceis – Literatura Inglesa, a obrigatória de Espanhol, um curso introdutório de Sociologia e Pintura. Pensara que ao menos o inglês seria fácil porque gostava de ler. Mesmo quando as coisas estavam muito ruins na escola, ainda conseguia se dar minimamente bem nessa disciplina. Mas esse inglês era uma língua totalmente diferente. Tirou um D no primeiro trabalho, com um bilhete que dizia "Isto é um relatório do livro". Igualzinho ao ensino médio, com a exceção de que dessa vez ela realmente tinha se esforçado.

— Eu te amo, mas esse ensaio está uma bagunça — disse Mercy da sala. — Provavelmente seria melhor passar menos tempo malhando e mais tempo estudando.

Ah, jura?, pensou Alex. Mercy teria uma grande surpresa se algum dia pedisse a Alex que corresse até algum lugar ou levantasse algo pesado.

— Podemos revisar juntas durante o café da manhã.

Tudo o que Alex queria era dormir, mas voltar para a cama não parecia o tipo de coisa que as pessoas faziam depois de correr, e Mercy lhe fizera a gentileza de editar seu ensaio horrível, então não tinha saída, precisava dizer sim ao café da manhã. A Lethe providenciara um tutor para Alex, um estudante da pós-graduação em Estudos Americanos chamado Angus que passava a maior parte de suas sessões semanais curvado sobre o trabalho de Alex, bufando e chacoalhando a cabeça como um cavalo atormentado por moscas. Mercy não era exatamente gentil, mas era muito mais paciente.

Alex enfiou um jeans e uma camiseta, depois o suéter de caxemira que tanto estimara ao comprá-lo na Target. Foi apenas quando viu o pulôver lavanda luxuoso de Lauren e perguntou tolamente "do que é feito?" que soube que havia tantos tipos de caxemira quanto de maconha, e que seu triste suéter da arara de promoção era feito estritamente de talos e sementes. Mas pelo menos esquentava.

Ela deu outra borrifada de óleo de cedro no casaco, para o caso de ainda restar qualquer fedor do Véu, pegou a bolsa, hesitou. Abriu a gaveta da cômoda e fuçou na parte de trás até achar o pequeno frasco do que parecia colírio comum. Antes de ter tempo para pensar, jogou a cabeça para trás e pingou duas gotas de basso beladona em cada olho. Era um estimulante, forte, um pouco como Adderall mágico. A baixa era brutal, mas não tinha como Alex sobreviver à manhã sem um ajudinha. Todos os velhos rapazes da Lethe mantiveram diários de seus tempos na sociedade, e eles tinham muitos truques para se virar. Alex descobrira esse depois que Darlington sumira.

De volta à manhã fria ao lado de Mercy. Alex sempre gostara do caminho do Campus Antigo até o refeitório da JE, mas o quarteirão parecia menos bonito num dia cinzento. À noite, os pedaços encardidos de neve brilhavam vagos e brancos, mas agora eram sujos e marrons nas bordas, como pilhas de lençóis encardidos prontos para serem lavados. A Torre Harkness se erguia sobre tudo como uma vela derretendo, as badaladas soando a cada hora.

Alex levara algumas semanas para perceber o que achava estranho em Yale. Era a total falta de glamour. Em LA, mesmo no Valley, mesmo nos piores dias, a cidade tinha estilo. Até mesmo a mãe de Alex com sombra púrpura e pedaços de turquesa, mesmo o apartamento horrível com xales sobre as luminárias, mesmo seus amigos pobres, reunidos em churrascos de quintal, recuperando-se da noite anterior, garotas de shorts justos, cinturas nuas, cabelo longo balançando nas costas, os rapazes de cabeça raspada, coques altos e sedosos ou dreads grossos. Tudo e todos tinham um visual.

Mas ali as cores pareciam borradas. Havia um tipo de uniforme – atletas de bonés virados para trás e aquelas bermudas longas e soltas que usavam independentemente do frio, chaves em cordões de segurança que eles balançavam como dândis; garotas de jeans e jaquetas acolchoadas; a garotada do teatro com cabelos de cores artificiais pintados na pia. Suas roupas, seu carro, a música saindo dele, tudo deveria dizer às pessoas quem você era. Era como se alguém tivesse preenchido todos os números de série e apagado as impressões digitais. *Quem é você?*, Alex às vezes pensava, olhando para outra garota de casaco azul-marinho, rosto pálido como uma lua sob o gorro de lã, rabo de cavalo caindo sobre o ombro como um animal morto. *Quem é você?*

Mercy era uma exceção. Ela tinha preferência por florais vibrantes combinados com um desfile aparentemente infinito de óculos, que ela prendia com cordões brilhantes em torno do pescoço e que Alex ainda não a vira usar. Hoje tinha escolhido um casaco de brocado com bicos-de-papagaio bordados que a faziam parecer a vovó excêntrica mais jovem do mundo. Quando Alex levantou as sobrancelhas, Mercy apenas disse:

— Gosto de coisas chamativas.

Entraram na sala comunal da Jonathan Edwards, o ar quente se fechando sobre elas em um sopro. A luz de inverno se derramava sobre os sofás de couro em quadrados aguados – um prelúdio tímido e falsamente modesto para as altas vigas e nichos de pedra do salão de jantar.

Ao lado dela, Mercy riu.

— Só vejo você sorrir assim quando vamos comer.

Era verdade. Se Beinecke era o templo de Darlington, o refeitório era onde Alex rezava diariamente. No apartamento invadido em Van Nuys, viviam de Taco Bell e Subway, quando tinham dinheiro, e de cereal – às vezes seco, às vezes empapado em refrigerante, se ela ficasse desesperada – quando estavam quebrados. Ela roubava um pacote grande de pães de cachorro-quente sempre que eram convidados para churrascos na casa de Eitan, assim tinham algo em que passar a manteiga de amendoim, e uma vez tentara até comer a ração seca de Loki, mas seus dentes não aguentaram. Mesmo quando morava com a mãe, era sempre comida congelada, pratos de arroz cozido no saquinho, depois vitaminas esquisitas e barras nutritivas, quando Mira foi enganada para vender Herbalife. Alex levara para a escola uma mistura de pudim de proteína durante semanas.

A ideia de que haveria refeições quentes esperando por ela três vezes ao dia ainda era chocante. Mas o que, ou quanto, ela comia não fazia diferença; era como se seu corpo, faminto por tanto tempo, agora fosse insaciável. A cada hora seu estômago roncava, soando como os sinos da Harkness. Alex sempre levava dois sanduíches com ela para comer ao longo do dia, e uma pilha de biscoitos de chocolate embrulhada em um guardanapo. O suprimento de comida em sua mochila era como um cobertorzinho de criança. Se tudo aquilo acabasse, se tudo fosse levado, ela não ficaria com fome por no mínimo uns dois dias.

— É bom que você faça tanto exercício — apontou Mercy, enquanto Alex enfiava granola na boca. Exceto, é claro, pelo fato de que ela não fazia, e eventualmente seu metabolismo iria parar de cooperar, mas ela não se importava.

— Acha que é meio exagerado usar saia na Meltdown da Ômega amanhã à noite?

— Você ainda se importa com essa coisa de fraternidade?

A Meltdown da Ômega fazia parte do "Plano de Cinco Festas" que Mercy tinha planejado para fazer com que ela e Alex fossem mais sociais.

— Algumas de nós não têm primos bonitos para nos levar a lugares interessantes, então, até que me convidem para uma festa melhor, sim. Aqui não é o ensino médio. Não precisamos ser as perdedoras esperando um convite para sair. Gastei tantas roupas boas com você.

— Certo, eu vou de saia se você for de saia — disse Alex. — Além disso... Vou precisar de uma saia emprestada.

Ninguém se arrumava para essas festas de fraternidade, mas, se Mercy queria ficar bonitinha para um bando de rapazes em macacões de proteção para ameaças biológicas, então era isso o que fariam.

— Você devia usar aquela bota sua cheia de cadarços. Vou voltar para repetir.

A basso beladona bateu bem quando ela colocava panquecas de manteiga de amendoim no prato, e ela respirou fundo ao ficar totalmente desperta. Era como se alguém quebrasse um ovo gelado na base do seu pescoço. Claro que foi bem naquele momento que a professora Belbalm acenou para ela, chamando-a para a mesa sob as janelas de chumbo no canto do refeitório, o cabelo branco e liso brilhando como a cabeça de uma foca quebrando uma onda.

— Fodeu — disse Alex entre os dentes, e então se encolheu quando viu Belbalm torcer a boca como se a tivesse escutado.

— Espere aí um minuto — ela disse a Mercy, colocando a bandeja na mesa delas.

Marguerite Belbalm era francesa, mas falava um inglês perfeito. Seu cabelo era branco como a neve e caía liso e severo num corte chanel, parecendo ter sido esculpido em osso e encaixado cuidadosamente sobre sua cabeça, como um capacete, de tão pouco que se movia. As roupas pretas assimétricas assentavam-se em dobras extremamente chiques, e ela tinha uma quietude que deixava Alex agitada. Alex ficara fascinada por ela desde o primeiro vislumbre de sua forma esguia e imaculada durante a orientação na Jonathan Edwards, desde o primeiro sopro de seu perfume apimentado. Ela lecionava estudos femininos, era chefe da residência JE e uma das pessoas mais jovens a conseguir titularidade. Alex não sabia exatamente o que envolvia a titularidade, nem se "jovem" significava trinta, quarenta ou cinquenta anos. Belbalm poderia ter qualquer dessas idades, dependendo da luz. Naquele momento, com a basso beladona no organismo de Alex, Belbalm parecia ter trinta anos frescos, e a luz refletindo em seu cabelo branco brilhava como minúsculas estrelas cadentes.

— Oi — disse Alex, parando atrás de uma das cadeiras de madeira.

— Alexandra — respondeu Belbalm, pousando o queixo nas mãos dobradas. Ela sempre errava o nome de Alex, que jamais a corrigia. Admitir que seu nome era Galaxy para aquela mulher era impensável. — Sei que está fazendo o desjejum com sua amiga, mas preciso roubá-la. — *Fazer o desjejum* era o termo mais classudo que Alex já ouvira. Pau a pau com *veranear*. — Tem um momento? — As perguntas dela nunca soavam como perguntas. — Vai passar pelo meu escritório, certo? Assim podemos conversar.

— É claro — disse Alex, quando o que ela realmente queria dizer era "Estou ferrada?".

Quando Alex fora colocada em observação acadêmica, no fim do primeiro semestre, Belbalm lhe dera a notícia sentada no elegante escritório, com três ensaios de Alex diante dela: um sobre *Os eleitos*, para a matéria de Sociologia com ênfase em desastres organizacionais; um sobre o poema "Noturno", de Elizabeth Bishop, que escolhera pelo parco tamanho, só para depois perceber que não tinha nada a dizer sobre ele e que não podia sequer ocupar espaço com longas citações; e um para a aula sobre Swift, que imaginara ser divertida por causa de *As viagens de Gulliver*. Acabou que a versão de *As viagens de Gulliver* que lera era para crianças e não se parecia em nada com o original impenetrável.

Naquele dia, Belbalm passara a mão sobre as páginas e gentilmente dissera que Alex deveria ter revelado sua deficiência.

— Você é disléxica, certo?

— Sim — mentira Alex, porque precisava de uma desculpa para quão defasada estava. Achou que deveria se envergonhar por não corrigir Belbalm, mas estava disposta a aceitar toda a ajuda possível.

E agora? Ainda estavam muito no início do semestre para que Alex já tivesse ferrado tudo de novo.

Belbalm piscou e apertou a mão de Alex.

— Não é nada terrível. Não precisa parecer tão disposta a fugir.

Os dedos dela eram ossudos e frios, duros como mármore; uma grande pedra cinza-escura brilhava solitária no anular. Alex sabia que estava olhando fixamente, mas a droga em seu organismo transformava o anel em uma montanha, um altar, um planeta em órbita.

— Gosto de peças únicas — disse Belbalm. — Simplicidade, né?

Alex assentiu, tirando os olhos do anel. Ela usava um par de brincos da oferta três-pares-por-cinco-dólares que afanara das prateleiras da Claire's no Fashion Square Mall. Simplicidade.

— Venha — chamou Belbalm, levantando-se e acenando com a mão elegante.

— Vou só pegar minha bolsa — disse Alex. Ela voltou até onde Mercy estava e enfiou uma panqueca na boca, mastigando freneticamente.

— Já viu isso? — disse Mercy, virando o telefone para Alex. — Uma moça de New Haven foi assassinada ontem. Na frente do Payne Whitney. Você deve ter passado bem pela cena do crime hoje de manhã!

— Que horror — respondeu Alex, passando os olhos superficialmente pela tela do telefone de Mercy. — Vi as luzes. Achei que fosse só um acidente de carro.

— Que assustador. Ela tinha só dezenove anos. — Mercy esfregou os braços. — O que La Belle Belbalm quer? Pensei que íamos editar seu ensaio.

O mundo brilhava. Ela se sentia acordada, capaz de fazer qualquer coisa. Mercy estava sendo generosa, e Alex queria trabalhar com ela antes que o efeito começasse a passar, mas não havia nada que pudesse fazer a respeito disso.

— Belbalm tem tempo agora, e preciso falar com ela sobre meu cronograma de aulas. Posso encontrar você no quarto?

"Essa vaca mente com a mesma naturalidade com que respira", Len uma vez dissera sobre Alex. Ele tinha dito um monte de coisas antes de morrer.

Alex seguiu a professora para fora do refeitório e através do pátio até o escritório dela. Sentia-se uma merda por deixar Mercy para trás. Mercy vinha de um bairro rico de Chicago. Os pais dela eram professores, e ela escrevera algum tipo de ensaio maluco que impressionara até Darlington. Ela e Alex não tinham nada em comum. Mas ambas tinham sido o tipo de criança ao lado da qual ninguém queria se sentar na cantina, e Mercy não rira quando Alex pronunciara Goethe errado. Perto dela e de Lauren, era mais fácil fingir ser a pessoa que ela deveria ser ali. Ainda assim, se La Belle Belbalm exigia sua presença, não havia discussão.

Belbalm tinha dois assistentes, que se revezavam na mesa da entrada do escritório. Naquela manhã, era o muito mauricinho e muito bonito Colin Khatri. Ele era membro da Chave e Pergaminho e algum tipo de prodígio da química.

— Alex! — ele exclamou, como se ela fosse uma convidada muito esperada em uma festa.

O entusiasmo de Colin sempre parecia genuíno, mas às vezes a pura voltagem dele a fazia querer fazer algo abruptamente violento, como atravessar um lápis na palma da mão do rapaz. Belbalm pendurou o casaco elegante no cabide e chamou Alex para seu santuário com um gesto.

— Chá, Colin? — perguntou Belbalm.

— Claro — ele disse, sorrindo mais como um acólito que como um assistente.

— Obrigada, querido.

Casaco, fez Colin com a boca. Alex tirou a jaqueta. Ela uma vez perguntara a Colin quanto Belbalm sabia sobre as sociedades.

— Nada — ele respondera. — Ela acha que é uma bobagem elitista de ex-alunos.

Não estava errada. Alex se perguntava o que havia de tão especial nos alunos veteranos selecionados pelas sociedades todos os anos. Achava que deveria haver algo mágico neles. Mas eram apenas favoritos – herdeiros, ambiciosos, rainhas do carisma, o editor do *Daily News*, o *quarterback* do time de futebol americano, algum jovem que fizera uma montagem particularmente ousada de *Equus* que ninguém queria ver. Pessoas que no futuro dirigiriam fundos de cobertura e startups e seriam creditadas como produtores executivos.

Alex seguiu Belbalm para dentro, deixando a calma do escritório descer sobre ela. Os livros alinhados nas prateleiras, os objetos cuidadosamente escolhidos em viagens – uma licoreira de vidro soprado que era volumosa como o corpo de uma água-viva, um espelho antigo, as ervas florescendo no parapeito da janela em recipientes de cerâmica branca como partes de uma escultura geométrica. Até a luz do sol parecia mais gentil ali.

Alex respirou fundo.

— Muito perfume? — perguntou Belbalm, com um sorriso.

— Não! — Alex disse alto. — É ótimo.

Belbalm pousou graciosamente na cadeira da escrivaninha e fez um gesto para que Alex se sentasse no sofá de veludo verde à frente dela.

— Le Parfum de Thérèse — disse Belbalm. — Edmond Roudnitska. Foi um dos grandes olfatos do século vinte, e criou essa fragrância para a esposa. Apenas ela podia usá-la. Romântico, não?

— Mas então...

— Como eu a estou usando? Bem, ambos morreram e havia dinheiro a ser ganho ali, então Frédéric Malle o colocou no mercado para que nós, a ralé, pudéssemos comprá-lo.

Ralé era um termo que as pessoas pobres não usavam. Assim como *classudo* era uma palavra que as pessoas classudas não usavam. Mas Belbalm sorria de um jeito que incluía Alex, então a garota sorriu de volta de um modo que parecesse igualmente intencional.

Colin apareceu equilibrando uma bandeja com um jogo de chá cor de argila vermelha e a colocou na beirada da mesa.

— Algo mais? — ele perguntou, esperançoso.

Belbalm o dispensou.

— Vá fazer coisas importantes.

Ela serviu o chá e ofereceu uma xícara a Alex.

— Sirva-se de açúcar e creme, se quiser. Também há hortelã fresca.

Ela se levantou e quebrou um raminho das ervas no parapeito.

— Hortelã, por favor — disse Alex, pegando o galhinho e espelhando os movimentos de Belbalm: amassar as folhas, jogá-las na própria xícara.

Belbalm se recostou e deu um gole. Alex fez a mesma coisa, então escondeu um sobressalto quando o chá queimou sua língua.

— Creio que ouviu sobre aquela pobre garota.

— Tara?

As sobrancelhas finas de Belbalm se levantaram.

— Sim, Tara Hutchins. Você a conhecia?

— Não — respondeu Alex, irritada com a própria estupidez. — Acabei de ler sobre ela.

— Uma coisa terrível. Direi algo ainda mais terrível ao admitir que fico feliz por não ter sido uma estudante. O que não diminui a perda de nenhum modo, é claro.

— É claro. — Mas Alex tinha certeza de que Belbalm estava dizendo exatamente aquilo.

— Alex, o que quer de Yale?

Dinheiro. Alex sabia que Marguerite Belbalm acharia uma resposta assim desesperadamente grosseira. "Quando os viu pela primeira vez?", Darlington perguntara. Talvez todas as pessoas ricas fizessem as perguntas erradas. Para pessoas como Alex, jamais seria "o que você quer?". Era sempre "quanto pode conseguir?". O suficiente para sobreviver? O suficiente para ajudar a cuidar da mãe quando as coisas desmoronassem, como sempre acontecia?

Alex não disse nada, e Belbalm tentou de novo:

— Por que veio para cá em vez de ir para uma faculdade de Arte?

A Lethe havia forjado pinturas para ela, criado uma trilha falsa de sucessos e recomendações elogiosas para justificar seus lapsos acadêmicos.

— Sou boa, mas não o suficiente para conseguir entrar.

Era verdade. Magia podia criar pintores competentes, músicos proficientes, mas não gênios. Ela escolhera Arte como optativa em seu programa porque era o esperado, e essa acabou sendo a parte mais fácil de sua vida acadêmica. Porque não era a mão dela que movia o pincel. Quando se lembrava de pegar os cadernos de desenho que Sandow sugerira que comprasse, era como deixar uma prancheta correr por um tabuleiro ouija, embora as imagens que emergiam viessem de algum lugar dentro dela – Betcha seminu bebendo de um laguinho, Hellie de perfil, as asas de uma borboleta-monarca saindo de suas costas.

— Não a acusarei de falsa modéstia. Creio que conhece seus próprios talentos. — Belbalm tomou outro gole de chá. — O mundo é bem difícil para artistas que são bons, mas não realmente grandiosos. Então o que quer? Estabilidade? Um emprego fixo?

— Sim — respondeu Alex, e, apesar de suas melhores intenções, a palavra saiu com um tom petulante.

— Engana-se comigo, Alexandra. Não é crime desejar essas coisas. Apenas as pessoas que sempre viveram com conforto desdenham dele como coisa de burguês. — Ela piscou. — Os marxistas mais puros são sempre homens. A calamidade acomete muito facilmente as mulheres. Nossas vidas podem desabar num simples gesto, numa onda bravia. E dinheiro? Dinheiro é o rochedo em que nos agarramos quando a corrente quer nos levar.

— Sim — disse Alex, inclinando-se para a frente.

Aquilo era o que a mãe de Alex jamais conseguira entender. Mira amava *arte* e *verdade* e *liberdade*. Não queria ser *parte do sistema*. Mas o sistema não se importava com isso. Seguia triturando-a e prendendo-a em suas engrenagens.

Belbalm descansou a xícara no pires.

— Então, assim que tiver dinheiro, assim que puder parar de se agarrar ao rochedo e subir nele, o que vai construir ali? Quando ficar de pé sobre o rochedo, o que você vai pregar?

Alex sentiu todo o interesse sair dela. Precisava de fato ter algo a dizer, alguma sabedoria a partilhar? *Fiquem na escola? Não usem drogas? Não transem com os caras errados? Não deixem os caras errados foderem você? Seja bacana com seus pais mesmo que eles não mereçam, porque eles têm dinheiro para levar você ao dentista? Não sonhe tão alto? Não deixe a garota que você ama morrer?*

O silêncio se estendeu. Alex olhou para as folhas de hortelã boiando no chá.

— Bem — disse a professora Belbalm com um suspiro. — Pergunto essas coisas porque não sei de que outro modo motivá-la, Alex. Está se perguntando por que eu me importo, não é?

Alex não tinha se perguntado isso, na verdade. Apenas achou que Belbalm levava seu emprego de chefe da JE a sério e que ficava de olho em todos os estudantes sob sua supervisão. Mas, de todo modo, Alex assentiu.

— Todos nós começamos de algum lugar, Alex. Tantos desses garotos tiveram coisas demais dadas a eles. Eles se esqueceram de como ir atrás delas. Você está faminta, e eu respeito a fome. — Ela bateu na mesa com dois dedos. — Mas com fome de *quê*? Está melhorando; eu vejo isso. Acredito que tenha conseguido ajuda, e isso é bom. É claramente uma garota inteligente. O fato de estar em observação é preocupante, mas o que me preocupa mais é que as aulas que escolhe não mostram um padrão real de interesse além da facilidade. Você não pode apenas *se virar* aqui.

Posso e vou, pensou Alex. Mas o que ela realmente disse foi:

— Sinto muito.

E foi sincera. Belbalm procurava algum potencial secreto para desvelar, e Alex a desapontaria.

Belbalm dispensou as desculpas.

— Pense no que quer, Alex. Talvez não seja algo que possa encontrar aqui. Mas, se for, farei o que puder para ajudá-la a ficar.

Aquilo era o que Alex queria, a paz perfeita daquele escritório, a luz suave entrando através das janelas, a hortelã, o manjericão e a manjerona crescendo em pequenos aglomerados.

— Fez planos para o verão? — perguntou Belbalm. — Consideraria ficar aqui? Vir trabalhar para mim?

Alex levantou a cabeça rapidamente.

— O que eu poderia fazer para a senhora?

Belbalm riu.

— Acha que Isabel e Colin fazem tarefas complicadas? Eles gerenciam a minha agenda, cuidam dos arquivos, organizam minha vida para que eu não precise fazer isso. Não tenho dúvidas de que você daria conta. Há um programa de Redação no verão que acho que pode melhorar sua escrita para poder continuar aqui. Poderia começar a pensar em opções de carreiras a seguir. Não quero vê-la ficar para trás, Alex.

Um verão para me recuperar, para retomar o fôlego. Alex era boa com probabilidades. Precisava ser. Antes de entrar em um negócio, tinha de saber se poderia sair. Ela sabia que as chances de conseguir atravessar quatro anos de Yale aos tropeços eram baixas. Com Darlington por ali, tinha sido diferente. A ajuda dele lhe dera um limite, tornara aquela vida manejável, possível. Mas Darlington desaparecera, não se sabia por quanto tempo, e ela estava exausta de tanto enxugar gelo.

Belbalm estava lhe oferecendo três meses para respirar, para se recuperar, traçar um plano, reunir seus recursos, tornar-se uma verdadeira estudante de Yale, não apenas alguém interpretando um papel a serviço da Lethe.

— Como isso funcionaria? — perguntou Alex. Ela queria colocar a xícara no pires, mas sua mão tremia tanto que temeu fazer barulho.

— Mostre-me que pode continuar progredindo. Termine o ano forte. E, na próxima vez que eu perguntar o que você quer, espero uma resposta. Conhece o meu salão? Fiz um ontem à noite, mas farei outro na semana que vem. Pode começar comparecendo.

— Posso fazer isso — disse ela, embora não tivesse tanta certeza de que poderia. — Posso fazer isso. Obrigada.

— Não me agradeça, Alex. — Belbalm a olhou por sobre a borda vermelha da xícara. — Apenas faça o trabalho.

Alex se sentia leve quando saiu do escritório e acenou para Colin. Viu-se no silêncio do pátio. Era assim às vezes – todas as portas fechadas, ninguém passando a caminho da aula ou do refeitório, todas as janelas seladas contra o frio, e você ficava em um bolsão de silêncio. Alex se deixou mergulhar, imaginou que os prédios que a cercavam estavam abandonados.

Como seria o campus no verão? Silencioso assim? Úmido e despopulado, uma cidade sob uma redoma. Alex passara as férias de inverno enfiada em Il Bastone, assistindo a filmes no laptop que a Lethe comprara para ela, temendo que Dawes aparecesse. Falou com a mãe pelo Skype e se aventurou a sair apenas para comprar pizza e macarrão. Até os Cinzentos tinham desaparecido, como se, sem a empolgação e a ansiedade dos estudantes, não houvesse nada para atraí-los ao campus.

Alex pensou na calma, nas manhãs longas que o verão poderia trazer. Poderia sentar-se atrás da mesa onde Colin e Isabel ficavam, fazer chá, atualizar o site da JE, fazer o que precisasse ser feito. Poderia escolher suas matérias, cursos cujos planos de ensino não mudassem muito. Poderia adiantar as leituras, fazer o curso de Redação, assim não precisaria mais depender tanto de Mercy – partindo do princípio de que Mercy iria querer dividir o quarto com ela no ano seguinte.

Ano seguinte. Palavras mágicas. Belbalm construíra para Alex uma ponte para um futuro possível. Ela só precisava atravessá-la. Sua mãe ficaria desapontada se ela não voltasse para casa na Califórnia... Quer dizer, será que ficaria? Talvez fosse mais fácil assim. Quando Alex dissera que ia para Yale, Mira a olhara com tanta tristeza que Alex levou um longo momento para entender que a mãe pensava que ela estava chapada. Sentindo culpa, Alex tirou uma foto do pátio vazio e enviou para a mãe. *Manhã fria!* Sem sentido, mas uma evidência de que ela estava bem, de que estava *ali*, uma prova de vida.

Passou no banheiro antes de ir para a aula, correu os dedos pelos cabelos. Ela e Hellie amavam usar maquiagem, gastando o raro dinheiro que sobrava em delineador e brilho labial com glitter. Às vezes ela sentia falta daquilo. Ali, maquiagem significava algo diferente; sinalizava um esforço que era inaceitável.

Alex aguentou uma hora de Espanhol II – chato, mas suportável, porque só exigia memorização. Todos falavam sobre Tara Hutchins, embora ninguém a chamasse pelo nome. Era a garota morta, a vítima de assassinato, a moça da cidade que fora esfaqueada. Falava-se em centrais de apoio e terapias de emergência para qualquer um que estivesse abalado com o evento. A assistente que dava a aula de Espanhol os lembrou de usar os serviços de acompanhante do campus depois de escurecer. "Eu estava ali perto." "Estava ali tipo uma hora antes de isso acontecer." "Eu passo por ali todo dia." Alex ouvia as mesmas frases sendo repetidas. Havia preocupação, um pouco de vergonha – outra prova de que, não importava quantas lojas de departamento abrissem, New Haven jamais seria Cambridge. Mas ninguém parecia assustado de verdade. *Porque Tara não era uma de vocês*, pensou Alex, enquanto guardava as coisas na mochila. *Vocês ainda se sentem seguros.*

Alex tinha duas horas livres antes da aula e pretendia passá-las escondida em seu quarto no dormitório, comendo os sanduíches afanados e escrevendo seu relatório para Sandow, depois dormindo durante o fim do efeito da basso beladona antes de ir para a palestra de inglês.

Em vez disso, viu que seus pés a levavam de volta ao Payne Whitney. A interseção não estava mais bloqueada e a multidão tinha ido embora, mas as fitas da polícia ainda cercavam o pedaço triangular de terra infértil na calçada em frente ao ginásio. Os estudantes que passavam lançavam olhares furtivos para a cena e se apressavam, como se mortificados por serem vistos olhando para algo tão lúgubre sob o sol frio e cinzento. Uma viatura policial estava estacionada metade na calçada, e uma van de noticiário estava do outro lado da rua.

Ela imaginou o reitor Sandow e o resto da administração de Yale tendo vários encontros preocupados sobre controle de crise naquela manhã. Alex não entendia as distinções entre Yale, Princeton, Harvard e as cidades que elas ocupavam. Eram todas o mesmo lugar impossível na mesma cidade imaginária. Mas ficava claro pelo modo como Lauren e Mercy riam de New Haven que a cidade e sua universidade eram considerados um pouco menos Ivy League que as outras. Um assassinato tão perto do campus, mesmo a vítima não sendo estudante, não podia ser boa publicidade.

Alex pensou se estava olhando para o local onde Tara fora morta ou se o corpo fora apenas jogado na frente do ginásio. Deveria ter perguntado ao legista enquanto ele estava compelido. Mas imaginou que tinha que ser a primeira opção. Se você quisesse se livrar de um corpo, não iria jogá-lo no meio de um cruzamento movimentado.

Uma imagem do sapato de Hellie, aquela sandália de plástico rosa escorregando de seus dedos esmaltados, passou pela mente de Alex. Os pés de Hellie eram largos, os dedos amontoados, a pele grossa e cheia de calos – a única parte dela que não era bonita.

O que estou fazendo aqui? Alex não queria chegar mais perto de onde o corpo estivera. *Foi o namorado.* Aquilo foi o que o legista lhe dissera. Ele era traficante. Eles tinham entrado em algum tipo de discussão. As feridas tinham sido extremas, mas, se estivesse chapado, quem poderia saber o que se passava na cabeça dele?

Ainda assim, havia algo que a perturbava na cena. Na noite passada, viera da rua Grove, mas agora estava do outro lado do cruzamento, bem em frente aos dormitórios do Hall Baker e do chão vazio e gelado onde Tara fora encontrada. Daquele ângulo, havia algo familiar sobre a aparência da cena – as duas ruas, as estacas enfiadas na terra onde Tara morrera ou fora abandonada. Era apenas o fato de ver o local na luz do dia e sem a multidão que o tornava diferente? Uma falsa sensação de *déjà-vu*? Ou talvez a basso beladona lhe pregasse peças ao deixar seu organismo? Os diários da Lethe estavam cheios de avisos sobre como a substância era poderosa.

Alex pensou no sapato de Hellie pendurado brevemente no dedão, e então caindo no chão do apartamento com um barulho. Len se virara para Alex, lutando contra o peso do corpo flácido de Hellie, as mãos fechadas nas axilas dela. Betcha segurava os joelhos de Hellie encaixados no quadril como se os dois dançassem swing.

— Vamos lá — Len dissera. — Abra a porta, Alex. Deixe a gente sair.

Deixe a gente sair.

Ela espantou a memória e olhou para o amontoado de Cinzentos na frente do ginásio. Havia menos deles hoje, e seu humor – se de fato tinham um – voltara ao normal. O Noivo, porém, ainda estava lá. Apesar de seu esforço para ignorá-lo, era difícil não notar o fantasma – calças alinhadas, sapatos brilhantes, um rosto bonito como algo saído de um filme antigo, grandes olhos escuros e cabelo preto que se levantava da testa em uma onda suave, o efeito estragado apenas pela marca sangrenta de um ferimento a bala em seu peito.

Ele era um assombrador de verdade, um Cinzento que podia atravessar as camadas do Véu e fazer com que sua presença fosse sentida, chacoalhando os para-brisas e disparando os alarmes dos carros no estacionamento onde uma dia fora a fábrica de carruagens da família – e onde ele matara a noiva antes de cometer suicídio. Era uma das principais paradas nos passeios turísticos de fantasmas da Nova Inglaterra. Alex não deixou o olhar se demorar, mas de canto de olho viu que ele se afastava do grupo, vindo para perto dela.

Hora de ir embora. Não queria o interesse de Cinzentos, especialmente daqueles que conseguiam assumir qualquer tipo de forma física. Deu as costas para ele e se apressou para o centro do campus.

Quando chegou ao Vanderbilt, o fim do efeito da droga tomou conta dela. Sentia-se fraca, exausta como se tivesse acabado de sair da pior gripe da vida. O relatório para Sandow podia esperar. Ela não tinha muito a dizer, de qualquer forma. Iria dormir. Talvez sonhasse com o verão. Ainda sentia o cheiro da hortelã amassada nos dedos.

Ela fechou os olhos e viu o rosto de Hellie, as sobrancelhas pálidas clareadas pelo sol, o vômito preso à boca. Era culpa de Tara Hutchins. Loiras sempre faziam Alex pensar em Hellie. Mas por que a cena do crime parecera tão familiar? O que ela vira naquele pedaço abandonado de terra morta entre o fluxo do tráfego?

Nada. Apenas muitas noites sem dormir, muito Darlington sussurrando em seus ouvidos. Tara não se parecia em nada com Hellie. Era uma falsificação ruim, um genérico da marca Hellie.

Não, disse uma voz em sua cabeça – e era Hellie, de pé num skate, balançando-se sobre aqueles pés largos, o equilíbrio impecável. Sua pele estava acinzentada. A parte de cima do biquíni estava salpicada com pedaços da última refeição. *Ela sou eu. Ela é você sem uma segunda chance.*

Alex lutou para sair da maré de sono. O quarto estava escuro, um pouco de luz entrando de uma única janela estreita.

Hellie se fora há muito, assim como as pessoas que a tinham machucado. Mas alguém machucara Tara Hutchins também. Alguém que não recebera punição. Ainda não.

Deixe isso para o detetive Turner. Aquilo era o que a sobrevivente dizia. *Fique sossegada. Deixe para lá. Concentre-se em suas notas. Pense no verão.* Alex podia ver a ponte que Belbalm construíra. Só tinha que atravessá-la.

Ela fuçou a cômoda atrás das gotas de basso beladona. Mais uma tarde. Isso ela podia dar a Tara Hutchins antes de enterrá-la para sempre e seguir em frente. Assim como enterrara Hellie.

Aureliana, lar dos futuros reis filósofos, os grandes congregadores. A Aureliana foi fundada para acolher ideais de liderança e, supostamente, reunir o melhor das sociedades. Eles se estabeleceram como um tipo de Nova Lethe, indicando membros de cada sociedade para formar um conselho de liderança. Isso não durou muito. O debate animado deu lugar a brigas estridentes, novos membros foram recrutados, e logo ela se tornou tão fechada quanto as outras Casas do Véu. No fim, sua magia tinha uma praticidade fundamental mais adequada ao trabalhador, menos um chamado que um comércio. Isso os tornou objeto de escárnio para aqueles de sensibilidade mais delicada, mas, quando a Aureliana se viu banida da própria "tumba" e sem endereço permanente, conseguiu sobreviver onde outras Casas naufragaram – vendendo-se a quem pagasse melhor.

— de *A vida da Lethe: procedimentos e protocolos da Nona Casa*

Simplesmente falta a eles qualquer senso de *estilo*. É claro, eles de vez em quando cospem um senador ou um autor de renome mediano, mas as noites da Aureliana sempre pareceram um pouco como se tivessem lhe dado as transcrições de um caso interessante no tribunal. Você começa empolgado e, na página dois, percebe que é muita palavra para pouco drama.

— *Diários dos dias de Lethe* de Michelle Alameddine (Residência Hopper)

6
Outono passado

Ele a iniciou com coisas pequenas – com a Aureliana. Darlington imaginou que as grandes magias poderiam esperar até mais tarde no semestre, e ele soube que tinha feito a escolha certa quando chegou ao andar de baixo em Il Bastone e encontrou Alex sentada na beira de uma almofada de veludo, mordendo incessantemente a unha do polegar. Dawes parecia alheia, a atenção concentrada na leitura de um volume sobre escrita Linear B, os fones antirruído firmes no lugar.

— Pronta? — ele perguntou.

Alex se levantou e limpou as palmas das mãos no jeans. Ele repassou com ela o estoque de proteções que levavam nas bolsas, e Darlington ficou feliz de ver que ela não se esquecera de nada.

— Boa noite, Dawes — ele disse enquanto tiravam os casacos dos cabideiros na parede. — Não voltaremos tarde.

Dawes deslizou os fones para o pescoço.

— Temos sanduíches de salmão defumado, ovos e endro.

— Devo perguntar?

— E avgolemono.

— Eu diria que você é um anjo, mas você é tão mais interessante.

Dawes estalou a língua.

— Não é uma bem uma sopa de outono.

— O outono mal chegou, e não há nada mais fortificante.

Além disso, depois de um trago do elixir de Hiram, era difícil se aquecer.

Dawes sorriu e voltou ao texto. Ela gostava de ser elogiada por seus dotes culinários tanto quanto pelos acadêmicos.

O ar parecia brilhante e frio na pele dele enquanto desciam a rua Orange em direção ao parque e ao campus. A primavera chegava lenta à Nova Inglaterra, mas o outono era como fazer uma curva fechada. Em um momento você estava suando no algodão de verão, no momento seguinte tremia sob um céu azul esmaltado.

— Fale-me sobre a Aureliana.

Alex soltou o fôlego.

— Foi fundada em 1910. Tem cômodos consagrados no Hall Sheffield-Sterling-Strathcona...

— Pode deixar o palavrório de lado. Todo mundo chama de SSS.

— SSS. Durante as reformas de 1932.

— Na mesma época em que a Ossos fechava a sala de cirurgia deles — completou Darlington.

— Fechava o que deles?

— Você vai descobrir na primeira prognosticação. Mas achei que deveríamos pegar leve em nossa primeira jornada externa.

Era melhor que Alex Stern pegasse o ritmo entre os Aurelianos generosos e entusiásticos do que na frente dos Osseiros.

— A universidade deu aqueles cômodos à Aureliana como um presente por serviços prestados.

— Que serviços?

— Você me diz, Stern.

— Bem, eles são especialistas em logomancia, magia das palavras. Então algo envolvendo um contrato?

— A compra da Sachem's Wood em 1910. Foi uma enorme aquisição de terras e a universidade quis se certificar de que a compra jamais fosse contestada. Aquele terreno se tornou Science Hill. O que mais?

— As pessoas não os levam muito a sério.

— Pessoas?

— A Lethe — ela corrigiu. — As outras sociedades. Porque eles não têm uma tumba de verdade.

— Mas nós não somos como essas pessoas, Stern. Não somos esnobes.

— Você com certeza é um esnobe, Darlington.

— Bem, não sou esse tipo de esnobe em particular. Temos apenas duas preocupações reais: se a magia deles funciona e se ela é perigosa.

— Funciona? — perguntou Alex. — É perigosa?

— A resposta a ambas as questões é: às vezes. A Aureliana é especializada em contratos indissolúveis, votos de amarração, histórias que podem literalmente fazer o leitor dormir. Em 1989, um certo milionário entrou em coma na cabine de seu iate. Uma cópia de *Deus e homem em Yale* foi encontrada ao lado dele, e, se alguém tivesse reparado, veria uma introdução que não existe em nenhuma outra versão, composta pela Aureliana. Também pode estar interessada em saber que as últimas palavras de Winston Churchill foram: "Estou entediado com isso tudo".

— Está dizendo que a Aureliana assassinou Winston Churchill?

— Isso é mera especulação. Mas posso afirmar que metade dos mortos no cemitério da rua Grove só fica em seus túmulos porque as inscrições nas lápides foram feitas por membros da Aureliana.

— Parece bem poderoso para mim.

— Isso era a magia antiga, quando ainda eram considerados uma sociedade de posses. A Aureliana foi expulsa de suas salas quando as negociações de contrato da universidade com sindicatos deram errado. A acusação era de servir álcool para menores, mas o fato é que Yale sentiu que a Aureliana havia arruinado os contratos iniciais. Eles perderam a sala 405, e seu trabalho tem sido instável desde então. Hoje em dia, na maior parte do tempo, lidam com contratos de sigilo ou feitiços de inspiração. É o que veremos hoje à noite.

Passaram pelos escritórios administrativos em Hall Woodbridge e pelas telas douradas e brilhantes da Chave e Pergaminho. Os Chaveiros tinham cancelado seu próximo ritual. Não significaria menos trabalho para a Lethe – a Livro e Serpente ficara feliz em ocupar o horário da quinta à noite no lugar deles –, mas Darlington se perguntava o que exatamente acontecia na Chave. Havia rumores de magia enfraquecida, portais que não funcionavam ou não abriam. Poderia ser tudo conversa – as Casas do Véu eram sigilosas, competitivas e inclinadas a fofocas mesquinhas. Mas Darlington tomaria o atraso como uma oportunidade para investigar o que a Chave e Pergaminho poderia estar disputando antes de arrastar seu Dante para uma possível confusão.

— Se a Aureliana não é perigosa, por que precisamos estar lá? — perguntou Alex.

— Para impedir que os procedimentos sejam interrompidos. Esse ritual em particular tende a atrair muitos Cinzentos.

— Por quê?

— Por causa do sangue. — Os passos de Alex diminuíram. — Por favor, não me diga que fica enjoada. Você não vai sobreviver ao semestre se não puder enfrentar um pouco de lambança.

Darlington imediatamente se sentiu um babaca. Depois daquilo a que Alex sobrevivera na Califórnia, é claro que ela teria um pé atrás.

Aquela garota tinha vivido um trauma real, não o teatro macabro ao qual Darlington tornara-se tão acostumado.

— Vou ficar bem — ela disse, segurando a alça da bolsa com punhos apertados.

Entraram no planalto desolado da praça Beinecke, as janelas da biblioteca brilhando como pedaços de âmbar.

— Vai, sim — ele prometeu. — É um ambiente controlado e um feitiço simples. Basicamente estamos trabalhando como seguranças esta noite.

— Tudo bem.

Ela não *parecia* estar bem.

Passaram pela porta giratória e pela grande cúpula da entrada. Gordon Bunshaft havia concebido a biblioteca como uma caixa dentro de outra. Atrás do balcão de segurança vazio, uma grande parede de vidro se levantava até o teto, cheia de prateleiras. Aquela era a biblioteca real, as pilhas de livros, o coração de papel e pergaminho da Beinecke, a estrutura exterior funcionando como entrada, escudo e pele falsa. Grandes janelas de cada lado mostravam a praça vazia.

Uma longa mesa fora montada não muito longe do balcão, a uma distância confortável das caixas onde objetos das coleções da biblioteca ficavam girando em exibição, e onde a Bíblia de Gutenberg estava guardada em seu próprio cubo de vidro, com iluminação especial. Uma única página dela era virada todos os dias. Como ele amava aquele lugar.

Os Aurelianos perambulavam em torno da mesa, já usando suas túnicas cor de marfim, conversando nervosamente. Aquela energia entontecida provavelmente já era suficiente para começar a atrair Cinzentos. Josh Zelinski, o presidente atual da delegação, separou-se do grupo e se apressou para cumprimentá-los. Darlington o conhecia de vários seminários de estudos americanos. Ele tinha um moicano, gostava de usar macacões grandes e falava *muito*. Uma mulher nos seus quarenta anos o seguiu, a Imperador daquela noite – a ex-aluna selecionada para supervisionar o ritual. Darlington a reconheceu de um rito que a Aureliana fizera no ano anterior para esboçar documentos administrativos para a diretoria de condomínio dela.

— Amelia — ele disse, buscando o nome. — Um prazer revê-la.

Ela sorriu e olhou para Alex.

— Esta é a nova você?

Era a mesma pergunta que tinham feito a Michelle Alameddine quando ela o levara por aí em seus tempos de calouro.

— Conheça nosso novo Dante. Alex é de Los Angeles.

— Bacana — disse Zelinski. — Conhece alguma estrela de cinema?

— Uma vez nadei nua na piscina do Oliver Stone, serve?

— Ele estava lá?

— Não.

Zelinski pareceu genuinamente decepcionado.

— Vamos começar à meia-noite — disse Amelia.

Aquilo lhes dava bastante tempo para traçar um perímetro em torno da mesa de ritual.

— Para este ritual, não podemos bloquear completamente os Cinzentos — explicou Darlington enquanto ele e Alex faziam um círculo largo em torno da mesa, escolhendo o caminho do limite que criariam. — A magia exige que os canais com o Véu permaneçam abertos. Agora me diga quais são os primeiros passos.

Ele tinha dado a ela trechos do *Amarrações de Fowler* e também um tratado curto sobre magia de portal, dos primórdios da Chave e Pergaminho.

— Pó de osso, terra de cemitério ou qualquer *memento mori* para formar o círculo.

— Ótimo — disse Darlington. — Vamos usar isto esta noite.

Ele passou a ela um bastão de giz feito de cinza crematória comprimida.

— Isso vai permitir que sejamos mais precisos em nossas marcações. Vamos deixar canais abertos em cada um dos pontos cardeais.

— E depois?

— Depois trabalhamos as portas. Os Cinzentos podem atrapalhar o ritual, e não queremos que esse tipo de magia escape. Uma vez que esse ritual em particular tenha começado, ele vai procurar sangue, e, se o feitiço se libertar da mesa, pode literalmente cortar em dois algum aluno de Direito estudando tranquilo a um quarteirão daqui. Um advogado a menos para flagelar o mundo, mas ouvi dizer que piadas de advogado saíram de moda. Então, se um Cinzento tentar passar, você tem duas opções: jogar pó nele ou dizer palavras de morte.

Cinzentos detestavam qualquer lembrança da morte – lamentos, cantos fúnebres, poemas sobre luto ou perda, até um anúncio de funerária particularmente bem escrito poderia funcionar.

— Que tal ambos? — perguntou Alex.

— Não há necessidade. Não desperdiçamos poder à toa.

Ela parecia cética. A ansiedade dela o surpreendeu. Alex Stern poderia ser desprovida de graça e educação, mas tinha demonstrado muita coragem – ao menos quando não havia mariposas envolvidas. Onde estava a dureza que vislumbrara nela antes? E por que o medo dela o desapontava tanto?

Bem quando estavam terminando as marcas para fechar o círculo, um jovem passou pela catraca, o cachecol puxado quase até os olhos.

— O convidado de honra — murmurou Darlington.

— Quem é ele?

— Zeb Yarrowman, *wunderkind*. Ou ex-*wunderkind*. Claro que os alemães têm um nome para prodígios que passam da idade de *enfant terrible*.

— Olha quem fala, Darlington.

— Muita crueldade, Stern. Ainda tenho tempo. Zeb Yarrowman escreveu um romance em seu terceiro ano em Yale, publicou-o antes de se formar, e foi o queridinho da cena literária de Nova York por muitos anos consecutivos.

— O livro era bom?

— Não era *ruim* — disse Darlington. — Mal-estar, loucura, amor jovem, o cardápio de sempre do romance de formação, tendo como pano de fundo Zeb trabalhando na fábrica de laticínios à beira da falência que pertencia ao tio. Mas a prosa impressionava.

— Então ele está aqui para ser mentor de alguém?

— Está aqui porque *O rei dos lugares pequenos* foi publicado há quase oito anos, e Zeb Yarrowman não escreveu uma palavra desde então. — Darlington viu Zelinski fazendo um sinal para a Imperador. — Está na hora de começar.

Os Aurelianos tinham se organizado em duas filas iguais, uma de cada lado da grande mesa. Usavam capas brancas, como as túnicas dos membros de um coral, com mangas pontudas tão longas que tocavam o topo da mesa. Josh Zelinski estava em uma ponta, a Imperador, na outra. Colocaram luvas brancas do tipo usado para manusear manuscritos raros e desenrolaram um documento sobre a mesa.

— Pergaminho — disse Darlington. — Feito de pele de cabra e banhado em flor de sabugueiro. Um presente para a musa. Mas isso não é tudo que ela exige. Vamos. — Ele levou Alex de volta para as primeiras marcações que fizeram. — Você vigia os portões sul e leste. Não fique entre as marcações, a menos que seja realmente necessário. Se vir um Cinzento chegando, coloque-se no caminho dele e use sua terra de cemitério ou fale palavras de morte. Vou monitorar o norte e o oeste.

— Como? — A voz dela tinha um tom nervoso, ríspido. — Você nem consegue vê-los.

Darlington enfiou a mão no bolso e tirou o frasco de elixir. Não podia mais esperar. Rompeu a tampa de cera, tirou a rolha e, antes que qualquer sentimento de autopreservação pudesse se intrometer, bebeu o conteúdo.

Jamais se acostumara àquilo. Duvidava de que algum dia se acostumaria – o reflexo da garganta engasgando, a pontada amarga que atravessava o palato até a parte de trás do crânio.

— Porra. — Ele tossiu.

Alex piscou.

— Acho que é a primeira vez que escuto você falar palavrão.

Ele tentou controlar os calafrios e tremores que sacudiam seu corpo.

— Eu c-c-classifico as p-profanidades como as declarações de amor. Melhor se usadas com parcimônia, e apenas quando totalmente v-v-verdadeiras.

— Darlington... seus dentes deveriam estar batendo assim?

Ele tentou fazer que sim com a cabeça, mas ela obviamente já estava fazendo isso sozinha, em espasmos, na verdade.

O elixir era como enfiar a cabeça num frio polar, como entrar em um inverno longo e escuro. Ou, como Michelle um dia dissera: "É como se enfiassem um pedaço de gelo na sua bunda".

"Menos localizado", Darlington conseguira brincar de volta na ocasião. Mas ele quase desmaiara com aquela sensação terrível e estremecedora. Não era só o gosto, o frio ou os tremores. Era a sensação do contato com algo horrível. Não fora capaz de identificar exatamente o que sentia naquele dia, mas, meses depois, estava dirigindo na I-95 quando uma carreta invadiu sua faixa, e o carro em que estava escapou por um fio. Seu corpo fora inundado por adrenalina, e o amargor de aspirina amassada enchera sua boca enquanto ele se recordava do gosto da Bala de Hiram.

Aquela era a sensação que sentiria toda vez – até que a dose finalmente tentasse matá-lo e seu fígado afundasse na toxicidade. Não se podia ficar sempre cutucando a morte com vara curta. Em algum momento ela acabava mordendo.

Bem, se aquilo acontecesse, a Lethe encontraria um doador de fígado para ele. Não seria o primeiro. E nem todos podiam nascer com o dom de Galaxy Stern.

Então os tremores passaram, e por um breve momento o mundo ficou esbranquiçado, como se Darlington visse o brilho dourado da Beinecke através de uma cascata grossa de teias de aranha. Aquelas eram as camadas do Véu.

Quando elas se abriram para ele, a névoa se desfez. As colunas familiares da Beinecke, os membros da Aureliana em suas capas e o rosto desconfiado de Alex entraram em foco novamente – com a exceção de que agora ele via um velho com casaco de *pied de poule* flutuando ao lado do estojo que guardava a Bíblia de Gutenberg, e então seguindo para examinar a coleção de *memorabilia* de James Baldwin.

— Acho... acho que é... — Ele conseguiu parar antes de dizer o nome de Frederic Prokosch. Nomes eram íntimos, um risco de formar uma conexão com os mortos. — Ele escreveu um romance que era famoso, chamado *Os asiáticos*, em uma mesa na Biblioteca Sterling. Eu me pergunto se Zeb é um fã.

Prokosch afirmava ser insondável, um mistério até para os amigos mais próximos. E ali estava ele, zanzando em uma biblioteca universitária após a morte. Talvez fosse bom que o elixir custasse tanto e tivesse um gosto tão ruim. Do contrário, Darlington o beberia tarde sim, tarde não, apenas para ter visões como aquela. Mas agora era hora de trabalhar.

— Mande-o embora, Stern. E não faça contato visual.

Alex ajeitou os ombros como um boxeador que entra no ringue e se aproximou de Prokosch, desviando o olhar. Enfiou a mão na bolsa e tirou o frasco de terra de cemitério.

— O que está esperando?

— Não consigo tirar a tampa.

Prokosch levantou a cabeça da caixa de vidro que estivera olhando e flutuou na direção de Alex.

— Então diga as *palavras*, Stern.

Alex deu um passo para trás, ainda atrapalhada com a tampa.

— Ele não pode feri-la — disse Darlington, colocando-se entre Prokosch e a entrada para o círculo. O ritual ainda não tinha começado, mas era melhor manter o local limpo. Darlington não era muito fã da opção de ele próprio dispersar o Cinzento. Ele já sabia muito sobre o fantasma, e expulsá-lo para trás do Véu era um risco de criar uma conexão entre eles.

— Vamos lá, Stern.

Alex fechou os olhos e gritou:

— "É preciso ter coragem! Ninguém é imortal!"

Prokosch estremeceu de apreensão e levantou uma mão, como se para mandar Alex embora. Ele disparou através das paredes de vidro da biblioteca. Palavras de morte podiam ser qualquer coisa, na verdade, desde que falassem do que os Cinzentos mais temiam – o caráter definitivo da passagem, uma vida sem legado, o vazio do além. Darlington dera a Alex algumas das mais simples de lembrar, tiradas das *lamellae* órficas encontradas na Tessália.

— Viu? — disse Darlington. — Fácil. — Ele olhou para os Aurelianos, alguns dos quais estavam rindo da declaração ardente de Alex. — Embora não precisasse gritar.

Mas Alex não parecia se importar com a atenção que tinha atraído. Seus olhos estavam iluminados, fixos no local onde Prokosch estivera momentos antes.

— Fácil! — ela disse. Franziu o cenho e olhou para o frasco de terra na mão. — Tão fácil.

— Ao menos se gabe um pouco, Stern. Não me negue o gosto de ter que colocá-la de volta em seu lugar.

Quando ela não respondeu, ele disse:

— Vamos, eles estão prontos para começar.

Zeb Yarrowman estava na cabeceira da mesa. Ele removera a camisa e estava nu até a cintura, a pele pálida, o peito estreito, os braços rígidos ao lado do corpo como asas dobradas. Darlington vira muitos homens e mulheres na cabeceira daquela mesa ao longo dos últimos três anos. Alguns eram membros da Aureliana. Outros simplesmente tinham pagado o preço salgado que o fundo da sociedade cobrava. Vinham dizer suas palavras, fazer seus pedidos, esperando que algo espetacular acontecesse. Vinham com diferentes necessidades, e a Aureliana mudava de local dependendo das exigências: acordos pré-nupciais blindados podiam ser feitos debaixo da entrada da Faculdade de Direito. Falsificações podiam ser detectadas sob os olhos atentos do pobre e ludibriado *Cícero descobrindo o túmulo de Arquimedes*, de Benjamin West, na galeria de arte da universidade. Escrituras de propriedade e acordos imobiliários eram selados no topo da East Rock, a cidade brilhando lá embaixo, ao longe. A magia da Aureliana podia ser mais fraca que a de outras sociedades, mas era mais portátil e prática.

Os cantos daquela noite começaram em latim, uma recitação gentil e tranquilizante que enchia a Beinecke, flutuando cada vez mais para cima, prateleira após prateleira dentro do cubo de vidro no centro da biblioteca. Darlington se deixou ouvir enquanto esquadrinhava o perímetro do círculo e mantinha um olho em Alex. Achava que era um bom sinal ela estar tão tensa. Ao menos significava que ela se importava em fazer um bom trabalho.

Os cantos mudaram, deixando o latim e indo para o italiano vernacular, deslizando da antiguidade para a modernidade. A voz de Zeb era a mais alta, suplicante, ecoando na pedra, e Darlington podia sentir seu desespero. Ele precisaria estar desesperado, dado o que viria a seguir.

Zeb estendeu os braços. Os Aurelianos postados de cada lado dele sacaram suas facas e, conforme os cantos continuaram, desenharam duas longas linhas dos pulsos de Zeb até seus antebraços.

O sangue correu lentamente no início, brotando na superfície em fendas vermelhas como olhos que se abriam.

Zeb colocou as mãos na beira do papel à sua frente, e o sangue se espalhou sobre ele, manchando-o. Como se o papel tivesse sido aguçado, o sangue começou a fluir mais rápido, uma maré que descia pelo pergaminho enquanto Zeb continuava a cantar em italiano.

Como Darlington sabia que fariam, os Cinzentos começaram a aparecer, atravessando as paredes, atraídos pelo sangue e pela esperança.

Quando por fim a maré de sangue alcançou o fim do pergaminho, cada um dos Aurelianos baixou as mangas, deixando que elas tocassem o papel encharcado. O sangue de Zeb parecia subir pelo tecido conforme o som do canto aumentava – agora não mais em uma única língua, mas em todas, palavras tiradas dos livros em torno deles, acima deles, guardados em câmaras climatizadas debaixo deles. Milhares e milhares de volumes. Livros de memórias e histórias de criança, postais e menus, poesia e diários de viagem, o italiano suave e arredondado trespassado pelos sons pontiagudos do inglês, a trepidação do alemão, os fios sussurrados do cantonês.

Como se fossem apenas um, os Aurelianos bateram as mãos no pergaminho ensopado de sangue simultaneamente. O som rompeu o ar como um trovão e o negro se espalhou de suas palmas, uma nova maré, conforme o sangue se tornava tinta e refluía pela mesa, subindo pelo papel até onde as mãos de Zeb estavam pousadas. Ele gritou quando a tinta penetrou nele, ziguezagueando pelos braços em um rabisco, linha sobre linha, palavra sobre palavra, um palimpsesto que enegrecia sua pele, subindo lentamente em voltas cursivas até os cotovelos. Ele chorou, estremeceu e gemeu sua angústia – mas manteve as mãos firmes sobre o papel.

A tinta subiu mais alto, até os ombros curvados, sobre o peito, o pescoço, e no mesmo instante entrou na cabeça e no coração.

Aquela era a parte mais perigosa do ritual, quando todos os Aurelianos estariam mais vulneráveis, e os Cinzentos, mais ávidos. Eles vieram rápido pelas paredes e janelas fechadas, rondando o círculo, procurando as portas que Alex e Darlington deixaram abertas, atraídos pela necessidade de Yarrowman e pela pungência ferrosa do sangue fresco. Qualquer que fosse a preocupação que atormentava Alex, ela estava se divertindo agora, jogando punhados de terra de cemitério nos Cinzentos com gestos desnecessariamente elaborados que a faziam parecer um lutador profissional tentando animar uma multidão invisível. Darlington voltou a atenção para seus próprios pontos cardeais, jogou nuvens de pó de osso em Cinzentos que se aproximavam, murmurando as velhas palavras de morte quando um deles tentava passar correndo. Seu hino órfico favorito começava com "Ó espírito da fruta verde", mas era longo demais para valer a pena mergulhar nele.

Ele ouviu Alex grunhir e olhou sobre o ombro, esperando vê-la fazendo uma manobra de banimento especialmente acrobática. Em vez disso, ela estava no chão, escorregando para trás, com terror nos olhos – e os Cinzentos passavam direto pelo círculo de proteção. Ele levou só um segundo para entender o que tinha acontecido: as marcas da porta sul estavam borradas. Alex estivera tão ocupada se divertindo que pisara nas marcas e rompera o lado sul do círculo. O que antes era uma fresta estreita para permitir o fluxo de magia se transformara em um buraco enorme, sem barreiras impedindo a entrada. Os Cinzentos avançavam, a atenção atraída pelo sangue e pelo desejo, aproximando-se dos Aurelianos desprevenidos.

Darlington se jogou no caminho deles, berrando as palavras de morte mais rápidas e cruéis que conhecia:

— "Não pranteado!" — gritou. — "Não honrado e não aclamado!"

Alguns tropeçaram, outros até fugiram.

— "Não pranteado, não honrado, não aclamado!" — ele repetiu. Mas eles estavam num embalo agora, uma massa de Cinzentos que apenas ele e Alex podiam ver, vestidos com trajes de todas as épocas, alguns jovens, outros velhos, alguns feridos e mutilados, outros inteiros.

Se alcançassem a mesa, o ritual seria interrompido. Yarrowman com certeza morreria e poderia levar facilmente metade da Aureliana com ele. A magia correria solta de modo selvagem.

Mas se a Beinecke era uma casa viva de palavras, então era um grande memorial para o fim de tudo. A máscara mortuária de Thornton Wilder. Os dentes de Ezra Pound. Centenas de poemas elegíacos. Darlington buscou palavras... Hart Crane sobre Melville, Ben Jonson sobre a morte do filho. "Réquiem" de Robert Louis Stevenson. Sua mente parecia derrapar. *Comece de algum lugar. Comece de qualquer lugar.*

"Um osso dissoluto, canto minha canção
e vou para onde o osso é soprado."

Deus do Céu. Incumbido de afastar o sobrenatural, como ele de algum modo recorrera ao poema de Foley sobre um esqueleto transando?

Alguns Cinzentos se afastaram, mas ele precisava de algo com mais peso. Horácio.

"O inverno chegará
E partirá o mar sobre as rochas
Enquanto bebemos o vinho do verão."

Agora eles desaceleravam, alguns cobriam os ouvidos.

— "Enquanto conversamos" — ele gritou —, "foge o tempo invejoso. Desfruta o dia de hoje, acreditando o mínimo possível no dia de amanhã!"

Ele levantou as mãos diante de si como se pudesse empurrá-los para trás de algum modo. Por que não conseguia se lembrar do primeiro verso do poema? Porque não o interessara. "Ímpio é saber a duração da vida."[2]

— "Que seja o derradeiro!" — ele repetiu. Enquanto ainda empurrava os Cinzentos de volta pelo portão aberto e estendia a mão para pegar o giz, Darlington olhou pelas paredes transparentes da biblioteca. Uma horda se reunia, uma maré de Cinzentos visível pelas paredes de vidro, cercando o prédio. Ele não conseguiria arrumar as marcações a tempo.

Alex ainda estava no chão, tremendo tanto que ele percebia mesmo de longe. Quando a magia se libertasse, poderia matar primeiro os dois.

— "É preciso ter coragem" — ela repetia. — É preciso ter coragem.

— Não é o suficiente!

Os Cinzentos avançavam para a biblioteca.

— *Mors vincit omnia!* — gritou Darlington, apelando para as palavras impressas em todos os manuais da Lethe. A Imperador e os Aurelianos tinham levantado a cabeça da mesa; apenas Zeb Yarrowman ainda estava perdido nas agonias do ritual, surdo para o caos que entrara no círculo.

Então uma voz varou o ar, alta e vacilante, não falando, mas cantando...

— *Pariome mi madre en una noche oscura.*

Alex cantava, a melodia entrecortada pelos soluços.

— *Ponime por nombre niña y sin fortuna.*

Minha mãe me pariu numa noite escura e me chamou de menina sem fortuna.

Espanhol, mas enviesado. Algum tipo de dialeto.

— *Ya crecen las yerbas y dan amarillo triste mi corazón vive con suspiro.*

Ele não conhecia a canção, mas as palavras pareciam atrasar os passos dos Cinzentos.

As folhas estão ficando douradas.

Meu coração pesado bate e suspira.

— Mais! — gritou Darlington.

— Não sei o resto da música! — gritou Alex. Os Cinzentos se aproximavam.

— Fale alguma coisa, Stern! Precisamos de mais palavras.

---

2. Todos os versos citados são da ode 1.11 de Horácio (*Poesia grega e latina*. Tradução de Péricles Eugênio da Silva Ramos. São Paulo: Cultrix, 1964, p. 32). (N.T.)

— *Quien no sabe de mar no sabe de mal!* — Ela não cantou aquelas palavras; gritou-as repetidamente.

Quem nada sabe do mar nada sabe do mal.

A fila de Cinzentos parou, eles olharam para trás: algo se movia atrás deles.

— Continue! — ele disse a Alex.

— *Quien no sabe de mar no sabe de mal!*

Era uma onda, uma onda imensa, subindo do nada sobre a praça. Mas como? Ela não estava nem dizendo palavras de morte. Quem nada sabe do mar nada sabe do mal. Darlington nem sabia ao certo o que aquilo significava.

A onda se levantou, e Darlington se lembrou de novas palavras, de Virgílio, o Virgílio de verdade. Das *Bucólicas*.

— "Que tudo se transforme num mar livre!" — ele declarou. A onda ficou maior, borrando os prédios e o céu atrás. — "Adeus, florestas! Precipitar-me-ei nas ondas do alto de um rochedo aéreo; este presente extremo recebeio-o de um que morre!"[3]

A onda quebrou e os Cinzentos se espalharam pelo calçamento de pedra da praça. Darlington podia vê-los pelo vidro, balançando como pedaços de gelo sob o luar.

Apressadamente, Darlintgon redesenhou as marcas de proteção, fortalecendo-as com montinhos de terra de cemitério.

— O que foi isso? — ele perguntou.

Alex olhava para os Cinzentos caídos, o rosto ainda molhado de lágrimas.

— Eu... era só uma coisa que minha avó costumava dizer.

Ladino. Ela falara espanhol, hebraico e ele não sabia mais o quê. Era a linguagem da diáspora. A linguagem da morte. Ela tivera sorte. Ambos tiveram.

Ele ofereceu a mão a ela.

— Você está bem? — ele perguntou. A palma dela estava fria e pegajosa contra a dele enquanto ela se levantava.

— Sim — ela disse, mas ainda tremia. — Estou bem. Desculpe, eu...

— Não diga outra palavra até voltarmos a Il Bastone e, pelo amor de Deus, não peça desculpas a ninguém até sairmos daqui.

Zelinski vinha na direção deles, com a Imperador bem atrás. O ritual acabara e eles pareciam furiosos, embora também parecessem um

---

3. Ode 8, verso 58 (*Poesia grega e latina*. Tradução de Péricles Eugênio da Silva Ramos. São Paulo: Cultrix, 1964). (N.T.)

pouco membros da Ku Klux Klan que tinham saído para um passeio e esquecido os capuzes.

— Que diabos estavam fazendo? — disse Amelia. — Vocês quase arruinaram o ritual com aqueles gritos. O que aconteceu aqui?

Darlington girou em torno deles, bloqueando a vista das marcas borradas e invocando toda a autoridade de seu avô.

— Isso é o que *eu* pergunto a vocês.

Zelinski parou abruptamente. As mangas – agora limpas e brancas de novo – voejaram suavemente quando ele baixou os braços.

— O quê?

— Já tinham feito esse ritual antes?

— Você sabe que sim! — retrucou Amelia.

— Exatamente dessa maneira?

— Claro que não! O ritual sempre muda um pouco dependendo da necessidade. Cada história é diferente.

Darlington sabia que estava pisando em terreno perigoso, mas era melhor continuar na ofensiva do que fazer com que a Lethe parecesse um monte de amadores.

— Bem, não sei o que Zeb tem em mente para o novo romance, mas ele quase soltou uma hoste inteira de fantasmas em cima da sua delegação.

Os olhos de Zelinski se arregalaram.

— Havia Cinzentos aqui?

— Um exército deles.

— Mas ela estava gritando...

— Colocou a mim e ao meu Dante em risco — disse Darlington. — Vou precisar relatar isso ao reitor Sandow. A Aureliana não deveria mexer com forças...

— Não, não, por favor — respondeu Zelinski, colocando as mãos para cima como se fosse apagar um incêndio. — Por favor. É nosso primeiro ritual como delegação. Era provável que as coisas ficassem meio complicadas. Estamos fazendo campanha para conseguir nossos aposentos na SSS de volta.

— Ela poderia ter sido ferida — disse Darlington, enfurecido com uma indignação cheia de nobreza. — Morta.

— É ano de doação, não é? — disse Amelia. — Nós... podemos nos certificar de que seja generosa.

— Está tentando me subornar?

— Não! De forma alguma! É uma negociação, um entendimento.

— Saia da minha frente. Você tem sorte de não ter acontecido nenhum dano permanente à coleção.

— Obrigada — Alex sussurrou, enquanto a Imperador e Zelinski saíam rapidamente.

Darlington lançou um olhar raivoso para ela e se curvou para começar a limpar o círculo.

— Fiz isso pela Lethe, não por você.

Eles limparam os restos das marcações, certificaram-se de que os Aurelianos não tinham deixado nenhum traço e de que Zeb estava com os braços enfaixados e com os sinais vitais estáveis. Ele ainda tinha manchas de tinta nos lábios, sobre os dentes e as gengivas. A tinta pingava de seus ouvidos e dos cantos dos olhos. Ele parecia monstruoso, mas ria, falando consigo mesmo, já escrevendo em um bloco de notas. Continuaria daquele jeito até que toda história saísse dele.

Darlington e Alex caminharam de volta a Il Bastone em um silêncio hostil. A noite parecia mais fria, não apenas por causa do horário, mas por causa dos efeitos duradouros do elixir de Hiram. Normalmente, ele sentia tristeza quando a magia terminava, mas naquela noite estava perfeitamente feliz que o Véu voltasse ao seu lugar.

O que acontecera durante o ritual? Como Alex podia ter sido tão descuidada? Ela quebrara as regras mais básicas que ele estabelecera. O círculo era inviolável. Proteger as marcações. Será que ele tinha sido muito relaxado com a coisa toda? Se esforçara demais para deixá-la à vontade?

Quando entraram em Il Bastone, as luzes da entrada bruxulearam, como se a casa pudesse sentir o humor deles. Dawes estava exatamente onde a tinham deixado, na frente da lareira. Ela levantou a cabeça e pareceu se encolher ainda mais dentro do moletom, antes de voltar à sua coleção de cartões de fichamento, feliz em dar as costas ao conflito humano.

Darlington tirou o casaco e o pendurou ao lado da porta, então desceu pelo salão até a cozinha, sem esperar para ver se Alex o seguiria. Acendeu o fogão para esquentar a sopa de Dawes e pegou a bandeja de sanduíches da geladeira, colocando-a na mesa com um grande barulho. Uma garrafa de Syrah fora decantada, e ele se serviu uma taça, depois se sentou e observou Alex, que se enrolara em uma cadeira à mesa da cozinha, os olhos escuros apontados para os azulejos brancos e pretos do chão.

Ele se obrigou a terminar a taça de vinho, serviu-se de outra e por fim disse:

— Então, o que aconteceu?

— Não sei — ela murmurou, de modo quase inaudível.

— Não é bom o suficiente. Você é literalmente inútil para nós se não conseguir lidar com alguns Cinzentos.

— Eles não estavam indo para cima de você.

— Estavam. Duas daquelas portas estavam sob a minha guarda, lembra?

Ela esfregou os braços.

— Eu só não estava preparada. Vou me sair melhor na próxima vez.

— A próxima vez será diferente. E a próxima. E a próxima. Há seis sociedades em funcionamento e cada uma delas tem rituais diferentes.

— Não foi o ritual.

— Foi o sangue?

— Não. Um deles me agarrou. Você não disse que isso ia acontecer. Eu...

Darlington não podia acreditar no que ouvia.

— Está me dizendo que um deles encostou em você?

— Mais de um. Eu...

— Isso não é possível. Quer dizer... — Ele baixou a taça de vinho e passou as mãos pelo cabelo. — Raramente. Muito raramente. *Às vezes*, na presença de sangue ou se o espírito estiver particularmente emocionado. É por isso que as assombrações verdadeiras são tão raras.

A voz dela estava dura, distante:

— É possível.

Talvez. A não ser que ela estivesse mentindo.

— Precisa estar pronta na próxima vez. Você não estava preparada...

— E isso é culpa de quem?

Darlington se endireitou na cadeira.

— Perdão? Eu lhe dei duas semanas para se preparar. Enviei trechos específicos para serem lidos, para manter tudo isso sob controle.

— E quanto a todos os anos antes disso? — Alex se levantou e empurrou a cadeira de volta. Entrou na sala de desjejum, o cabelo negro refletindo a luz da lâmpada, a energia emanando do corpo dela. A casa soltou um gemido de aviso. Alex não estava triste, envergonhada nem preocupada. Ela estava *furiosa*.

— Onde estava você? — ela exigiu. — Todos vocês, homens sábios da Lethe, com seus feitiços, seu giz e seus livros? Onde estavam vocês quando os mortos me seguiam para casa? Quando invadiam a minha sala de aula? O meu quarto? A porra da minha banheira? Sandow disse que vocês me rastreavam há anos, desde que eu era criança. Algum de vocês não poderia ter me ensinado como me livrar deles? Que eu só precisava de umas palavras mágicas para afastá-los?

— Eles são inofensivos. São só os rituais que...

Alex pegou a taça de Darlington e a jogou contra a parede, fazendo voar vinho e vidro.

— Eles não são *inofensivos*. Você fala como se soubesse, como se fosse algum tipo de especialista. — Ela bateu a mão na mesa, inclinando-se na direção dele. — Você não tem ideia do que eles podem fazer.

— Acabou ou gostaria de outra taça de vinho para quebrar?

— Por que não me ajudaram? — disse Alex, a voz quase um rugido.

— Eu ajudei. Agora mesmo você estava prestes a ser engolida por um mar de Cinzentos, caso tenha esquecido.

— Não *você*. — Alex abanou o braço, indicando a casa. — Sandow. A Lethe. Alguém. — Ela cobriu o rosto com as mãos. — "É preciso ter coragem. Ninguém é imortal." Sabe o que teria significado para mim saber dessas palavras quando era criança? Seria preciso tão pouco para mudar tudo. Mas ninguém se deu ao trabalho. Não até que eu pudesse ser útil pra vocês.

Darlington não gostava de pensar que tinha se comportado mal. Não gostava de pensar que a Lethe se comportara mal. *Somos os pastores*. E ainda assim tinham deixado Alex sozinha para enfrentar os lobos. Ela estava certa. Ninguém se importara. Ela tinha sido alguém para a Lethe estudar e observar de longe.

Ele dissera a si mesmo que estava dando a ela uma chance, sendo justo com aquela garota que fora arrastada para a sua vida. Mas se permitira pensar nela como alguém que tinha feito todas as escolhas erradas e ido pelo caminho errado. Não lhe ocorrera que ela fora perseguida.

Depois de um longo momento, ele disse:

— Quebrar mais alguma coisa ajudaria?

Ela respirava com dificuldade.

— Talvez.

Darlington se levantou e abriu um armário, depois outro, e outro, revelando prateleiras cheias de Lenox, Waterford, Limoges – copos, pratos, jarros, travessas, manteigueiras, molheiras, milhares de dólares em cristal e porcelana. Ele pegou uma taça, encheu-a de vinho e a passou para Alex.

— Por onde gostaria de começar?

7
Inverno

Devia existir um protocolo da Lethe para assassinatos, uma série de passos a serem seguidos, que Darlington saberia seguir.

Ele provavelmente teria dito a ela para pedir ajuda a Dawes. Mas Alex e a estudante de pós-graduação jamais tinham conseguido ir muito além de ignorar educadamente uma à outra. Como todo mundo, Dawes amava o belo Darlington. Ele era a única pessoa que parecia totalmente à vontade falando com ela, que conseguia fazer isso sem a estranheza que pairava sobre Dawes como um de seus moletons grandes e de cor indeterminada. Alex tinha certeza de que Dawes a culpava pelo que acontecera no Hall Rosenfeld, e, embora ela jamais falasse muito, o silêncio de Dawes tinha adquirido uma nova hostilidade, com portas de armário batidas e olhares suspeitos. Alex não queria falar com ela mais do que o necessário.

Então consultaria a biblioteca da Lethe em vez disso. *Ou você poderia simplesmente deixar isso pra lá*, pensou, ao subir os degraus da mansão na rua Orange. Dentro de uma semana, Darlington poderia estar de volta sob aquele mesmo teto. Poderia emergir do ritual da lua nova inteiro, feliz e pronto para dedicar seu cérebro magnífico ao assassinato de Tara Hutchins. Ou talvez tivesse outras coisas em mente.

Não havia chave para entrar em Il Bastone. Alex fora apresentada à porta no primeiro dia em que Darlington a trouxera ali, e agora a casa soltava um suspiro rangido quando ela entrava. Sempre zumbira feliz quando Darlington estava junto. Ao menos não tinha atiçado um bando de chacais contra ela. Alex não via os cães de caça da Lethe desde aquela primeira manhã, mas pensava neles cada vez que se aproximava da casa, imaginando onde dormiam e se tinham fome, se espíritos de cães de caça precisavam de comida.

Em teoria, Dawes tinha folga às sextas, mas era quase certo que estaria acomodada com seu laptop no canto do salão do primeiro andar. Isso fazia com que fosse fácil evitá-la. Alex passou pelo corredor até a cozinha, onde encontrou na prateleira superior da geladeira a bandeja com os sanduíches da noite passada, que Dawes cobrira com uma toalha úmida. Ela os enfiou na boca, sentindo-se uma ladra, mas isso só fazia com que o pão branco macio, as rodelas de pepino e o salmão fatiado fino e temperado com endro ficassem ainda mais gostosos.

A casa na Orange foi adquirida pela Lethe em 1888, pouco depois de John Anderson abandoná-la, supostamente tentando fugir do fantasma da vendedora de charutos assassinada pelo pai. Desde então, Il Bastone fora disfarçada como uma residência, uma escola dirigida pelas Irmãs de Maria, um escritório de advocacia e, agora, como casa particular eternamente à espera de reformas. Mas sempre fora a Lethe.

Uma estante de livros ficava no corredor do segundo andar, ao lado de uma escrivaninha antiga e de um vaso de hortênsias secas. Era a entrada para a biblioteca. Havia um velho painel na parede ao lado que supostamente controlava um sistema de som, mas boa parte do tempo ele não funcionava, e às vezes a música saindo dos alto-falantes soava tão metálica e distante que fazia a casa parecer mais vazia.

Alex puxou o Livro de Albemarle da terceira prateleira. Parecia um livro-razão comum com capa de tecido manchado, mas as páginas crepitaram levemente ao serem abertas, e ela soltou um palavrão ao ser atravessada por um leve pulso de eletricidade. O livro retinha ecos do pedido mais recente dos usuários, e, quando Alex virou as páginas até a última com registros, viu os garranchos de Darlington e as palavras "plantas do Hall Rosenfeld". A data era 10 de dezembro. A última noite em que Daniel Arlington fora visto com vida.

Alex pegou uma caneta da escrivaninha, anotou a data e escreveu "Protocolos da Casa Lethe. Homicídio". Devolveu o livro à prateleira, entre *Stover em Yale* e uma cópia gasta de *Culinária da Nova Inglaterra vol. 2*. Jamais vira sinal do volume um.

A casa deu um gemido de desaprovação, e a prateleira chacoalhou levemente. Alex se perguntava se Dawes estaria absorta demais em seu trabalho para notar ou se estaria olhando para o teto, especulando o que ela fazia.

Quando a estante parou de se sacudir, Alex botou a mão no lado direito dela e puxou. Ela girou, descolando da parede como uma porta e revelando um cômodo circular de dois andares recoberto de prateleiras. Embora ainda fosse de tarde, o céu visto através do domo de vidro sobre ela tinha o brilho azul luminoso do início do anoitecer. O ar parecia ameno, e ela sentia o cheio de flores de laranjeira.

Como a Lethe tinha um espaço limitado, seu finado representante Richard Albemarle – na época ainda um Dante – usara magia emprestada da Chave e Pergaminho para equipar a biblioteca com um portal telescópico. Você escrevia o assunto que buscava no *Livro de Albemarle*, colocava-o de volta na estante, e a biblioteca gentilmente trazia uma seleção de volumes da coleção da Casa Lethe, que estariam à sua disposição quando abrisse a porta secreta. A coleção completa ficava num abrigo subterrâneo, sob uma propriedade em Greenwich, e privilegiava a história do oculto de New Haven e da Nova Inglaterra. Incluía uma edição original do *Malleus maleficarum*, de Heinrich Kramer, e cinquenta e duas traduções diferentes do texto, as obras completas de Paracelso, os diários secretos de Aleister Crowley e de Francis Bacon, um livro de feitiços do Templo do Fogo zoroastrista em Chak Chak, uma foto autografada de Calvin Hill e uma primeira edição de *Deus e homem em Yale*, de William F. Buckley, junto com um feitiço escrito num guardanapo do Yankee Doodle que revelava os capítulos secretos do livro. Mas era impossível encontrar uma cópia de *Orgulho e preconceito* ou uma história básica da Guerra Fria cujo foco não fosse a magia falha usada na redação da Doutrina Eisenhower.

Além disso, a biblioteca era um pouco temperamental. Se o pedido não fosse específico o suficiente ou se não houvesse livros sobre o assunto desejado, a estante simplesmente começava a chacoalhar, emitindo calor e um gemido agudo e frenético até que você pegasse o *Livro de Albemarle* e murmurasse um encanto tranquilizador sobre as páginas enquanto acariciava gentilmente a lombada. A magia do portal também precisava de manutenção, que era realizada a cada seis anos com uma série de rituais elaborados.

— O que acontece se vocês pularem um ano? — Alex tinha perguntado quando Darlington lhe mostrara como a biblioteca funcionava.

— Aconteceu em 1928.

— E?

— Todos os livros da coleção caíram na biblioteca ao mesmo tempo e o piso desabou sobre Chester Vance, o Oculus.

— Jesus, isso é horrível.

— Não sei — disse Darlington de modo meditativo. — Sufocar sob uma pilha de livros me parece uma morte adequada para um assistente de pesquisa.

Alex sempre se aproximava da biblioteca com cautela e não chegava perto da estante enquanto ela estremecia. Conseguia até imaginar algum Darlington do futuro fazendo piada sobre a deliciosa ironia: a ignorante Galaxy Stern golpeada fatalmente no queixo por um conhecimento indomável.

Ela colocou a bolsa sobre a mesa circular no centro do cômodo, a madeira incrustrada com um mapa de constelações que ela não reconhecia. Alex achava estranho que os livros sempre tivessem o mesmo cheiro. Os documentos antigos nas caixas de vidro e nas estantes climatizadas de Beinecke. As salas de pesquisa em Sterling. A biblioteca mutável da Casa Lethe. Tinham o mesmo aroma das salas de leitura cheias de volumes baratos nas quais vivia quando criança.

A maior parte das prateleiras estava vazia. Havia alguns livros velhos e pesados sobre a história de New Haven e uma brochura brilhante com o título *Doideira em New Haven!*, que provavelmente tinha sido vendida em lojas turísticas. Alex então percebeu que uma das prateleiras estava cheia de diferentes edições do mesmo volume fino, *A vida da Lethe: procedimentos e protocolos da Nona Casa*, inicialmente em capa dura, depois em encadernações mais baratas, conforme a Lethe abriu mão das pretensões e passou a se preocupar com o orçamento.

Alex pegou a edição mais recente, com o ano 1987 estampado na capa. Não havia sumário, apenas páginas xerocadas sem muito cuidado, com algumas notas na margem e o canhoto de um ingresso para o show do Squeeze no New Haven Coliseum. O Coliseum há muito fora demolido para dar lugar a apartamentos e um campus de faculdade comunitária que nunca saíram do papel. Alex vira um Cinzento adolescente com uma camiseta do R.E.M. rondando o estacionamento que tomara o lugar do Coliseum, movendo-se a esmo, como se ainda esperasse descolar ingressos.

O verbete "assassinato" era frustrantemente curto:

"No evento de morte violenta associada a atividades das sociedades de posses, será convocado um colóquio entre o reitor, o presidente da universidade, os membros ativos da Casa Lethe, o Centurião em exercício e o presidente da Fundação Lethe para decidir um curso de ação. (Ver 'Protocolos de Reunião')."

Alex virou as páginas até "Protocolos de Reunião", mas tudo o que encontrou foi uma planta do salão de jantar da Casa Lethe, junto com um guia para organizar os assentos de acordo com a precedência, um lembrete da necessidade das atas – a serem mantidas pelo Oculus residente – e sugestões de menus. Aparentemente, comidas leves eram sugeridas, e álcool seria servido apenas quando solicitado. Havia até uma receita de algo chamado ponche gelado de hortelã.

— Grande ajuda, camaradas — murmurou Alex.

Falavam da morte como se fosse uma quebra de protocolo. E ela não fazia ideia de como pronunciar "colóquio", mas obviamente se tratava de um encontro pomposo que ela não tinha intenção alguma de convocar. Deveria de fato abordar o presidente da universidade e convidá-lo para uma tábua de frios? Sandow lhe dissera para ficar sossegada. Não tinha falado nada sobre um colóquio. *Por quê? Porque é ano de financiamento. Porque Tara Hutchins é da cidade. Porque não há indício de que as sociedades estão envolvidas. Então deixe pra lá.*

Em vez disso, Alex voltou para o corredor, fechou a porta da biblioteca e reabriu o *Livro de Albemarle*. Dessa vez sentiu um cheiro de charuto saindo das páginas e ouviu um retinir de pratos. Aquela era a memória de assassinato da Lethe: nada de sangue e sofrimento, mas homens reunidos em torno de uma mesa, bebendo ponche gelado de hortelã. Ela hesitou, tentando pensar nas palavras certas para a biblioteca, então escreveu uma nova entrada: "Como falar com os mortos".

Ela colocou o livro de volta no lugar e a estante estremeceu violentamente. Dessa vez, quando entrou na biblioteca, as prateleiras estavam abarrotadas.

Era difícil escapar da sensação de que Darlington a estava vigiando, o acadêmico ansioso que se segurava para não interferir naquelas tentativas desajeitadas de pesquisa.

Quando os viu pela primeira vez? Alex contara a verdade a Darlington. Ela simplesmente não conseguia se lembrar da primeira vez que vira os mortos. Nunca tinha sequer pensado neles nesses termos. A moça com lábios azuis de biquíni na piscina; o homem nu atrás do gradeado do pátio da escola, brincando preguiçosamente consigo mesmo enquanto a turma fazia Educação Física; os dois meninos de moletons ensanguentados sentados a uma mesa no In-N-Out que nunca comiam nada. Eram simplesmente os Silenciosos, e, se ela não lhes desse muita atenção, eles a deixavam em paz.

Isso mudou em um banheiro em Goleta, quando ela tinha doze anos. Àquela altura já tinha aprendido a manter a boca fechada sobre as coisas que via, e estava indo muito bem. Quando chegou a época de começar o sexto ano, ela pediu à mãe que começasse a chamá-la de Alex em vez de Galaxy e preenchesse os formulários da escola assim. Na escola antiga, todos a conheciam como a criança assustada que falava sozinha e se encolhia de coisas que não existiam, que não tinha pai e não se parecia com a mãe. Um conselheiro achou que ela tinha transtorno de déficit de atenção; outro pensou que ela precisava de uma rotina de sono mais regular. Houve também o vice-diretor, que levou a mãe dela para um canto e murmurou que Alex deveria ser meio lenta. "Algumas coisas não podem ser resolvidas com terapia ou com um comprimido, sabe? Algumas crianças são abaixo da média, e há espaço para elas na sala de aula também."

Mas uma nova escola significava um recomeço, uma oportunidade de se reinventar como alguém comum.

— Você não deveria ter vergonha de ser diferente — a mãe dissera a Alex quando ela reuniu coragem para pedir a mudança de nome. — Eu escolhi Galaxy por um motivo.

Alex não discordava. A maior parte dos livros que lia e dos programas de TV a que assistia dizia que tudo bem ser diferente, que ser diferente era bom! Mas ninguém era diferente como ela. Além disso, pensou, enquanto olhava a seu redor no pequeno apartamento cheio de filtros de sonho e lenços de seda e pinturas de fadas dançando sob a lua, ela jamais seria como todo mundo.

— Talvez eu consiga ir me acostumando aos poucos.

— Tudo bem — disse Mira. — É uma escolha sua e eu respeito isso. — Então ela puxou a filha nos braços e soprou fazendo barulho contra a testa dela. — Mas você ainda é minha estrelinha.

Alex se afastou rindo, quase zonza de alívio e ansiedade, e então começou a pensar em como poderia convencer a mãe a lhe comprar jeans novos.

As aulas começaram e Alex imaginava se seu novo nome seria um tipo de palavra mágica. Não consertava tudo. Ela ainda não tinha os tênis certos, o prendedor de cabelo certo ou levava as coisas certas para o lanche. O nome não podia torná-la loura nem alta nem reduzir suas sobrancelhas grossas, que precisavam estar sob vigilância constante para não juntarem forças e criarem uma frente de sobrancelhas unificadas. As crianças brancas ainda achavam que ela era mexicana, e as crianças mexicanas ainda achavam que ela era branca. Mas Alex estava indo bem nas aulas. Tinha pessoas com quem comer na hora do almoço. Tinha uma amiga chamada Meagan, que a convidava para ver filmes e comer tigelas de cereais de marca açucarados que brilhavam com cores artificiais.

Na manhã da viagem a Goleta, quando a srta. Rosales disse aos alunos para se reunirem em pares e Meagan pegou a mão de Alex, ela sentiu uma gratidão tão grande que quase vomitou os pequenos bolinhos de mirtilo que os professores haviam providenciado. Passaram a manhã bebendo chocolate quente em copos de isopor, sentadas juntas no vinil verde do assento do ônibus. As mães das duas gostavam de Fleetwood Mac, e, quando "Go Your Own Way" tocou no rádio do motorista, as duas meninas cantaram junto, na maior parte gritando, rindo e perdendo o fôlego, enquanto Cody Morgan apertava as mãos sobre as orelhas e berrava "CALEM A BOCA".

Levaram quase três horas para chegar à reserva de borboletas, e Alex saboreou cada momento da viagem. O bosque em si não era nada especial: um belo campo de eucaliptos ladeado por caminhos poeirentos, e um guia que falava sobre os hábitos alimentares e os padrões de migração das borboletas-monarcas. Alex vislumbrou uma mulher esguia caminhando pelo bosque, o braço preso ao corpo por um fiapo mínimo de tendão, e rapidamente desviou o olhar, bem a tempo de ver um manto de asas laranja subir das árvores conforme as monarcas levantavam voo. Ela e Meagan comeram seus lanches lado a lado em mesas de piquenique perto da entrada, e, antes que voltassem ao ônibus, todos foram ao banheiro. Eram construções baixas de laje com chão de concreto molhado, e tanto Alex quanto Meagan sentiram engulhos ao entrar.

— Esquece — disse Meagan. — Consigo segurar até voltarmos.

Mas Alex estava muito apertada. Escolheu a cabine de metal mais limpa, forrou o assento cuidadosamente com papel higiênico, puxou para baixo a bermuda jeans e congelou. Por um longo momento não teve certeza do que via. O sangue estava quase seco e tão marrom que a princípio não entendeu que era sangue. Tinha ficado menstruada. Não deveria ter cólicas ou algo do tipo? Meagan tinha ficado menstruada no verão e tinha muitas opiniões sobre absorventes internos e externos e a importância do ibuprofeno.

A única coisa importante era que o sangue não havia manchado a bermuda. Mas como faria a viagem de ônibus até em casa?

— Meagan! — ela gritou. Mas, se alguém mais estivera no banheiro, já tinha saído. Alex sentiu o pânico aumentar. Precisava chegar até a srta. Rosales antes que todos estivessem sentados e prontos para partir. Ela saberia o que fazer.

Alex enrolou um monte de papel higiênico em torno da mão e colocou o absorvente improvisado na calcinha manchada, então subiu a bermuda e saiu da cabine.

Ela soltou um ganido. Um homem estava ali, o rosto era uma confusão sarapintada de hematomas. Ficou aliviada ao perceber que ele estava morto. Um homem morto no banheiro das meninas era bem menos assustador que um vivo. Fechou os punhos e avançou através dele. *Odiava* atravessá-los. Às vezes tinha vislumbres de memória, mas daquela vez sentiu apenas uma rajada fria. Correu para a pia e lavou as mãos apressadamente. Podia sentir que ele ainda estava ali, mas ela se recusava a olhar nos olhos dele no espelho.

Ela sentiu algo roçar a parte mais baixa das costas.

No momento seguinte seu rosto estava amassado contra o espelho. Algo empurrou seus quadris contra a beirada de porcelana da pia. Podia sentir dedos frios mexendo no cós da bermuda.

Alex gritou, chutou, acertou carne e ossos sólidos, sentiu o aperto na bermuda afrouxar. Ela tentou fazer força para trás apoiando-se na pia, vislumbrou seu rosto no espelho, um pregador de cabelo azul caindo, viu o homem – a coisa – que a prendia. *Você não pode fazer isso*, ela pensou. *Não pode me tocar.* Não era possível. Não era permitido. Nenhum dos Silenciosos podia tocá-la.

Então estava de rosto para baixo no chão de concreto. Sentiu os quadris sendo puxados para trás, a calcinha sendo arrancada, algo se encostando nela, *penetrando* nela. Viu uma borboleta deitada em uma poça debaixo da pia, batendo frouxamente uma asa, como se acenasse para ela. Gritou e gritou.

Foi assim que Meagan e a srta. Rosales a encontraram, no chão do banheiro, com a bermuda embolada em volta dos tornozelos, a calcinha nos joelhos, sangue espalhado nas coxas e um bolo de papel higiênico ensanguentado entre as pernas, enquanto ela soluçava e se debatia, tremendo com os quadris empinados. Sozinha.

A srta. Rosales estava ao lado dela dizendo "Alex! Querida!", e a coisa que tentara entrar nela tinha desaparecido. Alex jamais soube por que ele parou, por que ele fugiu, mas se apertou na srta. Rosales, morna, viva e cheirando a sabonete de lavanda.

A srta. Rosales mandou Meagan sair do banheiro. Ela secou as lágrimas de Alex e a ajudou a se limpar. Tinha um absorvente na bolsa e mostrou a Alex como colocá-lo. Alex seguiu as instruções, ainda tremendo e chorando. Não queria tocar ali embaixo. Não queria pensar nele tentando penetrá-la. A srta. Rosales sentou-se ao lado dela no ônibus, deu-lhe uma caixinha de suco. Alex ouvia o som das outras crianças rindo e cantando, mas tinha medo de se virar. Tinha medo de olhar para Meagan.

Naquela longa viagem de ônibus de volta à escola e na longa espera na enfermaria, tudo que ela queria era a mãe, ser envolvida nos braços dela e levada para casa, estar segura no apartamento, envolta em cobertores no sofá, assistindo a desenhos animados. Quando a mãe chegou e terminou a conversa sussurrada com o diretor, o conselheiro da escola e a srta. Rosales, os corredores haviam sido desocupados e a escola estava vazia. Enquanto Mira a levava para o estacionamento no silêncio ecoante, Alex desejou que ainda fosse pequena o bastante para ser carregada.

Quando chegaram em casa, Alex tomou banho o mais rápido que pôde. Sentia-se vulnerável demais, nua demais. E se ele voltasse? E se algo mais viesse pegá-la? O que o impediria, impediria qualquer um deles, de encontrá-la? Ela os vira atravessando paredes. Onde poderia estar segura novamente?

Saiu correndo do chuveiro e se esgueirou até a cozinha para fuçar a gaveta de miudezas. Ouvia a mãe em seu quarto murmurando ao telefone.

— Eles acham que ela pode ter sido molestada — disse Mira. Ela chorava. — Que ela está agindo assim agora por causa disso... Não sei. Eu não sei. Tinha aquele professor de natação no clube. Ele sempre parecia meio estranho, e Alex não gostava de ir à piscina. Talvez algo tenha acontecido.

Alex odiava ir à piscina porque lá havia um Silencioso criança com metade do crânio afundado que gostava de ficar perto do pódio enferrujado, no mesmo local onde o trampolim ficara um dia.

Ela revirou a gaveta até achar o pequeno canivete vermelho. Levou-o para o chuveiro, colocando-o no suporte de sabonete. Não sabia se funcionaria contra um dos Silenciosos, mas aquilo a fez se sentir um pouco melhor. Lavou-se rapidamente, enxugou-se e vestiu o pijama, então foi se aninhar no sofá da sala, o cabelo molhado envolto numa toalha. A mãe devia ter ouvido o chuveiro ser desligado, porque saiu do quarto momentos depois.

— Ei, querida — ela disse suavemente. Os olhos dela estavam avermelhados. — Está com fome?

Alex não tirou os olhos da tela da TV.

— Podemos pedir pizza de verdade?

— Posso fazer pizza pra você aqui. Quer queijo de amêndoas?

Alex não disse nada. Minutos depois, ouviu a mãe ao telefone fazendo um pedido na Amici. Comeram vendo TV, Mira fingindo não observar Alex.

Ela comeu até o estômago doer, e aí comeu mais um pouco. Era tarde demais para desenhos animados, e os programas haviam mudado para as séries de comédia com magos adolescentes e gêmeos morando em sótãos, que todos na escola fingiam terem passado da idade para assistir. *Quem são essas pessoas?*, perguntou-se Alex. *Quem são essas pessoas felizes, frenéticas, engraçadas? Como podem ser tão destemidas?*

A mãe mordiscou um pedaço de borda da pizza. Por fim pegou o controle remoto e apertou o mudo.

— Querida — ela disse. — Galaxy.

— Alex.

— Alex, pode conversar comigo? Podemos falar sobre o que aconteceu?

Alex sentiu um gorgolejo de riso abrindo caminho pela garganta, causando dor. Se escapasse, ela iria rir ou chorar? *Podemos falar sobre o que aconteceu?* O que ela deveria dizer? *Um fantasma tentou me estuprar? Talvez ele tenha conseguido?* Ela não tinha certeza do que configurava o estupro, quanto ele precisaria ter entrado nela. Mas não fazia diferença, porque, de todo modo, ninguém acreditaria nela.

Alex apertou o canivete no bolso do pijama. Seu coração disparou subitamente. O que ela poderia dizer? *Me ajude. Me proteja.* Mas ninguém conseguiria. Ninguém via as coisas que a machucavam.

Eles poderiam nem ser reais. Isso era o pior. E se ela tivesse imaginado aquilo tudo? Talvez fosse só louca, e aí? Ela queria começar a gritar e não parar mais.

— Querida? — Os olhos da mãe se enchiam de lágrimas novamente. — Seja lá o que tenha acontecido, não é culpa sua. Sabe disso, não sabe? Você...

— Não posso voltar para a escola.

— Galaxy...

— Mamãe — disse Alex, virando-se para Mira, agarrando o pulso dela, precisando que ela escutasse. — *Mamãe*, não me obrigue a ir.

Mira tentou puxar Alex para seus braços.

— Ah, minha estrelinha...

Alex então gritou. Empurrou a mãe com as pernas para mantê-la afastada.

— Você é uma fodida de merda — ela gritou repetidamente, até que era a mãe quem chorava, e se trancou no quarto, enjoada de vergonha.

Mira deixou Alex ficar em casa pelo resto da semana. Ela encontrou uma terapeuta e levou a filha para uma sessão, mas Alex não tinha nada a dizer.

Mira implorou a Alex, tentou suborná-la com porcarias para comer e horas de TV, até que por fim disse:

— Fale com a terapeuta ou volte para a escola.

Então, na segunda-feira seguinte, Alex estava de volta à escola. Ninguém falou com ela. Mal olhavam para ela, e, quando viu molho de tomate espalhado pelo seu armário no vestiário, soube que Meagan contara aos outros.

Alex ganhou o apelido de Maria Sangrenta. Almoçava sozinha. Nunca era escolhida como parceira no laboratório ou dupla nas viagens e precisava ser impingida aos outros. Num ato de desespero, Alex cometeu o erro de tentar contar a Meagan o que realmente acontecera, de tentar explicar. Sabia que era estúpido, mesmo enquanto recitava o que vira, o que sabia, enquanto observava Meagan se afastar dela com o olhar cada vez mais distante, enrolando um longo cacho de cabelo castanho e brilhante no indicador. Quanto mais Meagan se afastava, quanto mais seu silêncio se prolongava, mais Alex falava, como se no meio daquelas palavras todas houvesse um código secreto, uma chave que traria de volta o brilho de tudo que perdera.

No fim, só o que Meagan disse foi "Certo, preciso ir". Então ela fez o que Alex sabia que faria: repetiu tudo.

Então, quando Sarah McKinney implorou a Alex que a encontrasse no Tres Muchachos para falar com o fantasma da avó dela, Alex sabia que provavelmente era uma armação, uma grande piada. Mas ela foi mesmo assim, ainda com esperanças, e ficou sentada na praça de alimentação tentando não chorar.

Foi quando Mosh a viu do balcão do Hot Dog no Espeto e ficou com pena dela. Mosh era uma aluna do último ano com cabelo pintado de preto e mil anéis de prata nas mãos, que eram de uma brancura cadavérica. Ela sabia tudo sobre meninas malvadas e convidou Alex para ficar com ela e os amigos no estacionamento do shopping.

Alex não sabia bem como agir, então ficou com as mãos no bolso até que o namorado de Mosh ofereceu a ela o *bong* que era passado de mão em mão.

— Ela tem doze anos! — disse Mosh.

— Ela está estressada, dá pra ver. E ela é de boa, não é?

Alex vira alunos mais velhos na escola tragando baseados e cigarros. Ela e Meagan tinham fingido fumar, então ao menos ela sabia que não se devia soltar a fumaça como a de um cigarro.

Colou os lábios no *bong* e tragou a fumaça, tentou segurar, mas tossiu forte.

Mosh e os amigos irromperam em aplausos.

— Viu? — disse o namorado de Mosh. — Essa menina é de boa. E é bonita.

— Não seja esquisito — disse Mosh. — Ela é só uma menina.

— Não falei que quero trepar com ela. Qual é seu nome, aliás?

— Alex.

O namorado de Mosh estendeu a mão para ela; ele usava braceletes de couro nos dois pulsos e tinha vários pelos pretos nos antebraços. Ele não se parecia com os meninos do seu ano.

Ela apertou a mão dele, e ele lhe deu uma piscadela.

— Prazer em conhecê-la, Alex. Eu sou o Len.

Horas depois, deitando na cama, sentindo-se ao mesmo tempo sonolenta e invencível, ela percebeu que não vira um só morto desde que a fumaça chegara aos seus pulmões.

Alex entendeu que era uma questão de equilíbrio. Álcool funcionava, óxi, qualquer coisa que relaxasse seu foco. Valium era o melhor. Deixava tudo suave e a envolvia em algodão. Anfetamina foi um grande equívoco, especialmente Adderall, mas MD foi o pior de todos. Na única vez que Alex cometeu esse erro, ela não só viu como *sentiu* os Cinzentos, a tristeza e a fome deles se espalhando sobre ela de todas as direções. Nada parecido com o incidente do banheiro tinha acontecido novamente. Nenhum dos Silenciosos fora capaz de tocá-la, mas ela não sabia por quê. E eles ainda estavam em todo lugar.

O bom era que com seus novos amigos, os amigos chapados, ela podia surtar e ninguém se importava. Achavam muito engraçado. Ela era a criança mais nova que já andara com eles, a mascote, e todos riam quando ela falava com coisas que não estavam lá. Mosh chamava meninas como Meagan de "vacas louras", e "bonitinhas mutantes". Dizia que eram todas "peixinhos tristes bebendo o próprio mijo no *mainstream*". Dizia que mataria para ter o cabelo preto de Alex, e, quando Alex disse que o mundo estava cheio de fantasmas tentando entrar nele, Mosh apenas balançou a cabeça e observou:

— Você devia escrever essas coisas, sério.

Alex repetiu de ano. Foi suspensa. Pegava dinheiro da bolsa da mãe, depois coisinhas pela casa, então, por fim, pegou a taça de prata do *kiddush* do avô. Mira chorou e gritou e instituiu novas regras. Alex quebrou todas, sentiu-se culpada por deixar a mãe triste e furiosa por sentir culpa. Tudo isso a cansava, então ela por fim parou de voltar para casa.

Quando Alex fez quinze anos, sua mãe usou as últimas economias tentando enviá-la para uma reabilitação linha-dura para adolescentes problemáticos. Àquela altura, Mosh se fora havia tempos, estava na faculdade de Arte e não andava com Alex, Len nem nenhum dos outros quando voltava para casa nos feriados. Alex a encontrou por acaso na perfumaria, ainda comprando tintura preta de cabelo. Mosh perguntou como ia a escola, e, quando Alex respondeu com uma risada, Mosh começou a pedir desculpas.

— Como assim? — disse Alex. — Você me salvou.

Mosh pareceu tão triste e envergonhada que Alex praticamente saiu correndo da loja. Ela voltou para casa naquela noite, com vontade de ver a mãe e de dormir na própria cama. Mas foi acordada por dois homens parrudos apontando uma lanterna em seus olhos. Eles a arrastaram para fora do quarto enquanto a mãe observava, chorando e dizendo:

— Sinto muito, querida. Não sei mais o que fazer.

Aparentemente, era um ótimo dia para desculpas.

Eles amarraram os pulsos dela com lacre plástico e a jogaram na parte de trás de um utilitário, descalça e de pijama. Gritaram sobre respeito e sobre quebrar o coração da mãe dela, que ela iria para Idaho aprender o jeito certo de levar a vida e que iria aprender uma lição. Mas Len ensinara a Alex como estourar lacres, e ela só precisou de duas tentativas para se libertar, abrir silenciosamente a porta de trás e sumir entre dois prédios de apartamentos antes que os viciados no banco da frente percebessem que ela tinha fugido. Alex andou onze quilômetros até a Baskin-Robbins, onde Len trabalhava. Ao fim do turno dele, colocaram os pés de Alex, cobertos de bolhas, em um galão de sorvete de chiclete, ficaram chapados e transaram no chão do depósito da loja.

Ela trabalhou num T.G.I. Friday's, depois num restaurante mexicano que raspava os feijões dos pratos dos clientes e os reutilizava, depois numa casa de *laser tag* e numa Mail Boxes Etc. Uma tarde, quando estava na mesa de despachos, uma moça bonita com cachos castanho-avermelhados entrou com a mãe e uma pilha de envelopes pardos. Alex levou um minuto inteiro para perceber que era Meagan. Ali de pé em seu avental marrom, observando Meagan falar com o outro atendente, ela teve a súbita sensação de que estava entre os Silenciosos, de que morrera aquele dia no banheiro tantos anos antes, de que as pessoas tinham passado a olhar diretamente através dela desde então. Apenas estivera chapada demais para notar. Então Meagan olhou sobre o ombro, e o olhar tenso e escorregadio no rosto dela foi o suficiente para que Alex voltasse ao corpo. *Você me vê,* ela pensou. *Gostaria de não ver, mas vê.*

Os anos correram. Às vezes, Alex tomava jeito, pensava em ficar sóbria, em um livro, na escola ou na mãe. Mergulhava em uma fantasia de lençóis limpos e alguém para acomodá-la na cama à noite. Mas aí vislumbrava um motociclista, a pele arrancada da lateral do rosto, a carne embaixo dela cheia de cascalho, ou uma velha com o casaco meio aberto, de pé sem ser notada diante da vitrine de uma loja de eletrônicos, e então voltava às drogas. Se ela não podia vê-los, de algum modo eles também não podiam vê-la.

Vivera daquele jeito até Hellie – Hellie dourada, a garota que Len pensara que ela fosse odiar, que talvez esperasse que ela odiasse, a garota que em vez disso ela amara –, até aquela noite no Marco Zero, quando tudo tinha dado tão errado, até a manhã em que acordara e vira o reitor Sandow em seu quarto de hospital.

Ele levara alguns papéis em uma pasta, que continha também uma redação antiga que ela escrevera quando ainda se dava ao trabalho de ir à escola. Ela não se lembrava de ter escrito aquilo, mas o título era "Um dia em minha vida". Um grande F vermelho estava rabiscado no topo, ao lado da observação: "A tarefa não era ficção".

Sandow estava sentado na cadeira ao lado de sua cama quando perguntou:

— As coisas que descreve nesta redação, você ainda as vê?

Na noite do ritual da Aureliana, quando os Cinzentos flutuaram para dentro do círculo de proteção e tomaram forma, atraídos pelo sangue e pelo anseio, tudo voltara a ela. Quase tinha perdido tudo antes mesmo de começar, mas de algum jeito resistira, e, com um pouco de ajuda – como um emprego de verão aprendendo a fazer a xícara perfeita de chá no escritório da professora Belbalm, para começar –, achava que poderia resistir um pouco mais. Só tinha de deixar Tara Hutchins em paz.

Quando Alex terminou de pesquisar na biblioteca da Lethe, o sol havia se posto e seu cérebro parecia dormente. Cometera o erro inicial de não limitar a busca por livros em inglês e, mesmo depois de redefinir a biblioteca, havia um número assombroso de textos inescrutáveis nas prateleiras, ensaios acadêmicos e tratados que eram simplesmente densos demais para ela destrinchar. De certo modo, aquilo tornou as coisas mais fáceis. Havia um número limitado de rituais que Alex podia entender, e aquilo estreitou suas opções. Entre eles, havia rituais que exigiam um determinado alinhamento de planetas, ou um equinócio, ou um dia de tempo bom em outubro, outro requeria o prepúcio de um "jovem mancebo fidalgo de muita valentia" e outro que pedia coisas menos perturbadoras mas igualmente difíceis de obter, como penas de mil águias-pesqueiras douradas.

"A satisfação de um trabalho bem-feito" era uma daquelas frases de que a mãe de Alex gostava. "Trabalho duro cansa a alma. Bom trabalho alimenta a alma!" Alex não tinha certeza de que o que desejava fazer se qualificava como "bom trabalho", mas era melhor do que não fazer nada. Copiou o texto – já que o telefone não funcionava no anexo, nem para tirar uma foto –, fechou a biblioteca e desceu as escadas para o salão.

— Ei, Dawes — disse Alex, desajeitadamente.

Nenhuma resposta.

— Pamela.

Ela estava no lugar de sempre, amontoada no chão ao lado do piano de cauda, um marcador de texto entre os dentes. O laptop fora colocado ao lado, e ela estava cercada por pilhas de livros e uma fila de cartões de fichamento com o que pareciam ser os títulos dos capítulos de sua dissertação.

— Ei — ela tentou de novo —, preciso que vá comigo em uma missão.

Dawes colocou *De Elêusis a Empoli* debaixo de *Mimese e a roda da carruagem*.

— Tenho trabalho a fazer — ela balbuciou com o marcador na boca.

— Preciso que você me acompanhe ao necrotério.

Dawes olhou para cima, o cenho fechado, piscando como se acabasse de ser exposta à luz do sol. Ela sempre parecia um pouco incomodada quando alguém falava com ela, como se tivesse estado à beira da revelação que finalmente a ajudaria a terminar a dissertação que vinha escrevendo há seis anos.

Ela tirou o marcador de texto da boca, limpando-o sem cerimônia no moletom puído, que poderia ser cinza ou azul-marinho, dependendo da luz. Seu cabelo vermelho estava retorcido em um coque, e Alex podia ver a auréola rosa de uma espinha se formando em seu queixo.

— Por quê? — perguntou Dawes.

— Tara Hutchins.

— O reitor Sandow pediu para você ir?

— Preciso de mais informações — disse Alex. — Pro meu relatório.

Aquele era um problema pelo qual Dawes poderia sentir empatia.

— Então você tem que ligar para o Centurião.

— Turner não vai falar comigo.

Dawes passou o dedo pela beirada de um dos cartões de fichamento. *Hermenêutica herética: Josefo e a influência do curinga no Louco*. As unhas estavam roídas até o sabugo.

— Não estão acusando o namorado dela? — perguntou Dawes, puxando a manga felpuda. — O que isso tem a ver conosco?

— Provavelmente nada. Mas era uma noite de quinta e acho que deveríamos nos certificar. É pra isso que estamos aqui, não é?

Alex não chegou a dizer "Darlington faria isso", mas bem poderia ter dito.

Dawes se mexeu desconfortavelmente.

— Mas se o detetive Turner...

— Turner pode ir se foder — disse Alex. Ela estava cansada. Tinha perdido o jantar. Gastara horas com Tara Hutchins e estava prestes a gastar mais algumas.

Dawes torceu os lábios como se estivesse tentando visualizar a mecânica.

— Não sei.

— Você tem um carro?

— Não. Mas Darlington tem. Tinha. Porra.

Por um momento ele esteve ali no cômodo com elas, dourado e capaz. Dawes se levantou, abriu o zíper da mochila e tirou um molho de chaves. Ela ficou de pé na luz que esmaecia, pesando as chaves na mão.

— Não sei — ela disse de novo.

Ela poderia estar se referindo a uma centena de coisas diferentes. *Não sei se é uma boa ideia. Não sei se posso confiar em você. Não sei como terminar minha dissertação. Não sei se você nos tomou nosso menino de ouro, perfeito, destinado à glória.*

— Como vamos entrar? — Dawes perguntou.

— Vou colocar a gente lá dentro.

— E depois?

Alex passou a ela as anotações que transcrevera na biblioteca.

— Temos tudo o que precisamos, certo?

Dawes esquadrinhou a página. Sua surpresa era óbvia quando disse:

— Não está ruim.

Não peça desculpas. Apenas faça o trabalho.

Dawes mordeu o lábio inferior. A boca era tão sem cor quanto o resto dela. Talvez a dissertação estivesse drenando a vida dela.

— Não podemos chamar um carro?

— Talvez a gente precise sair com pressa.

Dawes suspirou e esticou o braço para pegar a parca.

— Eu dirijo.

8
Inverno

Dawes estacionara o carro de Darlington um pouco para cima do quarteirão. Era uma velha Mercedes vinho, talvez dos anos 1980 – Alex nunca tinha perguntado. Os assentos eram estofados em couro caramelo, gasto em alguns lugares, as costuras um pouco rotas. Darlington sempre mantinha o carro limpo, mas agora ele estava imaculado. Era coisa de Dawes, sem dúvida.

Como se pedisse permissão, Dawes fez uma pausa antes de virar a chave na ignição. Então o carro rosnou e elas saíram do campus para a estrada.

Seguiram em silêncio. O escritório do Departamento de Medicina Legal, na verdade, ficava em Farmington, a quase sessenta e cinco quilômetros de New Haven. *O necrotério*, pensou Alex. *Estou indo ao necrotério. Numa Mercedes.* Alex pensou em ligar o rádio – do tipo antigo, com uma linha vermelha que deslizava pelas estações como um dedo buscando o ponto certo em uma página. Então pensou na voz de Darlington saindo dos alto-falantes – *Saia do meu carro, Stern* – e resolveu que estava bem no silêncio.

Levaram quase uma hora para achar o caminho até o departamento. Alex não tinha certeza do que esperar, mas, quando chegaram lá, ficou grata pelas luzes brilhantes, pelo estacionamento grande, por toda aquela aura de edifício de escritórios.

— E agora? — perguntou Dawes.

Alex tirou da bolsa o saquinho plástico e a latinha que tinham preparado e os colocou nos bolsos de trás dos jeans. Abriu a porta, tirou o casaco e o cachecol e os jogou no banco do passageiro.

— O que você está fazendo? — perguntou Dawes.

— Não quero parecer uma estudante. Me passe o seu moletom.

O casaco de Alex era de lã fina com forro de poliéster, mas gritava *faculdade*. Tinha sido exatamente por isso que o comprara.

Dawes pareceu querer se opor, mas abriu o zíper da parca, tirou o moletom e o jogou para Alex, que tremia só de camiseta.

— Não tenho certeza de que é uma boa ideia.

— Lógico que não é. Vamos logo.

Pelas portas de vidro, Alex viu algumas pessoas na sala de espera, todas tentando resolver suas questões antes do horário de fechamento. Uma mulher estava sentada atrás de uma mesa no fundo da sala. Tinha um cabelo castanho e macio que mostrava uma rinçagem avermelhada sob a luz do escritório.

Alex enviou uma mensagem de texto rápida para Turner. "Precisamos conversar." Em seguida, disse a Dawes:

— Espere cinco minutos, então entre, sente-se e finja que está esperando por alguém. Se aquela mulher sair da mesa, me envie uma mensagem na mesma hora, entendeu?

— O que você vai fazer?

— Falar com ela.

Alex desejou não ter usado a moeda da compulsão com o legista. Só tinha mais uma e não podia gastá-la para passar pela recepção, não se o plano saísse conforme ela esperava.

Ela colocou o cabelo atrás das orelhas e entrou correndo na sala de espera, esfregando os braços. Havia um pôster pendurado atrás da mesa: EMPATIA E RESPEITO. Um pequeno aviso dizia: "Meu nome é Moira Adams e fico contente em ajudar". Contente, não feliz. Não devia ser possível ficar feliz num prédio cheio de gente morta.

Moira levantou os olhos e sorriu. Tinha algumas rugas fundas em torno dos olhos e uma cruz no pescoço.

— Oi — disse Alex. Ela fez um espetáculo ao respirar profundamente, estremecendo. — Hum, um detetive disse que eu poderia vir aqui ver minha prima.

— Certo, querida. Claro. Qual é o nome da sua prima?

— Tara Anne Hutchins.

O nome do meio fora fácil de encontrar on-line. O rosto da mulher ficou cauteloso. Tara Hutchins tinha saído no noticiário. Era vítima de homicídio, do tipo que atrairia malucos.

— O detetive Turner me mandou aqui.

A expressão de Moira ainda era de cautela. Ele era o detetive chefiando o caso, e seu nome provavelmente aparecera na mídia.

— Pode se sentar enquanto tento falar com ele — disse Moira.

Alex levantou o telefone.

— Ele me deu o contato dele.

Ela enviou outra mensagem rapidamente: "Atende AGORA, Turner". Então deslizou para a tela de chamadas e digitou o número no viva-voz.

— Aqui — ela disse, estendendo o celular.

Moira gaguejou:

— Não posso...

Mas o som baixo do telefone tocando e a expressão de expectativa de Alex deram certo. Moira pressionou os lábios e pegou o celular dela.

A chamada foi parar na caixa de mensagens de Turner, como Alex sabia que aconteceria. O detetive Abel Turner atenderia quando bem entendesse, não quando alguma estudante de graduação arrogante pedisse, muito menos quando ela mandasse.

Alex esperava que Moira apenas desligasse, mas em vez disso ela limpou a garganta e disse:

— Detetive Turner, aqui é Moira Adams, do atendimento ao público do Departamento de Medicina Legal. Se pudesse nos ligar de volta... — Ela deu o número. Alex só podia torcer para que Turner não checasse uma mensagem de voz vinda do número dela tão cedo. Talvez ele fosse realmente mesquinho e a deletasse sem ouvir.

— Tara era uma boa moça, sabe? — Alex disse quando Moira lhe devolveu o telefone. — Ela não merecia nada disso.

Moira fez uns sons empáticos.

— Sinto muito pela sua perda. — Era como se estivesse lendo um roteiro.

— Só queria rezar para ela, me despedir.

Os dedos de Moira tocaram a cruz.

— É claro.

— Ela tinha muitos problemas, mas quem não tem? Conseguimos fazer com que ela fosse à igreja toda semana. E pode apostar que aquele namorado dela não gostou. — Moira concordou com uma bufada. — Acha que o detetive Turner vai ligar logo de volta?

— Assim que puder. Ele pode estar enrolado.

— Mas vocês fecham em uma hora, não é?

— Para o público, sim. Mas você pode voltar na segun...

— Não posso, na verdade. — Os olhos de Alex passaram pelas fotos presas na beirada da mesa de Moira e viram uma moça usando jaleco do Ursinho Pooh. — Estou na Faculdade de Enfermagem.

— Na Albertus Magnus?

— É!

— Minha sobrinha está lá. Alison Adams?

— Uma bem bonita, de cabelo ruivo?

— Ela mesma — disse Moira, com um sorriso.

— Não posso perder aula. Eles são tão rígidos. Acho que nunca me senti tão cansada.

— Eu sei — disse Moira, com tristeza. — Estão deixando a Allie um trapo.

— Eu só... eu preciso poder dizer para minha mãe que me despedi dela. Os pais da Tara... Eles não eram muito próximos. — Alex estava atirando no escuro agora, mas suspeitava que Moira Adams tinha sua própria versão sobre garotas como Tara Hutchins. — Se eu pudesse só ver o rosto dela e dizer adeus.

Moira hesitou, então se inclinou para a frente e apertou a mão dela.

— Posso pedir que alguém leve você lá embaixo para vê-la. Só precisa ter sua identificação em mãos e... Pode ser difícil, mas rezar ajuda.

— Sempre ajuda — disse Alex, com fervor.

Moira apertou um botão, e minutos depois um legista de aparência exausta vestindo jaleco azul apareceu e fez um sinal para que Alex passasse.

Estava frio do outro lado das portas duplas, o chão de azulejos cinza, as paredes cor de creme.

— Assine aqui — ele disse, fazendo um gesto para a prancheta na parede. — Preciso de um documento com foto. Celulares, câmeras e todos os aparelhos eletrônicos no cesto. Pode pegá-los de volta na saída.

— Claro — disse Alex. Então ela estendeu a mão, o ouro brilhando sob a luz fluorescente. — Acho que você deixou isto cair.

O cômodo era maior do que ela esperava e estava congelante. Também era surpreendentemente barulhento – uma torneira pingando, o zumbido dos freezers, o jato do ar-condicionado –, embora fosse silencioso de outra maneira. Era o último lugar ao qual os Cinzentos iriam. Ao inferno com Belbalm. Ela deveria fazer um estágio no necrotério naquele verão.

As mesas eram de metal, assim como as pias e as mangueiras enroladas sobre elas, e também as gavetas – quadrados chatos alocados em duas das paredes, como arquivos. Será que Hellie tinha sido cortada num lugar assim? Não era como se a causa de sua morte fosse um mistério.

Alex desejou estar com seu casaco. Ou com a parca de Dawes. Ou tomar um gole de vodca.

Precisava agir rapidamente. A compulsão lhe daria cerca de trinta minutos para fazer seu trabalho e sair. Mas não levou muito tempo para encontrar Tara, e, embora fosse mais pesada do que ela esperava, a gaveta deslizou suavemente.

De certa forma era pior vê-la assim uma segunda vez, como se já fossem conhecidas. Olhando para Tara agora, Alex via que fora apenas o cabelo loiro que a fizera pensar em Hellie. Hellie era forte. Com um corpo que ainda guardava lembranças do futebol e do softball da época de escola, e ela surfava e andava de skate como uma garota da revista *Seventeen*. Essa garota tinha a mesma aparência de Alex: dura, mas fraca.

Os joelhos de Tara pareciam cinza-amarronzados. Havia pelos brotando na área do biquíni, bolinhas vermelhas de lâmina, como uma irritação na pele. Ela tinha uma tatuagem de papagaio no quadril, debaixo da qual estava escrito "Key West" numa letra cursiva elaborada. O braço direito tinha um retrato feio e realista de uma menina. Uma filha? Uma sobrinha? O rosto dela mesma quando criança? Havia uma bandeira de piratas e um navio em ondas encrespadas, uma Bettie Page zumbi de salto alto e lingerie preta. O camafeu na parte interna do braço parecia mais recente, a tinta ainda escura, embora o texto fosse quase ilegível naquela fonte gótica batida: "Prefiro morrer a duvidar". Era um trecho de música, mas Alex não conseguia se lembrar de qual.

Ela se perguntou se suas próprias tatuagens reapareceriam caso morresse, ou se a arte viveria dentro das mariposas de endereço para sempre.

Chega de enrolação. Alex pegou as anotações. A primeira parte do ritual era fácil, um canto. *Sanguis saltido* – mas não bastava dizer as palavras; era preciso cantá-las. A sensação de fazer isso dentro daquele cômodo vazio e ecoante era totalmente obscena, mas ela se obrigou a cantar as palavras:

— *Sanguis saltido! Salire! Saltare!*

Nenhuma melodia era especificada, apenas *allegro*. Foi só na segunda repetição que ela percebeu que cantava as palavras no ritmo do alegre jingle de Twizzlers. *Tão saboroso. Tão cheio de fruta. Tão feliz e tão gostoso.* Mas se servisse para fazer o sangue dançar... Ela soube que estava funcionando quando os lábios de Tara começaram a ficar rosados.

Agora as coisas começariam a piorar. O cântico do sangue era apenas para ativar a circulação e afrouxar o *rigor mortis*, para que Alex conseguisse abrir a boca de Tara. Alex pegou o queixo dela, tentando ignorar a nova sensação morna e maleável da pele, e abriu as mandíbulas da garota.

Ela pegou o escaravelho da sacola de plástico no bolso de trás da calça e o colocou gentilmente na língua de Tara. Então tirou a latinha do outro bolso e começou a traçar padrões encerados no corpo de Tara com o bálsamo que ela continha, tentando pensar em qualquer coisa que não fosse a pele morta sob seus dedos. Pés, canelas, coxas, estômago, seios, clavícula, descendo pelos braços de Tara até os punhos e os dedos do meio. Finalmente, começando no umbigo, desenhou uma linha dividindo o torso dela até a garganta, o queixo, e terminando na coroa da cabeça.

Alex percebeu que tinha se esquecido de trazer um isqueiro. Precisava de fogo. Havia uma mesa ao lado da porta, sob uma lousa branca rabiscada. As grandes gavetas estavam trancadas, mas a gavetinha de cima abriu. Um isqueiro rosa estava ao lado de um pacote de Marlboro.

Alex pegou o isqueiro e segurou a chama bem acima dos locais em que aplicara o bálsamo, retraçando o caminho que fizera no corpo de Tara. Uma leve névoa começou a surgir sobre a pele, como calor subindo do asfalto, o ar parecendo ondular e brilhar. O efeito era mais denso em alguns pontos, tão espesso que embaçava e vibrava, como se visto através dos raios de uma roda em movimento.

Ela colocou o isqueiro de volta na gaveta. Esticou o braço em direção ao borrão sobre o cotovelo de Tara, passou a mão pelo brilho. Ela estava descendo a rua de bicicleta num embalo. Na frente dela, um carro abriu as portas, bloqueando seu caminho. Ela freou, não conseguiu parar e acertou a porta de lado, ferindo o braço. A dor disparou dentro dela. Alex sibilou e puxou a mão de volta, aninhando o braço como se o osso quebrado fosse dela, e não de Tara.

A névoa sobre Tara era um mapa de todos os danos causados ao corpo dela – centelhas sobre as tatuagens e onde as orelhas eram furadas, pedaços densos sobre o braço quebrado e uma pequena espiral sobre a marca deixada por uma arma de chumbinho na bochecha, a escuridão turva suspensa sobre os ferimentos no peito.

Nos livros da Lethe, Alex não descobrira nenhum jeito de fazer Tara falar ou qualquer outra maneira de alcançá-la atrás do Véu – não que pudesse ser feito sem a ajuda de uma das sociedades. E mesmo que Alex pudesse conseguir ajuda, muitos dos rituais deixavam claro que falar com os mortos recentes oferecia o risco de reavivá-los, o que era sempre perigoso. Ninguém poderia ser trazido do outro lado do Véu de forma permanente, e jogar uma alma relutante de volta ao corpo poderia ser loucamente imprevisível. A Livro e Serpente era especializada em necromancia e criara numerosas salvaguardas para os rituais, mas mesmo eles podiam perder o controle, e um Cinzento às vezes conseguia entrar em um corpo. No fim dos anos 1970, tentaram invocar o espírito de Jennie Cramer, a lendária Bela de New Haven, no corpo de uma adolescente de Camden, que morrera congelada depois de desmaiar bêbada no carro durante uma nevasca. Em vez disso, quem voltou foi a garota de Camden, tremendo de frio e dotada da força feroz dos que morreram há pouco tempo.

Ela arrebentou os portões da Livro e Serpente e foi até a Yorkside Pizza, onde comeu duas pizzas e depois se deitou em um dos fornos para tentar se aquecer. Um enviado da Lethe que estava presente conseguiu isolar a área rapidamente e, por meio de uma série de compulsões, convencer os fregueses de que aquele era um número de performance artística. O dono da pizzaria era grego e mais difícil de convencer. Há muito carregava o *gouri* que sua mãe lhe dera – especificamente o olho azul do "mau-olhado", ou *mati*, que bloqueava qualquer tentativa de compulsão. O dinheiro foi bem mais persuasivo. A pedido do proprietário, a Lethe também interferiu para que a Yorkside mantivesse o contrato de aluguel quando a maioria dos negócios foi expulsa do distrito comercial de Yale pela alta imobiliária, cujo objetivo era atrair lojas de alto padrão. Os negócios locais nas ruas Elm e Broadway desapareceram, abrindo espaço para marcas de prestígio e lojas de rede, mas a Yorkside Pizza permaneceu.

Então, já que Tara não podia falar, seu corpo teria de fazê-lo. Alex tinha descoberto um ritual para revelar danos, algo mais simples, mais leve, usado para diagnósticos ou para quando a testemunha não podia falar. Tinha sido inventado por Girolamo Fracastoro para descobrir quem tinha envenenado uma condessa italiana depois que ela caiu, espumando pela boca, na própria festa de casamento.

Alex não queria colocar a mão na névoa sobre as feridas horrendas no torso de Tara. Mas era o que tinha ido fazer. Ela respirou fundo e esticou os dedos.

Estava no chão, o rosto de um rapaz sobre ela – Lance. Às vezes o amava, mas ultimamente as coisas estavam... O pensamento a deixou. Ela sentiu a boca abrir, um gosto amargo na língua. Lance sorria. Estavam a caminho... de onde? Ela sentia apenas empolgação, ansiedade, o mundo começando a borrar.

— Sinto muito — disse Lance.

Ela estava de costas, olhando para o céu. As luzes da rua pareciam distantes; tudo se movia, e a catedral ao lado dela se fundiu num prédio que bloqueava as poucas estrelas. Estava silencioso, mas ela ouvia algo, como uma bota chafurdando no barro. *Bate, amassa, bate, amassa.* Viu um corpo assomar-se sobre ela, viu a faca, entendeu que o barulho era do próprio sangue e dos ossos se partindo enquanto a lâmina a serrava. Por que não sentira? O que era real e o que não era?

— Feche os olhos — disse uma voz desconhecida. Ela obedeceu e tudo sumiu.

Alex tropeçou para trás, apertando o peito. Ainda podia ouvir aquele som horrível de barro molhado, sentir a umidade morna se espalhando pelo peito. Mas nenhuma dor? Como não sentira nenhuma dor? Ela estava chapada? Chapada o bastante para não sentir que era esfaqueada? Lance a drogara antes. Disse que sentia muito. Ele devia estar chapado também.

Então ali estava sua resposta. Tara e Lance claramente andavam envolvidos com mais do que maconha. Sem dúvida, àquela altura, Turner já tinha passado pelo apartamento deles e encontrado qualquer que fosse a merda esquisita que eles andavam usando e vendendo. Alex não tinha como saber o que Lance estava pensando naquela noite, mas, se tivesse tomado algum tipo de alucinógeno, poderia ser qualquer coisa.

Alex olhou para o corpo de Tara. Ela sentira medo naqueles últimos momentos, mas não dor. Já era alguma coisa.

Lance iria para a prisão. Haveria provas. Aquele tanto de sangue... Bem, não tinha como esconder. Alex sabia.

O mapa ainda brilhava sobre Tara. Pequenos machucados. Grandes. O que o mapa de Alex mostraria? Jamais quebrara um osso ou fizera nenhuma cirurgia. Mas os piores danos não deixavam marcas. Quando Hellie morreu, era como se alguém tivesse aberto o peito de Alex, partindo-a ao meio como madeira balsa. E se realmente tivesse sido assim e ela precisasse andar pela rua sangrando, tentando segurar as costelas, o coração, os pulmões e todas as partes dela abertas para o mundo? Em vez disso, a coisa que a partira não deixara marca, nenhuma cicatriz para a qual pudesse apontar e dizer: "Foi isso que acabou comigo".

Sem dúvida era o caso de Tara também. Havia mais dor presa dentro dela, que nenhum mapa brilhante poderia revelar. Mas, embora suas feridas fossem grotescas, não havia órgãos retirados, marcas de sangue ou indicações de dano mágico. Tara morreu porque foi estúpida como Alex e ninguém a resgatou a tempo. Ela não encontrou Jesus ou a ioga, e ninguém lhe ofereceu uma bolsa em Yale.

Era hora de ir. Tinha suas respostas. Isso deveria ser o bastante para aplacar a memória de Hellie e o julgamento de Darlington também. Mas algo ainda a segurava, a sensação de familiaridade que sentira na cena do crime, que não tinha nada a ver com o cabelo louro de Tara ou com os tristes caminhos paralelos de suas vidas.

— Vamos? — ela perguntou ao legista de pé no canto, em seu jaleco, olhando vagamente para o nada.

— Como quiser — ele disse.

Alex fechou a gaveta.

— Acho que eu queria dormir por dezoito horas — disse Alex, em um suspiro. — Me acompanhe até a saída e diga a Moira que tudo correu bem.

Ela abriu a porta e deu de cara com o detetive Abel Turner.

Ele a pegou pelo braço e a levou para trás, para dentro da sala, batendo a porta atrás de si.

— Que porra você acha que está fazendo?

— Ei! — disse Alex alegremente. — Você veio.

— Vamos? — o legista perguntou, espiando por detrás dele.

— Fique aí um minuto — disse Alex. — Turner, você vai me soltar.

— Não me diga o que eu vou fazer. E o que há de errado com ele?

— Ele está tendo uma boa noite — respondeu Alex, o coração disparado no peito. Abel Turner não perdia a paciência. Estava sempre calmo e sorrindo. Mas por alguma razão Alex gostava mais dele agora.

— Você colocou as mãos naquela garota? — ele disse, os dedos entrando na carne de Alex. — O corpo dela é uma evidência e você a adulterou. Isso é crime.

Alex pensou em dar uma joelhada nas bolas de Turner, mas aquilo não era o que se fazia com um policial, então ela deixou o corpo amolecer. Completamente. Era uma estratégia que aprendera a usar com Len.

— Mas que droga?! — Turner tentou segurá-la enquanto ela caía sobre ele, e então a soltou. — O que há de errado com você?

Ele limpou a mão no próprio braço, como se a fraqueza dela fosse contagiosa.

— Muita coisa — disse Alex. Ela conseguiu se endireitar antes de cair de fato, certificando-se de ficar longe do alcance dele. — Com que tipo de coisa Tara e Lance estavam se metendo?

— Desculpe, o quê?

Ela pensou no rosto de Lance flutuando sobre ela. *Sinto muito.* O que eles tinham usado na última noite juntos?

— O que eles traficavam? Ácido? MD? Sei que não era só maconha.

Os olhos de Turner se estreitaram, a velha atitude tranquila voltando ao lugar.

— Como qualquer informação relacionada a esse caso, isso não é da sua conta.

— Estavam vendendo pros estudantes? Pras sociedades?

— A lista era longa.

— Quem?

Turner balançou a cabeça.

— Vamos embora. *Agora.*

Ele fez menção de pegar o braço de Alex, mas ela saiu de lado.

— Pode ficar aqui — ela disse ao legista. — O lindo detetive Turner vai me acompanhar até a saída.

— O que você fez com ele? — Turner murmurou quando saíram pelo corredor.

— Um bagulho esquisito.

— Isso não é uma brincadeira, srta. Stern.

Enquanto ele a apressava pelo corredor, Alex disse:

— Também não estou fazendo isso por diversão, consegue entender? Não gosto de ser Dante. Você não gosta de ser Centurião, mas esses são os nossos trabalhos, e você está estragando tudo pra nós dois.

Turner pareceu levemente incomodado com aquilo. É claro que não era inteiramente verdade. Sandow dissera a ela para sair do caso. *Fique sossegada.*

Eles entraram na sala de espera. Dawes não estava à vista.

— Disse pra sua amiga esperar no carro — disse Turner. — Pelo menos ela tem noção de quando faz merda.

E sem nenhum aviso. Dawes era uma péssima olheira.

Moira Adams sorriu da mesa.

— Teve seu momento, querida?

Alex assentiu.

— Tive. Obrigada.

— Vou incluir sua família nas minhas preces. Boa noite, detetive Turner.

— Fez algum bagulho esquisito com ela também? — perguntou Turner, quando saíram no frio.

Alex esfregou os braços inutilmente. Queria o casaco.

— Não precisei.

— Eu disse a Sandow que o manteria atualizado. Se eu achasse que algum dos jovens psicopatas sob seus cuidados estava envolvido, estaria atrás disso.

Alex acreditava naquilo.

— Pode haver coisas que você não está enxergando.

— Não há nada para enxergar. O namorado dela foi preso perto da cena. Os vizinhos ouviram brigas feias nas últimas semanas. Há evidência de sangue ligando-o ao crime. Ele tinha um alucinógeno poderoso no organismo.

— O que exatamente?

— Ainda não temos certeza.

Alex ficara longe dos alucinógenos desde que percebera que eles só deixavam os Cinzentos mais apavorantes, mas já tinha segurado muitas mãos – em viagens boas ou ruins – para saber que nenhum cogumelo podia fazer você não sentir que estava sendo morta a facadas.

— Você quer que ele se safe dessa? — perguntou Turner.

— Quê? — A pergunta a assustou.

— Você manipulou um cadáver. O corpo de Tara é prova. Se atrapalhar muito esse caso, pode ser que Lance Gressang não seja preso. É isso que você quer?

— Não — disse Alex. — Ele não vai se safar dessa.

Turner assentiu.

— Ótimo.

Estavam de pé no frio. Alex via a velha Mercedes parada no estacionamento, o único carro que restava. O rosto de Dawes era um borrão escuro atrás do para-brisa. Ela levantou a mão num aceno fraco. *Valeu, Pammie.* Já passara muito da hora de deixar aquilo tudo para lá. Por que ela não conseguia?

Tentou uma última jogada.

— Apenas me dê um nome. A Lethe vai acabar descobrindo. Se as sociedades estão mexendo com substâncias ilegais, precisamos saber.

E então podemos passar para sequestro, uso de informação privilegiada e – será que abrir alguém para ler suas entranhas configura agressão? Era preciso uma nova seção do código penal para cobrir tudo que as sociedades exploravam.

— Podemos investigar sem atrapalhar seu caso de assassinato.

Turner suspirou, a respiração subindo branca no frio.

— Havia apenas um nome das sociedades nos contatos deles. Tripp Helmuth. Estamos no processo de investigá-lo...

— Eu o vi na noite passada. É um Osseiro. Estava trabalhando na porta de uma prognosticação.

— Foi o que ele disse. Ele ficou lá a noite toda?

— Não sei — ela admitiu.

Tripp ficara de castigo no corredor montando guarda. Era verdade que, a partir do momento em que o ritual começava, as pessoas raramente entravam ou saíam, só quando alguém passava mal ou se precisassem ir buscar alguma coisa para o harúspice. Alex tinha a impressão de que a porta se abrira e fechara algumas vezes, mas não tinha certeza. Estivera ocupada demais entre a preocupação com o círculo de giz e o esforço para não vomitar. Mas era difícil de acreditar que Tripp pudesse ter saído do ritual, ido até o Payne Whitney, assassinado Tara e voltado para o posto sem que ninguém percebesse. Além disso, que desentendimento homicida ele poderia ter com Tara? Tripp era rico o suficiente para pagar e sair de qualquer encrenca que Tara ou o namorado tentassem armar para ele, e não fora o rosto de Tripp que Alex tinha visto flutuando sobre Tara com uma faca. Fora o de Lance.

— Não fale com ele — disse Turner. — Enviarei as informações a você e ao reitor assim que checarmos o álibi dele. Fique longe do meu caso.

— E longe da sua carreira?

— Isso mesmo. Na próxima vez que eu encontrar você em qualquer lugar onde não deveria estar, vou prendê-la imediatamente.

Alex não conseguiu evitar o riso que saiu dela.

— Você não vai me prender, *detetive* Turner. O último local onde iria me querer é numa delegacia de polícia fazendo barulho. Eu estou suja, a Lethe está suja, e tudo o que você quer é atravessar isso sem que a nossa sujeira respingue nesses seus sapatos caros.

Turner lançou um olhar longo e firme para ela.

— Não sei como acabou vindo parar aqui, srta. Stern, mas sei a diferença entre produtos de qualidade e as coisas que encontro na sola do meu sapato, e você definitivamente não é um produto de qualidade.

— Obrigada pela conversa, Turner. — Alex se inclinou para a frente, sabendo que o fedor do sobrenatural irradiava dela em ondas pesadas. Ela lhe deu o sorriso mais doce e amigável que tinha. — E não ponha as mãos em mim daquele jeito de novo. Posso ser uma merda, mas sou do tipo que gruda.

9

Inverno

Alex e Dawes se separaram perto da Faculdade de Teologia, em frente a um prédio residencial triste em forma de ferradura, no reduto da pós-graduação. Dawes não queria deixar o carro sob os cuidados de Alex, mas já estava atrasada na correção dos trabalhos, então aceitou a oferta de Alex para devolver a Mercedes à casa de Darlington. Dava para perceber que Dawes queria recusar e mandar a correção dos trabalhos pro inferno.

— Tenha cuidado e não… Você não devia…

Mas Dawes não terminava as frases, e Alex percebeu, surpresa, que a moça precisava se deferir a ela naquela situação. Dante servia Virgílio, mas Oculus servia ambos. E todos serviam a Lethe. Dawes assentiu e seguiu balançando a cabeça por todo o caminho do carro até o apartamento, como se afirmasse cada passo.

A casa de Darlington ficava em Westville, a apenas alguns quilômetros do campus. Aquela era a Connecticut com que Alex sonhara

– casas de fazenda sem fazenda, robustos prédios coloniais de tijolo vermelho com portas negras e bordas brancas de acabamento impecável, uma vizinhança cheia de lareiras com madeira queimando, gramados bem cuidados, janelas que tinham um brilho dourado à noite, como passagens para uma vida melhor, cozinhas onde algo gostoso borbulhava no fogão, mesas de café da manhã com gizes de cera espalhados sobre elas. Ninguém fechava as cortinas; a luz, o calor e a boa fortuna se derramavam no escuro, como se aquelas pessoas tolas não soubessem o que tamanha dádiva podia atrair, como se deixassem essas aberturas douradas para que qualquer garota faminta entrasse.

Alex não dirigira muito desde que saíra de Los Angeles, e era bom estar de volta ao volante, ainda que fosse de um carro em que morria de medo de deixar um arranhão. Mesmo com o mapa no celular, ela passou duas vezes pela entrada da casa de Darlington e precisou voltar duas vezes até enxergar as colunas grossas de pedra que marcavam a entrada de Black Elm. Os postes de luz que ladeavam o caminho estavam acesos, halos brilhantes que faziam as árvores nuas parecerem suaves e amistosas como num cartão-postal de inverno. O formato maciço da casa entrou em seu campo de visão, e Alex afundou o pé no freio.

Uma luz brilhava na janela da cozinha, forte como um farol, e outra na torre alta – o quarto de Darlington. Ela se lembrou do corpo dele enrolado contra o dela, dos painéis enevoados da janela estreita, do mar de galhos negros abaixo, do bosque escuro separando Black Elm do mundo lá fora.

Alex se apressou em desligar o motor e os faróis. Se alguém estava ali, se *algo* estava ali, não queria assustá-lo.

As botas soavam absurdamente barulhentas no cascalho, mas ela não estava entrando escondida – não, não estava; apenas andava até a porta da cozinha. Tinha as chaves na mão. Era bem-vinda ali.

Talvez seja a mãe ou o pai dele, disse a si mesma. Não sabia muito sobre a família de Darlington, mas ele devia ter uma. *Outro parente. Alguém contratado por Sandow para cuidar do lugar quando Dawes estiver ocupada.*

Todas aquelas coisas eram mais prováveis, mas... *Ele está aqui*, insistia seu coração, batendo tão forte no peito que ela precisou fazer uma pausa na porta para respirar com mais calma. *Ele está aqui.* O pensamento a arrastava como se uma criança a puxasse pela manga.

Ela espiou pela janela, protegida pelo escuro. A cozinha era toda feita de madeira em tons quentes e de azulejos com padrões azuis – *os azulejos são Delft* –, uma grande lareira de tijolos e panelas de cobre pendendo em seus ganchos. A correspondência estava empilhada na ilha da cozinha, como se alguém estivesse no meio do processo de separá-la. *Ele está aqui.*

Alex pensou em bater na porta, mas em vez disso tentou as chaves. A segunda virou na fechadura. Ela entrou, fechou com cuidado a porta atrás de si. A luz alegre da cozinha era quente, receptiva, refletida em panelas de cobre, brilhando no esmalte verde leitoso do fogão que alguém instalara nos anos 1950.

— Olá? — ela chamou, a voz um sussurro.

O som das chaves caindo no balcão foi inesperadamente alto. Alex ficou parada no meio da cozinha com um ar culpado, esperando que alguém lhe desse um sermão, talvez até a casa. Mas essa não era a mansão na rua Orange, com seus estalos esperançosos e seus suspiros desaprovadores. Darlington fora a vida daquele lugar, e sem ele a casa parecia imensa e vazia, o casco de um navio naufragado.

Desde aquela noite no Hall Rosenfeld, Alex se pegava esperando que talvez fosse tudo um teste ao qual a Casa Lethe submetia todos os aprendizes, e que Dawes, Sandow e Turner faziam parte dele. Darlington estava agora mesmo no quarto do terceiro andar, escondido. Ouvira o carro na entrada. Correra lá para cima e estava encolhido ali, no escuro, esperando que ela fosse embora. Não havia garota morta. A própria Tara Hutchins desceria as escadas dançando quando aquilo tudo acabasse. Só precisavam ter certeza de que Alex podia lidar com algo sério sozinha.

Era um absurdo. Mesmo assim, aquela voz insistia: *Ele está aqui.*

Sandow tinha dito que ele ainda poderia estar vivo, que poderiam trazê-lo de volta. Só precisavam de uma lua nova e da magia certa, e tudo voltaria a ser como antes. Mas talvez Darlington tivesse conseguido voltar sozinho. Ele era capaz de qualquer coisa. Seria capaz disso.

Ela adentrou mais a casa. As luzes da entrada lançavam uma penumbra amarelada sobre os cômodos – a despensa, com os armários cheios de pratos e copos; a grande câmara frigorífica, cuja porta de metal era tão parecida com as do necrotério; a sala de jantar formal, com a mesa de brilho espelhado como um lago escuro em uma clareira silenciosa; e então a vasta sala de estar, com as grandes janelas negras que davam para as formas obscuras do jardim, os montes de sebe e as árvores esqueléticas. Ao lado havia outra sala menor, com grandes sofás, uma TV e consoles de jogos. Len teria mijado nas calças se visse o tamanho da tela. Era bem a sala que ele teria amado, talvez a única coisa que ele e Darlington tinham em comum. *Bem, não a única coisa.*

A maioria dos cômodos no segundo andar estava fechada. "Foi aqui que fiquei sem dinheiro", ele dissera, o braço sobre os ombros dela, enquanto ela tentava fazê-lo ir em frente. A casa era como um corpo que, para sobreviver, cortara a circulação de tudo que não fosse vital. Um velho salão de dança fora transformado em uma academia improvisada. Um saco de pancada pendia do teto em um suporte. Grandes pesos de metal, bolas de exercício e floretes de esgrima estavam amontoados na parede, e máquinas pesadas se levantavam em frente às janelas como insetos volumosos.

Ela seguiu as escadas até o último andar e saiu pelo corredor. A porta do quarto de Darlington estava aberta.

Ele está aqui. Novamente aquela certeza caiu sobre ela, mas pior dessa vez. Ele tinha deixado a luz acesa para ela. Queria que ela o encontrasse. Estaria sentado na cama, as pernas longas cruzadas, debruçado sobre um livro, o cabelo escuro caído na testa. Ele olharia para cima, cruzaria os braços. *Já estava na hora.*

Ela quis correr para aquele quadrado de luz, mas se forçou a dar passos comedidos, uma noiva se aproximando do altar, sua certeza desaparecendo, o refrão *Ele está aqui* mudando de um passo a outro até que ela percebeu que rezava: *Esteja aqui. Esteja aqui. Esteja aqui.*

O quarto estava vazio. Era pequeno comparado aos alojamentos em Il Bastone, um cômodo estranho que claramente não fora projetado para ser um quarto e que de algum modo se parecia com uma cela de monge. Estava exatamente como da última vez que o vira: a mesa encostada em uma parede curva, um recorte de jornal amarelado mostrando uma montanha-russa colado acima dela, como se tivesse sido esquecido ali; um frigobar, porque é claro que Darlington não iria querer parar de ler ou de trabalhar para descer até a cozinha em busca da subsistência; uma cadeira de encosto alto junto da janela, para leitura. Não havia estantes, só montes e montes de livros empilhados em alturas diferentes, como se ele estivesse no meio do processo de se emparedar com tijolos coloridos. A luminária da escrivaninha jogava luz num livro aberto. *Meditações sobre o tarô: uma jornada ao hermetismo cristão.*

Dawes. Dawes viera cuidar da casa, separar a correspondência, tirar o carro. Dawes viera àquele quarto para estudar. Para estar mais perto dele. Talvez para esperar por ele. Ela fora chamada às pressas, deixara as luzes acesas, achando que voltaria naquela noite para cuidar de tudo. Mas quem viera devolver o carro fora Alex. Era simples assim.

Darlington não estava na Espanha. Não estava em casa. Não voltaria mais para casa. E era tudo culpa de Alex.

Uma forma branca se destacou no escuro, no canto do seu campo de visão. Ela pulou para trás, derrubando uma pilha de livros, e soltou um palavrão. Mas era apenas Cosmo, o gato de Darlington.

Ele rodeava a beira da mesa, esfregando-se no calor da luminária. Alex sempre pensara nele como o Gato Bowie, por causa dos olhos delineados e da pelagem branca raiada, parecendo uma das perucas usadas por Bowie em *Labirinto*. O animal era estupidamente afetuoso – era só estender a mão que ele se esfregava em seus dedos.

Alex se sentou na beirada da cama estreita de Darlington. Tinha sido arrumada com cuidado, provavelmente por Dawes. Ela se sentara ali também? Dormira ali?

Alex se recordou dos pés delicados de Darlington, de seu grito ao desaparecer. Ela estendeu a mão, chamando o gato.

— Ei, Cosmo.

Ele a encarou com seus olhos desiguais, a pupila esquerda como um borrão de tinta.

— Poxa, Cosmo. Eu não queria que isso tivesse acontecido. Não mesmo.

Cosmo atravessou o quarto. Assim que sua cabecinha esguia tocou os dedos de Alex, ela começou a chorar.

Alex dormiu na cama de Darlington e sonhou que ele estava encolhido atrás dela no colchão estreito.

Ele a puxava para perto, os dedos afundando em seu abdômen, e ela podia sentir as garras em suas pontas. Ele sussurrava em seu ouvido:

— Vou servi-la até o fim dos meus dias.

— E me amar — ela disse com uma gargalhada, ousada no sonho, sem medo.

Mas ele só respondia:

— Não é a mesma coisa.

Alex despertou com um susto, rolou para o lado, olhou para o declive pronunciado do telhado, as árvores detrás da janela riscando o teto em faixas de sombra e do duro sol invernal. Teve medo de mexer no termostato, então vestiu três moletons de Darlington e um gorro marrom feio que achou no topo do armário dele, embora nunca o tivesse visto usando. Depois de arrumar a cama, desceu para encher a vasilha de água de Cosmo e comer um cereal chique de nozes e fibras que havia na despensa.

Tirou o laptop da mochila e foi para o solário empoeirado que acompanhava toda a extensão do primeiro andar. Olhou para o jardim. A inclinação da colina levava a um labirinto de sebe tomado por espinheiros, e dava para ver algum tipo de estátua ou fonte no centro. Não sabia direito até onde ia o terreno da casa e se perguntou quanto daquela colina em particular pertencia à família Arlington.

Levou quase duas horas para escrever o relatório sobre a morte de Tara Hutchins. Causa da morte. Hora da morte. O comportamento dos Cinzentos durante a prognosticação da Crânio e Ossos. Hesitou sobre esse último item, mas a Lethe a levara até lá por causa do que podia ver, e não havia motivo para mentir a respeito daquilo. Mencionou informações que compilara com o legista e com Turner enquanto Centurião, observando que o nome de Tripp fora mencionado e também que Turner achava que os Osseiros não estavam envolvidos. Ela esperava que Turner não mencionasse a visita ao necrotério.

No final do relatório de ocorrência havia uma seção chamada "Descobertas". Alex pensou por um longo tempo, a mão acariciando preguiçosamente o pelo de Cosmo enquanto ele ronronava ao lado dela na velha namoradeira de vime. Por fim, resolveu não dizer nada sobre a sensação estranha que tivera no local do crime nem sobre a suspeita de que Tara e Lance provavelmente traficavam para membros de outras sociedades. "Centurião manterá Dante informado de suas descobertas, mas no momento todas as evidências sugerem que foi um crime cometido pelo namorado de Tara sob o efeito de fortes alucinógenos e que não há ligação do assassinato com a Lethe ou com as Casas do Véu". Ela leu mais duas vezes para revisar a pontuação e tentar fazer com que suas respostas parecessem as mais "darlingtonescas" possíveis, e então enviou o relatório a Sandow, com cópia para Dawes.

Cosmo miou lamuriosamente quando Alex saiu pela porta da cozinha, mas era bom deixar a casa e respirar o ar gelado. O céu estava azul brilhante, limpo de nuvens, e o cascalho da entrada brilhava. Ela estacionou a Mercedes na garagem, andou até o fim da entrada e chamou um carro. Podia devolver as chaves para Dawes mais tarde.

Se as colegas de quarto perguntassem onde estivera, ela diria apenas que tinha passado a noite na casa de Darlington. Emergência de família. A desculpa ficara esfarrapada havia muito tempo, mas haveria menos trabalho até tarde da noite e menos ausências inexplicadas dali em diante. Tinha feito o que podia por Tara. Lance seria punido, e a consciência de Alex estava tranquila, ao menos por ora. Naquela noite, ficaria com uma cerveja nas mãos enquanto a colega de quarto enchia a cara de *schnapps* de hortelã saindo de esculturas de gelo na Meltdown da Ômega, e depois Alex passaria o dia seguinte atualizando suas leituras.

Pediu ao motorista que a deixasse na frente de um mercadinho chique na rua Elm. Só dentro da loja percebeu que ainda estava usando o gorro de Darlington. Ela o tirou da cabeça, então o recolocou. Estava frio. Não precisava ficar sentimental por causa de um gorro.

Ela encheu o cesto de Chex Mix, Twizzlers, minhocas de goma ácidas. Não devia estar gastando tanto dinheiro, mas ansiava pelo conforto de comer porcarias. Procurou no fundo da prateleira de bebidas, na esperança de encontrar um achocolatado com uma data de validade melhor, e sentiu algo roçar sua mão – dedos acariciando os seus.

Alex puxou o braço de volta, aninhando a mão no peito como se tivesse sido queimada, e bateu a porta fazendo barulho. Afastou-se do refrigerador, esperando que algo o atravessasse, mas nada aconteceu. Ela olhou para os lados, envergonhada.

Um cara usando óculos de armação redonda e um moletom azul-marinho da Yale olhou para ela. Alex se curvou para pegar o cesto, aproveitando a chance para fechar os olhos e respirar fundo. Imaginação. Falta de sono. Apenas nervoso em geral. Bem, talvez até um rato. Mas ela daria um pulo na Gaiola. Era do outro lado da rua. Poderia se esconder e ordenar os pensamentos em um local protegido contra os Cinzentos.

Ela pegou o cesto e ficou de pé. O cara de óculos redondos viera para seu lado e estava perto demais dela. Não dava para ver os olhos dele, apenas os reflexos nas lentes. Ele sorriu, e algo se mexeu no canto de sua boca. Alex percebeu que era o aceno da antena negra de um inseto. Um besouro saiu de sua bochecha como se ele o estivesse mantendo ali, feito fumo de mascar. O inseto caiu dos lábios dele. Alex pulou para trás, sufocando um grito.

Devagar demais. A coisa de moletom a pegou pela nuca e bateu a cabeça dela na porta do refrigerador. O vidro estilhaçou. Alex sentiu os cacos entrando na pele, o sangue quente escorrendo pelas bochechas. Ele a puxou de volta e a jogou no chão. *Não pode me tocar. Não é permitido.* Depois de tantos anos e tantos horrores, ainda aquela mesma resposta estúpida, infantil.

Ela se afastou cambaleando. A mulher atrás da caixa registradora gritava, e o marido veio da sala de trás com os olhos arregalados. O homem de óculos avançou. Não um homem. Um Cinzento. Mas o que o atraíra e o ajudara a atravessar? E por que ele não se parecia com nenhum dos Cinzentos que ela já vira? A pele dele não parecia mais humana. Tinha uma qualidade vítrea, fina, pela qual era possível ver as veias e as sombras dos ossos. Ele fedia a Véu.

Alex enfiou as mãos nos bolsos, mas não tinha reabastecido o estoque de terra de cemitério. Quase sempre carregava um pouco, só por precaução.

— "É preciso ter coragem!" — ela gritou. — "Ninguém é imortal!"

As palavras de morte que repetia para si mesma quase todos os dias desde que Darlington as ensinara.

Mas a coisa não dava sinais de perturbação ou distração.

Os donos da loja gritavam; um deles tinha um telefone nas mãos. "Isso, chame a polícia." Mas gritavam para ela, não para ele. Não podiam vê-lo. Tudo o que viam era uma garota quebrando o refrigerador de bebidas e destruindo a loja.

Alex deu no pé. Tinha de chegar até a Gaiola. Saiu correndo pela porta até a calçada.

— Ei! — gritou uma garota de casaco verde quando Alex trombou com ela. O dono da loja veio em seguida, berrando para que alguém a parasse.

Alex olhou para trás. A coisa de óculos passou deslizando pelo proprietário e então pareceu *saltar* sobre a multidão. Fechou a mão em torno da garganta dela. Ela tropeçou do meio-fio para a rua. Buzinas soaram. Ela ouviu um guinchar de pneus. Não conseguia respirar.

Jonas Reed observava da esquina. Ele cursava o mesmo módulo de inglês que ela. Ela se recordou do rosto assombrado de Meagan, a surpresa dando lugar à repulsa. Podia ouvir o arquejo da srta. Rosales, *Alex! Querida!*. Ela seria esganada no meio da rua sem que ninguém visse, sem que ninguém impedisse.

"É preciso ter coragem", ela tentou dizer, mas apenas um grasnado emergiu. Alex olhava em volta desesperadamente, os olhos cheios de lágrimas, o rosto vermelho de sangue. *Eles não podem pegá-la agora*, prometera Darlington. Ela sabia que não era verdade, mas se permitira acreditar que podia ser protegida, porque isso tornava tudo suportável.

As mãos dela arranharam a pele da coisa; era dura e escorregadia como vidro. Alex viu algo sair da carne clara da garganta dele, algo nevoento, vermelho-escuro. Os lábios dele se abriram. Ele soltou o pescoço dela, e, antes que pudesse evitar, ela aspirou profundamente, bem quando ele soprou um fluxo de poeira vermelha em seu rosto. A dor explodiu no peito em estouros agudos conforme a poeira entrava em seus pulmões. Alex tentou tossir, mas a coisa sentou-se com os joelhos pressionando seus ombros conforme ela lutava para se soltar.

As pessoas gritavam. Ela ouviu uma sirene, mas sabia que a ambulância chegaria tarde demais. Morreria ali usando o gorro estúpido de Darlington. Talvez ele estivesse esperando do outro lado do Véu com Hellie. E Len. E todos os outros.

O mundo voltou à vista – e de repente ela podia se mexer. O peso em seus ombros desaparecera. Soltou um gemido e ficou de pé, apertando o peito, tentando recuperar o fôlego. Para onde tinha ido o monstro? Ela olhou para cima.

Bem acima do cruzamento a coisa de óculos se engalfinhava com algo. Não, com *alguém*. Um Cinzento. O Noivo, o homicídio-suicídio predileto de New Haven, com seu terno refinado e cabelo de estrela do cinema mudo. A coisa de óculos o pegara pela lapela, e ele bruxuleou levemente ao sol quando os dois adernaram pelo ar, bateram em um poste que voltou à vida e depois se apagou, atravessaram as paredes de um prédio e voltaram. A rua toda parecia estremecer como se ribombasse com trovões, mas Alex sabia que somente ela podia ouvir.

Uma freada aguda cortou o barulho. Um carro de polícia estacionava na York, seguido de uma ambulância. Alex deu uma última olhada para o rosto do Noivo, que tinha a boca para baixo em uma careta enquanto socava o oponente. Ela correu através da interseção.

A dor no peito continuava a se espalhar em explosões, como fogos de artifício. Algo tinha acontecido com ela, algo ruim, e ela não sabia por quanto tempo ainda conseguiria ficar consciente. Só sabia que precisava chegar à Gaiola, à segurança dos cômodos escondidos da Lethe. Poderia haver outros Cinzentos a caminho, outros monstros. O que eles poderiam fazer? O que não poderiam fazer? Precisava ir para um lugar protegido.

Ela olhou sobre o ombro e viu um paramédico correndo em sua direção. Pulou para a calçada virando a esquina e então entrou num beco. Ele estava bem atrás dela, mas não podia protegê-la. Ela morreria sob os cuidados dele. Sabia disso. Foi para a esquerda, em direção à porta, para fora de vista.

— Sou eu! — ela gritou para a Gaiola, rezando para que a casa a reconhecesse. A porta se abriu e os degraus se desenrolaram diante dela, puxando-a para dentro.

Tentou subir as escadas de pé, mas caiu de joelhos. Normalmente o cheiro do salão era reconfortante, um aroma invernal de madeira queimando, *cranberries* cozinhando devagar, vinho quente. Agora fazia seu estômago revirar. *É o sobrenatural*, ela percebeu. O cheiro de lixo do beco lá fora ao menos era real. Esses cheiros falsos de conforto eram demais. Seu organismo não conseguia suportar mais magia. Ela segurou firme no corrimão de ferro com uma das mãos, apoiou a outra na beira do degrau de pedra e se levantou. Viu manchas no concreto, estrelas negras florindo em aglomerados que explodiam nas escadas. O sangue pingava de seus lábios.

Foi invadida pelo pânico. Estava no chão daquele banheiro público. A monarca quebrada batia sua asa boa.

Levante-se. O sangue pode atraí-los. A voz de Darlington em sua cabeça. *Os Cinzentos podem cruzar a linha se quiserem alguma coisa com muito fervor*. E se as proteções não dessem conta? E se não tivessem sido feitas para manter algo como aquele monstro afastado? O Noivo parecia estar ganhando. E se ele ganhasse? Quem garantia que ele seria mais gentil que a coisa de óculos? Ele não parecera nem um pouco gentil.

Ela digitou uma mensagem para Dawes no telefone. "SOS. 190." Provavelmente havia um código que ela deveria usar em caso de sangramento pela boca, mas Dawes teria de se virar.

Se Dawes estivesse em Il Bastone, e não ali na Gaiola, Alex morreria naquelas escadas. Podia ver a estudante da pós-graduação claramente, sentada no salão da casa na Orange, aqueles cartões de fichamento que usava para organizar capítulos espalhados como tarô diante dela, todos indicando desastre, fracasso. A Rainha da Inutilidade: uma garota com uma machadinha sobre a cabeça. O Devedor: um rapaz esmagado sob uma rocha. O Estudante: a própria Dawes em uma gaiola feita por ela mesma. Tudo enquanto Alex sangrava até a morte a menos de dois quilômetros de distância.

Alex se arrastou por mais um degrau. Tinha que atravessar a porta. As casas seguras eram uma boneca russa de segurança. A Gaiola. Onde animais pequenos iam pousar.

Uma onda de náusea passou por ela. Alex teve ânsia, e uma gota de bile negra caiu de sua boca. Começou a se mover pelas escadas. Ela viu as costas molhadas e negras de besouros. *Escaravelhos*. Pedaços de carapaça iridescente brilhando do sangue e da sujeira que irromperam dela. Passou pela sujeira que fizera, novamente com ânsia, enquanto sua mente tentava entender o que estava acontecendo. O que aquela coisa queria? Alguém tinha enviado aquilo atrás dela? Se morresse, seu coração mesquinho queria saber quem deveria assombrar. Agora a escadaria sumia e voltava. Ela não ia conseguir.

Ouviu uma batida metálica e, um momento depois, entendeu que era a porta se abrindo em algum lugar acima dela. Alex tentou gritar por socorro, mas o som que saiu de sua boca foi um gemido baixo e molhado. O estalo dos sapatos de Dawes ecoaram pela escadaria – uma pausa, e então os passos dela pontuados por "Merda merda merda merda merda merda".

Alex sentiu um braço sólido sob o corpo, puxando-a para cima.

— Meu Deus. *Meu Deus*. O que aconteceu?

— Me ajude, Pammie.

Dawes estremeceu. Por que Alex usara aquele nome? Apenas Darlington a chamava daquele jeito.

Alex sentia as pernas pesadas enquanto Dawes a puxava para cima das escadas. Sua pele coçava como se algo rastejasse por baixo dela. Pensou nos besouros saindo de sua boca e teve ânsia novamente.

— Não vomite em mim — disse Dawes. — Ou eu vomito também.

Alex pensou em Hellie segurando seu cabelo para trás. Tinham enchido a cara de Jäger e sentado no chão do banheiro no Marco Zero, rindo e vomitando e escovando os dentes, depois fazendo tudo de novo.

— Mexa as pernas, Alex — disse Hellie. Ela empurrava os joelhos de Alex para o lado, ajeitando-se ao lado dela na grande cadeira de palha. Ela cheirava a coco e seu corpo era quente, sempre quente, como se o sol a amasse, como se quisesse permanecer na pele dourada dela o máximo possível.

— Mexa a merda dessas pernas, Alex!

Não era Hellie. Era Dawes gritando em seus ouvidos.

— Estou mexendo.

— *Não* está. Vamos, mais três degraus.

Alex queria avisar que a coisa estava vindo. As palavras de morte não tiveram efeito sobre ela; talvez as proteções também não a parassem. Ela abriu a boca e vomitou de novo.

Dawes arfou em resposta. Chegaram ao topo, atravessaram a porta e caíram para a frente. Alex se viu caindo. Estava no chão da Gaiola, o rosto pressionado contra o carpete gasto.

— O que aconteceu? — perguntou Dawes, mas Alex estava cansada demais para responder. Sentiu o corpo sendo rolado até ficar deitada de costas, um tapa ardido no rosto.

— Diga o que aconteceu, Alex, senão eu não posso consertar.

Alex se obrigou a olhar para Dawes. Não queria. Queria voltar para a cadeira de palha, Hellie como uma fatia brilhante do sol ao lado dela.

— Um Cinzento, não sei. Parecia vidro. Dava pra ver através dele.

— Merda, é uma *gluma*.

Alex precisava de seus cartões de estudo, embora a palavra estivesse ali, em algum lugar de sua memória. Uma *gluma* era uma casca, um espírito recém-morto e ressuscitado para atravessar os mundos, um intermediário que podia viajar através do Véu. Eram mensageiros. Para a Livro e Serpente.

— Havia fumaça vermelha. Eu inalei. — Ela sentiu náusea novamente.

— Besouros necrófagos. Vão devorá-la de dentro para fora.

Claro. Claro que iriam. Porque a magia nunca era boa ou bondosa.

Ouviu um movimento e então sentiu um copo sendo pressionado contra os lábios.

— Beba — disse Dawes. — Vai doer como o inferno e fazer bolhas na sua garganta, mas eu posso curar isso.

Dawes estava levantando o queixo de Alex, forçando-a a abrir a boca. A garganta de Alex pegou fogo. Ela teve uma visão de pradarias sendo iluminadas por uma chama azul. A dor ardeu através dela, e Alex pegou a mão de Dawes.

— Meu Deus, Alex, por que você está sorrindo?

A *gluma*. A casca. Alguém enviara algo atrás dela, e só podia haver uma razão: Alex estava perto de descobrir algo. Sabiam que ela tinha ido ver o corpo de Tara. Mas quem? Livro e Serpente? Crânio e Ossos? Fosse quem fosse, não tinha razões para achar que ela pararia depois de uma visita ao necrotério. Não sabiam que ela já tinha feito uma escolha, que o relatório já fora preenchido. Alex estivera certa desde o começo. Havia algo errado com a morte de Tara, alguma ligação com as sociedades, com as Casas do Véu. Mas não era por causa disso que estava sorrindo.

— Eles tentaram me matar, Hellie — ela disse rouca ao deslizar para a escuridão. *Isso significa que eu posso tentar matá-los.*

Manuscrito, a jovem arrivista entre as Casas do Véu, mas provavelmente a sociedade que melhor venceu as modernidades. É fácil elencar seus ganhadores do Oscar e personalidades televisivas, mas seus ex-alunos também incluem conselheiros de presidentes, o curador de arte do Metropolitan e, talvez mais significativamente, algumas das grandes mentes da neurociência. Quando falamos da Manuscrito, falamos de magia de espelhos, ilusões, grandes encantamentos do tipo que produzem estrelas, mas vale recordar que todos esses trabalhos derivam da manipulação de nossa própria percepção.

— de *A vida da Lethe: procedimentos
e protocolos da Nona Casa*

Não vá a uma festa da Manuscrito. Simplesmente não vá.

— *Diário dos dias de Lethe* de Daniel Arlington
(Residência Davenport)

10
Outono passado

Antes da festa da Manuscrito, Darlington passara o começo da noite com as janelas de Black Elm acesas, distribuindo doces, com lanternas de abóbora alinhadas ao longo da entrada. Ele amava aquela parte do Dia das Bruxas, o ritual, a maré de estranhos felizes chegando a ele com as mãos estendidas. Na maior parte das vezes, Black Elm era como uma ilha escura que, de algum modo, não aparecia mais em nenhum mapa. Exceto na noite do Dia das Bruxas.

A casa ficava no aclive suave de uma colina perto das terras que um dia pertenceram a Donald Grant Mitchell, e sua biblioteca tinha múltiplos exemplares dos livros dele: *Devaneios de um homem solteiro*, *Vida dos sonhos*, e o único título que seu avô achara que valia a leitura, *Minha fazenda em Edgewood*. Quando garoto, Darlington tinha sido atraído pelo som misterioso do pseudônimo de Mitchell, Ik Marvel, e ficado lastimavelmente desapontado pela ausência de qualquer coisa mágica ou maravilhosa em seus livros.

Mas aquilo era seu sentimento sobre tudo. Deveria haver mais magia. Não as apresentações dos palhaços de maquiagem vincada ou dos ilusionistas medíocres. Não truques com cartas. A magia que fora prometida a ele seria encontrada nos fundos dos guarda-roupas, sob as pontes, através de espelhos. Era perigosa, sedutora e não buscava entreter. Talvez, se ele tivesse sido criado em uma casa comum, com isolamento térmico de qualidade e um jardim com grama bem cortada, e não sob as torres decadentes de Black Elm, com os lagos de musgo e seus cachos de dedaleira súbitos e sinistros, com a névoa que subia entre as árvores no anoitecer durante o outono, talvez então tivesse tido uma chance. Talvez se ele fosse de um lugar como Phoenix, em vez da amaldiçoada New Haven.

O momento que o condenara nem sequer pertencera a ele. Tinha sido aos onze anos, em um piquenique organizado pelos Cavaleiros de Colombo, ao qual a empregada deles, Bernadette, insistira em levá-lo porque "meninos precisam de ar fresco". Assim que chegaram a Lighthouse Point, ela se enclausurou em uma barraca com as amigas e um prato de ovos recheados e disse a ele para ir brincar.

Darlington encontrou um grupo de meninos de idade parecida com a dele, ou eles o encontraram, e passou a tarde com eles apostando corridas e competindo em jogos de parque de diversão, depois inventando os próprios jogos quando os outros ficaram chatos. Um menino alto chamado Mason, dentuço e de cabeça raspada, de algum modo se tornara a pessoa que tomava as decisões do dia – quando comer, quando nadar, quando um jogo ficava chato – e Darlington estava feliz de segui-lo. Quando se cansaram de andar no velho carrossel, caminharam pela beirada do parque que dava para o estuário de Long Island e para o porto de New Haven ao longe.

— Deveriam ter barcos — disse Mason.

— Tipo uma lancha. Ou um jet ski — falou um menino chamado Liam. — Isso seria legal.

— É — disse outro menino. — A gente podia atravessar até a montanha-russa.

Ele estivera junto com o bando a tarde toda. Era pequeno, o rosto denso com sardas cor de areia, agora queimado de sol no nariz.

— Que montanha-russa? — perguntou Mason.

O menino sardento apontou para o outro lado do estuário.

— Com as luzes todas. Perto do píer.

Darlington olhara ao longe, mas não vira nada ali, apenas uma restinga plana e o dia que esvanecia.

Mason olhou e então disse:

— De que merda você está falando?

Mesmo no anoitecer que se aprofundava, Darlington vira o vermelho se espalhar ardendo pelo rosto do menino sardento. Ele riu.

— Nada. Estava só zoando.

— Idiota.

Andaram até a faixa fina de praia para correr para lá e para cá nas ondas, e o momento foi esquecido até meses depois, quando o avô de Darlington abriu o jornal na mesa do café da manhã e ele viu a manchete: RECORDANDO SAVIN ROCK. Abaixo havia a foto de uma velha montanha-russa de madeira entrando pelas águas do estuário de Long Island.

A legenda dizia: "A lendária Thunderbolt, uma das atrações favoritas do parque de diversões Savin Rock, destruída por um furacão em 1938".

Darlington recortara a foto do jornal e a colara na parede acima da mesa. Naquele dia em Lighthouse Point, aquele menino sardento e queimado de sol tinha *visto* a velha montanha-russa. Tinha achado que todos podiam vê-la. Não estava fingindo ou brincando. Tinha ficado surpreso e envergonhado, e então calara a boca rapidamente. Como se algo assim já tivesse acontecido antes. Darlington tentou se lembrar do nome dele. Perguntou a Bernadette se poderiam ir aos Cavaleiros de Colombo para os jogos de bingo, para as festas em que os convidados levavam comida, qualquer coisa que pudesse colocá-lo no caminho daquele menino. Por fim, o avô botara um fim naquilo, rugindo: "Pare de tentar transformá-lo em uma desgraça de um católico".

Darlington envelheceu. A memória de Lighthouse Point ficou mais obscura. Mas nunca tirou a foto da Thunderbolt de sua parede. Esquecia-se daquilo por semanas, às vezes por meses, mas jamais conseguiu se livrar do pensamento de que via apenas um mundo, quando deveria existir muitos, de que havia lugares perdidos, talvez até mesmo pessoas perdidas, que poderiam existir para ele se apertasse os olhos o suficiente ou se encontrasse as palavras mágicas certas. Os livros, com suas promessas de portais encantados e lugares secretos, apenas tornavam tudo pior.

O sentimento deveria ter ido embora com o tempo, gasto pelos desapontamentos constantes e gentis do crescimento. Mas, aos dezesseis anos, assim que tirou a carteira de motorista provisória, o primeiro lugar a que Darlington levou a velha Mercedes do avô foi Lighthouse Point. Ficou de pé na beira da água esperando que o mundo se revelasse. Anos depois, quando conheceu Alex Stern, resistiu à tentação de levá-la ali também, para ver se a Thunderbolt apareceria para ela, como qualquer outro Cinzento, um fantasma estrondoso de alegria e terror vertiginosos.

Quando a noite escureceu e a fileira de crianças com suas máscaras de duende se reduziu a alguns gatos pingados, Darlington vestiu sua própria fantasia, a mesma que usava todos os anos — um casaco preto e um par de presas de plástico que o deixavam parecendo alguém que acabara de passar por uma cirurgia bucal.

Estacionou na viela atrás da Gaiola, onde Alex o esperava, tremendo em um casaco preto longo que ele jamais vira antes.

— Podemos ir de carro? — ela perguntou. — Está um gelo. *Californianos.*

— Está quinze graus e vamos caminhar três quarteirões. Você vai sobreviver a essa viagem pela tundra. Rezo para que não esteja com uma fantasia escandalosa de gatinho debaixo disso. Temos que impor alguma autoridade.

— Posso fazer meu trabalho de shortinho. Provavelmente faria até melhor. — Ela deu um chute de caratê desanimado. — Mais liberdade de movimentos.

Ao menos ela estava usando botas utilitárias.

Sob a luz do poste, ele viu que ela tinha passado bastante delineador nos olhos e usava grandes brincos de argolas douradas. Com sorte ela não teria escolhido uma fantasia provocativa demais ou com apropriação cultural. Ele não queria passar a noite aparando comentários sarcásticos e críticos da Manuscrito só porque Alex sentira o ímpeto de sair como uma Pocahontas sedutora.

Ele os levou viela acima até a rua Elm. Alex parecia alerta, preparada. Tinha se saído bem desde o incidente na Aureliana, quando quebraram alguns milhares de dólares de vidro e porcelana no chão da cozinha em Il Bastone. Talvez o próprio Darlington também estivesse um pouco melhor. Tinha assistido a uma série de transformações na Cabeça de Lobo que ocorreram sem incidentes – embora Shane Mackay tivesse tido problemas para voltar, sendo necessário prendê-lo na cozinha até que ele se livrasse da forma de galo. Ele tinha ensanguentado o nariz tentando bicar a mesa, e uma de suas amigas passara uma hora tirando cuidadosamente as pequenas penas brancas do corpo dele. As piadas com pinto foram intermináveis. Tinham monitorado uma ressurreição na Livro e Serpente, na qual, com a ajuda de um tradutor, um corpo dissecado transmitira os relatos finais de soldados recentemente mortos na Ucrânia, numa espécie macabra de telefone sem fio. Darlington não sabia quem no Departamento de Estado tinha requisitado a informação, mas imaginou que ela seria diligentemente passada adiante. Observaram uma abertura fracassada de portal na Chave e Pergaminho – uma tentativa malsucedida de mandar alguém para a Hungria que não dera resultado além de deixar a tumba inteira cheirando a *goulash* – e uma invocação de tempestade igualmente pouco impressionante pela Santelmo em sua espelunca de apartamento na Lynwood, que deixara a delegação que a presidia e os ex-alunos participantes inseguros e envergonhados.

— Todos estão com a cara que os homens fazem quando estão bêbados demais para ficar de pau duro — sussurrou Alex.

— Precisa ser tão vulgar, Stern?

— E eu estou errada, Darlington?

— Certamente não saberia dizer.

Aquela noite seria um pouco diferente. Não fariam círculos de proteção, apenas se fariam presentes, monitorariam o poder sendo reunido do nexo da Manuscrito e depois escreveriam um relatório.

— Quanto tempo vamos ficar nessa coisa? — perguntou Alex, conforme a rua bifurcava para a esquerda.

— Até depois da meia-noite, talvez um pouco mais.

— Eu disse a Mercy e Lauren que encontraria com elas na Pierson Inferno.

— Até lá, as duas vão estar tão chapadas que nem vão notar se você chegar atrasada. Agora concentre-se, a Manuscrito parece inofensiva, mas não é.

Alex o olhou. Havia glitter nas bochechas dela.

— Você realmente parece nervoso.

De todas as sociedades, a que despertava mais cautela em Darlington era a Manuscrito. Ele percebeu a desconfiança no rosto de Alex quando pararam diante de um muro encardido de tijolos brancos.

— Aqui? — ela perguntou, apertando mais o casaco no corpo. A batida do baixo e um murmúrio de conversa chegavam até eles de algum lugar da viela estreita.

Darlington entendia o ceticismo de Alex. As outras tumbas tinham sido construídas para parecerem *tumbas* – os pedestais neoegípcios da Ossos; as altas colunas brancas da Livro e Serpente; os painéis delicados e arcos mouriscos da Chave e Pergaminho, a cripta favorita de Darlington. Até a Cabeça de Lobo, que afirmara querer se livrar das amarras do arcano e estabelecer uma casa mais igualitária, construíra para si uma propriedade rural inglesa em miniatura. Darlington tinha lido as descrições de cada tumba no guia de Yale escrito por Pinnell e sentido que, de algum modo, a análise dos elementos não fazia jus ao mistério que elas evocavam. Mas é claro que Pinnell não sabia do túnel sob a rua Grove, que conectava a Livro e Serpente ao coração do cemitério, nem das laranjeiras encantadas trazidas de Alhambra, que davam laranjas o ano todo no pátio da Chave e Pergaminho.

O exterior da Manuscrito, entretanto, parecia apenas um monte atarracado de tijolos com lixeiras de reciclagem empilhadas de um dos lados.

— É só isso? — perguntou Alex. — É mais triste que o lugar na Lynwood.

Na verdade, nada era mais triste que a casa da Santelmo na Lynwood, com o carpete manchado, as escadas desbeiçadas e o telhado espetado por cata-ventos inclinados.

— Não julgue um livro, Stern. Essa cripta tem oito andares de profundidade e abriga uma das melhores coleções de arte contemporânea do mundo.

As sobrancelhas de Alex subiram.

— Então eles são como os ricos Cali.

— Ricos Cali?

— Em Los Angeles, os caras ricos de verdade se vestem como mendigos, como se precisassem que todos soubessem que eles vivem na praia.

— Suspeito que a Manuscrito estava mirando na elegância sutil, não em "eu trepo com modelos na minha mansão de Malibu", mas quem sabe?

A construção da tumba fora terminada no começo da década de 1960 por King-lui Wu. Darlington jamais conseguira sentir mais que um respeito de má vontade pela arquitetura da metade do século. Apesar de se esforçar muito para admirar as linhas severas, a execução limpa, ele sempre ficava frustrado. Seu pai zombava abertamente do gosto burguês do filho por torreões e telhados de duas águas.

— Aqui — disse Darlington, pegando Alex pelo ombro e levando-a um pouco para a esquerda. — Veja.

Ele ficou satisfeito quando ela exclamou:

— Ah!

Daquele ângulo, o padrão circular escondido nos tijolos brancos ficava aparente. A maior parte das pessoas achava que representava um sol, mas Darlington sabia a verdade.

— Não pode ser visto de frente — disse Darlington. — Nada aqui pode. Esta é a casa das ilusões e mentiras. Tenha em mente o quanto algumas dessas pessoas podem ser carismáticas. Nosso trabalho é garantir que ninguém saia muito da linha e que ninguém se machuque. Houve um incidente em 1982.

— Que tipo de incidente?

— Uma garota comeu alguma coisa numa dessas festas e decidiu que era um tigre.

Alex deu de ombros.

— Eu vi Salome Nils arrancar penas da bunda de um cara na cozinha da Cabeça de Lobo. Tenho certeza de que não pode ser pior.

— Ela nunca *deixou* de achar que era um tigre.

— Quê?

— A Cabeça de Lobo se baseia na mudança física, abandonando a forma humana, mas mantendo a consciência. A Manuscrito é especializada em alterar a consciência.

— Bagunçar sua cabeça.

— Os pais da garota ainda a mantêm presa numa jaula no interior de Nova York. É uma instalação bem bacana. Acres para correr. Carne crua duas vezes ao dia. Uma vez ela escapou e tentou atacar o carteiro.

— Isso acaba com as unhas.

— Ela o derrubou no chão e o mordeu na canela. Abafamos o caso como se fosse um surto psicótico. Além de pagar por todo o tratamento dela, a Manuscrito teve as atividades suspensas por uma semana.

— Justiça dura.

— Não disse que era justo, Stern. Poucas coisas são. Mas estou avisando: você não pode confiar na sua própria percepção esta noite. As magias da Manuscrito se baseiam em enganar os sentidos. Não coma nem beba *nada*. Mantenha o juízo. Não quero ter que mandá-la para o interior com seu próprio novelo de lã.

Eles seguiram um grupo de garotas vestindo corpetes e maquiagem de zumbi pela viela estreita e através da porta lateral. As mulheres de Henrique VIII. O pescoço de Ana Bolena estava coberto com sangue falso de aparência grudenta.

Kate Masters estava sentada em um banco ao lado da porta carimbando a mão de quem entrava, mas Darlington puxou o pulso de Alex antes que ela pudesse estendê-lo.

— Você não sabe o que tem na tinta do carimbo — ele murmurou. — Pode só nos deixar entrar, Kate.

— Chapelaria à esquerda. — Ela piscou, com glitter vermelho espalhado sobre os lábios. Estava fantasiada de Erva Venenosa, folhas de cartolina grampeadas em um bustiê verde.

Do lado de dentro, a música pulsava e uivava, o calor dos corpos os engolindo em uma lufada de perfume e ar úmido. O grande cômodo quadrado estava na penumbra, lotado de pessoas circulando com taças de ponche em forma de crânio, o quintal dos fundos cheio de luzinhas pisca-pisca. Darlington já começava a suar.

— Não parece tão ruim.

— Você se lembra do que eu disse? A verdadeira festa é lá embaixo.

— Então são nove andares no total? Nove círculos do inferno?

— Não. É baseado na mitologia chinesa. O oito é considerado o número de maior sorte, então são oito níveis secretos. A escadaria representa uma espiral divina.

Alex tirou o casaco. Debaixo dele, usava um tubinho preto. Os ombros estavam cobertos por uma cascata de estrelas prateadas.

— Do que está fantasiada? — ele perguntou.

— Uma garota de preto com um monte de maquiagem no olho? — Ela pegou uma coroa de flores plásticas pintada com spray prateado e a colocou na cabeça. — Rainha Mab.

— Não sabia que você era fã de Shakespeare.

— Não sou. A Lauren pegou uma fantasia de Puck do acervo da Dramat. Mercy vai de Titânia, então me enfiaram nisso e disseram que eu podia ser Mab.

— Sabia que Shakespeare chamou Mab de parteira das fadas?

Alex franziu o cenho.

— Achei que ela fosse a Rainha da Noite.

— Isso também. Combina com você.

Darlington disse aquilo como um elogio, mas Alex fez uma careta.

— É só um vestido.

— O que venho tentando lhe dizer? — disse Darlington. — Nada é *só* alguma coisa. — E talvez ele quisesse que ela fosse o tipo de garota que se vestia de Rainha Mab, que amava palavras e tinha estrelas no sangue. — Vamos circular pelo térreo antes de enfrentarmos o que está lá embaixo.

Não levou muito tempo. A Manuscrito fora construída no estilo de plano aberto que era popular nos anos 1950 e 1960, então havia poucos cômodos e passagens para investigar. Ao menos naquele andar.

— Não entendo — murmurou Alex, enquanto olhavam pelo quintal cheio de arbustos. O lugar estava superlotado, mas nada fora do comum parecia acontecer. — Se a noite de hoje é tão especial para a Manuscrito, por que fazer um ritual com tanta gente presente?

— Não é exatamente um ritual. É uma coleta. Mas esse é o problema com a magia deles. Não pode ser praticada em reclusão. Magia de espelhos é baseada em reflexo e percepção. Uma mentira não é uma mentira até que alguém acredite nela. Não importa quão encantador você é se não houver ninguém para encantar. Todas as pessoas neste andar estão dando poder ao que acontece mais abaixo.

— Apenas por estarem se divertindo?

— Por estarem *tentando*. Olhe em volta. O que você vê? Pessoas de fantasias, chifres, joias falsas, adornando-se com pequenas camadas de ilusão. Elas ficam mais eretas, encolhem a barriga, dizem coisas em que não acreditam, se entregam à adulação. Cometem mil pequenos atos de fingimento, mentindo umas para as outras, mentindo para si mesmas, bebendo até o ponto do delírio para facilitar. Esta é uma noite de pactos, entre os videntes e os vistos, uma noite em que as pessoas aceitam falsas barganhas voluntariamente, esperando enganar e serem enganadas, pelo prazer de se sentirem corajosas, sensuais, belas ou simplesmente desejadas, não importa o quão fugazmente.

— Darlington, está me dizendo que a Manuscrito é movida a álcool?

— Você tem um jeito de chegar ao âmago da questão, Stern. Todo fim de semana e toda festa é uma série dessas barganhas, mas o Dia das Bruxas torna tudo mais intenso. Essas pessoas participam no pacto quando entram por aquela porta, cheias de ansiedade. Antes ainda, quando colocam suas asas e chifres... — Ele lançou um olhar para ela. — E glitter. Alguém não disse que o amor era uma ilusão compartilhada?

— Que cínico, Darlington. Não combina nem um pouco com você.

— Chame de magia, se preferir. Duas pessoas declamando o mesmo feitiço.

— Bem, eu gosto — disse Alex. — Parece uma festa de um filme. Mas os Cinzentos estão por toda parte.

Ele sabia disso e ainda assim se surpreendia. Depois de tanto tempo, achava que deveria conseguir sentir a presença deles de algum modo. Darlington tentou dar um passo para trás, ver aquele lugar como Alex via, mas parecia só uma festa. A noite do Dia das Bruxas era quando os mortos voltavam à vida porque os vivos estavam mais vivos: crianças felizes chapadas de açúcar, adolescentes raivosos com ovos e creme de barbear escondidos nas blusas de moletom, universitários bêbados com máscaras, asas e chifres permitindo-se ser outra coisa: anjo, demônio, diabo, médico bonzinho, enfermeira má. O suor e a empolgação, os ponches açucarados demais, cheios de fruta e álcool. Os Cinzentos não conseguiam resistir.

— Quem está aqui? — ele perguntou.

As sobrancelhas escuras dela se levantaram.

— Quer coisas específicas?

— Não estou pedindo para você se colocar em perigo por causa da minha curiosidade. Só... uma visão geral.

— Dois ao lado das portas de correr, cinco ou seis no quintal, um na entrada, bem ao lado da garota trabalhando na porta, uma manada inteira aglutinada perto do ponche. Impossível dizer quantos.

Ela não hesitara. Estava consciente deles porque tinha medo.

— Os andares inferiores são todos protegidos. Não precisa se preocupar com isso esta noite.

Ele a levou para as escadas, onde Doug Far estava encostado no corrimão, certificando-se de que ninguém sem convite descesse.

— Magia de sangue é regulamentada rigidamente no Dia das Bruxas. É muito atraente para os mortos. Mas esta noite a Manuscrito vai sugar todo o desejo e o abandono do feriado para energizar seus rituais pelo resto do ano.

— A zoeira é tão poderosa assim?

— Anderson Cooper na verdade tem um metro e sessenta, pesa duzentos quilos e fala com um sotaque forte de Long Island. — Os olhos de Alex se arregalaram. — Apenas tenha cuidado.

— Darlington! — disse Doug. — O cavalheiro da Lethe!

— Está preso aqui a noite toda?

— Só mais uma hora, depois vou ficar chapado pra caralho.

— Boa — disse Darlington, vislumbrando Alex revirando os olhos. Além da noite em que ficaram bêbados depois do ritual desastroso da Aureliana, ele jamais a vira beber um gole de vinho. Ele se perguntava se ela frequentava festas com as colegas de quarto ou se escolhera ficar careta a maior parte do tempo depois do que acontecera com seus amigos em Los Angeles.

— Quem é essa? — perguntou Doug, e Darlington se viu irritado com a análise preguiçosa que ele fazia da roupa de Alex. — Sua acompanhante ou seu Dante?

— Alex Stern. Ela é a nova eu. Vai observar vocês, cretinos, quando eu finalmente cair fora.

Darlington disse aquilo porque era o que esperavam dele, mas ele jamais deixaria aquela cidade. Tinha lutado muito para permanecer ali, para se agarrar a Black Elm. Tiraria uns meses para viajar, visitar os restos da biblioteca na caverna em Dunhuang, fazer uma peregrinação ao mosteiro no Mont Sainte-Odile. Mas sabia que a Lethe esperava que ele se inscrevesse na pós-graduação, que talvez assumisse um cargo de pesquisa no escritório de Nova York. Mas não era o que ele realmente queria. New Haven precisava de um novo mapa, um mapa do que não podia ser visto, e Darlington queria ser a pessoa que o desenharia, e, talvez, nas linhas das ruas, na calma de seus parques, na sombra profunda de East Rock, haveria uma resposta sobre o motivo pelo qual New Haven jamais se transformara em uma Manhattan ou uma Cambridge, e por que, apesar de todas as oportunidades e todas as esperanças de prosperidade, sempre fracassava. Era apenas coincidência? Má sorte? Ou a magia que vivia ali de algum modo tolhia o crescimento da cidade mesmo enquanto ela continuava a prosperar?

— Então o que você é? — Doug perguntou a Alex. — Uma vampira? Vai chupar meu sangue?

— Se você tiver sorte — disse Alex, desaparecendo pelas escadas.

— Mantenha-se seguro esta noite, Doug — disse Darlington ao segui-la. Ela já tinha sumido de vista, desaparecendo espiral abaixo, e não deveria ficar sozinha naquela noite.

Doug riu.

— Isso é trabalho seu.

Uma rajada da máquina de fumaça acertou Darlington bem no rosto, e ele quase tropeçou. Sacudiu a mão para dissipar a névoa, irritado. Por que as pessoas não podiam apenas conversar e tomar um drink de qualidade? Por que toda aquela pretensão desesperada? Será que havia alguma parte dele com inveja de Doug, de qualquer um que conseguia ser imprudente por uma noite? Talvez. Sentia-se desconectado de tudo desde que se mudara de volta para Black Elm. Calouros e alunos do segundo ano precisavam morar nos dormitórios, e, embora ele visitasse Black Elm religiosamente, gostava da sensação de ser puxado para outras órbitas, arrancado à força de sua concha pelos colegas de quarto bem-intencionados, arrastado para um mundo que não tinha nada a ver com a Lethe ou com o sobrenatural. Gostara de Jordan e de E.J. o bastante para dividir o quarto com eles nos dois anos e ficava feliz por eles terem sentido o mesmo. Tinha sempre a intenção de ligar para eles, de convidá-los para sair. Mas aí outro dia se passava perdido entre os livros, Black Elm, a Lethe e, agora, Alex Stern.

— É melhor você ficar atrás de mim — ele disse ao alcançá-la, envergonhado pelo som petulante da própria voz. Ela já estava no nível seguinte, olhando ao redor com olhos ávidos. Aquele andar parecia a área VIP de uma casa noturna, as luzes baixas, o baixo mais suave, mas havia uma qualidade onírica em tudo, como se cada pessoa e cada item no cômodo estivessem banhados por uma luz dourada.

— Parece um videoclipe — disse Alex.

— Com orçamento infinito. É um encantamento.

— Por que ele o chamou de cavalheiro da Lethe?

— Porque as pessoas que não se importam com boas maneiras fingem se divertir com elas. Siga em frente, Stern.

Continuaram a descer até o próximo lance de escadas.

— Vamos descer tudo?

— Não. Nos andares mais baixos os rituais são realizados e mantidos. Eles têm sempre de cinco a dez magos trabalhando internacionalmente. Feitiços e encantamentos de carisma precisam de manutenção constante. Mas não farão nenhum rito esta noite, vão apenas recolher o poder da festa e da cidade para guardar no cofre.

— Está sentindo esse cheiro? — perguntou Alex. — Parece...

Floresta. O patamar seguinte os levou a um matagal verdejante. No ano anterior tinha sido um planalto desértico. A luz do sol se infiltrava pelas folhas de um bosque de árvores, e o horizonte parecia se estender por quilômetros. Membros da festa vestidos de branco se recostavam em toalhas de piquenique colocadas sobre a grama viçosa, e beija-flores balançavam e pairavam no ar quente. A partir daquele andar, só era permitida a entrada dos ex-alunos e dos membros atuais que os serviam.

— Aquilo é um cavalo de verdade? — sussurrou Alex.

— Tanto quanto precisa ser.

Era magia, uma magia esbanjadora, jubilante, e Darlington não podia negar que parte dele desejava ficar ali. Mas era exatamente por isso que deveriam continuar.

— Próximo andar.

As escadas se curvavam novamente, mas dessa vez as paredes pareciam se curvar com elas. O prédio de algum modo assumia um formato diferente, o teto alto como o de uma catedral, pintado com o azul e o dourado brilhantes de um céu de Giotto; o chão estava coberto de papoulas. Era uma igreja, mas não era uma igreja. A música ali era sobrenatural, algo que poderia ser sinos e tambores ou a batida do coração de uma grande besta que os ninava a cada baque profundo. Nos bancos e nos corredores, corpos jaziam entrelaçados, cercados de pétalas vermelhas amassadas.

— Isso é mais o que eu esperava — disse Alex.

— Uma orgia numa catedral cheia de flores?

— Excesso.

— Essa é a essência da noite.

O andar seguinte era uma pérgula no topo de uma montanha, sem muito compromisso com a realidade. Nuvens cor de pêssego, glicínias caindo em cachos grossos das colunas rosa pálido, mulheres em vestidos transparentes relaxando sobre uma rocha aquecida pelo sol, o cabelo voando em uma brisa impossível, uma hora dourada que jamais acabaria. Haviam entrado em uma pintura de Maxfield Parrish.

Por fim, chegaram a um cômodo quieto, uma longa mesa de banquete montada contra uma parede e iluminada por vaga-lumes. O murmúrio da conversa era baixo e civilizado. Um imenso espelho circular com altura de quase dois andares cobria a parede ao norte. Sua superfície parecia rodopiar. Era como olhar para dentro de um grande caldeirão sendo mexido por uma mão invisível, mas era mais prudente enxergar o espelho como um cofre, um depósito de magia alimentado por desejo e ilusão. Aquele andar da Manuscrito, o quinto subsolo, marcava o ponto central entre os cômodos de colheita acima e os espaços de ritual abaixo. Era bem maior que os outros, estendendo-se por debaixo da rua e das casas vizinhas. Darlington sabia que o sistema de ventilação era bom, mas se esforçou para não pensar em ser soterrado.

Muitos dos convidados estavam mascarados, provavelmente celebridades e ex-alunos proeminentes. Alguns usavam roupas refinadas, outros, jeans e camiseta.

— Viu as línguas roxas? — perguntou Darlington, apontando o queixo para um rapaz coberto de glitter servindo vinho e para uma garota com praticamente só orelhas de gato carregando uma bandeja. — Eles tomaram Merity, a droga do serviço. É tomada pelos acólitos para abdicar da vontade própria.

— Por que alguém faria isso?

— Para me servir — disse uma voz suave.

Darlington se curvou para a figura vestida com uma túnica de seda cinza-esverdeada, com um ornamento dourado na cabeça que também servia como uma máscara que cobria apenas parte do rosto.

— Que tratamento devemos lhe atribuir esta noite? — perguntou Darlington.

O portador da máscara representava Lan Caihe, um dos oito imortais do mito chinês, que podia se mover entre gêneros de acordo com sua vontade. A cada reunião da Manuscrito, um Caihe diferente era escolhido.

— Esta noite sou ela. — Os olhos dela estavam totalmente brancos atrás da máscara. Conseguia ver todas as coisas naquela noite e não seria iludida por nenhum encantamento.

— Agradecemos pelo convite — disse Darlington.

— Sempre damos boas-vindas aos oficiais da Lethe, embora lamentemos por jamais aceitarem nossa hospitalidade. Uma taça de vinho, talvez?

Ela levantou uma mão macia, com as unhas curvadas como garras, mas lisas e polidas como vidro, e um dos acólitos se aproximou com um jarro.

Darlington alertou Alex balançando a cabeça negativamente.

— Obrigado — ele disse, desculpando-se. Sabia que alguns membros da Manuscrito tomavam como ofensa pessoal o fato de os membros da Lethe jamais provarem os prazeres da sociedade. — Mas o protocolo não nos permite.

— Nenhuma de nossas indicações para calouros foi aceita — disse Lan Caihe, os olhos brancos sobre Alex. — Muito decepcionante.

Darlington se eriçou. Mas Alex disse:

— Pelo menos não vai esperar muito de mim.

— Tome cuidado — disse Caihe. — Gosto de ser desarmada. Você ainda pode levantar minhas expectativas. Quem encantou seus braços?
— Darlington.
— Tem vergonha das tatuagens?
— Às vezes.

Darlington olhou para Alex, surpreso. Estaria sob efeito de persuasão? Mas, quando viu o sorriso contente de Lan Caihe, ele percebeu que Alex estava apenas entrando no jogo. Caihe gostava de surpresas, e sinceridade era surpreendente.

Caihe esticou um braço e passou uma unha pela pele macia do braço nu de Alex.

— Podemos apagá-las totalmente — disse Caihe. — Para sempre.
— Por um preço módico? — perguntou Alex.
— Por um preço *justo*.
— Minha senhora — disse Darlington, como aviso.

Caihe deu de ombros.

— Esta é uma noite de colheita, quando os estoques são reabastecidos e os barris são cheios. Nenhuma barganha será feita. Desça, rapaz, se quiser saber o que vem agora. Desça e veja o que o aguarda, se tiver coragem.

— Só queria saber se a Jodie Foster está aqui — murmurou Alex, enquanto Lan Caihe voltava para a mesa do banquete. Ela era uma das ex-alunas mais famosas da Manuscrito.

— Até onde você sabe, aquela *era* a Jodie Foster — retrucou Darlington, mas ele sentia a cabeça pesada. A língua parecia grande demais para a boca. Era como se tudo ao redor dele brilhasse.

Lan Caihe se voltou para ele de seu lugar à cabeceira da mesa de banquete.

— Desça.

Darlington não deveria ter sido capaz de escutar a palavra àquela distância, mas ela parecia ecoar em sua cabeça. Sentiu o chão sumir e de repente estava caindo. Estava em uma grande caverna esculpida na terra, as rochas escorregadias de umidade, o ar rico com o cheiro de terra revirada. Um zumbido enchia seus ouvidos, e Darlington percebeu que ele vinha do espelho, o cofre que de algum modo ainda estava pendurado na parede da caverna. Era o mesmo cômodo, mas não era. Ele olhou para a superfície rodopiante do espelho e a névoa dentro dele se partiu, o zumbido aumentando, vibrando em seus ossos.

Ele não deveria encarar. Sabia disso. Jamais se deveria mirar o rosto do sobrenatural, mas alguma vez ele fora capaz de desviar o olhar? Não, ele almejara aquilo, implorara por aquilo. Ele precisava saber. Queria saber tudo. Via a mesa do banquete refletida no espelho, a comida apodrecendo, as pessoas sentadas em torno dela ainda enfiando frutas e carne estragadas na boca junto com as moscas que voejavam por ali. Eram velhos, alguns mal tinham força para levantar uma taça de vinho ou levar um pêssego murcho até os lábios rachados. Todos menos Lan Caihe, que estava de pé iluminada pelo fogo, o adereço dourado na cabeça como uma chama, o vestido brilhando cor de âmbar avermelhado, os traços de seu rosto mudando a cada respiração, grã-sacerdotisa, eremita, hierofante. Por um momento, Darlington pensou ter vislumbrado o avô ali.

Sentia o corpo estremecer, uma umidade nos lábios, colocou a mão no rosto e percebeu que o nariz começara a sangrar.

— Darlington? — A voz de Alex, e ele a viu no espelho.

Mas ela parecia a mesma. Ainda era a Rainha Mab. Não... Dessa vez ela realmente era a Rainha Mab. A noite fluía e flutuava em torno dela tal qual uma capa de estrelas brilhantes; sobre o feixe dos cabelos dela, negros como petróleo, brilhava uma constelação – uma roda, uma coroa. Os olhos dela eram negros, a boca tinha o vermelho escuro das cerejas muito maduras. Ele sentia o poder girando em torno dela, através dela.

— O que é você? — ele sussurrou. Mas não se importava. Ficou de joelhos. Aquilo era o que estivera esperando.

— Ah — disse Lan Caihe, aproximando-se. — Um acólito no coração.

No espelho, ele viu a si mesmo, um cavaleiro de cabeça curvada, oferecendo seus serviços, uma espada na mão, uma espada nas costas. Não sentia dor, apenas a aflição no coração. *Escolha-me*. Havia lágrimas em seu rosto, mesmo sentindo vergonha delas. Ela não era ninguém; uma garota que tivera sorte ao receber um dom, que não tinha feito nada para merecê-lo. Ela era sua rainha.

— Darlington — ela disse. Mas aquele não era seu nome verdadeiro, assim como Alex não era o dela.

Se ela apenas o escolhesse. Se ela apenas permitisse que ele...

Ela tocou o rosto dele, levantou seu queixo. Os lábios dela roçaram em seu ouvido. Ele não entendeu. Só queria que ela fizesse aquilo de novo. As estrelas se derramavam através dele, uma onda de noite fria e flutuante. Ele viu tudo. Viu seus corpos entrelaçados. Ela estava sobre ele e debaixo dele ao mesmo tempo, o corpo dela estirado e branco como uma flor de lótus. Ela mordeu a orelha dele – com força.

Darlington ganiu e se encolheu, os sentidos atravessando seu corpo.

— *Darlington* — ela rosnou. — Recomponha-se.

E então ele se viu. Tinha levantado a saia dela. Suas mãos lhe apertavam as coxas brancas. Ele viu os rostos mascarados que os rodeavam, sentia a avidez deles ao se curvarem para a frente, os olhos brilhando. Alex olhava para ele, apertando seus ombros, tentando empurrá-lo para longe. A caverna desaparecera. Estavam no salão de banquete.

Ele caiu para trás, soltando a saia dela, a ereção pulsando valente em seu jeans antes que a humilhação desabasse sobre ele. Que diabos tinham feito com ele? E como?

— A névoa — ele disse, sentindo-se o pior tipo de idiota, a mente ainda girando, o corpo zumbindo com o que quer que fosse que tinha inalado. Tinha passado bem no meio da rajada daquela máquina de fumaça e sequer tinha pensado na possibilidade.

Lan Caihe sorriu.

— Não pode culpar um deus por tentar.

Darlington usou a parede para ficar de pé, mantendo-se longe do espelho. Ainda podia sentir o zumbido vibrando através dele. Queria gritar com aquelas pessoas. Interferir com representantes da Lethe era estritamente proibido, uma violação de todos os códigos das sociedades, mas ao mesmo tempo só queria sair da Manuscrito antes que fosse ainda mais humilhado. Para onde olhava, via rostos mascarados e pintados.

— Vamos — disse Alex, pegando o braço dele e o conduzindo para as escadas, forçando-o a caminhar na frente dela.

Ele sabia que deveriam ficar. Deveriam acompanhar tudo até a hora do feitiço, garantir que nada ultrapassasse os andares proibidos ou interferisse na colheita. Ele não conseguia. Precisava se libertar. *Agora*.

As escadas pareciam continuar para sempre, virando e virando até que Darlington não tinha ideia do quanto haviam subido. Queria olhar para trás e certificar-se de que Alex ainda estava ali, mas lera histórias o bastante para saber que jamais se olhava para trás no caminho de saída do inferno.

O piso superior da Manuscrito parecia uma chama de cor e luz. Ele sentia o cheiro das frutas fermentando no ponche, o odor forte e levedado de suor. O ar parecia quente e grudento em sua pele.

Alex balançou o braço dele e o puxou pelo cotovelo. Tudo o que ele podia fazer era tropeçar atrás dela. Saíram para o ar frio da noite como se tivessem atravessado uma membrana. Darlington respirou profundamente, sentindo a cabeça clarear um pouco. Ouviu vozes e percebeu que Alex conversava com Mike Awolowo, o presidente da delegação da Manuscrito. Kate Masters estava ao lado dele. Estava coberta de trepadeiras floridas. Iam consumi-la. *Não*. Ela estava apenas fantasiada de Erva Venenosa, pelo amor de Deus.

— Inaceitável — disse Darlington. Teve a sensação de que seus lábios eram felpudos.

Alex manteve a mão no braço dele.

— Vou cuidar disso. Fique aqui.

Tinham descido a rua até a Gaiola. Darlington inclinou a cabeça contra a Mercedes. Deveria estar prestando atenção no que Alex dizia a Kate e Mike, mas a sensação do metal era fria e clemente em seu rosto.

Momentos depois, estavam entrando em seu carro e ele murmurava o endereço de Black Elm.

Mike e Kate espiaram pela janela do passageiro quando o carro saiu.

— Estão com medo de que você os denuncie — disse Alex.

— É claro que vou. Vão ter de engolir uma multa enorme. Uma suspensão.

— Eu disse a ele que ia cuidar do relatório.

— Não vai.

— Você não vai conseguir ser objetivo a respeito do que se passou.

Não, ele não conseguiria. Em sua cabeça, estava ajoelhado de novo, o rosto pressionado contra as coxas dela, desesperado para chegar mais perto. Pensar naquilo fez com que ficasse instantaneamente ereto outra vez, e ele ficou grato pela escuridão.

— O que você quer que eu escreva no relatório? — perguntou Alex.

— Tudo — Darlington murmurou, infeliz.

— Não foi nada — ela disse.

Mas era alguma coisa. Ele sentira... "Desejo" não era nem a palavra certa para aquilo. Ainda podia sentir a pele dela sob as palmas das mãos, o calor dela contra seus lábios através do tecido fino da calcinha. Que diabos havia de errado com ele?

— Desculpe — ele disse. — Aquilo foi imperdoável.

— Você ficou chapado e agiu feito um idiota numa festa. Relaxa.

— Se não quiser continuar trabalhando comigo...

— Cale a boca, Darlington — disse Alex. — Não vou fazer esse trabalho sem você.

Ela o levou de volta a Black Elm e o colocou na cama. A casa estava gelada, e ele percebeu que batia os dentes. Alex deitou-se ao seu lado com as cobertas puxadas entre eles, e o coração dele doeu por desejar alguém.

— Mike disse que a droga deve sair do seu organismo em cerca de doze horas.

Darlington ficou deitado na cama estreita, escrevendo e reescrevendo em sua cabeça e-mails furiosos para os ex-alunos da Manuscrito e para o conselho da Lethe, perdendo o fio da meada, tomado por imagens de Alex iluminada pelas estrelas, o pensamento naquele vestido preto descendo pelos ombros dela, então voltando à sua reclamação e à exigência de que alguma medida fosse tomada. As palavras se embaralhavam, presas nos raios de uma roda, nas pontas de uma coroa. Mas um pensamento voltava continuamente enquanto ele se virava e revirava, sonhava e acordava, a luz da manhã começando a sangrar lentamente através da janela alta da torre: Alex Stern não era o que parecia.

11
Inverno

Alex acordou abruptamente. Num segundo estava dormindo, no outro estava consciente e aterrorizada, batendo nas mãos que ainda podia sentir em torno do pescoço.

A garganta parecia em carne viva, vermelha. Estava no sofá da sala comunal na Gaiola. A noite caíra e a luz estava baixa nas arandelas, formando meias-luas amarelas contra as pinturas emolduradas de gramados ondulantes com ovelhas e pastores tocando flautas.

— Aqui — disse Dawes, debruçando-se nas almofadas, estendendo até os lábios de Alex um copo cheio do que parecia uma gemada com um pouco de corante verde. Um cheiro bolorento emanava da borda. Alex recuou e abriu a boca para perguntar o que era, mas tudo o que saiu foi um som áspero que a fez sentir que alguém acendera um fósforo em sua garganta.

— Conto depois que você beber — disse Dawes. — Confie em mim.

Alex balançou a cabeça. A última coisa que Dawes lhe dera para beber tinha incendiado suas entranhas.

— Você está viva, não está? — perguntou Dawes.

Sim, mas naquele momento desejava estar morta.

Alex tapou o nariz, pegou o copo e bebeu num gole. O gosto era passado e poeirento, o líquido tão grosso que quase a fez engasgar ao descer, mas, assim que ele tocou sua garganta, a queimação melhorou, restando apenas uma dor leve.

Ela estendeu o copo de volta e limpou a boca com a mão, estremecendo levemente com o gosto que ficou.

— Leite de cabra e mostarda em grão engrossado com ovos de aranha — disse Dawes.

Alex pressionou os nós dos dedos nos lábios e tentou não vomitar.

— *Confiar* em você?

A garganta doía, mas ao menos conseguia falar, e as chamas ferozes dentro dela pareciam ter baixado.

— Precisei usar enxofre para queimar os besouros. Eu até diria que a cura foi pior que a doença, mas, já que aquelas coisas comem a gente de dentro para fora, acho que isso não seria verdade. Eram usados para limpeza nos tempos antigos, para esvaziar os corpos, para que depois pudessem ser preenchidos com ervas perfumadas.

A sensação de formigamento voltou, e Alex precisou fechar os punhos para evitar arranhar a pele.

— O que fizeram comigo? Vou ter algum dano a longo prazo?

Dawes esfregou o dedão no copo.

— Sinceramente, não sei.

Alex se levantou dos travesseiros que Dawes colocara sob seu pescoço. *Ela gosta de cuidar de pessoas*, percebeu. Era por isso que ela e Dawes nunca tinham se dado bem? Porque Alex recusara seus cuidados?

— Como sabia o que fazer?

Dawes franziu o cenho.

— É meu trabalho saber.

E Dawes era boa no trabalho dela. Simples assim. Ela parecia calma, mas, se apertasse o copo com mais força, iria quebrá-lo. Tinha os dedos manchados com um arco-íris que Alex percebeu serem os resquícios pálidos de marcadores de texto.

— Alguma coisa tentou... entrar? — Alex não tinha certeza nem de como seria aquilo.

— Não tenho certeza. O alarme tem soado em alguns pontos. Alguma coisa está encostando nas proteções.

Alex se levantou e sentiu o cômodo girar. Tropeçou e se obrigou a pegar a mão solícita de Dawes.

Não tinha certeza do que esperava ver lá fora. O rosto da *gluma* olhando-a de volta, a luz refletindo em seus óculos? Algo pior? Pousou os dedos na garganta e puxou a cortina para trás.

À esquerda, a rua estava escura e vazia. Ela devia ter dormido o dia todo. Na viela, viu o Noivo, andando para lá e para cá sob a luz amarela do poste.

— O que é? — perguntou Dawes, nervosamente. — O que está ali? — Ela parecia quase sem fôlego.

— Só um Cinzento. O Noivo.

Ele olhou para a janela. Alex fechou a cortina.

— Pode mesmo vê-lo? Eu só vi fotos.

Alex assentiu.

— Ele é muito descabelado. Muito enlutado. Muito... Morrissey.

Dawes a surpreendeu ao cantar:

— "E eu me pergunto, alguém sente o mesmo que eu?"

— "E o mal" — cantou Alex, baixo — "é só o que você é ou o que você faz?"[4]

---

4. Tradução livre de um trecho de "Sister I'm a Poet", canção de Morrissey. (N.E.)

Ela quis fazer uma piada, um jeito de solidificar o fiapo de camaradagem que se formava entre elas, mas, naquele silêncio assombrado sob a luz da lamparina, as palavras soaram ameaçadoras.

— Acho que ele salvou a minha vida. Ele atacou aquela coisa.

— A *gluma*?

— É — Alex estremeceu. A coisa tinha sido bastante forte e aparentemente imune a tudo o que ela lançara sobre ele. O que de fato não fora muito. — Preciso saber como parar uma coisa daquelas.

— Vou puxar o que temos de informação sobre eles — disse Dawes. — Mas você não deveria formar laços com um Cinzento, especialmente um tão violento.

— Não temos um laço.

— Então por que ele a ajudou?

— Talvez ele não estivesse me ajudando. Talvez estivesse tentando machucar a *gluma*. Não tive muito tempo para perguntar.

— Estou só dizendo...

— Sei o que está dizendo — disse Alex, e então se encolheu quando um som grave de gongo soou. Alguém tinha entrado na escadaria.

— Está tudo bem — disse Dawes. — É só o reitor Sandow.

— Chamou Sandow?

— Claro — respondeu Dawes, endireitando-se. — Você quase morreu.

— Estou bem.

— Porque um Cinzento intercedeu em seu favor.

— Não diga isso a ele — Alex rosnou antes que pudesse moderar a resposta.

Dawes se afastou.

— Ele precisa saber o que aconteceu!

— Não conte nada a ele.

Alex não sabia direito por que tinha tanto medo de Sandow descobrir o que acontecera. Talvez fosse apenas o velho hábito. Não falar. Não contar. Era assim que o Conselho Tutelar era chamado. Era assim que você terminava trancafiada "para observação".

Dawes plantou as mãos nos quadris.

— O que eu poderia dizer a ele? Não sei o que aconteceu com você mais do que sei o que aconteceu com Darlington. Estou aqui só para limpar a sujeira de vocês.

— Não é para isso que você é paga? — Esvaziar a geladeira. Limpeza leve. *Salvar minha vida inútil.* Droga. — Dawes...

Mas Sandow já estava abrindo a porta. Ele se assustou ao ver Alex perto da janela.

— Você está de pé. Dawes disse que estava inconsciente.

Alex se perguntou o que mais Dawes dissera.

— Ela cuidou muito bem de mim.

— Excelente — disse Sandow, pendurando o sobretudo num cabideiro de bronze no formato de uma cabeça de chacal e atravessando o cômodo até o canto onde estava o samovar antigo.

Sandow fora um delegado da Lethe no fim dos anos 1970 e, segundo Darlington, um delegado muito bom. "Brilhante na teoria, mas igualmente bom no trabalho de campo. Criou rituais que ainda estão nos livros hoje em dia." Sandow voltara ao campus como professor adjunto dez anos depois, e desde então era a conexão da Lethe com o presidente da universidade. Excluindo alguns ex-alunos que tinham sido eles mesmos indicados, o resto da administração e da faculdade não sabia nada sobre as verdadeiras atividades da Lethe ou das sociedades.

Alex podia imaginar Sandow trabalhando contente na biblioteca da Lethe ou fazendo cuidadosamente um círculo de giz. Ele era um homem pequeno, bem-arrumado, com o corpo esbelto de um corredor e sobrancelhas grisalhas que subiam no centro da testa, dando-lhe um ar permanente de preocupação. Vira-o pouco desde que começara sua educação na Lethe. Ele tinha enviado a ela seu contato e um "convite aberto durante o horário comercial" que ela jamais aceitara. No fim de setembro, Sandow comparecera a um almoço longo e constrangedor em Il Bastone, durante o qual ele e Darlington discutiram um novo livro sobre mulheres e fábricas em New Haven, e Alex escondera seu aspargo branco debaixo do pão.

E, é claro, tinha sido para ele que Alex enviara uma mensagem de texto na noite em que Darlington desapareceu.

Sandow fora a Il Bastone naquela noite com seu velho labrador caramelo, Honey. Ele acendera a lareira do salão e pedira a Dawes chá e conhaque enquanto Alex tentava dar explicações. Não sobre o que tinha acontecido, porque ela não *sabia* o que tinha acontecido. Ela apenas sabia o que vira. Ao fim, estava tremendo, relembrando o frio do porão, o cheiro crepitante de eletricidade no ar.

Sandow tinha lhe dado uns tapinhas gentis no joelho e colocado uma caneca fumegante diante dela.

— Beba — ele dissera. — Vai ajudar. Deve ter sido muito assustador.

— As palavras dele haviam surpreendido Alex. Sua vida tinha sido uma série de coisas assustadoras com que esperavam que ela lidasse bem.

— Parece algum tipo de magia de portal. Alguém brincando com algo que não devia.

— Mas ele disse que não era um portal. Ele disse...

— Ele estava assustado, Alex — disse Sandow, com gentileza. — Provavelmente em pânico. Para Darlington desaparecer desse jeito, um portal deve estar envolvido. Pode ter sido algum tipo de anomalia criado pelo nexo sob o Hall Rosenfeld.

Dawes tinha entrado no cômodo, andando por trás do sofá com os braços cruzados, mal conseguindo manter a compostura, enquanto Sandow murmurava sobre feitiços de busca e a probabilidade de que Darlington simplesmente tivesse de ser trazido de volta do lugar aonde fora parar.

— Precisamos de uma noite de lua nova — dissera Sandow. — E então vamos simplesmente chamar o nosso menino para casa.

Dawes desatara a chorar.

— Ele está... *onde* ele está? — perguntara Alex. *Ele está sofrendo? Está assustado?*

— Não sei — disse o reitor. — Isso será parte do nosso desafio. — Ele soara quase desejoso, como se fosse apresentado a um delicioso problema. — Um portal do tamanho e do formato que você descreveu, estável o bastante para ser mantido sem praticantes presentes, não pode ter ido a algum lugar muito interessante. Darlington provavelmente foi transportado para um bolsão de espaço. É como derrubar uma moeda entre as almofadas de um sofá.

— Mas ele está preso lá...

— Ele provavelmente nem tem consciência de que desapareceu. Darlington voltará para nós achando que estava em Rosenfeld, furioso porque terá de repetir o semestre.

Houve e-mails e longas trocas de mensagens desde então – avisos de Sandow sobre quem e o que seria necessário para o ritual, a elaboração da desculpa da Espanha, uma enxurrada de desculpas quando a lua nova de janeiro precisou ser descartada por causa da agenda de Michelle

Alameddine, seguida de um profundo silêncio de Dawes. Mas aquela noite, a noite em que Darlington se fora do mundo, tinha sido a última noite em que estiveram todos juntos no mesmo lugar. Sandow era o alarme de incêndio que só devia ser acionado em caso de emergência. Alex ficava tentada a pensar nele como o recurso nuclear, mas, na verdade, ele era apenas um pai. Um adulto de verdade.

Agora o reitor mexia o açúcar na caneca.

— Agradeço pelo seu pensamento rápido, Pamela. Não podemos nos dar ao luxo de outro... — Interrompeu a frase. — Precisamos apenas chegar ao fim do ano e... — Novamente, ele deixou a frase se dissolver como se a tivesse molhado no chá.

— E o quê? — Alex cutucou. Porque ela realmente se perguntava o que viria a seguir. Dawes estava de pé com as mãos juntas, como se estivesse para cantar o solo de um coral, esperando sua vez de começar.

— Tenho pensado sobre isso — disse Sandow por fim. Ele se afundou em uma poltrona de espaldar alto. — Estamos prontos para a lua nova. Vou pegar Michelle Alameddine na estação de trem quarta-feira à noite e a levarei diretamente para Black Elm. Tenho todas as esperanças de que nosso ritual funcionará e de que Darlington logo estará conosco outra vez. Mas também precisamos estar preparados para uma alternativa.

— Uma alternativa? — perguntou Dawes. Ela se sentou abruptamente. Seu rosto estava rígido, raivoso até.

Alex não podia fingir que entendia a mecânica do que o reitor Sandow planejara, mas apostaria que Dawes sabia. *É meu trabalho*. Ela estava ali para limpar as sujeiras que invariavelmente eram feitas, e aquela era uma das grandes.

— Michelle está em Columbia, trabalhando no mestrado. Estará conosco no ritual da lua nova. Alex, acho que ela poderia ser persuadida a vir aos fins de semana para dar continuidade à sua educação e ao seu treinamento. Isso vai reassegurar os ex-alunos se precisarmos... — Ele alisou o bigode grisalho com o dedo. — Atualizá-los da situação.

— E os pais dele? A família dele?

— Os Arlington são distantes do filho. Até onde qualquer um sabe, Daniel Arlington está estudando o nexo debaixo de San Juan de Gaztelugatxe. Se o ritual falhar...

— Se o ritual falhar, tentaremos de novo — disse Dawes.

— Bem, é claro — respondeu Sandow, parecendo genuinamente perturbado. — É claro. Tentaremos todos os caminhos. Esgotaremos todas as opções. Pamela, não estou tentando ser insensível. — Ele estendeu a mão para ela. — Darlington faria tudo o que pudesse para trazer um de nós para casa. E nós faremos o mesmo.

Mas e se o ritual falhasse, se Darlington não pudesse ser trazido de volta, então o quê? Sandow diria a verdade aos ex-alunos? Ou ele e o conselho inventariam uma história que não soasse como: "Enviamos dois universitários para situações com as quais sabíamos que não podiam lidar e um deles morreu".

De qualquer jeito, Alex não gostava do fato de que seria tão fácil para a Lethe fechar o capítulo de Darlington. Ele fora muitas coisas, principalmente irritante, mas amava seu trabalho e a Casa Lethe. Era cruel que a Lethe não correspondesse ao seu amor. Aquela era a primeira vez que Sandow aventava a possibilidade de que Darlington não voltasse, de que ele não pudesse ser tirado do vão entre duas almofadas interdimensionais de um sofá cósmico. Seria por estarem a poucos dias de tentar?

Sandow pegou o copo vazio e coberto por uma película da bebida repugnante de leite verde.

— Axtapta? Você foi atacada por uma *gluma*?

A voz dele estivera suave, diplomática, reflexiva enquanto falava sobre Darlington – sua voz de reitor. Mas, ao pensar em uma *gluma*, um vinco profundo apareceu entre suas sobrancelhas preocupadas.

— Isso mesmo — disse Alex de maneira sólida, embora ainda não tivesse certeza do que aquilo implicava. Então ela arriscou: — Acho que alguém a mandou atrás de mim. Talvez a Livro e Serpente.

Sandow abafou um riso incrédulo.

— Que motivo teriam para fazer algo assim?

— Tara Hutchins está morta e acho que eles têm alguma coisa a ver com isso.

Sandow piscou rapidamente, como se seus olhos fossem lentes defeituosas de uma câmera.

— O detetive Turner disse...

— Isso é o que eu acho, não Turner.

Sandow a olhou nos olhos, e ela soube que ele estava surpreso com a certeza em sua voz. Mas não podia se dar ao luxo da dança reverente que sabia que ele preferiria.

— Andou investigando?

— Andei.

— Não é seguro, Alex. Você não está equipada para...

— Alguém precisava fazer isso.

E Darlington estava longe.

— Você tem provas de que uma sociedade estava envolvida?

— A Livro e Serpente ressuscita os mortos. Eles usam *glumas*...

— *Glumae* — corrigiu Dawes.

— *Glumae* como mensageiras para falar com os mortos. Uma delas me atacou. Parece uma teoria sólida.

— Alex — ele disse gentilmente, com uma leve repreensão na voz. — Sabíamos quando veio para cá que alguém com suas habilidades jamais estivera em tal posição. É possível, até provável, que o simples fato de você estar aqui tenha perturbado sistemas dos quais apenas suspeitamos.

— Está dizendo que eu provoquei o ataque da *gluma*? — Ela detestou o tom defensivo na própria voz.

— Não estou dizendo que você *fez* nada — disse Sandow, brandamente. — Estou apenas dizendo que, pelo fato de ser quem é, pode ter atraído isso.

Dawes cruzou os braços.

— Parece que o senhor está dizendo que ela pediu para ser atacada, reitor Sandow.

Alex não acreditava no que ouvia. Pamela Dawes discordando do reitor Sandow. Por causa dela.

Sandow pousou a caneca com um barulho.

— Certamente não foi o que eu quis insinuar.

— Mas essa *é* a insinuação — disse Dawes, em uma voz que Alex jamais a ouvira usar antes, clara e incisiva. Seus olhos estavam frios. — Alex apresentou as próprias preocupações a respeito de seu ataque, e, em vez de escutá-la, o senhor decidiu questionar a credibilidade dela. Pode não ter tido a intenção de sugerir nada, mas o intento e o efeito foram de silenciá-la, então é difícil não achar que isso fede a culpabilização da vítima. É o equivalente semântico a dizer que a saia dela era muito curta.

Alex tentou não sorrir. Dawes tinha se recostado de novo na poltrona, de pernas e braços cruzados, a cabeça inclinada para um lado, de algum jeito raivosa e à vontade ao mesmo tempo. Sandow estava ruborizado. Ele levantou as palmas das mãos, como se tentasse apaziguar um animal: *calma, calma*.

— Pamela, espero que me conheça melhor que isso.

Alex jamais o vira tão perturbado. Então Dawes sabia falar a linguagem do reitor, fazer as ameaças que importavam.

— Alguém mandou aquele monstro atrás de mim — disse Alex, aproveitando a vantagem que Dawes lhe dera. — E não é uma coincidência que uma garota tenha morrido dias antes. Os registros do telefone de Tara mostraram ligações para Tripp Helmuth. Isso aponta para a Ossos. Uma *gluma* acabou de tentar me assassinar no meio da rua. Isso pode apontar para a Livro e Serpente. Tara foi morta em uma noite de quinta-feira, noite de ritual, e, se tiver lido meu relatório, vai saber que, ao mesmo tempo que alguém a esfaqueava, eu vi dois Cinzentos que antes eram dóceis pirarem completamente.

As sobrancelhas de Sandow se uniram ainda mais, como se aquela linguagem o ferisse.

— Vocês, a *Lethe*, me trouxeram aqui por uma razão, e estou dizendo que uma garota está morta e que isso tem ligação com as sociedades. Apenas finja por um minuto que eu sou Darlington e tente me levar a sério.

Sandow a estudou, e Alex se perguntou se tinha conseguido fazê-lo entender. Então ele olhou para Dawes.

— Pamela, creio que temos uma câmera de frente para o cruzamento da Elm com a York.

Alex viu o modo como os ombros de Dawes relaxaram, a cabeça baixando, como se Sandow tivesse falado as palavras para quebrar qualquer que fosse o feitiço que a dominara. Ela se levantou e pegou o laptop. Alex sentiu algo se retorcendo no estômago.

Dawes apertou algumas teclas do computador e o espelho na parede mais distante se iluminou. Um momento depois, a tela mostrava a rua Elm cheia de carros e pessoas, um mar de cinza, claro e mais escuro. O horário no canto da tela marcava dez para meio dia. Alex procurou entre a maré de gente se movendo pela calçada, mas todos pareciam pelotas volumosas de casacos. Então um vislumbre de movimento em frente ao mercado Good Nature chamou sua atenção. Observou a multidão se abrir e ondular, movendo-se instintivamente para longe da violência. Ali estava ela, fugindo da loja, o dono gritando com ela, uma garota de cabelos negros e gorro de lã – o gorro de Darlington. Devia tê-lo perdido durante a luta.

A garota na tela saiu da calçada para o trânsito, tudo em um silêncio frio, uma pantomina.

Alex se recordava do aperto furioso da *gluma* ao arrastá-la pela rua, mas não havia *gluma* na tela. Em vez disso, viu a garota morena se jogar no fluxo de carros, selvagem e cambaleante, gritando e arranhando o nada. Então estava caída de costas. Sua memória dizia que a *gluma* estava em cima dela, mas a tela não mostrava nada, apenas Alex deitada no meio da rua enquanto os carros desviavam dela, arqueando e flexionando as costas, a boca aberta, as mãos arranhando o nada, convulsivas.

Um instante depois ela estava de pé, cambaleando em direção à viela atrás da Gaiola. Ela se viu olhar para trás apenas uma vez, olhos arregalados, o rosto manchado de sangue, a boca aberta em horror, virada para baixo como os cantos de uma vela de barco presa com firmeza. *Estava vendo o Noivo brigar com a* gluma. *Estava?* Era o rosto de uma louca. Estava de volta àquele chão de banheiro, a bermuda em torno dos tornozelos, gritando, sozinha.

— Alex, tudo o que você diz pode ser verdade. Mas não há prova do que a atacou, muito menos de quem poderia ser o responsável. Se eu mostrar isso aos ex-alunos... É essencial que eles a vejam como uma pessoa estável, confiável, particularmente porque... bem, porque as coisas estão um pouco precárias agora.

Porque Darlington desaparecera. Porque isso acontecera quando ela deveria tê-lo protegido.

— Não é por isso que estamos aqui? — perguntou Alex, uma última tentativa, um apelo em nome de algo maior que ela mesma, algo a que Sandow poderia dar mais valor. — Para proteger garotas como Tara? Assegurar que as sociedades não façam... o que quiserem?

— Exato. Mas você acredita mesmo que está em condições de investigar um homicídio sozinha? Há uma razão pela qual eu lhe disse para deixar isso de lado. Estou tentando manter as coisas no máximo da normalidade possível em um mundo onde vivem monstros. A polícia está investigando o assassinato de Hutchins. O namorado da garota foi preso e aguarda julgamento. Acha realmente que se Turner encontrasse uma ligação com uma das sociedades ele não a investigaria?

— Não — admitiu Alex. — Sei que ele investigaria. — Independentemente do que pensasse dele, Turner era um cão de caça com uma consciência que jamais tirava folga.

— Se investigar, estaremos totalmente à disposição para dar apoio a ele, e prometo passar adiante tudo o que você descobriu. Mas neste exato momento preciso que você se concentre em ficar bem e em segurança. Dawes e eu pensaremos no que pode ter provocado o ataque da *gluma* e se podem existir outros transtornos causados pela sua habilidade. Sua presença aqui no campus é um fato sem precedentes, uma disrupção. O comportamento daqueles Cinzentos durante a prognosticação, o desaparecimento de Darlington, uma morte violenta perto do campus, agora uma *gluma*...

— Espere — disse Alex. — Acha que a minha presença aqui teve algo a ver com o assassinato de Tara?

— Claro que não — disse o reitor. — Mas não quero dar ao conselho da Lethe motivos para começar a chegar a esse tipo de conclusão. E não posso me dar ao luxo de deixá-la bancar a detetive amadora em um caso dessa seriedade. Nossos recursos serão reavaliados este ano. Existimos pelas boas graças da universidade e mantemos as luzes acesas por meio do patrocínio contínuo das outras sociedades. Precisamos da boa vontade deles. — Ele expirou longamente. — Alex, não quero parecer frio. O assassinato de Hutchins é horrível e trágico, e certamente vou monitorar a situação, mas precisamos seguir com cautela. O fim do semestre passado... O que aconteceu em Rosenfeld mudou tudo. Pamela, você quer ver o financiamento da Lethe suspenso?

— Não — murmurou Dawes. Ela falava a língua de Sandow, mas ele também era fluente em Dawes. Lethe era o esconderijo dela, seu abrigo fortificado. Não correria o risco de perdê-lo, de jeito nenhum.

Mas Alex prestava apenas um pouco de atenção na fala do reitor. Observava o mapa antigo de New Haven pendurado sobre a lareira. Ele mostrava o plano original de nove quarteirões para a colônia de New Haven. Ela se lembrou do que Darlington dissera no primeiro dia em que cruzaram o parque: "A cidade foi pensada para ser um novo Éden, fundada entre dois rios, como o Tigre e o Eufrates".

Alex olhou para o formato da colônia – uma cunha de terra entre o rio West e o canal Farmington, dois canais de água esguios que corriam para se encontrar no porto. Finalmente entendeu por que a cena do crime parecera tão familiar. O cruzamento em que o corpo de Tara Hutchins fora encontrado era exatamente como o mapa: aquele pedaço de terra vazia em frente ao Hall Baker era como a colônia em miniatura. As ruas que emolduravam aquele pedaço de terra eram os rios, fluindo com tráfego, juntando-se na Tower Parkway. E Tara Hutchins fora encontrada no meio daquilo tudo, como se seu cadáver perfurado estivesse no coração de um novo Éden. O corpo dela não fora apenas desovado ali. Fora colocado ali deliberadamente.

— Francamente, Alex — Sandow dizia —, que motivo qualquer uma dessas pessoas poderia ter para ferir uma garota daquele jeito?

Ela realmente não sabia. Só sabia que tinham ferido.

Então alguém descobrira que Alex tinha visitado o necrotério. Quem quer que fosse, achava que Alex conhecia os segredos de Tara – ao menos alguns deles – e que tinha magia o suficiente à disposição para descobrir mais. Decidiram fazer algo a respeito. Talvez tivessem tentado matá-la, ou talvez desacreditá-la já fosse o suficiente.

E o Noivo? Por que tinha decidido ajudá-la? Ele era parte disso, de algum jeito?

— Alex, quero que você prospere aqui — disse Sandow. — Quero que passemos por este ano difícil e quero toda a nossa atenção concentrada no ritual da lua nova e em trazer Darlington de volta para casa. Vamos atravessar isso e então avaliaremos a situação.

Alex também queria aquilo. Precisava de Yale. Precisava do lugar dela ali. Mas o reitor estava errado. A morte de Tara não tinha sido a coisa feia e fácil que Sandow queria que fosse. Alguém das sociedades estava envolvido e, quem quer que fosse, tinha tentado silenciá-la.

Estou em perigo, ela queria dizer. *Alguém me feriu e não acho que se deram por satisfeitos. Me ajude.* Mas quando assumir essa postura tinha dado certo? De algum jeito, Alex pensara que aquele lugar fosse diferente, com todos os rituais e regras, e o reitor Sandow zelando por eles. *Somos os pastores.* Mas eram apenas crianças brincando. Alex olhou para Sandow bebendo seu chá, uma perna cruzada sobre a outra, a luz cintilando em seu mocassim brilhante conforme o joelho balançava, e entendeu que, em algum nível, ele realmente não se importava com o que acontecesse a ela. Poderia até estar esperando por isso. Se Alex se machucasse, desaparecesse, levaria com ela toda a culpa pelo que tinha acontecido com Darlington, e seu tempo curto e desastroso em Yale seria apagado como um erro de julgamento infeliz, um experimento ambicioso que dera errado. Ele teria seu menino de ouro de volta na lua nova e faria tudo se endireitar. Ele queria conforto. E Alex não queria o mesmo? Sonhando com um verão pacífico com hortelã em seu chá enquanto Tara Hutchins jazia fria em uma gaveta?

Fique sossegada. Ela estivera pronta para fazer exatamente isso. Mas alguém tentara feri-la.

Alex sentiu algo escuro se desenrolar dentro dela. "Você é um animal", Hellie uma vez dissera a ela. "Tem uma pequena víbora espreitando aí dentro, pronta para atacar. Uma cascavel, provavelmente." Ela dissera aquilo com um sorriso, mas estava certa. Todo aquele clima de inverno e conversas educadas tinham colocado a serpente para dormir, a batida do coração desacelerando conforme ela ficava preguiçosa e imóvel, como qualquer criatura de sangue frio.

— Também quero que atravessemos isso — disse Alex, sorrindo para ele, um sorriso intimidado, ávido. O alívio dele passou pelo cômodo como uma massa de ar quente, do tipo que os moradores da Nova Inglaterra recebiam com boas-vindas e os de Los Angeles sabiam que significava fogo na mata.

— Ótimo, Alex. Então nós vamos. — Ele se levantou e colocou o casaco e o cachecol de listras. — Vou submeter seu relatório aos ex-alunos, e vejo você e Dawes quarta-feira à noite em Black Elm. — Ele apertou o ombro dela. — Só mais alguns dias e tudo voltará ao normal.

Não para Tara Hutchins, cuzão. Ela sorriu de novo.

— Nos vemos na quarta.

— Pamela, vou lhe enviar um e-mail sobre comes e bebes. Nada refinado. Esperamos dois representantes da Aureliana com Michelle. — Ele deu uma piscadela para Alex. — Você vai amar Michelle Alameddine. Ela foi o Virgílio de Darlington. Um gênio absoluto.

— Mal posso esperar — disse Alex, retribuindo o aceno do reitor conforme ele saía. Quando a porta fechou, ela disse:

— Dawes, quão difícil é falar com os mortos?

— Nem um pouco se você estiver na Livro e Serpente.

— Eles são os últimos da minha lista. Vou tentar não pedir ajuda a pessoas que podem querer me matar.

— Limita um pouco as opções — murmurou Dawes em direção ao chão.

— Ah, Dawes, gosto de você malvadinha.

Dawes se moveu de modo desconfortável e puxou o moletom cinza turvo. Fechou o laptop.

— Obrigada por me apoiar na frente do reitor. E por salvar minha vida.

Dawes assentiu para o tapete.

— Então quais são minhas outras opções se eu precisar falar com alguém do outro lado do Véu?

— A única em que consigo pensar é a Cabeça de Lobo.

— Os metamorfoseadores?

— *Não* os chame assim. Não se quiser algum favor.

Alex cruzou a sala até a janela, abriu as cortinas.

— Ele ainda está lá? — perguntou Dawes atrás dela.

— Está.

— Alex, o que está fazendo? Uma vez que o deixar entrar... Conhece as histórias sobre ele, o que ele fez com aquela garota.

Abra a porta, Alex.

— Sei que ele salvou minha vida e quer minha atenção. Há relacionamentos que foram construídos com menos.

As regras da Casa Lethe eram opacas e enroladas. "Católicas", dissera Darlington. "Bizantinas." Ainda assim, as coisas importantes não eram difíceis de lembrar. Deixe os mortos aos mortos. Volte os olhos para os vivos. Mas Alex precisava de aliados, e Dawes não seria suficiente.

Ela bateu na janela.

Lá embaixo, na rua, o Noivo olhou para cima. Seus olhos escuros encontraram os dela sob a luz do poste. Ela não desviou o olhar.

Cabeça de Lobo, a quarta das Casas do Véu, embora a Berzelius dispute o título. Os membros praticam a teriantropia e consideram a simples metamorfose uma magia vulgar. Em vez disso, concentram-se na habilidade de manter a consciência e as características humanas enquanto estão em forma animal. Usada principalmente para obtenção de inteligência, espionagem corporativa e sabotagem política. A Cabeça de Lobo foi um grande centro de recrutamento da CIA nos anos 1950 e 1960. Pode levar dias para que alguém se livre das características animais depois de um ritual de transformação. Perto de animais, mantenha as discussões de natureza importante ou sensível ao mínimo.

— de *A vida da Lethe: procedimentos e protocolos da Nona Casa*

Estou cansado e meu coração não para de palpitar. Meus olhos estão cor-de-rosa. Não a parte branca. A íris. Quando Rogers disse que iríamos trepar feito coelhos, não achei que ele se referia a coelhos de verdade.

— *Diário dos dias de Lethe* de Charles "Chase" MacMahon (Residência Saybrook, 1988)

12
Inverno

Alex sabia que não poderia aparecer na Cabeça de Lobo de mãos vazias. Se queria a ajuda deles, precisaria primeiro parar na Chave e Pergaminho e recuperar uma estátua de Rômulo e Remo. A Cabeça de Lobo atazanava a Lethe para orquestrar a devolução desde que a estátua sumira durante a festa de Dia dos Namorados do ano anterior, quando as portas eram abertas para membros de outras sociedades, como era tradição. Embora Alex depois tenha visto a estátua em uma estante na tumba da Chave e Pergaminho, com uma tiara plástica pendurada nela, Darlington se recusara a se envolver.

— A Lethe não se ocupa de altercações mesquinhas. Estamos acima desse tipo de brincadeira.

Mas Alex precisava dar um jeito de entrar no templo que ficava no coração da tumba da Cabeça de Lobo, e sabia exatamente o que a presidente da delegação, Salome Nils, exigiria como pagamento.

Alex bebeu um dos milk-shakes de proteína nojentos de Darlington que estavam na geladeira. Estava com fome, o que Dawes dissera ser um bom sinal, mas sua garganta ainda não tolerava nada sólido. Não estava ansiosa para deixar a segurança das proteções sem saber exatamente o que acontecera com a *gluma*, mas também não conseguia ficar sem fazer nada. Além disso, quem enviara a *gluma* pensava que ela jazia em algum canto sendo consumida de dentro para fora por besouros necrófagos. Quanto ao seu ataque público na rua Elm, ao menos não havia muitas testemunhas e, com exceção de Jonas Reed, era improvável que a reconhecessem. Se tivessem reconhecido, ela provavelmente teria recebido uma ligação preocupada de um terapeuta do centro de saúde.

Alex sabia que o Noivo estaria esperando assim que ela e Dawes pisassem na viela. Estava quase amanhecendo, e as ruas estavam tranquilas. Seu "protetor" as seguiu por todo o caminho até a Chave e Pergaminho, onde ela encontrou um Chaveiro preocupado escrevendo um ensaio e o convenceu a deixá-la entrar na tumba para procurar um cachecol que

Darlington esquecera no último ritual ao qual haviam comparecido. Normalmente a Lethe tinha permissão para entrar nas tumbas apenas nas noites de ritual e para inspeções aprovadas.

— Faz frio na Andaluzia — ela disse a ele.

O Chaveiro ficou rondando a entrada, com os olhos no celular, enquanto Alex fingia procurar. Ele soltou um palavrão quando a campainha ao lado da porta tocou de novo. *Obrigada, Dawes.* Alex pegou a estátua e a enfiou na bolsa. Ela olhou para a mesa redonda de pedra em que a delegação se reunia para trabalhar em seus rituais – ou tentar. Havia uma frase, de que ela sempre gostara, entalhada na beirada da mesa: "Tenha poder para iluminar esta terra escura, e poder no mundo dos mortos para torná-lo vivo". Algo naquelas palavras parecia familiar, mas ela não conseguia lembrar por quê. Ouviu a porta da frente bater e saiu apressada do cômodo, agradecendo ao Chaveiro – agora murmurando sobre festeiros bêbados que não conseguiam achar a droga do quarto – ao passar.

Havia uma boa chance de que a Chave e Pergaminho fosse apontar o dedo para ela assim que notasse que a estátua tinha desaparecido, mas ela lidaria com isso depois. Dawes estava esperando na esquina, perto da estrutura gótica que servia de entrada para a Biblioteca Bass. Darlington lhe dissera que as espadas de pedra esculpidas na decoração eram sinais de proteção.

— Isso é uma má ideia — disse Dawes, embrulhada em sua parca e emanando desaprovação.

— Ao menos sou consistente.

A cabeça de Dawes girou no pescoço como um holofote.

— Ele está aqui?

Alex sabia que ela se referia ao Noivo e, embora jamais fosse admitir, estava irritada pela facilidade em atrair a atenção dele. Duvidava que seria tão fácil se livrar dele. Olhou sobre o ombro para o lugar de onde ele as seguia, ao que só poderia ser chamado de uma distância segura.

— Meio quarteirão para trás.

— Ele é um *assassino* — sussurrou Dawes.

Bem, então temos algo em comum, pensou Alex. Mas tudo o que disse foi:

— A cavalo dado não se olha os dentes.

Não gostava da ideia de deixar um Cinzento se aproximar dela, mas tinha tomado uma decisão e não a repensaria agora. Se alguém das sociedades era responsável por colocar um alvo em suas costas, ela ia descobrir quem era e depois se assegurar de que eles não tivessem uma oportunidade para feri-la de novo. Mas ainda assim...

— Dawes — ela murmurou —, quando voltarmos, vamos começar a procurar meios de quebrar a ligação entre Cinzentos e pessoas. Não quero passar o resto da vida com o Morrissey na minha cola.

— O jeito mais fácil é não formar um vínculo, antes de mais nada.

— Jura? — disse Alex. — Vou anotar isso.

A tumba da Cabeça de Lobo ficava a apenas umas casas de distância da Gaiola, uma grande casa senhorial, com um jardim de arbustos na frente e cercada por um muro alto de pedra. Era um dos lugares mais magnéticos do campus. A alameda que fazia uma ferradura em torno dela estava cercada de velhas casas de fraternidade, estruturas robustas de tijolo há muito tempo cedidas para a universidade, símbolos ancestrais de canalização energética esculpidos em pedra nos arcos das portas, ao lado de grupos comuns de letras gregas. A alameda funcionava como um tipo de fosso no qual o poder se acumulava em uma névoa grossa e crepitante. Ao atravessá-la, a maioria das pessoas creditavam o calafrio que as tomava a uma frente fria ou ao mau humor e se esqueciam disso assim que seguiam para o Yale Cabaret ou para o Centro de Cultura Afro-americana. Os membros da Cabeça de Lobo se orgulhavam muito do fato de terem abrigado manifestantes durante os julgamentos dos Panteras Negras, mas também foram a última das Oito Ancestrais a permitir mulheres, então Alex considerava aquilo uma compensação. Nas noites de ritual, ela sempre via um Cinzento no pátio mostrando a bunda para os escritórios do *Yale Daily News*, que ficava ao lado.

Alex precisou tocar a campainha duas vezes antes que Salome Nils finalmente atendesse e as deixasse entrar.

— Quem é? — perguntou Salome, indicando a pessoa ao lado de Alex. Por um segundo, Alex pensou que ela podia ver o Noivo. Ele tinha se aproximado, seguindo-a passo a passo, um sorrisinho no canto de seus lábios, como se pudesse ouvir seu coração que batia acelerado como um beija-flor. Então ela percebeu que Salome se referia a Dawes. A maior parte das pessoas nas sociedades provavelmente nem tinha ideia de que Pamela Dawes existia.

— Ela está me ajudando.

Salome já as levou para o saguão escuro e o Noivo veio em seguida. As tumbas permaneciam sem proteção para permitir o fluxo fácil de magia, mas isso significava que os Cinzentos podiam entrar e sair à vontade. Era o que fazia a proteção da Lethe necessária durante os rituais.

— Você trouxe? — perguntou Salome.

O interior era desinteressante: pisos de ardósia, madeira escura, janelas revestidas de chumbo que davam para um pequeno pátio interno onde crescia um freixo. Estava ali desde antes da universidade e provavelmente ainda estaria esticando as raízes quando as pedras em torno dele virassem pó. Um mural de ímãs ao lado da porta mostrava quais membros da delegação estavam na tumba naquele momento, uma necessidade devido ao tamanho do local. Eram listados com seus nomes de deuses egípcios, e apenas a cruz egípcia de Salome, com o rótulo *"Chefren"*, tinha sido movida para a coluna "Em casa".

— Trouxe — disse Alex, puxando a estátua da sacola.

Salome a pegou com um gritinho feliz.

— Perfeito! A galera da Keys vai ficar furiosa quando perceber que pegamos a estátua de volta.

— O que ela faz? — perguntou Alex, enquanto Salome as levava para outro cômodo escuro, este com uma mesa em forma de losango alongado no centro, cercada por cadeiras baixas. As paredes estavam tomadas por caixas de vidro cheias de raridades egípcias e representações de lobos.

— Ela não *faz* nada — disse Salome, com um olhar fulminante, colocando a estátua de volta na caixa. — É uma questão de princípio. Nós os convidamos para a nossa casa e eles cagaram pra nossa hospitalidade.

— Sim — disse Alex. — Isso é horrível. — Mas ela sentia aquele guizo raivoso dentro dela se contrair, vibrando contra o esterno. Alguém acabara de tentar matá-la e aquela princesa estava fazendo joguinhos estúpidos. — Vamos começar.

Salome jogou o peso do corpo para o outro lado.

— Olha, eu realmente não posso abrir o templo sem a aprovação da delegação. Nem mesmo a entrada de ex-alunos é permitida.

Dawes soltou um pequeno suspiro. Estava claramente aliviada com a perspectiva de virar as costas e ir embora. Não ia rolar.

— A gente tinha um acordo. Você está mesmo tentando me passar a perna? — perguntou Alex.

Salome sorriu. Não se sentia nem um pouco mal com aquilo. E por que se sentiria? Alex era uma caloura, uma aprendiz, obviamente um peixe fora d'água. Sempre fora quieta e respeitosa perto de Salome e da delegação da Cabeça de Lobo, deixando que Darlington, a presença real, o cavalheiro da Lethe, falasse. Talvez se a Lethe a tivesse resgatado de sua vida mais cedo, ela pudesse ter sido aquela garota. Talvez se a *gluma* não a tivesse atacado e o reitor Sandow não a tivesse ignorado, ela pudesse seguir fingindo que era.

— Peguei a porcaria da sua estátua — disse Alex. — Você me deve.

— Só que você não deveria realmente ter feito isso, deveria? Então.

A maior parte das vendas de drogas era feita a crédito. Você pegava seu suprimento de alguém com conexões de verdade, provava que podia vender por um bom preço e talvez na próxima vez tivesse a chance de uma bocada maior. "Sabe por que seu namorado é um amador e vai continuar sendo um amador?", Eitan perguntara uma vez a Alex, com seu sotaque pesado. Ele apontou um dedão para Len, que ria segurando um *bong* enquanto Betcha jogava Halo ao lado dele. "Ele está ocupado demais fumando meu produto para deixar qualquer um rico além de mim." Len estava sempre com o dinheiro curto, sempre com um pouco menos.

Quando Alex tinha quinze anos, voltara sem o dinheiro de Len, confusa e perturbada pelo banqueiro de investimentos que encontrara no estacionamento do Departamento de Esportes de Sherman Oaks. Len normalmente tratava com ele, deixando Alex, com seu rostinho de anjo, fazer os negócios em faculdades e shoppings. Mas Len estava com muita ressaca naquela manhã, então dera a ela o dinheiro para a passagem de ônibus e Alex fora até o Ventura Boulevard. Ela não sabia o que dizer quando o banqueiro afirmou que estava com pouco dinheiro vivo, que não tinha o valor naquele momento, mas que pagaria. Nunca alguém se recusara a pagar. Os universitários que compravam dela a chamavam de "irmãzinha" e às vezes até a convidavam para fumar com eles.

Alex esperava que Len ficasse bravo, mas ele ficara furioso de um jeito que ela jamais vira antes, assustado, gritando que ela teria de dar um jeito e que precisaria responder a Eitan. Então ela achou um jeito de devolver o dinheiro. Foi para casa no fim de semana, roubou os brincos de granada da mãe e penhorou; e conseguiu um turno no Club Joy – a pior das casas de *striptease*, cheia de caras falidos que mal davam gorjeta e cujo dono era um baixinho chamado King King, que não deixava as meninas saírem do vestiário sem dar uma apalpada primeiro. Foi o único lugar que a aceitou sem documentos e sem ter nada para encher o biquíni. "Tem uns caras que gostam", disse King King, antes de enfiar a mão no peito dela. "Mas eu não."

Ela nunca mais voltou sem o dinheiro.

Agora ela olhava para Salome Nils, esguia, de rosto liso, uma menina de Connecticut que cavalgava e jogava tênis, o rabo de cavalo pesado cor de bronze caído sobre um ombro como uma pelica cara.

— Salome, que tal repensar sua decisão?

— Que tal você e sua tia solteirona voltarem correndo para casa?

Salome era mais alta, então Alex a agarrou com força pelo lábio inferior e puxou. A garota guinchou e se dobrou, batendo os braços.

— Alex! — gritou Dawes, apertando as mãos no peito como uma mulher fingindo ser um cadáver.

Alex enrolou o braço no pescoço de Salome em um mata-leão, o golpe que aprendera com Minki, que tinha pouco mais de um metro e trinta e era a única garota no Club Joy que King King jamais perturbava. Alex apertou os dedos em torno do pingente de diamante em forma de pera que pendia da orelha de Salome.

Tinha consciência da presença chocada de Dawes, do Noivo se adiantando como se o cavalheirismo exigisse que ele o fizesse, do modo como o ar em torno deles mudava, se transformava, a névoa se dissipando de forma que Salome, Dawes e talvez até o Cinzento a vissem claramente pela primeira vez. Alex sabia que aquilo provavelmente era um erro. Melhor não ser notada, seguir sendo a garota calada, incompetente, mas que não é uma ameaça para ninguém. No entanto, como a maioria dos erros, dava uma sensação boa.

— Gosto muito desses brincos — ela disse em voz baixa. — Quanto eles custaram?

— Alex! — protestou Dawes de novo. Salome arranhava o antebraço de Alex. Ela era forte pela prática de esportes como squash e iatismo, mas ninguém nunca colocara as mãos nela, provavelmente jamais vira uma briga fora do cinema.

— Não sabe o preço, não é? Foram presente do seu pai no aniversário de dezesseis anos, na graduação ou numa merda dessas? — Alex sacudiu Salome e ela guinchou de novo. — O que vai acontecer é o seguinte: você vai me deixar entrar naquela sala ou eu vou arrancar essas coisas das suas orelhas e enfiar as duas na sua goela, pra você sufocar com elas.

Era uma ameaça vazia. Alex não desperdiçaria um belo par de diamantes. Mas Salome não sabia disso. Ela começou a chorar.

— Melhor assim — disse Alex. — Estamos nos entendendo?

Salome assentiu freneticamente com a cabeça, a pele suada do pescoço mexendo-se contra o braço que a prendia no golpe.

Alex a soltou. Salome recuou, as mãos estendidas diante de si. Dawes apertara os dedos contra a boca, e até o Noivo parecia perturbado. Ela tinha conseguido escandalizar um assassino.

— Você é louca — disse Salome, passando os dedos na garganta. — Não pode simplesmente...

A cobra dentro de Alex parou de se contrair e se desenrolou. Ela encolheu a mão dentro da manga do casaco e socou a caixa de vidro em que guardavam os badulaques. Salome e Dawes gritaram. Ambas deram mais um passo para trás.

— Sei que você está acostumada a lidar com gente que *não pode simplesmente*, mas eu posso, então me dê a chave da sala do templo para ficarmos quites e esquecermos tudo isso.

Salome estava equilibrada nas pontas dos dedos, emoldurada pela porta. Ela parecia tão leve, tão impossivelmente esguia, como se fosse simplesmente perder o contato com o chão, flutuar até o teto e ficar ali como uma bexiga de gás hélio. Então algo mudou nos olhos dela, todo aquele pragmatismo puritano em seus ossos voltando ao lugar. Ela botou os calcanhares no chão.

— Tanto faz — ela murmurou, pescando as chaves do bolso, tirando uma do anel e colocando-a sobre a mesa.

— Obrigada. — Alex piscou. — Agora podemos ser amigas de novo.

— Psicopata.

— É o que dizem — respondeu Alex. Mas a louca sobreviveu. Alex pegou a chave e se dirigiu a Dawes: — Vamos?

Dawes passou pelo corredor, mantendo uma boa distância entre ela e Alex, olhos no chão. Alex se virou para Salome:

— Sei que você está pensando em começar a dar telefonemas assim que eu estiver no templo, tentando me criar problemas. — Salome cruzou os braços. — Acho que devia fazer isso mesmo. Assim eu posso voltar e usar aquela estátua de lobo pra arrancar seus dentes da frente.

O Noivo balançou a cabeça.

— Você não pode simplesmente...

— Salome — disse Alex, balançando o dedo. — De novo essas palavras.

Mas Salome fechou os punhos.

— Não pode simplesmente fazer coisas como essa. Você vai ser presa.

— Provavelmente — retrucou Alex. — Mas você ainda vai ficar com a cara toda arrebentada.

— O que há de errado com você? — vociferou Dawes quando Alex a alcançou na porta comum que dava para o salão do templo, com o Noivo logo atrás.

— Sou uma péssima dançarina e não passo fio dental. E o que há de errado com *você*?

Agora que a onda de adrenalina baixara, o remorso começava a surgir. Depois que a máscara caía, não era possível simplesmente colocá-la de volta no lugar. Salome não chamaria a cavalaria, Alex estava um tanto certa disso. Mas estava igualmente convencida de que a garota falaria. *Psicopata. Vaca louca.* Se iam acreditar nela era uma história totalmente diferente. A própria Salome dissera: "Você não pode simplesmente...". As pessoas ali não se comportavam da maneira como Alex se comportara.

A maior preocupação era quão bem Alex estava se sentindo, como se respirasse com facilidade pela primeira vez em meses, livre do peso sufocante da nova Alex que ela tentara construir.

Mas Dawes respirava com dificuldade. Como se ela tivesse feito todo o trabalho.

Alex apertou um interruptor e todas as chamas ganharam vida nas lamparinas a gás ao longo das paredes vermelhas e douradas, iluminando um templo egípcio construído no coração de uma casa de campo inglesa. Havia um altar cheio de crânios, animais empalhados e um livro-razão de couro que era assinado por cada um dos membros da delegação antes de um ritual. No centro da parede dos fundos havia um sarcófago com uma tampa de vidro; dentro dele, uma múmia dissecada que tinha sido roubada de uma escavação do Vale do Nilo. Era quase previsível demais. O teto estava pintado de modo a reproduzir um céu abobadado, folhas de acanto e palmeiras estilizadas nos cantos, e um riacho cortava o centro da sala, alimentado por um lençol de água que caía da beirada da sacada acima, o eco sobrepujante. O Noivo flutuou acima do riacho para o mais longe possível do sarcófago.

— Estou indo embora — Salome gritou do salão. — Não quero estar aqui se algo der errado.

— Nada vai dar errado! — gritou Alex de volta. Ouviram a porta da frente bater. — Dawes, o que ela quis dizer com "se algo der errado"?

— Você leu o ritual? — Dawes perguntou enquanto andava pelo espaço e estudava seus detalhes.

— Algumas partes.

O suficiente para saber que poderia colocá-la em contato com o Noivo.

— Você precisa cruzar até a borda entre a vida e a morte.

— Espere... vou ter que morrer? — Ela realmente precisava colocar a leitura em dia.

— Sim.

— E voltar?

— Bem, essa é a ideia.

— E você vai me matar? — A tímida Dawes, que, ao primeiro sinal de violência, se encolhia num canto como um porco-espinho de moletom? — Você está bem com isso? Não vai pegar muito bem pro seu lado se eu não voltar.

Dawes soltou o ar longamente.

— Então volte.

A cara do Noivo estava desolada, mas a aparência dele era meio assim mesmo.

Alex contemplou o altar.

— Então o além-mundo é o Egito? De todas as religiões, os antigos egípcios estavam certos?

— Não sabemos de fato como é o além-mundo. Este é um dos caminhos para a fronteira. Há outros. São sempre marcados por rios.

— Como o Lethe para os gregos.

— Na verdade, para os gregos, o Styx é o rio da fronteira. O Lethe é a última barreira que os mortos devem cruzar. Os egípcios acreditavam que o sol morria na margem oeste do Nilo todos os dias, então cruzar da margem leste para a oeste é deixar o mundo dos vivos para trás.

E aquela era a viagem que Alex precisaria fazer.

O "rio" que cruzava o templo era simbólico, talhado de pedra tirada dos antigos túneis de calcário debaixo de Tura, hieróglifos do Livro dos Mortos gravados nas laterais e na base do canal.

Alex hesitou. Era essa a encruzilhada? Era essa a última coisa estúpida que faria? E quem estaria lá para recebê-la no além? Hellie. Talvez Darlington. Len e Betcha, com os crânios afundados e aquele ar de surpresa de desenho animado ainda no rosto de Len. Ou talvez estivessem inteiros de novo naquela outra margem. Se ela morresse, conseguiria cruzar o Véu de volta e passar a eternidade zanzando pelo campus? Será que acabaria em casa, condenada a assombrar algum muquifo em Van Nuys? *Então volte.* Volte ou deixe Dawes segurando seu corpo morto e Salome Nils para dividir a culpa. O último pensamento não era totalmente desagradável.

— Só preciso me afogar?

— Só isso — disse Dawes, sem um sinal de sorriso.

Alex desabotoou o casaco e tirou o moletom, enquanto Dawes retirou a parca, puxando dois juncos finos e verdes dos bolsos.

— Onde está ele? — ela sussurrou.

— O Noivo? Bem atrás de você. — Dawes se encolheu. — Brincadeira. Está lá perto do altar, fazendo essa coisa taciturna dele.

O Noivo intensificou a cara feia.

— Faça com que ele fique do seu lado oposto, na margem oeste.

— Ele pode ouvi-la bem, Dawes.

— Ah, sim, é claro. — Dawes fez um gesto desajeitado e o Noivo flutuou para o outro lado do riacho. Era estreito o bastante para que ele o cruzasse com um único passo longo.

— Agora os dois se ajoelhem.

Alex não tinha certeza de que o Noivo obedeceria aos comandos tão rapidamente, mas ele obedeceu. Ambos se ajoelharam. Ele parecia desejar aquela conversa tanto quanto Alex.

Ela sentia o frio do chão através do jeans. Percebeu que usava uma camiseta branca e que ficaria ensopada. *Você está prestes a morrer*, censurou a si mesma. *Talvez não seja a hora de se preocupar em mostrar os peitos para um fantasma.*

— Coloque as mãos atrás das costas.

— Por quê?

Dawes estendeu os juncos e recitou:

— "Que seus pulsos sejam atados com hastes de papiro."

Alex colocou as mãos atrás das costas. Era como ser presa. Quase esperou que Dawes colocasse lacres plásticos em torno de seus pulsos. Em vez disso, sentiu a garota jogar algo em seu bolso esquerdo.

— É uma vagem de alfarroba. Quando quiser voltar, coloque-a na boca e morda. Pronta?

— Vá devagar — disse Alex.

Ela se curvou para a frente. Era difícil com as mãos atrás das costas. Dawes apoiou a cabeça e o pescoço dela e a ajudou a cair para a frente. Alex pairou por um momento sobre a superfície, levantou o olhar e mirou o Noivo nos olhos.

— Faça — ela disse. Respirou fundo e tentou não entrar em pânico quando Dawes enfiou a cabeça dela debaixo d'água.

O silêncio encheu seus ouvidos. Abriu os olhos, mas não conseguia enxergar nada além de pedras negras. Esperou, o fôlego escapando dela em bolhas relutantes enquanto o peito apertava.

Os pulmões doíam. Não conseguia fazer aquilo, não daquela maneira. Teriam de pensar em outra coisa.

Tentou levantar, mas os dedos de Dawes eram garras atrás do crânio de Alex. Era impossível escapar dela naquela posição. O joelho de Dawes fazia pressão em suas costas. Seus dedos pareciam espetos entrando no couro cabeludo de Alex.

A pressão no peito era insuportável. O pânico a invadiu como um cão que escapa da coleira, e ela soube que cometera um erro terrível. Dawes estava colaborando com a Livro e Serpente. Ou com a Crânio e

Ossos. Ou com Sandow. Ou com quem quer que fosse que desejava seu sumiço. Dawes estava terminando o que a *gluma* começara. Ela a punia pelo que acontecera com Darlington. Sabia a verdade sobre o que acontecera naquela noite em Rosenfeld durante todo esse tempo, e essa era sua vingança contra Alex por roubar seu menino de ouro.

Alex se debatia e saltava em silêncio. Tinha que respirar. *Não respire.* Mas seu corpo não ouvia. Sua boca se abriu em um arquejo. A água correu para dentro de seu nariz, de sua boca, encheu seus pulmões. Sua mente gritava em terror, mas não havia saída. Pensou na mãe, os braceletes de prata empilhados nos braços como manoplas. A avó sussurrou: *Somos almicas sin pecado.* Suas mãos retorcidas apertaram a casca de uma romã, deixando as sementes caírem em uma vasilha. *Somos alminhas sem pecado.*

Então a pressão atrás da cabeça desapareceu. Alex se jogou para trás, o peito arfando. Um fluxo de água arenosa saiu de sua boca enquanto seu corpo convulsionava. Percebeu que os pulsos estavam livres e ficou de quatro. Tosses profundas e roucas sacudiam seu corpo. Os pulmões queimavam quando ela engolia o ar. *Foda-se Dawes. Foda-se todo mundo.* Ela soluçava, não conseguia parar. Os braços cederam e ela caiu no chão, deitou-se de costas, puxando o fôlego, e passou uma manga molhada sobre o rosto, arrastando muco e lágrimas – e sangue. Tinha mordido a língua.

Apertou os olhos para enxergar o teto pintado. Nuvens se moviam nele, cinza contra azul-índigo. Estrelas brilhavam acima dela em formações estranhas. Não eram suas constelações.

Alex se forçou a sentar. Colocou a mão no peito, esfregando-o gentilmente, ainda tossindo e tentando se localizar. Dawes tinha sumido. Tudo tinha sumido – as paredes, o altar, o chão de pedra. Estava sentada em uma das margens de um grande rio que corria negro sob as estrelas, o som da água uma grande exalação. Um vento quente se movia entre os juncos. *A morte é fria*, pensou Alex. *Não deveria ser frio aqui?*

Longe, do outro lado da água, podia ver a forma de um homem se movendo em direção a ela vindo da margem oposta. A água se abria em torno do corpo do Noivo. Então ali ele tinha uma forma física verdadeira. Ela pisara do outro lado do Véu, então? Estava realmente morta? Apesar do ar quente, Alex sentiu um calafrio atravessá-la conforme a figura se aproximava. Ele não tinha motivos para feri-la; ele a salvara.

Mas ele é um assassino, recordou a si mesma. *Talvez ele apenas sinta falta de assassinar mulheres.*

Alex não queria voltar para a água, não quando seu peito ainda chiava com a memória daquela pressão violenta e sua garganta ainda arranhava da tosse. Mas tinha ido até ali com um propósito. Ela se levantou, limpou a areia das palmas das mãos e foi até a parte mais rasa, as botas afundando no barro. O rio subiu morno contra suas panturrilhas, a corrente empurrando gentilmente seus joelhos, depois as coxas, depois a cintura. Passou pelas tigelas pontudas das flores de lótus repousando gentilmente na superfície, imóveis como um arranjo de mesa. A água empurrava seus quadris, a corrente era forte. Sentia o lodo mudar de lugar sob seus pés.

Algo roçou nela dentro d'água e ela vislumbrou a luz das estrelas refletida em costas brilhantes e rugosas. Encolheu-se para trás quando o crocodilo passou, um único olho dourado rolando na direção dela enquanto submergia. À sua direita, outra cauda negra batia na água.

— Eles não podem machucá-la. — O Noivo estava a apenas alguns metros. — Mas precisa vir até mim, senhorita Stern.

Para o centro do rio. Onde os mortos e os vivos podem se encontrar.

Ela não gostou do fato de que ele sabia seu nome. A voz dele era baixa e agradável, com um sotaque meio inglês, mas com as vogais mais longas, um pouco como alguém imitando um Kennedy.

Alex entrou mais no rio, até ficar diretamente de frente para o Noivo. Ele tinha a mesma aparência que no mundo dos vivos, uma luz prateada prendendo-se aos traços distintos de seu rosto elegante, brilhando no cabelo escuro bagunçado, mas agora ela estava perto o suficiente para ver as dobras do nó da gravata, o brilho do casaco. Os pedaços de osso e vísceras espalhados pelo tecido branco da camisa tinham desaparecido. Ele estava limpo ali, livre de sangue ou feridas. Um barco deslizou por eles, uma embarcação esguia encimada por um pavilhão de sedas ondulantes. Sombras se moviam por trás do tecido, formas obscuras que eram homens num momento e chacais no outro. Um grande gato estava deitado na beira do barco, a pata brincando com a água. Olhou para ela com enormes olhos de diamantes e então bocejou, revelando uma longa língua rosa.

— Onde estamos? — ela perguntou ao Noivo.

— No centro do rio, no local de Ma'at, ordem divina. No Egito, todos os deuses são deuses da morte e da vida também. Não temos muito tempo, senhorita Stern. A não ser que queira se juntar a nós aqui permanentemente. A corrente é forte e inevitavelmente todos sucumbimos.

Alex olhou por cima do ombro dele para a margem atrás, a oeste do sol poente, para as terras escuras e o outro mundo.

Ainda não.

— Preciso que procure alguém do outro lado do Véu — ela disse.

— A garota assassinada.

— Isso mesmo. O nome dela é Tara Hutchins.

— Não é tarefa fácil. Este lugar é lotado de gente.

— Mas aposto que você está à altura da tarefa. E aposto que deseja algo em troca. Foi por isso que veio ao meu resgate, não foi?

O Noivo não respondeu. Seu rosto permaneceu imóvel, como se esperasse uma plateia se aquietar. Sob a luz das estrelas, seus olhos pareciam quase violeta.

— Para encontrar a garota, vou precisar de algo pessoal dela, algo de que ela gostava. De preferência algo que retenha seu eflúvio.

— Seu o quê?

— Saliva, sangue, transpiração.

— Vou arranjar — disse Alex, embora não tivesse ideia de como fosse conseguir aquilo. Não havia chance de entrar de novo no necrotério só na lábia, e não tinha mais nenhuma moeda de compulsão. Além disso, até onde ela sabia, Tara poderia estar debaixo da terra ou reduzida a pó àquela altura.

— Precisará trazer isso para a fronteira.

— Duvido que consiga voltar aqui. Salome e eu não estamos exatamente em termos amigáveis.

— Não imagino por quê. — Os lábios do Noivo se torceram levemente, e naquele momento ele a lembrou tanto de Darlington que um tremor a atravessou. Na margem oeste, ela via formas negras se movendo, algumas humanas, outras menos. Um murmúrio se levantava delas, mas ela não sabia dizer se havia lógica no barulho, se era uma linguagem ou apenas sons.

— Preciso saber quem assassinou Tara — ela disse. — Um nome.

— E se ela não conhecer seu agressor?

— Então descubra o que ela fazia com Tripp Helmuth. Ele está na Crânio e Ossos. E se ela conhecia alguém na Livro e Serpente. Preciso saber como ela está ligada às sociedades. — Se é que ela tinha ligação de fato, se não era tudo coincidência. — Descubra por que infernos...

Um relâmpago brilhou sobre eles. O trovão ribombou e o rio subitamente parecia vivo com corpos reptilianos inquietos.

O Noivo levantou uma sobrancelha.

— Não gostam dessa palavra aqui.

Quem?, Alex quis perguntar. *Os mortos? Os deuses?* Ela enfiou as botas na areia enquanto a corrente empurrava seus joelhos, incentivando-a a ir para o oeste, para dentro da escuridão. Poderia pensar nos mecanismos do além-mundo mais tarde.

— Apenas descubra por que alguém queria Tara morta. Ela devia saber de alguma coisa.

— Então vamos fazer um trato — disse o Noivo. — Terá sua informação, e em troca quero saber quem assassinou minha noiva.

— Isso é embaraçoso. Pensei que tinha sido você.

Os lábios do Noivo se apertaram de novo. Ele parecia tão decoroso, tão incomodado que Alex quase riu.

— Sei disso.

— Homicídio-suicídio? Você atirou nela e depois em si mesmo?

— Não atirei. Quem a matou foi responsável pela minha morte também. Não sei quem foi. Assim como Tara Hutchins pode não saber quem a feriu.

— Certo — disse Alex, duvidosa. — Então por que não pergunta à sua noiva o que ela viu?

Os olhos dele rolaram.

— Não consigo encontrá-la. Eu procuro por ela em ambos os lados do Véu há mais de cento e cinquenta anos.

— Talvez ela não queira ser encontrada.

Ele assentiu de modo rígido.

— Se um espírito não quer ser encontrado, há uma eternidade em que se esconder.

— Ela o culpa — disse Alex, juntando os pedaços.

— Possivelmente.

— E acha que ela não o culpará mais se descobrir quem realmente fez isso?

— Espero.

— Ou poderia apenas deixá-la em paz.

— Fui responsável pela morte de Daisy, mesmo não tendo desferido o golpe. Fracassei em protegê-la. Devo justiça a ela.

— Justiça? Não é como se você pudesse buscar vingança. Seja quem for que o matou, já está morto há muito tempo.

— Então eu o encontrarei deste lado.

— E vai fazer o quê? Matá-lo de novo?

O Noivo então sorriu, os cantos da boca baixando para revelar dentes uniformes e predatórios. Alex sentiu um calafrio descer sobre ela. Lembrou-se da aparência dele enquanto lutava com a *gluma*. Algo que não era exatamente humano. Algo que até os mortos deveriam temer.

— Há coisas piores que a morte, senhorita Stern.

O murmúrio voltou a se levantar dos bancos da margem oeste, e dessa vez Alex achou que conseguia identificar sons do que poderia ser francês. *Jean Du Monde?* Poderia ser o nome de um homem ou apenas sílabas aleatórias às quais sua mente tentava dar significado.

— Você teve mais de cem anos para tentar encontrar esse assassino misterioso — disse Alex. — Por que acha que eu vou ter mais sorte?

— Seu parceiro Daniel Arlington estava examinando o caso.

— Não acredito nisso. — Um velho assassinato que era a atração principal dos passeios turísticos do Nova Inglaterra Assombrada não era o estilo de Darlington.

— Ele visitou... o local onde caímos. Levava um caderno de notas. Tirou fotos. Duvido que estivesse apenas passeando. Não consigo atravessar as proteções da casa na rua Orange. Quero saber por que ele foi lá e o que descobriu.

— E Darlington não está... não está *lá*? Com você?

— Nem os mortos sabem onde está Daniel Arlington.

Se nem o Noivo encontrara Darlington do outro lado, então Sandow estava certo. Ele estava apenas desaparecido, e isso significava que podia ser encontrado. Alex precisava acreditar nisso.

— Encontre Tara — disse Alex, ansiosa para sair da água e voltar ao mundo dos vivos. — Vou ver o que Darlington deixou sobre o seu caso. Mas preciso saber de uma coisa. Diga-me que não enviou aquela coisa, a *gluma*, atrás de mim.

— Por que eu...

— Para formar uma conexão entre nós. Para me deixar em dívida e preparar o terreno para essa nossa pequena parceria.

— Não mandei aquela coisa atrás de você e não sei quem mandou. Como posso convencê-la?

Alex não tinha certeza. Esperava que houvesse algum modo de saber, algum tipo de promessa que pudesse forçá-lo a fazer, mas imaginou que logo saberia. Supondo que conseguisse adivinhar o que Darlington descobrira – se é que ele descobrira alguma coisa. A fábrica que fora a cena do crime era um estacionamento agora. Conhecendo Darlington, ele provavelmente fora até lá para fazer anotações sobre a história do concreto de New Haven.

— Só encontre Tara — ela disse. — Encontre minhas respostas e encontrarei as suas.

— Esse não é o pacto que eu teria escolhido, nem você é a parceira que eu teria buscado, mas creio que tiraremos o melhor disso.

— Você é muito galanteador. Daisy gostava dessa habilidade com as palavras? — Os olhos do Noivo ficaram negros. Alex precisou se segurar para não dar um passo para trás. — Pavio curto. Bem o tipo de cara que mata uma moça que ficou de saco cheio das merdas dele. Você a matou?

— Eu a amava. Eu a amava mais que a minha própria vida.

— Isso não é uma resposta.

Ele respirou fundo, buscando compostura, e seus olhos voltaram ao estado normal. Ele estendeu a mão para ela.

— Diga seu nome verdadeiro, senhorita Stern, e vamos fechar nosso negócio.

Nomes tinham poder. Era por isso que os nomes dos Cinzentos eram cobertos nas páginas dos arquivos da Lethe. Era por isso que ela deveria pensar na coisa diante dela como o Noivo. O perigo estava na conexão, no momento em que unisse sua vida com a de outra pessoa.

Alex passou os dedos na vagem de alfarroba que tinha no bolso. Melhor estar preparada para a possibilidade... de quê? De ele tentar arrastá-la para o fundo? Mas por que faria isso? Ele precisava dela, e ela, dele. Era assim que a maioria dos desastres começava.

Ela pegou a mão dele. O aperto dele era firme, a palma, úmida e gelada contra a dela. O que ela tocava? Um corpo? Um pensamento?

— Bertram Boyce North — ele disse.

— É um nome horrível.

— É um nome de família — ele disse, indignado.

— Galaxy Stern — ela disse, mas, quando tentou puxar a mão, os dedos dele se fecharam com mais força.

— Esperei muito por este momento.

Alex enfiou a vagem de alfarroba na boca.

— Momentos passam — ela disse, deixando a vagem pousar entre os dentes.

— "Pensou que eu dormia, mas a ouvi dizer. Eu a ouvi dizer que não era esposa fiel." — De novo Alex tentou se livrar. A mão dele continuou fechada com força sobre a dela. — "Juro que não perguntarei o que quiseste dizer: creio em ti contra ti mesma, e assim, de agora em diante, prefiro morrer a duvidar."[5]

Prefiro morrer a duvidar. A tatuagem de Tara. A citação não era de alguma banda de metal.

— *Idílios do rei* — ela disse.

— Agora você se lembra.

Tivera de ler o longo poema de Tennyson como parte da preparação para a primeira visita, com Darlington, à Chave e Pergaminho. Havia citações dele por toda a tumba, tributos ao rei Artur e seus cavaleiros – e um cofre cheio de tesouros pilhados durante as Cruzadas. "Tenha poder para iluminar esta terra escura, e poder no mundo dos mortos para torná-lo vivo." Recordava-se das palavras esculpidas na mesa de pedra da tumba dos Chaveiros.

Alex se livrou do aperto do Noivo. Então a morte de Tara estava potencialmente ligada a *três* sociedades. Tara estava ligada à Crânio e Ossos por meio de Tripp Helmuth, à Livro e Serpente pelo ataque da *gluma* e – a não ser que tivesse um gosto secreto por poesia vitoriana – estava ligada à Chave e Pergaminho por causa da tatuagem com a citação de Tennyson.

North curvou-se levemente.

— Quando encontrar algo que pertencia a Tara, traga o objeto a qualquer corpo de água e eu irei até você. São todos locais de passagem para nós agora.

---

5. Tradução livre. (N.T.)

Alex flexionou os dedos, desejando se livrar da sensação da mão do Noivo na dela.

— Farei isso. — Ela virou as costas para ele, mordendo a vagem de alfarroba, a boca sendo inundada por um gosto amargo, de giz.

Tentou ir em direção à margem leste, mas o rio empurrou seus joelhos e ela tropeçou. Sentiu que era puxada para trás ao perder o equilíbrio, as botas buscando o leito do rio conforme era arrastada na direção da hoste de formas escuras na margem oeste. North tinha virado as costas para ela e já parecia impossivelmente longe. As formas não pareciam mais humanas. Eram altas demais, esguias demais, os braços longos e dobrados em ângulos estranhos, como insetos. Ela via as silhuetas das cabeças delas contra o céu índigo, os narizes levantados como se a farejassem, mandíbulas abrindo e fechando.

— North! — ela gritou.

Mas North não parou de caminhar.

— A corrente reivindica todos no fim — ele gritou, sem se virar. — Se quiser viver, precisa lutar.

Alex desistiu de encontrar o fundo. Girou o corpo na direção leste e nadou, batendo forte as pernas, lutando contra a corrente conforme enfiava os braços na água. Virou a cabeça buscando fôlego, o peso dos sapatos puxando-a para baixo, os ombros doendo. Algo pesado e musculoso bateu nela, jogando-a para trás; uma cauda chicoteou sua perna. Talvez os crocodilos não pudessem feri-la, mas podiam colaborar com o rio. A fadiga pesava nos músculos. Ela sentiu que diminuía o ritmo.

O céu tinha escurecido. Não podia mais ver as margens, não tinha nem mesmo certeza de que nadava na direção certa. *Se quiser viver.*

E aquilo não era o pior? Ela queria. Queria viver e sempre quisera.

— Inferno! — ela gritou. — Inferno maldito!

O céu explodiu em relâmpagos. Um pouco de blasfêmia para iluminar o caminho. Por um momento longo e horroroso havia apenas água escura, então ela avistou a margem leste.

Ela foi para a frente, batendo as mãos pela água, até que por fim deixou as pernas descerem. O chão estava ali, mais perto do que pensara. Ela se arrastou pela parte rasa, amassando flores de lótus sob o corpo encharcado, e caiu na areia. Ouvia os crocodilos atrás dela, o som baixo de motor de suas bocas abertas. Será que a jogariam de volta para a força do rio? Ela se arrastou por mais alguns metros, mas estava pesada demais. O corpo afundava na areia, os grãos deixando-a pesada, enchendo sua boca, seu nariz, escorregando para baixo de suas pálpebras.

Algo duro atingiu a cabeça de Alex novamente, e mais uma vez. Ela se forçou a abrir os olhos. Estava de costas no chão da sala do templo, engasgando em lama e olhando para o rosto apavorado de Dawes emoldurado pelo céu pintado – misericordiosamente estático e sem nuvens. Seu corpo tremia tanto que ela ouvia a batida do próprio crânio contra o chão de pedra.

Dawes a pegou, apertou-a com força e, lentamente, os músculos de Alex pararam com os espasmos. A respiração voltou ao normal, embora ela ainda pudesse sentir o gosto amargo da alfarroba na boca.

— Você está bem — disse Dawes. — Você está bem.

E Alex precisou rir, porque a última coisa que algum dia estaria era *bem*.

— Vamos sair daqui — ela conseguiu dizer.

Dawes passou os braços de Alex em torno dos próprios ombros e a levantou com uma força surpreendente. As roupas de Alex estavam totalmente secas, mas as pernas e os braços pareciam frouxos, como se ela tivesse tentado nadar mais de um quilômetro. Ainda sentia o cheiro do rio, e tinha na garganta a sensação crua e escorregadia de água subindo pelo nariz.

— Onde deixo a chave? — perguntou Dawes.

— Perto da porta — disse Alex. — Vou mandar uma mensagem para Salome.

— Isso parece tão civilizado.

— Esquece. Vamos quebrar uma janela e fazer xixi na mesa de sinuca.

Dawes soltou um risinho sussurrado.

— Está tudo bem, Dawes. Eu não morri. Muito. Fui até a fronteira. Fiz um acordo.

— Ah, Alex. O que você fez?

— O que fui fazer. — Mas ela não tinha certeza de como se sentia sobre isso. — O Noivo vai encontrar Tara para nós. É o jeito mais fácil de descobrir quem a machucou.

— E o que ele quer?

— Que eu limpe o nome dele. — Ela hesitou. — Ele disse que Darlington estava investigando o homicídio-suicídio.

As sobrancelhas de Dawes se levantaram.

— Isso não parece certo. Darlington odiava casos populares como esse. Achava que eles eram... macabros.

— Bregas — disse Alex.

Um sorriso leve tocou os lábios de Dawes.

— Exatamente. Espere... então o Noivo *não* matou a noiva?

— Ele diz que não. O que não é exatamente a mesma coisa.

Talvez ele fosse inocente, talvez quisesse ficar em paz com Daisy, talvez apenas quisesse achar de novo a garota que assassinara. Não importava. Alex iria honrar o compromisso assumido. Quando se faz um acordo, com os vivos ou os mortos, é melhor não descumprir sua parte.

Poderíamos querer passar mais rápido pela Livro e Serpente, e quem nos tiraria a razão? Há um elemento repulsivo na arte da necromancia, e essa repulsão natural tende a aumentar devido à maneira escolhida pelos Livreiros para se apresentar. Ao entrar no mausoléu gigante, não é possível esquecer que se entrou na casa dos mortos. Mas talvez seja melhor deixar de lado o medo e a superstição, contemplando uma certa beleza em seu lema: "Tudo muda; nada perece". Na verdade, os mortos raramente são ressuscitados sob seus frontões vistosos. Não, o pão de cada dia dos Livreiros é a inteligência, recolhida de uma rede de informantes mortos, que negociam todo tipo de conversa sem precisar escutar pelas fechaduras, já que podem simplesmente atravessar paredes sem ser vistos.

— de *A vida da Lethe: procedimentos e protocolos da Nona Casa*

Na noite de hoje, Bobbie Woodward arrancou a localização de uma taberna clandestina abandonada do que não parecia mais que os restos de uma espinha dorsal, uma mandíbula quebrada e um feixe de cabelo. Não há nenhuma quantidade de bourbon da Era do Jazz que me faça esquecer aquela visão.

— *Diário dos dias de Lethe* de Butler Romano (Residência Saybrook, 1965)

13
Outono passado

Darlington acordara depois da festa da Manuscrito com a pior ressaca moral de sua vida. Alex mostrou a ele uma cópia do relatório que enviara. Ela mantivera vagos os detalhes, e, embora ele quisesse ser o tipo de pessoa que exigia um compromisso estrito com a verdade, não tinha certeza de que conseguiria olhar nos olhos do reitor Sandow se os pormenores de sua humilhação fossem revelados.

Ele tomou banho, preparou café da manhã para Alex e então chamou um carro para levá-los até a Gaiola, onde poderia pegar a Mercedes. Voltou para Black Elm no carro velho, as imagens da noite anterior como um borrão em sua cabeça. Retirou as abóboras que estavam ao longo da entrada e as colocou na pilha de compostagem, varreu as folhas do gramado dos fundos. Era bom trabalhar. A casa subitamente parecia muito vazia, de um jeito que não acontecia havia muito tempo.

Trouxera poucas pessoas a Black Elm. Quando convidou Michelle Alameddine para conhecer o lugar no primeiro ano de faculdade, ela dissera: "Este lugar é um absurdo. Quanto acha que vale?". Ele não soubera como responder.

Black Elm era um sonho antigo, as torres românticas erguidas por uma fortuna feita com solas de botas de borracha vulcanizada. O primeiro Daniel Tabor Arlington, tataravô de Darlington, empregara trinta mil pessoas na fábrica de New Haven. Comprara arte e antiguidades suspeitas, uma "cabana" de férias de quinhentos e cinquenta metros quadrados num lago de New Hampshire, distribuíra perus no Dia de Ação de Graças.

Os tempos difíceis começaram com uma série de incêndios na fábrica e terminaram com a descoberta de um processo para tornar couro à prova d'água. As botas de borracha Arlington eram robustas e fáceis de fabricar em série, mas desgraçadamente desconfortáveis. Quando Danny tinha dez anos, encontrou uma pilha delas no sótão de Black Elm, jogadas em um canto, como se estivessem de castigo. Fuçou até achar um par do mesmo tamanho e usou a própria camiseta para tirar a poeira dele. Anos depois, quando tomou a primeira dose do elixir de Hiram e viu o primeiro Cinzento, pálido e sem cor como se ainda estivesse envolto no Véu, recordou-se da aparência daquelas botas cobertas de poeira.

Tivera a intenção de usar as botas o dia todo, batendo os pés por Black Elm e chafurdando nos jardins, mas aguentou apenas uma hora antes de tirá-las e jogá-las de volta à pilha. Elas lhe deram um entendimento aguçado dos motivos pelos quais as pessoas, tão logo receberam a oferta de uma alternativa para manter os pés secos, tinham-na aceitado. A fábrica de botas fechou e ficou vazia por anos, como já havia acontecido com a Smoothie Girdle, Winchester, Remington, Blake Brothers e Carruagens Rooster antes dela. Conforme ficara mais velho, Darlington aprendera que era sempre assim com New Haven. A indústria sangrava, mas seguia aos tropeços, sonolenta e anêmica, nas mãos de prefeitos corruptos e projetistas tolos, de programas governamentais equivocados e injeções de dinheiro esperançosas, mas breves.

"Esta cidade, Danny...", seu avô gostava de dizer, um refrão comum, às vezes amargo, às vezes afetuoso. *Esta cidade.*

Black Elm tinha sido construída à semelhança de uma casa de campo inglesa, uma das muitas afetações adotadas por Daniel Tabor Arlington quando fez sua fortuna. Mas foi apenas na velhice que a casa ficou convincente, o avanço lento do tempo e a hera realizaram o que o dinheiro não conseguira.

Os pais de Danny iam e vinham de Black Elm. Às vezes traziam presentes, mas com mais frequência o ignoravam. Não se sentia indesejado ou sem amor. Seu mundo era o avô, a empregada Bernadette e a melancolia misteriosa de Black Elm. Um fluxo sem fim de professores dava suporte a sua educação de escola pública – esgrima, línguas do mundo, boxe, Matemática, piano. "Está aprendendo a ser um cidadão do mundo", dissera o avô. "Modos, poder e conhecimento. Um deles sempre resolve." Não havia muito a fazer em Black Elm a não ser estudar e praticar, e Danny gostava de ser bom nas coisas, não apenas pelos elogios que recebia, mas pelo sentimento de que uma nova porta era destrancada e escancarada. Era excelente em cada novo assunto, sempre com a sensação de que se preparava para algo, embora não soubesse para quê.

O avô se orgulhava de ser tanto operário quanto sangue azul. Fumava cigarros Chesterfield – a marca que conhecera no chão de fábrica, onde o próprio pai insistia que ele passasse os verões – e comia no balcão da lanchonete Clark's, onde era conhecido como Velho. Gostava tanto de Marty Robbins quanto daquilo que a mãe de Danny descrevia como "o histrionismo de Puccini". Ela dizia que aquilo era o seu "papel de homem do povo".

Não havia muito aviso quando os pais de Danny vinham à cidade. O avô dizia apenas: "Coloque a mesa para quatro amanhã, Bernadette. Os Vagabundos nos darão a graça de sua presença". A mãe era professora de Arte Renascentista, e ele não tinha muita certeza do que o pai fazia – microinvestimentos, montagem de portfólios, fundos em mercados estrangeiros. Parecia mudar a cada visita e nunca parecia estar indo bem. O que Danny sabia era que seus pais viviam do dinheiro do avô e que a necessidade de conseguir mais era a única coisa que os atraía de volta a New Haven. "A única coisa", dizia o avô, e Danny não tinha coragem de argumentar.

As conversas em torno da grande mesa de jantar, que eram sempre sobre vender Black Elm, se tornaram mais urgentes conforme a vizinhança em torno da velha casa começou florescer outra vez. Uma escultora de Nova York comprara uma casa dilapidada por um dólar, a demolira e construíra um vasto estúdio aberto para seu trabalho. Ela convencera os amigos a fazer o mesmo, e Westville de repente começou a ficar na moda.

— Este é o momento de vender — seu pai dizia. — Quando o terreno finalmente está valendo alguma coisa.

— Sabe como é esta cidade — disse a mãe. *Esta cidade.* — Isso não vai durar.

— Não precisamos de tanto espaço. É um desperdício; só a manutenção custa uma fortuna. Venha para Nova York. Poderíamos vê-lo com mais frequência. Poderíamos colocá-lo em um prédio com porteiro ou então poderia se mudar para um lugar mais quente. Danny poderia ir para o Dalton ou para o internato da Exeter.

Seu avô respondia:

— Escolas privadas formam fracotes, não vou cometer esse engano de novo.

O pai de Danny tinha sido da Exeter.

Às vezes, Danny achava que seu avô gostava de brincar com os Vagabundos. Ele examinava o uísque no copo, reclinava-se e colocava os pés perto do fogo, se fosse inverno, ou contemplava as formações de nuvens verdes dos olmos que se assomavam no quintal, se fosse verão. Ele parecia considerar. Debatia os melhores locais para se viver, os pontos positivos de Westport, os negativos de Manhattan. Falava sobre os novos condomínios perto da velha cervejaria, e os pais de Danny seguiam para onde as fantasias dele levavam, ansiosos, esperançosos, tentando construir uma nova conexão com o velho.

A primeira noite da visita deles sempre terminava com "Vou pensar no assunto", as bochechas do pai rosadas da bebida, a mãe puxando com determinação o casulo peludo de caxemira em torno dos ombros. Mas, lá pelo fim do segundo dia, os Vagabundos começavam a ficar inquietos, irritadiços. Insistiam mais, e o avô começava a resistir. Na terceira noite, estavam brigando, o fogo na lareira soltando faíscas e fumaça quando ninguém se lembrava de colocar outro tronco.

Por muito tempo Danny se perguntou por que o avô seguia fazendo aquele jogo. Só quando ficou bem mais velho, depois da morte do avô, quando Danny estava sozinho nas torres escuras de Black Elm, percebeu que o avô era solitário, que sua rotina de comer na lanchonete, coletar aluguéis e ler Kipling talvez não fosse suficiente para preencher a escuridão no fim do dia, que ele talvez sentisse falta do filho tolo. Foi só então, deitado na casa vazia, cercado por um ninho de livros, que Darlington entendeu o quanto Black Elm exigia, e como retribuía tão pouco.

As visitas dos Vagabundos sempre terminavam da mesma maneira: os pais partindo em uma enxurrada de indignação, deixando um rastro do perfume de sua mãe – Caron Poivre, Darlington descobrira em uma noite fatídica em Paris, no verão depois do segundo ano, quando finalmente reunira coragem para convidar Angelique Brun para sair e chegara à porta dela para encontrá-la gloriosa de cetim preto, os pulsos borrifados com o fedor caro de sua juventude infeliz. Ele fingira uma dor de cabeça e terminara a noite antes da hora.

Os pais de Danny insistiam que o levariam embora, que o matriculariam em uma escola particular, que o levariam de volta a Nova York com eles. No começo, Danny ficava empolgado e em pânico com essas ameaças. Mas logo entendeu que eram golpes vazios destinados ao avô. Os pais não podiam pagar escolas caras sem o dinheiro dos Arlington e não queriam uma criança interferindo na liberdade deles.

Assim que os Vagabundos partiam, Danny e o avô iam jantar na Clark's, e o velho sentava-se e conversava com Tony sobre os filhos dele enquanto olhava fotos de família, e ambos louvavam o valor do "trabalho honesto e bom", e então o avô pegava o pulso de Danny.

— Ouça — ele dizia, os olhos brilhantes e molhados vistos assim de perto. — Ouça, eles tentarão pegar a casa quando eu morrer. Tentarão pegar tudo. Não deixe.

— Você não vai morrer — Danny dizia.

E o avô piscava. Ria e respondia:

— Ainda não.

Uma vez, instalados em uma mesa vermelha, o cheiro de bolinhos fritos de batata e do grosso molho para carne no ar, Danny ousara perguntar:

— Por que eles me tiveram?

— Gostavam da ideia de serem pais — disse o avô, abanando a mão sobre os restos do jantar. — De mostrar você para os amigos.

— E aí simplesmente me largaram aqui?

— Eu não queria que você fosse criado por babás. Disse que compraria um apartamento em Nova York para eles se o deixassem comigo.

Aquilo parecera aceitável para Danny na época, porque o avô sabia das coisas, porque o avô tinha *trabalhado para ganhar a vida*. E, se alguma parte dele talvez se perguntasse se o velho apenas queria outra chance de criar um filho, preocupando-se mais com a linhagem dos Arlington do que com o que seria melhor para um menininho solitário, o resto dele sabia que era melhor não adentrar aquele corredor escuro.

Conforme Danny ficou mais velho, passou a fazer questão de ficar fora da casa quando os Vagabundos vinham para a cidade. Envergonhava-se com a ideia de ficar por ali, esperando um presente ou algum sinal de interesse em sua vida. Tinha cansado de assistir ao mesmo drama deles com o avô, de lhes dar essa satisfação.

— Por que não deixam o velho em paz e voltam a desperdiçar o tempo de vocês e o dinheiro dele? — zombou deles uma vez ao sair da casa.

— Quando o principezinho ficou tão devoto? — retrucou o pai. — Vai saber como são as coisas quando cair fora das graças dele.

Mas Darlington não teve a oportunidade. O avô ficou doente. O médico o aconselhou a parar de fumar e mudar a alimentação, disse que ele podia ganhar mais uns meses, talvez até um ano. O avô de Danny se recusou. Seria do seu jeito ou nada. Uma enfermeira foi contratada para morar na casa. Daniel Tabor Arlington ficou mais grisalho e mais frágil.

Os Vagabundos vieram para ficar, e de repente Black Elm parecia território inimigo. A cozinha estava cheia das comidas especiais da mãe, pilhas de vasilhas plásticas, sacolinhas de grãos e nozes que tomavam o balcão. O pai estava constantemente andando pelos cômodos do térreo, falando no celular – sobre avaliarem a casa, direito sucessório, direito tributário. Bernadette foi expulsa em favor de uma equipe de limpeza que aparecia duas vezes por semana em uma van verde e usava só produtos orgânicos.

Danny passava a maior parte do tempo no museu ou trancado no quarto, perdido em livros que devorava como uma chama consumindo o ar, tentando ficar acesa. Estudava grego, começou a aprender português sozinho.

O quarto do avô estava cheio de equipamentos médicos – soro intravenoso para mantê-lo hidratado, oxigênio para mantê-lo respirando, uma cama de hospital ao lado da grande cama de dossel para mantê-lo elevado. Parecia que um viajante do tempo vindo do futuro tinha se apossado do espaço escuro.

Sempre que Danny tentava falar com o avô sobre o que os pais estavam fazendo, sobre o corretor que viera andar pela propriedade, o avô pegava seu pulso e olhava significativamente para a enfermeira.

— Ela escuta — ele sibilava.

E talvez escutasse. Darlington tinha quinze anos. Não sabia quanto havia de verdade nas coisas que o avô dissera, se era o câncer ou as drogas falando.

— Estão me mantendo vivo para poderem controlar a propriedade, Danny.

— Mas seu advogado...

— Acha que não podem fazer promessas a ele? Deixe-me morrer, Danny. Eles vão sugar Black Elm até secar.

Danny saiu sozinho e foi sentar-se no balcão da Clark's e, quando Leona colocou uma taça de sorvete em sua frente, ele teve de pressionar as mãos nos olhos para não chorar. Ficou sentado ali até que precisaram fechar, e só então pegou o ônibus para casa.

No dia seguinte, encontraram o avô frio na cama. Tinha entrado em coma e não iria voltar. Houve conversas sussurradas furiosas, portas fechadas, o pai gritando com a enfermeira.

Danny tinha passado os dias no Museu Peabody. Os funcionários não se importavam. Havia toda uma manada de crianças que era largada ali no verão. Caminhou pela sala dos minerais; comungou com a múmia, a lula gigante e o velociraptor de Crichton; tentou redesenhar o mural dos répteis. Caminhou pelo campus de Yale, passou horas tentando decifrar as diferentes línguas acima das portas da Biblioteca Sterling, foi atraído repetidamente pela coleção de cartas de tarô da Beinecke, pelo impenetrável Manuscrito Voynich. Olhar para as páginas dele era como estar de pé em Lighthouse Point outra vez, esperando que o mundo se revelasse.

Quando começava a ficar escuro, ele tomava o ônibus para casa e se esgueirava pelas portas do jardim, movendo-se silenciosamente pela mansão, recolhendo-se ao seu quarto e seus livros. Assuntos comuns não eram mais o suficiente. Estava velho demais para acreditar em magia, mas precisava acreditar que havia mais no mundo que viver e morrer. Então, deu nome a essa necessidade: interesse pelo oculto, pelo arcano, por objetos sagrados. Passava seu tempo caçando as obras de alquimistas e espiritualistas que prometiam maneiras de olhar para o oculto. Tudo de que precisava era um vislumbre, algo para sustentá-lo.

Danny estava enrodilhado em seu quarto no alto da torre, lendo Paracelso com a ajuda da tradução de Waite, quando o advogado do avô bateu na porta.

— Vai precisar fazer algumas escolhas — ele disse. — Sei que quer honrar a memória de seu avô, mas deveria fazer o que é melhor para você.

Não era um mau conselho, mas Danny não tinha ideia do que poderia ser melhor para ele.

O avô vivera do dinheiro dos Arlington, distribuindo-o como achava certo, mas era proibido que o patrimônio fosse passado para qualquer um que não fosse o filho. A casa era outra história. Ficaria num fundo para Danny até que ele fizesse dezoito anos.

O garoto ficou surpreso quando a mãe apareceu na porta do quarto dele.

— A universidade quer a casa — ela disse, e então olhou ao redor do quarto circular do torreão. — Se todos assinarmos, os lucros podem ser divididos. Você pode ir para Nova York.

— Não quero morar em Nova York.

— Não pode nem imaginar as oportunidades que se abrirão para você lá.

Quase um ano antes, tinha tomado o trem até a cidade, passado horas andando no Central Park, sentado no Templo de Dendur, no Met. Tinha ido ao apartamento dos pais, pensado em tocar a campainha, mas não tivera coragem.

— Não quero sair de Black Elm.

A mãe sentou-se na beirada da cama.

— Apenas o terreno tem valor, Danny. Precisa entender que a casa não vale nada. Pior que isso. Vai sugar cada dólar que temos.

— Não vou vender Black Elm.

— Você não tem ideia de como é o mundo, Danny. Ainda é uma criança, e eu invejo isso.

— Não é isso que você inveja.

As palavras surgiram baixas e frias, exatamente do jeito que Danny queria que soassem, mas a mãe apenas riu.

— O que acha que vai acontecer aqui? Há menos de trinta mil dólares no fundo para sua educação universitária, então, a não ser que queira fazer amigos na UConn, está na hora de reavaliar as coisas. Seu avô lhe vendeu uma lista falsa de bens. Ele o enganou como nos enganou. Acha que será algum tipo de Senhor de Black Elm? Você não manda neste lugar. Ele manda em você. Tome o que puder dele agora.

Esta cidade.

Danny ficou no quarto. Trancou a porta. Comeu barras de granola e bebeu água da pia do banheiro. Imaginou que era algum tipo de luto, mas era também porque simplesmente não sabia o que fazer. Havia uma reserva de mil dólares escondida na biblioteca, dentro de uma cópia de *1776*, de McCullough. Quando fizesse dezoito anos, teria acesso ao fundo para sua educação universitária. Tirando isso, não tinha nada. Mas não podia se desfazer de Black Elm, não o faria, não para alguém enfiar uma bola de demolição nas paredes. Não por nada. Aquele era o seu lugar. Quem seria ele desligado daquela casa? Dos jardins selvagens e pedras cinzentas, dos pássaros que cantavam nas sebes, dos galhos nus das árvores. Ele perdera a pessoa que melhor o conhecia, que mais o amava. O que restava para se prender?

Até que um dia ele percebeu que a casa ficara silenciosa, que tinha ouvido o carro dos pais roncando pela entrada, mas não o ouvira voltar. Ele abriu a porta e se esgueirou escada abaixo para encontrar Black Elm totalmente vazia. Não havia lhe ocorrido que seus pais pudessem simplesmente ir embora. Será que ele os mantivera reféns secretamente, forçando-os a ficar em New Haven, a prestar atenção nele pela primeira vez na vida?

No começo ele ficou eufórico. Acendeu todas as luzes, ligou a televisão no quarto e a outra no andar de baixo. Comeu a comida que restara na geladeira e alimentou o gato branco que às vezes andava pelo terreno ao anoitecer.

No dia seguinte, fez o que sempre fazia: levantou-se e foi para o Peabody. Voltou para casa, comeu charque, foi para a cama. Fez isso repetidamente. Quando o ano escolar começou, foi para a escola. Respondia toda a correspondência que chegava a Black Elm. Vivia à base de Gatorade e enroladinhos de frango do 7-Eleven. Tinha vergonha por às vezes sentir mais falta de Bernadette que do avô.

Um dia ele voltou para casa, acendeu o interruptor da cozinha e descobriu que a eletricidade fora cortada. Pegou todos os cobertores e o velho casaco de pele do avô que estavam no sótão e dormiu enterrado debaixo deles. Observou a fumaça da própria respiração no silêncio da casa. Por longas seis semanas viveu no frio e na escuridão, fazendo a lição de casa à luz de velas, dormindo nas velhas roupas de esqui que achara em um baú.

Quando chegou o Natal, seus pais apareceram na porta da frente de Black Elm, com os rostos rosados e sorrindo, cheios de presentes e sacolas da Dean & DeLuca, o Jaguar parado na entrada. Danny bateu as portas e se recusou a deixá-los entrar. Tinham cometido o erro de ensiná-lo que poderia sobreviver.

Danny trabalhava na lanchonete. Conseguiu um emprego espalhando sementes e esterco no Parque Edgerton. Recolhia os ingressos no Lyric Hall. Vendeu roupas e móveis do sótão. Era o suficiente para ele se alimentar e manter as luzes acesas. Seus poucos amigos jamais eram convidados para uma visita. Não queria perguntas sobre seus pais ou sobre o que um menino adolescente fazia sozinho numa casa grande e vazia. A resposta que não podia dar era simples: estava cuidando dela. Mantendo Black Elm viva. Se ele fosse embora, a casa morreria.

Um ano se passou, depois outro. Danny sobreviveu. Mas não sabia quanto tempo mais poderia seguir apenas dando um jeito. Não tinha certeza do que vinha a seguir. Não sabia nem se teria o suficiente para se inscrever na faculdade junto com os amigos. Tiraria um ano de folga. Trabalharia, esperaria pelo dinheiro do fundo. E depois? Não sabia. Não sabia e estava assustado, pois tinha dezessete anos e já estava fatigado. Jamais pensara na vida como longa, mas agora ela parecia impossivelmente extensa.

Mais tarde, pensando no que acontecera, Danny jamais pôde ter certeza de sua intenção naquela noite no começo de julho. Passara semanas entrando e saindo da Beinecke e do Peabody para pesquisar elixires. Passara longas noites reunindo ingredientes e encomendando o que não podia recolher ou roubar. Então começou a produção. Por trinta e seis horas seguidas, trabalhou na cozinha, cochilando quando podia, colocando o alarme para despertá-lo para o próximo passo da receita. Quando por fim olhou para o xarope grosso, parecido com piche, no fundo da Le Creuset estragada de Bernadette, hesitou. Sabia que estava tentando algo perigoso. Mas já não acreditava em mais nada. A magia era tudo o que lhe restara. Ele era um rapaz em uma aventura, não um rapaz engolindo veneno.

O carteiro o encontrou deitado nos degraus na manhã seguinte, com sangue saindo da boca e dos olhos. Ele conseguira sair pela porta da cozinha antes de desmaiar.

Danny acordou em uma cama de hospital. Um homem usando casaco de tweed e um cachecol listrado estava sentado ao lado de sua cama.

— Meu nome é Elliot Sandow — ele disse. — Tenho uma proposta para você.

A magia quase o matara, mas no fim o salvou. Como nas histórias.

14

Inverno

Alex enrodilhou-se no assento da janela na Gaiola, e Dawes lhe trouxe uma xícara de chocolate quente. Ela tinha colocado um marshmallow rebuscado no topo, do tipo que parecia uma pedra talhada arrancada de uma pedreira.

— Você foi até o submundo — disse Dawes. — Merece um agrado.

— Não cheguei exatamente até o destino final.

— Então me devolve o marshmallow — ela falou de modo tímido, como se tivesse medo de fazer a brincadeira, e Alex puxou a xícara para si para mostrar que estava entrando no jogo. Gostava dessa Dawes e pensou que talvez essa Dawes gostasse dela também.

— Como foi?

Alex olhou para além dos telhados na luz do fim da manhã. Dali podia ver os frontões cinza da Cabeça de Lobo e parte do quintal tomado por hera, um latão azul de reciclagem apoiado no muro. Parecia tão comum.

Ela colocou de lado o sanduíche de ovos e bacon. Normalmente conseguia comer dois sozinha, mas ainda sentia a água puxando-a para baixo, e isso estava atrapalhando seu apetite. Ela realmente tinha atravessado? Quanto era ilusão e quanto era real? Ela descreveu o que conseguiu e o que o Noivo exigia.

Quando acabou, Dawes disse:

— Você não pode ir ao apartamento de Tara Hutchins.

Alex beliscou o sanduíche.

— Acabei de falar sobre a comunhão com os mortos em um rio cheio de crocodilos de olhos dourados e é isso o que você tem a dizer?

Mas aparentemente um gostinho de aventura fora o suficiente para Dawes.

— Se o reitor Sandow descobrir o que você fez com Salome para nos colocar dentro do templo...

— Salome pode reclamar para os amigos dela, mas não vai apelar para as armas pesadas. Oferecer acesso ao templo, roubar da Chave e Pergaminho, é tudo muito comprometedor.

— E se ela apelar?

— Vou negar.

— E quer que eu negue também?

— Quero que você pense no que é importante.

— E vai me ameaçar? — Dawes manteve os olhos na xícara de chocolate quente, a colher girando e girando.

— Não, Dawes. Tem medo de que eu faça isso?

A colher parou. Dawes olhou para cima. Seus olhos eram de um tom de café quente e escuro, e o sol refletia no coque bagunçado, fazendo o ruivo em seu cabelo brilhar.

— Acho que não — ela disse, como se estivesse surpresa com o fato. — Sua reação foi... extrema. Mas Salome *estava* errada. — Dawes e sua veia cruel. — Ainda assim, se o reitor descobrir que você fez um acordo com um Cinzento...

— Ele não vai.

— Mas se ele descobrir...

— Tem medo de que ele tire satisfações com você por ter me ajudado? Não se preocupe. Não vou contar. Mas Salome viu você. Talvez precise mantê-la calada também.

Os olhos de Dawes se arregalaram, e então ela percebeu que Alex estava brincando.

— Ah. Certo. É só que... eu realmente preciso desse trabalho.

— Entendo — disse Alex. Talvez mais do que qualquer um que jamais estivera sob aquele teto. — Mas preciso de algo que pertenceu a Tara. Vou ao apartamento dela.

— Ao menos sabe onde ela morava?

— Não — admitiu Alex.

— Se o detetive Turner descobrir...

— O que Turner vai descobrir? Que fui até a metade do caminho para o submundo para falar com um fantasma? Tenho certeza de que isso não conta como manipulação de testemunha.

— Mas ir ao apartamento de Tara, mexer nas coisas dela, isso é invasão de domicílio. É interferir numa investigação policial ativa. Você pode ser presa.

— Só se for pega.

Dawes balançou a cabeça negativamente.

— Está cruzando uma linha. E não posso segui-la se for colocar nós duas e a Lethe em risco. O detetive Turner não quer que você se envolva, e ele vai fazer o que for preciso para proteger o caso.

— Bem lembrado — disse Alex, pensativa.

Então, talvez, em vez de contornar Turner, ela devesse simplesmente atravessá-lo.

Alex queria se esconder na Gaiola e deixar que Dawes lhe fizesse xícaras de chocolate quente. Não teria se importado com um pouco de cuidado maternal. Mas precisava voltar para o Campus Antigo, para retomar seu controle do mundo ordinário antes que as coisas que realmente importavam escapassem.

Deixou Dawes na frente da Dramat, mas não antes de perguntar sobre o nome que ouvira, ou achara que ouvira, ser falado na fronteira.

— Jean Du Monde? Ou talvez Jonathan Desmond?

— Não conheço — disse Dawes. — Mas, assim que voltar a Il Bastone, vou fazer algumas pesquisas e ver o que a biblioteca tem a dizer.

Alex hesitou, então disse:

— Tenha cuidado, Dawes. Fique de olhos abertos.

Dawes piscou.

— Por quê? — ela perguntou. — Eu não sou ninguém.

— Você é da Lethe e está viva. Você é alguém.

Dawes piscou de novo, como um mecanismo esperando um dente de engrenagem girar, a roda certa estalar para poder continuar a se mover. Então a visão dela clareou e suas sobrancelhas se juntaram.

— Você o viu? — ela disse em um ímpeto, olhando para os pés. — Do outro lado?

Alex balançou a cabeça.

— North diz que ele não está lá.

— Isso deve ser um bom sinal — disse Dawes. — Na quarta-feira, vamos chamá-lo de volta. Vamos trazê-lo para casa. Darlington saberá o que fazer a respeito de tudo.

Talvez. Mas Alex não apostaria a vida numa esperança.

— Sabe alguma coisa sobre os assassinatos do Noivo? — perguntou Alex. Só porque ela sabia o nome de North, não queria se habituar a usá-lo. Apenas fortaleceria a ligação deles.

Dawes deu de ombros.

— Está tudo naqueles passeios turísticos da Connecticut Assombrada, junto com Jennie Cramer e aquela casa em Southington.

— Onde aconteceu?

— Não tenho certeza. Não gosto de ler sobre esse tipo de coisa.

— Escolheu a linha errada de trabalho, Dawes. — Ela inclinou a cabeça. — Ou foi ela que escolheu você?

Ela se recordou da história de Darlington sobre ter acordado no hospital aos dezessete anos, com medicação intravenosa no braço e o cartão do reitor Sandow na mão. Era algo que tinham em comum, apesar de jamais sentirem isso de fato.

— Eles me abordaram por causa do tópico da minha dissertação. Eu era adequada para pesquisa. Era um trabalho tedioso até... — Ela parou de falar. Os ombros dela se levantaram como se alguém tivesse puxado suas cordas. Até Darlington. Dawes esfregou os olhos com as mãos enluvadas. — Eu aviso se descobrir alguma coisa.

— Dawes — começou Alex.

Mas Dawes já se apressava em direção à Gaiola.

Alex olhou em volta, esperando ver o Noivo, imaginando se a *gluma* ou seu mestre sabiam que ela sobrevivera, se uma emboscada a esperava na próxima esquina. Precisava voltar para o dormitório.

Alex pensou na passagem que o Noivo citara de *Idílios do rei*, o peso sinistro das palavras. Se ela se recordava bem, a passagem era sobre o romance de Geraint e Enid, um homem enlouquecido pelo ciúme, embora a mulher tenha permanecido fiel. Não inspirava muita confiança. "Prefiro morrer a duvidar." Por que Tara escolhera aquele verso para sua tatuagem? Tinha sentido uma conexão com Enid ou apenas gostado do som das palavras? E por que alguém da Chave e Pergaminho dividiria essas palavras com ela? Alex não conseguia imaginar um dos Chaveiros agradecendo por um bagulho especialmente bom com um passeio pela tumba e uma aula sobre sua mitologia. E, mesmo se Alex não estivesse vendo coisas onde não havia, como traficar maconha para alguns graduandos acabara em assassinato? Era preciso ter algo mais em jogo ali.

Alex se recordava de estar deitada de costas no cruzamento, vendo através dos olhos de Tara seus últimos momentos, vendo o rosto de Lance sobre ela. Mas e se não tivesse sido Lance? E se tivesse sido algum tipo de encanto?

Ela desviou pela rua High até o refeitório da residência Hopper. Ansiava pela segurança de seu quarto no dormitório, mas respostas podiam mantê-la mais a salvo do que qualquer proteção. Ainda que Turner a tivesse mandado ficar longe de Tripp, ele era o único nome que tinha e a única ligação direta entre Tara e as sociedades.

Ainda era cedo, mas ele estava lá, é claro, sentado a uma longa mesa com alguns de seus amigos, todos usando bermudas soltas, bonés de beisebol e blusas de lã, todos com bochechas rosadas e polidos pelo vento, apesar do fato de que ela sabia que deviam estar de ressaca. Aparentemente, dinheiro era melhor que injeções de vitaminas. Darlington viera da mesma riqueza, mas tinha um rosto real, com um pouco de dureza nele.

Conforme se aproximava, viu os amigos de Tripp virando os olhos em sua direção, examinando-a e então descartando-a. Ela tinha tomado banho na Gaiola, vestido um conjunto de moletom da Lethe e penteado o cabelo. Depois de ser jogada no meio do trânsito e afogada, era tudo o que conseguia oferecer.

— Ei, Tripp — ela disse com calma. — Tem um minuto?

Ele se virou para ela.

— Quer me convidar para o baile de formatura, Stern?

— Depende. Você vai ser uma boa putinha e dar pra mim?

Os amigos de Tripp deram gritinhos, e um deles soltou um longo "Aaaah, caramba". Agora todos olhavam para ela.

— Preciso falar com você sobre aquele grupo de problemas.

As bochechas de Tripp ficaram rosadas, mas então seus ombros se endireitaram e ele se levantou.

— Claro.

— Traga ele pra casa cedo — disse um dos amigos.

— Por quê? — ela perguntou. — Quer as sobras?

Eles gritaram de novo e aplaudiram como se ela tivesse desferido um golpe impressionante.

— Você é meio indecente, Stern — disse Tripp sobre o ombro, conforme ela o seguia para fora do refeitório. — Eu gosto disso.

— Venha aqui — ela disse.

Levou-o para cima das escadas e passou pelos vitrais que mostravam escravos trabalhando nas plantações, uma herança que sobrevivera à mudança do nome da residência de Calhoun-escravidão-é-legal para Hopper. Alguns anos antes, um zelador negro deixara um deles em pedaços.

O rosto de Tripp mudou, uma malícia ávida puxando sua boca.

— O que está rolando, Stern? — ele disse quando entraram na sala de leitura. Estava vazia.

Ela fechou a porta atrás de si, e o sorriso dele aumentou, como se ele realmente achasse que ela estava a ponto de tomar a iniciativa.

— De onde você conhecia Tara Hutchins?

— Quê?

— Onde vocês se conheceram? Eu vi os registros do telefone dela — Alex mentiu. — Sei que estavam em contato com frequência.

Ele fez uma careta e se recostou num sofá de couro, cruzando os braços. A cara de emburrado não caía bem nele. Transformava seus traços arredondados de doçura juvenil nos de uma criança brava.

— Virou policial agora?

Ela andou na direção dele e o viu enrijecer, fazendo força para não recuar. O mundo dele era todo feito de desvios, de se mover em padrões laterais. Não cogitava enfrentar alguém diretamente. Não olhava a pessoa nos olhos. Ficava tranquilo. Ficava de boa. Podia aguentar uma brincadeira.

— Não me faça dizer que sou a lei, Tripp. Terei problemas para manter a seriedade.

Os olhos dele se estreitaram.

— Do que isso se trata?

— Você é tão estúpido assim? — A boca dele se abriu. O lábio inferior parecia úmido. Alguém algum dia falara com Tripp Helmuth daquele jeito? — É sobre uma garota morta. Quero saber qual era sua relação com ela.

— Já falei com a polícia.

— E agora está falando comigo. Sobre uma garota morta.

— Não preciso...

Ela se aproximou.

— Sabe como isso funciona, não sabe? Meu trabalho, o trabalho da Casa Lethe, é impedir merdinhas mimados como você de criar problemas para a administração.

— Por que está sendo tão durona? Pensei que éramos amigos.

Por causa de todo o pingue-pongue de cerveja que jogamos e do verão que passamos em Biarritz? Será que ele realmente não sabia a diferença entre ser amigo e ser amigável?

— *Somos* amigos, Tripp. Se eu não fosse sua amiga, já teria levado isso ao reitor Sandow, mas não quero transtornos e não quero causar problemas para você ou para a Ossos desnecessariamente.

Ele encolheu os grandes ombros.

— Era só um lance.

— Tara não parece o seu tipo.

— Você não sabe qual é o meu tipo. — Ele realmente estava tentando flertar para sair dessa? Ela fixou o olhar no dele, e ele desviou. — Ela era divertida — ele murmurou.

Pela primeira vez, Alex sentiu que ele estava sendo honesto.

— Aposto que era — disse Alex com gentileza. — Sempre sorridente, sempre feliz em ver você.

Isso era traficar. Tripp provavelmente não entendia que ele era apenas um freguês, que era um amigo desde que tivesse dinheiro na mão.

— Ela era legal. — Ele se importava com a morte dela? Havia algo mais assombrado que a ressaca nos olhos dele ou Alex apenas queria acreditar que ele dava a mínima? — Juro que tudo o que fizemos foi zoar por aí e fumar uns *bongs*.

— Algum dia a encontrou na casa dela?

Ele balançou a cabeça.

— Ela sempre vinha me encontrar.

É claro que descobrir o endereço dela não poderia ser tão fácil.

— Você já a viu com alguém de outra sociedade?

Ele deu de ombros novamente.

— Não sei. Olha, Lance e T. eram traficantes, tinham a melhor maconha que eu já fumei, tipo o bagulho mais viçoso e verde que você já viu. Mas eu não sei com quem ela andava.

— Perguntei se você já a viu com alguém.

Ele baixou mais a cabeça.

— Por que está fazendo isso?

— Ei — ela disse suavemente. Apertou o ombro dele. — Você sabe que não está encrencado, certo? Vai ficar tudo bem. — Ela sentiu um pouco da tensão sair dele.

— Você está sendo tão má.

Ela estava dividida entre dar um tapa na cara dele e colocá-lo para dormir com sua mantinha predileta e um copo de leite morno.

— Só estou tentando conseguir algumas respostas, Tripp. Sabe como é. Apenas tentando fazer o meu trabalho.

— Eu entendo, eu entendo. — Ela duvidava, mas ele estava seguindo o roteiro. Cara comum, Tripp Helmuth. Trabalhando duro ou mal trabalhando.

Ela apertou o ombro dele com mais firmeza.

— Mas você precisa entender essa situação. Uma garota morreu. E essas pessoas com quem ela andava? Não são seus amigos, e você não vai ficar na sua ou não delatar ou qualquer merda que tenha visto nos filmes, porque isso não é um filme, é a sua vida, e você tem uma vida boa e não quer acabar com ela, certo?

Tripp manteve os olhos nos sapatos.

— Sim, certo. — Ela pensou que ele fosse chorar.

— Então, quem você viu com Tara?

Quando Tripp acabou de falar, Alex se inclinou para trás.

— Tripp?

— Oi? — Ele continuava olhando para os sapatos. Sandálias plásticas ridículas, como se o verão jamais acabasse para Tripp Helmuth.

— Tripp — ela repetiu, e esperou que ele levantasse a cabeça e a olhasse nos olhos. Ela sorriu. — É isso. Fim. Acabou.

Jamais precisará pensar naquela garota de novo. Em como você a fodeu e se esqueceu dela. Como achou que ela poderia lhe fazer um bom preço se você a fizesse gozar. Como você se excitava em estar com alguém que parecia um pouco perigosa.

— Estamos numa boa? — ela perguntou. Essa era a linguagem que ele entendia.

— Sim.

— Ninguém vai ficar sabendo disso, prometo.

— Obrigado.

E então ela soube que ele realmente não contaria a ninguém sobre aquela conversa, nem aos amigos nem aos Osseiros.

Aquele era o truque: fazê-lo acreditar que tinha mais a perder do que ela.

— Uma última coisa, Tripp — ela disse, conforme ele se preparava para correr de volta para o refeitório. — Você tem uma bicicleta?

Alex pedalou através do parque, passando pelas três igrejas, e então pegou a rua State e passou por debaixo da via principal. Ela tinha cerca de duzentas páginas para ler se não quisesse ficar para trás naquela semana, e possivelmente um monstro estava à sua caça, mas naquele momento tudo o que ela precisava era falar com o detetive Abel Turner.

Uma vez fora do campus, New Haven perdia suas pretensões aos solavancos – lojas de um dólar e bares esportivos encardidos dividiam espaço com mercados gourmet e cafés elegantes; salões baratos de manicure e lojinhas de aparatos para celular ficavam ao lado de restaurantes chineses caros e butiques vendendo sabonetinhos inúteis. Aquilo deixava Alex inquieta, como se a identidade da cidade ficasse mudando diante dela.

A State era apenas um longo pedaço de nada – estacionamentos, linhas de transmissão, os trilhos de trem para o leste –, e a delegacia de polícia era tão ruim quanto: um prédio feio e robusto de lajes cor de aveia. Existiam espaços mortos como aquele por toda a cidade, quarteirões inteiros de imensos monólitos de concreto assomando-se sobre praças vazias, como um desenho do futuro feito no passado.

Darlington os chamara de "brutalistas", e Alex dissera:

— Parece mesmo que eles estão se juntando contra você.

— Não — ele a corrigira. — É do francês, *brut*. Como em cru, porque usavam concreto nu. Mas, sim, parece um pouco isso.

Havia favelas ali antes, até que o programa Cidades-Modelo começou a derramar dinheiro em New Haven.

— A ideia era limpar tudo, mas construíram lugares em que ninguém gostaria de estar. E aí o dinheiro acabou, então New Haven simplesmente tem essas... lacunas.

Feridas, pensara Alex na época. *Ele ia falar "feridas", porque para ele a cidade estava viva.*

Alex olhou para o telefone. Turner não respondera às suas mensagens. Ela não tinha tido coragem de ligar, mas agora estava ali e não havia outra opção. Quando ele não atendeu, ela desligou e ligou de novo, e depois de novo. Alex não chegara perto de uma delegacia de polícia desde que Hellie morrera. *Hellie não foi a única que morreu naquela noite.* Mas pensar nisso em outros termos, pensar no sangue, no pudim pálido do cérebro de Len preso na beirada do balcão da cozinha, deixava sua mente saltando em pânico.

Por fim, Turner atendeu.

— O que posso fazer por você, Alex? — A voz agradável, solícita, como se não houvesse outra pessoa com quem ele preferisse falar.

Responder às minhas malditas mensagens. Ela limpou a garganta.

— Oi, detetive Turner. Gostaria de falar com o senhor sobre Tara Hutchins.

Turner deu uma risadinha – não havia outra palavra para aquilo; era o riso indulgente de um avô de setenta anos, embora Turner não pudesse ter muito mais que trinta. Ele era sempre assim no escritório?

— Alex, sabe que não posso falar sobre uma investigação em andamento.

— Estou do lado de fora da delegacia de polícia.

Uma pausa. A voz de Turner estava diferente quando ele respondeu, e um pouco daquela receptividade alegre desaparecera.

— Onde?

— Do outro lado da rua.

Outra longa pausa.

— Estação de trem em cinco minutos.

Alex foi com a bicicleta de Tripp pelo resto do quarteirão até a estação Union. O ar estava suave, úmido com a promessa de neve. Ela não sabia se suava por causa da pedalada ou porque jamais se acostumaria a falar com policiais.

Apoiou a bicicleta contra uma parede no estacionamento e se sentou em um banco baixo de concreto para esperar. Um Cinzento passou correndo de cueca, checando o relógio, apressado como se tivesse medo de perder o trem. *Não vai conseguir pegar esse, camarada. Nem qualquer outro.*

Ela rolou a tela do telefone, mantendo um olho na rua enquanto procurava o nome de Bertram Boyce North. Queria um pouco de contexto antes de fazer perguntas à biblioteca da Lethe.

Felizmente, havia muita informação na internet. North e a noiva eram praticamente celebridades. Em 1854, ele e sua prometida, a jovem Daisy Fanning Whitlock, foram encontrados mortos nos escritórios da Companhia de Carruagens North & Filhos, há muito demolida depois disso. Seus retratos eram o primeiro link debaixo de "New Haven" no site da Connecticut Assombrada. North parecia bonito e sério, o cabelo mais arrumado do que na morte. A única outra diferença era a camisa branca limpa, sem as manchas de sangue. Algo frio subiu pela espinha de Alex. Às vezes, apesar do seu esforço, ela se esquecia de que via os mortos, mesmo com o sangue espalhado sobre a camisa e o casaco fino dele. Ver aquela foto rígida em preto e branco era diferente. *Ele está mofando em um túmulo. É um esqueleto que virou pó.* Ela poderia dar um jeito de desenterrar os restos mortais dele. Poderiam ficar juntos à beira do túmulo e se maravilharem com seus ossos. Alex tentou desfazer a imagem da mente.

Daisy Whitlock era linda naquele estilo de cabelos escuros e olhos duros das moças da época. A cabeça estava levemente inclinada, apenas uma mínima insinuação de sorriso nos lábios, os cabelos cacheados repartidos ao meio e arrumados em curvas suaves que desnudavam o pescoço. A cintura era bem fina, e os ombros brancos emergiam de uma espuma de babados, um ramalhete de crisântemos e rosas nas mãos delicadas.

Quanto à fábrica em que os assassinatos aconteceram, partes dela não tinham ainda sido terminadas quando as mortes ocorreram e jamais foram completadas. A North & Filhos mudou as operações para Boston e continuou a fazer negócio até o início dos anos 1900. Não havia fotos da cena do crime, apenas descrições sensacionalistas de sangue e horror e da arma – uma pistola que North mantinha em seu escritório para o caso de invasores – ainda presa na mão dele.

Os corpos foram descobertos pela criada de Daisy, uma mulher chamada Gladys O'Donaghue, que saíra gritando pelas ruas. Ela fora encontrada a quase oitocentos metros de distância do local do crime, histérica, na esquina da Chapel com a High. Mesmo depois de uma dose calmante de conhaque, ela tinha poucas informações para oferecer às autoridades. O crime parecia ser óbvio; apenas a motivação guardava algum tipo de mistério. Houve teorias de que Daisy estava grávida de outro homem, mas que sua família abafara o caso depois dos assassinatos para evitar mais escândalo. Um comentário sugeriu que North enlouquecera devido ao envenenamento por mercúrio, pelo tempo que passava perto das fábricas de chapéu Danbury. A teoria mais simples era a de que Daisy queria terminar o noivado e North não aceitava. A família dele queria uma infusão de capital dos Whitlock – e North queria Daisy. Ela era uma favorita das colunas sociais locais, conhecida como paqueradora, ousada e às vezes inapropriada.

— Já gostei de você — murmurou Alex.

Ela rolou a tela por mapas das covas tanto de North quanto de Daisy e estava tentando dar zoom num velho artigo de jornal quando Turner chegou à estação.

Ele não tinha se dado ao trabalho de colocar um casaco pesado. Aparentemente não tinha intenção de ficar muito tempo. Ainda assim, o homem sabia se vestir. Usava um terno simples e sério, cinza-escuro, mas as linhas eram elegantes, e Alex notou os toques cuidadosos – o lenço de bolso, a listra fina cor de lavanda na gravata. Darlington sempre tinha boa aparência, mas sem fazer esforço. Turner não tinha medo de parecer que se esforçara.

A mandíbula dele estava rígida, a boca, uma costura apertada. Só quando viu Alex sua máscara diplomática voltou ao lugar. Toda a postura dele mudou, não apenas a expressão. O corpo ficou solto e calmo, não ameaçador, como se estivesse ativamente descarregando a corrente de tensão que o movia.

Ele se sentou ao lado dela no banco e apoiou os cotovelos nos joelhos.

— Preciso pedir para não aparecer no meu local de trabalho.

— Você não respondeu às minhas mensagens.

— Tem muita coisa acontecendo. Como sabe, estou no meio de uma investigação de homicídio.

— Era isso ou ir à sua casa.

Aquela tensão de fio elétrico voltou ao corpo dele, e Alex sentiu uma onda de satisfação por ter conseguido aborrecê-lo.

— Imagino que a Lethe tenha todos os meus detalhes em um arquivo — ele disse.

A Lethe provavelmente sabia de tudo, desde o número do documento de identidade de Turner até de que tipo de pornografia ele gostava, mas ninguém jamais oferecera o arquivo para Alex dar uma olhada. Ela nem sabia se Turner morava em New Haven. Turner olhou o telefone.

— Tenho cerca de dez minutos para você.

— Gostaria que me deixasse falar com Lance Gressang.

— Claro. Talvez queira mover a ação judicial contra ele também.

— Tara não era ligada apenas a Tripp Helmuth. Ela e Lance traficavam para membros da Chave e Pergaminho e da Manuscrito. Tenho nomes.

— Prossiga.

— Não é algo que eu possa revelar.

O rosto de Turner ainda estava impassível, mas ela sentia o rancor aumentando a cada momento em que ele era obrigado a fazer a vontade dela. Ótimo.

— Você vem até mim buscar informações, mas não quer contar as suas? — ele perguntou.

— Deixe eu falar com Gressang.

— Ele é o principal suspeito em uma investigação de assassinato. Entende isso, certo?

Um sorriso incrédulo se esgueirou nos lábios dele. Realmente achava que ela era burra. Não, mimada. Outra Tripp. Talvez outra Darlington. E ele gostava mais dessa versão dela do que da outra que encontrara no necrotério. Porque essa versão podia ser intimidada.

— Só preciso de alguns minutos — ela disse, adicionando uma nota queixosa na voz. — Não preciso da sua permissão, na verdade. Posso fazer o pedido através do advogado dele, dizer que eu conhecia Tara.

Turner balançou a cabeça.

— Não. Assim que sair deste encontro, vou ligar para ele e avisar que tem uma garota louca tentando se inserir neste caso. Talvez mostre a ele o vídeo com você correndo pela rua Elm feito uma idiota.

Um lampejo de vergonha chacoalhou Alex quando ela pensou em si mesma se retorcendo no meio da rua, os carros desviando dela. Então Sandow compartilhara o vídeo com Turner. Será que havia compartilhado com mais alguém? A ideia da professora Belbalm vendo aquilo fez o estômago de Alex revirar. Não era de admirar que o detetive estivesse duplamente presunçoso hoje. Ele não achava que ela era apenas burra. Achava que era desequilibrada. Melhor ainda.

— Qual é o problema? — perguntou Alex.

Os dedos de Turner se flexionaram sobre as calças imaculadamente passadas de seu terno.

— O *problema*? Não posso simplesmente colocar você para dentro. Todos os visitantes de uma cadeia são registrados. Preciso ter uma razão oficial para levá-la até lá. Os advogados dele precisam estar lá. A coisa toda precisa ser gravada.

— Está me dizendo que os tiras sempre seguem as regras?

— *Policiais*. E se eu quebrasse as regras e a defesa descobrisse, Lance Gressang sairia impune e eu perderia meu emprego.

— Olha, quando fui para a casa de Tara...

O olhar de Turner se voltou rapidamente para ela, olhos ardendo, sem nada da diplomacia fingida.

— Foi até a casa dela? Se tiver cruzado a fita...

— Precisava saber se...

Ele se levantou num pulo. Aquele era o verdadeiro Turner: jovem, ambicioso, cansado de dançar conforme a música para abrir seu caminho no mundo. Ele andou para a frente e para trás diante do banco, então apontou um dedo para ela.

— Fique longe da porra do meu caso.

— Turner...

— *Detetive* Turner. Você não vai estragar o meu caso. Se eu vir você em qualquer lugar perto da Woodland, vou destruir a sua vida. E me certificar de que nunca ande direito novamente.

— Por que está sendo tão durão? — ela choramingou, plagiando a frase de Tripp.

— Isso não é um *jogo*. Você precisa entender como seria fácil para mim arruinar a sua vida, encontrar um pequeno estoque de maconha ou de comprimidos no seu quarto no dormitório. Entenda isso.

— Você não pode simplesmente... — começou Alex, os olhos arregalados, o lábio tremendo.

— Farei o que for necessário. Agora saia daqui. Você não tem ideia de onde está se metendo, então não me pressione.

— Eu entendo, está bem? — disse Alex, humildemente. — Desculpe.

— Quem Tripp disse que viu com Tara?

Alex não se importou em dizer os nomes. Tinha essa intenção desde o começo. Turner precisava saber que Tara traficava para estudantes que não estavam no registro telefônico, usando um telefone com chip descartável ou então um aparelho que Lance escondera ou destruíra. Ela baixou os olhos para as mãos enluvadas e disse baixo:

— Kate Masters e Colin Khatri.

Kate era da Manuscrito, mas Alex mal a conhecia. A última vez que falara com ela tinha sido na noite da festa de Dia das Bruxas, quando ela e Mike Awolowo imploraram a Alex que não contasse à Lethe sobre Darlington ter sido drogado. Estava fantasiada de Erva Venenosa. Já Colin ela conhecia melhor. Trabalhava para Belbalm e era da Chave e Pergaminho. Era bonitinho, arrumadinho, tão mauricinho quanto possível. Podia imaginá-lo relaxando com uma garrafa de vinho escandalosamente cara, mas não fumando maconha ruim num carro fechado. Mas ela sabia, de seu tempo no Marco Zero, que aparências enganam.

Turner alisou a lapela, os punhos, passou os dedos pelas laterais raspadas da cabeça. Ela o viu se recompor, e, quando ele sorriu e piscou, era como se o Turner raivoso, faminto, jamais tivesse estado ali.

— Fico feliz por termos tido essa conversa, Alex. Avise-me se houver qualquer coisa que eu possa fazer para ajudá-la no futuro.

Ele se virou e andou de volta em direção ao prédio colossal da delegacia de polícia. Alex não tinha gostado de choramingar na frente de Turner. Não tinha gostado de ser chamada de louca. Mas agora sabia em que rua Tara morava, e o resto seria fácil.

Alex ficou tentada a ir diretamente para a Woodland e achar o apartamento de Tara, mas não queria tentar xeretar num domingo, quando as pessoas estariam em casa. Teria de esperar até o dia seguinte. Esperava que a pessoa que enviara a *gluma* achasse que ela ainda estava entocada na Gaiola – ou morta. Mas, se estivessem acompanhando seus movimentos, esperava que a tivessem visto conversando com Turner. Então pensariam que a polícia sabia o que ela sabia, e não haveria motivo para calá-la. *A não ser que Turner, de algum modo, esteja envolvido.*

Alex tirou o pensamento da mente enquanto pedalava de volta na direção dos portões da Hopper. Cautela era útil; paranoia era apenas outro termo para distração.

Ela enviou uma mensagem de texto para Tripp, avisando que deixara a bicicleta dele dentro do portão, e foi para o Campus Antigo, revendo mentalmente as ligações de Tara com as sociedades. A *gluma* sugeria o envolvimento da Livro e Serpente, mas, até agora, não parecia que Tara tivesse traficado para ninguém daquela sociedade. Tripp a ligava à Crânio e Ossos, Colin e aquela tatuagem estranha a conectavam à Chave e Pergaminho, Kate Masters a ligava à Manuscrito – e a Manuscrito era especializada em encantamentos. Se alguém estivera vestido de magia naquela noite, fingindo ser Lance, a Manuscrito provavelmente estava envolvida. Isso poderia explicar por que Alex vira o rosto de Lance na memória do assassinato.

Mas isso tudo levava em conta que a informação de Tripp fosse verdadeira. Quando você está assustado, diz qualquer coisa para sair da situação. Ela bem sabia. E Alex não tinha dúvidas de que Tripp ficaria feliz de entregar o primeiro que viesse à mente para sair de uma enrascada. Imaginava que poderia levar aqueles nomes para Sandow, explicar que Turner agora estaria checando seus álibis, tentar fazer com que o reitor reconsiderasse o envolvimento da Lethe na investigação. Mas aí teria de explicar que arrancara a informação de um Osseiro.

Também precisava ser honesta consigo mesma. Algo nela havia se soltado quando a *gluma* atacou – a Alex real enrolada como uma serpente na pele falsa de quem ela fingia ser. Aquela Alex mostrara os dentes para Salome, intimidara Tripp, manipulara Turner. Mas ela precisava ter cuidado. *É essencial que seja vista como alguém estável, confiável.* Não queria dar mais nenhuma desculpa a Sandow para cortá-la da Lethe e acabar com sua única esperança de ficar em Yale.

Alex sentiu uma onda de alívio ao subir os degraus do Vanderbilt. Queria estar atrás das proteções, ver Lauren e Mercy, falar sobre trabalho e rapazes. Queria dormir em sua própria cama estreita. Mas, quando entrou na suíte, a primeira coisa que ouviu foi choro. Lauren e Mercy estavam no sofá. Lauren abraçava Mercy e esfregava suas costas enquanto ela soluçava.

— O que aconteceu? — perguntou Alex.

Mercy não levantou os olhos, e o rosto de Lauren estava severo.

— Onde você esteve? — Ela perdeu a paciência.

— A mãe de Darlington precisava de ajuda com uma coisa.

Lauren revirou os olhos. Aparentemente a desculpa de emergência familiar já tinha passado muito da data de vencimento.

Alex sentou-se na mesa de centro surrada, os joelhos batendo nos de Mercy. Ela tinha enterrado a cabeça nas mãos.

— Me contem o que está acontecendo.

— Posso mostrar a ela? — perguntou Lauren.

Mercy soltou outro soluço.

— Por que não?

Lauren passou o telefone de Mercy. Alex desbloqueou a tela e viu uma troca de mensagens com alguém chamado Blake.

— Blake Keely?

Se Alex não estava enganada, ele era um jogador de lacrosse. Havia uma história sobre ele ter chutado a cabeça de um rapaz do time rival durante um jogo no ensino médio. O jogador estava no chão quando ele fez isso. Todas as faculdades retiraram a oferta de bolsa – todas menos Yale. O time de lacrosse era campeão da Ivy League havia quatro anos consecutivos, e Blake tinha conseguido um contrato como modelo da Abercrombie & Fitch. Seus pôsteres estavam colados em todas as vitrines da loja na Broadway, gigantescas imagens em preto e branco de Blake emergindo sem camisa de um lago na montanha, arrastando uma árvore de Natal por uma floresta nevada, abraçando um filhote de buldogue ao lado de uma lareira acesa.

"Você estava gostosa ontem à noite. Todos os irmãos concordam. Venha de novo hoje." Havia um vídeo anexo.

Alex não queria apertar o play, mas apertou. O som de risos roucos retumbava do telefone, a batida de uma linha de baixo. Blake dizia:

— Eiii, ei, temos uma moça tão bonita, uma coisa exótica no menu de hoje, né?

Ele virou a câmera para Mercy, que ria. Estava sentada no colo de outro rapaz, a saia de veludo levantada sobre as coxas, um copo descartável vermelho na mão. *Merda. Meltdown da Ômega.* Alex tinha prometido a Mercy que iria com ela, mas se esqueceu completamente.

— Leve isso para o outro quarto — disse Lauren, enquanto Mercy chorava.

Alex entrou apressadamente em seu quarto e fechou a porta. A cama de Mercy estava desfeita. Aquilo, mais que os soluços, era um sinal certo de perturbação.

No vídeo, a saia de Mercy era levantada até a cintura, a calcinha puxada para baixo.

— Jesus, olha esse mato! — Blake gargalhou, um som alto, zonzo, seus olhos lacrimejando de tanto rir. — É tão retinho. Tudo bem aí, linda?

Mercy assentiu.

— Não bebeu demais? Está sóbria e consentindo, como dizem?

— Pode apostar.

Os olhos de Mercy estavam brilhantes, vivos e alertas, não pareciam vidrados ou com as pálpebras pesadas. Ela não aparentava estar bêbada ou dopada.

— De joelhos, linda. Hora de pedir comida chinesa.

Mercy se ajoelhou, os olhos escuros arregalados e úmidos. Ela abriu a boca. A língua estava manchada de roxo do ponche. Alex pausou o vídeo. Não, não do ponche. Ela conhecia aquela cor. Era como os servos estavam naquela noite na Manuscrito. Aquilo era Merity, a droga do serviço, tomada pelos acólitos para abrir mão da vontade própria.

A porta se abriu e Lauren entrou.

— Ela não quer me deixar levá-la ao centro de saúde.

— São estupradores. Deveríamos ir à polícia. — Pelo menos para isso eles deviam servir.

— Você viu o vídeo. Ela me disse que mal bebeu.

— Ela foi drogada.

— Pensei nisso também, mas ela não age como se tivesse sido. Não parece drogada. Você assistiu?

— Uma parte. Quão pior fica?

— Pior.

— Quantos caras?

— Só os dois. Ela acha que ele vai enviar isso para os amigos, se já não enviou. Por que você não estava com ela?

Eu me esqueci. Alex não queria dizer isso. Porque sim, uma garota fora assassinada, e Alex fora atacada, mas, no fim das contas, não tinha parado um segundo para pensar em Mercy, e ela merecia mais. Merecia uma noite para se divertir, flertar e talvez conhecer um rapaz bonitinho com quem pudesse trocar uns beijos e sair para jantar. Tinha sido por isso que Alex concordara em ir à Meltdown da Ômega com ela. Devia isso a Mercy, que tinha sido tão boa e a ajudara com seus trabalhos, que jamais sentia pena dela, apenas a pressionava para se sair melhor. Mas tinha se esquecido completamente da festa após o ataque da *gluma*. Ficara presa em seu medo, seu desespero e seu desejo de saber por que estava sendo caçada.

— Com quem ela foi? — perguntou Alex.

— Charlotte e a galera do andar de cima. — A voz de Lauren era um rugido feroz. — Elas simplesmente a deixaram lá.

Se Mercy estivesse sob a influência de Merity, então teria dito que estava bem, que elas podiam ir embora; e as outras não a conheceriam bem o suficiente para discutir. Mas, se Alex estivesse lá, teria visto a língua roxa de Mercy. Poderia ter impedido aquilo.

Alex vestiu o casaco novamente. Tirou um *print* da tela do vídeo e o enviou para o próprio telefone, mostrando a boca de Mercy aberta, a língua roxa para fora.

— Aonde você vai? — sussurrou Lauren, furiosamente. — A mãe de Darlington precisa de mais alguma ajuda?

— Eu vou resolver isso.

— Ela não quer que a gente fale com a polícia.

— Não preciso da polícia. Onde o Blake mora?

— Na casa Ômega.

Que ficava na Lynwood, na fileira de fraternidades imundas que brotara quando a universidade as expulsara do campus anos antes.

— Alex — disse Lauren.

— Apenas tente mantê-la calma e não a deixe sozinha.

Alex saiu de novo do Vanderbilt e atravessou o Campus Antigo. Queria ir direto até Blake, mas isso não serviria de nada. Um grupo de Cinzentos bruxuleava no canto de sua visão.

— *Orare las di Korach* — ela vociferou. A praga da avó era uma sensação boa em sua língua. *Que sejam engolidos vivos*. Toda sua raiva deve ter se concentrado nessas palavras. Os Cinzentos se espalharam como passarinhos.

E quanto à *gluma*? Se estivesse caçando, será que viria correndo? Ela teria ficado feliz com algum sinal do Noivo, mas não o via desde o encontro na fronteira.

Alex sabia que não deveria ter irritado o detetive Turner. Ele poderia querer ajudar se ela não tivesse aprontado com ele. Era possível que ainda quisesse. Parte dela acreditava que ele era de fato um dos caras bons.

Mas não queria contar com Turner, com a lei ou com a administração para dar um jeito naquilo. Porque o vídeo ainda estaria circulando, e Blake Keely era rico, bonito e amado, e havia uma grande diferença entre as coisas serem justas e serem corrigidas.

15
Inverno

Alex não voltara à Manuscrito desde a festa de Dia das Bruxas. Naquela noite, ficara com Darlington em Black Elm, tentando se manter aquecida na cama estreita dele. Acordara com a luz do amanhecer gotejando pelas paredes e Darlington aconchegado atrás dela, adormecido. Estava de novo com uma ereção, o pau encaixado nas curvas de sua bunda. Uma das mãos dele estava sobre seu seio, o dedão se movendo sobre o mamilo como o balanço preguiçoso e ritmado da cauda de um gato. Ela sentiu o corpo inteiro enrubescer.

— Darlington — ela disse sem paciência.

— Hmm? — ele murmurou contra a nuca dela.

— Ou você acorda e me fode ou *para com isso*.

Ele congelou, e ela sentiu que ele despertava. Ele rolou para fora da cama, tropeçando, enrolado nas cobertas.

— Eu não... Desculpe. A gente...?

Ela revirou os olhos.

— Não.

— Aqueles filhos da puta.

Um palavrão raro, mas bem colocado. Os olhos dele estavam vermelhos, o rosto, exaurido. Seria bem pior se ele soubesse que o relatório que Alex mostrara a ele no café da manhã não se parecia nada com o que ela de fato enviara ao reitor Sandow.

A tumba da Manuscrito parecia ainda mais feia sob o sol do meio-dia, o círculo escondido nos tijolos aparecendo e desaparecendo conforme

Alex se aproximava da porta da frente. Mike Awolowo fez um gesto para que ela entrasse. O grande salão e o jardim atrás pareciam arejados, seguros, sinais do arcano enterrado fundo sob a superfície.

— Fico feliz que tenha nos procurado — ele disse, embora Alex duvidasse que fosse verdade. Ele era um aluno do último ano de estudos internacionais, com a postura intensa e confiante de um apresentador de programas de entrevistas.

Alex olhou sobre o ombro e ficou feliz por ver que o lugar parecia vazio. Agora que Kate Masters estava em sua lista de suspeitos, não queria complicar as coisas.

— Hora de acertar as contas.

Mike tinha uma expressão resignada, a aparência de alguém sentado na cadeira do dentista.

— Do que precisa?

— De um jeito de chamar algo de volta. Um vídeo.

— Se viralizou, não podemos fazer nada.

— Acho que não, ainda não, mas pode viralizar a qualquer minuto.

— Quantas pessoas viram?

— Não tenho certeza. Poucas, até agora.

— Isso seria um grande ritual, Alex. E não tenho nem certeza de que funcionaria.

Alex sustentou o olhar dele.

— A única razão pela qual vocês ainda estão funcionando é o relatório que fiz no Dia das Bruxas.

Na noite da festa, ela e Darlington saíram correndo enfurecidos da tumba – ou o mais perto disso que conseguiram –, Mike e Kate atrás deles fantasiados de Batman e Erva Venenosa. Darlington cambaleava, piscava para tudo que fosse muito iluminado, apertando o braço de Alex com força.

— Por favor — implorara Awolowo. — Isso não foi sancionado pela delegação. Um dos ex-alunos tinha birra de Darlington. Era para ser uma brincadeira.

— Não aconteceu nada — disse Kate.

— Aquilo não foi "nada" — retrucou Alex, arrastando Darlington pelo quarteirão.

Awolowo e Masters os seguiram, primeiro argumentando, depois fazendo ofertas. Então Alex apoiou Darlington na Mercedes e fez um acordo, um favor em troca de suavizar o relatório. Descrevera o episódio da droga como um acidente, e a Manuscrito encarara apenas uma multa, quando de outro modo teria sido suspensa. Sabia que Darlington acabaria descobrindo, quando sanções mais pesadas não fossem aplicadas. No mínimo, levaria um sermão severo sobre a diferença entre moral e ética. Mas então Darlington desaparecera, e o relatório jamais se tornara uma questão. Sabia que era uma jogada marginal, mas, se sobrevivesse ao primeiro ano, a Lethe estaria em suas mãos. Ela precisava fazer as coisas do seu jeito.

Awolowo cruzou os braços.

— Pensei que tinha feito aquilo para poupar o orgulho de Darlington.

— Fiz aquilo porque o mundo funciona à base de favores. — Alex esfregou a mão no rosto, tentando espantar uma onda súbita de fadiga. Estendeu o telefone.

— Olhe a língua dela. Alguém está usando suas drogas para abusar de garotas.

Mike pegou o telefone e fez uma careta para a imagem.

— Merity? Impossível. Nossos estoques são trancados.

— Alguém pode ter repassado a receita.

— Sabemos quais são os riscos. E seguimos restrições severas. Não podemos simplesmente andar por aí falando do que fazemos aqui. Além disso, não é uma questão de conhecer a fórmula. Merity só cresce na cordilheira Grande Khingan. Só existe, literalmente, um fornecedor, e pagamos a ele uma quantia salgada para que venda apenas para nós.

Então onde Blake e seus amigos a tinham conseguido? Outro mistério.

— Vou dar uma investigada — disse Alex. — Mas no momento preciso dar um jeito nisso.

Mike observou Alex.

— Isso não é assunto da Lethe, é? — Alex não respondeu. — Há um limite para mídia. Varia para música, celebridade, memes. Mas, além desse limite, nenhum ritual pode chamar de volta. Acho que poderíamos tentar reverter a Taça Cheia. Usamos para impulsionar projetos. Foi o que fizemos para o single de Micha setembro passado.

Alex se lembrava da descrição feita por Darlington: os membros da sociedade, reunidos nus em um grande tonel de cobre, entoando cânticos enquanto ele se enchia gradualmente com um vinho que borbulhava, vindo de algum lugar invisível sob seus pés. A Taça Cheia. Fora o suficiente para colocar um single muito medíocre em segundo lugar nas músicas mais tocadas.

— Precisa de quantas pessoas pra isso?

— Pelo menos mais três. Sei com quem falar. Mas a preparação leva certo tempo. Você vai precisar fazer o que puder para estancar o compartilhamento enquanto isso, ou nada vai adiantar.

— Certo. Chame o seu povo. O mais rápido possível. — Ela não gostava da ideia de Kate Masters se envolver naquilo, mas mencionar o nome dela só geraria perguntas.

— Tem certeza?

Alex sabia a que Mike se referia. Aquilo era uma violação de todos os protocolos da Lethe.

— Tenho certeza.

Ela já estava na porta quando Mike disse:

— Espere.

Ele foi até uma parede de urnas decorativas e abriu uma, então tirou um pequeno envelope plástico de uma gaveta e mediu uma pequena porção de pó prateado. Fechou o envelope e o entregou a Alex.

— O que é isto?

— Poder de Estrela. Astrumsalinas. É sal retirado de um lago amaldiçoado onde inúmeros homens se afogaram, apaixonados pelos próprios reflexos.

— Como Narciso?

— O fundo do lago é recoberto pelos ossos deles. Vai tornar você realmente convincente por cerca de vinte e cinco a quarenta minutos. Apenas me prometa que vai descobrir onde aquele canalha conseguiu a Merity.

— É para cheirar? Jogar sobre a cabeça?

— Engolir. O gosto é horrível, então você talvez tenha problemas para segurar. Vai sentir uma dor de cabeça horrível quando o efeito passar, assim como todos com quem tiver tido contato.

Alex balançou a cabeça. Tanto poder simplesmente largado sobre a lareira para qualquer um pegar. O que havia no resto daquelas urnas?

— Vocês não deveriam ter essas coisas — ela disse, pensando nos olhos selvagens de Darlington, em Mercy ajoelhada. — Não deveriam ter ferramentas para fazer isso com as pessoas.

As sobrancelhas de Mike se levantaram.

— Não quer?

— Eu não disse isso. — Alex colocou o envelope no bolso. — Mas, se um dia eu descobrir que usou algo assim em mim, vou botar fogo neste prédio.

A casa na Lynwood era um sobrado de madeira branca com uma varanda envergando sob o peso de um sofá mofado. Darlington lhe dissera que a Ômega um dia tivera uma casa na viela atrás da Cabeça de Lobo, um bangalô robusto de pedra, cheio de vitrais e de madeira castanha e brilhante. As letras gregas ainda estavam na pedra, mas Alex achava difícil imaginar festas como Meltdown da Ômega e Sex on the Beach no que mais parecia um salão de chá confortável para solteironas escocesas.

— A cultura das fraternidades não era a mesma naquela época — dissera Darlington. — Eles se vestiam melhor, tinham jantares formais, levavam a parte de "cavalheiros e acadêmicos" a sério.

— "Cavalheiro acadêmico" parece uma boa descrição de você.

— Um cavalheiro de verdade não se gaba do título, e um verdadeiro acadêmico tem um uso melhor para seu tempo do que emborcar drinques flamejantes de Dr. Pepper.

Mas, quando Alex perguntara por que a fraternidade tinha sido chutada para fora do campus, ele apenas dera de ombros e grifara algo no livro que estava lendo.

— Os tempos mudaram. A universidade queria a propriedade sem a responsabilidade.

— Talvez devessem tê-la mantido no campus.

— Você me surpreende, Stern. Empatia pela irmandade que planta bananeira sobre barril de cerveja e sofre de agressividade mal direcionada?

Alex pensou no apartamento invadido na Cedros.

— Se fizer as pessoas viverem como animais, elas começarão a agir como animais.

Mas "animal" era um termo muito bondoso para Blake Keely.

Alex pegou o envelope plástico do bolso e engoliu o pó que havia dentro. Na mesma hora sentiu ânsia de vômito e precisou tapar o nariz, cobrindo a boca com os dedos para não cuspir a substância de volta. O gosto era fétido e salgado, e ela queria desesperadamente lavar a boca, mas se forçou a engolir.

Não sentiu nenhuma diferença. Meu Deus, e se Mike a tivesse enganado?

Alex cuspiu no jardim cheio de lama, então subiu as escadas e tentou abrir a porta da frente. Estava destrancada. A sala fedia a cerveja velha. Outro sofá detonado e uma cadeira reclinável estavam arrumados em torno de uma mesa de centro descascada, coberta de copos descartáveis vermelhos, e uma faixa com as letras da casa fora colocada sobre um bar improvisado com dois bancos descombinados na frente. Um cara sem camisa, com um boné de beisebol virado para trás e calças de pijama, recolhia os copos espalhados e os enfiava em um grande saco de lixo.

Ele se assustou quando a viu.

— Estou procurando Blake Keely.

Ele franziu o cenho.

— Ah... Você é amiga dele?

Alex desejou ter sido menos apressada na Manuscrito. Como o Poder de Estrela funcionava exatamente? Respirou fundo e deu a ele um sorriso largo.

— Eu realmente ficaria agradecida pela sua ajuda.

O cara deu um passo para trás. Colocou a mão sobre o coração como se tivesse sido socado no peito.

— É claro — ele disse, sério. — É claro. O que eu puder fazer. — Ele devolveu o sorriso, e Alex se sentiu um pouco doente. E um pouco maravilhosa.

— Blake! — ele gritou para cima das escadas, fazendo um gesto para que ela o seguisse. Ele tinha um andar gingado. No caminho para cima, ele se virou duas vezes para olhar para ela sobre o ombro, sorrindo.

Chegaram ao segundo andar e Alex ouviu música, o barulho trovejante de um videogame sendo jogado no volume máximo. Ali, o cheiro de cerveja era mais fraco, e Alex detectou o odor distante de uma maconha muito ruim, pipoca de micro-ondas e rapazes. Era igualzinho ao lugar que dividia com Len em Van Nuys. Caindo aos pedaços de uma maneira diferente, talvez, a arquitetura mais antiga, mais escura, sem o sol dourado e limpo do sul da Califórnia.

— Blake! — o rapaz sem camisa chamou de novo.

Ele estendeu o braço para trás e pegou a mão de Alex com um sorriso totalmente aberto.

Um gigante colocou a cabeça para fora de uma porta.

— Gio, seu merda — ele disse. Usava bermuda e também estava sem camisa, com o boné para trás como se fosse algum tipo de uniforme. — Você tinha que limpar o banheiro.

Então Gio era um novato ou algum outro tipo de lacaio.

— Estava limpando lá embaixo — ele explicou. — Quero apresentar... Ah, Deus, não me lembro do seu nome.

Porque ela não havia dito. Alex apenas deu uma piscadela.

— Limpe a porra do banheiro primeiro — reclamou o gigante. — Vocês boqueteiros não conseguem parar de cagar em cima da merda! E que porra é...

— Oi — disse Alex, e, só porque nunca o fizera, jogou o cabelo.

— Eu. Ei. Oi. Como vai? — Ele puxou a bermuda para cima e depois para baixo, tirou o boné, passou a mão pelo cabelo em tufos, colocou o boné de volta no lugar. — Oi.

— Estou procurando por Blake.

— Por quê? — A voz dele soava tristonha.

— Pode me ajudar a encontrá-lo?

— É claro! Blake! — berrou o gigante.

— O quê? — demandou uma voz irritada em um quarto mais para o fim do corredor.

Alex não sabia quanto tempo ainda tinha. Tirou a mão da de Gio, o Lacaio, e foi em frente, fazendo questão de *não* olhar para o banheiro ao passar.

Blake Keely estava largado em um *futon*, bebendo uma grande garrafa de Gatorade e jogando Call of Duty. Ao menos estava usando uma camisa.

Ela sentia os outros rapazes pairando atrás dela.

— Onde está seu telefone? — ela perguntou.

— Quem é você, porra? — disse Blake, inclinando a cabeça para trás e observando-a com um olhar simples e arrogante.

Por um segundo, Alex entrou em pânico. Será que a magia de Mike tinha passado tão rápido? Ou que Blake era imune a ela de algum jeito? Então ela se lembrou de como o pó queimara sua garganta. Ela arrancou o fio da parede e o jogo ficou mudo.

— Quê...

— Descuuulpe — disse Alex.

Blake piscou, então deu a ela um sorriso fácil, preguiçoso. *Esse é o sorriso de pegador dele*, pensou Alex, considerando arrancar os dentes do rapaz.

— Não há nenhum problema — ele disse. — Sou o Blake.

— Eu sei.

O sorriso dele se alargou.

— A gente se conhece? Eu estava muito chapado ontem à noite, mas...

Alex fechou a porta e os olhos dele se arregalaram. Ele parecia quase afobado, mas totalmente deliciado. Uma criança no Natal. Uma criança rica no Natal.

— Posso ver seu telefone?

Ele ficou de pé e passou o telefone, oferecendo a ela seu lugar no *futon*.

— Quer sentar?

— Não, quero que você fique ali parecendo um babaca.

Ele deveria ter reagido, mas, em vez disso, apenas sorriu obedientemente.

— Você tem um talento natural. — Ela deu um chacoalhão no telefone. — Desbloqueie.

Ele obedeceu, e ela encontrou a galeria do aparelho, apertou play no primeiro vídeo. O rosto de Mercy apareceu, sorridente e ansioso. Blake bateu a cabeça úmida do pênis no rosto dela, e ela riu. Virou a câmera para si mesmo e deu seu sorriso idiota de novo, assentindo como se falasse com os espectadores em casa.

Alex levantou o telefone.

— Para quem mandou esse vídeo?

— Só para uns amigos. Jason e Rodriguez.

— Mande eles virem para cá com seus telefones.

— Estou aqui! — disse o gigante de trás da porta. Ela a abriu. — Sou o Jason! — Ele estava de fato levantando a mão.

Enquanto Blake corria para encontrar Rodriguez, Jason, o Gigante, esperava pacientemente. Alex encontrou as mensagens de texto que ele enviara, apagou-as e então deletou o resto das mensagens por precaução. Ele prestativamente nomeara um de seus álbuns de fotos como "Cofre de Xoxota". Estava cheio de vídeos de várias garotas. Algumas tinham os olhos brilhantes e as línguas roxas, outras pareciam apenas chapadas, garotas bêbadas de olhos vidrados, as blusas arrancadas ou puxadas para o lado. Uma das meninas estava tão apagada que apenas as partes brancas dos olhos eram visíveis, aparecendo e desaparecendo como lascas da lua enquanto Blake a fodia; outra tinha uma golfada no cabelo, o rosto pressionado em uma poça de vômito enquanto Blake a comia por trás. E ele sempre virava a câmera para si mesmo, como se não pudesse resistir a mostrar aquele sorriso de estrela.

Alex apagou os arquivos de foto e vídeo, embora não pudesse ter certeza de que não estavam armazenados em algum outro lugar. O telefone de Jason foi o próximo. Ou ele tinha um pingo de consciência ou então estivera com ressaca demais para enviar o vídeo para alguém.

Ela ouviu um arquejar vindo do corredor e viu Blake arrastando Rodriguez pelo carpete imundo.

— O que você está fazendo?

— Você disse para trazer ele aqui.

— Apenas me dê o telefone dele.

Outra inspeção rápida. Rodriguez enviara o vídeo a dois amigos, e não havia como saber se eles o tinham repassado. *Droga*. Alex esperava que Mike tivesse conseguido reunir membros suficientes da Manuscrito e que a reversão da Taça Cheia funcionasse.

— Eles sabiam? — Alex perguntou a Blake. — Sabiam da Merity? Sabiam que Mercy estava drogada?

— Não — disse Blake, ainda sorrindo. — Eles só sabem que eu não tenho problemas para conseguir uma transa.

— Onde você conseguiu a Merity?

— Um cara da Faculdade de Silvicultura.

A Faculdade de Silvicultura? Havia estufas lá com reguladores de temperatura e controle de umidade, projetadas para recriar ambientes de todo o mundo – talvez um exatamente como da cordilheira Grande Khingan. O que Tripp dissera? *Lance e T. tinham o bagulho mais viçoso e verde que você já viu.*

— E quanto a Lance Gressang e Tara Hutchins? — ela perguntou.

— Isso! São eles. Conhece o Lance?

— Você machucou Tara? Matou Tara Hutchins?

Blake parecia confuso.

— Não! Eu nunca faria uma coisa dessas.

Alex realmente se perguntou se ele achava que tinha um limite. Uma dor começou a pulsar do lado direito de sua têmpora. Só podia significar que o Poder de Estrela ia começar a passar logo. E ela só queria sair dali. A casa lhe dava arrepios, como se tivesse absorvido cada coisa triste e sórdida que acontecera entre aquelas paredes.

Ela olhou para o telefone em sua mão, pensou nas garotas de Blake enfileiradas na galeria de fotos. Ainda não tinha terminado.

— Venha — ela disse, olhando pelo corredor para a porta aberta do banheiro.

— Aonde vamos? — perguntou Blake, seu sorriso preguiçoso se espalhando como uma gema quebrada.

— Vamos fazer um filminho.

16

Inverno

Lauren dera um Ambien a Mercy e a colocara na cama. Alex ficou com ela, cochilando no quarto escurecido, e acordou no começo da noite com Mercy fungando.

— O vídeo sumiu — Alex falou, esticando o braço para segurar a mão dela.

— Não acredito em você. Ele não pode ter simplesmente sumido.

— Se fosse viralizar, já teria viralizado.

— Talvez ele queira guardar o vídeo para me obrigar a voltar e... fazer coisas.

— Sumiu — disse Alex.

Não havia como saber se o ritual de Mike funcionara. A Taça Cheia era para gerar um impulso, não para esvaziá-lo, mas ela precisava ter esperança.

— Por que ele me escolheu? — Mercy perguntava repetidamente, procurando por uma lógica, por uma equação que levaria a algo que ela tinha dito ou feito. — Ele poderia ter qualquer garota que quisesse. Por que fez isso comigo?

Porque ele não quer garotas que o queiram. Porque ele se cansou do desejo e desenvolveu um apetite pela humilhação. Alex não sabia o que havia em rapazes como Blake. Rapazes bonitos, que deveriam ser felizes, a quem nada faltava, mas que ainda assim encontravam coisas para tomar.

Quando a noite caiu por completo, Alex desceu do beliche e vestiu um suéter e um jeans.

— Venha jantar — ela implorou a Mercy, ajoelhando-se ao lado das camas para acender a luminária. O rosto de Mercy estava inchado de tanto chorar. O cabelo brilhava em um recorte negro sobre o travesseiro. Ela tinha o mesmo cabelo grosso, escuro e impossível de encaracolar que Alex.

— Não estou com fome.

— Mercy, você precisa comer.

Mercy afundou o rosto no travesseiro.

— Não consigo.

— Mercy. — Alex chacoalhou os ombros dela. — Mercy, você não vai largar a faculdade por causa disso.

— Nunca disse que ia.

— Não precisa falar. Sei que está pensando nisso.

— Você não entende.

— Entendo — disse Alex. — Uma coisa parecida aconteceu comigo na Califórnia. Quando eu era mais nova.

— E foi tudo esquecido?

— Não, foi uma merda. E eu meio que deixei isso acabar com a minha vida.

— Você parece ter ficado bem.

— Não fiquei. Mas eu me sinto bem quando estou aqui com você e Lauren, então ninguém vai acabar com isso.

Mercy limpou o nariz com a mão.

— Então é tudo sobre você?

Alex sorriu.

— Exatamente.

— Se alguém falar alguma coisa...

— Se alguém simplesmente olhar torto pra você, arranco os olhos dessa pessoa com um garfo.

Mercy vestiu um jeans e um suéter de gola alta para esconder os chupões, uma roupa tão contida que ela quase parecia uma estranha. Ela jogou água no rosto e passou corretivo sob os olhos. Ainda parecia pálida, e os olhos estavam vermelhos, mas ninguém parecia ótimo numa noite de domingo no auge do inverno em New Haven.

Alex e Lauren a cercaram, encaixando os braços nos dela ao entrarem no refeitório. Estava barulhento como sempre, com o tilintar de pratos e a subida e descida calorosa da conversa, mas não houve nenhum soluço na onda de som quando elas entraram. Talvez, apenas talvez, Mike e a Manuscrito tivessem tido sucesso.

Estavam sentadas com suas bandejas, Mercy empurrando apaticamente seu peixe frito enquanto Alex mordia com culpa o segundo cheeseburger, quando as risadas começaram. Era um tipo particular de riso que Alex reconheceu – desdenhoso, alegre demais, entrecortado por uma mão colocada na boca num falso constrangimento. Lauren ficou imóvel. Mercy afundou na gola do suéter, o corpo todo tremendo. Alex se retesou, esperando.

— Vamos sair daqui — falou Lauren.

Mas Evan Wiley se jogou no assento ao lado dela.

— Ah, meu Deus, estou morrendo.

— Está tudo bem — Lauren disse a Mercy, e então murmurou com raiva:

— Qual é o seu problema?

— Eu sabia que Blake era nojento, mas não sabia que era nojento a esse ponto.

O telefone de Lauren vibrou, depois o de Alex. Mas ninguém olhava para Mercy; as pessoas apenas gritavam e faziam gestos de ânsia de vômito em suas mesas, os rostos colados nas telas.

— Olhe logo — disse Mercy com o rosto nas mãos. — E me conte.

Lauren respirou fundo e pegou o telefone. Ela fez uma careta.

— Nojento — ela arquejou.

— Eu *sei* — disse Evan.

Ali na tela estava Blake Keely curvado sobre uma privada imunda. Alex sentiu a serpente dentro dela se desenrolar, quente e grata, como se tivesse encontrado a pedra perfeita para aquecer a barriga sob o sol.

— Está falando sério? — disse Blake, rindo do mesmo jeito selvagem e agudo de quando dissera "Olha esse mato!". — Está bem, está bem — ele continuou no vídeo. — Você é tão louca!

Mas a pessoa com quem ele estava falando não aparecia.

— Não — negou Lauren.

— Ai, meu Deus — disse Mercy.

— Eu *sei* — repetiu Evan.

Conforme assistiam, Blake Keely mergulhou a mão em concha na privada entupida, pescou um punhado de merda e deu uma bela mordida.

Ele mastigou e engoliu, ainda rindo, e então, com manchas marrons cobrindo os lábios e os dentes brancos e uniformes, Blake olhou para quem segurava a câmera e deu seu famoso sorriso preguiçoso, de comedor de merda.

O telefone de Alex vibrou de novo. Awolowo.

"QUE PORRA HÁ DE ERRADO COM VOCÊ?"

Alex manteve a resposta simples: "bjsbjs".

"Não tinha esse direito. Confiei em você."

"Todos nós cometemos erros."

Mike não iria reclamar para Sandow. Ele precisaria explicar que sua delegação, de algum modo, deixara Merity correr solta por aí e que tinha dado a Alex uma dose de Poder de Estrela. Alex usara o telefone do próprio Blake para enviar o vídeo novo para todos os contatos dele, e ninguém na Ômega sabia seu nome.

— Alex — sussurrou Lauren. — O que é isso?

Em torno delas, o refeitório explodia em grupos de conversa animada, pessoas cacarejando e empurrando o prato com nojo, outras exigindo saber o que estava acontecendo. Evan já tinha passado para a próxima mesa. Mas Lauren e Mercy olhavam para Alex, quietas, os telefones virados para baixo sobre a mesa.

— Como você fez isso? — perguntou Lauren.

— Fiz o quê?

— Você disse que ia consertar tudo — disse Mercy. Ela deu umas batidinhas no telefone. — Então?

— Então — disse Alex.

O silêncio as envolveu por um longo momento.

Até que Mercy arrastou o dedo pela mesa e disse:
— Sabe como as pessoas dizem que dois erros não fazem um acerto?
— Sei.
Mercy puxou o prato de Alex para si e deu uma enorme mordida no cheeseburger que restara.
— Elas só falam merda.

Se a magia da Chave e Pergaminho foi aprendida ou se foi roubada de feiticeiros do Oriente Médio durante as Cruzadas já não interessa ao debate – a moda muda, ladrões se transformam em curadores –, embora os Chaveiros ainda atestem que sua maestria em magia de portal foi conseguida por meios estritamente honestos. O exterior da tumba da Chave e Pergaminho homenageia as origens de seu poder, mas o interior é disparatadamente devotado à lenda arturiana, completa com uma mesa redonda bem no coração da sede. Há quem afirme que as pedras vieram da própria Avalon, enquanto outros juram que vieram do Templo de Salomão, e outros ainda sussurram que foram escavadas ali perto, em Stony Creek. Independentemente de suas origens, todos, do reitor Acheson a Cole Porter e James Gamble Rogers – o arquiteto responsável pelas estruturas da própria Yale –, já tiveram algum contato com ela.

— de *A vida da Lethe: procedimentos
e protocolos da Nona Casa*

Queimaduras de sol não me deixam dormir. Andy disse que estaríamos em Miami a tempo do pontapé inicial com folga; tudo isso registrado e aprovado pelo conselho e pelos ex-alunos da C&P. Mas, seja qual for a magia que tenham cozinhado, ela logo ficou frouxa. Ao menos agora conheci o Haiti?

— *Diário dos dias de Lethe* de Naomi Farwell
(Residência Timothy Dwight, 1989)

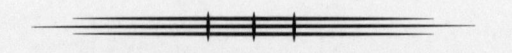

17
Inverno

Alex passou o resto da noite de domingo na sala comunal com Mercy e Lauren, ouvindo Rimsky-Korsakov na vitrola de Lauren e com uma cópia de *O bom soldado* no colo. O dormitório parecia particularmente barulhento naquela noite, e houve batidas repetidas na porta – todas ignoradas. A certa altura, Anna chegou em casa parecendo abatida e sonolenta como sempre. Disse um "ei" murcho e desapareceu em seu quarto. Um minuto depois, ouviram-na falando no telefone com a família no Texas e precisaram cobrir as bocas, os ombros subindo e descendo e as lágrimas saindo dos olhos, quando a ouviram dizer:

— Tenho certeza de que elas são bruxas.

Se você soubesse.

Alex teve um sono sem sonhos, mas acordou durante a noite e viu o Noivo pairando do lado de fora da janela de seu quarto, afastado pelas proteções. O rosto dele estava esperançoso.

— Amanhã — ela prometeu.

Menos de vinte e quatro horas haviam se passado desde sua viagem à margem. Ela chegaria a Tara, mas Mercy precisara dela primeiro. Devia mais aos vivos que aos mortos.

Estou cuidando disso, pensou, enquanto tomava mais duas aspirinas e caía de volta na cama. *Talvez não do jeito que Darlington teria feito, mas estou resolvendo.*

Sua primeira parada na manhã de segunda-feira foi em Il Bastone, para encher os bolsos de terra de cemitério e passar uma hora revisando as informações que conseguiu encontrar sobre as *glumae*. Se a Livro e Serpente – ou quem quer que tivesse enviado aquela coisa atrás dela – quisesse tentar de novo, aquele era o momento perfeito para isso. Ela tinha surtado em público; academicamente, estava com a corda no pescoço. Se ela subitamente se jogasse num rio ou do alto de um prédio ou no meio trânsito, haveria muitos sinais de aviso para serem apontados.

Ela parecia deprimida? Ela andava distante. Não fez muitos amigos. Estava tendo dificuldade nas aulas. Tudo verdade. Mas isso teria importado se ela fosse outra pessoa? Se ela fosse social demais, diriam que gostava de beber para esquecer as dores. Se fosse uma estudante que só tirava nota máxima, teriam dito que ela fora devorada pelo próprio perfeccionismo. Sempre havia desculpas para justificar a morte de uma garota.

E ainda assim Alex sentia um estranho conforto ao pensar que sua história já seria diferente do que poderia ter sido um ano antes. Morrer de hipotermia depois de ficar chapada e invadir uma piscina pública. Ter uma overdose por ter experimentado algo novo ou ido longe demais. Ou apenas desaparecer. Perder a proteção de Len e sumir na longa extensão do Vale de San Fernando, as filas de casinhas como mausoléus de estuque nos pequenos terrenos.

Mas se ela pudesse não morrer agora seria bom. *É uma questão de princípio*, como diria Darlington. Depois de discutir com a biblioteca por algumas horas, ela encontrou duas passagens sobre como combater *glumae*, uma em inglês, outra em hebraico, que exigiu uma pedra de tradução e se revelou ser menos sobre *glumae* do que sobre *golems*. Mas, já que ambas as fontes mencionavam o uso de um relógio de pulso ou de bolso, o conselho pareceu válido.

"Dê bastante corda no relógio. O tique-taque firme de um relógio confunde qualquer criatura feita, não nascida. Eles percebem a batida de um coração em um simples relógio e tentarão encontrar um corpo onde não há nenhum."

Não era exatamente proteção, mas uma distração já servia.

Darlington usava um relógio de pulso com uma pulseira larga de couro preto e um mostrador de madrepérola. Ela imaginara ser uma herança ou uma afetação. Mas talvez também tivesse um propósito.

Alex entrou no arsenal, onde guardavam o Cadinho de Hiram; a Bacia Dourada parecia quase carente pela falta de uso. Encontrou um relógio de bolso em uma gaveta, emaranhado em uma coleção de pêndulos para hipnotismo, deu corda nele e o enfiou no bolso. Mas precisou abrir muitas gavetas até encontrar o espelho compacto que queria, envolto em uma proteção de algodão. Um cartão na gaveta explicava a procedência do espelho: o vidro fora originalmente fabricado na China, então colocado no pequeno estojo por membros da Manuscrito para uma operação ainda sigilosa da CIA durante a Guerra Fria. Como viera de Langley até a mansão da Lethe na rua Orange, o cartão não dizia. O espelho estava borrado, e Alex o limpou com um bafejo e o moletom.

Apesar dos acontecimentos do fim de semana, ela aguentou a aula de Espanhol sem a sensação costumeira de confusão ou pânico, passou duas horas na Sterling terminando a última leitura para a aula de Shakespeare e então almoçou os dois pratos de sempre. Sentia-se desperta e concentrada, como quando usava basso beladona, mas sem os tremeliques e as palpitações. E pensar que só precisara de um atentado contra sua vida e uma visita às fronteiras do inferno. Se ela ao menos tivesse sabido disso antes.

Naquela manhã, North pairara no pátio do Vanderbilt, e Alex murmurara que só estaria livre depois do almoço. Como era de esperar, ele aguardava quando ela saiu do refeitório, e saíram juntos pela College até a Prospect. Estavam perto da pista de patinação Ingalls quando ela percebeu que não tinha visto um só Cinzento – não, não era bem verdade. Vira-os atrás de colunas, correndo por vielas. *Têm medo dele*, percebeu. Lembrou-se dele no rio, sorrindo. *Há coisas piores que a morte, senhorita Stern.*

Alex precisou ficar consultando o telefone enquanto tomava um atalho pela Mansfield. Ainda não conseguia manter o mapa de New Haven na cabeça. Conhecia as principais artérias do campus de Yale, as rotas que fazia toda semana para as aulas, mas o resto era vago e sem forma para ela. Ia na direção de um bairro ao qual fora uma vez com Darlington, na Mercedes velha e surrada. Ele tinha lhe mostrado a velha fábrica de armas, a Winchester Repeating Arms, que fora parcialmente transformada em apartamentos chiques, a linha correndo pelo prédio onde a tinta dava lugar aos tijolos aparentes – o momento exato em que a construtora ficara sem dinheiro. Ele fizera um gesto para a grade triste do Science Park – a aposta de Yale para tecnologia médica nos anos 1990.

— Acho que não deu certo — dissera Alex, notando as janelas fechadas com tábuas e o estacionamento vazio.

— Nas palavras de meu avô, esta cidade tem sido fodida desde sempre.

Darlington pisara no acelerador como se Alex tivesse testemunhado uma briga familiar vergonhosa na mesa de Ação de Graças. Passaram pela fila de casas e prédios baratos em que os trabalhadores moraram durante os dias da Winchester, e então, mais para cima da encosta de

Science Hill, pelas casas que pertenceram aos capatazes da companhia, feitas de tijolo em vez de madeira, os gramados mais largos e cercados de sebes. Sobre a colina, bem mais longe, casas sólidas davam lugar a grandes mansões e, por fim, à extensão arborizada do Jardim Botânico Marsh, como se um feitiço tivesse sido levantado.

Mas nesse dia Alex não iria até o topo da colina. Ficou mais perto da base, com as fileiras de casas castigadas pelo tempo, jardins estéreis, lojas de bebida entalhadas nas esquinas. O detetive Turner dissera que Tara morava na Woodland, e, mesmo sem o policial postado na porta, Alex não teria tido dificuldades para achar a casa da moça morta. Do outro lado da rua, uma mulher se recostava na cerca de seu jardim, os braços espremidos na tela de arame como se flagrados em um impacto em câmera lenta, olhando para o prédio feio como se ele fosse começar a falar. Dois caras usando conjuntos de moletom conversavam de pé na calçada, os corpos virados para o gramado raquítico do prédio de Tara, mas mantendo uma distância acanhada. Alex não lhes tirava a razão. Problemas podiam ser contagiosos.

— As cidades, em sua maioria, são palimpsestos — Darlington lhe dissera um dia. Quando ela foi pesquisar o significado, precisou de três tentativas para acertar a ortografia. — Reconstruídas repetidamente, de modo que não é possível lembrar o que ficava onde. Mas New Haven mostra suas cicatrizes. As grandes vias que vão para o lado errado, os quarteirões de escritórios mortos, as vistas que dão para paisagens de linhas de transmissão. Ninguém se dá conta de quanta vida acontece nas feridas, de quanto elas têm a oferecer. É uma cidade construída para estimular o seu segredo de seguir dirigindo para longe.

Tara tinha vivido no topo de uma daquelas cicatrizes.

Alex não tinha vestido o casaco de lã e não prendera o cabelo para trás. Era fácil para ela se encaixar ali, e não queria chamar atenção.

Acertou um passo lento, parou bem mais para baixo no quarteirão, como se esperasse por alguém, olhou o telefone, olhou para North por tempo suficiente apenas para detectar a expressão frustrada dele.

— Relaxa — ela murmurou. *Não respondo a você, camarada. Ao menos acho que não.*

Por fim, um homem saiu do prédio de Tara. Era alto, magro, usava uma jaqueta dos Patriots e um jeans claro. Ele cumprimentou o policial com um aceno de cabeça e colocou os fones de ouvido ao descer os degraus de tijolo. Alex o seguiu virando a esquina. Quando estavam fora de vista, ela deu uma batidinha no ombro dele. O homem se virou e ela esticou o braço segurando o espelho. A superfície refletiu o sol brilhante sobre o rosto do homem, que colocou a mão para cima para bloquear o brilho, dando um passo para trás.

— Que merda é essa?

Alex fechou o espelho.

— Ai, meu Deus, desculpe — ela disse. — Pensei que era o Tom Brady.

O cara lançou um olhar feio para ela e saiu andando.

Alex correu de volta para o prédio. Quando se aproximou do policial na porta, levantou o espelho como se fosse um distintivo. A luz caiu no rosto dele.

— Já voltou? — perguntou o policial, vendo apenas a imagem capturada do cara de jaqueta dos Patriots. A Manuscrito podia ter a pior tumba, mas tinha alguns dos melhores truques.

— Esqueci a carteira — disse Alex, engrossando a voz o máximo que podia.

O policial assentiu e ela desapareceu pela porta da frente.

Alex colocou o espelho no bolso e seguiu pelo corredor, movendo-se rapidamente. Encontrou o apartamento de Tara no segundo andar, com a porta marcada pela fita da polícia.

Achou que teria de abrir a fechadura – tinha aprendido o básico depois que a mãe resolvera impor limites e a proibira de entrar em casa. Havia algo de assombroso em arrombar o próprio apartamento, esgueirando-se para dentro como se ela própria fosse um fantasma, em um espaço que poderia ter pertencido a qualquer um. Mas não havia fechadura na porta de Tara. Parecia que os policiais a tinham retirado.

Alex empurrou a porta para a frente e se abaixou sob a fita. Estava claro que ninguém voltara para ajeitar o apartamento depois que a polícia o examinara. Quem faria isso? Um de seus ocupantes estava sob custódia da polícia, a outra, morta em uma gaveta no necrotério.

As gavetas do apartamento tinham sido abertas, as almofadas, retiradas dos sofás, algumas cortadas pela polícia em busca de material de tráfico. O chão estava cheio de destroços: um pôster enquadrado que fora arrancado da moldura, um taco de golfe jogado fora, pincéis de maquiagem. Ainda assim, Alex via que Tara tinha tentado fazer do apartamento um bom lugar para viver. Havia colchas coloridas presas na parede, de retalhos roxos e azuis. *Cores calmantes*, diria a mãe de Alex. *Oceânicas*. Um caçador de sonhos pendia da janela, sobre uma coleção de suculentas. Alex pegou um dos vasinhos, tocando com o dedo a folha encerada e gorda da planta. Ela comprara uma quase igual àquela em um mercado de produtores locais. Quase não exigiam água ou cuidados. Pequenas sobreviventes. Sabia que sua planta provavelmente fora jogada no lixo ou identificada como prova, mas gostava de pensar que ela ainda estava no parapeito da janela do Marco Zero, pegando sol.

Alex andou pelo corredor estreito até o quarto, que estava na mesma desordem. Havia uma pilha de travesseiros e bichos de pelúcia ao lado da cama. A parte de trás da cômoda fora retirada. Da janela, era possível distinguir a torre pontiaguda da mansão Marsh. Era parte da Faculdade de Silvicultura, com o quintal longo e inclinado cheio de estufas – a poucos minutos de caminhada da casa de Tara. *No que você se meteu, garota?*

North se detivera no corredor perto do banheiro, pairando. Algo com *eflúvios*, ele dissera.

O banheiro era longo e estreito, com pouco espaço de circulação entre a pia e o conjunto surrado de banheira e chuveiro. Alex examinou os itens na pia, no cesto de lixo. Uma escova de dentes ou papéis usados não serviriam. North dissera que o item precisava ser pessoal. Alex abriu o armário de remédios. Não sobrara quase nada ali dentro, mas, pousada na prateleira de cima, havia uma caixa azul de plástico. Um adesivo na tampa dizia: "Mude seu sorriso, mude sua vida".

Alex a abriu. O aparelho ortodôntico de Tara. North parecia cético.

— Você por acaso sabe o que é isso? — perguntou Alex. — Sabe que está olhando para o milagre da ortodontia moderna? — Ele cruzou os braços. — Achei mesmo que não.

North estava a um século e meio de entender o aparelho, mas a maioria dos estudantes no campus provavelmente não olharia duas vezes para aquilo também. Um aparelho era o tipo de coisa que os pais das pessoas compravam para elas, que as crianças nunca sabiam quanto custava, um item perdido em viagens escolares ou esquecido em gavetas. Mas para Tara aquilo era importante. Algo que ela devia ter economizado por meses para comprar, que devia ter usado toda noite e tomado cuidado para não perder. *Mude seu sorriso, mude sua vida.*

Alex rasgou um pedaço de papel higiênico e tirou o aparelho da caixa.

— Isso tinha importância pra ela. Confie em mim.

E, com sorte, ainda guardava alguns eflúvios de qualidade.

Alex fechou o ralo da pia e a encheu. Isso serviria como um corpo de água? Esperava que sim.

Ela jogou o aparelho na água. Antes que ele chegasse ao fundo, Alex viu uma mão pálida surgir de perto do ralo, como se tivesse florescido da pia rachada. Assim que os dedos se fecharam em torno dele, o aparelho desapareceu junto com a mão. Quando ela levantou os olhos, North o segurava na palma molhada, a boca curvada de nojo.

Alex deu de ombros.

— Você queria eflúvios.

Ela puxou a tampa do ralo, jogou o pedaço de papel higiênico no cesto e se virou para ir embora.

Um homem estava de pé na porta. Ele era enorme, a cabeça quase roçando o batente, os ombros tomando todo o espaço da passagem. Vestia um macacão cinza de mecânico, com o zíper aberto, solto. A camiseta branca revelava braços musculosos e cobertos de tatuagens.

— Eu... — Alex começou. Mas ele já atacava.

Ele se jogou sobre ela, batendo-lhe as costas contra a parede. A cabeça dela bateu com força na janela, e ele a pegou pela garganta. Ela arranhou os braços dele.

Os olhos de North tinham ficado negros. Ele se jogou contra o agressor, mas passou diretamente através dele.

Aquilo não era uma *gluma*. Nem um fantasma. Não era algo do outro lado do Véu. Ele era de carne e osso e queria matá-la. North não podia ajudá-la agora.

Alex golpeou a garganta dele com a palma da mão. Ele perdeu o fôlego, engolindo em seco, e seu apertão afrouxou. Ela subiu o joelho por entre as pernas dele. Não foi uma batida certeira, mas chegou perto o suficiente. Ele se dobrou.

Alex o empurrou e saiu, arrancando a cortina do chuveiro das argolas, tropeçando no plástico. Correu para o corredor, com North bem atrás, e estava chegando à porta quando subitamente o mecânico estava na frente dela. Ele não abrira a porta – apenas aparecera através dela – como um Cinzento teria feito. Magia de portal? Por um momento brevíssimo Alex vislumbrou o que parecia um jardim estéril atrás dele, e então ele veio em sua direção.

Ela voltou pela sala entupida de coisas, passando um braço pela cintura, tentando pensar. Estava sangrando e sentia dor ao respirar. Ele quebrara suas costelas. Não tinha certeza de quantas. Sentia algo quente e molhado descendo pela nuca, vindo de onde tinha batido a cabeça. Conseguiria chegar até a cozinha? Pegar uma faca?

— Quem é você? — rosnou o mecânico. A voz era baixa e rouca, talvez por causa do golpe de Alex na traqueia. — Quem machucou Tara?

— O namorado de merda dela — retrucou Alex.

Ele rosnou e correu para ela.

Alex virou para a esquerda em direção à cornija da lareira, escapando dele por um fio, mas o mecânico ainda estava entre ela e a porta, pulando nos calcanhares, como se aquilo fosse algum tipo de luta de boxe.

Ele sorriu.

— Não tem pra onde correr, vagabunda.

Antes que ela pudesse passar pelo homem, ele tinha as mãos em torno da garganta dela novamente. Pontos pretos apareciam diante de seus olhos. North gritava, fazia gestos violentos, incapaz de ajudar. Não, não incapaz. Aquilo não estava certo. *Me deixe entrar, Alex.*

Ninguém sabia quem ela era. Nem North. Nem aquele monstro diante dela. Nem Dawes, Mercy, Sandow ou qualquer um deles.

Apenas Darlington adivinhara.

18
Outono passado

Darlington sabia que Alex se incomodara com o telefonema. Ele não tirava a razão dela. Não era quinta-feira, quando os rituais aconteciam, ou domingo, quando ela deveria se preparar para o trabalho da próxima semana, e ele sabia que ela estava tendo problemas para acompanhar as aulas e as demandas da Lethe. Tinha ficado preocupado com o incidente na Manuscrito e com a forma como isso poderia afetar o trabalho dos dois, mas ela deixara aquilo de lado com mais facilidade que ele, fazendo o relatório para que ele não tivesse de reviver a vergonha e voltando imediatamente a reclamar das demandas da Lethe. A facilidade com que ela deixara aquela noite para trás e o perdão desinteressado que oferecera o enervaram, fazendo-o imaginar novamente que vida nefasta ela levara antes. Alex tinha até passado com tranquilidade pelo segundo ritual na Aureliana – um registro de patente no feio campus satélite do Peabody, com aquela iluminação fluorescente – e pela primeira prognosticação para a Crânio e Ossos. Houvera um momento difícil em que ela ficara distintamente verde e parecia estar a ponto de vomitar sobre o harúspice. Mas tinha dado um jeito, e ele não a culpava por fraquejar. Ele mesmo já passara por doze prognosticações, e elas ainda o deixavam abalado.

— Vai ser rápido, Stern — ele prometeu, enquanto saíam de Il Bastone na noite de terça. — Rosenfeld está causando problemas com a rede.

— Quem é Rosenfeld?

— O quê. Hall Rosenfeld. Deveria saber o resto.

Ela ajustou a alça da bolsa.

— Não me lembro.

— Santelmo — ele deu a dica.

— Certo. O cara eletrocutado.

Ele concordou com ela. Santo Elmo supostamente sobrevivera a uma eletrocussão e a um afogamento. Ele era o homônimo do fogo de santelmo e da sociedade que um dia ocupara as torres elisabetanas do Hall Rosenfeld. O prédio de tijolos vermelhos era usado agora como escritório e anexo. Ficava fechado à noite, mas Darlington tinha uma chave.

— Coloque isso — ele disse, estendendo luvas e botas de borracha, do mesmo tipo feito um dia na fábrica da família.

Alex obedeceu e o seguiu para o saguão.

— Por que isso não podia esperar até amanhã?

— Porque, da última vez que a Lethe deixou os problemas no Rosenfeld de lado, tivemos um apagão no campus. — Como se quisesse participar da conversa, as luzes do andar de cima piscaram. O prédio murmurava suavemente. — Está tudo em *A vida da Lethe*.

— Lembra que você disse que não nos preocupamos com sociedades sem propriedades? — perguntou Alex.

— Lembro — respondeu Darlington, embora soubesse o que vinha a seguir.

— Segui seus ensinamentos.

Darlington suspirou e usou a chave para abrir outra porta, que dava para um grande depósito cheio de colchões descartados e móveis velhos dos dormitórios.

— Este é o antigo refeitório da Santelmo. — Ele apontou a luz da lanterna para os arcos góticos que se levantavam e para os detalhes engenhosos em pedra. — Quando a sociedade estava mal de dinheiro nos anos 1960, a universidade comprou o prédio deles e prometeu continuar a alugar os cômodos da cripta para que a Santelmo os usasse em rituais. Mas, em vez de um contrato apropriado feito pela Aureliana para assegurar os termos, as partes optaram por um acordo de cavalheiros.

— Os cavalheiros mudaram de ideia?

— Eles morreram, e homens menos cavalheiros tomaram seu lugar. A Yale se recusou a renovar o aluguel da sociedade, e a Santelmo terminou com aquela casinha encardida na Lynwood.

— Lar é onde está o seu coração, seu esnobe.

— Precisamente, Stern. E o coração da Santelmo estava aqui, na tumba original. Eles estão falidos e quase sem magia desde que perderam este lugar. Me ajude a mover essas coisas.

Eles tiraram do caminho duas estruturas velhas de cama, revelando outra porta trancada. A sociedade fora conhecida por magia climática, *artium tempestate*, que usavam para tudo, desde manipular *commodities* até influenciar *field goals* essenciais no futebol americano. Desde a mudança para a Lynwood, não tinham conseguido muita coisa além de uma brisa breve. Todas as casas das sociedades eram construídas em nexos de poder mágico. Ninguém tinha certeza do que os criara, mas era o motivo pelo qual novas tumbas não podiam simplesmente ser construídas. Havia lugares no mundo que a magia evitava, como os planos lunares desolados do National Mall, em Washington D.C., e lugares que a atraíam, como o Rockefeller Center, em Manhattan, e o French Quarter, em Nova Orleans. New Haven tinha uma concentração extremamente alta de locais onde a magia parecia se enroscar e crescer, como algodão-doce no palito.

A escada que desciam ultrapassava três pisos subterrâneos, o zumbido ficando mais forte a cada degrau. Restara pouco a ser visto nos níveis mais baixos: os corpos empalhados e empoeirados de animais aposentados do zoológico de New Haven – adquiridos como uma brincadeira por J. P. Morgan em seus dias mais selvagens; velhos condutores elétricos com pontas de metal, parecendo diretamente saídos de um filme clássico de monstros; tonéis vazios e tanques de vidro quebrados.

— Aquários? — perguntou Alex.

— Chaleiras para tempestades.

Era ali que os estudantes da Santelmo produziam o clima. Nevascas que aumentavam os preços dos serviços, secas que queimavam plantações, ventos fortes o suficiente para afundar um navio de guerra.

O zumbido era mais forte ali, um gemido elétrico e inquieto que levantava os pelos dos braços de Darlington e reverberava em seus dentes.

— O que é isso? — perguntou Alex sobre o barulho, pressionando as mãos contra os ouvidos.

Darlington sabia por experiência própria que aquela proteção não adiantaria. O zumbido estava no chão, no ar. Se alguém permanecesse ali por muito tempo, começaria a enlouquecer.

— A Santelmo passou anos aqui conjurando tempestades. Por alguma razão, o clima gosta de voltar ao local.

— E, quando ele volta, recebemos o aviso?

Ele a conduziu de volta para a velha caixa de fusíveis. Havia muito tempo não era usada, mas estava praticamente livre de poeira. Darlington tirou o cata-vento de prata da bolsa.

— Estenda a mão — disse. Ele o colocou na palma de Alex. — Sopre nele.

Alex lançou-lhe um olhar cético, então soprou sobre os braços prateados esticados. Eles subiram como os de um sonâmbulo em um desenho animado.

— De novo — Darlington instruiu.

O cata-vento girou lentamente, pegando a brisa, e então começou a rodopiar na palma da mão dela como se estivesse em uma ventania. Ela se inclinou levemente para trás. No raio de luz da lanterna, o cabelo de Alex se erguia em torno da cabeça, um halo de vento e eletricidade que fazia seu rosto parecer cingido por serpentes escuras. Darlington se lembrou dela na festa da Manuscrito, banhada pela noite, e precisou piscar duas vezes para espantar a imagem da cabeça. Não era a primeira vez que a memória surgia em sua mente, e ele sempre ficava desconfortável, sem saber direito se era pelo resquício da vergonha daquela noite ou se de fato vira algo real, algo de que deveria ter tido o bom-senso de desviar os olhos.

— Faça o cata-vento girar — ele instruiu. — Então vire os interruptores. — Ele os virou em uma sucessão rápida, até o fim da fila. — E sempre use luvas.

Quando o dedo dele atingiu o último interruptor, o zumbido aumentou para um ganido agudo que arranhava seu crânio, o grito frustrado e perfurante de uma criança ranzinza que não quer ir para a cama. Alex fez uma careta. Um fio de sangue escorreu do nariz dela. Ele sentiu umidade no lábio e percebeu que o próprio nariz também sangrava. Então, *crac*, o ambiente explodiu em uma luz brilhante. O cata-vento saiu voando e bateu na parede com um estrondo, e o prédio inteiro pareceu suspirar quando o zumbido desapareceu.

Alex estremeceu de alívio, e Darlington ofereceu a ela um lenço para limpar o nariz.

— Temos de fazer isso a cada vez que o tempo fica ruim? — ela perguntou.

Darlington limpou o próprio nariz.

— Uma ou duas vezes por ano. Às vezes menos. A energia precisa ir para algum lugar, e, se não a direcionamos, ela cria sobretensão.

Alex pegou o cata-vento destroçado. As pontas das flechas de prata tinham derretido um pouco e o eixo estava dobrado.

— E o que fazemos com esta coisa?

— Vamos colocá-lo no cadinho com um fluxo. Deve se restaurar em umas quarenta e oito horas.

— E pronto? É só isso que precisamos fazer?

— Só isso. A Lethe tem sensores em todos os pisos inferiores do Rosenfeld. Se o tempo retornar, Dawes receberá um alerta. Sempre traga o cata-vento. Sempre use luvas e botas. Não é nada de mais. E agora você pode voltar para... para o que vai voltar?

— *A rainha das fadas.*

Darlington revirou os olhos, desviando-os para a porta.

— Minhas condolências. Spenser é um chato desgraçado. Sobre o que é o seu trabalho?

Ele estava prestando pouca atenção. Queria manter Alex calma. Queria se manter calmo. Porque, no silêncio que se seguiu ao zumbido, ouviu algo respirando.

Ele guiou Alex de volta pelos corredores com vidros empoeirados e máquinas quebradas, ouvindo, ouvindo.

Tinha uma vaga consciência de Alex falando da rainha Elizabeth e de um aluno em sua turma que passara quinze minutos discorrendo sobre o fato de todos os grandes poetas serem canhotos.

— Isso é evidentemente mentira — disse Darlington.

A respiração era profunda e ritmada, como uma criatura em descanso, tão constante que poderia ser confundida com outro som do sistema de ventilação do prédio.

— Foi o que a nossa professora disse, mas acho que o cara é canhoto, então começou um discurso sobre como as pessoas costumavam forçar os canhotos a escrever com a mão direita.

— Ser canhoto era visto como sinal de influência demoníaca. A mão sinistra e tudo o mais.

— E era?

— Era o quê?

— Um sinal de influência demoníaca.

— De forma alguma. Demônios são ambidestros.

— Vamos precisar lutar com demônios?

— Não, nem pensar. Demônios ficam confinados em uma espécie de lugar infernal além do Véu, e os que conseguem atravessar estão bem acima da nossa faixa salarial.

— Que faixa salarial?

— Exato.

Ali no canto, o escuro parecia mais profundo do que deveria – uma sombra que não era uma sombra. Um portal. No porão de Hall Rosenfeld. Onde não deveria estar.

Darlington ficou aliviado. O que pensara ser uma respiração devia ser apenas o fluxo de ar pelo portal, e, embora sua presença ali fosse um mistério, era um que ele poderia resolver. Alguém claramente estivera no porão tentando capturar o poder do antigo nexo da Santelmo para algum tipo de magia. A culpada óbvia era a Chave e Pergaminho. Tinham cancelado o último ritual, e, a julgar pela tentativa anterior de abrir um portal até a Hungria, a magia na própria tumba deles devia estar minguando. Mas ele não ia sair fazendo acusações sem provas. Faria um feitiço de contenção e proteção para desabilitar o portal, e então precisariam voltar a Il Bastone para pegar as ferramentas necessárias para fechar aquela coisa permanentemente. Alex não iria gostar disso.

— Não sei — ela ia dizendo. — Talvez só estivessem tentando conter todas aquelas crianças canhotas demoníacas porque é uma sujeira dos infernos. Eu sempre sabia quando Hellie tinha escrito no diário, porque o pulso dela ficava todo manchado de tinta.

Ele imaginava que poderia conseguir fechar o portal sozinho. Dar uma folga a Alex para ir escrever algum ensaio tedioso sobre o enfadonho Spenser. "Modos de viagem e modelos de transgressão em *A rainha das fadas*."

— Quem é Hellie? — ele perguntou. Mas, no momento em que falou, recordou-se do nome. Helen Watson. A garota que morrera de overdose, ao lado da qual Alex fora encontrada. Algo nele oscilou como uma lâmpada. Lembrou-se do padrão feroz das manchas de sangue espirrado, repetido continuamente sobre as paredes daquele apartamento miserável, como uma espécie de tecido horrendo. Golpes de mão esquerda.

Mas Helen Watson morrera antes naquela noite, não? Não havia sangue nela. *Nenhuma* das garotas fora considerada suspeita. As duas estavam totalmente chapadas e eram pequenas demais para causar aquele tipo de dano, e Alex não era canhota.

Mas Helen Watson era.

Hellie.

Alex olhava para ele no escuro. Tinha o olhar cauteloso de alguém que percebia que tinha falado demais. Darlington sabia que deveria fingir desinteresse. *Aja naturalmente*. Sim, aja naturalmente. Em um porão crepitando com magia de tempestade, ao lado de um portal para sabe-se lá onde, ao lado de uma garota que podia ver fantasmas. Não, não apenas ver fantasmas.

Talvez deixá-los entrar.

Aja naturalmente. Em vez disso, ele ficou imóvel como pedra, olhando para os olhos negros de Alex, a mente folheando tudo que sabia sobre possessões por Cinzentos. Existiram outras pessoas que foram acompanhadas pela Lethe, pessoas que supostamente viam fantasmas. Muitas tinham enlouquecido ou se tornado candidatos "inviáveis". Havia histórias de pessoas que ficaram loucas e destruíram quartos de hospitais ou atacaram seus cuidadores com uma força descomunal – o tipo de força que poderia ser necessária para brandir um taco de beisebol contra cinco homens adultos. Depois das explosões, os sujeitos sempre ficavam em um estado catatônico que os impedia de ser questionados. Mas Alex não era comum, era?

Darlington olhou para ela. Ondina com seu cabelo liso e negro, o repartido no meio da cabeça como uma espinha nua, os olhos devoradores.

— Você os matou — ele disse. — Todos eles. Leonard Beacon. Mitchell Betts. Helen Watson. *Hellie*.

O silêncio se estendeu. O brilho escuro dos olhos dela pareceu endurecer. Ele não queria magia, um portal para outro mundo, uma fada? Mas as fadas nunca eram bondosas. *Me mande à merda*, ele pensou. *Abra essa boca vulgar e me diga que eu estou errado. Me mande pro inferno.*

Mas tudo o que ela disse foi:

— Não a Hellie.

Darlington ouvia o fluxo de vento atravessando o portal, os gemidos mundanos do prédio sobre eles e, em algum lugar distante, o som de uma sirene.

Ele sabia. No primeiro dia em que a conheceu, soube que havia algo de errado com ela, mas nunca teria adivinhado a profundidade daquilo. *Assassina*.

No entanto, quem ela tinha matado? Ninguém que deixaria saudades. Talvez ela tivesse feito o que precisava fazer. De qualquer modo, o conselho da Lethe não tinha ideia de com quem lidavam, do *que* tinham acolhido em seu seio.

— Então, o que vai fazer agora? — perguntou Alex.

Aqueles olhos negros e duros, pedras no rio. Sem remorsos, sem desculpas. O único impulso dela era a sobrevivência.

— Não sei — disse Darlington, mas ambos sabiam que era mentira. Ele teria de contar ao reitor Sandow. Não havia como contornar aquilo.

Pergunte por quê. Não, pergunte como. O motivo dela deveria importar mais para ele, mas Darlington sabia que ficaria obcecado pelo como, e o conselho também, provavelmente. Mas eles jamais poderiam deixá-la permanecer na Lethe. Se algo acontecesse, se Alex ferisse alguém de novo, seriam responsabilizados.

—Vamos ver — ele disse, e se virou para a sombra profunda no canto. Não queria continuar olhando para ela, ver o medo no rosto dela, o entendimento de tudo o que ela estava para perder.

De qualquer modo, será que ela vai conseguir? Uma parte fria dele dizia que ela jamais tivera o que era necessário para ser da Lethe. Ser de Yale. Aquela garota do oeste, do sol fácil, da madeira compensada e da fórmica.

— Alguém esteve aqui antes de nós — ele disse, porque era mais fácil falar do trabalho que do fato de ela ser uma assassina.

Leonard Beacon fora espancado até ficar irreconhecível. Os órgãos de Mitchell Betts foram quase liquefeitos, esmurrados até virar polpa. Dois homens nos cômodos de trás tinham buracos no peito indicando que haviam sido empalados no coração. O bastão fora deixado em fragmentos tão pequenos que não foi possível tirar impressões digitais. Mas Alex estava limpa. Não havia sangue nela. Os peritos criminais tinham inspecionado até os ralos.

Darlington fez um gesto para o borrão de tinta no canto.

— Alguém abriu um portal.

— Certo — ela falou.

Cautelosa, incerta. A camaradagem e o conforto conquistados nos últimos meses indo embora como o tempo mudando.

— Vou colocar uma proteção nele — ele disse. — Vamos voltar a Il Bastone e conversar sobre isso.

Quis mesmo dizer aquilo?, ele se perguntou. Ou quis dizer: *Vou descobrir o que puder antes de entregá-la e você ficar quieta*. Naquela noite, ela ainda estaria tentando barganhar – uma troca de informação pelo silêncio dele. Ela era seu Dante. Aquilo deveria ter alguma importância. *Ela é uma assassina. E uma mentirosa.*

— Isso não é algo que eu possa esconder do Sandow.

— Tudo bem — ela disse novamente.

Darlington tirou dois ímãs do bolso e traçou um sinal claro de proteção sobre o portal. Passagens como aquelas eram magia exclusiva da Chave e Pergaminho, mas era um risco ridículo para os Chaveiros abrir um portal longe da própria tumba. De qualquer maneira, era a própria magia deles que ele usaria para fechá-lo.

— *Alsamt* — ele começou. — *Mukhal...* — O fôlego foi sugado de sua boca antes que pudesse terminar as palavras.

Algo o pegara, e Darlington percebeu que cometera um erro terrível. Aquilo não era um portal. Não mesmo.

Ele percebeu naquele último minuto como tinha poucas coisas para prendê-lo ao mundo. O que poderia mantê-lo ali? Quem o conhecia bem o bastante para guardar seu coração? Todos os livros, a música, a arte, a história, as pedras silenciosas de Black Elm, as ruas daquela cidade. *Esta cidade*. Nada disso se lembraria dele.

Ele tentou falar. Um aviso? O último arquejo de um sabe-tudo? *Aqui jaz o rapaz com todas as respostas*. Exceto que não haveria um túmulo.

Danny olhava para o velho rosto jovem de Alex, para seus olhos de poços negros, para os lábios que continuaram abertos, que não se moveram para falar. Ela não deu um passo à frente. Não disse nenhuma palavra de proteção.

Ele acabou como sempre suspeitara que acabaria, sozinho no escuro.

19
Verão passado

Alex não conseguia identificar a origem do problema aquela noite no Marco Zero. Tudo começara muito antes. Len estava tentando subir de posição, fazer com que Eitan o deixasse ficar com mais carga. A maconha pagava as contas, mas os alunos das escolas particulares, da Buckley e da Oakwood, queriam Adderall, MD, óxi e ketamina, e Eitan não confiava nele com mais que uns saquinhos baratos de maconha, não importava quanto ele puxasse o saco.

Len adorava falar mal de Eitan, chamava-o de babaca judeu ensebado, e Alex se envergonhava, pensando na avó acendendo as velas no sabá. Mas Eitan Shafir tinha tudo o que Len queria: dinheiro, carros, uma fila aparentemente interminável de aspirantes a modelo penduradas nele. Morava em uma supermansão em Encino, com uma piscina de fundo infinito que dava para a autoestrada 405 e cercada por uma quantidade absurda de seguranças. O problema era que Len não tinha nada que Eitan quisesse – até que Ariel chegou à cidade.

— Ariel — disse Hellie. — É um nome de anjo.

Ariel era primo ou irmão ou alguma coisa de Eitan. Alex nunca teve certeza. Tinha olhos separados, com pálpebras pesadas, um rosto bonito emoldurado por uma barba rala muitíssimo bem cuidada. Ele deixou Alex nervosa desde o primeiro momento. Era muito quieto, como uma criatura caçando, e ela sentia a violência nele, à espreita. Via a maneira como Eitan deferia a ele, a maneira como as festas na casa de Encino ficaram mais frenéticas, num desespero para impressioná-lo, mantê-lo entretido, como se deixar Ariel entediado pudesse ser uma coisa muito perigosa. Alex tinha a sensação de que Ariel, ou alguma versão dele, sempre estivera ali, de que aquele mecanismo desordenado de homens como Eitan e Len não podia funcionar sem alguém como Ariel pairando sobre tudo, acomodando-se em seu assento, seu piscar lento como uma contagem regressiva.

Ariel se divertia com Len. Len o fazia rir, embora Ariel jamais parecesse sorrir quando ria. Ele adorava chamar Len para sua mesa. Dava um tapa nas costas dele e o fazia improvisar.

— Este é o nosso lugar — disse Len no dia em que Ariel se convidou para ir ao Marco Zero.

Alex não conseguia entender como Len não percebia que Ariel ria dele, divertindo-se com a pobreza e excitado pela necessidade deles. A sobrevivente dentro dela entendia que alguns homens gostavam de ver outras pessoas rastejarem, que gostavam de pressionar para ver a quais humilhações a necessidade as levaria. Havia rumores rolando na casa de Eitan, passados de uma garota para outra: "Não fique sozinha com Ariel. Ele não gosta de sexo selvagem; ele gosta de sexo violento".

Alex tentara fazer Len enxergar o perigo.

— Não fique de zoeira por aí com esse cara — ela disse. — Ele não é como a gente.

— Mas ele gosta de mim.

— Ele só gosta de brincar com a comida.

— Ele está convencendo Eitan a me subir de nível — disse Len, de pé no balcão amarelo descascado no Marco Zero. — Por que você tem que cagar em qualquer coisa boa que acontece comigo?

— É fentanyl de lixão, porra. Ele está dando pra você porque ninguém mais quer.

Eitan não se metia com fentanyl a não ser que soubesse exatamente de onde vinha. Gostava de ficar fora do radar da polícia, e matar seus clientes tendia a chamar atenção. Alguém pagara uma dívida com ele com o que supostamente era heroína malhada com fentanyl, mas ela passara por mãos demais para ser considerada limpa.

— Não ferre isso pra mim, Alex — disse Len. — Faça esse chiqueiro ficar bonito.

— Vou pegar minha varinha mágica.

Ele a estapeou, mas não com força. Só um tapa de "estou falando sério".

— Ei — Hellie protestou. Alex nunca teve certeza do que ela quis dizer com aquele "ei", mas ficava grata de qualquer modo.

— Relaxa — disse Len. — Ariel quer se divertir com gente de verdade, não com aqueles cuzões falsos que ficam em volta do Eitan. Vamos pegar as caixas de som do Damon. Limpem tudo. — Ele olhou para Hellie, depois para Alex. — Tentem ficar bonitas. Sem pirraça hoje à noite.

— Vamos — Alex disse assim que Len saiu do apartamento, com Betcha no banco do passageiro, já acendendo um baseado.

O nome verdadeiro de Betcha era Mitchell, mas Alex só ficara sabendo disso quando ele foi preso por posse de drogas e eles precisaram arrumar o dinheiro da fiança. Andava com Len desde muito antes de Alex e sempre estava por ali, alto, robusto, de barriga mole, o queixo perpetuamente salpicado de acne.

Alex e Hellie começaram a andar, primeiro em direção ao leito de concreto do rio Los Angeles, depois para o ponto de ônibus na Sherman, sem destino em mente. Já tinham feito isso outras vezes, jurado que iam embora para sempre; chegaram até o píer de Santa Monica, até Barstow, uma vez até Las Vegas, onde passaram o primeiro dia perambulando por lobbies de hotel e o segundo roubando moedas das velhas que jogavam nos caça-níqueis, até conseguirem o suficiente para a passagem de ônibus de volta para casa. Percorrendo a estrada a caminho de Los Angeles, no ar-condicionado, tinham adormecido encostadas uma na outra. Alex sonhara com o jardim do Bellagio, as rodas-d'água e o perfume canalizado, as flores arrumadas como um quebra-cabeça. Às vezes Alex e Hellie levavam horas, às vezes dias, mas sempre voltavam. Havia mundo demais. Escolhas demais, que pareciam apenas levar a mais escolhas. Viver era isso, e nenhuma delas tinha desenvolvido a habilidade ainda.

— Len disse que vamos perder o Marco Zero se Ariel não conseguir — disse Hellie, enquanto tomavam o transporte público. Sem grandes planos naquele dia. Nada de Vegas, apenas uma viagem ao West Side.

— É só papo — respondeu Alex.

— Ele vai ficar puto porque não limpamos a casa.

Alex olhou pela janela turva e disse:

— Você percebeu que Eitan mandou a namorada embora?

— Quê?

— Quando Ariel chegou. Ele mandou Inger embora. Ele não está andando com as meninas de sempre. Só lixo do Valley.

— Não é nada de mais, Alex.

Ambas sabiam o que Ariel estava indo fazer no Marco Zero. Ele queria viver na pobreza por uns dias, e Alex e Hellie seriam parte da diversão.

— Nunca é nada de mais, até que vira — disse Alex.

Existiram outros favores. Na primeira vez, foi um cara do cinema, ou ao menos alguém que Len disse ser um cara do cinema que iria arrumar vários negócios em Hollywood, mas que Alex descobriu depois ser apenas um assistente de produção recém-saído da faculdade de Cinema. Ela passou a noite toda sentada no colo dele, esperando que fosse ficar só nisso, até que ele a levou para o banheirinho e estendeu o tapetinho imundo sobre os azulejos – um gesto cavalheiresco estranho – para que ela pudesse chupá-lo com todo o conforto enquanto ele estava sentado na privada. *Tenho quinze anos*, ela pensou ao enxaguar a boca e limpar a maquiagem dos olhos. *Como é ter quinze anos?* Haveria uma outra Alex frequentando festas do pijama e beijando rapazes em bailes da escola? Ela poderia mergulhar no espelho acima da pia e entrar na pele daquela outra garota?

Mas ela estava bem. Realmente bem. Até a manhã seguinte, quando Len ficou batendo portas de armário e fumando como se quisesse comer o cigarro a cada tragada, até que Alex perdeu a paciência e perguntou:

— Qual é o seu problema?

— Meu problema? Minha namorada é uma prostituta.

Alex ouvira aquela palavra de Len tantas vezes que mal a registrava. Vaca, vadia, a ocasional piranha quando ele estava particularmente raivoso ou quando fingia ser um gângster britânico. Mas ele jamais a chamara daquilo. Aquela palavra era para outras garotas.

— Você disse...

— Eu não disse merda nenhuma.

— Você me disse para deixar ele feliz.

— E isso significa chupar o pinto dele na língua das prostitutas?

A cabeça de Alex girou de tontura. Como ele sabia? O cara do cinema tinha saído daquele banheiro e anunciado? E, mesmo se tivesse, por que Len estava bravo? Ela sabia o que "deixar ele feliz" significava. Alex sentiu apenas raiva, e era melhor que qualquer droga, queimando as dúvidas em sua mente.

— Que porra você achou que eu ia fazer? — ela questionou, surpresa por como sua voz soava alta, segura. — Contar piadas? Fazer uma mágica pra ele?

Ela pegou o liquidificador, o que Len usava para fazer seus milk-shakes de proteína, e o atirou contra a geladeira. Por um minuto viu medo nos olhos dele e quis muito continuar a amedrontá-lo. Len a chamou de louca, bateu a porta e saiu do apartamento. Correu *dela*. Mas, assim que ele se foi, a adrenalina saiu de Alex em um segundo, deixando-a mole e solitária. Não se sentia brava ou com a razão, apenas envergonhada e com muito medo de ter estragado tudo, de ter arruinado a si mesma, de que Len jamais fosse querê-la de novo. E então para onde iria? Tudo o que ela queria era que ele voltasse.

No fim ela pediu desculpas e implorou que ele a perdoasse, eles ficaram chapados, ligaram o ar-condicionado e transaram bem ao lado dele, o ar vindo em sopros refrescantes que mascaravam o arfar dos dois. Mas, quando Len disse que ela era uma boa putinha, ela não se sentiu sensual ou empolgada; sentiu-se pequena. Teve medo de chorar e de que ele ainda por cima gostasse daquilo. Virou o rosto para a abertura do ar-condicionado e sentiu o bafo gélido soprar a penugem fina de seu rosto. Apertou os olhos e, enquanto Len a comia desconfortavelmente por trás, imaginou-se em uma geleira, nua e sozinha, o mundo limpo e vazio, cheio de perdão.

Mas Ariel não era um estudante de cinema atrás de um pouco de aventura. Ele tinha uma reputação. Corriam histórias de que ele só estava nos Estados Unidos para escapar da polícia israelense por ter espancado duas meninas menores de idade em Tel Aviv, de que ele gerenciava uma rinha de cães, de que ele gostava de deslocar os ombros das garotas como um tipo de preliminar, igual a um menino arrancando as asas de uma mosca.

Len ficaria furioso ao voltar e ver que o apartamento continuava uma bagunça. Ficaria ainda mais furioso quando elas não voltassem ao Marco Zero para a festa. Mas elas poderiam sobreviver à fúria de Len melhor que à atenção de Ariel.

Alex entendeu que Len esperava algum tipo de ciúme ao trazer Hellie da praia de Venice para casa com ele naquele dia. Ele só não previra o riso afetuoso de Hellie, sua facilidade para passar o braço em torno dos ombros de Alex, o jeito como ela pegava um livro da pilha de thrillers e ficção científica e dizia: "Leia para mim". Hellie tornara aquela vida suportável. Alex não iria pelo caminho que levava a Ariel, e nem deixaria Hellie ir também, porque sabia que não voltariam intactas. Não tinham uma boa vida. Não era o tipo de vida que ninguém imaginava ou desejava, mas elas se viravam.

Tomaram o ônibus que subia a colina, descendo pela 101 até a 405 e Westwood, e então caminharam até a UCLA, subiram a escarpa até o campus e atravessaram o jardim de esculturas. Sentaram-se nos degraus sob os belos arcos do Hall Royce e observaram os estudantes jogando *frisbee* ou deitados ao sol lendo. *Lazer*. Aquelas pessoas douradas buscavam lazer porque tinham tanta coisa para fazer. Ocupações. Metas. Alex não precisava fazer nada. Nunca. Ela se sentia como se estivesse caindo.

Quando as coisas ficavam ruins, ela gostava de falar sobre o Plano de Dois Anos. Ela e Hellie começariam a faculdade comunitária no outono ou fariam cursos on-line. Arrumariam empregos no shopping e juntariam dinheiro para um carro usado, assim não precisariam mais tomar o ônibus para todo lugar.

Normalmente, Hellie entrava no jogo, mas não naquele dia. Estava emburrada, ranzinza, colocando defeito em tudo.

— Não vamos conseguir ganhar o suficiente no shopping para comprar um carro *e* pagar o aluguel.

— Então vamos ser secretárias ou alguma coisa assim.

Hellie lançou um longo olhar para os braços de Alex.

— Muitas tatuagens. — Não em Hellie. Deitada ali nos degraus do Royce, de bermudas jeans e pernas douradas cruzadas, ela parecia pertencer ao lugar. — Acho bonitinho você acreditar que isso realmente vai acontecer.

— Poderia acontecer.

— Não podemos perder o apartamento, Alex. Fiquei nas ruas por um tempo depois que minha mãe me expulsou. Não vou fazer isso de novo.

— Não vai precisar. Len está de papo furado. E, mesmo se não estiver, vamos dar um jeito.

— Se você passar mais tempo no sol, vai ficar totalmente mexicana. — Hellie se levantou e tirou a poeira das bermudas. — Vamos fumar e ver um filme.

— Não vamos ter dinheiro suficiente pro ônibus de volta.

Hellie deu uma piscadela.

— A gente dá um jeito.

Encontraram um cinema, o velho Fox, onde Alex às vezes via os funcionários colocando cordas vermelhas para as estreias. Alex tinha se aconchegado no ombro de Hellie, aspirando o doce aroma de coco da pele dela, ainda quente do sol, sentindo a seda do cabelo louro dela roçar ocasionalmente sua testa.

Acabou cochilando e, quando as luzes do cinema se acenderam, Hellie tinha sumido. Alex foi até o saguão, depois foi para os banheiros, e só após a segunda mensagem finalmente conseguiu uma resposta: "Está tudo bem. Dei um jeito".

Hellie tinha voltado para a festa. Tinha voltado para Len e Ariel. Certificara-se de que Alex não estaria lá para impedi-la.

Alex não tinha dinheiro, nenhum jeito de voltar para casa. Tentou pedir carona, mas ninguém queria pegar uma garota com lágrimas caindo pelo rosto, vestindo uma camiseta suja e os restos de uma bermuda jeans preta. Andou para lá e para cá no Westwood Boulevard, sem saber o que fazer, até que por fim vendeu o resto de sua maconha para um ruivo de *dreadlocks* com um cachorro magrelo.

Quando voltou ao apartamento, seus pés sangravam onde bolhas haviam se formado e estourado dentro dos All Star de cano baixo. A festa estava a toda no Marco Zero, a música saindo do apartamento em batidas graves e estridentes.

Ela se esgueirou para dentro, mas não viu Hellie nem Ariel na sala. Ficou na fila para o banheiro, esperando que ninguém fosse avisar Len de sua presença – ou que ele estivesse chapado demais para se importar –, lavou os pés na banheira, depois foi para o quarto dos fundos e se deitou no colchão. Ela mandou mais mensagens para Hellie.

"Você está aqui? Estou nos fundos."

"Hellie, por favor."

"Por favor."

Alex adormeceu, mas acordou com o som de Hellie deitando-se ao seu lado. No brilho fraco da luz de segurança da viela, a garota parecia totalmente amarelada. Os olhos estavam imenso e vidrados.

— Você está bem? — Alex perguntou. — Foi ruim assim?

— Não — disse Hellie, mas Alex não sabia a qual pergunta ela respondia. — Não, não, não, não, não.

Hellie abraçou Alex e a puxou para perto. Seu cabelo estava molhado. Tinha tomado banho. Cheirava a sabonete antibacteriano, sem o perfume costumeiro de coco.

— Não, não, não, não, não — ela repetia.

Estava rindo, o corpo tremendo do jeito que fazia quando estava tentando não rir alto demais, mas as mãos prendiam as costas de Alex, os dedos afundando como se ela estivesse sendo puxada para o mar.

Horas depois, Alex acordou de novo. A sensação era de que jamais teria uma verdadeira noite de sono ou uma manhã real, apenas esses cochilos curtos intercalados por períodos em que ficava semidesperta. Eram três da manhã, e a festa tinha se acalmado ou mudado para outro lugar. O apartamento estava silencioso. Hellie estava de lado, olhando para ela. Seus olhos ainda pareciam selvagens. Ela vomitara sobre a camiseta em algum momento da noite.

Alex torceu o nariz para o fedor.

— Bom dia, Hellie Fedida — ela disse. Hellie sorriu, e havia tanta doçura no rosto dela, tanta tristeza. — Vamos dar o fora daqui. Para sempre. Chega deste lugar para nós.

Hellie assentiu.

— Tire isso. Você está com um cheiro de merda — disse Alex, esticando a mão para pegar a barra da camiseta dela. Sua mão a atravessou diretamente, bem onde a pele firme do abdômen de Hellie deveria estar.

Hellie piscou uma vez, aqueles olhos tão tristes, tão tristes.

Ela ficou parada ali, ainda olhando para Alex; estudando-a, Alex percebeu, pela última vez.

Hellie se fora. Mas não fora. Seu corpo estava deitado de barriga para cima no colchão, imóvel e frio, a trinta centímetros de distância, a camiseta apertada salpicada de vômito. Sua pele estava azul. Há quanto tempo seu fantasma estava ali deitado, esperando Alex acordar? Havia duas Hellies no quarto. Não havia Hellie alguma no quarto.

— Hellie. *Hellie*. Helen. — Alex chorava, curvada sobre o corpo dela, tentando sentir o pulso. Algo se quebrou dentro dela. — Volte — ela soluçou, estendendo as mãos para o fantasma de Hellie, passando os braços através dela repetidamente.

A cada vez que passava os braços, vislumbrava um caco brilhante da vida de Hellie. A casa ensolarada dos pais dela em Carpinteria. Seus pés calejados sobre uma prancha de surfe. Ariel com os dedos enfiados em sua boca.

— Você não precisava ter feito isso. Não precisava.

Mas Hellie não dizia nada, apenas chorava em silêncio. As lágrimas pareciam prateadas contra o rosto dela. Alex começou a gritar.

Len entrou escancarando a porta, a camisa para fora, o cabelo um ninho embaraçado, já xingando que eram três da manhã e ele não podia descansar na própria casa, quando viu o corpo de Hellie.

Então ele ficou repetindo a mesma coisa.

— Porra, porra, porra.

Como o "não não não" de Hellie. Rá-tá-tá-tá. Um momento depois, ele estava com a palma da mão sobre a boca de Alex.

— Cala a boca. Cala a porra da boca. Meu Deus, vaca burra, fica quieta.

Mas Alex não conseguia ficar quieta. Ela soluçava em torrentes altas, o peito arfando enquanto ele apertava cada vez mais forte. Ela não conseguia respirar. Caía muco de seu nariz, e a mão dele estava presa com força sobre sua boca. Ela arranhou a mão de Len conforme ele apertava. Ia desmaiar.

— Meu Deus, porra. — Ele a empurrou para o lado, limpou a mão nas calças. — Cala a porra da boca e deixa eu pensar.

— Ah, merda. — Betcha estava na soleira da porta, a grande barriga pendendo sobre a bermuda de basquete, a camiseta aberta. — Ela está?

— A gente tem que limpar ela — disse Len —, tirar ela daqui.

Por um momento, Alex assentiu, achando que ele estava falando sobre deixá-la bonita. Hellie não deveria ir ao hospital com vômito na camiseta. Não deveria ser encontrada daquele jeito.

— Ainda é cedo. Não tem ninguém lá fora — disse Len. — Podemos colocar ela no carro, largar ela... não sei. Naquela boate nojenta em Hayvenhurst.

— Crashers?

— Isso, vamos largar ela naquele beco. Ela parece bem zoada, e ainda deve ter muita merda no organismo dela.

— É — concordou Betcha. — Isso.

Alex os observou, os ouvidos ressoando. Hellie os observava também, de seu lugar ao lado do próprio corpo no colchão, ouvindo-os falar sobre jogá-la fora feito lixo.

— Vou chamar a polícia — disse Alex. — Ariel deve ter dado a ela...

Len a acertou, de mão aberta, mas com força.

— Não seja burra, porra. Quer ir pra cadeia? Quer Eitan e Ariel vindo atrás da gente? — Ele a acertou de novo.

— Que merda, cara, relaxa — disse Betcha. — Não faz assim. — Mas ele não ia interferir. Não faria nada para impedir Len.

O fantasma de Hellie inclinou a cabeça para trás, olhou para o teto, começou a flutuar em direção à parede.

— Vamos — chamou Len a Betcha. — Pegue os tornozelos.

— Você não pode fazer isso com ela — disse Alex. Era o que deveria ter dito na noite anterior. Todas as noites. *Não pode fazer isso com ela.*

O fantasma de Hellie já começava a desaparecer através da parede.

O corpo dela pendia entre Len e Betcha como uma rede. Len tinha os braços sob as axilas de Hellie. A cabeça dela estava caída para o lado.

— Meu Deus, ela está cheirando a merda.

Betcha segurava os tornozelos dela. O sapato de plástico rosa perolado pendia de um dos pés. Ela não o tirara ao ir para a cama. Provavelmente não tinha percebido. Alex observou enquanto ele deslizava do dedo dela e caía no chão.

— Merda, coloque de volta.

Betcha mexeu nele desajeitadamente, baixando os pés dela, depois tentando enfiar o sapato de volta como algum tipo de lacaio em *Cinderela*.

— Ah, pelo amor de Deus, só traz ele com você. Vamos jogar o sapato junto com ela.

Foi só quando Alex os seguiu para a sala que viu que Ariel ainda estava ali, adormecido de cuecas no sofá.

— Estou tentando dormir, porra — ele disse, piscando de modo sonolento para eles. — Ah, merda, ela está...?

E então ele riu.

Eles pararam diante da porta. Len tentou alcançar a maçaneta, derrubou o bastão de gângster idiota que mantinha ali para "proteção". Mas não conseguia equilibrar o corpo de Hellie e abrir a porta ao mesmo tempo.

— Vamos lá — ele perdeu a paciência. — Abra a porta, Alex. Deixe a gente sair.

Me deixe entrar.

O fantasma de Hellie flutuava entre a janela e o céu. Ela estava ficando cinza. Será que os seguiria até aquele beco imundo?

— Não vá — Alex implorou a ela.

Mas Len pensou que ela falava com ele.

— Abra a porta, vadia inútil.

Alex estendeu a mão para a maçaneta. *Me deixe entrar.* O metal estava frio em sua mão. Ela começou a abrir a porta, então a fechou. Girou o trinco e se virou para encarar Len, Betcha e Ariel.

— Que foi agora? — Len perguntou sem paciência.

Alex estendeu a mão para Hellie. *Fique comigo.* Ela não sabia o que estava pedindo. Não sabia o que estava oferecendo. Mas Hellie entendeu.

Sentiu Hellie correndo para ela, sentiu-se partir, abrindo-se para dar espaço a outro coração, outro par de pulmões, para a vontade de Hellie, a força de Hellie.

— Que foi agora, Len? — perguntou Alex. Ela pegou o bastão.

Alex não se lembrava direito do que tinha acontecido em seguida. A sensação de Hellie dentro dela como uma respiração profunda, presa. Como o bastão parecia leve e natural em suas mãos.

Não houve hesitação. Ela batia pela esquerda, como Hellie fizera quando jogava no Midway Mustangs. Alex estava tão forte que isso a deixava desajeitada. Acertou Len primeiro, uma rachadura certeira no crânio. Ele foi para o lado e ela tropeçou, desequilibrada pela força do próprio golpe. Acertou-o de novo, e a cabeça dele afundou fazendo um barulho estranho, como uma *piñata* se partindo, pedaços do crânio e do cérebro voando, sangue espirrando em tudo. Betcha ainda estava segurando os tornozelos de Hellie quando Alex virou o bastão para ele – rápido assim. Primeiro ela o acertou atrás dos joelhos, e ele gritou ao cair, então ela desceu o bastão como uma marreta sobre os ombros e o pescoço dele.

Ariel se levantou, e a princípio Alex pensou que ele fosse pegar uma arma, mas ele se afastava, aterrorizado, e, quando ela passou pela porta de vidro, percebeu o motivo. Ela estava brilhando. Caçou-o até a porta – não, não caçou. Voou sobre ele, como se os pés mal tocassem o chão. A raiva de Hellie era como uma droga em seu corpo, fazendo o sangue arder. Derrubou Ariel no chão e o acertou repetidamente, até que o bastão quebrou contra a coluna dele. Então ela pegou os pedaços pontudos que sobraram e foi procurar o resto dos vampiros, uma seita de rapazes, adormecidos em suas camas, chapados e babando.

Quando terminou, quando não restava mais ninguém para matar, e ela sentiu a exaustão pesando sobre a energia ilimitada de Hellie, foi a amiga que a guiou, fazendo com que ela calçasse os sapatos de plástico rosa nos próprios pés e andasse os mais de três quilômetros até onde a Roscoe cruzava com o rio Los Angeles. Não viu ninguém pelo caminho; Hellie a conduziu para cada rua vazia, dizendo onde virar, quando esperar, quando era seguro, até chegarem à ponte e descerem na manhã cinzenta que clareava. Entraram juntas, a água fria e nojenta. A cidade quebrara o rio onde ele alagara tantas vezes, fechara-o com concreto para ter certeza de que jamais causaria danos de novo. Alex deixou que ele a limpasse, os restos quebrados do bastão saindo de suas mãos como sementes. Ela seguiu o curso do rio na maior parte do caminho de volta ao Marco Zero.

Ela e Hellie colocaram o corpo da amiga de volta ao local onde estivera, e então deitaram-se juntas no frio daquele quarto. Ela não se importava com o que aconteceria em seguida, se a polícia viria, se ela congelaria até a morte naquele chão.

— Fique — Alex disse a Hellie, ouvindo o trovão dos dois corações batendo juntos, sentindo o peso de Hellie curvada em seus músculos e ossos. — Fique comigo.

Mas, quando ela acordou, um paramédico jogava uma luz dentro de seus olhos e Hellie desaparecera.

20
Inverno

No que Alex estava pensando na noite em que Darlington desapareceu? Que ela precisava levá-lo de volta à Gaiola. Os dois conversariam. Ela explicaria... exatamente o quê? Que eles mereceram? Que matar Len e os outros não dera somente alguma paz apenas a Hellie, mas a ela também? Que o mundo punia garotas como elas, como Tara, por todas as suas escolhas erradas, por cada engano. Que ela tinha gostado de aplicar pessoalmente a punição. Que qualquer consciência que ela sempre acreditara possuir não tinha aparecido para trabalhar naquele dia. E que ela certamente não estava arrependida.

Mas poderia dizer que estava. Poderia fingir que não se lembrava da sensação de segurar o bastão, que não faria aquilo de novo. Porque era aquilo que Darlington temia – não que ela fosse má, mas que fosse perigosa. Tinha medo do caos. Então Alex poderia dizer a ele que Hellie a possuíra. Tornaria aquilo um mistério para resolverem juntos. Ele gostaria daquilo. Ela seria algo para que ele consertasse, um projeto como sua cidade partida, sua casa aos pedaços. Ela ainda poderia ser uma das pessoas boas.

Mas Alex jamais precisou contar aquelas mentiras. A coisa no porão certificou-se disso. Darlington não estava no exterior. Não estava na Espanha. E ela não acreditava de fato que ele tivesse desaparecido num bolsão de espaço, para ser resgatado como uma criança que se afastou do grupo. Dawes e o reitor Sandow não estavam lá naquela noite. Não tinham sentido o caráter definitivo daquela escuridão.

— Não é um portal — ele dissera no porão de Hall Rosenfeld. — É uma bo...

Em um minuto ele estava ali e, no seguinte, fora envolvido em negrume. Ela vira o terror nos olhos dele, a súplica. *Faça alguma coisa. Me ajude.* Ela tivera a intenção. Ou ao menos achara que sim. Tinha repassado aquele momento na cabeça mil vezes, imaginando por que congelara-se por medo, falta de treino ou distração. Ou se tinha sido uma escolha. Se a coisa no canto lhe dera uma solução para o problema que Darlington representava.

Isso não é algo que eu possa esconder de Sandow. As palavras de Darlington, como dedos entrando em sua boca, beliscando sua língua, impedindo-a de gritar.

À noite, ela pensava no rosto perfeito de Darlington, na sensação do corpo dele encaixado no dela sob as cobertas quentes de sono da cama estreita.

Deixei que você morresse. Para me salvar, deixei que você morresse.

Esse era o perigo de se andar com sobreviventes.

O mecânico se curvou sobre ela, sorrindo.

— Não tem pra onde correr, vagabunda.

O aperto dele era pesado no pescoço dela, como se os polegares pudessem perfurar a pele e afundar na traqueia.

Alex não quisera pensar naquela noite no Marco Zero. Não quisera olhar para trás. Não tinha nem mesmo certeza do que acontecera, se fora Hellie ou ela quem tornara aquilo possível.

Me deixe entrar.

Fique comigo.

Talvez tivesse medo de que, se abrisse a porta novamente, algo terrível pudesse entrar. Mas era exatamente do que precisava naquele momento. De algo terrível.

A mão de Alex se fechou ao redor do taco de golfe descartado. Esticou a mão esquerda na direção de North, lembrou-se da sensação de estar sendo partida, desejou fazer aquilo novamente. *Abra a porta, Alex.* Teve tempo para registrar o olhar de surpresa no rosto dele, e então sua escuridão fria correu para ela.

Hellie tinha ido até ela por vontade própria, mas North lutou. Ela sentiu a confusão dele, o terror desesperado para permanecer livre, e então uma maré de sua própria necessidade engoliu as preocupações dele.

North causava uma sensação diferente da de Hellie. Ela fora a curva poderosa de uma onda. A força de North era escura e flexível, elástica como o florete de um esgrimista. Enchia os membros dela, como se tivesse metal derretido correndo nas veias.

Ela girou o taco uma vez na mão, testou o peso. *Quem disse que eu vou correr?* Ela o brandiu.

O mecânico conseguiu levantar o braço, protegendo a cabeça, mas Alex ouviu os ossos da mão dele cederem com um ruído satisfatório. Ele uivou e caiu para trás, sobre o sofá.

Alex mirou o joelho em seguida. Os grandes eram mais fáceis de administrar no chão. Ele caiu com um baque.

— Quem é você? — ela perguntou. — Quem o enviou?

— Vá se foder — ele rosnou.

Alex desceu o taco e golpeou com força a madeira do chão. Ele sumira – como se tivesse derretido através das tábuas. Ela olhou para o espaço vazio onde ele estivera, o coice do golpe reverberando em seus braços.

Algo a acertou por trás. Alex caiu para a frente conforme a dor explodia em seu crânio.

Ela caiu no chão e rolou, indo para trás. O mecânico estava metade para fora e metade para dentro da parede, o corpo dividido pela cornija da lareira.

Alex ficou de pé, mas no instante seguinte ele estava ao seu lado. O punho dele a golpeou, acertando a mandíbula. Só a força de North impediu que ela caísse. Ela balançou o taco, mas o mecânico já tinha sumido. Um punho a acertou vindo do outro lado.

Dessa vez ela caiu.

O mecânico a chutou com força no flanco, a bota se encaixando nas costelas quebradas. Ela gritou. Ele chutou de novo.

— Coloque as mãos sobre a cabeça!

Detetive Turner. Ele estava de pé na porta, a arma em punho.

O mecânico olhou para Turner. Ele levantou os dedos médios e desapareceu, dissolvendo-se na cornija.

Alex se apoiou na parede e sentiu North esvaindo-se dela, como uma maré borrada, retomando sua forma, o rosto assustado e ressentido. Ela deveria sentir pena dele?

— Ok — murmurou Alex. — Mas não tive escolha.

Ele pousou a mão na ferida no peito, como se ela tivesse atirado nele.

— Apenas encontre Tara — ela disse sem paciência. — Você tem o aparelho.

— O quê? — disse Turner. Ele estava apalpando a cornija e a lareira fechada com tijolos atrás dela, como se esperasse encontrar uma passagem secreta.

— Magia de portal — ela grunhiu.

North olhou sobre o ombro mais uma vez e desapareceu pela parede do apartamento. A dor a atingiu em uma onda súbita, uma fotografia sequencial de uma flor desabrochando, como se a presença de North tivesse afastado o pior e, agora que ele se fora, os danos pudessem vir correndo. Alex tentou se levantar. Turner colocara a arma no coldre.

O detetive bateu o punho no balcão.

— Isso não é possível.

— É — disse Alex.

— Você não entende — disse Turner. Ele olhou para ela do mesmo jeito que North olhara, como se Alex tivesse feito algo de ruim para ele. — Aquele era Lance Gressang. Aquele era meu suspeito de homicídio. Eu o deixei há menos de uma hora. Sentado em uma cela.

Existe algo anormal na composição de New Haven? Na pedra usada para construir seus prédios? Nos rios dos quais bebem seus grandes olmos? Durante a guerra de 1812, os britânicos bloquearam o porto de New Haven, e a pobre igreja Trinity – antes de ser o palácio gótico que hoje embeleza o parque – não tinha como conseguir a madeira necessária para sua construção. Mas o comandante Hardy da Marinha Real Britânica ficou sabendo a que as grandes vigas seriam destinadas. Ele permitiu que elas passassem, e as vigas flutuaram pelo rio Connecticut. "Se há um lugar na terra que precisa de religião", ele disse, "é New Haven. Deixe as balsas passarem!".

— de *Lethe: um legado*

Por que acha que construíram tantas igrejas aqui? De algum jeito, os homens e mulheres desta cidade sabiam: suas ruas eram lar de outros deuses.

— *Diário dos dias de Lethe* de Elliot Sandow
(Residência Branford, 1969)

21
Inverno

Turner pegou o telefone e Alex sabia o que vinha a seguir. Parte dela queria deixar acontecer. Queria o bipe regular das máquinas hospitalares, o cheiro de antisséptico, a medicação intravenosa das drogas mais fortes que eles tivessem para apagá-la e mandá-la para longe daquela dor. Ela estava morrendo? Achava que não. Depois de ter feito aquilo uma vez, achou que saberia. Mas ela *se sentia* como se estivesse morrendo.

— Não — ela forçou a palavra a sair em um som rouco. A garganta ainda doía como se estivesse sendo apertada pelas mãos enormes de Lance Gressang. — Hospital não.

— Viu isso em algum filme?

— Como vai explicar isso para um médico?

— Vou dizer que a encontrei assim — disse Turner.

— Certo, como *eu* vou explicar isso? E a cena do crime bagunçada? E como entrei aqui.

— *Como* você entrou aqui?

— Não preciso de hospital. Me leve até a Dawes.

— Dawes?

Alex ficou irritada por Turner ter esquecido o nome de Dawes.

— Oculus.

— Foda-se essa merda — disse Turner. — Vocês todos com seus codinomes, seus segredos e suas palhaçadas.

Ela percebia como ele oscilava entre a raiva e o medo. A mente dele tentava apagar tudo o que vira. Uma coisa era dizerem que magia existia, outra era vê-la literalmente erguendo o dedo médio para você.

Alex se perguntou quanto a Lethe compartilhava com o Centurião. Teriam dado a ele o mesmo livrinho *A vida da Lethe*? Um longo arquivo cheio de histórias de horror? Uma caneca comemorativa com os dizeres "Monstros são reais"? Alex passara a vida cercada pelo sobrenatural, e ainda assim fora difícil absorver a realidade da Lethe. Para alguém que crescera no que acreditava ser uma cidade comum – a cidade *dele* –, que fora um instrumento da ordem nas ruas, como seria descobrir subitamente que as regras mais básicas não eram válidas?

— Ela precisa de um médico? — Uma mulher estava parada no corredor com o celular na mão. — Ouvi uma confusão.

Turner mostrou o distintivo.

— A ajuda está a caminho, senhora. Obrigado.

Aquele distintivo era um tipo de magia também. Mas a mulher se virou para Alex.

— Você está bem, querida?

— Estou bem — Alex conseguiu dizer, sentindo uma pontada de afeto por aquela estranha de roupão de banho, enquanto ela aninhava o telefone no peito e se afastava.

Alex tentou levantar a cabeça, a dor a perfurando como uma chicotada.

— Você tem que me levar para um lugar protegido. Onde eles não consigam chegar até mim, entende?

— Eles.

— Sim, *eles*. Fantasmas, espíritos malignos e presidiários que podem atravessar paredes. É tudo real, Turner, não é só um monte de universitários fantasiados com túnicas. Eu preciso da sua ajuda.

Aquelas foram as palavras que o acordaram.

— Tem um policial lá na frente, e não posso passar por ele carregando você sem responder a um interrogatório. E você com certeza não consegue andar sozinha.

— Eu consigo. — Mas, por Deus, ela não queria. — Ponha a mão no meu bolso do lado direito. Tem um frasquinho com um conta-gotas.

Ele balançou a cabeça, mas procurou no bolso de Alex.

— O que é isso?

— Basso beladona. Pingue duas gotas nos meus olhos.

— Droga? — perguntou Turner.

— Remédio.

É claro que aquilo o aplacou. Turner, o líder escoteiro.

Assim que a primeira gota atingiu seu olho, ela soube que calculara mal. Sentiu-se instantaneamente energizada, pronta para se mexer, para agir, mas a basso beladona não fazia nada para diminuir a dor, apenas deixava Alex mais consciente dela. Podia *sentir* os locais que os ossos quebrados pressionavam e não deveriam, onde os vasos sanguíneos tinham explodido, os capilares rompidos e inchando.

A droga dizia ao cérebro que tudo estava bem, que tudo era possível, que, se ela quisesse, poderia se curar naquele instante. Mas a dor era um pânico uivante, golpeando a consciência como um punho contra o vidro. Podia sentir o início de uma rachadura, sua sanidade era um para-brisa que não deveria quebrar. Tinha sido chamada de louca inúmeras vezes, tinha acreditado às vezes, mas essa era a primeira vez que *sentia* que estava louca.

O coração dela trovejava. *Vou morrer aqui.*

Você está bem. Mas em quantos fins de noite, em quantas tardes longas ela dissera aquilo para alguém que fumara demais, engolira demais, cheirara demais? *Respire fundo. Você está bem. Você está bem.*

— Me encontre na Tilton — ela disse a Turner, ficando de pé. Ele era lindo. A basso beladona iluminara a pele marrom dele como um sol poente de fim de verão. A luz brilhava nos fios curtinhos da cabeça raspada. *Remédio o caralho.* A dor gritava enquanto as costelas quebradas se mexiam.

— É uma péssima ideia — ele disse.

— Só tenho ideias desse tipo. Vamos lá.

Turner soltou um suspiro exasperado e foi.

A mente eufórica de Alex já tinha planejado uma rota pelo corredor dos fundos e pelo andaime bambo. O ar estava frio e úmido contra sua pele febril. Via cada grânulo da madeira cinza gasta, sentia o suor brotando no rosto e ficando gelado no ar de inverno. Ia nevar de novo.

Descia a pequena fila de degraus. *Apenas pule*, disse a droga acendendo seu organismo.

— Por favor, cale a boca — arquejou Alex.

Tudo parecia coberto por um brilho suave, prateado, pintado em alto polimento. Ela se forçou a andar em vez de correr, os ossos raspando uns nos outros como um arco de violino. O asfalto da viela atrás do apartamento de Tara cintilava, o fedor de lixo e mijo era uma névoa grossa e visível que ela precisava atravessar, como se estivesse debaixo d'água. Ela passou entre duas fileiras de casas até a Tilton. Um momento depois, um Dodge Charger azul virou a esquina e desacelerou. Turner saiu e abriu a porta de trás, deixando Alex escorregar para o banco traseiro.

— Para onde vamos? — ele perguntou.

— Il Bastone. A casa na Orange.

Deitar e ficar imóvel era quase pior. Tudo em que conseguia pensar enquanto afundava no cheiro de carro novo dos bancos de couro de Turner era na dor que rolava por ela. Olhou para os pedaços de céu e para os telhados passando pela janela, tentando seguir na cabeça o caminho até Il Bastone. Quanto faltava? Dawes estaria lá. Dawes sempre estava lá, mas seria capaz de ajudar? *É o meu trabalho.*

— Oculus não está atendendo o telefone — disse Turner.

Dawes estava em aula? Em algum lugar entre as pilhas de livro?

— O que eu vi lá atrás? — ele perguntou.

— Eu já disse. Magia de portal — ela falou com confiança, embora não tivesse certeza.

Ela pensava que magia de portal era usada para viajar grandes distâncias ou para entrar em prédios muito vigiados. Não para ter vantagem sobre alguém numa surra.

— Portais são magia da Chave e Pergaminho. Achei que Tara e Lance pudessem estar traficando para eles por causa de Colin Khatri. E da tatuagem de Tara.

— Qual delas?

— "Prefiro morrer a duvidar." De *Idílios do rei*. — Ela tinha a estranha sensação de ter tomado o lugar de Darlington. Isso significava que ele tomara o lugar dela? Deus, ela odiava ficar assim tão chapada.

— Lance disse uma coisa quando estava me cobrindo de porrada. Ele queria saber quem machucou Tara. Não foi ele.

— Preciso lembrar que ele é um criminoso?

Alex tentou balançar a cabeça, então se contraiu.

— Ele não estava mentindo. — No pânico e no medo do ataque, ela pensara que estava sendo caçada de novo, como tinha sido com a *gluma*. Mas agora não tinha tanta certeza. — Ele estava me interrogando. Pensou que eu tinha invadido o apartamento.

— Você invadiu.

— Ele não estava lá atrás de mim. Ele voltou ao apartamento por outro motivo.

— Sim, vamos falar sobre isso. Eu lhe disse explicitamente para não chegar perto...

— Você quer respostas ou quer continuar a ser um babaca? Lance Gressang não matou Tara. Você pegou o cara errado.

Turner não disse nada e Alex riu baixo. O efeito não valia o esforço.

— Entendi. Ou você está louco e vendo coisas ou eu sou a louca, e seria melhor se a maluca fosse eu. Tenho más notícias pra você, Turner. Nenhum de nós é pirado. Alguém queria que você acreditasse que Lance é culpado.

— Mas você não acha que ele é. — Houve um longo silêncio.

Alex ouviu o tique-taque da seta sincronizado com as batidas de seu coração. Por fim, Turner disse:

— Verifiquei as atividades dos membros de sociedade que você mencionou.

Então ele fora atrás. Era um detetive bom demais para deixar uma pista de lado. Mesmo se viesse da Lethe.

— E?

— Já sabíamos que era impossível verificar onde estava Tripp Helmuth, porque ninguém ficou de olho nele a noite toda. Kate Masters afirma que estava na Manuscrito até pouco mais de três da manhã.

Alex gemeu quando o Charger passou por uma lombada. Falar doía, mas também ajudava a mantê-la distraída.

— A delegação dela toda deveria estar lá — ela conseguiu dizer. — Era noite de quinta. Uma noite de encontro.

— Tenho a impressão de que farrearam até tarde. É um prédio grande. Ela poderia ter ido e voltado sem ninguém saber.

E a Manuscrito ficava a poucos quarteirões da cena do crime. Kate poderia ter saído de fininho, com o encantamento da figura de Lance, para encontrar Tara? Tinha sido algum tipo de jogo? Uma chapação que dera errado? Kate tivera a intenção de machucar Tara? Ou estava tudo na cabeça de Alex?

— O que você sabe do menino da Chave e Pergaminho, Colin Khatri? — perguntou Turner.

— Gosto dele. — Alex ficou surpresa ao se ouvir dizer aquilo. — Ele é bacana e se veste com elegância, como você, só que mais europeu.

— Que ótima informação.

Alex vasculhou a memória. A basso beladona tornava fácil recordar o interior elaborado da tumba da Chave e Pergaminho, os padrões dos azulejos no chão. Na noite da tentativa desastrada de abrir um portal para Budapeste, Colin lhe dera um pequeno aceno empolgado quando a vira, como se estivessem pleiteando entrada na mesma sororidade.

— Darlington disse que ele era um dos melhores e mais inteligentes, fazendo trabalho de nível de pós-graduação em Química como aluno de graduação. Destinado a algum lugar prestigioso no ano que vem. Stanford, acho.

— Ele não apareceu na Chave e Pergaminho quinta-feira passada. Estava em uma festa na casa de uma professora. Bel-alguma-coisa. Um nome francês.

Ela quis rir.

— Não uma festa. Um salão.

Colin estivera no salão de Belbalm. Alex deveria participar do próximo... no dia seguinte? Não, naquela noite. Seu verão idílico no escritório tranquilo da professora, regando as plantas dela, jamais parecera tão distante. Mas Colin tinha de fato *estado* no salão? Talvez ele tivesse saído de fininho. Alex esperava que não fosse o caso. O mundo de Belbalm, de perfume apimentado e conversas gentis, parecia um refúgio, a recompensa que ela provavelmente não merecia, mas que aceitaria de bom grado. Queria manter aquilo separado de toda essa confusão.

Alex sentiu a consciência à deriva, o primeiro impulso brilhante da basso beladona indo embora. Ouviu um bipe que soou alto demais, depois Turner falando no rádio, explicando os estragos no apartamento de Lance e Tara. Alguém procurando drogas. Tinha perseguido o elemento a pé, mas o perdera de vista. Ele deu uma descrição vaga de um suspeito que poderia ser homem ou mulher, em uma parca que poderia ser preta ou azul-escura.

Alex ficou surpresa ao ouvi-lo mentir, mas sabia que ele não fazia aquilo para protegê-la. Ele não sabia como explicar Lance ou o que vira.

Por fim, Turner disse:

— Estamos chegando ao parque.

Alex fez um esforço para se sentar e poder guiá-lo. O mundo parecia vermelho, como se até o ar que tocava seu corpo estivesse ali para prejudicá-la.

— Alameda — ela disse, conforme os tijolos escuros e os vitrais de Il Bastone apareceram.

Havia luzes acesas na janela do salão. *Esteja em casa, Dawes.*

— Estacione nos fundos.

Alex fechou os olhos e soltou um suspiro quando o motor parou. Ouviu a porta de Turner bater; ele a ajudou a sair do carro.

— Chaves — ele disse.

— Não tem chave.

Ela se preocupou por um momento enquanto Turner mexia na maçaneta, imaginando se a casa permitiria a entrada dele. Mas ou a presença dela era suficiente, ou a casa reconhecera o Centurião. A porta se abriu.

Il Bastone fez um chiado preocupado quando ela entrou, os lustres tilintando. Para qualquer outra pessoa a sensação seria a de um caminhão passando lá fora, mas Alex sentia a preocupação da casa, e isso a deixou com um nó na garganta. Talvez ela apenas desaprovasse tanto sangue e trauma cruzando a porta, mas Alex queria acreditar que a casa não gostava do sofrimento de um dos seus.

Dawes estava deitada no tapete do salão, em seu moletom volumoso, usando fones de ouvido.

— Ei! — disse Turner, e repetiu quando ela não respondeu.

Dawes pulou. Era como observar um grande coelho bege voltar à vida. Ela se assustou e recuou ao ver Turner e Alex no salão.

— Ela é racista ou só assustada? — perguntou Turner.

— Não sou racista! — disse Dawes.

— Somos todos racistas, Dawes — disse Alex. — Como você terminou a graduação?

A boca de Dawes se afrouxou quando Turner arrastou Alex para a luz.

— Ai, meu Deus. *Ai, meu Deus.* O que aconteceu?

— Longa história — respondeu Alex. — Pode dar um jeito em mim?

— Deveríamos ir ao hospital — disse Dawes. — Eu nunca...

— Não — disse Alex. — Não vou sair da proteção.

— Quem fez isso com você?

— Um cara muito grande.

— Então...

— Que consegue atravessar paredes.

— Ah. — Ela fechou os lábios com força e então disse: — Detetive Turner, eu... você poderia...

— Do que precisa?

— Leite de cabra. Acho que tem no mercado Elm City.

— Quanto?

— Tudo o que tiverem. O cadinho fará o resto. Alex, consegue subir as escadas?

Alex olhou para a escadaria. Não tinha certeza de que conseguiria. Turner hesitou:

— Posso...

— Não — disse Alex. — Eu e Dawes vamos dar um jeito.

— Certo — ele disse, já indo na direção da porta. — Você tem sorte que esse pardieiro de cidade está sendo gentrificado. Queria só ver comprar leite de cabra no Family Dollar.

— Deveria ter deixado ele carregar você — grunhiu Dawes, enquanto subiam lentamente as escadas.

O corpo de Alex lutava contra cada degrau.

— Agora ele está se sentindo culpado por não ter me ouvido. Não posso deixar ele se redimir ainda.

— Por quê?

— Porque quanto pior ele se sentir, mais fará por nós. Confie em mim. Turner não gosta de estar errado.

Outro passo. E outro. Por que aquele lugar não tinha um elevador? Um elevador mágico cheio de morfina.

— Me fale sobre a Chave e Pergaminho — Alex pediu. — Pensei que a magia deles estava minguando. Na noite em que eu e Darlington fomos observar, não conseguiram nem abrir um portal para o Leste Europeu.

— Eles tiveram uns anos ruins, problemas para conseguir as melhores fontes. Houve alguma especulação na Lethe de que a magia de portal é tão perturbadora que começou a erodir o nexo de poder sobre o qual a tumba deles foi construída.

Mas talvez os Chaveiros estivessem fingindo, fazendo um pequeno teatrinho, tentando parecer mais fracos do que de fato eram. Por quê? Para poderem fazer rituais em segredo, sem a interferência da Lethe? Ou será que havia algo questionável nos rituais em si? Mas como aquilo ligaria Colin Khatri a Tara? Tripp só dissera que Tara tinha mencionado Colin uma vez, de passagem. Deveria haver algo mais. Aquela tatuagem não poderia ser apenas coincidência.

Dawes levou Alex até o arsenal e a escorou no Cadinho de Hiram. Ele parecia vibrar gentilmente, o metal frio contra a pele de Alex. Ela nunca usara a Bacia Dourada, só vira Darlington misturar o elixir nela. Ele a tratava com reverência e ressentimento. Como qualquer viciado faz com sua droga.

— Um hospital seria mais seguro — disse Dawes, mexendo nas gavetas do vasto armário, abrindo e fechando uma atrás da outra.

— Fala sério, Dawes — respondeu Alex. — Você me deu aquele negócio de teia de aranha antes.

— Aquilo foi diferente. Era uma cura mágica específica para uma enfermidade mágica específica.

— Você não hesitou em me afogar. Quão difícil pode ser dar um jeito em mim agora?

— Eu hesitei, sim. E nenhuma das sociedades é especializada em magia de cura.

— Por quê? — perguntou Alex. Talvez se ela continuasse falando, seu corpo não pudesse desistir. — Parece que isso daria dinheiro.

A careta de desaprovação de Dawes – aquele olhar de "aprender deveria ser pelo aprendizado em si" – a fez se lembrar dolorosamente de Darlington. Na verdade, tudo o que ela fazia naquele momento era doloroso.

— Magia de cura é uma bagunça — disse Dawes. — É o tipo mais praticado por leigos, o que significa que o poder é distribuído de modo mais amplo, em vez de ser atraído para os nexos. Também existem proibições severas quanto a mexer com a imortalidade. E não é como se eu soubesse exatamente o que há de errado com você. Não posso fazer um raio-x e simplesmente lançar um feitiço para curar uma costela quebrada. Você pode ter uma hemorragia interna ou sei lá o quê.

— Você vai dar um jeito.

— Vamos tentar a reversão — disse Dawes. — Posso levá-la para trás... uma hora seria suficiente? Duas horas? Espero que a gente tenha leite suficiente.

— Você está... está falando de viagem no tempo?

Dawes fez uma pausa com a mão em uma gaveta.

— Está falando sério?

— Não — disse Alex apressadamente.

— Estou apenas ajudando seu corpo a se reverter para uma versão anterior de si mesmo. É uma anulação. Muito mais fácil do que tentar produzir carne e ossos novos. Na verdade, é um tipo de magia de portal, então pode agradecer à Chave e Pergaminho por isso.

— Vou enviar um bilhete a eles. Quanto você pode voltar?

— Não muito. Não sem uma magia mais forte e mais gente para trabalhar nela.

Uma anulação. *Leve-me de volta. Torne-me uma pessoa que jamais sofreu dano. Vá o mais longe que puder. Deixe-me novinha em folha. Sem hematomas. Sem cicatrizes.* Ela pensou nas mariposas em suas caixas. Sentia falta das tatuagens, das roupas antigas. Sentia falta de sentar-se com Hellie ao sol. Sentia falta das curvas gentis do sofá estragado da mãe. Alex não sabia direito do que sentia falta, apenas que sentia saudades de algo, talvez de alguém, que jamais fora.

Ela passou a mão pela beira do cadinho. *Isso poderia me forjar em uma nova pessoa? De um jeito que eu jamais teria que ver de novo um fantasma, um Cinzento ou qualquer nome que decidam usar? E será que ela desejaria isso agora?*

Alex se lembrou de Belbalm perguntando a ela o que desejava. Segurança. A chance de ter uma vida normal. Tinha sido isso que passara por sua mente naquele momento – a calma do escritório de Belbalm, as ervas florindo no parapeito das janelas, um jogo de xícaras combinando em vez de canecas lascadas de empregos perdidos e brindes promocionais. Ela queria o sol através da janela. Queria paz.

Mentirosa.

Paz era como qualquer onda de droga. Não durava. Era uma ilusão, algo que poderia ser interrompido a qualquer momento e perdido para sempre. Apenas duas coisas mantinham alguém em segurança: dinheiro e poder.

Alex não tinha dinheiro. Mas tinha poder. Tivera medo dele, medo de olhar diretamente para aquela noite sangrenta. Medo de sentir arrependimento ou vergonha, de dizer adeus a Hellie novamente. Mas e quando ela finalmente olhara? Quando tinha se permitido lembrar? Bem, talvez houvesse algo quebrado e desfalecido dentro dela, porque sentia apenas uma profunda calma ao saber do que era capaz.

Os Cinzentos infernizaram sua vida, mudaram-na terrivelmente, mas, depois de todos aqueles anos de tormento, finalmente haviam lhe dado algo de volta. Deviam isso a ela. E ela tinha gostado de usar aquele poder, até da sensação estranha de North dentro dela. Da surpresa no rosto de Lance, no rosto de Len, de Betcha. *Pensavam que podiam me ver. Olhem pra mim agora.*

— Você precisa tirar a roupa — disse Dawes.

Alex desabotoou o jeans, tentando enganchar os dedos na cintura. Seus movimentos eram lentos, atravancados pela dor.

— Preciso de ajuda.

Relutantemente, Dawes se afastou das prateleiras e ajudou a puxar os jeans pelos quadris de Alex. Mas, quando eles estavam nos tornozelos, Dawes percebeu que precisava tirar as botas de Alex, que então ficou ali de roupa íntima enquanto a outra desatava os sapatos e os arrancava.

Dawes ficou de pé, os olhos saltando do rosto machucado de Alex para as cobras tatuadas nos quadris dela, que um dia combinaram com as que ficavam na clavícula. Ela as fizera depois que Hellie lhe dissera que havia uma cascavel dentro dela. Tinha gostado da ideia. Len queria tentar tatuá-la na cozinha deles. Comprara a própria máquina e as tintas na internet, e tinha insistido que tudo estava esterilizado. Mas Alex não confiava nele ou no apartamento imundo e não queria que ele deixasse uma marca nela, não daquele jeito.

— Pode levantar os braços acima da cabeça? — perguntou Dawes, o rosto vermelho.

— Uhum — grunhiu Alex. Até formar as palavras era difícil.

— Vou pegar uma tesoura.

Um momento depois, ouviu o corte do tecido, sentiu a blusa sendo retirada da pele, o tecido grudando no sangue seco.

— Está bem — disse Dawes. — Você vai se sentir melhor assim que estiver no cadinho.

Alex percebeu que chorava. Tinha sido sufocada, afogada, espancada, sufocada novamente, quase assassinada, mas agora estava chorando por causa de uma blusa. Ela a comprara novinha na Target antes de ir para a universidade. Era tão macia e servia tão bem. Ela não tinha muitas coisas novas.

Alex sentia a cabeça pesada. Se pudesse ao menos fechar os olhos por um minuto. Por um dia.

Ela ouvir Dawes dizer:

— Desculpe. Não consigo colocar você lá dentro. Turner precisa vir ajudar.

Ele já tinha voltado do mercado? Não o ouvira entrar. Devia ter desmaiado.

Algo macio se moveu sobre a pele de Alex, e ela percebeu que Dawes a enrolara em um lençol azul-claro, do quarto de Dante. *Meu quarto.* Abençoada seja Dawes.

— Ela está em algum tipo de mortalha? — A voz de Turner dizia.

Alex se forçou a abrir os olhos, viu Turner e Dawes esvaziando caixas de leite dentro do cadinho. A cabeça de Turner ia de um lado para o outro como um holofote, um esquadrinhamento lento, apreendendo a estranheza dos andares superiores. Alex sentiu orgulho de Il Bastone, o arsenal com o armário de curiosidades, a banheira de ouro bizarra no centro da casa.

Ela tentou ser valente, cerrar os dentes na dor, mas gritou quando Turner a levantou. Um momento depois, afundava na superfície fresca, o lençol se desenrolando, sangue manchando o leite de cabra com veios rosados. Parecia um sundae com calda de morango.

— Não toque o leite! — Dawes gritou.

— Estou tentando impedir que ela se afogue — Turner retrucou, as mãos envolvendo a cabeça dela.

— Estou bem — disse Alex. — Pode me soltar.

— Vocês duas são loucas — disse Turner, mas ela sentiu o aperto dele afrouxar.

Alex se deixou afundar. A frescura do leite parecia atravessar a pele, revestindo a dor. Ela segurou a respiração o máximo que conseguiu. Queria ficar submersa, sentir o leite envolvê-la. Mas por fim deixou os dedos dos pés encontrarem o fundo do cadinho e deu impulso de volta para a superfície.

Quando ela emergiu, Dawes e Turner estavam gritando. Ela devia ter ficado abaixo da superfície por tempo demais.

— Não estou me afogando — ela disse. — Estou bem.

E ela estava. Ainda sentia dor, mas muito menos intensa, os pensamentos pareciam mais aguçados – e o leite estava mudando também, ficando mais claro e mais aguado.

Turner parecia a ponto de vomitar, e Alex achou que entendia o motivo. Magia dava uma certa vertigem. Talvez a visão de uma garota à beira da morte afundando em uma banheira para emergir inteira e saudável segundos depois fosse um giro além da conta.

— Preciso ir para a delegacia — ele disse. — Eu...

Ele se virou e saiu pela porta.

— Acho que ele não gosta de nós, Dawes.

— Tudo bem — disse Dawes, pegando a pilha de roupas ensanguentadas de Alex. — Já temos amigos demais.

Dawes saiu e foi preparar algo para Alex comer, afirmando que ela estaria faminta quando a reversão estivesse completa.

— Não se afogue enquanto eu não estiver aqui — ela disse, e saiu deixando a porta do arsenal aberta atrás dela.

Alex se recostou no cadinho sentindo o corpo mudar, a dor saindo dela, e algo – o leite ou fosse lá o que tivesse se tornado com o encanto de Dawes – preenchendo-a. Ouviu música vindo do sistema de som, com tanta estática que era difícil discernir uma melodia.

Ela mergulhou a cabeça de novo. Era silencioso ali, e quando abria os olhos era como olhar através da névoa, observando os últimos traços do leite e da magia desaparecerem. Uma forma pálida se levantou diante dela, entrou em foco. Um rosto.

Alex engoliu o fôlego, engasgando com água. Atravessou a superfície, tossindo e cuspindo, os braços cruzados sobre o peito. O reflexo do Noivo olhava para ela da água.

— Você não pode estar aqui — ela disse. — As proteções...

— Eu disse — o reflexo dele afirmou — que onde a água se junta ou empoça podemos conversar. Água é o elemento da tradução. É o mediador.

— Então vai começar a tomar banho comigo?

A expressão fria de North não mudou. Ela podia ver as costas escuras atrás dele no reflexo. Parecia diferente da primeira vez, e ela se lembrou do que Dawes dissera sobre as diferentes margens. Provavelmente não estava olhando para o Egito dessa vez – ou qualquer que fosse a versão do Egito para a qual viajara ao cruzar o Nilo. Mas Alex via as mesmas formas escuras na margem, humanas e inumanas. Estava feliz por elas não poderem alcançá-la ali.

— O que fez comigo no apartamento de Tara? — perguntou North. Ele parecia mais arrogante que nunca, o sotaque mais entrecortado.

— Não sei o que dizer — falou Alex, porque sentia que aquilo era mais sincero que a maioria das coisas. — Não havia tempo para pedir permissão.

— Mas *o que* você fez? Como fez aquilo?

Fique comigo.

— Não sei direito.

Ela não entendia nada daquilo. De onde surgira a habilidade. Por que conseguia ver coisas que ninguém mais via. Seria algo enterrado em sua linhagem sanguínea? Nos genes do pai que jamais conhecera? Nos ossos da avó? Os Cinzentos jamais tinham ousado se aproximar dela na casa de Estrea Stern, com as velas acesas na janela. Se ela tivesse vivido mais tempo, teria encontrado uma maneira de proteger Alex?

— Eu lhe dei minha força — disse North.

Não, pensou Alex, *eu a peguei*. Mas não achava que North fosse apreciar a distinção.

— Sei o que fez com aqueles homens — disse North. — Vi quando me permitiu entrar.

Alex estremeceu. Todo o calor e o bem-estar que entraram nela ao se banhar no leite não eram páreo para o pensamento de um Cinzento chacoalhando em sua cabeça. O que mais o Noivo vira? *Não importa.* Ao contrário de Darlington, North não podia compartilhar seus segredos com o mundo. Não importava quantas camadas do Véu ele perfurasse, ainda estava preso na morte.

— Você tem inimigos deste lado do Véu, Galaxy Stern — ele continuou. — Leonard Beacon. Mitchell Betts. Ariel Harel. Um bando de homens que enviou para a margem mais escura.

Daniel Arlington.

Mas ele dissera que Darlington não estava do outro lado. Um murmúrio se ergueu das formas atrás do Noivo, o mesmo som que ouvira quando vadeara o Nilo. *Jean Du Monde. Jonathan Mont.* Talvez nem fosse um nome. As sílabas soavam estranhas e erradas, como se faladas por bocas que não eram feitas para formar a língua humana.

E quanto a Hellie? Ela estaria feliz no lugar onde estava? A salvo de Len? Ou eles teriam se encontrado além do Véu e feito ali sua própria infelicidade?

— Sim, bom, tenho inimigos do lado de cá também. Em vez de procurar meus velhos camaradas, que tal encontrar Tara?

— Por que não procura os cadernos de anotação de Darlington?

— Andei ocupada. E não é como se você fosse a algum lugar.

— Como você tem lábia, como é segura de si. Houve um tempo em que eu tinha a mesma autoconfiança. O tempo a levou. O tempo leva tudo, senhorita Stern. Mas eu não precisei procurar seus amigos. Depois do que fez comigo na residência de Tara Hutchins, eles vieram me procurar. Podiam farejar seu poder em mim como fumaça entranhada. Você aprofundou a ligação entre nós.

Perfeito. Era exatamente do que ela precisava.

— Apenas encontre a Tara.

— Tive esperanças de que aquele objeto repugnante fosse atraí-la até mim. Mas a morte dela foi brutal. Ela pode estar se recuperando em algum lugar. O outro lado pode ser um lugar desolador para os recém-mortos.

Alex não havia pensado naquilo. Imaginara que as pessoas simplesmente cruzavam para algum tipo de entendimento. Ausência de dor. Tranquilidade. Olhou novamente para a superfície da água, para aquele reflexo vacilante do Noivo, para as formas monstruosas atrás dele, e estremeceu.

Como Hellie passara para o outro mundo? A morte dela fora... bem, de algumas maneiras, em comparação com Tara, com Len, Betcha e Ariel, ela morrera em relativa paz.

Ainda assim era a morte. Ainda assim era cedo demais.

— Encontre-a — disse Alex. — Encontre Tara para que eu possa descobrir quem a machucou, e para que Turner possa prendê-lo antes que ele me machuque.

North franziu o cenho.

— Não sei se o detetive é um bom parceiro nessa empreitada.

Alex se recostou na curva do cadinho. Queria sair da água, mas não sabia se deveria.

— Não está acostumado a ver um negro com um distintivo?

— Não fiquei enfiado na minha tumba nos últimos cem anos, senhorita Stern. Sei que o mundo mudou.

A tumba dele.

— Onde está enterrado?

— Meus ossos estão no Evergreen. — Os lábios dele se curvaram. — É uma verdadeira atração turística.

— E Daisy?

— Foi sepultada no mausoléu da família, na rua Grove.

— É por isso que você está sempre à espreita por ali.

— Não estou à espreita. Vou prestar minhas condolências.

— Vai porque espera que ela o veja fazendo sua penitência e o perdoe.

Quando North ficava furioso, seu rosto mudava. Parecia menos humano.

— Eu não machuquei Daisy.

— Temperamento, temperamento — cantarolou Alex. Mas ela não queria provocá-lo mais. Precisava dele e podia fazer um gesto de paz.

— Sinto muito pelo que fiz no apartamento.

— Não, não sente.

Grande paz.

— Não, não sinto.

North virou a cabeça para o outro lado. O perfil dele parecia ter sido esculpido para uma moeda.

— Não foi uma experiência totalmente desagradável.

Aquilo, sim, a surpreendeu.

— Não?

— Foi... eu tinha me esquecido da sensação de estar em um corpo.

Alex considerou. Não deveria aprofundar o vínculo. Mas, se ele podia enxergar dentro de sua cabeça ao entrar nela, talvez os pensamentos dele se abrissem para ela também. Tinha prestado pouca atenção a ele no pânico da luta.

— Pode voltar, se quiser.

Ele hesitou. Por quê? Porque havia intimidade no ato? Ou porque tinha algo a esconder?

Dawes entrou fazendo barulho, segurando uma bandeja cheia de pratos. Colocou-a sobre o armário de mapas.

— Apostei na simplicidade. Purê de batatas. Macarrão com queijo. Sopa de tomate. Salada verde.

Assim que o cheiro bateu, o estômago de Alex começou a roncar, e sua boca se encheu de saliva.

— Abençoada seja, Dawes. Posso sair desta coisa?

Dawes olhou para a cuba.

— Parece limpa.

— Se for comer, vou ficar — disse North. A voz dele era firme, mas ele parecia ansioso no espelho da água.

Dawes passou uma toalha para Alex e a ajudou a sair desajeitadamente da cuba.

— Posso ficar sozinha por um momento?

Os olhos de Dawes se estreitaram.

— O que vai fazer?

— Nada. Só comer. Mas se você... se escutar alguma coisa, não se preocupe em bater. Apenas entre.

— Estarei lá embaixo — disse Dawes, cautelosamente. Ela fechou a porta atrás de si.

Alex se curvou sobre o cadinho. North esperava no reflexo.

— Quer entrar? — ela perguntou.

— Mergulhe a mão — ele murmurou, como se pedisse a ela que se despisse. Mas, é claro, ela já estava despida.

Ela enfiou a mão sob a superfície.

— Não sou um assassino — disse North, estendendo a mão para ela.

Ela sorriu e deixou os próprios dedos apertarem os dele.

— Claro que não — ela disse. — Nem eu.

Ela olhava por uma janela. Sentia-se empolgada, uma sensação de orgulho e conforto que jamais experimentara. O mundo lhe pertencia. Aquela fábrica, mais moderna que a da Brewster ou da Hooker. A cidade diante dela. A mulher ao lado dela.

Daisy. Ela era refinada, o rosto preciso e adorável, o cabelo em cachos que roçavam o colarinho do vestido de gola alta, as mãos brancas e macias afundadas em um regalo de pele de raposa. Era a mulher mais bela de New Haven, talvez de Connecticut, e era dele. Dela. *Minha*.

Daisy se virou para ele, os olhos escuros maliciosos. A inteligência dela às vezes o enervava. Não era exatamente feminino, e, no entanto, ele sabia que era o que a elevava sobre todas as beldades de Elm City. Talvez ela não fosse realmente a mais bela. O nariz era afilado demais, os lábios, muito finos – mas, ah, as palavras que saíam deles, risonhas, rápidas e ocasionalmente travessas. E não havia absolutamente nenhum defeito em seu corpo ou em seu sorriso inteligente. Ela era simplesmente mais viva que qualquer pessoa que ele já conhecera.

Esses cálculos eram feitos em um segundo. Ele não conseguia parar de fazê-los, porque a soma era sempre um sentimento de triunfo e contentamento.

— No que está pensando, Bertie? — ela perguntou em sua voz brincalhona, chegando mais perto.

Ela era a única que o chamava por aquele nome. A criada dela viera com eles, como era apropriado, mas Gladys tinha ficado no corredor, e agora ele a via pela janela, indo na direção do parque, as fitas da touca penduradas da mão enquanto ela colhia um ramo de corniso. Ele não tivera muito motivo para falar com Gladys, mas faria um esforço maior. Os criados ouviam tudo, e seria proveitoso ter o ouvido da mulher mais próxima daquela que seria sua esposa.

Ele se virou da janela para Daisy, brilhando como um pedaço de vidro leitoso contra a madeira polida do novo escritório. A mesa, junto com o novo cofre, fora feita sob medida para aquele espaço. Já passara muitas noites trabalhando até tarde naquele conforto.

Estava pensando em você, é claro.

Ela lhe deu uns tapinhas no braço, chegando ainda mais perto. O corpo dela tinha uma ginga que poderia soar inadequada em outra mulher, mas não em Daisy.

— Não precisa mais flertar comigo. — Ela estendeu a mão, agitou os dedos, a esmeralda cintilando. — Eu já disse sim.

Ele agarrou a mão dela no ar e a puxou para perto. Algo nos olhos dela se acendeu, mas o quê? Desejo? Medo? Às vezes era impossível decifrá-la. No espelho sobre a cornija da lareira, ele viu os dois, e a imagem o empolgou.

— Vamos para Boston depois do casamento. Podemos dirigir até o Maine para nossa lua de mel. Não quero uma longa viagem marítima.

Ela apenas levantou uma sobrancelha e sorriu.

— Bertie, Paris fazia parte do negócio.

— Mas por quê? Temos tempo para ver o mundo inteiro.

— Você tem tempo. Eu serei uma mãe para seus filhos e uma anfitriã para seus parceiros de negócios. Mas por um momento... — Ela ficou na ponta dos pés, os lábios a um fio dos dele, o calor do corpo dela palpável conforme os dedos pressionavam o braço dele. — Posso simplesmente ser uma garota vendo Paris pela primeira vez, e podemos ser apenas amantes.

A palavra o atingiu como um golpe de marreta.

— Já me convenceu — ele disse com um riso, e a beijou. Não era o primeiro beijo deles, mas cada beijo com Daisy parecia novo.

Um rangido soou nas escadas, então um som de rolamento, de alguém tropeçando.

Daisy se afastou.

— Gladys chega sempre nas piores horas.

Mas, por sobre o ombro de Daisy, Bertie via Gladys ainda caminhando sonhadoramente pelo parque, a touca branca brilhando contra os cornisos.

Ele se virou e viu – nada, ninguém, uma soleira vazia. Daisy tomou fôlego, assustada.

As extremidades de seu campo de visão ficaram borradas, uma mancha escura que se espalhava como fogo no canto de uma página, consumindo pelas bordas. Ele gritou ao sentir algo como dor, algo como fogo, atravessar seu crânio. Uma voz disse: "Eles me abriram. Queriam ver minha alma".

— Daisy? — ele arquejou.

A palavra saiu truncada. Ele estava deitado de costas em uma sala de cirurgia. Homens se debruçavam sobre ele – rapazes, na verdade.

"Algo está errado", disse um.

"Apenas termine", gritou outro.

Ele olhou para baixo. Seu estômago fora cortado. Ele podia ver, ah, Deus, podia ver a si mesmo, suas entranhas, a carne de seus órgãos, à mostra como serpentes de miúdos na vitrine de um açougue. Um dos rapazes o apalpava. *Eles me abriram.*

Ele gritou, dobrando-se ao meio. Apertou o estômago. Estava inteiro.

Estava em um cômodo que não reconhecia, uma espécie de escritório, madeira polida em todo lugar. Tinha cheiro de novo. A luz do sol era tão forte que feria seus olhos. Mas ele não estava a salvo daqueles rapazes. Eles o tinham seguido até ali. Queriam matá-lo. Eles o tiraram de seu lugar bom na estação de trem. Ofereceram-lhe dinheiro. Sabia que eles queriam se divertir, mas não soubera, não sabia. Eles o abriram. Estavam tentando tomar sua alma.

Ele não podia deixar que o arrastassem de volta para aquela sala fria. Havia proteção ali. Se ao menos pudesse encontrá-la. Esticou-se na direção da mesa, abrindo gavetas. Elas pareciam tão longe, como se os braços fossem mais curtos do que pensava.

— Bertie?

Aquele não era o nome dele. Estavam tentando confundi-lo. Olhou para baixo e viu uma forma negra na mão. Parecia uma sombra, mas pesava na palma da mão. Ele sabia o nome daquilo, tentava formar a palavra na mente.

Havia uma arma em sua mão, e uma mulher gritava. Ela implorava. Mas ela não era uma mulher; era algo terrível. Ele podia ver a noite reunida em torno dela. Os rapazes a tinham enviado para que ela o levasse de volta, para que eles pudessem abri-lo novamente.

Luzes brilhavam, mas o céu ainda era azul. *Daisy*. Ele deveria protegê-la. Ela se arrastava pelo chão. Chorando. Tentando fugir.

Ali, um monstro, olhando de volta para ele sobre a cornija, o rosto branco cheio de horror e raiva. Tinham vindo pegá-lo, e ele precisava impedi-los. Havia apenas um modo de fazer isso. Ele precisava acabar com a diversão deles. Ele virou a sombra que segurava, pressionou-a sobre o torso.

Outro relâmpago. Quando a tempestade chegara?

Ele olhou para baixo e viu que seu peito tinha se despedaçado. Tinha feito o trabalho. Agora não podiam abri-lo. Não podiam tomar sua alma. Ele estava no chão. Viu raios de sol se entrecruzando na madeira, um besouro rastejando sobre as tábuas poeirentas do chão. Daisy – ele a conhecia – jazia imóvel ao seu lado, o tom rosado esvaindo-se de seu rosto, seus olhos vivos e travessos agora frios.

22
Inverno

Alex cambaleou para trás, quase derrubando a bandeja da mesa onde Dawes a colocara. Apertou o peito, esperando encontrar uma ferida aberta ali. A boca estava cheia de comida, e ela percebeu que estivera de pé na frente da bandeja, enfiando macarrão na boca enquanto revivia a morte de North. Ainda o sentia dentro dela, alheio, perdido nas sensações de comer pela primeira vez em mais de cem anos. Com toda sua vontade, ela o arrancou de si, fechando a brecha que permitira sua entrada.

Ela cuspiu o macarrão, buscou fôlego, cambaleou até a beira do cadinho. O único rosto olhando de volta da superfície da água era o seu. Bateu a mão na água, vendo as ondas se espalharem.

— Você a matou — ela sussurrou. — Eu vi você matá-la. Eu senti.

Mas, mesmo enquanto dizia aquilo, sabia que não fora North naquele momento. Outra pessoa estivera dentro dele.

Alex cambaleou pelo corredor até o quarto do Dante e pegou um moletom da Casa Lethe. Era como se dias tivessem se passado, mas haviam sido apenas horas. Sentia uma dor persistente onde as costelas tinham quebrado, o único sinal do espancamento que sofrera. E ainda assim estava exausta. Cada dia começava a parecer um ano, e ela não sabia dizer se era o trauma físico ou a exposição pesada ao sobrenatural que a exauria.

A luz da tarde entrava pelos vitrais das janelas, deixando padrões brilhantes em azul e amarelo nas tábuas polidas do chão. Talvez dormisse ali naquela noite, mesmo que isso significasse ir à aula de moletom. Estava literalmente ficando sem roupas. Aqueles atentados contra sua vida estavam arruinando seu vestuário.

O banheiro do quarto maior tinha duas pias com pedestais e uma banheira funda de pés com garras que ela jamais usara. Darlington a teria usado? Tinha dificuldade para imaginá-lo afundando em um banho de espuma para relaxar.

Juntou as mãos na pia para beber, depois cuspiu. Alex recuou – a água estava rosada e salpicada com alguma coisa. Ela fechou o ralo antes que desaparecesse.

Era o sangue de North. Tinha certeza disso. Sangue que ele engolira quase cem anos antes, quando morrera.

E salsinha.

Pedaços pequenos de salsinha.

Ela se recordou de Michael Reyes deitado inconsciente em uma mesa de cirurgia, os Osseiros em torno dele. *Coração de pombo para clareza, raiz de gerânio, um prato de ervas amargas.* A dieta da *victima* antes de uma prognosticação.

Alguém estivera dentro de North aquele dia na fábrica – alguém que fora usado pela Ossos para uma prognosticação, muito antes que existisse uma Casa Lethe para fiscalizar. *Eles me abriram. Queriam ver minha alma.* Eles o deixaram morrer. Tinha certeza disso. Algum mendigo sem nome cuja falta jamais seria sentida. SMVM. *Sem mais vagabundos mortos.* Vira a inscrição em *Lethe: um legado*. Uma brincadeirinha entre os velhos rapazes da Nona Casa. Por alguma razão, Alex ainda não tinha realmente acreditado, mesmo depois de ter visto Michael Reyes aberto em uma mesa. Deveria ir visitá-lo, ter certeza de que ele estava bem.

Alex deixou a pia esvaziar. Enxaguou a boca de novo, enrolou o cabelo molhado em uma toalha limpa e se sentou à escrivaninha antiga ao lado da janela.

A Ossos foi fundada em 1832. Só construíram a tumba vinte e cinco anos depois, mas isso não significava que não fizessem rituais de experiência antes disso. Ninguém ficava de olho nas sociedades naquele tempo, e ela se lembrou do que Darlington dissera sobre magia perdida escapando de rituais. E se algo tivesse dado errado com uma daquelas primeiras prognosticações? E se um Cinzento tivesse perturbado o ritual, soltando o espírito da *victima* por aí? E se tivesse atingido North? Ele não parecia sequer reconhecer que segurava uma arma – *uma sombra em minha mão*.

A *victima* aterrorizada dentro de North, North dentro de Alex. Eram como uma boneca russa do sobrenatural. Teria o espírito de algum modo escolhido o corpo de North para escapar, ou ele e Daisy simplesmente estavam no lugar errado na hora errada? Dois inocentes atropelados por algo que nem podiam começar a compreender? Era isso que Darlington andava investigando? Que magia perdida causara o assassinato North-Whitlock?

Alex subiu as escadas para o terceiro andar. Tinha passado pouco tempo ali, mas achou o quarto do Virgílio na segunda tentativa. Era exatamente acima dos aposentos do Dante, porém muito mais grandioso. Alex imaginava que, se sobrevivesse a três anos de Lethe e Yale, o quarto seria dela.

Ela foi até a escrivaninha e abriu as gavetas. Não encontrou muito mais que um bilhete com alguns versos de poesia e artigos de papelaria estampados com o cão de caça da Lethe.

Havia um livro de estatística sobre a escrivaninha. Darlington o deixara ali na noite em que foram ao porão do Hall Rosenfeld?

Alex desceu as escadas até a estante que protegia a biblioteca. Pegou o *Livro de Albemarle*. Um cheiro de cavalos subiu das páginas, o som de cascos batendo em paralelepípedos, um trecho de hebraico – a memória da pesquisa que ela fizera sobre *golems*. Darlington usava a biblioteca com regularidade, e as linhas estavam cheias de pedidos dele, mas a maioria parecia alimentar sua obsessão por New Haven – história das fábricas, escrituras de propriedades, planejamento urbano. Havia pedidos de Dawes também, todos sobre tarô e cultos misteriosos antigos, e até alguns do reitor Sandow. Mas ali estava, no começo do semestre no outono, dois nomes no garrancho recortado de Darlington: Bertram Boyce North e Daisy Whitlock. O Noivo estava certo. Darlington estava pesquisando seu caso. Mas onde estavam as anotações dele? Estariam na pasta dele aquela noite em Rosenfeld e teriam sido engolidas com o resto dele?

— Onde você está, Darlington? — ela sussurrou. *E pode me perdoar?*

— Alex.

Ela pulou. Dawes estava no topo da escadaria, os fones de ouvido em torno do pescoço, um pano de pratos nas mãos.

— Turner voltou. Ele tem uma coisa para nos mostrar.

Alex foi buscar as meias no arsenal e se juntou a Turner e Dawes no salão. Os dois estavam lado a lado na frente de um laptop de aparência desengonçada, as caretas em seus rostos combinando. Turner tinha se trocado, mas mesmo vestindo jeans e uma camisa social ainda conseguia ser elegante, especialmente ao lado de Dawes.

Ele fez um gesto para que Alex se aproximasse, uma pilha de pastas ao seu lado.

Na tela, Alex viu uma gravação em preto e branco do que parecia uma prisão, uma fila de detentos se movendo por um corredor de celas.

— Olhe para o registro do horário — disse Turner. — É bem na hora em que você foi para a minha cena do crime.

Turner deu play e os detentos se mexeram. Uma forma enorme arrastou-se para dentro do quadro.

— Lá está ele — disse Alex. Era inconfundivelmente Lance Gressang.

— Para onde ele vai?

— Ele dobra uma esquina e simplesmente some.

Ele apertou algumas teclas e a cena mudou para um ângulo diferente em outro corredor, mas Alex não via Gressang em lugar nenhum.

— Aqui está o primeiro item da longa lista de coisas que não entendo: por que ele voltou? — Turner apertou as teclas novamente, e Alex viu um panorama do que parecia uma ala hospitalar.

— Gressang voltou para a cadeia?

— Isso. Ele está na enfermaria com a mão arrebentada.

Alex se lembrou dos ossos esmagando quando o acertou com o taco de golfe. Mas por que diabos Gressang voltaria para a cadeia para aguardar julgamento?

— Isso é para mim? — perguntou Alex, indicando as pastas com um gesto.

Turner assentiu.

— É tudo o que temos sobre Lance Gressang e Tara Hutchins no momento. Olhe à vontade, mas isso tem de voltar comigo esta noite.

Alex levou a pilha para o sofá de veludo e se acomodou.

— Por que tanta generosidade?

— Sou teimoso, não estúpido. Sei o que vi. — Turner se recostou na cadeira. — Então vamos ouvir, Alex Stern. Você não acha que Gressang cometeu o assassinato. Quem é o responsável?

Alex abriu a pasta de cima.

— Não sei, mas sei que Tara tinha ligações com ao menos quatro sociedades, e ninguém acaba esfaqueado por causa de vinte dólares de erva, então isso não é sobre um punhado de maconha.

— Como você chegou a quatro sociedades?

— Vou pegar a lousa — disse Dawes.

— É uma lousa mágica? — perguntou Turner, de modo azedo.

Dawes lançou um olhar funesto para ele.

— Todas as lousas são mágicas.

Ela voltou com um punhado de canetas e uma lousa que colocou sobre a cornija da lareira.

Turner esfregou a mão no rosto.

— Certo, qual é a sua lista de suspeitos?

Alex sentiu-se subitamente acanhada, como se tivessem lhe pedido para resolver um problema complicado de matemática na frente da turma, mas pegou uma caneta azul de Dawes e foi para a lousa.

— Quatro das Oito Ancestrais podem ter ligações com Tara: Crânio e Ossos, Chave e Pergaminho, Manuscrito e Livro e Serpente.

— As Oito Ancestrais? — perguntou Turner.

— As Casas do Véu. As sociedades com tumbas. Deveria ter lido seu exemplar de *A vida da Lethe*.

Turner fez um gesto para que ela continuasse.

— Comece com a Crânio e Ossos. Tara vendia maconha para Tripp Helmuth, mas não vejo como isso pode ser motivação para assassinato.

— Ela também estava dormindo com Tripp.

— Acha que era mais que algo casual?

— Duvido — admitiu Alex.

— Mas e se Tara pensasse que era? — perguntou Dawes, sondando.

— Acho que Tara sabia qual era o lance. — Você tinha que saber. O tempo todo. — Ainda assim, a família de Tripp tem uma fortuna antiga. Ela pode ter tentado conseguir algo dele.

— Isso parece uma motivação de novela — disse Turner.

Ele não ia ser fácil de convencer.

— Mas e se eles estivessem traficando coisas mais pesadas? Não só maconha? Acho que um estudante do último ano chamado Blake Keely estava pegando uma droga chamada Merity com eles.

— Isso é impossível — observou Dawes. — Ela só cresce...

— Eu sei, no topo de alguma montanha. Mas Blake comprou de Lance e Tara. Tripp disse que viu Tara com Kate Masters, e Kate é da Manuscrito, a única sociedade que tem acesso à Merity.

— Você acha que Kate vendeu Merity para Tara e Lance? — perguntou Dawes.

— Não — disse Alex, revirando a ideia na cabeça. — Acho que Kate pagou Tara para encontrar um jeito de cultivá-la. Lance e Tara moravam pertinho da Faculdade de Silvicultura e das estufas no Marsh. Kate queria eliminar o intermediário. Conseguir um suprimento próprio para a Manuscrito.

— Mas então... como Blake conseguiu botar as mãos nela?

— Talvez Lance e Tara tenham começado a fazer um estoque pessoal de Merity e venderam para Blake. Dinheiro é dinheiro...

— Mas isso seria...

— Antiético? — perguntou Alex. — Irresponsável? Como dar um machete mágico para uma criancinha sociopata?

— O que essa droga faz exatamente? — Turner parecia relutante, como se não tivesse certeza de que queria saber.

— Ela o deixa... — Alex hesitou. *Obediente* não era bem a palavra. *Intenso* também não servia.

— Um acólito — disse Dawes. — Seu único desejo é servir.

Turner balançou a cabeça.

— E, deixe-me adivinhar, não é uma substância regulada porque ninguém jamais ouviu falar dela. — Ele tinha a mesma expressão nauseada que fizera ao ver Alex curada pelo cadinho. — Vocês são como crianças brincando com fogo que ficam surpresas quando a casa queima. — Ele esfregou a mão no rosto. — De volta à lousa. Tara é ligada à Ossos por Tripp, à Manuscrito por Kate Masters e essa droga. Colin Khatri é a única ligação dela com a Chave e Pergaminho?

— Não — disse Alex — Ela tinha versos de uma obra chamada *Idílios do rei* tatuados no braço, e o texto está em todo lugar na tumba dos Chaveiros. — Ela passou o arquivo cheio de fotos para Dawes. — Antebraço direito.

Dawes olhou para as fotos da autópsia mostrando as tatuagens de Tara e depois virou rapidamente as folhas.

— Isso não parece uma ligação casual — disse Alex.

— O que é isso? — Dawes perguntou, apontando uma foto do quarto de Tara.

— Só um monte de ferramentas para fazer bijuterias — disse Turner. — Ela tinha um pequeno negócio paralelo.

É claro que tinha. Aquilo era o que as garotas faziam quando as vidas se despedaçavam. Tentavam encontrar uma janela para sair. Faculdade comunitária. Sabonetes feitos em casa. Um pequeno negócio de bijuteria.

Dawes mordia o lábio inferior com tanta força que Alex achou que ela ia arrancar sangue. Alex se inclinou e olhou para a foto, para as imitações baratas de pedras preciosas e pratos com ganchos para brincos, os alicates. Mas um dos pratos parecia diferente dos outros. Era mais raso, com o metal batido e áspero, os restos de algo como cinza ou um anel de cal em torno da base.

— Dawes — disse Alex —, o que isso parece?

Dawes empurrou a pasta para o lado como se pudesse bani-la.

— É um cadinho.

— Para que Tara teria usado isso? Para processar a Merity?

Dawes balançou a cabeça.

— Não. Merity é usada no estado natural.

— Ei — disse Turner —, que tal fingirmos por um minuto que eu não sei o que é um cadinho.

Dawes colocou uma mecha do cabelo castanho-avermelhado atrás da orelha e disse, sem olhar para ele:

— São recipientes criados para uso em magia e alquimia. Em geral são feitos de ouro puro e são altamente reativos.

— Aquela banheirona de ouro em que Dawes me colocou é um cadinho — disse Alex.

— Está me dizendo que a coisa no apartamento de Tara é de ouro maciço? É do tamanho de um cinzeiro. Não é possível que Gressang e a namorada tivessem dinheiro para algo assim.

— A não ser que fosse um presente — disse Alex. — E a não ser que o que fizessem nele valesse mais que o metal em si.

Dawes puxou as mangas do moletom sobre as mãos.

— Há histórias sobre homens santos que usavam psilocibina, cogumelos, para literalmente abrir passagens para outros mundos. Mas as drogas precisavam ser purificadas... em um cadinho.

— Passagens — disse Alex, lembrando-se da noite em que ela e Darlington observaram o ritual fracassado na Chave e Pergaminho. — Você quer dizer portais. Você disse que havia rumores de que a magia da Chave e Pergaminho estava minguando. O molho secreto de Lance e Tara poderia ter ajudado com isso?

Dawes exalou longamente.

— Sim, em teoria, uma droga assim poderia facilitar a abertura de portais.

Alex pegou a foto do pequeno cadinho.

— Você tem essa coisa, hum, hã... sob custódia ou algo assim?

— Como prova — disse Turner. — Sim, temos. Se houver resíduo suficiente naquela coisa, podemos fazer testes para ver se é o mesmo alucinógeno encontrado no organismo de Tara.

Dawes tinha tirado os fones de ouvido do pescoço e os aninhava no colo como um animal adormecido.

— O que foi? — Alex perguntou a ela.

— Você disse que Lance atravessava paredes, talvez usando magia de portal para atacá-la. Se alguém da Chave e Pergaminho permitiu o acesso de gente de fora à tumba deles, se levaram Lance e Tara aos rituais... As Casas do Véu consideram isso imperdoável. *Nefandum*.

Alex e Turner trocaram olhares.

— Qual é a pena por compartilhar esse tipo de informação com pessoas de fora?

Dawes apertou os fones de ouvido.

— A sociedade deve ser desfeita e ter a tumba tomada.

— Sabe o que isso parece? — disse Turner.

— Sei — respondeu Alex. — Motivação.

Colin Khatri teria iniciado Lance e Tara nos segredos da sociedade como algum tipo de pagamento? Um que ele não queria continuar a fazer? Esse teria sido o motivo da morte de Tara? Era difícil para Alex imaginar o alegre e decente Colin cometendo um assassinato violento. Mas ele era um rapaz com um futuro brilhante, e isso significava que tinha muito a perder.

— Vou ao salão da professora Belbalm hoje à noite — disse Alex. Ela teria preferido dormir ali mesmo na frente da lareira, mas não pretendia irritar a única pessoa que parecia se preocupar com seu futuro. — Colin trabalha para a Belbalm. Posso tentar descobrir até que horas ele ficou na casa da professora na noite em que Tara morreu.

— Alex — disse Dawes em voz baixa, por fim levantando os olhos. — Se Darlington descobriu essa questão das drogas, o que Colin e os outros Chaveiros estavam fazendo com Lance e Tara, talvez...

Ela parou de falar, mas Alex sabia o que estava sugerindo: talvez a Chave e Pergaminho tivesse sido responsável pelo portal no qual Darlington desaparecera aquela noite no porão do Rosenfeld.

— Onde *está* Darlington? — perguntou Turner. — Se disser Espanha, vou pegar minhas pastas e sair daqui. Minha cama está parecendo uma ideia muito boa neste momento.

Dawes se contorceu na cadeira.

— Alguma coisa aconteceu com ele — disse Alex. — Não temos certeza do que foi. Há um ritual para tentarmos chegar a ele, mas só pode ser feito na lua nova.

— Por que na lua nova?

— O momento faz diferença — disse Dawes. — Para ajudar um ritual a funcionar, é importante que seja feito em um dia ou local auspicioso. A lua nova representa o momento antes que algo escondido seja revelado.

— Sandow queria que ficassem de bico fechado? — perguntou Turner. Alex assentiu, sentindo-se culpada. Ela tampouco queria anunciar a notícia aos quatro ventos. — E a família de Darlington?

— Darlington é nossa responsabilidade — Dawes respondeu bruscamente, protetiva até o final. — Vamos trazê-lo de volta.

Talvez.

Turner se inclinou para a frente.

— Então o que está dizendo é que a Chave e Pergaminho pode estar envolvida em um assassinato *e* em um sequestro?

Alex deu de ombros.

— Certamente. Podemos dizer isso. Mas não podemos tirar a Manuscrito da lista. Talvez Kate Masters tenha descoberto que Tara vendia Merity para Blake Keely e que ele a usava com garotas, ou talvez algo tenha dado errado no acordo entre eles. Se Lance não matou Tara, alguém foi encantado para se parecer com ele. A Manuscrito tem muitos truques e artifícios que permitiriam a Kate passar algumas horas com o rosto dele. E nada disso explica a *gluma* que foi enviada atrás de mim. — Alex botou a mão no bolso e sentiu o tique-taque reconfortante do relógio.

Turner parecia capaz de cometer assassinato ele próprio.

— O que é isso agora?

— A coisa que me perseguiu na rua Elm. Não olhe para mim desse jeito, porra. Aconteceu.

— Certo, aconteceu — respondeu Turner.

— *Glumae* são servos dos mortos — disse Dawes. — São garotos de recados.

Alex fez uma careta.

— Aquele era um garoto de recados altamente homicida.

— Você dá a eles uma tarefa simples, eles a cumprem. A Livro e Serpente os usa como mensageiros para o outro lado do Véu e vice-versa. São muito violentos e imprevisíveis para servirem a qualquer outro propósito.

Exceto fazer uma garota parecer louca e talvez calá-la de vez.

— Então a Livro e Serpente também está na lista — disse Turner. Motivação desconhecida. Você sabe que nada disso é prova, certo? Não podemos fazer ligações críveis entre essas sociedades além do que Tripp lhe disse. Não tenho o suficiente nem para conseguir um mandado de busca para aquelas estufas.

— Imagino que o Centurião pode mexer muitos pauzinhos com seus superiores. — Uma sombra cruzou o rosto de Turner. — Mas você não quer mexer pauzinhos.

— Esse não é o jeito como as coisas devem funcionar. E não posso simplesmente ir falar com meu capitão. Ele não sabe da Lethe. Teria de ir até o topo da cadeia de comando, direto no chefe.

E Turner não fazia aquilo a não ser que tivesse certeza de que todas as teorias eram mais que os rabiscos de uma lunática em uma lousa. Alex não deixava de dar razão a ele.

— Vou puxar os registros de ligações da loja de bebidas perto do apartamento de Tara. É possível que estivessem usando o telefone da loja para fazer negócios. Kate Masters não estava no celular de Tara nem no de Lance. Nem Colin Khatri ou Blake Keely.

— Se Tara e Lance estavam usando as estufas, então estavam trabalhando com alguém da Faculdade de Silvicultura — disse Dawes. Com ou sem mandado, deveríamos tentar descobrir quem era.

— Sou uma estudante — disse Alex. — Posso entrar sem problemas.

— Pensei que queria que eu começasse a mexer os pauzinhos — disse Turner.

Ela queria, mas agora estava pensando melhor naquilo.

— Podemos resolver isso sozinhos. Se você for acima na cadeia de comando, alguém pode contar para Sandow.

Turner levantou uma sobrancelha.

— E isso é um problema?

— Quero saber onde ele estava na noite do assassinato.

A coluna de Dawes se endireitou.

— Alex...

— Ele me pressionou para parar de investigar, Dawes. A Lethe está aqui para manter as sociedades na linha. Por que ele puxou as rédeas com tanta força?

Somos os pastores. A Lethe fora erguida com base naquela missão. Ou não? A Lethe realmente tivera algum dia o intento de proteger alguém? Ou apenas deveriam manter o *status quo*, fazer parecer que as Casas do Véu eram monitoradas, que alguns padrões eram mantidos, mas sem nunca verificar realmente o poder das sociedades? *Este é um ano de financiamento.* Será que Sandow de algum modo sabia que, se olhassem com atenção o bastante, encontrariam ligações com os quadros das sociedades? Ossos, Livro e Serpente, Chave e Pergaminho, Manuscrito – quatro das oito sociedades responsáveis por financiar a Lethe. Aquilo somava metade do dinheiro necessário para manter a Nona Casa viva – mais ainda, já que a Berzelius nunca pagava. A Lethe era tão preciosa assim para Sandow?

— Que tipo de salário o reitor Sandow recebe da Lethe? — perguntou Alex.

Dawes piscou.

— Não sei, na verdade. Mas ele tem estabilidade. Recebe um bom salário na universidade.

— Jogo? — sugeriu Turner. — Drogas? Dívidas?

A coluna de Dawes pareceu se endireitar ainda mais, como se ela fosse uma antena sendo ajustada para receber informação.

— Divórcio — ela disse, lenta e relutantemente. — A mulher dele o deixou há dois anos. Estão na Justiça desde então. Ainda assim...

— Provavelmente não é nada — disse Alex, embora não tivesse nenhuma certeza daquilo. — Mas não custaria saber onde ele estava naquela noite.

Os dentes de Dawes se afundaram no lábio de novo.

— O reitor Sandow jamais faria nada para prejudicar a Lethe.

Turner se levantou e começou a recolher as pastas.

— Pelo preço certo, poderia fazer. Por que acha que aceitei ser Centurião?

— É uma honra — protestou Dawes.

— É um *trabalho*, além do trabalho muito intenso que já tenho. Mas o dinheiro significou que eu poderia pagar a hipoteca da minha mãe. — Ele colocou as pastas em uma bolsa. — Verei o que posso descobrir sobre Sandow sem deixar que ele perceba.

— Eu deveria fazer isso — disse Dawes, em voz baixa. — Posso falar com a empregada dele. Se você começar a fazer perguntas, Yelena contará a Sandow imediatamente.

— Sente-se apta a fazer isso? — disse Turner, de modo cético.

— Ela consegue dar conta — afirmou Alex. — Só precisamos dar uma olhada na agenda dele.

— Gosto de dinheiro como motivação — disse Turner. — Direto e limpo. Nada dessa bobagem de abracadabra.

Ele se enfiou em seu casaco e foi para a porta dos fundos. Alex e Dawes o seguiram.

Turner fez uma pausa com a porta aberta. Atrás dele, Alex podia ver o céu ficando azul profundo com o anoitecer, as luzes da rua sendo acesas.

— Minha mãe não podia simplesmente aceitar o cheque — ele disse, um sorriso pesaroso nos lábios. — Ela sabe que policiais não ganham bônus. Queria saber de onde vinha o dinheiro.

— Contou a ela? — perguntou Alex.

— Sobre isso? Não, de jeito nenhum. Disse que tive sorte no Foxwoods. Mas ainda assim ela sabia que eu tinha me metido onde não devia.

— Mães são assim — disse Dawes.

Eram? Alex pensou na foto que a mãe lhe enviara na semana anterior. Ela fizera uma das amigas tirar uma foto dela no apartamento. Mira estava usando um moletom da Yale, a cornija da lareira atrás dela coroada de cristais.

— Sabe o que a minha mãe disse? — perguntou Turner. — Ela me disse que não há porta que o demônio não conheça. Ele está sempre esperando para entrar. Nunca tinha acreditado nela até esta noite.

Turner levantou a gola e desapareceu no frio.

23
Inverno

Alex arrastou-se até o andar de cima para pegar as botas no arsenal. O cadinho tinha curado seus ferimentos, mas ela estava sem dormir, e seu corpo sabia disso. Mesmo assim, se tivesse escolha, teria preferido outra briga, até com um fortão como Lance, a enfrentar o salão naquela noite e as aulas no dia seguinte, e no dia seguinte a ele, e no dia que vinha depois desse. Quando lutava pela própria vida, era estritamente uma questão de conseguir ou fracassar. Só tinha que sobreviver, e isso já era uma vitória. Mesmo sentada no salão com Dawes e Turner, sentia que estava à altura, não apenas entrando no jogo. Não queria voltar a se sentir uma fraude.

Mas você ainda está fingindo, lembrou a si mesma. Dawes e Turner não a conheciam de verdade. Jamais adivinhariam o que Darlington descobrira sobre seu passado. E se o ritual da lua nova funcionasse? Se Darlington voltasse dentro de dois dias e contasse a verdade a todos, alguém falaria em defesa dela?

Alex achou uma pilha de roupas em sua cama no quarto do Dante.

— Trouxe do meu apartamento — disse Dawes, parada na soleira da porta, as mãos encolhidas nas mangas. — Não são estilosas, mas são melhores que os moletons. Sei que você gosta de preto, então...

— São perfeitas. — Não, não eram. A calça jeans era comprida demais e a camisa tinha sido lavada tantas vezes que estava mais para o cinza que para o preto, mas Dawes não precisava ter dividido seu guarda-roupas. Alex queria absorver toda bondade enquanto ainda podia.

Ao sair para a casa de Belbalm, Alex sentiu-se sobressaltada. Tinha dado corda no relógio para o caso de ser perseguida pela *gluma*, enfiara um pote de terra de cemitério na bolsa, colocara dois ímãs no bolso e estudara os sinais de proteção necessários para fechar temporariamente um portal. Eles pareciam defesas pequenas. A lista de suspeitos do assassinato de Tara se tornara uma lista de possíveis ameaças, e todas reuniam poder de fogo em demasia.

Belbalm morava na St. Ronan, uma caminhada de vinte minutos para o norte de Il Bastone, perto da Faculdade de Teologia. A casa dela era uma das menores na rua, de dois andares, feita de tijolos vermelhos cobertos de hera cinzenta como o cabelo de uma velha. Alex entrou por um portão de jardim sob um arco de treliça branca, e a mesma sensação de calma que sentira no escritório de Belbalm desceu sobre ela. O jardim cheirava a hortelã e manjerona.

Alex fez uma pausa no caminho. Era um tipo de cascalho triturado cor de ardósia. Através das janelas altas, podia ver um círculo de pessoas reunidas em uma variedade de cadeiras, algumas juntas num banco de piano, algumas no chão. Vislumbrou taças de vinho tinto, pratos equilibrados nos joelhos. Um rapaz barbudo e com uma juba selvagem de cachos lia algo. Teve a impressão de que olhava para outra Yale, uma Yale além da Lethe e das sociedades, uma que poderia se abrir e continuar se abrindo caso ela conseguisse simplesmente aprender seus rituais e códigos. Na casa de Darlington, sentira-se uma invasora. Ali, tinha sido convidada. Poderia não ser seu ambiente, mas era bem-vinda.

Bateu suavemente na porta e, quando não obteve resposta, empurrou-a com gentileza. Estava destrancada, como se não houvesse visitantes indesejados. Os casacos estavam pendurados e empilhados ao longo de uma fileira de ganchos. O chão estava cheio de botas.

Belbalm a viu perto da porta e fez um gesto para que ela fosse até a cozinha.

Então Alex entendeu. Ela era da equipe de funcionários.

Claro que era da equipe de funcionários.

Graças a Deus era da equipe de funcionários e não precisaria tentar fingir ser outra coisa.

Sobre o ombro de Belbalm, Alex viu o reitor Sandow conversando com dois estudantes em um sofá. Esgueirou-se para a cozinha, esperando que ele não a tivesse visto, e então se perguntou por que deveria se preocupar com isso. Realmente achava que ele tinha machucado Tara? Que ele era capaz de algo tão medonho? No salão de Il Bastone, parecera possível, mas ali, naquele lugar de receptividade e conversa fácil, Alex não conseguia acreditar muito naquilo.

A cozinha era enorme, armários brancos e balcões pretos, o chão, um tabuleiro de xadrez limpo.

— Alex! — gralhou Colin quando ela apareceu. Suspeitos de assassinato por todos os lados. — Não sabia que você vinha! Precisamos de mãos extras. O que está vestindo? Ao menos é preto, mas, na próxima vez, use uma camisa branca social.

Alex não tinha uma camisa branca social.

— Certo — ela disse.

— Venha aqui e coloque isso numa assadeira.

Alex entrou no ritmo de seguir ordens. Isabel Andrews, a outra assistente de Belbalm, estava ali também, arrumando frutas e tortas e pilhas misteriosas de carne em diferentes bandejas. A comida que serviam parecia totalmente estranha a ela. Quando Colin lhe pediu que passasse o queijo, ela levou um longo momento para perceber que estava bem na frente dela: não bandejas de cheddar em cubos, mas grandes nacos do que parecia quartzo e iolita, um potinho minúsculo de mel, um punhado de amêndoas. Tudo aquilo era arte.

— Depois da leitura e da palestra, vão comer a sobremesa — explicou Colin. — Ela sempre faz merengues e pequenas *tartes aux pommes*.

— O reitor Sandow esteve aqui na semana passada? — perguntou Alex.

Se tivesse estado, então Alex poderia tirá-lo da lista, e, se Colin não soubesse, talvez *ele* não tivesse de fato estado no salão naquela noite.

Mas, antes que ele pudesse responder, a professora Belbalm entrou pela porta de vaivém.

— Claro que esteve — ela disse. — Aquele homem ama beber meu bourbon. — Ela colocou um pequeno morango silvestre na boca e limpou os dedos em uma toalha. — Ele disse as coisas mais vazias sobre Camus. Mas é difícil não ser vazio sobre Camus. Não sei por que esperava algo mais. Ele tem uma *frase de Rumi* emoldurada ao lado da escrivaninha. É doloroso. Colin, querido, por favor, certifique-se de que tenhamos sempre vinho branco e tinto à mão. — Ela levantou uma garrafa vazia e o rosto de Colin ficou pálido. — Tudo bem, amor. Pegue uma garrafa e venha se juntar a nós. Alex e os outros podem manter as coisas sob controle por aqui, sim? Trouxe algo para ler?

— Eu... sim. — Colin saiu da cozinha como se seus calcanhares tivessem acabado de criar asas.

— Merengues — comandou Isabel.

— Merengues — repetiu Alex, indo até a batedeira e dando a vasilha para Isabel.

Ela tirou uma foto da cozinha e enviou a mensagem para a mãe: "No trabalho". Aquela era a maneira como queria que Mira pensasse nela. Feliz. Normal. Segura. Tudo que Alex jamais fora. Enviou mensagens para Mercy e Lauren também. "No salão de Belbalm. Dedos cruzados para as sobras."

— Não acredito que Colin vai ler hoje — reclamou Isabel, confeitando o merengue em uma assadeira. — Estou com ela há um semestre a mais que ele e arrasei no seminário sobre mulheres e o industrialismo.

— Talvez na próxima — murmurou Alex, pincelando manteiga derretida nas tortinhas de maçã. — Estava cheio assim na semana passada?

— Estava, e Colin reclamou a noite inteira. Ficamos aqui limpando tudo até depois das duas.

Então Colin tinha um bom álibi. Alex sentiu uma onda de alívio. Gostava de Colin, da azeda Isabel, daquela cozinha, daquela casa, daquele espaço confortável. Gostava daquele pedaço de mundo que não tinha nada a ver com assassinato ou magia. Mas isso não significava que poderia riscar a Chave e Pergaminho da lista. Mesmo que Colin não tivesse matado Tara, ele a conhecia. E alguém ensinara magia de portal a Lance.

— O Sandow ficou por aqui o salão todo na semana passada?

— Infelizmente — respondeu Isabel. — Ele sempre bebe demais. Aparentemente está passando por um divórcio horrível. A professora Belbalm o colocou para dormir no escritório dela com um cobertor. Ele deixou um círculo de urina em torno da privada do lavabo que Colin precisou limpar. — Ela estremeceu. — Pensando bem, Colin realmente merecia ler. Você tem tanto pela frente, Alex.

Isabel não tinha motivos para mentir, então a mira ruim do reitor Sandow acabara de dar a ele um álibi. Dawes ficaria feliz. E Alex imaginava estar também. Uma coisa era ser uma assassina, outra bem diferente era trabalhar para um.

Foi uma longa noite na cozinha, mas Alex não podia se chatear. Tinha a sensação de trabalhar para construir algo.

Em torno de uma da manhã, terminaram de servir, arrumaram a cozinha, colocaram as garrafas nas lixeiras de reciclagem, aceitaram beijos no ar de Belbalm e saíram flutuando noite adentro levando bandejas de sobras. Depois da violência e da estranheza dos últimos dias, a sensação era a de receber um presente. Aquela era uma bela amostra do que a vida poderia ser, de quão pouco as sociedades importavam para a maioria das pessoas em Yale, de um trabalho que não exigia nada além de tempo e um pouco de atenção em uma casa cheia de pessoas inofensivas, chapadas apenas de suas próprias pretensões.

Alex viu uma Cinzenta de patins diante dela, trançando o caminho entre os postes, chegando mais perto. O crânio e o dorso pareciam ter sido esmagados, um sulco profundo deixado pelas rodas de algum motorista descuidado.

Pasa punto, pasa mundo, sussurrou Alex, quase bondosamente, e observou a garota desaparecer. Um momento passa, um mundo passa. *Fácil*.

Alex não tinha aulas na manhã seguinte. Acordou cedo para tomar café da manhã e tentar ler um pouco antes de andar até o Marsh, mas, quando estava acabando sua pilha de ovos e molho apimentado, vislumbrou o Noivo. A expressão dele se tornou desaprovadora quando ela emendou um sundae de chocolate, mas havia sorvete em todas as refeições em todos os refeitórios, e aquela não era uma oportunidade a ser desperdiçada.

Depois do café da manhã, ela escapuliu para o banheiro ao lado da sala comunal da JE e encheu a pia. Não estava ansiosa para falar com ele; não estava pronta para discutir o que vira nas memórias dele. Mas também queria saber se ele tivera sorte procurando Tara.

Depois de um momento, o rosto de North apareceu no reflexo.

— E aí? — ela disse.

— Ainda não a encontrei.

Alex passou os dedos na superfície da água e observou o reflexo dele se espatifar.

— Parece que você não é muito bom nisso.

Quando a água parou, a expressão de North era sombria.

— E o que você descobriu?

— Você estava certo. Darlington estava interessado no seu caso. Mas as anotações dele não estavam na escrivaninha em Il Bastone. Posso procurar em Black Elm amanhã à noite.

Quando a lua nova se levantasse. Talvez então Darlington pudesse responder às perguntas do Noivo em pessoa.

— E?

— E o quê?

— O que viu quando estava na minha cabeça, senhorita Stern? Estava perturbada quando me expulsou.

Alex ponderou quanto desejava contar a ele.

— Do que se lembra no momento em que morreu, North?

O rosto dele pareceu ficar imóvel, e ela percebeu que dissera o nome dele em voz alta. *Droga*.

— Foi o que viu? — ele perguntou lentamente. — Minha morte?

— Apenas responda.

— Nada — ele admitiu. — Num momento eu estava de pé no meu escritório novo, falando com Daisy, e então... eu não era ninguém. O mundo mortal estava perdido para mim.

— Estava do outro lado. — Alex percebia como aquilo podia bagunçar a cabeça. — Já tentou encontrar Gladys O'Donaghue além do Véu?

— Quem?

— A criada de Daisy.

North franziu o cenho.

— A polícia a entrevistou. Ela descobriu nossos... corpos, mas não estava lá para testemunhar o crime.

— E ela era só uma criada? — perguntou Alex.

Homens como ele nunca reparavam nos serviçais. Mas North estava certo. Alex vira Gladys do lado de fora, aproveitando o clima de primavera. Se ela tivesse visto ou ouvido algo estranho na cena, tinha todas as razões para informar a polícia disso. E Alex suspeitava de que não havia ninguém para ver – apenas magia, invisível e selvagem, o espírito assustado de um homem que fora brutalizado pelos Osseiros e que de algum jeito conseguira encontrar um caminho até North.

— Vou avisá-lo do que encontrar em Black Elm. Pare de me seguir por aí e vá encontrar Tara.

— O que viu na minha cabeça, senhorita Stern?

— Desculpe! Está cortando! — Alex puxou a tampa do ralo.

Ela saiu da sala comunal e enviou uma mensagem para Turner avisando que estava indo para as estufas no Marsh. No caminho, telefonou para o hospital para perguntar sobre Michael Reyes. Deveria ter verificado como estava a *victima* da última prognosticação da Crânio e Ossos antes, mas estivera um pouco distraída. Demorou um pouco para conseguir falar com a pessoa certa, mas por fim Jean Gatdula veio ao telefone e disse que Reyes se recuperava bem e seria liberado para casa nos próximos dois dias. Alex sabia que "casa" era a Casa Colombo, um abrigo longe do campus. Esperava que a Ossos ao menos o deixasse com o bolso cheio de dinheiro pela inconveniência.

O Jardim Botânico Marsh ficava no topo de Science Hill, a velha mansão encimada pelo que parecia uma torre de sino, o terreno da antiga propriedade descendo a encosta em direção ao apartamento que Tara dividia com Lance. Não havia segurança propriamente dita, e Alex se misturou com facilidade aos estudantes que circulavam pelo local. Quatro imensas estufas da Faculdade de Silvicultura ficavam perto da entrada dos fundos, cercadas por um grupo de estruturas de vidro menores. Alex não sabia se conseguiria identificar onde Tara tinha feito seu jardim perigoso, mas, assim que deu uma volta pelo local, detectou o fedor do sobrenatural sob os cheiros de esterco e terra revirada. Embora a pequena estufa parecesse comum, Alex suspeitou que ela ainda tivesse os restos de algum encantamento – provavelmente uma cortesia de Kate Masters e da Manuscrito. De que outra maneira Tara poderia cultivar suas plantas sem levantar suspeitas?

Mas, quando Alex abriu a porta, só encontrou potes vazios e vasos virados nas mesas. Alguém tinha limpado o local. Kate? Colin? Outra pessoa? Lance teria aberto um portal de sua cela até ali para destruir possíveis provas?

Uma única gavinha esguia de alguma planta desconhecida estava em uma pilha de terra, ao lado de um recipiente fechado de plástico. Alex a tocou. A pequena trepadeira se desenrolou, um único botão branco aparecendo das folhas. As pétalas se abriram em uma explosão de sementes brilhantes como fogos de artifício, com um "puf" suave porém audível, e a flor murchou até sumir.

Do lado de fora, Alex encontrou uma mulher esguia, usando jeans e um casaco com um monte de bolsos, cavando com mãos enluvadas em um balde cheio de algum tipo de húmus.

— Ei — Alex falou —, sabe me dizer quem usa aquela estufa?

— Sveta Myers. É uma estudante da pós-graduação.

Alex não se recordava daquele nome no arquivo do caso de Tara.

— Sabe onde posso encontrá-la?

A mulher balançou a cabeça.

— Ela foi embora há uns dias. Vai passar o resto do semestre fora.

Sveta Myers tinha ficado assustada. Talvez tivesse feito ela mesma o trabalho de destruir a estufa.

— Algum dia a viu com um casal? Mocinha loira e magra e um cara grande, do tipo que parece viver na academia?

— Via bastante a garota por aqui. Ela era prima, sobrinha ou alguma coisa da Sveta. — Alex duvidava muito daquilo. — Devo ter visto o cara uma ou duas vezes. Por quê?

— Obrigada pela ajuda — disse Alex, indo para os portões.

Ela tentou se livrar da sensação de desapontamento ao descer de novo a colina. Esperava encontrar mais de Tara nos jardins, não apenas montes de terra empilhados como uma cova recém-cavada.

Turner dissera que encontraria Alex em frente à pista de patinação Ingalls, e ela avistou o Dodge dele parado no meio-fio. Estava abençoadamente quente do lado de dentro.

— Alguma coisa? — ele perguntou.

Ela balançou a cabeça.

— Alguém limpou todo o lugar, e a estudante com quem trabalhavam saiu da cidade também. Uma estudante chamada Sveta Myers.

— Não me recordo desse nome, mas vou ver se consigo rastreá-la.

— Vou checar as listas de ex-alunos para ver se ela está ligada a alguma sociedade — disse Alex. — Quero conversar com Lance Gressang.

— De novo com isso?

Alex quase se esquecera de que fingira interesse em falar com Gressang antes.

— Alguém precisa questioná-lo sobre as novas informações que temos.

— Se o caso for a julgamento...

— Será tarde demais. Alguém mandou um monstro atrás de mim. Mataram Tara, roubaram todas as plantas dela. Talvez tenham pegado Sveta Myers também. Estão limpando a casa.

— Mesmo se eu conseguir uma entrevista com Gressang, não vou levá-la comigo.

— Por que não? Precisamos que Gressang acredite que entendemos mais disso tudo do que ele. Vai levar trinta segundos para ele perceber que você não sabe a diferença entre uma tomada e um nariz de porco.

— Que escolha de frase exuberante.

— Vi você no apartamento, Turner. Quase se mijou quando Lance desapareceu naquela parede.

— Você tem um verdadeiro carisma, sabia, Stern?

— É do meu charme ou da minha aparência que você não se cansa?

Turner se virou no banco para lançar um longo olhar sobre ela.

— Não precisa sair atirando sempre. Do que você tem tanta raiva?

Alex sentiu um choque irritante de vergonha.

— De tudo — ela murmurou, olhando para o para-brisa embaçado.

— Mesmo assim, você sabe que eu tenho razão.

— Talvez, mas Lance é representado por um advogado. Nenhum de nós pode falar com ele sem a presença do advogado.

— Gostaria de falar?

— Claro que gostaria. Também gostaria de um filé malpassado e de um momento de paz sem você tagarelando na minha orelha.

— Não posso fazer isso. Mas acho que posso conseguir para você uma entrevista com Gressang.

— Digamos que seja verdade. Nada que descobrirmos será aceito no tribunal, Stern. Lance Gressang poderia nos dizer que matou Tara doze vezes e ainda assim não conseguiríamos uma condenação por isso.

— Mas teríamos respostas.

Turner pousou as mãos enluvadas no volante.

— Tenho certeza de que, quando minha mãe falou do demônio, tinha você em mente.

— Sou um deleite.

— Se eu dissesse que sim, do que precisaríamos?

Turner já tinha um terno bacana o suficiente.

— Tem uma pasta?

— Posso pegar uma emprestada.

— Ótimo. Então só precisamos disso. — Ela puxou do bolso o espelho que usara para entrar no apartamento de Tara.

— Quer que eu entre em uma cadeia com um espelhinho e uma pasta bonita?

— É pior que isso, Turner. — Alex virou o espelho na mão. — Quero que acredite em mágica.

24
Inverno

O plano era mais complicado do que Alex tinha previsto. O espelho enganaria os guardas que encontrassem, mas não as câmeras da prisão.

Dawes veio em resgate com uma tempestade literalmente em um copo d'água, ou melhor, em um bule de chá. Alex não tinha achado que Darlington estava sendo literal quando estavam no porão bizarro do Hall Rosenfeld, mas aparentemente, em seu auge, a Santelmo conseguia fazer todo tipo de magia interessante.

— Não é apenas o recipiente — explicou Dawes a Alex e Turner no dia seguinte, diante do balcão na cozinha de Il Bastone, com um bule de ouro e um infusor cravejado de joias diante dela. — É o chá em si.

Ela mediu cuidadosamente folhas secas de uma lata com o brasão da Santelmo, um pequeno desenho sinistro que era chamado de "o bode e o barco".

— Darlington disse que eles estavam fazendo campanha por uma nova tumba — disse Alex.

Dawes assentiu.

— Perder o Hall Rosenfeld os quebrou. Estão peticionando há anos, alegando vários tipos de novas aplicações para a magia deles. Mas, sem um nexo em que construir, não faz sentido uma nova tumba.

Ela jogou a água sobre as folhas e ligou o cronômetro do celular. As luzes piscaram.

— Se você fizer muito forte, pode causar um curto-circuito na rede elétrica de toda a Costa Leste.

— Por que as tumbas são tão importantes? — perguntou Turner. — Isso é só uma casa e você está aí... fazendo *magia*. — Ele passou a língua sobre os dentes como se não gostasse do sabor da palavra.

— A magia da Casa Lethe é baseada em feitiços e objetos, encantamentos emprestados, muito estável. Não dependemos de rituais. É por isso que podemos manter as proteções. As outras sociedades lidam com forças muito mais poderosas, como previsão do futuro, comunicação com os mortos e alteração de matéria.

— Magia grande — disse Alex.

Turner se recostou no balcão.

— Então eles têm metralhadoras e vocês estão trabalhando com arco e flecha.

Dawes levantou os olhos, perplexa. Esfregou o nariz.

— Bem, seria mais uma besta, mas sim.

O cronômetro apitou. Dawes removeu rapidamente o infusor e colocou o chá em uma garrafa térmica. Ela a passou para Alex.

— Deve ter cerca de duas horas de interferência real. Depois disso... — Ela deu de ombros.

— Mas vocês não vão derrubar a energia, vão? — perguntou Turner. — Não quero estar na cadeia quando todas as luzes se apagarem.

— Ah, olha quanto progresso! — disse Alex. — Agora você está preocupado com a magia ser poderosa *demais*.

Dawes puxou as mangas do moletom, a certeza que demonstrara ao preparar o chá evaporando.

— Não se eu tiver acertado.

Alex pegou a garrafa térmica e a colocou na bolsa, então prendeu o cabelo em um coque apertado. Usara uma entrevista de emprego como desculpa para pegar emprestado o terninho preto e refinado de Mercy.

— Espero que consiga o emprego — dissera Mercy, e a abraçara tão forte que Alex teve a impressão de que seus ossos estavam dobrando.

— Espero conseguir também — ela respondera.

Estava feliz em brincar de se arrumar, em ter essa aventura para encher as horas, apesar do perigo. O ritual da lua nova tinha parecido distante, impossivelmente longe, mas aconteceria naquela noite. Ela tinha dificuldade para pensar em qualquer outra coisa.

Verificou o telefone.

— Sem sinal.

Turner fez o mesmo.

— Também estou sem.

Alex ligou a pequena televisão que ficava no cantinho do café. Nada além de estática.

— O chá está perfeito, Dawes.

Dawes pareceu satisfeita.

— Boa sorte.

— Estou a ponto de cometer suicídio profissional — disse Turner. — Vamos esperar que tenhamos mais que sorte do nosso lado.

O trajeto de carro até a cadeia era curto. Ninguém lá conhecia Alex, então ela não precisava se preocupar em ser reconhecida. Parecia uma assistente perfeitamente razoável na fantasia corporativa que pegara emprestada. Turner era outra história. Ele tinha precisado ir até o tribunal naquela manhã para trombar no advogado de Lance Gressang e capturar o semblante dele no espelho compacto.

Passaram pela segurança sem incidentes.

— Pare de olhar para as câmeras — Alex sussurrou enquanto ela e Turner eram conduzidos por um corredor lúgubre, iluminado por luzes fluorescentes que zumbiam.

— Parecem estar funcionando.

— A energia está funcionando, mas estão gravando apenas estática — disse Alex, com mais confiança do que sentia. A garrafa térmica estava enfiada na bolsa, pesando reconfortantemente contra seu quadril.

Quando estivessem dentro da sala de encontros, pelo menos estariam a salvo. Não era permitido fazer gravações de áudio ou vídeo durante uma conversa entre um advogado e seu cliente.

Lance estava sentado na mesa quando eles entraram.

— O que você quer? — ele disse quando viu Turner, que enfiara o espelho compacto no bolso depois de mostrá-lo ao guarda mal-encarado.

— Vocês têm uma hora — disse o guarda. — Não passem disso.

Gressang se afastou da mesa, olhando de Turner para Alex.

— Que porra é essa? Vocês dois trabalham juntos?

— Uma hora — o guarda repetiu, e trancou a porta atrás de si.

— Conheço meus direitos — disse Gressang, ficando de pé.

Ele parecia ainda maior do que quando estivera no apartamento, e a mão enfaixada não ajudou muito Alex a relaxar. Ela fazia questão de não ficar presa em espaços pequenos com homens como Lance Gressang. Você não queria ser a única coisa à vista quando o mau humor viesse.

— Sente-se — disse Turner. — Precisamos conversar.

— Não pode falar comigo sem meu advogado presente.

— Você atravessou uma parede ontem — disse Turner. — Isso está no Código Penal?

Lance pareceu quase encabulado com a acusação. *Ele sabe que não deveria usar magia de portal*, pensou Alex. E ele definitivamente não deveria ser pego no ato por um policial. Lance não tinha como saber que Turner era associado às Casas do Véu.

— Sente-se, Gressang — Turner repetiu. — Vai ficar feliz por ter feito isso.

Alex se perguntou se Lance iria simplesmente enfiar um cogumelo na boca e desaparecer pelo chão. Mas, devagar e emburrado, ele se sentou de novo.

Turner e Alex sentaram-se nas cadeiras do lado oposto da mesa. Lance retesou a mandíbula e apontou para Alex com o queixo.

— Por que você estava na minha casa?

Minha casa. Não nossa casa. Ela não disse nada.

— Estou tentando descobrir quem matou Tara — disse Turner.

Lance levantou as mãos.

— Se sabe que sou inocente, por que não me tira deste buraco?

— Inocente é uma palavra exagerada para o que você é — disse Turner, naquele tom agradável e condescendente que usara com Alex apenas alguns dias antes. — Talvez seja inocente dessa brutalidade em particular, e, se for o caso, ficarei feliz em garantir que a acusação de assassinato contra você seja retirada. Mas no momento o que quero reforçar é que ninguém sabe que estamos aqui. Todos os guardas pensam que você está conversando com seu advogado, e o que precisa entender é que podemos fazer o que quisermos.

— Devo ficar com medo?

— Sim — disse Turner. — Deve. Mas não de nós.

— Ei, ele pode ter medo de nós — falou Alex.

— Pode, mas ele tem problemas maiores com que se preocupar. Se você não matou Tara, alguém matou. E esse alguém está só esperando para botar as mãos em você também. No momento, você é útil como bode expiatório. Mas por quanto tempo? Tara sabia de coisas que não devia, e talvez você também saiba.

— Não sei de merda nenhuma.

— Não é a mim que precisa convencer. Já viu do que essas pessoas são capazes. Acha que elas se importam em limpar um pedacinho de merda como você? Acha que vão hesitar em erradicar você ou seus amigos ou a vizinhança inteira se isso puder ajudá-los a dormir um pouco melhor à noite?

— Pessoas como eu e você não importam — disse Alex. — Não quando deixamos de ser úteis.

Lance colocou a enorme mão ferida cautelosamente sobre a mesa e se inclinou para a frente.

— Quem é você, *porra*?

Alex sustentou o olhar dele.

— Sou a única pessoa que acha que você não matou Tara. Então me ajude a descobrir quem foi antes que o Turner perca a paciência, me arraste por aquela porta e deixe você apodrecer aqui.

Os olhos de Lance iam e vinham entre Alex e Turner. Por fim, ele disse:

— Eu não fiz nada com ela. Eu amava a Tara.

Como se aquelas coisas não pudessem andar juntas.

— Quando você começou a trabalhar com Sveta Myers?

Lance se remexeu no assento. Obviamente não gostava que soubessem aquele nome.

— Não me lembro. Dois anos atrás? Tara foi lá para uma venda de plantas, começou a conversar com ela. As duas se deram muito bem, batendo papo sobre jardinagem comunitária e essas merdas. Vendemos para ela por um tempo e depois começamos a plantar com ela, dando uma porcentagem.

— Fale da Merity.

— Da o quê?

— Não estavam cultivando só maconha. O que mais vocês plantaram para Blake Keely?

— Aquele cara com pinta de modelo? Ele estava sempre farejando em torno da Tara, mostrando dinheiro como se fosse uma celebridade. Não suporto aquele babaca.

Alex não sabia como se sentir tendo algo em comum com Lance Gressang.

— O que estavam plantando para ele? — pressionou Turner.

— Não era pra ele. Não no começo. Vendemos erva pra fraternidade dele por um tempo. Nada dessa merda pode ser usada em tribunal, certo? É tudo extraoficial? — Turner fez um sinal para que ele continuasse. — Nada de mais. Trouxinhas de dez, de vinte. A merda de sempre. Até que neste ano, essa menina Katie aparece...

Alex inclinou-se para a frente.

— Kate Masters?

— É. Loira, bem bonitinha, mas meio sapatão?

— Fale mais sobre seu gosto por mulheres.

— Sério?

— Não, babaca. O que *Katie* queria?

— Queria saber onde estávamos plantando e se Tara podia arrumar espaço nas estufas para uma coisa nova. Alguma merda medicinal, tinha todas essas especificações sobre umidade e sei lá o quê. Tara ficou amarradona e começou a trabalhar nisso com a Sveta. Levou um tempo, mas finalmente começou a crescer bem. Experimentei um pouco uma vez. Nem me deu nenhuma onda.

Meu Deus. Lance Gressang tinha colocado as mãos em Merity sem a menor ideia do que era. Quando Alex pensou no dano que ele poderia ter causado se tivesse percebido o poder que aquilo poderia lhe dar sobre os outros... Mas alguém tinha chegado lá primeiro.

— Achou que não valia nada. Não dava onda. E vendeu pro Blake.

— É — disse Gressang, rindo.

— E o que achou quando ele voltou pra pegar mais?

Gressang deu de ombros.

— Fiquei feliz em pegar o dinheiro dele.

— Kate Masters sabia que você vendia Merity pro Blake?

— Não, ela era bem rígida. Disse que era venenoso e não sei o que mais, que a gente não devia mexer com ela. Sabia que ela ficaria puta se descobrisse. Mas Blake continuava pedindo mais, e então ele trouxe esse outro cara que queria saber se a gente arrumava cogumelos.

— Quem? — Turner perguntou, mas Alex já sabia o que Lance iria dizer.

Lance se retorceu na cadeira. Parecia inquieto, quase assustado.

— Era Colin Khatri, não era? — disse Alex — Da Chave e Pergaminho.

— É. Ele...

Lance se recostou. A bravata tinha desaparecido. Ele olhou para a parede como se esperasse encontrar algum tipo de resposta ali. O tempo estava correndo, mas Alex e Turner permaneceram quietos.

— Eu não sabia o que a gente estava começando.

— Conte — disse Turner. — Conte como isso começou.

— Tara ficava nas estufas o tempo inteiro — disse Lance de modo entrecortado. — Voltava para casa tarde, ficava acordada tentando misturar umas merdas, colocando os cogumelos com não sei o quê. Ela tinha um pratinho amarelo que ganhou de Colin. Chamava de caldeirão de bruxa. Colin não se cansava dos tabletes que ela fazia. Continuava voltando para comprar mais.

— Tabletes? — perguntou Turner. — Pensei que estavam vendendo cogumelos.

— Tara destilava aquela merda. Não era ácido. Não sei o que era. — Lance esfregou a mão boa no outro braço, e Alex viu que a pele dele estava arrepiada. — A gente queria saber para que Colin usava, mas ele era muito reservado com isso. Aí a Tara disse "então eu não vou mais preparar pra vocês". — Lance estendeu as mãos como se suplicasse a Alex. — Eu falei pra ela. Eu *falei* pra ela deixar aquilo quieto e continuar pegando o dinheiro do Colin.

— Mas não foi suficiente — disse Alex.

Prefiro morrer a duvidar. Tara sentira que algo grande estava em jogo e queria ser parte daquilo.

— Então o que aconteceu?

— Colin cedeu. — Alex não soube dizer se ele parecia mais convencido ou arrependido. — Em um fim de semana, ele e os amigos vieram pegar a gente no apartamento. Todos tomamos os tabletes que a Tara tinha feito e então eles vendaram e levaram a gente para um salão num prédio. Era bem bonito, com uns painéis com, tipo, umas estrelas judaicas neles, e o teto era aberto, então dava pra ver o céu.

Alex estivera naquele salão na noite do ritual fracassado dos Chaveiros, quando tentaram chegar a Budapeste. Será que tinham simulado a coisa toda, sabendo que não funcionaria sem os tabletes de Tara?

— Ficamos em círculo numa mesa redonda e eles começaram a cantar em, tipo, não sei, árabe talvez, e a mesa simplesmente... se abriu.

— Como uma passagem? — perguntou Turner.

Lance balançava a cabeça.

— Não, não. Você não está entendendo: não tinha fundo. Era noite lá embaixo, alguma outra noite, e era noite no topo, a nossa noite. Era tudo de estrelas. — Havia um fascínio real na voz dele. — A gente atravessou e ficou de pé no topo de uma montanha. Dava pra ver quilômetros de distância. Era tão limpo que dava pra ver a curva do horizonte. Foi incrível. Mas vomitei feito louco no dia seguinte. E, por Deus, como a gente fedia. O cheiro não saiu por dias. — Lance suspirou e disse: — Acho que tudo começou ali. Colin e toda aquela galera queriam que Tara continuasse a preparar o lance dela pra eles. A gente queria continuar viajando. Tara queria ver o mundo. Eu só queria zoar. Fomos pra Amazônia, pro Marrocos, para aquelas piscinas quentes na Islândia. Fomos pra Nova Orleans no Ano-Novo. Era como o melhor videogame de todos. — Ele soltou um risinho. — Colin não conseguia descobrir como Tara misturava a coisa. Ele agia como se achasse engraçado, mas eu percebia que aquilo deixava ele puto.

Alex tentou conciliar esse Colin – ganancioso, invejoso, que se drogava com traficantes – com o rapaz ambicioso e perfeitamente bem cuidado que vira na casa de Belbalm. Aonde ele achara que aquilo iria terminar?

— Como Blake e Colin se conheciam? — perguntou Alex. Ela não conseguia imaginá-los juntos.

Lance deu de ombros.

— Lacrosse ou alguma merda dessas?

Lacrosse. Colin parecia tão pouco atlético que era difícil imaginar. Ele teria visto um dos filminhos nojentos de Blake e reconhecera a Merity, como Alex fizera? O nexo debaixo da tumba não funcionava mais, e eles estavam desesperados por maneiras de abrir portais. E Colin – o Colin inteligente, amigável, polido – não avisara o que Blake andara fazendo com a Merity. Não o impedira de fazer mal às garotas. Em vez disso, aproveitara a oportunidade para si mesmo e sua sociedade.

— E Tripp Helmuth? — perguntou Turner.

Parecia estranho perguntar sobre o Tripp bochechas rosadas, só vibrações boas, mas Alex ficou feliz por ele não deixar ninguém de fora.

— Quem?

— Moleque rico — disse Alex —, da equipe de iatismo, parece sempre bronzeado?

— Essa descrição poderia ser de um monte de caras em Yale.

Alex não achou que ele estava bancando o idiota, mas não tinha certeza.

— No outro dia você abriu um portal na cadeia — disse Turner.

— Eu tinha um tablete comigo quando vocês me prenderam. — Lance sorriu. — Muitos lugares pra esconder uma coisa tão pequena.

— Por que não escapar, simplesmente? — perguntou Turner. — Ir para Cuba ou algo assim?

— Que merda eu ia fazer em Cuba? — perguntou Lance. — Além disso, não tem como abrir um portal para grandes distâncias se não for na mesa.

Ele se referia à tumba. A Chave e Pergaminho ainda precisava do nexo; só os tabletes de Tara não eram suficientes.

— Espere aí — disse Alex. — Você gastou seu único tablete indo de volta ao seu apartamento?

— Pensei que pudesse encontrar algum dinheiro, talvez tentar escapar ou pegar alguma coisa pra trocar por aqui, mas vocês policiais cuzões tinham destruído o lugar inteiro.

— Por que não abriu um portal para a tumba, a mesa, e então foi pra onde quisesses?

Lance piscou.

— Merda. — Ele se amontoou na cadeira de novo. — *Merda.* — Pousou os olhos em Alex. Parecia absolutamente triste. — Você vai me ajudar, certo? Vai me proteger?

Turner ficou de pé.

— Mantenha a cabeça baixa, Gressang. Enquanto parecer que está levando a culpa, deve ficar seguro aqui.

Alex esperou que Lance protestasse, tentasse fazer um acordo, talvez até ameaçá-los. Em vez disso, ele apenas ficou ali sentado, o corpo imenso congelado como um ídolo de pedra sob as luzes fluorescentes. Ele não disse uma palavra quando Turner bateu na porta e o guarda veio buscá-los, não levantou os olhos quando saíram. Tinha ido às florestas da Amazônia, explorado os mercados de Marrakesh. Tinha olhado para os mistérios do mundo, mas os mistérios do mundo não o notaram, e, depois de tudo, terminara ali. As portas tinham se fechado. Os portais também. Lance Gressang não ia a lugar algum.

Turner e Alex voltaram para o campus em silêncio, o aquecedor do Dodge a pleno vapor contra o frio intenso. Ela enviou uma mensagem para Dawes avisando que estavam a salvo e que ela estaria em Black Elm no mais tardar às oito, então tirou os sapatos de salto que pegara emprestados de Mercy. Eram um número menores, e seus pés a estavam matando.

Só quando estavam saindo da estrada que Turner disse:

— E aí?

— Acho que talvez tenhamos mais motivações do que quando começamos.

— Não vou riscar Gressang da lista. Não até conseguirmos colocar outra pessoa na cena. Mas Colin Khatri e Kate Masters parecem muito mais interessantes agora. — Ele bateu as mãos enluvadas no volante. — Mas não são só Colin e Kate, certo? São todos eles. Todas as criancinhas com suas túnicas e capuzes fingindo que são magos.

— Eles não estão fingindo.

Mas Alex sabia exatamente o que ele queria dizer. Colin era a ligação mais direta entre a Chave e Pergaminho e Tara, mas todos os Chaveiros tinham compartilhado seus rituais com pessoas de fora e escondido a verdade da Lethe. Se ela tivesse se tornado um perigo para a sociedade, qualquer um deles poderia ter decidido calar a boca de Tara. Também não parecia provável que Kate Masters tivesse escolhido enganar a Manuscrito. Alex se lembrou do que Mike Awolowo dissera sobre a raridade da droga. Talvez todos tivessem achado que poderiam eliminar o fornecedor da cordilheira Grande Khingan e começar a própria plantação. Ele parecera genuinamente surpreso pela Merity ter saído, mas aquilo poderia ter sido fingimento.

— Quem você acha que é? — perguntou Turner.

Alex tentou não demonstrar surpresa. Turner poderia estar apenas usando-a como caixa de ressonância, mas era bom ser consultada. Gostaria de ter uma resposta melhor.

Ela flexionou os pés doloridos.

— Qualquer membro da Manuscrito poderia ter usado um encantamento para fazer Tara pensar que estava se encontrando com Lance. Além disso, se a Chave dependia de Tara para o molho secreto, por que iam querê-la morta? A magia deles vinha sendo uma confusão nos últimos anos. Precisavam dela.

— A não ser que ela estivesse pressionando demais — disse Turner. — Não temos ideia de como era o relacionamento dela com Colin. Não sabemos exatamente nem o que tinha naqueles tabletes dela. Não estamos mais falando de cogumelos mágicos.

Aquilo era verdade. Talvez Colin, o ás da química, não gostasse de ser superado por uma garota da cidade. E Alex duvidava que qualquer um na Chave e Pergaminho gostasse de ser chantageado para compartilhar seus rituais. Também era possível que alguém tivesse descoberto a receita de Tara e decidido que não a queria mais por ali.

— Colin Khatri tinha um álibi para aquela noite — disse Alex. — Ele estava no salão de Belbalm.

— Está me dizendo que ele não poderia simplesmente abrir um portalzinho conveniente, atravessar, matar Tara e voltar antes que alguém notasse?

Alex quis bater em si mesma.

— Esperto, Turner.

— Parece até que eu sou bom no que faço.

Alex sabia que deveria ter pensado naquilo. Talvez tivesse pensado se não estivesse tão ocupada esperando que Colin não estivesse envolvido no pior daquilo, que seu verão perfeito e promissor com Belbalm pudesse permanecer intocado pela feiura do assassinato de Tara.

Turner entrou na Chapel e estacionou nos portões do Vanderbilt. Alex viu North pairando nos degraus da entrada. Fazia quanto tempo que ele estava esperando? E será que tinha encontrado Tara do outro lado? Com um calafrio, percebeu que ele fora morto – ou matara a bela Daisy e se matara – a apenas alguns quarteirões de onde ela estava.

— O que você diria se eu contasse que tem um fantasma em frente ao meu dormitório? — perguntou Alex. — Bem ali no pátio?

— Honestamente? — perguntou Turner. — Depois de tudo que vi nos últimos dias?

— É.

— Ainda ia achar que você está me zoando.
— E se eu dissesse que ele está trabalhando no nosso caso?

A risada verdadeira de Turner era totalmente diferente de seu risinho falso, um riso cheio, vindo da barriga.

— Já tive informantes mais esquisitos.

Alex enfiou os pés nos sapatos apertados demais e abriu a porta do carro. O ar da noite estava tão frio que a respiração doía, e o céu estava negro sobre ela. Lua nova subindo. Ela tinha que estar em Black Elm em questão de horas. Quando o reitor Sandow começou a falar sobre o ritual, Alex achou que tentariam contatar Darlington de Il Bastone, talvez até usando o cadinho. Mas Sandow realmente tinha a intenção de chamá-lo para casa.

— Vou dar uma sondada em Kate Masters amanhã — disse Turner. — Em Colin Khatri também. Vamos ver o que sai disso.

— Obrigada pela patrulha.

Alex fechou a porta do carro e viu os faróis de Turner descerem a Chapel. Ela se perguntou se algum dia falaria com o detetive de novo.

Tudo poderia mudar naquela noite. Alex tinha desejado, e temido, o retorno de Darlington – não conseguia separar esses sentimentos. Sabia que quando ele contasse ao reitor Sandow o que ela fizera, o que ela era de verdade, seria o fim para ela na Lethe. Sabia disso. Mas também sabia que Darlington era a melhor chance de Tara encontrar justiça. Ele falava a linguagem daquele mundo, entendia os protocolos. Faria as conexões que o resto deles não via.

Ela tinha que admitir que sentia falta daquele sabichão pomposo. Mas era mais que isso. Ele a protegeria.

O pensamento era embaraçoso. Alex, a sobrevivente, Alex, a cascavel, deveria ser mais durona que isso. Mas estava cansada de lutar. Darlington não teria engolido nada do que ela e Dawes passaram. Ele poderia até não achar que ela merecia estar na Lethe, mas acreditava que Alex merecia ser protegida. Ele tinha prometido colocar-se entre ela – entre todos eles – e a escuridão terrível. Aquilo significava algo.

North manteve certa distância, pairando na luz dourada do poste, assassino ou vítima, era um parceiro importante. Por enquanto.

Ela deu um aceno de cabeça para ele e deixou por isso mesmo. Naquela noite tinha outras dívidas a pagar.

25
Inverno

— Como foi? — perguntou Mercy, assim que Alex entrou na sala comunal. Ela estava sentada de pernas cruzadas no sofá, cercada por livros. Alex levou um momento para se lembrar de que deveria estar voltando de uma entrevista de emprego.

— Não tenho certeza — ela disse, indo em direção ao quarto para trocar de roupa. — Talvez bem? Foi interessante. Essas calças são muito apertadas.

— Sua bunda é que é muito grande.

— Minha bunda é do tamanho certo — Alex gritou de volta.

Ela colocou jeans pretos, uma de suas últimas camisas boas de manga comprida e um suéter preto. Ela considerou inventar uma desculpa sobre um grupo de estudos, mas decidiu escovar os cabelos e passar um batom cereja-escuro.

— Para *onde* você vai? — perguntou Mercy ao ver o visual de Alex.

— Vou tomar café com uma pessoa.

— Espera aí — disse Lauren, enfiando a cabeça na porta do quarto. — Alex Stern está indo a um encontro?

— Primeiro Alex Stern foi a uma entrevista de emprego — disse Mercy. — E agora vai a um encontro.

— Quem *é* você, Alex Stern?

E eu sei?

— Já acabaram? Quem roubou meus brincos de argola?

— De que residência ele é? — perguntou Lauren.

— Ele é da cidade.

— Ah! — disse Lauren. Ela segurou as argolas de prata falsa de Alex. — Alex ama um proletário. Esse batom está exagerado.

— Eu gosto — disse Mercy.

— Parece que ela vai tentar comer o coração dele.

Alex colocou as argolas nas orelhas e passou um lenço de papel nos lábios.

— Perfeito.

— O Clube de Fevereiro está quase acabando — disse Mercy. Toda noite em fevereiro, algum grupo ou organização fazia um evento, um protesto contra a melancolia profunda do inverno. — A gente devia ir à última festa, na sexta-feira.

— Devia? — perguntou Alex, imaginando se Mercy estava realmente pronta para aquilo.

— Sim — disse Mercy. — Não estou dizendo que deveríamos ficar muito tempo ou algo assim, mas... eu quero ir. Talvez pegue seu batom emprestado.

Alex sorriu e pegou o telefone para pedir uma corrida.

— Então com certeza vamos.

Se eu ainda for uma estudante de Yale amanhã.

— Não me espere acordada, mãe.

— Sua piranha linda — disse Lauren.

— Cuide-se — disse Mercy.

— Diga a *ele* para ter cuidado — retrucou Alex, trancando a porta atrás de si.

Ela pediu ao motorista que a deixasse nas colunas de pedra de Black Elm e foi a pé pelo longo caminho da entrada. A garagem estava aberta, e Alex viu a Mercedes vinho de Darlington estacionada.

Havia luzes acesas no primeiro e no segundo andares da casa, e Alex viu Dawes pelas janelas da cozinha, mexendo algo no fogão. Assim que entrou, reconheceu o cheiro de limão. Avgolemono. O prato predileto de Darlington.

— Chegou cedo — disse Dawes por sobre o ombro. — Está bonita.

— Obrigada — disse Alex, sentindo-se subitamente tímida. Os brincos e o batom teriam sido sua versão da sopa de limão?

Alex tirou o casaco e o pendurou em um gancho ao lado da porta. Não tinha certeza do que esperar da noite, mas queria uma oportunidade de fuçar no escritório e no quarto de Darlington antes que os outros chegassem. Ficou feliz por Dawes ter acendido todas as luzes. Da última vez que estivera ali, sentira-se engolida pela solidão do lugar.

Verificou primeiro o escritório, um cômodo revestido com painel de madeira e estantes cheias, localizado bem ao lado do belo solário no qual ela escrevera o relatório sobre a morte de Tara para Sandow. A escrivaninha estava relativamente organizada, mas os arquivos pareciam conter apenas documentos referentes a Black Elm. Na gaveta de cima, Alex encontrou uma agenda antiquada e um maço amassado de Chesterfields. Não conseguia imaginar Darlington tragando um cigarro barato.

A busca pela cela de monge do terceiro andar foi igualmente infrutífera. Cosmo a seguiu para dentro do cômodo e a observou como se a julgasse enquanto ela abria gavetas e checava pilhas de livros.

— Sim, estou violando a privacidade dele, Cosmo — ela disse. — Mas é por uma boa causa.

Aparentemente aquilo foi o suficiente para o gato, que se enrolou nos coturnos dela, ronronando alto. Ela o acariciou entre as orelhas enquanto olhava os livros empilhados mais perto da cama de Darlington – todos sobre a indústria de New Haven. Fez uma pausa no que parecia um velho catálogo de carruagens, o papel amarelado e rasgado nos cantos, dentro de um envelope plástico para ficar protegido de intempéries. A família de North fazia carruagens.

Alex removeu o papel cuidadosamente do plástico. Em um exame mais próximo, parecia ser um tipo de revista noticiosa do ramo, sobre os vários produtores de carruagem em New Haven e os negócios que os sustentavam. Havia desenhos de rodas feitos à mão, mecanismos de trava e faróis; na terceira página, grandes letras em negrito anunciavam a construção da nova fábrica da North & Filhos, que teria na frente um mostruário para potenciais compradores. Na margem, com a letra distinta de Darlington, havia uma anotação que dizia: "A primeira?".

— Só isso? Vamos lá, Darlington. A primeira o *quê*?

Alex ouviu o som de pneus no cascalho, olhou para a entrada e viu faróis de dois carros – um Audi levemente surrado e, bem atrás, um Land Rover azul brilhante.

O Audi estacionou na garagem ao lado da Mercedes de Darlington, e um momento depois Alex viu surgirem o reitor Sandow e uma mulher que deveria ser Michelle Alameddine. Alex não tinha certeza do que esperara, mas a garota parecia totalmente comum. Cachos grossos emaranhados sobre os ombros, um rosto angular com sobrancelhas elegantemente cuidadas. Ela vestia um casaco preto bem cortado e botas pretas até o joelho. Parecia muito nova-iorquina, embora Alex jamais tivesse ido a Nova York.

Alex colocou o catálogo de carruagens de volta no envelope plástico e correu para baixo. Sandow e Michelle já estavam pendurando os casacos na entrada, seguidos por uma mulher mais velha e um rapaz desajeitado com um corte moicano que carregava uma grande mochila. Alex levou um momento para reconhecê-los sem as túnicas brancas, mas a memória os localizou: Josh Zelinski, presidente da delegação da Aureliana, e a ex-aluna que liderou no outono o ritual com o romancista que quase terminara tão mal. *Amelia*.

Darlington convencera a Aureliana de que a culpa tinha sido da sociedade, não de Alex. E, naquela mesma noite, para a confusão de Dawes, Alex e Darlington ficaram muito bêbados de vinho tinto caro e espatifaram um armário inteiro de cristais inocentes – junto com um conjunto brega de assadeiras de louça que provavelmente mereciam morrer. Ela se lembrava de estar num cômodo cheio de vidro quebrado e estilhaços de louça, sentindo-se bem como não se sentia havia anos. Darlington verificara os danos, enchera a taça e dissera, sonolento: "Há uma metáfora nisso, Stern. Vou descobrir quando estiver sóbrio".

Nenhuma apresentação foi feita, e Sandow abriu uma garrafa de vinho. Dawes serviu um prato de queijo e vegetais fatiados. Parecia o prelúdio de um jantar ruim.

— Então — disse Michelle, enfiando uma fatia de pepino na boca. — Danny conseguiu desaparecer?

— Ele pode estar morto — disse Dawes, em voz baixa.

— Duvido — respondeu Michelle. — Ou estaria assombrando aquela ali loucamente. — Ela apontou com o dedão para Alex. — Você estava com ele, certo?

Alex assentiu, sentindo um aperto no estômago.

— E você é a garota mágica que consegue ver Cinzentos. Ele esteve por aí?

— Não — disse Alex.

E North não o vira do outro lado. Darlington estava vivo em algum lugar e voltaria para casa naquela noite.

— Um dom tão extraordinário — disse Amelia. Ela tinha um cabelo grosso, cor de mel, que ia até abaixo do queixo, e vestia um conjunto de blusa e cardigã azul-marinho com jeans engomados. — Lethe tem sorte de tê-la.

— Sim — disse Sandow, bondosamente. — Temos.

Josh Zelinski balançou a cabeça.

— Loucura. Eles estão simplesmente flutuando por aí? Tem algum Cinzento aqui agora?

Alex deu um longo gole em seu vinho.

— Tem. Um está com a mão na sua bunda.

Zelinski se virou. Sandow parecia incomodado.

Mas Michelle riu.

— Darlington deve ter ficado furioso quando descobriu o que você consegue fazer.

Sandow limpou a garganta.

— Obrigado por virem — ele disse. — Todos vocês. É uma situação difícil e sei que estão todos ocupados.

Não é uma porra de uma reunião de conselho, Alex quis gritar. *Ele desapareceu.*

Michelle encheu novamente a própria taça de vinho.

— Não posso dizer que fiquei surpresa ao receber o telefonema.

— Não?

— Sinto que passei a maior parte do primeiro ano de Darlington certificando-me de que ele não se mataria ou tocaria fogo em alguma coisa. Onde quer que esteja, ele provavelmente está empolgado porque as coisas finalmente ficaram animadas por aqui.

Sandow deu uma risadinha.

— Aposto que sim.

Alex sentiu uma pontada de irritação. Não gostava de Sandow e Michelle fazendo piadinhas a respeito de Darlington. Ele merecia mais.

— Ele é alguém que busca emoções fortes? — perguntou Amelia, parecendo ela mesma um pouco empolgada.

— Não exatamente — disse Michelle. — Ele apenas está sempre pronto para se jogar em uma aventura. Imaginava-se como um cavaleiro, um rapaz às portas do submundo com uma espada na mão.

Alex caçoava toda vez que Darlington descrevia a si mesmo ou a Lethe daquele modo. Mas não parecia tolo agora, não quando ela pensava em Tara, em drogas como a Merity, em rapazes como Blake. As Casas do Véu tinham muito poder, e as regras em vigor na verdade diziam respeito a controlar o acesso àquele poder, não a limitar os danos que ele poderia causar.

— Isso não é meio o que somos? — disse Alex, antes de conseguir se segurar. — "Somos os pastores" e tudo o mais?

Michelle riu de novo.

— Não me diga que ele converteu você também? — Ela passou o braço no de Sandow enquanto saíam da cozinha, seguidos por Zelinski e Amelia. — Gostaria de ter podido vir antes e ver esse lugar à luz do dia. Ele trabalhou tanto nele.

A mão de Dawes roçou na de Alex, assustando-a. Era uma coisinha pequena, mas Alex deixou que os nós de seus dedos fizessem o mesmo. Darlington estivera *certo* sobre a necessidade da Lethe, sobre os motivos pelos quais estavam ali. Eles não eram apenas guardinhas de shopping center mantendo um grupo de crianças indóceis na linha. Deveriam ser detetives, soldados. Michelle e Sandow não entendiam isso.

Eu entendo?, perguntou-se Alex. Como ela passara de uma fraude para uma guerreira santa? E o que ia acontecer quando puxassem Darlington de volta para o mundo deles, de onde quer que ele estivesse passando umas férias?

Talvez o trabalho no caso de Tara Hutchins fosse um ponto a favor dela, mas Alex duvidava muito que Darlington fosse apenas dizer: "Parabéns por tomar a iniciativa; está tudo perdoado". Ela diria a ele que sentia muito, que não sabia o que Hellie tinha a intenção de fazer naquela manhã no Marco Zero. Diria a ele o que precisasse e prenderia aquela vida com as duas mãos.

— Onde achamos que ele está? — perguntou Michelle, enquanto tomavam a escada para o segundo andar.

— Não sabemos. Pensei em usarmos uma invocação de cão de caça.

Sandow parecia quase satisfeito consigo mesmo. Alex às vezes esquecia que o reitor realmente *estivera* na Lethe e que fora muito bom nisso também.

— Muito bom! O que vamos usar para o cheiro dele?

— A escritura de Black Elm.

— Foi amarrada pela Aureliana?

— Não que eu saiba — disse Amelia. — Mas podemos ativar a linguagem para invocar os signatários.

— De qualquer lugar? — perguntou Michelle.

— De qualquer lugar — disse Zelinski, de modo convencido.

Passaram para uma longa descrição dos mecanismos do contrato e de como a invocação poderia funcionar, desde que o comprometimento ao contrato tivesse sido feito de boa-fé e as partes tivessem alguma conexão sentimental com o acordo.

Alex e Dawes trocaram olhares. Daquilo ao menos podiam ter certeza: Darlington amava Black Elm.

O salão de dança do segundo andar fora iluminado com lanternas nos quatro pontos cardeais. Os tapetes e equipamentos de ginástica de Darlington tinham sido colocados de lado.

— É um bom espaço — disse Zelinski, abrindo a mochila.

Ele e Amelia tiraram quatro objetos envoltos em proteções de algodão.

— Não precisamos de alguém para abrir um portal? — Alex sussurrou para Dawes, observando Josh tirar o algodão para revelar um grande sino de prata.

— Se Sandow estiver certo e Darlington estiver apenas preso entre mundos ou em algum tipo de bolsão de espaço, então a ativação da escritura deve criar uma atração suficiente para trazê-lo até nós.

— E se ele não estiver?

— Então precisaremos envolver a Chave e Pergaminho na próxima lua nova.

Mas e se os Chaveiros tivessem criado o portal no porão naquela noite? E se quisessem que Darlington continuasse sumido?

— Alex — chamou Sandow —, por favor, venha me ajudar a fazer as marcações.

Alex sentiu-se estranha protegendo o círculo, como se de algum modo tivesse voltado no tempo e se tornado o Dante de Sandow.

— Deixaremos o portal do norte aberto — ele disse. — Norte verdadeiro para guiá-lo para casa. Preciso que fique de olho nos Cinzentos, sozinha. Eu tomaria o elixir de Hiram, mas... na minha idade o risco é muito alto. — Ele parecia envergonhado.

— Eu posso cuidar disso — disse Alex. — Vai ter sangue envolvido? — Ela ao menos queria estar pronta se uma multidão de Cinzentos chegasse.

— Não — disse Sandow. — Sem sangue. E Darlington plantou espécies protetoras nos limites de Black Elm. Mas você sabe como o desejo forte pode atrair Cinzentos, e desejo forte é o que precisamos para trazê-lo de volta.

Alex assentiu e tomou sua posição no ponto cardeal norte. Sandow ficou no ponto sul; Dawes e Michelle Alameddine ficaram de frente uma para a outra no leste e no oeste. Com apenas luz das velas para dar forma ao espaço, o salão de bailes parecia ainda mais vasto. Era um cômodo grande, frio, construído para impressionar pessoas mortas havia muito tempo.

Amelia e Josh estavam no centro do círculo com um maço de papéis – a escritura de Black Elm –, mas só teriam algo a fazer se a invocação de Sandow desse certo.

— Todos prontos? — Sandow perguntou.

Quando ninguém respondeu, ele avançou, murmurando primeiro em inglês, depois em espanhol, então em uma língua sussurrante que Alex reconheceu como holandês. Foi português o que veio depois? Seguiu-se mandarim. Ela percebeu que ele falava as línguas que Darlington sabia.

Ela não sabia se era sua imaginação ou se realmente ouvira os sons de patas, arquejos. Uma invocação de *cão de caça*. Pensou nos cães da Lethe, os chacais surpreendentemente belos que Darlington mandara contra ela no primeiro dia em Il Bastone. *Eu perdoo você*, ela pensou. *Apenas venha para casa*.

Ela ouviu um uivo súbito e então o barulho muito distante de latidos. As velas brilharam, as chamas assumindo um verde brilhante.

— Nós o encontramos! — gritou Sandow, em uma voz trêmula. Ele soava quase assustado. — Ativem a escritura!

Amelia tocou uma vela nos papéis no centro do círculo. Uma luz verde surgiu e se levantou em torno das pilhas. Ela jogou alguma coisa nas chamas, que queimou em centelhas brilhantes, como fogos de artifício.

Ferro, percebeu Alex. Vira um experimento como aquele um dia na aula de Ciências.

As palavras pareciam flutuar na chama verde sobre o documento conforme as limalhas de ferro brilhavam.

TESTEMUNHARAM
QUE O
DITO OUTORGANTE
DE BOA-FÉ E A TÍTULO
ONEROSO
DE BOA-FÉ
DE BOA-FÉ

As palavras se enrolavam nelas mesmas, subindo no fogo e desaparecendo como fumaça.

As chamas das velas ficaram ainda mais altas e então se extinguiram. O fogo cobrindo a escritura abafou-se abruptamente. Ficaram todos na escuridão.

E então Black Elm criou vida. De uma só vez, as arandelas das paredes começaram a brilhar, música soou das caixas de som no canto, e os salões ecoavam o som de um noticiário de fim da noite em algum lugar em que uma televisão ligara.

— Quem diabos deixou todas as luzes acesas? — disse um velho parado fora do círculo.

Ele era assustadoramente magro, um tufo de cabelo ralo na cabeça, o roupão aberto revelando um peito emaciado e genitais enrugados. Um cigarro pendia de sua boca.

Ele não era nítido e claro como os Cinzentos eram normalmente para Alex; ele parecia... bem, cinzento. Como se ela o visse através de camadas de um *chiffon* leitoso. *O Véu.*

Ela sabia que estava olhando para Daniel Tabor Arlington III. Um momento depois, ele desapareceu.

— Está funcionando! — gritou Josh.

— Usem os sinos — berrou Amelia. — Chamem-no para casa!

Alex levantou o sino de prata a seus pés e viu os outros fazerem o mesmo. Tocaram os sinos, o som doce rolando pelo círculo, acima da barulheira musical e do caos da casa.

As janelas se escancararam. Alex ouviu um guincho de pneus e uma batida alta de algum lugar abaixo. Em torno dela, via pessoas dançando; um jovem com um bigode pesado, que era distintivamente parecido com Darlington, passou flutuando, vestido com um terno que parecia saído de um museu.

— Parem! — gritou Sandow. — Algo está errado! Parem os sinos!

Alex segurou o badalo do sino, tentando silenciá-lo, e viu os outros fazerem o mesmo. Mas os sinos não pararam de soar. Ela podia senti-lo ainda vibrando nas mãos, como se tivesse sido golpeado, podia ouvir os repiques ficando mais altos.

Alex sentia o rosto corar. O cômodo estava gelado momentos antes, mas agora ela suava dentro das roupas. O fedor de enxofre enchia o ar.

Ouviu um gemido que parecia roncar através do chão – um chocalhar profundo. Lembrou-se dos crocodilos das margens do rio nas fronteiras. O que quer que estivesse ali, que tivesse entrado no cômodo, era maior. Muito, muito maior. E parecia faminto.

Os sinos gritavam. Soavam como uma multidão enraivecida, uma turba a ponto de cometer violência. Alex sentia as vibrações fazendo zunir as palmas de suas mãos.

Bum. O prédio balançou.

Bum. Amelia pisou em falso, agarrou-se a Zelinski para manter o equilíbrio, o sino caindo de suas mãos, ainda soando e soando.

Bum. O mesmo som que Alex ouvira naquela noite durante a prognosticação, o som de algo tentando entrar no círculo, entrar no mundo deles. Naquela noite, os Cinzentos na sala de cirurgia tinham perfurado o Véu, lascado o parapeito. Ela achara que eles estavam tentando destruir a proteção do círculo, mas e se estivessem tentando entrar nele? E se eles estivessem com medo do que estava vindo? Aquele gemido baixo e estrondoso chacoalhou o cômodo novamente. Soava como as mandíbulas de algo ancestral abrindo-se.

Alex sentiu um embrulho no estômago, depois ânsia de vômito, o cheiro de enxofre tão forte que ela sentia o gosto apodrecido na boca.

"Assassinato." Uma voz, dura e alta, sobre os sinos – a voz de Darlington, mas mais profunda, rosnando. Raivosa. "Assassinato", ele disse.

Bem, merda. Lá se ia a ideia de ele manter a boca fechada.

E então ela viu, levantando-se sobre o círculo, como se não houvesse teto, nem terceiro andar, nem casa, um monstro – não havia outra palavra para aquilo – com chifres e dentes pesados, tão grande que o corpo pesado encobria o céu da noite. Um javali. Um carneiro. A parte traseira segmentada de um escorpião. A mente dela pulava de horror para horror, sem conseguir entender.

Alex percebeu que gritava. Todos gritavam. As paredes pareciam arder em fogo.

Ela sentia o calor no rosto, queimando os pelos de seus braços.

Sandow foi até o centro do círculo. Jogou o sino para baixo e rugiu:

— *Lapidea est lingua vestra!*

Ele abriu os braços como se conduzisse uma orquestra, o rosto dourado por causa das chamas. Parecia jovem. Parecia um estranho.

— *Silentium domus vacuae audito! Nemo gratus accipietur!*

As janelas do salão de baile se abriram para dentro, estilhaçando os vidros. Alex caiu de joelhos, cobrindo a cabeça com as mãos.

Ela esperou, o coração disparado no peito. Só então percebeu que os sinos tinham parado de tocar.

O silêncio era suave em seus ouvidos. Quando Alex abriu os olhos, viu que as velas tinham se acendido novamente, banhando tudo em um brilho gentil. Como se nada tivesse acontecido, como se tudo tivesse sido uma grande ilusão – exceto pelos pedaços de vidro quebrado cobrindo o chão.

Amelia e Josh estavam ambos de joelhos, soluçando. Dawes estava encolhida no chão com a mão sobre a boca. Michelle Alameddine andava para a frente e para trás, murmurando:

— Puta merda. Puta merda. Puta *merda*.

O vento soprou através das janelas estilhaçadas, o cheiro do ar da noite frio e doce depois do odor forte de enxofre. Sandow ficou de pé olhando para onde estivera a besta. Sua camisa social estava ensopada de suor.

Alex se forçou a ficar de pé e ir até Dawes, as botas amassando os cacos de vidro.

— Dawes? — ela disse, agachando-se e colocando a mão no ombro dela. — Pammie?

Dawes chorava, as lágrimas traçando marcas lentas e silenciosas em seu rosto.

— Ele se foi — ela disse. — Ele se foi de verdade.

— Mas eu o ouvi — disse Alex. — Ou algo que soava muito como ele.

— Você não entende — disse Dawes. — Aquela coisa...

— Era uma besta do inferno — disse Michelle. — Falava com a voz dele. Significa que o consumiu. Alguém o deixou entrar em nosso mundo. Deixou-o como uma caverna para que Darlington entrasse nele.

— Quem? — perguntou Dawes, limpando as lágrimas do rosto. — Como?

Sandow colocou o braço em torno dela.

— Não sei. Mas vamos descobrir.

— Mas, se ele está morto, então deveria estar do outro lado — disse Alex. — Ele não está. Ele...

— Ele se foi, Alex — disse Michelle. A voz dela era severa. — Ele não está do outro lado. Não está atrás do Véu. Ele foi devorado, alma e tudo.

Não é um portal. Foi o que Darlington dissera naquela noite no porão do Rosenfeld. E agora ela sabia o que ele queria dizer, o que ele tentara dizer, antes que aquela coisa o levasse. *Não é um portal. É uma boca.*

Darlington não tinha desaparecido. Ele tinha sido comido.

— Ninguém sobrevive a isso — disse Sandow.

A voz dele estava rouca. Ele tirou os óculos e Alex o viu enxugar os olhos.

— Nenhuma alma pode aguentar isso. Invocamos um poltergeist, um eco. Só isso.

— Ele se foi — disse Dawes de novo.

Dessa vez, Alex não negou.

Eles recolheram os sinos da Aureliana, e o reitor Sandow disse que telefonaria para alguém cobrir as janelas do salão de baile na manhã seguinte. Estava começando a nevar, mas era muito tarde da noite para fazer qualquer coisa naquele momento. E quem estaria ali para se importar com a casa? O guardião de Black Elm, seu defensor, jamais retornaria.

Tomaram lentamente o caminho para sair. Quando chegaram à cozinha, Dawes começou a chorar com mais intensidade. Tudo parecera tão impossivelmente estúpido e esperançoso: as taças meio cheias de vinho, os vegetais arrumadinhos, a panela de sopa esperando no fogão.

Lá fora, encontraram a Mercedes de Darlington batida no Land Rover de Amelia. Tinha sido o estrondo que Alex ouvira, o carro de Darlington possuído por qualquer que fosse o eco que trouxeram àquele mundo.

Sandow suspirou.

— Amelia, vou chamar um guincho e esperar com você. Michelle...

— Posso pegar um carro até a estação.

— Desculpe, eu...

— Está tudo bem — ela disse.

Ela parecia distraída, confusa, como se a conta não fechasse, como se apenas agora percebesse que, em todos os seus anos na Lethe, estivera andando lado a lado com a morte.

— Alex, pode deixar Dawes em casa? — perguntou Sandow.

Dawes esfregou o rosto marcado de lágrimas com a manga.

— Não quero ir para casa.

— Para Il Bastone, então. Vou me juntar a vocês assim que puder. Nós vamos... — Ele parou de falar. — Não sei exatamente o que vamos fazer.

— Claro — disse Alex.

Ela usou o telefone para pedir uma corrida, então passou o braço pelo ombro de Dawes e a conduziu pelo caminho da entrada atrás de Michelle.

Ficaram em silêncio perto das colunas de pedra, Black Elm atrás, a neve se acumulando em torno delas.

O carro de Michelle chegou primeiro. Ela não se ofereceu para dividir a corrida, mas se virou para Alex ao entrar.

— Eu trabalho no setor de doações e aquisições na Biblioteca Butler, na Columbia — ela disse. — Se precisar de mim...

Antes que Alex pudesse responder, ela se abaixou e entrou. O carro desapareceu lentamente pela rua, cauteloso na neve, as luzes vermelhas da traseira minguando em centelhas.

Alex manteve o braço em torno de Dawes, com medo de que ela pudesse se afastar. Até aquele momento, até aquela noite, tudo era possível e Alex realmente tinha acreditado que, de algum jeito, inevitavelmente, talvez não naquela lua nova, mas na outra, Darlington voltaria. Agora o feitiço da esperança estava quebrado, e nenhuma magia poderia reconstruí-lo.

O menino de ouro da Lethe se fora.

26

Inverno

— Você vai ficar, não vai? — perguntou Dawes quando entraram no saguão em Il Bastone. A casa suspirou em torno delas, como se sentisse a tristeza das duas. Ela sabia? Sabia desde o começo que Darlington não voltaria?

— Claro.

Alex estava grata por Dawes querê-la ali. Não queria ficar sozinha nem tentar fazer uma cara feliz para as colegas de quarto. Não conseguia fingir naquele momento. Entretanto, também não conseguia parar de buscar um fiapo de esperança.

— Talvez a gente tenha errado. Talvez Sandow tenha estragado tudo.

Dawes acendeu as luzes.

— Ele teve quase três meses de planejamento. Era um bom ritual.

— Bem, talvez ele tenha errado de propósito. Talvez não queira Darlington de volta. — Ela sabia que estava levantando fumaça, mas era tudo o que tinha. — Se ele está envolvido em abafar o assassinato de Tara, acha que ia mesmo querer um paladino como Darlington por aqui em vez de mim?

— Mas você *é* um paladino, Alex.

— Um paladino mais competente. O que Sandow disse para interromper o ritual?

— "Suas línguas se tornam pedras." Ele usou isso para silenciar os sinos.

— E o resto?

Dawes tirou o cachecol e pendurou a parca no gancho. Manteve-se de costas para Alex enquanto dizia:

— "Ouça o silêncio de uma casa vazia. Ninguém será bem-vindo."

Pensar em Darlington sendo banido para sempre de Black Elm era horrível. Alex esfregou os olhos cansados.

— Na noite da prognosticação da Crânio e Ossos, ouvi alguém, alguma *coisa*, esmurrando a porta para entrar bem no momento em que Tara era assassinada. Soava exatamente como hoje. Talvez fosse Darlington. Talvez ele tenha visto o que estava acontecendo com Tara e tenha tentado me avisar. Se ele...

Dawes já balançava a cabeça, o coque solto caindo pelo pescoço.

— Você ouviu o que eles disseram. A... aquela coisa comeu ele.

Os ombros dela tremeram e Alex percebeu que ela chorava de novo, agarrando o casaco pendurado como se ela fosse cair sem aquele apoio.

— Ele se foi.

As palavras como um refrão, uma música que cantariam até que a dor passasse.

Alex tocou o braço de Dawes.

— Dawes...

Mas Dawes ficou ereta, fungou profundamente e limpou as lágrimas dos olhos.

— Sandow estava errado, no entanto. Tecnicamente. É possível ser consumido por uma besta do inferno e sobreviver. Apenas não ninguém humano.

— O que poderia, então?

— Um demônio.

Bem acima da nossa faixa salarial.

Dawes respirou longamente, estremecendo, e tirou o cabelo do rosto, apertando de novo o coque.

— Acha que Sandow vai querer café quando chegar aqui? — ela perguntou, pegando os fones de ouvido do tapete do salão. — Quero trabalhar um pouco.

— Como vai indo?

— A dissertação? — Dawes piscou lentamente, olhou para os fones nas mãos, como se imaginasse como eles tinham ido parar ali. — Não tenho ideia.

— Vou pedir pizza — disse Alex. — Mas vou tomar banho primeiro. Nós duas estamos fedendo.

— Vou abrir uma garrafa de vinho.

Alex estava na metade das escadas quando ouviu a batida na porta. Por um segundo, pensou que pudesse ser o reitor Sandow. Mas por que ele bateria na porta? Nos seis meses em que fizera parte da Lethe, *ninguém* tinha batido na porta da casa na Orange.

— Dawes... — ela começou.

— Me deixe entrar. — Uma voz masculina, alta e raivosa, através da porta.

Os pés de Alex a levaram até a base da escadaria antes que ela percebesse. *Compulsão.*

— Dawes, não! — ela gritou. Mas Dawes já destrancava a porta.

A fechadura fez um clique e a porta se escancarou para dentro. Dawes foi atirada contra o corrimão, os fones de ouvido voando de suas mãos. Alex ouviu um barulho alto quando a cabeça dela bateu na madeira.

Alex não parou para pensar. Pegou os fones de Dawes e os colocou sobre as orelhas, usando as mãos para mantê-los apertados na cabeça enquanto subia correndo as escadas. Ela olhou para trás uma vez e viu

Blake Keely – o lindo Blake Keely, os ombros do casaco de lã salpicados de neve, como se ele emergisse das páginas de um catálogo – passar sobre o corpo de Dawes, os olhos presos em Alex.

Dawes vai ficar bem, ela disse a si mesma. *Ela precisa ficar bem. Você não pode ajudá-la se perder o controle.*

Blake estava usando Poder de Estrela ou algo assim. Alex sentira o ímpeto quando a voz dele atravessara a porta. Era a única razão pela qual Dawes abrira a fechadura.

Ela disparou em direção ao arsenal, teclando o número de Turner no telefone, e bateu a mão contra o velho controle do aparelho de som na parede ao lado da biblioteca, na esperança de que só uma vez ele funcionasse. Talvez a casa estivesse lutando ao lado dela, porque a música encheu os corredores, mais alta e clara do que já ouvira antes. Quando Darlington estava por ali, era Purcell ou Prokofiev. Em vez disso, veio a última coisa que Dawes escutara – se Alex não estivesse tão assustada, teria rido quando o trinado de Morrissey e o zunido das guitarras encheu o ar.

As palavras eram abafadas pelos fones, o som da própria respiração soando alto em seus ouvidos. Ela se jogou para dentro do arsenal, abrindo as gavetas. Dawes estava no chão e sangrando. Turner estava longe. E Alex não queria pensar no que Blake poderia fazer com ela, o que poderia obrigá-la a fazer. Seria a vingança pelo que ela fizera? Ele descobrira quem ela era e de algum jeito a seguira até ali? Ou tinha sido Tara quem o levara até sua porta? Alex estivera tão concentrada nas sociedades que não tinha notado outro suspeito bem na frente dela – um rapaz bonito e podre por dentro que não gostava da palavra "não".

Precisava de uma arma, mas nada no arsenal fora feito para enfrentar um corpo humano, vivo, injetado de supercarisma.

Alex olhou sobre o ombro. Blake estava bem atrás dela. Ele dizia algo, mas felizmente não podia ouvi-lo por causa da música. Ela se esticou em direção às gavetas, pegando tudo o que fosse pesado para arremessar. Não tinha nem ideia de que coisas inestimáveis estava atirando nele. Um astrolábio. Um peso de papéis brilhante com um mar congelado dentro dele.

Blake os jogou de lado e pegou a parte de trás do pescoço dela. Ele era forte por causa do lacrosse e da vaidade. Arrancou os fones de ouvido. Alex gritou o mais alto que pôde e arranhou o rosto dele. Blake gritou e ela correu pelo corredor. Já tinha lutado com monstros antes.

E vencera. Mas não sozinha. Precisava sair para a rua, para longe das proteções, onde poderia extrair a força de North ou encontrar outro Cinzento para ajudá-la.

A casa parecia ressoar, zunindo de ansiedade. *Um estranho está aqui. Um assassino está aqui.* As luzes zumbiam e oscilavam, a estática do aparelho de som aumentava.

— Fique calma — Alex disse para a casa, enquanto corria pelo corredor de volta para as escadas. — Você é velha demais para essa merda.

Mas a casa continuou a zumbir e chocalhar.

Blake a atacou por trás e ela caiu com força no chão.

— Fique quieta — ele murmurou no ouvido dela.

Alex sentiu os membros travarem. Ela não apenas tinha parado de se mover, mas estava feliz com isso, empolgada, na verdade. Ficaria totalmente imóvel, imóvel como uma estátua.

— Dawes! — ela gritou.

— Fique quieta — disse Blake.

Alex apertou os lábios. Estava feliz por ter a chance de fazer aquilo por ele. Ele merecia. Merecia tudo.

Blake a rolou de barriga para cima e ficou de pé, elevando-se sobre ela. Parecia impossivelmente alto, a cabeça dourada e desgrenhada emoldurada pelo teto ornado.

— Você acabou com a minha vida — ele disse. Blake levantou o pé e pousou a bota no peito dela. — Você acabou comigo.

Alguma parte da mente dela gritava: *Corra. Empurre-o para longe. Faça alguma coisa.* Mas era uma voz distante, perdida em meio ao zunido contente da submissão. Ela estava tão feliz, tão feliz em obedecer.

Blake apertou a bota e Alex sentiu as costelas se arquearem. Ele era grande, noventa quilos de músculos, e tudo isso parecia pousar bem abaixo do coração dela. A casa chocalhava histericamente, como se pudesse sentir seus ossos gritando. Alex ouviu uma mesa tombar em algum lugar, pratos caindo das prateleiras. Il Bastone dando voz a seu medo.

— O que lhe deu o direito? — ele disse. — Responda.

Ele dera permissão.

— Mercy e cada garota antes dela — Alex retrucou, enquanto a mente implorava por outra ordem, outra maneira de agradá-lo. — Elas me deram o direito.

Blake levantou a bota e a baixou com força. Alex gritou quando a dor explodiu nela.

No mesmo instante, as luzes se apagaram. O aparelho de som desligou junto, a música dissipando-se, deixando-os na escuridão, no silêncio, como se Il Bastone tivesse simplesmente morrido em torno dela.

No silêncio, ela ouviu Blake chorar. A mão esquerda dele estava fechada, como se para golpeá-la. Mas a luz dos postes entrando pela janela refletiu em algo prateado na outra mão. Uma lâmina.

— Pode ficar em silêncio? — ele perguntou. — Diga-me que pode ficar em silêncio.

— Posso ficar em silêncio — disse Alex.

Blake riu, aquele riso fino que ela lembrava do vídeo.

— Foi o que Tara disse também.

— O que ela disse? — Alex sussurrou. — O que ela fez para deixá-lo furioso?

Blake se curvou. O rosto dele ainda era belo, cortado em traços bem definidos, quase angelicais.

— Ela pensou que era melhor que todas as minhas outras garotas. Mas todas recebem a mesma coisa de Blake.

Ele tinha sido idiota o suficiente para tentar usar Merity com Tara? Ela tinha percebido como ele andava usando a substância? Ela o ameaçara? Isso importava agora? Alex ia morrer. No final, não tinha sido mais inteligente que Tara, mais capaz de se proteger.

— Alex? — A voz do reitor Sandow de algum lugar lá embaixo.

— Não suba! — ela gritou. — Chame a polícia! Ele tem...

— Cale a boca! — Blake levantou o pé e a chutou com força no flanco. Alex ficou em silêncio.

De qualquer jeito, era tarde demais. Sandow estava no topo das escadas, a expressão desnorteada. De seu lugar no chão, Alex o viu registrá-la de costas, Blake sobre ela, a faca na mão.

Sandow se lançou para a frente, mas foi lento demais.

— Pare! — gritou Blake.

O reitor ficou rígido, quase caindo.

Blake se virou para Alex, um sorriso espalhando-se por seus lábios.

— É um amigo seu? Devo fazer com que ele se jogue das escadas?

Alex ficou em silêncio. Ele lhe dissera para ficar em silêncio e ela só queria deixá-lo contente, mas sua mente dava coices no crânio. Iam todos morrer naquela noite.

— Venha aqui — disse Blake.

Sandow foi para a frente ansiosamente, saltitando. Blake inclinou a cabeça para Alex.

— Quero que você me faça um favor.

— O que eu puder fazer para ajudar — disse Sandow, como se convidasse um novo estudante promissor para uma visita a seu escritório.

Blake estendeu a faca.

— Enfie a faca nela. Enfie no coração.

— Um prazer — Sandow pegou a faca e montou sobre Alex.

Um vento frio soprou pela casa, vindo da porta aberta. Alex o sentiu no rosto quente. Não podia falar, não podia lutar, não podia correr. Atrás de Sandow, a parte de cima da porta aberta e o caminho de tijolos estava visível. Alex se lembrou do primeiro dia em que Darlington a trouxera até ali. Recordou-se do assovio de Darlington. Lembrou-se dos chacais, espíritos de cães de caça, a serviço dos delegados da Lethe.

Somos os pastores.

A mão de Alex estava sobre as tábuas do chão. Sentia a madeira fria e polida sob a palma. *Por favor*, ela implorou à casa, silenciosamente. *Sou uma filha da Lethe, e o lobo está à porta.*

Sandow levantou a faca sobre a cabeça. Alex abriu os lábios – ela não ia falar, não, não ia falar – e, desesperadamente, sem esperanças, assoviou. *Mande meus cães de caça.*

Uma matilha de chacais entrou pela porta da frente, latindo e rosnando. Correram escada acima, as garras batendo e as patas deslizando. *Tarde demais.*

— Enfie — disse Blake.

Sandow desceu a faca. Algo bateu nele, desviando-o de Alex. O corredor estava subitamente cheio de chacais, uma massa que rosnava e a pisoteava. Um deles se chocou contra Blake. O peso dos corpos dos chacais tirou o fôlego dos pulmões de Alex, e ela gritou quando as patas deles bateram em seus ossos quebrados.

Estavam enlouquecidos de excitação e com sede de sangue, ganindo e mordendo. Alex não tinha ideia de como controlá-los. Nunca tivera motivos para perguntar. Eram uma bagunça de caninos brilhantes e gengivas negras, focinhos espumando. Ela tentou se levantar, se soltar. Sentiu mandíbulas se fecharem no flanco e gritou quando longos dentes penetraram sua pele.

Sandow gritou uma sequência de palavras que ela não entendeu, e Alex sentiu as mandíbulas se abrirem, sangue quente jorrando dela. Sua visão estava escurecendo.

Os chacais se afastaram, esquivando-se em direção às escadas, chocando-se uns nos outros. Deitaram-se ao lado do corrimão, ganindo baixo, as mandíbulas mordendo o ar.

Sandow estava deitado sangrando no corredor ao lado dela; a perna da calça estava rasgada. Ela viu que a boca do chacal tinha partido seu fêmur, o osso branco protuberante brilhando como um tubérculo. Sangue pingava da perna dele. Ele arquejava, mexendo no bolso, tentando achar o telefone, mas seus movimentos eram lentos, letárgicos.

— Reitor Sandow? — ela arquejou.

A cabeça dele pendeu sobre os ombros. Ela viu o telefone escapar dos dedos dele e cair no tapete.

Blake rastejava na direção dela. Também estava sangrando. Ela viu onde os chacais tinham afundado os dentes na carne do bíceps dele, da coxa.

Ele se arrastou até a altura do corpo dela, recostando-se nela como um amante. A mão ainda estava fechada em um soco. Ele a atingiu uma vez, duas. A outra mão escorregou até o cabelo dela.

— Coma merda — ele sussurrou contra o rosto dela.

Blake sentou-se, agarrou-a pelo cabelo e bateu o crânio dela no chão. Alex viu estrelas. Ele levantou a cabeça dela novamente, puxando-a pelo cabelo, inclinando seu queixo para trás.

— Coma merda e morra.

Alex ouviu uma batida pesada e molhada e se perguntou se o seu crânio tinha rachado. Então Blake caiu para a frente, em cima dela. Ela o empurrou, arranhando o peito dele, o peso impossível, e finalmente conseguiu rolá-lo para o lado. Tocou a mão na parte de trás da cabeça. Nenhum sangue. Nenhuma ferida.

Não poderia dizer o mesmo de Blake. Um lado de seu rosto perfeito era uma cratera vermelha sangrenta. A cabeça fora afundada. Dawes estava de pé sobre ele, chorando. Nas mãos, apertava o busto de mármore de Hiram Bingham III, santo patrono da Lethe, o perfil severo coberto de sangue e pedaços de ossos.

Dawes deixou o busto escorregar das mãos. Ele caiu no tapete e rolou para o lado. Ela desviou de Alex, caiu de joelhos e vomitou.

Blake Keely olhava para o teto, os olhos sem enxergar. A neve havia derretido no casaco dele, e a lã brilhava como algo muito mais refinado. Ele parecia um príncipe caído.

Os chacais desceram as escadas, desaparecendo pela porta aberta. Alex se perguntou para onde iam, o que passavam as horas caçando.

Em algum lugar ao longe, ouviu o que poderia ser uma sirene ou algo perdido uivando no escuro.

27

Inverno

Quando Alex despertou, pensou que estava de volta ao hospital em Van Nuys. As paredes brancas. As máquinas emitindo bipes. Hellie estava morta. Todos estavam mortos. E ela ia para a cadeia.

A ilusão foi fugaz. A dor ardente na ferida em seu flanco a trouxe de volta ao presente. O horror do que acontecera em Il Bastone voltou em um borrão ligeiro: luzes vermelhas piscando, Turner e os agentes correndo pelas escadas. A visão dos policiais a princípio lhe causou uma onda de pânico, mas então... "Qual é o seu nome, menina? Fale comigo. Pode me contar o que aconteceu? Você está bem agora. Você está bem." Eles falavam tão gentilmente com ela. Lidavam tão gentilmente com ela. Ouviu Turner falar: "Ela é uma estudante, uma caloura". Palavras mágicas. Yale caindo sobre ela, manto e escudo. *É preciso ter coragem; ninguém é imortal.* Tanto poder em poucas palavras, um encantamento.

Alex empurrou os cobertores e puxou a camisola hospitalar. Cada movimento doía. Seu flanco fora costurado e estava coberto com curativos. A boca estava seca e felpuda.

Uma enfermeira entrou com um grande sorriso no rosto e esfregando antisséptico nas mãos.

— Você acordou! — ela disse alegremente.

Alex leu a etiqueta de identificação no jaleco e sentiu um calafrio invadir seu corpo. *Jean*. Aquela era Jean Gatdula? A mulher que a Crânio e Ossos pagava para cuidar de Michael Reyes, cuidar de todas as *victimae* das prognosticações? Não podia ser coincidência.

— Como está passando, querida? — perguntou a enfermeira. — Como está a dor?

— Estou bem — mentiu Alex. Não queria que a dopassem. — Só meio grogue. Pamela Dawes está aqui? Ela está bem?

— Ali no corredor. Está sendo tratada do estado de choque. Sei que as duas passaram por muita coisa, mas você precisa descansar agora.

— Parece uma boa ideia — disse Alex, fechando as pálpebras. — Posso beber suco?

— Claro — disse Jean. — Volto num segundinho.

Assim que a enfermeira saiu, Alex forçou-se a se sentar e deslizar da cama. A dor a deixava com a respiração curta, e o som de seu próprio arquejar a fazia sentir-se como um animal preso em uma armadilha. Precisava ver Dawes.

Estava conectada ao acesso intravenoso, então levou o suporte do soro com ela, arrastando-o pelo caminho e grata pelo apoio que ele oferecia. O quarto de Dawes ficava no fim do corredor. Ela estava reclinada na cama hospitalar por cima das cobertas, vestida com um moletom do Departamento de Polícia de New Haven. Era grande demais para ela, e azul-marinho, mas de resto teria se encaixado perfeitamente no guarda--roupa de estudante de pós-graduação dela.

Dawes virou a cabeça no travesseiro. Não disse nada ao ver Alex, apenas se encolheu no canto da cama para abrir espaço.

Cuidadosamente, Alex subiu na cama e se deitou ao lado dela. Mal havia espaço para as duas, mas ela não se importou. Dawes estava bem. Ela estava bem. Tinham, de algum modo, sobrevivido àquilo tudo.

— O reitor? — ela perguntou.

— Está estável. Engessaram a perna dele e o encheram de sangue.

— Há quanto tempo estamos aqui?

— Não tenho certeza. Eles me sedaram. Acho que há pelo menos um dia.

Por um longo tempo deitaram-se em silêncio, os sons do hospital vindo do corredor até elas, vozes no posto das enfermeiras, os cliques e zumbidos das máquinas.

Alex estava pegando no sono quando Dawes disse:
— Vão abafar isso tudo, não vão?
— Vão.
Jean Gatdula era um sinal claro daquilo. A Lethe e as outras sociedades usariam cada partícula de sua influência para se certificarem de que os verdadeiros detalhes daquela noite jamais se tornassem públicos.
— Você salvou a minha vida. De novo.
— Eu matei uma pessoa.
— Você matou um predador.
— Os pais dele vão saber que ele foi assassinado.
— Até crocodilos têm pais, Dawes. Isso não os impede de morder.
— Acabou agora? — peguntou Dawes. — Quero... uma vida normal.
Se um dia encontrar, me avise.
— Acho que sim — disse Alex.

Dawes merecia algum tipo de conforto, e isso era tudo o que Alex podia oferecer. Ao menos agora toda aquela bagunça embolada iria se desembaraçar. Blake seria a ponta que desfiaria tudo. As drogas. As mentiras. Haveria algum tipo de acerto de contas entre as Casas do Véu.

Alex deve ter pegado no sono, porque acordou assustada quando Turner entrou no quarto empurrando o reitor Sandow em uma cadeira de rodas. Ela se sentou rápido demais e soltou um silvo de dor, então cutucou Dawes, que acordou sonolentamente.

Sandow parecia exausto, a pele enrugada, quase pocirenta. A perna estendida para a frente envolta em um gesso. Alex se lembrou daquela estaca branca de osso saindo da coxa dele e imaginou se deveria pedir desculpas por ter chamado os chacais. Mas, se não tivesse chamado, ela estaria morta, e o reitor Sandow seria um assassino – e provavelmente estaria morto também. Como tinham explicado aqueles ferimentos à polícia? Aos médicos que os costuraram? Talvez não tivessem precisado explicar. Talvez poderes como o da Lethe, como o das sociedades, como o do reitor de Yale, tornassem explicações desnecessárias.

O detetive Abel Turner parecia revigorado como sempre, vestido em um terno carvão e uma gravata malva. Ele se empoleirou na ponta da grande poltrona reclinável, colocada no canto para acompanhantes.

Alex percebeu que era a primeira vez que estavam todos em um cômodo juntos – Oculus, Dante, Centurião e o reitor. Só faltava o

Virgílio. Talvez se tivessem começado o ano daquele jeito, as coisas tivessem sido diferentes.

— Imagino que deva começar com um pedido de desculpas — disse Sandow. A voz dele parecia em frangalhos. — Tem sido um ano difícil. Um par de anos difíceis. Queria manter a morte daquela pobre moça longe da Lethe. Se eu soubesse sobre a Merity, os experimentos com a Chave e Pergaminho... Mas eu não perguntei, não é?

Dawes se mexeu na cama estreita.

— O que vai acontecer?

— A acusação de assassinato contra Lance Gressang será anulada — disse Turner. — Mas ele ainda responderá por tráfico e posse de drogas. Ele e Tara traficavam psicotrópicos para a Chave e Pergaminho, possivelmente para a Manuscrito, e demos uma olhada no telefone de Blake Keely. Alguém entrou nele para apagar um monte de arquivos recentemente.

Alex manteve o rosto inexpressivo.

— Mas os recados na caixa postal foram esclarecedores. Tara descobriu o que a Merity podia fazer e para que Blake a usava. Estava ameaçando contar à polícia. Não sei se Blake temia mais a chantagem ou a exposição, mas não havia afeto entre eles.

— Então ele a matou?

— Estamos entrevistando vários amigos de Blake Keely e pessoas envolvidas com ele — Turner continuou. — Ele não era alguém que gostava de mulheres. Pode ter piorado de algum jeito ou usado drogas ele mesmo. O comportamento dele nos últimos tempos foi realmente bizarro.

Bizarro. Como comer o conteúdo de uma privada entupida. Mas o resto fazia sentido. Blake mal via como humanas as garotas que usava. Se Tara tinha desafiado o controle dele, talvez o salto até o assassinato não fosse um exagero. Quando Alex reviveu a morte de Tara, foi o rosto de Lance que viu sobre ela, e imaginou que fosse um feitiço disfarçando o verdadeiro assassino. Mas e se Blake tivesse dado uma dose de Merity a Tara e simplesmente ordenado que ela enxergasse o rosto de Lance? A droga era tão poderosa assim?

Algo mais a incomodava.

— Blake me disse que não matou Tara...

— Ele claramente estava fora de si quando a atacou — disse Sandow.

— Não — respondeu Alex. — Quando... — Quando ela foi se vingar do que ele fizera a Mercy. — Uns dias atrás. Ele estava sob compulsão.

Os olhos de Turner se estreitaram.

— Você o interrogou?

— Tive uma oportunidade e a aproveitei.

— Agora é hora de criticar os métodos de Alex? — perguntou Dawes, em voz baixa.

Alex bateu o ombro no de Dawes.

— Ótima questão. Nenhum de vocês teria olhado além de Lance se eu não tivesse sido uma pentelha.

Turner riu.

— Ainda chega atirando, Stern.

Sandow deu um suspiro incomodado.

— De fato.

— Mas ela não está errada — disse Dawes.

— Não — disse Sandow, repreendido. — Ela não está errada. Mas Blake talvez acreditasse em sua própria inocência. Poderia não se lembrar de ter cometido o crime se estivesse drogado quando tudo aconteceu. Ou talvez estivesse tentando agradar a alguém que o compelia. Compulsão é complicado.

— E quanto à *gluma* que veio atrás de mim? — perguntou Alex.

— Não sei — respondeu Sandow. — Mas suspeito que quem enviou aquele... monstro para Darlington enviou a *gluma* atrás de você também. Não queriam que a Lethe investigasse.

— Quem? — exigiu Alex. — Colin? Kate? Como eles colocaram as mãos em uma *gluma*? Usaram deliberadamente um monstro que jogaria suspeitas sobre a Livro e Serpente?

Você me pediu para dizer em que estava se metendo. Agora já sabe. Fora o que Darlington lhe dissera depois de atiçar os chacais contra ela. Mas *ele* sabia? Entendia que a própria inteligência e o amor pela Lethe e por sua missão pintariam um alvo em suas costas?

— Vamos descobrir — disse Sandow. — Eu prometo, Alex. Não vou descansar até que aconteça. Colin Khatri foi interrogado. Está claro que ele e Tara faziam experimentos pesados juntos. Com magia de portal, feitiços financeiros, coisa muito perigosa. Não está claro quem era o instigador, mas Tara queria se aprofundar e não aceitava que Colin lhe pusesse freios, não se ele e a sociedade quisessem mais da... assistência que ela proporcionava.

Porque Tara tivera o gosto de algo mais. Vislumbrara o poder real e sabia que era sua única chance de consegui-lo.

— Ela essencialmente o extorquia — disse Sandow. — Tudo isso é uma desgraça. E bem debaixo do meu nariz. — Ele se amontoou na cadeira. Parecia velho e grisalho. — Você estava em perigo e eu não a protegi. Você tentava manter o espírito da Lethe vivo, mas eu estava tão concentrado no desaparecimento de Darlington, em tentar fazer parecer que tudo estava bem, em manter uma ilusão para os ex-alunos. Foi... *é* vergonhoso. Sua tenacidade é um crédito à Lethe, e Turner e eu diremos isso em nossos relatórios para o conselho.

— E o que ela receberá pelos transtornos? — perguntou Dawes, de braços cruzados. — Você estava tão ansioso para lavar as mãos do assassinato de Tara que Alex quase morreu duas vezes.

— Três vezes — notou Alex.

— Três vezes. Ela deveria receber alguma coisa por isso.

As sobrancelhas de Alex se levantaram. Desde quando Dawes tinha talento para ser malandra?

Mas Sandow apenas assentiu. Aquele era o mundo do *quid pro quo*.

Viu, Darlington?, pensou Alex. *Até eu sei um pouco de latim.*

Turner se levantou.

— Seja qual for a bobagem que inventarem, eu não quero saber. Podem envolver tudo isso em conversa, mas Blake Keely, Colin Khatri, Kate Masters são como garotos ricos que ficam chapados e enfiam em uma árvore um carro esporte que não deviam nem estar dirigindo. — Ele deu um aperto gentil no ombro de Alex ao sair. — Fico feliz que ninguém tenha atropelado você. Tente não apanhar por uma semana ou duas.

— Tente não comprar nenhum terno novo.

— Não posso prometer.

Alex o observou saindo. Queria dizer algo para chamá-lo de volta, para fazê-lo ficar. O bom rapaz Turner com seu distintivo brilhante. Sandow olhava para as próprias mãos entrelaçadas como se estivesse concentrado em um truque mágico particularmente difícil. Talvez fosse abrir as mãos e soltar uma pomba.

— Sei que este semestre foi uma luta — ele por fim disse. — É possível que eu consiga ajudá-la com isso.

Alex se esqueceu de Turner e da dor ardente no flanco.

— Como?

Ele limpou a garganta.

— Eu poderia, possivelmente, fazer com que seja aprovada nas suas disciplinas. Não seria prudente exagerar, mas...

— Uma média geral de sete deve ser suficiente — disse Dawes.

Alex sabia que deveria recusar, dizer que queria conquistar aquilo sozinha. Era o que Darlington faria, o que Dawes faria, provavelmente o que Mercy e Lauren fariam. Mas Tara aceitaria. Oportunidade era oportunidade. Alex poderia ser honesta no ano seguinte. Ainda assim... Sandow concordara rápido demais. Quais eram exatamente os termos daquele acordo?

— O que vai acontecer com a Chave e Pergaminho? — perguntou Alex. — Com a Manuscrito? Com todos esses babacas?

— Haverá ações disciplinares. Multas pesadas.

— *Multas?* Eles tentaram me matar. E para todos os efeitos, mataram Darlington.

— Os fundos de cada uma das Casas do Véu foram contatados, e uma reunião acontecerá em Manhattan.

Uma reunião. Com um mapa de assentos. Talvez ponche gelado de hortelã. Alex sentiu uma grande fúria crescendo dentro dela.

— Me diga que alguém vai pagar pelo que eles fizeram.

— Veremos — disse Sandow.

— *Veremos?*

Sandow levantou a cabeça. Seus olhos estavam ferozes, acesos pela mesma chama de quando ele enfrentou uma besta do inferno na noite de lua nova.

— Acha que eu não sei que eles estão se safando dessa? Pensa que não me importo? Merity sendo distribuída feito guloseima. Magia de portal revelada a estranhos e usada por um deles para atacar uma delegada da Lethe. A Manuscrito e a Chave e Pergaminho deveriam *ambas* perder suas tumbas.

— Mas a Lethe não vai fazer nada?

— E destruir mais duas das Oito Ancestrais? — A voz dele estava amargurada. — Somos mantidos pelo financiamento deles, e não estamos falando da Aureliana ou da Santelmo. Essas são duas das casas mais fortes. Seus ex-alunos são incrivelmente poderosos e já estão pressionando por clemência.

— Não entendo — disse Alex.

Ela deveria deixar aquilo tudo de lado, pegar a média geral inflada e ficar feliz por estar viva. Mas não conseguia.

— Você tinha de saber que uma coisa assim ia acabar acontecendo. Turner está certo. Você equipa o carro. Dá a eles a chave. Por que deixar a magia, todo esse poder, nas mãos de um bando de crianças?

Sandow afundou ainda mais na cadeira, a chama desaparecendo.

— A juventude é um recurso escasso, Alex. Os ex-alunos precisam das sociedades; toda uma rede de contatos e sócios depende da magia a que eles têm acesso. É por isso que os ex-alunos voltam, que os fundos mantêm as tumbas.

— Então ninguém paga — disse Alex. Exceto Tara. Exceto Darlington. Exceto ela mesma e Dawes. Talvez fossem como cavaleiros, valorosos o bastante, mas fáceis de sacrificar no longo prazo.

Dawes virou os olhos frios para o reitor.

— É melhor você ir embora.

Sandow parecia derrotado ao sair com a cadeira para o corredor.

— Você estava certa — disse Dawes, quando ficaram sozinhas. — Vão todos se safar dessa.

Uma batida breve soou na porta aberta.

— Srta. Dawes, sua irmã está aqui para levá-la — disse Jean.

Ela apontou para Alex.

— E você deveria estar descansando na sua própria cama, senhorita. Vou voltar com uma cadeira de rodas.

— Está indo embora? — Alex não tivera a intenção de soar tão acusatória. Dawes salvara a vida dela. Podia ir para onde quisesse. — Não sabia que você tinha uma irmã.

— Ela mora em Westport — disse Dawes. — Eu só precisava... — Ela balançou a cabeça. — Isso era para ser um emprego de pesquisa. É muita coisa.

— Realmente é — respondeu Alex.

Se a casa da mãe dela estivesse a poucas paradas de trem dali, em vez de alguns milhares de quilômetros, ela não se importaria em se enrodilhar no sofá de lá por uma semana ou três meses.

Alex saiu da cama.

— Cuide-se, Dawes. Veja bastante porcaria na TV e apenas seja normal por um tempo.

— Fique mais um pouco — protestou Dawes. — Quero que você a conheça.

Alex se forçou a sorrir.

— Venham me ver antes de irem embora. Preciso conseguir um pouco daquele maravilhoso Percocet antes de entrar em colapso, e não quero esperar a boa enfermeira Jean vir me levar.

Ela foi para a porta o mais rápido que conseguiu, para que Dawes não pudesse falar mais nada.

Alex voltou para o quarto por tempo suficiente apenas para pegar o telefone e arrancar o acesso intravenoso. Não encontrou suas roupas nem as botas, levadas para serem classificadas como prova. Provavelmente jamais as veria de novo.

Sabia que estava agindo de modo irracional, mas não queria mais ficar ali. Não queria simular uma conversa razoável sobre algo que não fazia sentido.

Sandow podia se desculpar quanto quisesse. Alex não se sentia segura. E precisava se perguntar se algum dia se sentiria segura de novo. *Somos os pastores*. Mas quem *os* protegeria dos lobos? Blake Keely estava morto, o belo crânio partido em pedaços. Mas o que iria acontecer com Kate Masters e a Manuscrito, que soltaram a Merity no mundo para tentar economizar alguns dólares? E com Colin – o entusiástico Colin, brilhante, de cara limpa – e o resto da Chave e Pergaminho, que venderam seus segredos para criminosos e possivelmente enviaram um monstro para devorar Darlington? E quanto à *gluma*? Ela quase fora assassinada por um *golem* de óculos e ninguém parecia se importar. Dawes fora atacada. O reitor Sandow quase sangrara até a morte no tapete do corredor. Eram todos tão dispensáveis assim?

Nada seria desmantelado. Nada mudaria. Havia muitas pessoas poderosas que precisavam da magia que vivia em New Haven, cultivada pelas Casas do Véu. Agora a investigação cabia a Sandow e a grupos impessoais de ex-alunos ricos que distribuiriam punições ou perdão como achassem melhor.

Alex pegou o jaleco de um médico das costas de uma cadeira e foi para os elevadores usando as meias do hospital. Pensou que alguém poderia pará-la, mas andou pelo posto das enfermeiras sem incidentes. A dor estava forte o suficiente para que ela sentisse o impulso de se dobrar ao meio e se apoiar na parede, mas não se arriscaria a chamar a atenção.

As portas do elevador se abriram diante de uma mulher com cabelo castanho-avermelhado vestindo um suéter creme e jeans confortáveis. Ela se parecia com Dawes, mas uma Dawes aprimorada e polida ao brilho máximo. Alex a deixou passar e entrou no elevador. Assim que as portas se fecharam, ela se apoiou na parede, tentando tomar fôlego. Não tinha um plano. Apenas não conseguia ficar ali. Não conseguia conversar amenidades com a irmã de Dawes. Não conseguia agir como se o que acontecera fosse justo, certo ou bom.

Ela saiu para o frio, mancou por metade do quarteirão e pediu uma corrida por telefone. Era tarde e as ruas estavam vazias – exceto pelo Noivo. North flutuava sob o brilho das luzes do hospital. Ele parecia preocupado enquanto se movia em direção a ela, mas Alex não conseguia se importar. Ele não tinha encontrado Tara. Não tinha feito uma mísera coisa para ajudá-la.

Acabou, ela pensou. *Mesmo que você não queira, camarada.*

— "Não pranteado, não honrado, não aclamado" — ela rugiu. North recuou e desapareceu com uma expressão magoada.

— Como está hoje? — perguntou o motorista quando ela entrou no banco de trás.

Meio morta e desiludida. E o senhor? Queria estar atrás das proteções, mas não suportava a ideia de voltar a Il Bastone.

— Pode me levar para a esquina da York com a Elm? — ela disse. — Tem uma viela. Eu mostro ao senhor.

As ruas estavam quietas no escuro; a cidade, sem rosto.

Para mim acabou, pensou Alex, enquanto se arrastava para fora do carro e para cima das escadas da Gaiola, sendo cercada pelo cheiro de cravo e conforto.

Dawes podia correr para Westport. Sandow podia voltar para casa para a empregada e o labrador incontinente. Turner... bem, ela não sabia para quem Turner voltava. A mãe. Uma namorada. O emprego. Alex faria o mesmo que qualquer animal ferido. Iria para onde os monstros não podiam pegá-la. Iria se entocar.

Outros podem fraquejar e dar o passo em falso. Que pena além da altivez?
É nosso o chamado da trombeta final na última cavalgada do cavaleiro.
Nossa é a resposta dada sem pausa e na hora exata.
A morte espera em asas negras e seguimos hoplita, hussardo, soldado.

— "Aos Homens da Lethe", Cabot Collins
(Residência Jonathan Edwards, 1955)

Cabsy não era bom enquanto poeta. Parece ter ignorado os últimos quarenta anos de verso e só quer escrever Longfellow. Não é generoso criticar, com ele tendo perdido as mãos e tudo, mas não sei se mesmo isso justifica passarmos duas horas empoleirados em Il Bastone ouvindo-o ler sua última obra-prima enquanto o pobre Lon Richardson é obrigado a virar as páginas.

— *Diário dos dias de Lethe* de Carl Rochmer
(Residência Branford, 1954)

28
Início da primavera

Alex acordou com o som de vidro quebrando. Demorou um pouco para se recordar de onde estava, para absorver o padrão de hexágonos do chão do banheiro da Gaiola, a torneira pingando. Agarrou a beirada da pia e se levantou, fazendo uma pausa para esperar a tontura passar antes de ir para o vestiário da sala comunal. Por um longo instante olhou para a janela quebrada – uma das folhas da vidraça estilhaçada, o ar fresco da primavera entrando num assovio, os cacos espalhados pela lã xadrez do assento da janela, ao lado de seu faláfel descartado e de *Requisitos sugeridos para candidatos à Lethe*, o livreto ainda aberto na página em que Alex parara de ler. *Mors irrumat omnia*.

Cautelosamente, espiou a viela. O Noivo estava ali, como estivera todos os dias nas últimas duas semanas. Três semanas? Não tinha certeza. Mas Mercy estava ali também, vestindo uma jaqueta com cinto estampada com rosas de maio, o cabelo negro em um rabo de cavalo, uma expressão de culpa no rosto.

Alex pensou em simplesmente não fazer nada. Não sabia como ela a encontrara, mas não precisava se mostrar. Eventualmente a colega de quarto ficaria cansada de esperar que ela aparecesse e iria embora. Ou jogaria outra pedra na janela.

Mercy acenou e outra figura entrou no campo de visão, vestida em um casaco de crochê roxo e um cachecol brilhante cor de amora.

Alex pousou a cabeça contra o caixilho da janela.

— Merda.

Vestiu um moletom da Casa Lethe para cobrir a camiseta imunda e desceu as escadas mancando, descalça. Então respirou fundo e abriu a porta.

— Querida! — gritou a mãe, indo na direção dela.

Alex apertou os olhos contra o sol da primavera e tentou não recuar de fato.

— Oi, mãe. Não me abrace...

Tarde demais. A mãe a apertava, e Alex sibilou de dor.

— O que foi? — perguntou Mira, indo para trás.

— Apenas lidando com uma lesão — disse Alex.

Mira emoldurou o rosto de Alex com as mãos, afastando o cabelo da filha, os olhos se enchendo de lágrimas.

— Ah, querida. Ah, minha estrelinha. Tive medo de que isso fosse acontecer.

— Não estou usando, mãe. Juro. Só fiquei muito, muito doente.

O rosto de Mira estava incrédulo. De resto, ela parecia bem, melhor do que estivera por um longo tempo. O cabelo louro tinha mechas recém-pintadas; a pele brilhava. Ela parecia ter ganhado peso. *É por minha causa*, Alex percebeu com uma pontada. *Em todos aqueles anos em que ela parecia cansada e velha demais para a idade, estava preocupada comigo.* Mas então sua filha se tornara uma pintora e fora para Yale. Mágica.

Alex viu Mercy perto do muro da viela. *Dedo-duro.*

— Venham — Alex disse. — Entrem.

Estava quebrando as regras da Lethe ao permitir que estranhos entrassem na Gaiola, mas se Colin Khatri podia mostrar a Lance Gressang como abrir um portal para a Islândia, ela podia convidar a mãe e a colega de quarto para tomarem um chá.

Ela olhou para o Noivo.

— Você não.

Ele começou a se mover na direção de Alex, que fechou rapidamente a porta.

— Quem não? — disse a mãe.

— Ninguém. Nada.

Subir as escadas deixou Alex ofegante e zonza, mas no mínimo teve o bom senso de sentir vergonha ao abrir a porta da Gaiola e deixá-las entrar. Estivera muito fora de si para notar quanto sua bagunça se tornara crítica. Os cobertores estavam empilhados no sofá, e havia pratos sujos e recipientes de comida estragada por todo lado. Agora que respirara um pouco de ar fresco, também percebia que a sala comunal fedia como uma mistura de um pântano e uma ala de doentes.

— Desculpe — disse Alex. — Foi... Não ando fazendo os serviços domésticos.

Mercy foi abrir as janelas, e Mira começou a pegar lixo.

— Não faça isso — disse Alex, a pele arrepiando de vergonha.

— Não sei mais o que fazer — disse Mira. — Sente-se e me deixe ajudar. Você parece que vai cair. Onde fica a cozinha?

— À esquerda — disse Alex, dirigindo-a para a cozinha abarrotada, que estava tão bagunçada quanto a sala, ou talvez pior.

— De quem é esta casa? — perguntou Mercy, tirando o casaco.

— Do Darlington — respondeu Alex. De certo modo, era verdade. Ela baixou a voz. — Como você sabia que eu estava aqui?

Mercy se mexeu de modo inquieto.

— Eu, hã... eu talvez tenha seguido você até aqui uma ou duas vezes.

— O quê?

— Você é muito misteriosa, sabia? E eu estava preocupada com você. Aliás, você está com uma cara péssima.

— Bem, eu me sinto péssima.

— Por onde você andou? Ficamos tão preocupadas. Não sabíamos se você estava desaparecida ou o quê.

— Então ligaram para a minha mãe?

Mercy levantou as mãos.

— Não vou pedir desculpas por isso. Se eu desaparecer, espero que vá me procurar. — Alex fez uma careta, mas Mercy apenas bateu no ombro dela com o dedo. — Você me salva. Eu salvo você. É assim que funciona.

— Tem um lixo para os recicláveis? — Mira perguntou da cozinha.

Alex suspirou.

— Debaixo da pia.

Talvez as coisas boas fossem iguais às ruins. Às vezes, a gente simplesmente precisa deixar que elas aconteçam.

Mercy e Mira eram um time surpreendentemente eficiente. Empacotaram o lixo, fizeram Alex tomar banho e marcaram uma consulta para ela no centro de saúde da universidade para tomar antibióticos, embora Alex não tivesse chegado a lhes mostrar a ferida. Disse que estava apenas com algum tipo de gripe ou vírus. Elas a fizeram tomar banho e colocar um moletom limpo, então Mira foi ao mercadinho gourmet e comprou sopa e Gatorade. Ela saiu mais uma vez quando Alex lhe disse que suas botas tinham estragado.

— Piche — ela disse. — Ficaram arruinadas. *Piche, gotas de sangue. Tudo a mesma coisa.*

Mira voltou uma hora depois com um par de botas, uma calça jeans e duas camisetas da Yale, além de chinelos de banho dos quais Alex não precisava, mas pelos quais agradeceu de qualquer modo.

— Também comprei um vestido.

— Eu não uso vestidos.

— Mas deveria.

Acomodaram-se na frente da lareira com xícaras de chá e chocolate quente instantâneo. Infelizmente, Alex comera todos os marshmallows caros de Dawes. Não estava frio o suficiente para acender a lareira, mas o cômodo parecia confortável e seguro na luz do fim de tarde.

— Quanto tempo vai ficar aqui? — perguntou Alex.

A frase saiu com uma entonação ingrata que não desejara.

— Irei embora no primeiro voo amanhã de manhã — disse Mira.

— Não pode ficar mais tempo?

Alex não tinha certeza do quanto queria que ela ficasse. Mas, quando a mãe sorriu, tão contente pelo pedido, Alex ficou feliz por ter feito aquele gesto.

— Gostaria de poder. Trabalho na segunda.

Alex percebeu que deveria ser um fim de semana. Tinha verificado seu e-mail apenas uma vez desde que se entocara na Gaiola e não lera nenhuma das mensagens de Sandow. Deixara a bateria do telefone acabar. Pela primeira vez se perguntou se as sociedades continuaram a se encontrar sem a supervisão da Lethe. Talvez as atividades tivessem sido suspensas após o ataque em Il Bastone. Não fazia muita diferença para ela. O que fazia, *sim*, era como a mãe conseguira pagar um voo para atravessar o país de última hora. Alex desejou ter arrancado algum dinheiro da Lethe junto com aquele aumento na nota.

Mercy trouxera anotações das três semanas de aulas que ela perdera e já falava de um plano de ataque para os exames finais. Alex assentia, mas para quê? A fraude estava de pé. Sandow tinha dito que garantiria a aprovação de Alex, e, mesmo se não tivesse dito, ela sabia que não tinha força de vontade para acompanhar as aulas. Mas podia fingir. Pelo bem de Mercy e de sua mãe.

Comeram um jantar leve e então fizeram a lenta caminhada de volta ao Campus Antigo. Alex mostrou à mãe o pátio do Vanderbilt e o apartamento que dividiam, seu mapa da Califórnia e o pôster de *Junho flamejante*, de Leighton, diante do qual Darlington uma vez revirara os olhos. Deixou Mira admirar o caderno de desenhos que tentava pegar de vez em quando para manter as aparências, mas admitiu que não andava desenhando ou pintando muito.

Quando sua mãe acendeu um maço de sálvia e começou a sujar a sala comunal, Alex tentou não afundar no chão de vergonha. Ainda assim, ficou surpresa ao notar como era bom voltar ao dormitório, ver a bicicleta de Lauren apoiada na cornija, caixas de Pop-Tarts empilhadas sobre o forno elétrico. Sentia-se em casa.

Quando chegou a hora de Mira voltar para o hotel, Alex saiu do prédio com ela, tentando esconder quão difícil era descer os poucos degraus até a rua.

— Não perguntei o que aconteceu e não vou perguntar — disse Mira, enrolando o cachecol brilhante em torno do pescoço.

— Obrigada.

— Não é por sua causa. É porque sou uma covarde. Se me disser que está limpa, quero acreditar em você.

Alex não tinha certeza do que responder àquilo.

— Acho que vou ter um emprego durante o verão. Mas isso significa que não vou pra casa.

Mira olhou para os próprios sapatos, botinhas de couro feitas à mão que comprava do mesmo cara, na mesma feira de artesanato, havia dez anos. Ela assentiu, então limpou as lágrimas dos olhos.

Alex sentiu as próprias lágrimas aflorando. Quantas vezes fizera a mãe chorar?

— Desculpe, mãe.

Mira puxou um lenço do bolso.

— Tudo bem. Tenho orgulho de você. E não quero que volte pra casa. Depois de todas aquelas coisas horríveis com aquela gente horrível. Aqui é o seu lugar. É aqui que você vai florescer. Não revire os olhos, Galaxy. Nem toda flor pertence a qualquer jardim.

Alex não conseguia desembaralhar a onda de amor e raiva que a atravessara. A mãe acreditava em fadas, anjos e visões através de cristais, mas o que acharia da magia real? Conseguiria entender a verdade cruel de tudo aquilo? Que a magia não era algo dourado e benigno, e sim mais uma mercadoria que só algumas pessoas podiam comprar? Mas o carro estava encostando e era hora de se despedir, não de começar brigas sobre feridas antigas.

— Fiquei feliz por você ter vindo, mãe.

— Eu também. Espero... Se você não conseguir dar um jeito nas notas...

— Eu vou conseguir — Alex disse, e foi bom saber que, graças a Sandow, não era uma mentira. — Prometo.

Mira a abraçou, e Alex aspirou patchuli e angélica, a memória de ser pequena.

— Eu deveria ter me saído melhor — a mãe disse, em um soluço. — Deveria ter colocado limites mais claros. Deveria ter deixado você comer porcaria.

Alex não conseguiu evitar a risada, então se encolheu com a dor. Horário mais rígido para dormir e gordura trans não poderiam tê-la mantido em segurança.

A mãe deslizou para o banco de trás, mas, antes de fechar a porta do carro, Alex disse:

— Mãe... meu pai...

Ao longo dos anos, Mira se esforçara para responder às perguntas de Alex sobre o pai. De onde ele era? "Às vezes, ele me dizia México, às vezes Peru, às vezes Estocolmo ou Cincinnati. Era uma brincadeira entre a gente." Não parece engraçado. "Talvez não fosse." O que ele fazia? "Não falávamos sobre dinheiro. Ele gostava de surfar." Você o amava? "Amava." Ele amava você? "Por um tempo." Por que ele foi embora? "As pessoas vão embora, Galaxy. Espero que ele encontre a felicidade."

A mãe tinha sido sincera? Alex não sabia. Quando teve idade suficiente para perceber quanto as perguntas machucavam a mãe e entender que as respostas jamais mudariam, parou de perguntar. Decidiu não se importar. Se o pai não se importava com ela, ela não se importaria com ele.

Mas agora ela se pegava dizendo:

— Tinha alguma coisa incomum nele?

Mira riu.

— Que tal tudo?

— Quero dizer... — Alex teve dificuldades para achar uma maneira de descrever o que queria sem parecer louca. — Ele gostava das mesmas coisas que você? Tarô, cristais e coisas assim? Alguma vez você teve a impressão de que ele via coisas que não estavam lá?

Mira olhou para a rua Chapel. Seu olhar se tornou distante.

— Já ouviu falar sobre os comedores de arsênico?

Alex piscou, confusa.

— Não.

— Eles ingeriam um pouquinho de arsênico todo dia. Deixava a pele boa, os olhos brilhantes, e eles se sentiam maravilhosos. E o tempo todo estavam apenas tomando veneno. — Quando Mira virou os olhos de volta para Alex, eles estavam mais argutos e firmes do que a filha já os vira, sem a alegria resoluta de costume. — Estar com seu pai era assim. — Então ela sorriu e a velha Mira estava de volta. — Mande uma mensagem depois que for ao médico.

— Mando, mãe.

Alex fechou a porta e observou o carro se afastar. O Noivo tinha ficado a uma distância respeitosa, observando toda a conversa, mas agora se aproximava. Ele nunca daria uma folga? Alex realmente não queria ir a Il Bastone, mas precisaria da biblioteca da Lethe para descobrir como quebrar a conexão entre os dois.

— "Ninguém é imortal" — ela disse, sem paciência para ele, e o viu encolher relutantemente, desaparecendo nos tijolos.

— Sua mãe está bem? — perguntou Mercy quando Alex entrou na sala comunal. Ela tinha colocado um robe lilás e estava enrodilhada no sofá.

— Acho que sim. Ela só está preocupada com o resto do meu ano.

— E você não está?

— Estou — disse Alex. — É claro.

Mercy deu uma risadinha.

— Não está nada. Dá pra ver. E assim segue o mistério de Alex Stern. Tudo bem. Mistério é bom. Joguei softball por dois anos no ensino médio.

— Jogou?

— Viu? Também tenho segredos. Soube do Blake?

Não sabia. Não tinha ouvido nada durante as semanas que passara escondida na Gaiola. Esse fora o objetivo. Mas, de acordo com Mercy, Blake Keely atacara uma mulher na casa dela, e o marido dela o enfrentara com um taco de golfe. Uma perícia forense tinha feito a conexão entre a faca que ele portava e a arma na investigação do assassinato de Tara Hutchins. Não houve menção a Dawes, à mansão na Orange nem à cabeça de mármore fatal de Hiram Bingham III. Nenhuma discussão sobre Merity. Nem uma palavra sobre as sociedades. Caso encerrado.

— Eu poderia ter acabado morta — disse Mercy. — Acho que deveria ficar grata.

Grata. A palavra pairava no ar, sua incorreção como o tinido amargo de um sino.

Mercy inclinou a cabeça para trás, deixando-a afundar no braço do sofá, encarando o teto.

— Minha bisavó viveu até os cento e três anos. Fazia o próprio imposto de renda e nadava no clube todas as manhãs, até o dia em que caiu morta no meio de uma aula de ioga.

— Ela parece ótima.

— Ela era uma babaca. Meu irmão e eu odiávamos ir à casa dela. Ela servia o chá mais fedido e nunca parava de reclamar. Mas eu sempre me sentia mais durona no fim de uma visita, como se tivesse sobrevivido a ela.

Alex achou que teria sorte se conseguisse chegar ao fim do semestre. Mas era um sentimento bom.

— Queria que minha avó tivesse chegado aos cento e três anos.

— Como ela era?

Alex sentou-se na poltrona reclinável horrorosa de Lauren.

— Supersticiosa. Religiosa. Não sei direito qual das duas coisas. Mas tinha um caráter de aço. Minha mãe disse que, quando levou meu pai para casa, ele olhou uma vez para minha avó, deu as costas e nunca mais voltou.

Alex perguntara à avó sobre isso uma vez, depois do primeiro ataque cardíaco dela. "Bonito demais", ela dissera, abanando a mão desdenhosamente. *"Mal tormento que soplo."* Ele era um vento ruim que soprara.

— Acho que você precisa ser assim — disse Mercy. — Se quiser sobreviver até ficar velha.

Alex olhou pela janela. O Noivo voltara. O rosto dele estava retesado, determinado. Como se pudesse esperar para sempre. E ele provavelmente podia.

"O que você quer?", Belbalm perguntara a ela. Segurança, conforto, não sentir medo. *Quero viver até ficar velha*, pensou Alex, ao fechar as cortinas. *Quero sentar na minha varanda e beber chá fedido e gritar com os passantes. Quero sobreviver a este mundo que segue tentando me destruir.*

29
Início da primavera

Na manhã seguinte, quando Alex saiu para suas aulas, determinada a ao menos tentar aproveitar o que pudesse delas, North ainda estava ali. Ele parecia agitado, cortando o caminho dela, flutuando em seu campo de visão, de forma que ela não conseguisse ver a lousa na aula de Espanhol.

"Sei que não está por aqui", escreveu Alex em uma mensagem para Dawes quando saiu da aula. "Mas você chegou a encontrar alguma coisa sobre cortar conexões com Cinzentos? Estou tendo problemas com o Noivo."

Com o humor em frangalhos, traçou uma reta até o banheiro na entrada do refeitório Commons e fez um sinal para que North a seguisse.

— Só me fale uma coisa — Alex disse a ele. — Encontrou Tara atrás do Véu?

Ele balançou a cabeça negativamente.

— Então preciso que você suma da porra da minha frente por um bom tempo. O acordo está desfeito. O caso está resolvido e eu não quero ficar topando com essa sua cara de feminicida.

Alex não acreditava realmente que North tinha sido o responsável; só queria que ele a deixasse em paz.

O Noivo apontou para a pia.

— Se acha que vou preparar um banho aqui só para conversar com você, está errado. Dê um tempo.

Ela pensou em desistir da aula e voltar para a calma de seu quarto protegido no dormitório. Mas já tinha tido o trabalho de se vestir. Deveria no mínimo fazer valer o esforço. Ao menos era Shakespeare, e não romances modernos britânicos.

Ela cruzou a Elm até a rua High e entrou no Hall Linsly-Chittenden, onde se sentou em uma carteira perto do corredor. Sempre que o Noivo entrava em seu campo de visão, ela mudava o foco. Não tinha feito a leitura indicada, mas todo mundo conhecia *A megera domada*, e ela gostava da parte que estavam estudando, sobre as irmãs e a música.

Alex estava olhando para um slide do "Soneto 130" quando sentiu a cabeça estourar com um disparo súbito de dor. Uma onda profunda de frio passou por ela. Teve vislumbres de uma rua iluminada por lampiões a gás, uma chaminé expelindo nuvens escuras no céu cinza. Sentiu gosto de tabaco na boca. *North*. North estava dentro dela, e ela não o convidara. Teve tempo de sentir um acesso de raiva e então o mundo ficou negro.

No momento seguinte olhava para a folha do caderno. A professora ainda falava, mas Alex não conseguia entender direito o que ela dizia. Via o rastro da caneta onde as anotações tinham sido abandonadas. Três datas tinham sido rabiscadas na página em uma letra vacilante.

"1854 1869 1883"

Havia borrifos de sangue na página.

Alex levou a mão ao rosto e quase se estapeou. Era como se tivesse esquecido qual era o comprimento do próprio braço. Apressadamente, passou a manga no rosto. O nariz sangrava.

A garota à direita a observava.

— Você está bem?

— Estou ótima — disse Alex.

Apertou as narinas com os dedos, tentando estancar o sangramento, enquanto fechava o caderno de anotações com pressa. North pairava bem na frente dela, o rosto teimoso.

— Seu filho da puta.

A garota ao lado dela se encolheu, mas Alex não conseguia se importar em manter a fachada. North a possuíra. Estivera dentro dela. Bem poderia ter enfiado a mão na bunda dela e a usado como marionete.

— Seu *filho da puta* do caralho — ela rosnou entre os dentes.

Enfiou o caderno na bolsa, pegou o casaco e se apressou pelo corredor, para fora da sala de aula, saindo pela porta traseira do L-C. Foi diretamente para Il Bastone, escrevendo furiosamente uma mensagem para Dawes: "SOS".

Alex mancava quando chegou ao parque, a dor no flanco dificultando a respiração. Desejou ter trazido Percocet com ela. North ainda a seguia, alguns metros atrás.

— *Agora* está mantendo uma distância respeitosa, seu merda desencarnado? — ela rosnou por sobre o ombro.

Ele parecia sombrio, mas certamente não arrependido.

— Não sei que tipo de coisa ruim se pode fazer a um fantasma — ela prometeu a ele. — Mas eu vou descobrir.

Toda a bravata era um disfarce para o medo chacoalhando em seu coração. Se ele tinha entrado uma vez, poderia entrar de novo? O que ele poderia forçá-la a fazer? Machucar a si mesma? Machucar outra pessoa? Ela usara North da mesma maneira quando Lance a atacara, mas sua vida estava em perigo. Não o estava assediando para embarcar em uma missão investigativa.

E se outros Cinzentos descobrissem e viessem em massa? Aquilo só podia ser o resultado da conexão que formara com ele. Ela o convidara a entrar duas vezes. Sabia o nome dele. Chamara-o por esse nome. Talvez, uma vez que aquela porta fosse aberta, não pudesse mais ser trancada.

— Alex?

Ela se virou, então colocou a mão no flanco, a dor da ferida estilhaçando-a. Tripp Helmuth estava na calçada com um casaco esportivo do time de vela e um boné virado para trás.

— O que você quer, Tripp?

Ele levantou as mãos, na defensiva.

— Nada! Só… Você está bem?

— Não, não estou. Mas vou ficar.

— Gostaria de agradecer, sabe, por manter aquele lance com a Tara em segredo.

Alex não tinha mantido silêncio, mas se Tripp queria acreditar que o fizera, tudo bem.

— Pode apostar, colega.

— Mas o caso do Blake Keely é uma loucura.

— É? — disse Alex.

Tripp levantou o boné, correu a mão pelo cabelo e o colocou de novo na cabeça.

— Talvez não. Nunca gostei dele. Alguns caras simplesmente nascem ruins, sabe?

Alex olhou para Tripp, surpresa. Talvez ele não fosse tão inútil quanto parecia.

— É... talvez.

Ela lançou um olhar de aviso para North, que andava para a frente e para trás, passando repetidamente através de Tripp.

Tripp estremeceu.

— Merda, acho que vou ficar gripado.

— Descanse um pouco — disse Alex. — Tem uma coisa esquisita rolando.

Uma coisa que parece um vitoriano morto.

Alex desceu apressada a Elm até a Orange, ansiosa por estar atrás das proteções. Arrastou-se pelos três degraus da varanda de Il Bastone, um sentimento de relaxamento fluindo através dela assim que abriu a porta e cruzou a soleira. North flutuava no meio da rua. Ela bateu a porta e, através da janela, viu um sopro de ar jogá-lo para trás, como se a casa inteira tivesse soltado um grande "hunf". Alex descansou a testa contra a porta fechada.

— Obrigada — murmurou.

Mas o que o deteria da próxima vez que tentasse entrar nela? Seria preciso voltar às regiões fronteiriças para cortar a conexão? Ela faria isso. Ela se colocaria à mercê de Salome Nils para entrar de novo na Cabeça de Lobo. Deixaria Dawes afogá-la mil vezes.

Alex se virou, mantendo as costas contra a porta. Era como um porto seguro. A luz da tarde era filtrada pelos vitrais remanescentes na entrada. A outra janela fora fechada com tábuas, pedaços e cacos de vidro jazendo escuros na sombra profunda. Havia sangue no velho papel de parede, onde Dawes batera a cabeça. Ninguém tentara limpar.

Alex espiou pelo arco o hall de entrada, quase esperando ver Dawes ali. Mas não havia sinal dela nem de seus fichários e cartões de fichamento. A casa parecia vazia, surrada e ferida. Isso causou um vazio dolorido no coração de Alex. Jamais precisara voltar ao Marco Zero. E jamais amara o Marco Zero. Ficara feliz por virar as costas para ele e nunca mais encarar os horrores que cometera ali.

Mas talvez amasse mesmo Il Bastone, a velha casa com a madeira de cor quente, o silêncio e o acolhimento.

Ela se afastou da porta e pegou uma vassoura e uma pá de lixo da despensa. Levou um bom tempo para varrer o vidro quebrado. Colocou tudo em uma sacola plástica, que fechou com fita adesiva. Não tinha certeza de que deveria jogá-los fora. Talvez pudessem colocar os cacos no cadinho com um pouco de leite de cabra, torná-los um vidro inteiro.

Só quando foi lavar as mãos no pequeno lavabo que percebeu que tinha sangue seco no rosto inteiro. Não era de admirar que Tripp tivesse perguntado se ela estava bem. Ela se lavou, observando a água rodopiar na pia antes de desaparecer.

Ainda havia pão e queijo que não estavam estragados na geladeira. Ela se obrigou a comer, embora não sentisse fome. Então subiu as escadas rumo à biblioteca.

Dawes não respondera à mensagem. Provavelmente não estava nem checando o telefone. Tinha se entocado também. Alex não tirava a razão dela, mas isso significava que teria de encontrar sozinha um jeito de bloquear sua ligação com o Noivo.

Alex puxou o *Livro de Albemarle* da prateleira, mas hesitou. Tinha reconhecido instantaneamente a primeira data que North a forçara a escrever no caderno: 1854, o ano do assassinato dele. As outras não faziam sentido para ela. Não devia nada a North. Mas Darlington achara que valia a pena investigar o assassinato do Noivo. Ele iria querer saber o que aquelas datas significavam. Sentia que estava se rendendo, mas North não precisava saber que despertara sua curiosidade.

Alex tirou a bolsa do ombro e puxou o caderno de anotações de Shakespeare, abrindo-o na página ensanguentada: "1854 1869 1883". Se fizesse uma pesquisa sobre todos aqueles anos, a biblioteca enlouqueceria. Precisaria encontrar um modo de estreitar os parâmetros.

Ou talvez só precisasse encontrar as anotações de Darlington.

Alex se lembrou das palavras que ele escrevera no catálogo de carruagens: "A primeira?". Se ele de fato fizera alguma pesquisa sobre o caso de North, as anotações não estavam no quarto do Virgílio ou em Black Elm. Mas e se estivessem ali, na biblioteca? Alex abriu o *Livro de Albemarle* e olhou para o último registro de Darlington: o plano do Rosenfeld. Mas, bem acima disso estava um outro, de algo chamado *Daily New Havener*. Ela copiou exatamente o pedido e devolveu o livro à prateleira.

Quando a estante parou de chacoalhar, ela a abriu e entrou na biblioteca. As prateleiras estavam cheias de pilhas e pilhas do que parecia menos jornais do que folhetos. Havia milhares deles, todos recobertos por letras minúsculas.

Alex saiu e abriu o *Livro de Albemarle* novamente. Darlington estivera trabalhando na biblioteca no dia em que desaparecera. Ela escreveu um pedido para o plano do Rosenfeld.

Dessa vez, ao abrir a porta, as prateleiras estavam vazias, a não ser por um único livro deitado. Era grande e fino, encadernado em couro vermelho-escuro, e totalmente livre de poeira. Alex o colocou sobre a mesa no centro do cômodo e deixou que ele se abrisse. Ali, entre as plantas de elevação do terceiro e do quarto níveis subterrâneos do Hall Rosenfeld, estava uma folha de papel-ofício amarela, dobrada cuidadosamente e coberta pela letra pequena e irregular de Darlington – a última coisa que ele escrevera antes que alguém o enviasse para o inferno.

Alex estava com medo de desdobrar o papel. Poderia não ser nada. Anotações sobre um trabalho acadêmico de fim de trimestre. Uma lista de reparos necessários em Black Elm. Mas ela não acreditava naquilo. Naquela noite em dezembro, Darlington estivera trabalhando em algo com o que se importava, algo que andava cutucando havia meses. Estivera distraído ao trabalhar, talvez pensando na noite adiante, talvez preocupado com sua aprendiz, que nunca lia o que precisava. Não quisera levar as anotações com ele, então as guardara em algum lugar seguro. Bem ali, no livro de plantas arquitetônicas. Achara que logo estaria de volta.

— Eu deveria ter sido um Dante melhor — ela sussurrou.

Mas talvez pudesse se sair melhor agora.

Gentilmente, ela desdobrou a página. Na primeira linha estava escrito: "1958-Colina Tillman-Wrexham. Ataque cardíaco? Derrame?".

Seguia-se uma série de datas, acompanhadas do que pareciam ser nomes de mulheres. As últimas três datas na lista eram iguais às que North a forçara a escrever no caderno.

"1902-Sophie Mishkan-Rhinelander-Febre cerebral?"
"1898-Effie White-Stone-Hidropsia (Edema?)"
"1883-Zuzanna Mazurski-Phelps-Apoplexia"
"1869-Paoletta DeLauro-Kingsley-Facadas"
"1854-Daisy Fanning Whitlock-Russell-Tiros"

"A primeira?" Darlington acreditava que Daisy fosse a primeira, mas a primeira o quê? Daisy levara tiros, Paoletta, facadas, mas as outras tinham morrido de causas naturais.

Ou alguém aprendera a matar garotas de forma mais inteligente.

Estou vendo coisas, pensou Alex. *Estou fazendo ligações que não existem.* De acordo com todos os programas de TV a que já assistira, assassinos em série sempre tinham um *modus operandi*, um jeito como gostavam de matar. Além disso, mesmo que um assassino estivesse agindo em New Haven, se as datas estivessem certas, esse psicopata em particular teria atacado garotas de 1854 a 1958 – mais de cem anos.

Mas ela não podia dizer que era impossível, não depois de ter visto o que a magia podia fazer.

E havia algo familiar no conjunto das datas. O padrão era compatível com o modo como as sociedades tinham sido fundadas. Houve uma enxurrada de atividade nos anos 1800, e então muito tempo se passou até que uma nova tumba fosse construída – a da Manuscrito, nos anos 1960. Um calafrio desagradável correu pela pele de Alex. Ela sabia que a Crânio e Ossos tinha sido fundada em 1832, e aquela data não batia com nenhuma das mortes, mas era o único ano do qual se lembrava.

Alex carregou as anotações pelo corredor até o quarto do Dante. Ela pegou uma cópia de *A vida da Lethe* na gaveta da escrivaninha. A Chave e Pergaminho fora fundada em 1842; a Livro e Serpente, em 1865; a Santelmo, em 1889; a Manuscrito, em 1952. Só a data de fundação da Cabeça de Lobo batia com o ano de 1883, mas podia ser coincidência.

Ela passou o dedo pela lista de nomes.

"1854-Daisy Fanning Whitlock-Russell-Tiros"

Alex jamais vira o nome de Daisy com hífen em lugar nenhum. Sempre aparecera apenas como Daisy Fanning Whitlock.

Porque não era um hífen. Nenhum deles era um hífen. Rhinelander. Stone. Phelps. Kingsley. Russell. Wrexham. Eram os nomes dos fundos, fundações e associações que financiavam as sociedades – e que pagaram pela construção de suas tumbas.

Alex correu de volta para a biblioteca e fechou a estante; tirou de novo o *Livro de Albemarle*, mas se obrigou a desacelerar. Precisava pensar em como ordenar as palavras. Russell era a fundação que financiava a

Crânio e Ossos. Cuidadosamente, escreveu: "Escritura de aquisição de terras pela Russell Trust na rua High, New Haven, Connecticut".

Um livro-razão esperava por ela na prateleira do meio. Estava marcado com o espírito do cão da Lethe, e ali, uma depois da outra, estavam as escrituras de aquisição de terras por toda New Haven, nos locais que um dia abrigariam cada uma das oito Casas do Véu, cada uma construída sobre um nexo de poder criado por uma força desconhecida.

Mas Darlington a tinha reconhecido. *A primeira*. O ano de 1854: quando a Russell Trust tinha adquirido a terra onde a Crânio e Ossos construiria sua tumba. Darlington tinha descoberto o que havia gerado aqueles pontos focais de magia que alimentavam os rituais das sociedades, que tornavam tudo aquilo possível. Garotas mortas. Uma depois da outra. Usara as velhas edições do *New Havener* para cruzar os locais onde elas morreram com as localizações das tumbas das sociedades.

O que havia de especial naquelas mortes? Mesmo que todas aquelas garotas tivessem sido assassinadas, muitos homicídios tinham acontecido em New Haven ao longo dos anos sem resultar em nexos mágicos. E Daisy nem sequer tinha morrido na rua High, onde a Crânio e Ossos erguera a tumba, então por que o nexo se formara ali? Alex sabia que estava deixando de perceber algo, não conseguia conectar os pontos que Darlington teria conectado.

North lhe dera as datas; ele vira as conexões também.

Alex correu de volta ao banheiro e encheu a pia.

— North — ela disse, sentindo-se uma tola. — *North*.

Nada. Fantasmas... Nunca estavam ali quando se precisava deles.

Mas havia muitas maneiras de atrair a atenção de um Cinzento. Alex hesitou, então pegou o abridor de cartas da mesa. Ela o deslizou pelo antebraço e deixou o sangue pingar na água, observando-o emplumar.

— Toc-toc, North.

O rosto dele apareceu no reflexo tão subitamente que ela pulou.

— A morte de Daisy criou um nexo — ela disse. — Como você descobriu?

— Não conseguia encontrar Tara. Deveria ser fácil com aquele objeto nas mãos, mas não havia sinal dela deste lado do Véu. Assim como Daisy. Não havia sinal de Gladys O'Donaghue também. Algo aconteceu naquele dia. Algo maior que a minha morte ou a de Daisy. E acho que aconteceu de novo quando Tara morreu.

Daisy tinha sido uma aristocrata, parte da elite da cidade. A morte dela começara tudo. Mas e as outras garotas? Quem tinham sido? Nomes como DeLauro, Mazurski, Mishkan. Teriam sido garotas imigrantes que trabalhavam nas fábricas? Empregadas domésticas? Filhas de escravos libertos? Garotas que não teriam manchetes de jornal ou lápides de mármore para marcar suas mortes?

E Tara deveria ser uma delas também? Um sacrifício? Mas por que o assassinato dela fora tão medonho? Tão público? E por que agora? Se aqueles eram realmente assassinatos, tinham se passado mais de cinquenta anos desde a morte da última garota.

Alguém precisava de um nexo. Uma das Casas do Véu tinha necessidade de um novo lar. A Santelmo vinha pedindo para construir uma nova tumba havia anos – e de que servia uma tumba sem um nexo debaixo dela? Alex se recordou do terreno vazio onde o corpo de Tara fora encontrado. Espaço de sobra para se construir.

— North — ela disse. — Vá procurar as outras. — Ela leu os nomes para ele, um depois do outro. Colina Tillman, Sophie Mishkan, Effie White, Zuzanna Mazurski, Paoletta DeLauro. — Tente encontrá-las.

Alex puxou uma toalha da prateleira e a pressionou contra o braço que sangrava. Sentou-se diante da escrivaninha, olhou pela janela para a rua Orange, tentando pensar. Se Darlington descobrira a origem dos nexos, então a primeira pessoa a quem ele devia ter dito era Sandow. Ele provavelmente estava orgulhoso, empolgado por ter feito uma nova descoberta, uma que lançaria luz sobre o modo como a magia funcionava naquela cidade. Mas Sandow jamais mencionara aquilo para ela ou Dawes, esse projeto final a que Darlington se dedicara.

Isso importava? Sandow não poderia estar envolvido. Tinha sido violentamente atacado a apenas alguns metros de onde ela estava sentada. Quase morrera.

Mas não por causa de Blake Keely. Blake ferira Dawes, quase matara Alex, mas não tinha machucado o reitor. Foram os cães rosnadores enlouquecidos da Lethe que vieram defender Alex. Ela se recordou do punho fechado de Blake. Ele a atingira com aquela mão, mas depois a mantivera fechada.

Ela andou de volta para o corredor acima das escadas. Ignorando as manchas escuras no tapete, o cheiro persistente de vômito, ficou de joelhos e começou a procurar nas tábuas do chão, debaixo da passadeira. Só quando espiou debaixo de um vaso de vime vazio é que viu um brilho dourado. Envolveu a mão na manga da camisa e cuidadosamente o puxou para a luz. Uma moeda de compulsão. Alguém estivera controlando Blake. Alguém lhe dera ordens muito específicas.

Este é um ano de financiamento.

Darlington levara sua teoria das garotas e tumbas para Sandow. Mas Sandow já sabia. Sandow, que vinha tendo problemas financeiros depois do divórcio e que não publicava nada havia anos. Sandow, que quisera tão desesperadamente manter o desaparecimento de Darlington em segredo. Sandow, que tinha atrasado o ritual para encontrá-lo para depois da primeira lua nova, e que usara esse mesmo ritual para impedir Darlington de voltar a Black Elm. Talvez porque fora o próprio Sandow quem fizera uma armadilha para Darlington no porão do Rosenfeld. Mesmo naquela época, planejava a morte de Tara Hutchins – e sabia que apenas Darlington compreenderia o que o assassinato dela realmente significava. Então se livrou dele.

Sandow jamais tivera a intenção de trazer Darlington de volta. Afinal de contas, Alex era o bode expiatório perfeito. *É claro* que tudo dera errado no ano em que colocaram uma desconhecida como delegada da Lethe. Era esperado. Seriam mais cautelosos no futuro. No ano seguinte, a brilhante, competente e firme Michelle Alameddine voltaria para educar a Dante cabeçuda deles, e Alex ficaria em dívida com Sandow, eternamente grata por aquele aumento na nota.

Talvez eu esteja errada, ela pensou. E, mesmo se estivesse certa, aquilo não significava que precisava falar. Podia ficar quieta, manter as notas para passar, atravessar seu verão calmo e belo. Colin Khatri se formaria em maio, então ela não precisaria ser amiguinha dele. Ela poderia sobreviver, *florescer*, sob os cuidados da professora Belbalm.

Alex virou a moeda de compulsão na mão.

Nos dias depois do massacre no apartamento em Van Nuys, Eitan tinha percorrido toda Los Angeles tentando descobrir quem matara seu primo. Havia rumores de que tinham sido os russos – exceto pelo fato de que os russos gostavam de armas, não de tacos – ou os albaneses, ou que alguém em Israel tinha se certificado de que Ariel jamais voltaria da Califórnia.

Eitan fora visitar Alex no hospital, apesar do policial postado na porta. Homens como Eitan eram como os Cinzentos, encontravam um jeito de entrar.

Ele se sentara ao lado da cama dela, na cadeira que tinha sido ocupada pelo reitor Elliot Sandow apenas um dia antes. Seus olhos estavam vermelhos, e a barba por fazer estava crescida no queixo. Mas seu terno era elegante como sempre, a corrente de ouro no pescoço como uma lembrança dos anos 1970, como se tivesse sido passada adiante de uma geração de cafetões e proxenetas para outra, a passagem da tocha.

— Você quase morreu na outra noite — ele dissera.

Alex sempre gostara do sotaque dele. Tinha pensado que era francês no começo.

Ela não soubera como responder, então lambeu os lábios e fez um gesto para a jarra de pedaços de gelo. Eitan grunhira e assentira.

— Abre a boca — ele dissera, e colocara dois pedaços de gelo na língua dela. — Seus lábios estão muito rachados. Muito secos. Pede uma vaselina.

— Certo — ela grunhiu.

— O que aconteceu naquela noite?

— Não sei. Cheguei à festa tarde.

— Por quê? Onde estava?

Então aquilo era um interrogatório. Tudo bem. Alex estava pronta para confessar.

— Fui eu que fiz aquilo. — A cabeça de Eitan se levantou. — Eu matei todos eles.

Eitan se recostou de novo na cadeira e passou uma mão sobre o rosto.

— Viciados de merda.

— Não sou viciada.

Ela não sabia se aquilo era verdade. Nunca tinha usado coisas mais pesadas. Tivera medo demais do que poderia acontecer se perdesse muito o controle, mas tinha se mantido em um atordoamento cuidadosamente modulado por anos.

— *Você* matou eles? Uma menininha desse tamanho. Você estava desmaiada, cheia de fentanyl. — Eitan deu um olhar de lado para ela. — Você me deve pelas drogas.

O fentanyl. De algum jeito, entrara em seu sangue vindo de Hellie, deixando resquício suficiente em seu organismo para fazer parecer que ela também tinha quase sofrido uma overdose. Um último presente. Um álibi perfeito.

Alex riu.

— Estou indo pra Yale.

— Viciados de merda — repetiu Eitan, enojado.

Ele se levantou e limpou as calças feitas sob medida.

— O que você vai fazer? — perguntou Alex.

Ele olhou ao redor do quarto.

— Você não tem flores. Nem balões, nem nada disso. Que triste.

— Imagino que seja — disse Alex.

Ela nem sequer tinha certeza de que a mãe sabia que ela estava no hospital. Mira provavelmente esperava por aquela ligação havia muito tempo.

— Não sei o que vou fazer — disse Eitan. — Acho que o seu namorado babaca ficou devendo pra pessoa errada. Roubou ou irritou alguém e Ariel estava no lugar errado na hora errada. — Ele esfregou o rosto de novo. — Mas não importa. Quando te fazem de idiota, é como uma tatuagem. Todo mundo vê. Então alguém vai morrer por isso.

Alex se perguntou se seria ela.

— Você me deve pelo fentanyl. Seis mil dólares.

Depois que Eitan foi embora, ela pediu à enfermeira que movesse o telefone fixo para mais perto. Pegou o cartão que Elliot Sandow deixara com ela e ligou para o escritório dele.

— Aceito sua oferta — ela disse, quando a secretária o colocou na linha. — Mas vou precisar de dinheiro.

— Isso não deve ser um problema — ele respondeu.

Mais tarde, ela desejou ter pedido mais.

Alex girou a moeda de compulsão mais uma vez. Ficou de pé, ignorando a dor que pulsava através dela. Voltou para a escrivaninha onde tinha espalhado as anotações de Darlington ao lado do caderno de Shakespeare ensanguentado.

Quando te fazem de idiota, é como uma tatuagem. Todo mundo vê.

Ela pegou o telefone e ligou para a casa do reitor. A empregada doméstica atendeu, como Alex sabia que aconteceria.

— Oi, Yelena. É Alex Stern. Tenho uma coisa pra deixar pro reitor.

— Ele não está em casa — respondeu Yelena em seu sotaque ucraniano pesado. — Mas pode trazer pacote.

— Sabe para onde ele foi? Ele está melhor?

— Sim. Ele foi para casa do presidente para festa grande. Festa de volta para casa.

Alex jamais estivera na casa do presidente da universidade, mas conhecia o prédio. Darlington o tinha mostrado – uma bela construção de tijolos vermelhos e detalhes em branco na Hillhouse.

— Ótimo — disse Alex. — Passo por aí daqui a pouco.

Ela enviou uma mensagem para Turner: "Nós entendemos errado. Me encontre na casa do presidente da universidade".

Dobrou a lista de nomes e a colocou no bolso. Tinha deixado de ser a idiota de Sandow.

— Certo, Darlington — ela sussurrou —, vamos bancar o cavaleiro.

30
Início da primavera

Alex parou em seu quarto no dormitório para tomar banho e trocar de roupa. Penteou os cabelos com cuidado, verificou as ataduras, colocou o vestido que a mãe comprara para ela. Não queria parecer muito deslocada. E, se algo desse errado, queria ter a maior credibilidade possível. Colocou chá em uma xícara e esperou que North aparecesse ali.

— Teve sorte? — ela perguntou, quando o rosto pálido dele emergiu no reflexo.

— Nenhuma delas está aqui — ele respondeu. — Algo aconteceu com aquelas garotas. O mesmo que aconteceu com Daisy. Algo pior que a morte.

— Me encontre depois das proteções. E esteja pronto. Vou precisar da sua força.

— Você a terá.

Ela não duvidou disso. Magia extraviada matara North e sua noiva, Alex tinha certeza. Mas algo mais acontecera depois, algo que ela não conseguia explicar. Tudo o que sabia era que isso tinha impedido Daisy de atravessar o Véu, onde poderia ter encontrado paz.

Alex pegou um carro até a casa do presidente. Havia um manobrista na frente, e, através da janela, via pessoas apinhadas nos cômodos. Bom. Haveria testemunhas.

Mesmo assim, enviou uma mensagem para Dawes: "Sei que você foi se esconder, mas, se qualquer coisa acontecer comigo, foi o Sandow. Deixei um registro na biblioteca. É só perguntar ao *Livro de Albemarle*".

Turner ainda não havia respondido. Agora que achava que o caso estava resolvido, não ia falar mais com ela? Ficou feliz pela presença de North ao lado dela enquanto subia o caminho de entrada.

Alex esperava alguém com uma lista de nomes na porta, mas entrou sem incidentes. Os cômodos estavam aquecidos e cheiravam a lã molhada e maçãs assadas. Ela tirou o casaco e o pendurou sobre outros dois em um gancho. Ouvia um piano sendo tocado sob o murmúrio da conversa. Pegou dois cogumelos recheados de um garçom que passava. De jeito nenhum iria morrer com o estômago vazio.

— Alex? — o garçom perguntou, e ela percebeu que era Colin.

Ele parecia um pouco cansado, talvez, mas não perturbado ou bravo.

— Não sabia que você também trabalhava para o presidente — disse Alex, cautelosamente.

— A Belbalm me emprestou. Preciso levá-la pra casa mais tarde, se quiser carona. Está trabalhando hoje?

Alex balançou a cabeça.

— Não, só vim deixar uma coisa. Para o reitor Sandow.

— Acho que o vi perto do piano. Volte para a cozinha quando tiver acabado. Alguém mandou uma garrafa de champanhe para Belbalm, e ela trouxe para a gente.

— Que legal — disse Alex, fingindo entusiasmo.

Ela encontrou o lavabo e correu para dentro. Precisava de um momento para se recompor, tentar entender o comportamento tranquilo de Colin. Ele deveria estar furioso. Deveria odiá-la por descobrir suas ligações com Tara, por revelar que a Chave e Pergaminho tinha dividido seus segredos com gente de fora, que tinham usado drogas ilegais. Mesmo que Sandow tivesse deixado o nome dela fora dos procedimentos disciplinares, ela ainda era uma representante da Lethe.

Mas Alex não sabia que não haveria repercussões reais? Um tapinha na mão. Uma multa. O preço do sangue era outra pessoa que pagava. E ainda assim ela pensara que haveria *algum* tipo de acerto de contas.

Alex apoiou as mãos na pia, olhando para o espelho. Parecia exausta, sombras negras cavando trincheiras sob seus olhos. Colocara um velho cardigã preto sobre o vestido de lã creme que a mãe comprara para ela. Resolveu tirá-lo. A pele parecia pálida, e os braços tinham a aparência esguia e adoentada de uma pessoa que jamais ficaria cheia. Via uma cor rosa do ferimento atravessando a lã do vestido; os novos curativos deveriam ter se soltado nas beiradas. Tivera a intenção de parecer respeitável, uma boa garota, uma garota que tentava, alguém que merecia confiança. Em vez disso, parecia um monstro.

Ela ouvia o som de copos retinindo e de conversa civilizada na sala de estar. Tentara muito ser parte de tudo aquilo. Mas se esse era o mundo real, o mundo normal, será que realmente queria fazer parte dele? Nada jamais mudava. Os maus nunca sofriam. Colin, Sandow, Kate e todos os homens e mulheres que vieram antes deles, que encheram aquelas tumbas e trabalharam em sua magia, não eram diferentes dos Lens, Eitans e Ariéis da vida. Pegavam o que queriam. O mundo poderia perdoá-los, ignorá-los ou aceitá-los, mas jamais os punia. Então, qual era o propósito? Qual era o propósito de boas notas e suéteres de caxemira da liquidação quando o jogo era fraudado desde o primeiro momento?

Alex se lembrou de Darlington colocando as mariposas de endereço em sua pele na penumbra do arsenal. Lembrou-se de ver as tatuagens se apagando, acreditando pela primeira vez que qualquer coisa poderia ser possível, que ela poderia encontrar um jeito de pertencer àquele lugar.

"Tenha cuidado no calor do momento", ele dissera. Saliva poderia reverter a magia.

Alex fechou as mãos. Passou a língua nos nós dos dedos da mão esquerda, depois fez o mesmo na direita. Por um momento, nada aconteceu. Ouviu a torneira pingar.

Então a tinta floresceu escura sobre a pele de seus braços. Cobras e peônias, teias de aranha e constelações, duas carpas desajeitadas que circulavam uma à outra no bíceps esquerdo, um esqueleto em um antebraço, os símbolos arcanos da Roda da Fortuna no outro. Ainda não fazia ideia do significado daqueles símbolos. Ela tinha puxado essa carta do tarô de Hellie momentos antes de entrarem em um estúdio de tatuagem no calçadão. Alex olhava no espelho enquanto sua história se espalhava pela pele, as cicatrizes que escolhera para si mesma.

Somos os pastores. A hora para aquilo havia passado. Melhor ser uma cascavel. Melhor ser um chacal.

Alex saiu do lavabo e se deixou ser absorvida pela multidão, as nuvens de perfume, os ternos e tricôs da St. John. Viu os olhares nervosos em sua direção. Ela não parecia bem. Não parecia sadia. Não pertencia àquele lugar.

Vislumbrou o cabelo grisalho de Sandow em um grupo de convidados perto do piano. Ele estava apoiado em um par de muletas. Ficou surpresa por ele não ter se curado, mas também não conseguia imaginá-lo arrastando dezenas de caixas de leite de cabra pelas escadas de Il Bastone sem ajuda.

— Alex! — ele disse, um pouco confuso. — Que prazer inesperado.

Alex sorriu afetuosamente.

— Consegui encontrar o arquivo que me pediu e achei que quisesse saber o mais rápido possível.

— Arquivo?

— Das escrituras de terra. Indo até 1854.

Sandow levou um susto, então riu de modo pouco convincente.

— É claro. Eu esqueceria a cabeça se não estivesse bem atarraxada. Com licença, só um minuto — ele disse, e a levou através da aglomeração.

Alex ficou atrás dele. Sabia que ele já calculava o que ela sabia e como questioná-la, talvez até como silenciá-la. Ela pegou o telefone e apertou o botão de gravar. Gostaria da proteção das outras pessoas, mas sabia que o microfone jamais conseguiria captar a voz dele no meio de todo aquele barulho da festa.

— Fique por perto — sussurrou para North, que flutuava ao lado dela.

Sandow abriu a porta de um escritório – um cômodo adorável, perfeitamente quadrado, com uma lareira de cornija de pedra e portas francesas que davam para um jardim entre o fim da neve e o começo verde do degelo de primavera.

— Por favor — ele disse, abrindo caminho com o braço.

— Pode ir na frente — disse Alex.

O reitor deu de ombros e entrou. Colocou as muletas de lado e se apoiou na escrivaninha.

Alex deixou a porta aberta, então ficariam ao menos parcialmente visíveis para os outros convidados. Ela não esperava que Sandow pegasse um peso de papéis caro e a golpeasse, mas ele já matara uma garota.

— Você assassinou Tara Hutchins.

Sandow abriu a boca, mas Alex o interrompeu com um gesto.

— Não comece a mentir ainda. Temos muito chão pela frente, então é melhor segurar o ritmo. Você a matou ou mandou matá-la em um triângulo de terra sem uso, que imagino que a Fundação Rhinelander vá querer comprar.

O reitor tirou um cachimbo do bolso, então uma tabaqueira, e gentilmente começou a encher a fornilha. Ele pousou o cachimbo ao lado, sem acendê-lo.

Por fim, cruzou os braços e a encarou.

— E daí?

Alex não tinha certeza do que esperava, mas não era aquilo.

— Eu...

— *E daí*, srta. Stern?

— Eles pagaram você pra isso?

Ele olhou sobre o ombro dela, certificando-se de que ninguém estava por perto no corredor.

— A Santelmo? Sim, no ano passado. Meu divórcio me deixou sem nada. Minhas economias tinham secado. Eu devia uma pensão exorbitante. Mas alguns ex-alunos dedicados da Santelmo resolveram todos esses problemas com um único cheque. Tudo o que precisei fazer foi providenciar um nexo sobre o qual pudessem construir.

— Como eles sabiam que você conseguiria criar um?

— Não sabiam. Eu os procurei. Tinha percebido o padrão nos meus dias na Lethe. Sabia que se repetiria. Estávamos muito atrasados. Não achei que de fato precisaria *fazer* alguma coisa. Simplesmente tínhamos que esperar.

— As sociedades estavam envolvidas nos assassinatos daquelas outras garotas? Colina, Daisy e o resto?

Ele olhou novamente para trás dela.

— Diretamente? Eu me perguntei isso ao longo dos anos. Mas, se alguma das sociedades tivesse solucionado a charada da criação de um nexo, por que teriam parado em um? Por que não usar aquele conhecimento? Negociá-lo?

Ele pegou o cachimbo.

— Não, não acho que estivessem envolvidos. Esta é uma cidade peculiar. O Véu é mais fino aqui, o fluxo de magia é mais fácil. Ele se concentra nos nexos, mas existe magia em cada pedra, cada pedaço de terra, cada folha de cada velho olmo. E ela está faminta.

— A cidade...

Alex se lembrou do sentimento estranho que tivera na cena do crime, o modo como ela espelhava o mapa da colônia de New Haven. Dawes dissera que os rituais funcionavam melhor se fossem feitos numa data auspiciosa. Ou num lugar auspicioso.

— Foi por isso que escolheu aquela intersecção para matar Tara.

— Sei construir um ritual, Alex. Quando eu quero.

Darlington não dissera a ela que Sandow fora um delegado brilhante da Lethe? Que alguns dos rituais que ele fizera ainda estavam em uso?

— Você a matou por dinheiro.

— Por uma boa quantia de dinheiro.

— Aceitou o pagamento do conselho da Santelmo. Disse a eles que poderia controlar a localização do próximo nexo.

— Que eu iria preparar um local. Pensava que tudo o que precisaria fazer era esperar o ciclo percorrer seu curso. Mas não aconteceu. Ninguém morreu. Nenhum novo nexo se formou. — Ele balançou a cabeça, frustrado. — Eles estavam tão impacientes. Eles... exigiriam o dinheiro de volta, ameaçaram procurar o conselho da Lethe. Precisavam ser tranquilizados. Criei um ritual que sabia que funcionaria. Mas eu precisava de uma oferenda.

— E então encontrou Tara.

— Eu a conhecia — disse Sandow, a voz quase afetuosa. — Quando Claire estava doente, Tara conseguia maconha para ela.

— Sua mulher?

— Eu cuidei dela durante dois episódios de câncer na mama, e então ela me deixou. Ela... Tara estava na minha casa. Escutou coisas que provavelmente não deveria ter escutado. Eu não estava preocupado com a discrição. Que importância tinha?

Que importância tinha o que uma garota da cidade sabia?

— E Tara era uma garota legal, não era?

Sandow desviou os olhos de modo culpado. Talvez ele tivesse transado com ela; talvez tivesse apenas ficado feliz por ter alguém com quem conversar. Aquilo era o que se fazia. Ser legal com os clientes. Sandow precisara de um ombro amigo, e Tara o providenciara.

— Mas então Darlington descobriu o padrão, o rastro de garotas.

— Do mesmo jeito que eu. Imagino que fosse inevitável. Ele era inteligente demais, curioso demais para o próprio bem dele. E sempre quis saber o que tornava New Haven diferente. Ele estava tentando criar um mapa do oculto. Mencionou isso só de passagem, um exercício acadêmico, uma teoria maluca, um possível tema para o projeto de pós-graduação. Mas àquela altura...

— Você já tinha planejado matar Tara.

— Ela já tinha pegado o que ouvira na minha casa e transformado em um belo negócio, traficando para as sociedades. Estava envolvida demais com a Chave e a Manuscrito. As drogas. Os rituais. Tudo viria abaixo. Ela tinha dezenove anos, era usuária de drogas, uma criminosa. Ela era...

— Um alvo fácil. — *Assim como eu.* — Mas Darlington teria descoberto. Ele sabia sobre as garotas que vieram antes. Era inteligente o bastante para ligá-las a Tara. Então você enviou a besta do inferno para consumi-lo naquela noite.

— A vocês dois, Alex. Mas aparentemente Darlington foi o suficiente para saciar o apetite da besta. Ou talvez ele tenha salvado você em um ato final e tolo de heroísmo.

Ou talvez o monstro não tivesse desejado consumir Alex. Talvez soubesse que ela poderia queimar ao descer.

Sandow suspirou.

— Darlington gostava de falar sobre como New Haven estava sempre à beira do sucesso, sempre prestes a entrar numa maré de boa sorte e boa fortuna. Ele não entendia que a cidade caminha numa corda bamba. De um lado, sucesso. Do outro, ruína. A magia deste lugar e o sangue derramado para mantê-lo é tudo que separa a cidade do fim.

Esta cidade tem sido fodida desde sempre.

— Você mesmo a matou? — perguntou Alex. — Ou não teve colhões?

— Um dia fui um cavaleiro da Lethe, você sabe. Tinha a força de vontade. — Ele na verdade soava orgulhoso.

Isabel tinha dito que Sandow dormira depois de beber muito bourbon no escritório de Belbalm na noite em que Tara morreu, mas ele poderia ter saído de algum jeito, ou até usado a mesma magia de portal que ela suspeitara que Colin usara. Ele ainda teria de conseguir um encantamento – mas é claro que isso não era problema para Sandow. Alex pensou no espelhinho que usara para entrar no apartamento de Tara e na cadeia. Quando ela o tirara da gaveta, havia uma mancha nele. Mas Dawes jamais o teria guardado sujo. Alguém o usara antes de Alex.

— Você colocou o rosto de Lance. Deixou Tara chapada, para que ela não sofresse, e então a matou. Você mandou a *gluma* atrás de mim?

— Mandei. Foi arriscado, talvez tolo. Não tenho talento para a necromancia. Mas não sabia o que você poderia ter descoberto no necrotério.

Ela se recordou de Sandow sentado do lado oposto dela na Gaiola, a caneca de chá sobre o joelho, dizendo que o poder dela tinha provocado o ataque da *gluma*, que *ela* era a culpada por aquilo, pelo assassinato de Tara.

— Você disse que tinha sido minha culpa.

— Bem, você não deveria ter sobrevivido. Tinha de dizer alguma coisa. — Ele soava tão razoável. — Darlington sabia que você seria um problema. Mas eu não tinha ideia do quanto.

— Você ainda não tem — disse Alex. — E Darlington ficaria repugnado com tudo a seu respeito.

— Darlington era um cavalheiro. Mas esta não é uma época para cavalheiros. — Ele pegou o cachimbo. — Sabe o que é mais terrível?

— Que você assassinou uma garota a sangue frio para alguns moleques ricos poderem construir uma sede de clube chique? Parece terrível o suficiente.

Mas ele não parecia escutá-la.

— Não deu certo — ele disse, balançando a cabeça, as sobrancelhas erguidas vincando a testa. — O ritual era sólido. Eu o criei perfeitamente. Mas nenhum nexo apareceu.

— Então Tara morreu e você ainda está ferrado?

— Estaria se não fosse por você. Estou pleiteando que a Manuscrito perca a tumba. A Santelmo terá um novo lar no próximo ano letivo. Vão conseguir o que querem. Eu vou conseguir meu dinheiro. Então a questão, Alex, é o que *você* quer?

Alex o olhou fixamente. Ele de fato estava tentando negociar com ela.

— O que eu quero? *Pare de matar pessoas*. Você não pode assassinar uma garota e desaparecer com Darlington. Você não pode me usar, usar Dawes e a Lethe, porque quer morar em uma boa vizinhança e dirigir um bom carro. A gente não devia estar andando sobre essa corda bamba. Nós somos a porcaria dos pastores.

Sandow riu.

— Somos mendigos à mesa. Eles nos jogam migalhas, mas a magia real, a magia que constrói futuros e salva vidas, pertence a eles. A não ser que peguemos um pouco dela para nós.

Ele levantou o cachimbo, mas, em vez de acendê-lo, jogou o conteúdo na boca. Brilhou contra os lábios dele – Astrumsalinas. Poder de Estrela. *Compulsão*. Ele o dera a Blake para que usasse em Alex aquela noite em Il Bastone. A noite em que Sandow enviara Blake Keely para matá-la.

Não desta vez.

Alex esticou o braço para North e, com um fluxo súbito, sentiu que ele a inundava, enchendo-a de sua força. Ela partiu para cima de Sandow.

— Não se atreva! — disse o reitor.

Os passos de Alex falharam, querendo apenas obedecer. Mas a droga não tinha poder sobre os mortos.

Não, disse North, a voz clara e verdadeira dentro da cabeça dela.

— Não — disse Alex.

Ela empurrou o reitor em uma cadeira. As muletas dele bateram no chão.

— Turner está vindo. Você vai contar a ele o que fez. Não vai ter outra tumba para a Santelmo. Isso não vai passar com multas e suspensões. Vocês todos vão pagar. Fodam-se as sociedades, foda-se a Lethe e foda-se você.

— Alexandra?

Ela e Sandow se viraram. A professora Belbalm estava na porta, com uma taça de champanhe na mão.

— O que está acontecendo aqui? Elliot... você está bem?

— Ela me atacou! — ele gritou. — Ela não está bem, está instável. Marguerite, chame a segurança do campus. Peça a Colin para me ajudar a conter Alex.

— É claro — disse Belbalm, a compulsão tomando conta.

— Professora, espere — começou Alex. — Ela sabia que era inútil. Sob a influência do Poder de Estrela, não haveria como argumentar com ela. — Eu tenho uma gravação. Tenho prova...

— Alexandra, não sei o que você tem — disse Belbalm, balançando a cabeça tristemente. Então ela sorriu e piscou. — Na verdade, sei exatamente o que você tem. Bertram Boyce North.

— Marguerite! — Sandow perdeu a paciência. — Eu lhe disse para...

— Ah, Elliot, pare. — A professora Belbalm fechou a porta atrás de si e girou o trinco.

31
Início da primavera

Alex olhava fixamente. Não era possível. Como Belbalm resistia ao Poder de Estrela? E como ela podia *ver* North?

Belbalm colocou a taça de champanhe sobre uma prateleira.

— Por favor, não quer se sentar, Alex? — ela perguntou, com o ar gracioso de uma anfitriã.

— Marguerite — disse Sandow de modo severo.

— Estamos atrasados para uma conversa, sim? Você é um homem desesperado, mas não estúpido, acho eu. E o presidente já está agradavelmente bêbado e acomodado diante da lareira. Ninguém vai nos incomodar.

Cautelosamente, Sandow sentou-se de novo na cadeira da escrivaninha.

Mas Alex não estava pronta para obedecer.

— Você pode ver North?

— Posso ver a forma dele — respondeu Belbalm. — Enfiado dentro de você, como um segredo. Não percebeu que meu escritório era protegido?

Alex se recordou da sensação de paz que sentira lá, as plantas crescendo em jardineiras – hortelã e manjerona. Elas também floresciam nos limites da casa de Belbalm, embora fosse alto inverno. Mas ainda não entendia exatamente o que Belbalm estava sugerindo.

— Você é como eu?

Belbalm sorriu e assentiu uma única vez.

— Somos os Caminhantes da Roda. Todos os mundos estão abertos para nós. Se formos ousadas o bastante para entrar.

Alex se sentiu subitamente zonza. Caiu em uma cadeira, o barulho do couro estranhamente reconfortante.

Belbalm pegou o champanhe e relaxou no assento à frente dela, elegante e com boa postura, como mãe e filha fazendo uma reunião com o reitor.

— Pode deixá-lo sair se quiser — ela disse, e Alex levou um momento para perceber que ela se referia a North.

Alex hesitou, então deu um cutucão gentil em North e ele saiu dela, tomando forma atrás da escrivaninha, olhos cautelosos indo de Alex para Belbalm.

— Ele não tem muita certeza do que fazer, tem? — perguntou Belbalm. — Ela inclinou a cabeça de lado e um sorriso vivo surgiu em seus lábios. — Olá, Bertie.

North se encolheu para trás.

Alex se recordou daquela tarde ensolarada no escritório da North & Filhos, serragem ainda nos cantos, um sentimento profundo de contentamento. *No que está pensando, Bertie?*

— Daisy? — Alex sussurrou.

O reitor Sandow se inclinou para a frente, olhando para Belbalm.

— Daisy Fanning Whitlock?

Mas aquilo não poderia ser verdade.

— Prefiro o francês, *Marguerite*. Muito menos provinciano que *Daisy*, não é?

North balançou a cabeça, a expressão ficando zangada.

— Não — disse Alex. — Eu vi Daisy. Não apenas a foto. Eu *a* vi. Você não se parece nada com ela.

— Porque este não é o corpo em que nasci. Este não é o corpo que meu amoroso e arrogante Bertie destruiu. — Ela se virou para North, que a olhava agora, o rosto incrédulo. — Não se preocupe, Bertie. Sei que não foi sua culpa. Foi minha, de certa forma. — O sotaque de Belbalm parecia ter desaparecido, a voz adotando as vogais longas de North. — Tenho tantas memórias, mas a daquele dia na fábrica é a mais clara. — Ela fechou os olhos. — Ainda posso sentir o sol atravessando as janelas, o cheiro de verniz de madeira. Você queria passar a lua de mel no Maine. No *Maine*, entre todos os lugares... Uma alma se enfiou em mim, frenética, ensopada de sangue, carregada de magia. Tinha passado minha vida em comunhão com os mortos, escondendo meu dom, tomando por empréstimo a força e o conhecimento deles. Mas jamais um espírito tinha me tomado daquele modo. — Ela deu de ombros, de modo impotente. — Entrei em pânico. Eu o enfiei em você. Nem sabia que conseguia fazer aquilo.

Frenética, ensopada de sangue, carregada de magia.

Alex suspeitara que algo de errado havia acontecido em uma prognosticação em 1854, na qual os Osseiros mataram acidentalmente o mendigo que tinham usado como *victima*. Havia se perguntado por que aquele espírito fora atraído para aquele cômodo em particular, por que buscara refúgio em North, se tinha sido apenas alguma coincidência horrível. Mas, não, aquela magia, aquela alma teimosa separada do corpo e suspensa entre a vida e a morte, tinha sido atraída pelo poder de uma jovem garota. Tinha sido atraída para Daisy.

— Um erro tolo — disse Belbalm, em um suspiro. — E eu paguei por ele. Você não conseguia conter a alma e a raiva dela. Ela pegou sua arma. Usou sua mão para atirar em mim. Eu tinha vivido tão pouco e, do nada, minha vida tinha acabado.

North começou a andar para lá e para cá, ainda balançando a cabeça. Belbalm afundou de novo em seu assento e soltou uma bufada.

— Meu Deus, Bertie, como pode ser tão obtuso? Quantas vezes passou por mim nas ruas sem olhar duas vezes? Por quantos anos precisei observá-lo se lastimando por New Haven em toda sua glória byroniana? Fui roubada de meu corpo, então precisei roubar um novo. — A voz dela era calma, medida, mas Alex ouvia a raiva subjacente. — Eu me pergunto, Bertie, quantas vezes olhou para Gladys sem de fato enxergá-la?

Homens como ele nunca reparavam nos serviçais. Alex se lembrou de ter olhado através da janela do escritório de North, de ter visto Gladys andando pelos cornisos com sua touca branca. Não – aquilo não estava certo. Ela estava com a touca na mão. O cabelo dela que era branco, macio e liso como a cabeça de uma foca. Exatamente como o de Belbalm.

— Pobre Gladys — disse Belbalm, pousando o queixo na mão. — Garanto que teria notado se ela fosse mais bonita.

North olhava para Belbalm agora, a expressão entre a credulidade e a recusa teimosa.

— Eu não estava pronta para morrer. Deixei meu corpo arruinado e reclamei o dela. Ela foi a primeira.

A primeira.

Gladys O'Donaghue descobrira os corpos de Daisy e de North e correra gritando pela Chapel até a rua High, onde as autoridades a encontraram. Rua High, para onde o espírito desesperado de Daisy a perseguira. A rua principal, onde o primeiro nexo fora criado e a primeira das tumbas seria construída.

— Você possuiu Gladys? — perguntou Alex, tentando entender o que Belbalm dizia.

North tinha se enfiado na cabeça de Alex, mas apenas por pouco tempo. Sabia que havia histórias de possessão, assombrações verdadeiras, mas nada como... o que quer que fosse aquilo.

— Temo que seja uma palavra muito bondosa para o que fiz com Gladys — Belbalm disse gentilmente. — Ela era irlandesa, sabe. Muito teimosa. Tive de me enfiar nela, assim como aquela alma miserável tentara se enfiar em mim. Foi uma luta. Sabia que para os irlandeses a palavra "urso" era um tabu? Ninguém sabe direito o porquê, mas provavelmente tinham medo de que a simples menção pudesse conjurar a criatura. Então diziam "o peludo" e "o comedor de mel". Sempre amei essa expressão. *O comedor de mel.* Comi a alma dela para abrir espaço para a minha. — Ela bateu a língua nos dentes, surpresa. — Era tão doce.

— Isso não é possível — disse Sandow. — Um Cinzento não pode simplesmente tomar o corpo de alguém. Não de modo permanente. A carne iria murchar e morrer.

— Homem inteligente — disse Belbalm. — Mas eu não era uma garota comum e não sou uma Cinzenta comum. Meu novo corpo precisava ser sustentado e eu tinha os meios para fazer isso. — Ela deu um sorrisinho malicioso para Alex. — Você já sabe que pode deixar os mortos entrarem. Nunca se perguntou o que poderia fazer com os vivos?

As palavras tinham peso, afundando no entendimento de Alex. Daisy não tinha apenas matado Gladys. Aquilo fora quase incidental. Ela consumira a alma de Gladys. Fora *aquela* violência que criara um nexo. Então o que criara os demais? *Meu novo corpo precisava ser sustentado.*

Gladys fora a primeira. Mas não a última.

Alex ficou de pé, afastando-se em direção à cornija.

— Você matou todas elas. Todas aquelas garotas. Uma a uma. Você comeu a alma delas.

Belbalm assentiu uma só vez. Era quase uma mesura.

— E deixei seus corpos. Cascas para os agentes funerários. Não é diferente de quando você puxa um Cinzento para dentro de si para ter força, mas não pode imaginar a vitalidade de uma alma viva. Conseguia me sustentar por anos. Às vezes mais.

— Por quê? — perguntou Alex, desesperadamente. Não fazia sentido. — Por que essas garotas? Por que este lugar? Poderia ter ido para qualquer lugar, feito qualquer coisa.

— Negativo. — O riso de Belbalm era amargo. — Tive muitas profissões. Mudei meu nome e minha identidade, construindo vidas falsas para disfarçar minha verdadeira natureza. Mas nunca fui à França. Nem em meu velho corpo nem neste. Não importa quantas almas eu consuma, não posso ir embora sem começar a me deteriorar.

— É a cidade — disse Sandow. — Você precisa de New Haven. Aqui é onde a magia vive.

Belbalm bateu a palma da mão no braço da cadeira.

— Este pardieiro de cidade.

— Você não tinha o direito — disse Alex.

— É claro que não. — Belbalm parecia quase confusa. — E os rapazes da Crânio e Ossos tinham o direito de abrir aquele pobre homem? — Ela apontou o queixo para Sandow. — *Ele* tinha o direito de assassinar Tara?

Sandow se encolheu em surpresa.

— Você sabia? — perguntou Alex. — Você também comeu a alma dela?

— Não sou um cão que vem correndo quando ouve a sineta do jantar. Por que eu beliscaria uma alma como aquela quando tinha um banquete diante de mim?

— Ah — disse Sandow, apertando os dedos. — Entendo. Alex, ela está falando de você.

O olhar de Belbalm era frio.

— Não fique tão contente, Elliot. Não estou aqui para consertar seus enganos e não pretendo perder um minuto preocupada com a possibilidade de você contar meus segredos. Você vai morrer nessa cadeira.

— Acho que não, Marguerite.

Sandow ficou de pé, o rosto cheio da mesma determinação que o possuíra na noite do ritual da lua nova, quando olhara para os fogos do inferno.

— "Avisa o sino que esmorece o dia, a tarda grei mugindo o aprisco busca..."[6]

North se encolheu para trás. Ele lançou um olhar desesperado para Alex, arranhando as paredes inutilmente ao começar a desaparecer na prateleira de livros, lutando contra o banimento mesmo enquanto o medo das palavras de morte o tomava.

— North! — Alex gritou, estendendo a mão para ele, tentando puxá-lo de volta para si.

Mas era tarde demais. Ele desapareceu pela parede.

— "Lasso cultor à choça vai, tardia" — declamou Sandow, a voz ressoando alta pelo cômodo. — "Deixando o mundo à mim e à sombra fusca..."

Belbalm se levantou lentamente da cadeira e chacoalhou as mangas de sua túnica preta elegante.

— Poesia, Elliot?

Palavras de morte. Mas Belbalm não temia a morte. Por que deveria? Ela já a encontrara, já a vencera.

Sandow concentrou os olhos duros em Belbalm.

— "Talvez neste lugar jaz desprezado um peito que celeste fogo enchia..."

Belbalm respirou fundo e ergueu o braço na direção de Sandow – o mesmo gesto que Alex usara para receber Hellie, para puxar North para dentro de si.

— Pare! — gritou Alex, avançando pelo cômodo.

Ela pegou o braço de Belbalm, mas a pele era dura como mármore; ela não se mexeu.

Os olhos de Sandow se arregalaram e o assovio agudo de uma chaleira começando a ferver saiu de seus lábios entreabertos. Ele arquejou e caiu de volta na cadeira, com força suficiente para fazê-la rolar pelo cômodo. As mãos apertaram os apoios de braço. O som desapareceu, mas o reitor continuou sentado, olhando para o nada, como um mau ator imitando um estado de choque.

Belbalm apertou os lábios com aversão e limpou o canto da boca elegantemente.

---

[6]. Este e os versos seguintes são do poema "Elegy written in a country churchyard", de Thomas Gray, em tradução da marquesa d'Alorna. (N. T.)

— Uma alma feito uma maçã farinhenta.

— Você o matou — disse Alex, sem conseguir desgrudar os olhos do corpo do reitor.

— Ele realmente merecia algo melhor? Homens morrem, Alexandra. Raramente é uma tragédia.

— Ele não vai passar para o outro lado do Véu, vai? — perguntou Alex, começando a entender. — Você come as almas e elas nunca seguem em frente.

Era por isso que North não conseguira encontrar Gladys ou nenhuma das outras garotas do outro lado. E o que acontecera com a alma de Tara, sacrificada para o ritual de Sandow? Para onde ela fora no final?

— Eu a aborreci. Percebo isso. Mas você sabe o que é construir um lugar no mundo, ter de lutar pela vida a cada virada. Não pode imaginar como era pior na minha época. Mulheres eram enviadas para manicômios porque liam muitos livros ou porque os maridos se cansavam delas. Havia tão poucos caminhos abertos para nós. E o meu foi roubado de mim. Então forjei um novo.

Alex apontou um dedo para Belbalm.

— Não vai transformar isso em um tipo de manifesto feminista. Você forjou seu novo caminho com a vida de outras garotas. Garotas imigrantes. Garotas negras. Garotas pobres. — *Garotas como eu.* — Só para conseguir mais alguns anos.

— É muito mais que isso, Alexandra. É um ato divino. A cada vida que tomei, logo vi um novo templo erguido à minha glória, construído por rapazes que nunca pararam para apreciar o poder que reclamavam, apenas o tomavam como se lhes fosse devido. Eles brincam com magia enquanto eu teço a imortalidade. E você será parte disso.

— Que sorte a minha. — Alex não precisava perguntar o que ela queria dizer. Belbalm rejeitara a oferta de Sandow porque não queria estragar o apetite. — Sou o prêmio.

— Aprendi a ter paciência nesta minha longa vida, Alexandra. Não sabia quem Sophie era quando a encontrei. Mas, quando a consumi, a alma dela era selvagem como carne de caça, amarga como teixo, um relâmpago no sangue. Ela me sustentou por mais de cinquenta anos. Então, bem quando eu começava a enfraquecer e envelhecer, Colina apareceu. Dessa vez, reconheci o cheiro do poder dela. Eu a farejei no estacionamento de uma igreja e a segui por quarteirões.

As mortes delas foram as fundações para as tumbas da Santelmo e da Manuscrito.

Quais foram as palavras que Belbalm usara?

— Elas eram Caminhantes da Roda.

— Foi como se elas tivessem sido atraídas para cá para me alimentar. Como você.

Era por isso que os assassinatos tinham parado em 1902. Garotas morriam em uma rápida sucessão pelo final dos anos 1800, enquanto Daisy se alimentava de moças comuns para se manter viva. Mas então ela encontrou a primeira Caminhante da Roda, Sophie Mishkan, uma garota com um poder igual ao dela. Aquela alma a mantivera saciada até 1958, quando Belbalm assassinou Colina Tillman, outra garota com o dom. E agora era a vez de Alex.

Esta cidade. New Haven atraía as Caminhantes da Roda? Daisy. Sophie. Colina. Será que Alex sempre estivera em rota de colisão com aquele lugar e aquele monstro? Magia alimentando magia?

— Quando descobriu o que eu era? — perguntou Alex.

— No momento em que nos conhecemos. Quis deixá-la amadurecer por um tempo. Tirar o fedor mundano de você. Mas...

Belbalm levantou os ombros com ênfase. Ela estendeu a mão.

Alex sentiu uma dor súbita e aguda no peito, como se um gancho tivesse se alojado sob seu esterno, encaixado em seu coração. Em volta, viu chamas azuis se acendendo, um círculo de fogo que cercava as duas. Uma roda. Ela sentiu que caía.

Hellie fora a luz do sol. North, frio e fumaça de carvão. Belbalm era dentes.

Alex balançava perto da grelha na pequena sacada do Marco Zero, o cheiro de carvão forte no ar, a neblina com fumaça espalhada nas colinas distantes. Sentia o baixo da música pulsando nos pés nus. Ela levantou o dedão, escondendo a lua que subia, depois fazendo-a reaparecer.

Uma mulher se inclinava sobre seu berço, estendendo as mãos para ela repetidamente, as mãos passando pelo corpo de Alex. Ela chorou, lágrimas prateadas que caíram nos bracinhos gorduchos de Alex e desapareceram através da pele.

Hellie segurava a mão de Alex e a puxava pelo calçadão de Venice. Ela tirou o Nove de Paus de um baralho de tarô. Alex já tinha uma carta nas mãos. "De jeito nenhum vou tatuar isso em mim", disse Hellie. "Deixe eu tirar outra."

Len tirou um dos braceletes do braço e o prendeu em torno do pulso de Alex. "Não conte pra Mosh", ele sussurrou. O hálito dele cheirava a pão levedado, mas Alex jamais estivera tão feliz, jamais sentira-se tão bem.

A avó estava diante do fogão. Alex sentiu cheiro de cominho e de carne assando no forno, o gosto de mel e nozes na língua. "Somos vegetarianas agora", disse Mira. "Na sua casa", disse a avó. "Quando ela vier aqui, vou alimentá-la direito."

No jardim, um homem se demorava, podando as bordas que nunca mudavam, apertando os olhos no sol mesmo em dias nublados. Ele tentou falar com Alex, mas ela não conseguia ouvir uma palavra.

Alex sentia as memórias sendo puxadas como fios, uma a uma, presas nas pontas dos dentes de Belbalm, revelando-a pouco a pouco. Belbalm – Daisy – queria todas, as boas e as ruins, as tristes e as felizes, todas igualmente deliciosas.

Não havia para onde correr. Alex tentou se lembrar do cheiro do perfume da mãe, da cor do sofá na sala comunal, qualquer coisa que a ajudasse a se segurar a si mesma enquanto Daisy a engolia.

Ela precisava de Hellie. Precisava de Darlington. Precisava de... Qual era o nome dela? Não conseguia se lembrar, uma garota de cabelo ruivo, fones de ouvido no pescoço. *Pammie*?

Alex estava enrodilhada em uma cama. Cercada por borboletas-monarcas que se tornaram mariposas. Um rapaz estava atrás dela, aninhado contra seu corpo. Ele disse: "Vou servi-la até o fim dos meus dias".

Os dentes de Belbalm afundaram mais. Alex não conseguia se lembrar do próprio corpo, dos braços. Logo iria embora. Havia algum alívio junto com o medo? Cada tristeza, perda ou erro seriam apagados. Ela seria reduzida a nada.

Belbalm iria abri-la. Beberia Alex até deixá-la seca.

Uma onda se levantou sobre a praça de pedras da Beinecke; um belo rapaz de cabelos negros gritava. "Que tudo se transforme num mar livre!"

Ela poderia flutuar até o Pacífico, além da Catalina, observar as balsas indo e vindo.

A onda quebrou sobre a praça, levando uma maré de Cinzentos.

Alex se lembrou de se encolher no chão daquela bela biblioteca, as lágrimas correndo pelo rosto, cantando as velhas canções da avó, dizendo as palavras da avó. Estava escondida dos Cinzentos, escondida atrás... de Darlington, o nome dele era Darlington... Darlington em seu casaco escuro. Ela estava se escondendo como fizera a vida inteira. Tinha se trancado para fora do mundo dos vivos, para ficar livre dos mortos.

Que tudo se transforme num mar livre. "Alexandra." A voz de Belbalm. Um aviso. Como se ela soubesse do pensamento assim que ele entrara na cabeça de Alex.

Ela não queria mais se esconder. Pensava em si mesma como uma sobrevivente, mas não fora melhor que um cão espancado, mordendo e rosnando numa tentativa de continuar vivo. Ela era mais que isso agora.

Alex parou de lutar. Parou de tentar se fechar para Belbalm. Lembrou-se de seu corpo, de suas mãos. O que ela pretendia fazer era perigoso. Estava feliz.

Que tudo se transforme num mar livre! *Que eu me transforme no dilúvio.*

Ergueu bem os braços e se abriu.

Ela os sentiu instantaneamente, como se estivessem esperando, navios em um mar infinito, eternamente em busca do horizonte escuro, esperando por alguma luz, algum farol para guiá-los. Ela os sentiu por toda New Haven. Lá embaixo em Hillhouse. Lá em cima no Prospect. Sentiu North voltando do local na velha fábrica onde as palavras de morte o tinham jogado, sentiu aquele menino para sempre tentando conseguir ingressos na frente do já desaparecido New Haven Coliseum, sentiu o Cinzento praticando tiros de corrida do lado de fora do Payne Whitney, sentiu mil outros Cinzentos para quem jamais se permitira olhar – velhos que morreram na cama; uma mulher empurrando um carrinho de bebê amassado com mãos esmagadas; um menino com um ferimento de tiro no rosto, buscando cegamente o pente no bolso. Uma montanhista ressequida descia mancando o declive da East Rock, arrastando a perna quebrada atrás de si, e em Westville, no labirinto de sebe arruinado de Black Elm, Daniel Tabor Arlington III apertou o roupão de banho no corpo e correu na direção dela, um cigarro ainda preso na boca.

Venham a mim, ela implorou. *Me ajudem.* Ela deixou que eles sentissem seu terror, o medo ardendo brilhante como uma torre de vigia, seu anseio para viver outro dia, outra hora, iluminando o caminho.

Não havia fim para eles, fluindo pelas ruas, além dos jardins, através das paredes, aglomerando-se no escritório, aglomerando-se em Alex. Eles vinham numa onda que quebrava.

Alex sentiu Belbalm recuar e subitamente podia ver o quarto, vê-la diante de si, o braço estendido, olhos ardendo. A Roda ainda as circulava, chamas azuis brilhantes. Elas estavam no centro, cercadas pelos raios.

— O que é isso? — silvou Belbalm.

— Chamado para as desaparecidas! — gritou Alex. — Chamado para as perdidas! Eu sei o nome delas. — E nomes tinham poder. Ela os falou um atrás do outro, um poema de garotas perdidas: — Sophie Mishkan! Colina Tillman! Zuzanna Mazurski! Paoletta DeLauro! Effie White! Gladys O'Donaghue!

Os mortos sussurravam os nomes, repetiam-nos, chegando mais perto, uma maré de corpos. Alex os via agrupados no jardim, atravessando paredes. Podia *ouvi-los* gemendo *Sophie, Colina, Zuzanna, Paoletta*, um uivo crescente.

Os Cinzentos estavam falando, chamando os pedaços daquelas almas, um murmúrio de vozes que cresceu em um refrão quebrado, cada vez mais alto.

— Alexandra — rosnou Belbalm, e Alex via o suor na testa dela. — Não vou desistir delas.

Não dependia mais dela.

— Meu nome é Galaxy, sua glutona de merda.

Ao som do nome dela, os Cinzentos soltaram um suspiro unificado que soprou pelo cômodo. Balançou a barra do vestido de Alex, soprou o cabelo de Belbalm para longe do rosto. Os olhos dela ficaram arregalados e brancos.

Uma garota parecia emergir de dentro dela, despregando-se de Belbalm como uma casca pálida de cebola. Tinha grossos cachos escuros e usava um avental de operária sobre uma blusa e uma saia cinza. Uma loura com um chapéu de pluma apareceu, a pele como um damasco desbotado, o vestido xadrez de gola alta, a cintura cingida em um tamanho impossível; então uma garota negra, brilhando em um cardigã rosa-claro e saia rodada, o cabelo apertado em ondas brilhantes. Uma depois da outra, elas se arrancaram de Belbalm, juntando-se à multidão de Cinzentos.

Gladys era a última, e ela não queria sair. Alex podia sentir. Apesar de todos os anos que passara acuada dentro da consciência de Daisy, tinha medo de deixar seu corpo.

— Ela não vai ficar com você — implorou Alex. — Não tenha medo.

Uma garota surgiu, parcamente visível, um pedaço de Cinzento. Era uma versão bem mais jovem de Belbalm, esguia, de traços definidos, o cabelo branco preso em uma trança. Gladys se virou para olhar para si mesma, para Belbalm de túnica preta e cheia de anéis. Ela ergueu as mãos como se para afastá-la, ainda assustada, afundando novamente na multidão conforme as outras garotas a puxaram para elas.

Belbalm abriu a boca como se fosse gritar, mas o único som que saiu foi aquele assovio agudo de chaleira que Alex ouvira o reitor fazer.

North estava ao lado de Alex agora; talvez tivesse estado ali o tempo todo.

— Ela não é um monstro — ele disse, implorando. — Ela é só uma garota.

— Ela era mais esperta que isso — disse Alex. Não havia espaço para misericórdia. — Ela só achava que a vida dela era mais importante do que todas as nossas.

— Não sabia que ela era capaz dessas coisas — ele disse acima do clamor da multidão. — Nunca soube que ela tinha um coração assim.

— Você nunca a conheceu.

A Daisy cuidadosa, que mantivera seus segredos fechados, que via fantasmas, que desejava ver o mundo. A Daisy selvagem, derrubada antes mesmo que pudesse começar a viver. A Daisy cruel, que recusara o próprio destino e roubara vida após vida para se manter alimentada.

Alex falou o nome final:

— Daisy Fanning Whitlock!

Ela estendeu a mão e sentiu o espírito de Daisy ir devagar na direção dela, lentamente, de má vontade, lutando para se segurar ao corpo como uma planta determinada a retorcer suas raízes dentro do solo e permanecer.

Alex tomou a força dos Cinzentos que a cercavam, passando através dela. Deixou a mente formar dentes, deixou que eles afundassem na consciência de Daisy. Ela puxou.

A alma de Daisy foi arremessada na direção dela. Alex a libertou antes que pudesse entrar nela e assumir o controle.

Pelo momento mais breve ela vislumbrou uma garota de cabelo escuro, rosto de elfo, em saias amplas e mangas com babados. O peito fora aberto por um tiro; a boca estava estirada em um grito. Os Cinzentos avançaram.

North se jogou na frente de Daisy.

— Por favor — ele disse. — Deixem-na em paz!

Mas Gladys deu um passo à frente, fina como o ar.

— Não.

— Não — disseram em coro as garotas perdidas.

Sophie e Zuzanna, Paoletta, Effie e Colina.

Os Cinzentos avançaram além de North. Caíram sobre Daisy numa horda em redemoinho.

— *Mors irrumat omnia* — sussurrou Alex.

A morte fode a todos nós.

A Roda girou e Alex sentiu o estômago revirar. Estendeu as mãos, tentando encontrar alguma coisa, qualquer coisa, em que se apoiar. Bateu em algo sólido e caiu de joelhos. O cômodo ficara subitamente quieto.

Alex estava no chão acarpetado do escritório do presidente. Olhou para cima, a cabeça ainda girando. Os Cinzentos tinham desaparecido – todos menos o Noivo. Ouvia o próprio coração batendo no peito e, do outro lado da porta, os sons da festa. O reitor jazia morto na cadeira da escrivaninha. Quando fechou os olhos, uma imagem remanescente da Roda ardeu em azul contra suas pálpebras.

O corpo de Belbalm ruíra sobre si mesmo, a pele se dissolvendo em uma casca empoada, os ossos desmoronando como se o peso de cem anos caísse sobre eles. Ela era pouco mais do que uma pilha de cinzas.

O Noivo ficou olhando a pilha de pó que um dia fora uma garota. Ajoelhou-se e estendeu a mão, mas ela passou diretamente através da pilha.

Alex usou a borda da escrivaninha para se levantar. Cambaleou até as portas francesas que davam para o jardim. As pernas estavam bambas. Tinha certeza de que a ferida em seu flanco reabrira. Abriu a porta e o ar frio soprou por ela. O vento deu uma sensação de limpeza em seu rosto avermelhado e espalhou as cinzas de Belbalm.

Desamparadamente, North as observou sendo levadas do tapete.

— Desculpe — murmurou Alex. — Mas você tem um dedo podre pra mulher.

Ela olhou para o corpo do reitor e tentou fazer a mente funcionar, mas sentia-se retorcida por dentro, vazia. Não conseguia controlar os pensamentos. No jardim, os narcisos estavam começando a romper o solo dos canteiros de flores.

Turner, ela pensou. Onde estava ele? Tinha visto a mensagem dela?

Ela pegou o telefone. Tinha uma mensagem do detetive: "Trabalhando em um caso. Espere. Ligo quando terminar. NÃO FAÇA NADA ESTÚPIDO".

— É como se ele não me conhecesse.

Uma explosão de risos entrou pela porta. Ela precisava pensar. Se os registros das outras mortes atribuídas a Daisy estavam corretos, então a morte de Sandow provavelmente pareceria um ataque cardíaco ou derrame. Mas Alex não ia correr riscos. Poderia se esgueirar para fora pelo jardim, mas as pessoas a tinham visto entrar no escritório com ele. Não fora exatamente discreta.

Precisaria voltar para a festa, tentar se misturar. Se alguém perguntasse, diria que vira o reitor pela última vez conversando com a professora Belbalm.

— North — ela disse. Ele olhou para cima, ajoelhado no chão. — Preciso da sua ajuda.

Era possível que ele não quisesse ajudar, que a culpasse pela morte final de Daisy. Alex se perguntou se os Cinzentos deixariam alguma parte dela passar para além do Véu. A presença de North ali, sua dor, não faziam aquilo parecer provável.

Lentamente, North se levantou. Seus olhos estavam escuros e tristonhos como sempre, mas havia uma nova cautela neles ao olhar para Alex. *Ele está com medo de mim?* Ela não acharia ruim. Talvez ele pensasse duas vezes antes de pular para dentro do crânio dela novamente. Ainda assim, sentia pena de North. Ela conhecia a perda, e ele perdera Daisy duas vezes – primeiro a garota que amara, depois o sonho de quem ela fora.

— Preciso que se certifique de que não tem ninguém no corredor — disse Alex. — Ninguém pode me ver saindo desta sala.

North atravessou a porta, e por um longo momento Alex se perguntou se ele simplesmente a tinha deixado ali, com um cadáver e um tapete coberto de maldade em pó.

Então ele atravessou a parede de volta e fez um gesto para dizer que o terreno estava limpo.

Alex se obrigou a andar. Sentia-se estranha, aberta e exposta, uma casa com todas as portas escancaradas.

Ela alisou o cabelo, puxou a barra do vestido para baixo. Precisaria agir com naturalidade, fingir que nada acontecera. Mas Alex sabia que não seria um problema. Fizera aquilo a vida toda.

Dizemos "o Véu", mas sabemos que há muitos Véus, cada um deles uma barreira entre nosso mundo e o além. Alguns Cinzentos permanecem isolados atrás de todas elas, para nunca voltar aos vivos; outros podem ser vislumbrados em nosso mundo por aqueles que desejam correr o risco da Bala de Hiram, e outros podem entrar ainda mais em nosso mundo e ser vistos e ouvidos por gente comum. Também sabemos que há muitas áreas fronteiriças em que os mortos podem comungar com os vivos, e há muito suspeitamos que há muitos além-mundos. Uma conclusão natural é que existem também muitos infernos. Mas, se tais lugares existem, permanecem opacos para nós, desconhecidos e não descobertos. Pois não há um explorador tão intrépido ou audacioso para ousar tomar a estrada para o inferno — não importa como ela possa estar pavimentada.

— de *A vida da Lethe: procedimentos e protocolos da Nona Casa*

Cuando ganeden esta acerrado, guehinam esta siempre abierto. Enquanto o Jardim do Éden pode estar fechado, o Inferno está sempre aberto.

— ditado ladino

32
Primavera

Alex e Dawes se encontraram na Gaiola e foram da Elm até o Payne Whitney, na interseção que Sandow escolhera para seu ritual de assassinato, o local onde Tara Hutchins morrera. *Auspicioso*. Flores de primavera tinham começado a surgir nas beiradas do terreno, açafrões roxo-claros, as pequenas campânulas brancas dos lírios-do-vale em seus hesitantes pescoços curvados.

Era difícil para Alex ficar longe das proteções. Por toda a vida vira Cinzentos – os Silenciosos, como os chamava. Não eram mais silenciosos. Podia ouvi-los agora. A mulher morta vestida com uma camisola cantando baixo para si mesma do lado de fora da Faculdade de Música. Dois rapazes vestindo casacos e culotes sentados na cerca do Campus Antigo conversando, o lado esquerdo de seus corpos chamuscados por algum incêndio de muito tempo atrás. Até naquele momento precisava ignorar ativamente o remador afogado dando seus tiros de corrida do lado de fora do ginásio. Ela ouvia a respiração pesada dele. Como isso era possível? Por que um fantasma precisava respirar? Seria apenas a memória de precisar de ar? Um velho hábito? Ou uma performance de ser humano?

Ela chacoalhou de leve a cabeça. Encontraria um jeito de silenciá-los ou enlouqueceria tentando.

— Alguém está falando? — perguntou Dawes, em voz baixa.

Alex assentiu e esfregou as têmporas. Não sabia como resolveria aquele problema em particular, mas sabia que não podia deixar os Cinzentos perceberem que ela ainda podia ouvi-los, não quando tantos estavam desesperados por uma ligação com o mundo dos vivos.

Não via North desde a tarde da festa na casa do presidente. Talvez ele estivesse em algum lugar de luto pelo que Daisy se tornara. Talvez tivesse criado um grupo de apoio do outro lado do Véu para as almas que ela prendera por tantos anos. Alex não sabia.

Andaram pelo perímetro do terreno que o reitor queria destinar à Santelmo. Alex esperava que as flores crescessem sobre o local onde

Tara tinha morrido. Tinha enviado gravações da confissão de Sandow para o conselho da Lethe. Eles concordaram que era horrível. Grotesco. Mas, principalmente, era perigoso. Mesmo que o ritual de Sandow tivesse falhado, não queriam ninguém tendo ideias de que era possível criar um nexo por meio de homicídio ritual – e não queriam a Lethe ligada à morte de Tara. Com exceção de alguns membros do conselho, todos ainda acreditavam que Blake Keely era responsável pelo assassinato, e a Lethe queria que aquilo fosse mantido.

Dessa vez, Alex não faria pressão. Tinha muitos novos segredos para guardar. A morte de Sandow fora atribuída a um ataque cardíaco fulminante durante a festa do presidente. Ele tivera uma queda feia apenas semanas antes. Estava sob um tremendo estresse financeiro. Sua morte causara tristeza, mas chamara pouca atenção – especialmente porque Marguerite Belbalm desaparecera depois de ter sido vista com ele na mesma festa. Ela fora vista pela última vez entrando no escritório do presidente para falar com o reitor Sandow. Ninguém sabia onde ela estava ou se algo ruim lhe acontecera, e a polícia de New Haven abrira uma investigação.

A Lethe não tinha ideia de quem Belbalm era ou de como estava ligada à morte de Sandow. Alex cortara a gravação antes da parte em que a professora entrava no escritório. O conselho da Lethe jamais ouvira o termo "Caminhantes da Roda" e jamais ouviria, pois, a não ser que Alex estivesse muito enganada, tinha a habilidade de criar um nexo a qualquer momento – tudo o que precisava fazer era tomar gosto por almas. Já tinha visto a maneira como a Lethe e as sociedades funcionavam. Nenhuma delas precisava saber daquilo.

Dawes viu o horário no telefone e, em um acordo silencioso, elas deixaram o Payne Whitney para trás e viraram na rua Grove. À frente, Alex viu o imenso mausoléu da Livro e Serpente, um bloco sombrio de mármore branco cercado por ferro batido preto. Agora que Alex sabia que eles não tinham enviado a *gluma* atrás dela, que não tinham qualquer envolvimento com o que acontecera com Tara, precisava se perguntar se eles poderiam ajudar a encontrar a alma dela. Embora não gostasse da ideia de pisar novamente sob aquele pórtico ou do que os Livreiros pudessem pedir em troca, a Lethe devia a Tara Hutchins algum tipo de descanso. Mas aquilo precisaria esperar. Tinha outra tarefa a cumprir antes de poder ajudar Tara. Uma à qual poderia não sobreviver.

Alex e Dawes cruzaram os imensos portões neoegípcios do cemitério, sob a inscrição que tanto agradara Darlington: OS MORTOS RESSURGIRÃO.

Talvez não apenas os mortos, se Alex colocasse a mente para funcionar.

Elas passaram pelos túmulos de poetas e acadêmicos, de presidentes da Yale. Um pequeno grupo estava reunido em torno de uma nova lápide. O reitor Sandow ainda seguia na melhor companhia.

Alex sabia que deveria haver ex-alunos da Lethe no grupo naquele dia, mas a única que reconheceu foi Michelle Alameddine. Ela usava o mesmo casaco estiloso, o cabelo escuro puxado para trás em uma curva bem-feita. Turner também estava ali, mas mal a cumprimentou com a cabeça. Não estava feliz com ela.

— Você me deixou um *cadáver* para encontrar? — ele tinha rosnado quando ela concordara em encontrá-lo em Il Bastone.

— Desculpe — dissera Alex. — É bem difícil encontrar um presente pra você.

— O que aconteceu na festa?

Alex tinha se encostado na coluna da varanda. Parecia que a casa se encostava nela também.

— Sandow matou Tara.

— O que aconteceu com *ele*?

— Ataque cardíaco.

— Uma ova. Você o matou?

— Não precisei.

Turner a olhara por um longo momento, e Alex ficara feliz por estar falando a verdade pelo menos uma vez.

Eles não se falavam desde então, e Alex suspeitava de que Turner queria se ver livre dela e de toda a Lethe. Não podia culpá-lo por isso, mas era uma perda. Gostava de ter um dos caras bons do seu lado.

O serviço fúnebre foi longo, mas seco, uma declamação das conquistas do reitor, uma declaração do presidente, algumas palavras de uma mulher esguia em um vestido azul-marinho que Alex percebeu ser a ex-mulher de Sandow. Não havia Cinzentos no cemitério naquele dia. Eles não gostavam de funerais, e não havia emoção suficiente ao lado do túmulo de Sandow para superar a repulsa deles. Alex gostava do sossego.

Conforme o caixão do reitor era baixado para dentro da terra, Alex encontrou o olhar de Michelle Alameddine e balançou levemente a cabeça – um convite. Ela e Dawes se afastaram do túmulo, e Alex esperava que Michelle as seguisse.

Tomaram um caminho sinuoso para a esquerda, passando o túmulo de Kingman Brewster, onde havia uma hamamélis que dava uma florada amarela todo ano em junho – quase sempre no aniversário dele – e que perdia as folhas em novembro na época de sua morte. Em algum lugar naquele cemitério estava enterrado o primeiro corpo de Daisy.

Quando chegaram a um canto sossegado com duas esfinges de pedra, Dawes perguntou:

— Tem certeza disso?

Ela vestira calças folgadas e brincos de pérola para o funeral, mas o coque ruivo tinha escorregado gentilmente para o lado.

— Não — admitiu Alex. — Mas precisamos de toda a ajuda que conseguirmos.

Dawes não ia discutir. Não parava de pedir desculpas desde que a Lethe entrara em contato com ela na casa da irmã em Westport, quando ouvira de Alex a história real do que acontecera na festa do presidente. Além disso, queria aquela busca, aquela missão, tanto quanto Alex. Talvez mais.

Alex viu Michelle vindo na direção delas pela grama. Esperou que ela chegasse e foi logo ao assunto:

— Darlington não está morto.

Michelle suspirou.

— É disso que se trata? Alex, eu entendo...

— Ele é um demônio.

— Perdão?

— Ele não morreu quando foi comido pela besta do inferno. Ele foi transformado.

— Isso não é possível.

— Ouça — disse Alex —, passei algum tempo nas regiões fronteiriças recentemente...

— Por que não estou surpresa?

— Toda vez ouvia... Bem, não sei o que eram. Cinzentos? Monstros? Algum tipo de criatura que não era exatamente humana na margem mais escura. Diziam algo que eu não conseguia entender bem. No início pensei que era um nome, Jonathan Desmond ou Jean Du Monde. Mas não era isso.

— E? — A expressão de Michelle estava rigidamente impassível, como se lutasse para parecer que tinha a mente aberta.

— "Cavalheiro demônio." Era o que eles diziam. Estavam falando de Darlington. E acho que estavam assustados.

Darlington era um cavalheiro. Mas esta não é uma época para cavalheiros. Alex mal registrara as palavras do reitor na hora. Mas, quando tocou a gravação da conversa dos dois, elas ficaram na cabeça. Darlington: o cavalheiro da Lethe. As pessoas sempre o descreviam daquele jeito. A própria Alex pensava nele daquele jeito, como se ele de algum jeito tivesse ido parar na época errada.

Mas ela ainda levara um tempo para juntar as coisas, para perceber que as criaturas naquela margem escura sempre murmuraram aqueles sons estranhos quando Alex mencionara Darlington, ou mesmo pensara nele. Não estavam raivosas, estavam apavoradas, do mesmo modo que os Cinzentos ficaram apavorados na noite da prognosticação. *Tinha sido* Darlington quem dissera "assassinato" no ritual da lua nova, não apenas algum eco – mas era Sandow quem ele acusava, não Alex. O homem que havia assassinado Tara. O homem que tentara assassiná-lo. Ao menos Alex esperava que fosse o caso. Daniel Tabor Arlington, sempre o cavalheiro, um rapaz de infinitos bons modos. Mas o que ele se tornara?

— O que está sugerindo é impossível — disse Michelle.

— Sei que parece assim — disse Dawes. — Mas humanos podem se tornar...

— Conheço o processo. Mas demônios são criados de um jeito: a união do enxofre com o pecado.

— De que tipo de pecado estamos falando? Masturbação? Gramática ruim?

— Você está em um cemitério — censurou Dawes.

— Acredite em mim, Dawes. Os mortos não ligam.

— Só há um pecado capaz de transformar um homem em um demônio — disse Michelle. — Assassinato.

Dawes parecia abalada.

— Ele nunca iria, nunca poderia...

— Você matou alguém — Alex a recordou. *E eu também.* — "Nunca" é uma palavra forte.

— Darlington? — disse Michelle, incrédula. — O xodó da professora? O cavaleiro de armadura reluzente?

— Há uma razão pela qual cavaleiros carregam espadas, e eu não chamei você para ficarmos discutindo. Se não quer ajudar, tudo bem. Eu sei de uma coisa: uma besta do inferno foi enviada para matar Darlington. Mas ele sobreviveu e aquela coisa o cagou no inferno. O lugar em que vamos buscá-lo.

— Vamos? — chamou Michelle.

— Vamos — disse Dawes.

Um vento frio soprou nas árvores do cemitério e Alex precisou conter um calafrio. Era como se o inverno tentasse se prolongar. Parecia um aviso. Mas Darlington estava do outro lado de algo horrível, esperando pelo resgate. Sandow roubara o menino de ouro da Lethe daquele mundo, e alguém precisava roubá-lo de volta.

— Então — ela disse, conforme o vento aumentou, balançando as folhas novas nos galhos, gemendo sobre as lápides como um enlutado perdido na dor. — Quem está pronta para ir até o inferno?

AS CASAS DO VÉU

As Oito Ancestrais

CASAS PRINCIPAIS

Crânio e Ossos (Skull & Bones) – 1832
"Ricos ou pobres, todos somos iguais na morte."

Ensinamentos: aruspicismo e antropomancia. Divinação usando entranhas humanas e animais.
Ex-alunos notáveis: William Howard Taft, George H. W. Bush, George W. Bush, John Kerry.

Chave e Pergaminho (Scroll & Key) – 1842
"Tenha poder para iluminar esta terra escura, e poder no mundo dos mortos para torná-lo vivo."

Ensinamentos: *duru dweomer*, magia de portal. Projeção astral e etérea.
Ex-alunos notáveis: Dean Acheson, Gary Trudeau, Cole Porter, Stone Phillips.

Livro e Serpente (Book & Snake) – 1863
"Tudo muda, nada perece."

Ensinamentos: *nekyia* ou *nekromanteía*, necromancia e conjuração de ossos.
Ex-alunos notáveis: Bob Woodward, Porter Goss, Kathleen Cleaver, Charles Rivkin.

Cabeça de Lobo (Wolf's Head) – 1883
"A força da matilha é o lobo. A força do lobo é a matilha."

Ensinamentos: teriantropia.
Ex-alunos notáveis: Stephen Vincent Benét, Benjamin Spock, Charles Ives, Sam Wagstaff.

Manuscrito (Manuscript) – 1952
"O sonho nos entrega ao sonho, e não há fim para a ilusão."

Ensinamentos: magia de espelhos e encantamentos.
Ex-alunos notáveis: Jodie Foster, Anderson Cooper, David Gergen, Zoe Kazan.

CASAS MENORES

Aureliana – 1910

Ensinamentos: logomancia – amarração por palavras e divinação através da linguagem.
Ex-alunos notáveis: almirante Richard Lyon, Samantha Power, John B. Goodenough.

Santelmo – 1889

Ensinamentos: *Tempestate Artium*, magia elemental, conjuração de tempestades.
Ex-alunos notáveis: Calvin Hill, John Ashcroft, Allison Williams.

Berzelius – 1848

Ensinamentos: nenhum. Fundada na tradição de seu homônimo, Jöns Jacob Berzelius, o químico sueco criador de um novo sistema de notação química que deixou o sigilo dos alquimistas no passado.
Ex-alunos notáveis: nenhum.

Agradecimentos

Em Nova York: muito obrigada a todos da Flatiron Books – particularmente Noah Eaker, que apostou neste livro desde cedo –, Amy Einhorn, Lauren Bittrich, Patricia Cave, Marlena Bittner, Nancy Trypuc, Katherine Turro, Cristina Gilbert, Keith Hayes, Donna Noetzel, Lena Shekhter, Lauren Hougen, Kathy Lord, além de Jennifer Gonzales e seu time. Obrigada à New Leaf Literary – Pouya Shahbazian, Veronica Grijalva, Mia Roman, Hilary Pecheone, Meredith Barnes, Abigail Donoghue, Jordan Hill, Joe Volpe, Kelsey Lewis, Cassandra Baim e Joanna Volpe, que apoiaram a mim e a esta ideia desde o início.

Em New Haven e Yale: professora Julia Adams da Hopper, Angela McCray, Jenny Chavira da Associação de ex-alunos de Yale, Judith Ann Schief de Manuscritos e Arquivos, Mark Branch da *Yale Alumni Magazine*, David Heiser do Museu Peabody de História Natural, Michael Morand da Beinecke, e Claire Zella. Obrigada ao rabino Shmully Hecht, por permitir meu acesso à Anderson Mansion, e a Barbara Lamb, que dividiu comigo seu extenso conhecimento de Connecticut e me acompanhou a vários cemitérios. Tomei certas liberdades com a história e a geografia de New Haven. Mais notavelmente, a Cabeça de Lobo construiu o primeiro salão na rua Prospect em 1884. O novo salão na rua High foi construído mais de quarenta anos depois.

Na Califórnia: David Peterson, pela ajuda com latim, Rachael Martin, Robyn Bacon, Ziggy the Human Cannonball, Morgan Fahey, Michelle Chihara, Sarah Mesle, Josh Kamensky, Gretchen McNeil, Julia Collard, Nadine Semerau, Marie Lu, Anne Grasser, Sabaa Tahir, Robin LaFevers, Victoria Aveyard e Jimmy Freeman. Obrigada também à minha mãe, que foi a primeira a cantar para mim em ladino, e a Christine, Sam, Emily, Ryan, Eric (que de algum modo me manteve rindo) e ao manati.

No Hall: Steven Testa, Laini Lipsher e minha própria matilha de 1997.

Em todos os outros lugares: Max Daniel da UCLA e Simone Salmon, pela ajuda com baladas sefarditas, Kelly Link, Daniel José Older, Holly Black, Robin Wasserman, Sarah Rees Brennan, Rainbow Rowell, Zoraida

Córdova, Cassandra Clare, Ally Carter, Carrie Ryan, Marie Rutkoski, Alex Bracken, Susan Dennard, Gamynne Guillote e Michael Castro.

Muitos livros ajudaram a construir o mundo da Nona Casa: *Yale in New Haven: Architecture and Urbanism*, de Vincent Scully; *Yale University: An Architectural Tour*, de Patrick Pinnell; *Go to Your Room: A Story of Undergraduate Societies and Fraternities at Yale*, de Loomis Havemeyer; *Yale: A History*, de Brooks Mather Kelley; *The Power of Privilege: Yale and America's Elite Colleges*, de Joseph A. Soares; *Skulls and Keys: The Hidden History of Yale's Secret Societies*, de David Alan Richards; *Ebony and Ivy: Race, Slavery and the Troubled History of America's Universities*, de Craig Steven Wilder; *Carriages and Clocks, Corsets and Locks: The Rise and Fall of an Industrial City*, de Preston Maynard e Marjorie B. Noyes; *New Haven: A Guide to Architecture and Urban Design*, de Elizabeth Mills Brown; *Model City Blues: Urban Space and Organized Resistance in New Haven*, de Mandi Isaacs Jackson; e *The Plan for New Haven*, de Frederick Law Olmsted e Cass Gilbert. Encontrei a balada "La moza y el huerco" no artigo "Sephardic Songs of Mourning and Dirges", de Paloma Díaz-Mas. Obrigada também ao Pan-Hispanic Ballad Project.

**Acreditamos
nos livros**

Este livro foi composto em Dante MT Std
e impresso pela Geográfica para a Editora
Planeta do Brasil em fevereiro de 2024.